Knaur.

Im Knaur Taschenbuch Verlag sind bereits folgende Bücher der Autorin erschienen:
Sanft will ich dich töten
Wehe dem, der Böses tut
Ewig sollst du schlafen
Bitter sollst du büßen
Deathkiss
Deadline
Dark Silence
Shiver
Cry
Angels

Außerdem als Hardcover erhältlich im Knaur Verlag:
Mercy – Die Stunde der Rache ist nah

Über die Autorin:
Lisa Jackson zählt zu den amerikanischen Top-Autorinnen, deren Romane regelmäßig die Bestsellerlisten der *New York Times*, der USA *Today* und der *Publishers Weekly* erobern. Ihre Hochspannungsthriller wurden in 15 Länder verkauft. Auch in Deutschland hat sie ihre Bestsellerqualitäten bewiesen und mit »Shiver«, »Cry«, »Angels« und »Mercy« den Sprung auf die *Spiegel*-Bestsellerliste geschafft. Lisa Jackson lebt in Oregon. Mehr Infos über die Autorin und ihre Romane unter:
www.lisajackson.com
Weitere Informationen unter: www.lisajackson.com

LISA JACKSON

DER SKORPION

THRILLER

Aus dem Amerikanischen von
Elisabeth Hartmann

KNAUR TASCHENBUCH VERLAG

Die amerikanische Originalausgabe erschien 2008 unter dem Titel
»Left to die« bei Kensington Publishing Corp., New York.

Besuchen Sie uns im Internet:
www.knaur.de

Vollständige Taschenbuchausgabe September 2011
Copyright © 2008 by Susan Lisa Jackson
Published by arrangement with Kensington Publishing Corp.,
New York, NY, USA
Copyright © 2011 für die deutschsprachige Ausgabe bei
Knaur Taschenbuch. Ein Unternehmen der Droemerschen
Verlagsanstalt Th. Knaur Nachf. GmbH & Co. KG, München.
Alle Rechte vorbehalten. Das Werk darf – auch teilweise –
nur mit Genehmigung des Verlags wiedergegeben werden.
Redaktion: lüra – Klemt & Mues GbR, Wuppertal
Umschlaggestaltung: ZERO Werbeagentur, München
Umschlagabbildung: FinePic®, München
Satz: Adobe InDesign im Verlag
Druck und Bindung: GGP Media GmbH, Pößneck
Printed in Germany
ISBN 978-3-426-50349-2

2 4 5 3 1

PROLOG

**Bitterroot Mountains, Montana
November**

Er wird dich umbringen.
Er bringt dich um, hier, mitten in diesem schneebedeckten gottverlassenen Tal! Du musst kämpfen, Mandy, kämpfen!
Mandy Ito mühte sich ab, wehrte sich gegen die Stricke, die in ihr nacktes Fleisch schnitten, und spürte dabei den beißend kalten, arktischen Wind, der um die Gebirgsketten des Areals heulte.
Sie war allein. Allein mit dem Psychopathen, der sie entführt hatte.
Himmel, wieso hatte sie ihm vertraut?
Wie um alles in der Welt hatte sie ihn für ihren Retter halten können? Dessen Aufgabe es gewesen wäre, sie gesund zu pflegen, bis der Schneesturm vorüber war, um dann Hilfe zu holen oder sie zum nächsten Krankenhaus zu bringen.
Hatte sie sich von seiner ernsthaften Besorgnis, als er ihr Autowrack fand, einlullen lassen? Waren es diese unglaublich blauen Augen? Sein Lächeln? Seine sanften, beschwichtigenden Worte? Oder lag es daran, dass sie keine Wahl gehabt hatte, weil sie ohne seine Hilfe zweifellos in dieser tiefen, unzugänglichen Schlucht den Tod gefunden hätte?
Warum auch immer, sie hatte ihm geglaubt, hatte ihm vertraut.
Närrin! Idiotin!
Er hatte sich als ihr schrecklichster Alptraum entpuppt, als grausamer Wolf im Schafspelz, und jetzt, o Gott, jetzt musste sie dafür bezahlen.

Zitternd, nur noch beherrscht von dem einen Gedanken, sterben zu müssen, stand sie nackt an einen Baum gebunden. Das dicke Seil schnitt in ihre bloßen Arme und ihren Körper, ihr Mund war so fest zugeklebt, dass sie kaum atmen konnte.
Und er war ganz in ihrer Nähe. So nahe, dass sie spürte, wie sein warmer Atem um den Stamm der kräftigen Kiefer herumstrich, dass sie ihn ächzen hörte, während er all seine Kraft daransetzte, sie zu fesseln. Sie sah aus den Augenwinkeln seine weißen Neopren-Skihosen und den Parka aufblitzen.
Noch einmal zurrte er das Seil fester.
Sie rang nach Luft. Ihr gesamter Körper wurde noch enger an die schuppige Baumrinde gepresst. Schmerz durchzuckte sie, aber sie biss die Zähne zusammen. Sie brauchte nur zu warten. Wenn er nahe genug an sie herankam, konnte sie ihn treten. Mit aller Kraft. Gegen das Schienbein. Oder in seine Geschlechtsteile.
Sie konnte, sie wollte sich das hier nicht gefallen lassen.
Ihr Herz raste, und sie überlegte angestrengt, wie sie sich retten könnte, wie sie sich aus ihren Fesseln herauswinden und den schneebedeckten Wildwechsel wieder hinaufsteigen könnte, den er sie herabgezerrt hatte. Oh, sie hatte sich gewehrt. Hatte sich gewunden und gekämpft, sich auf ihn gestürzt, versucht, sich zu befreien, um nicht dem grauenhaften Schicksal zu begegnen, das er ihr zugedacht hatte. Sie sah noch die frischen Spuren im hohen Schnee – die großen Abdrücke seiner Stiefel und die kleineren Spuren ihrer nackten Füße in einem wilden Zickzackmuster, das entstanden war, als sie zu fliehen versuchte, obwohl er sie mit seinem Messer bedrohte. Blutstropfen leuchteten im weißen Schnee, bezeugten, dass er sie verletzt hatte, dass er aufs Ganze ging.
Lieber Gott, hilf mir, betete sie stumm zum bleigrauen Himmel hinauf, dessen Färbung noch mehr Schnee verkündete.
Er zog das Seil, das sie fesselte, noch fester an.

»Nein!«, versuchte Mandy zu schreien. »*Nein! Nein! Nein!*«
Doch der eklige Knebel füllte ihren Mund und dämpfte ihre Schreie, so dass sie kaum zu hören waren. Panik tobte in ihren Adern, ihr Herz hämmerte.
Warum? Warum ausgerechnet ich?
Sie blinzelte gegen die Tränen an, doch sie spürte, wie salzige Tropfen aus ihren Augen rannen und auf ihren Wangen gefroren.
Nicht weinen. Was du auch tust, zeig ihm nicht, *dass du Angst vor ihm hast. Diese Befriedigung gönnst du dem Scheißkerl nicht. Aber wehre dich auch nicht. Täusch ihm vor, dass du aufgibst, und tue so, als hättest du dich in dein Schicksal ergeben. Vielleicht wird er dann unvorsichtig, und du kannst irgendwie sein Messer an dich bringen.*
Ihr Magen verkrampfte sich noch schmerzhafter, und sie versuchte nun, seine Waffe, ein Jagdmesser, wie man es zum Ausweiden von Wild benutzte, im Auge zu behalten. Es war rasiermesserscharf und würde das Seil problemlos durchtrennen. Genauso problemlos konnte es allerdings auch in ihr Fleisch schneiden.
Ihre Knie wurden weich, und sie musste sich sehr zusammenreißen, um nicht zu jammern und zu betteln, zu wimmern und zu flehen, ihm anzubieten, alles zu tun, was er wollte, damit er ihr nur nichts Böses zufügte.
Los, mach schon, zeig ihm, dass du dich in dein Schicksal ergeben hast ... Aber behalte sein Messer im Auge, das Messer mit der gefährlichen, todbringenden Klinge.
Sie zitterte inzwischen immer heftiger. So sehr, dass sich Borkensplitter in ihre Haut gruben. Zitterte sie wegen des bitterkalten Winds von Montana, der in heftigen Stößen sicherlich von Kanada und der Arktis herüberblies? Oder lag es an der Angst, die in ihren Eingeweiden wühlte?

Trotz Knebel schlugen ihre Zähne aufeinander, und der grausame eisige Wind peitschte ihren Körper. Immer mal wieder sah sie kurz die Beine des Mannes, warm eingehüllt in dicke Jägersocken und weiße Skihosen und seinen schweren, pelzgefütterten Parka, der ihn vor den Elementen schützte, denen sie wehrlos ausgesetzt war.

Dieser verlogene Schweinehund hatte nie die Absicht, dich zu retten, nach diesem grauenhaften Unfall deine Verletzungen zu heilen. Von Anfang an hat er dich am Leben erhalten und den Schneesturm als Vorwand benutzt, keine Hilfe holen zu können, um dich dann umzubringen. Zu einem Zeitpunkt, den er bestimmte. Er hat die Vorfreude ausgekostet, während du dich beinahe in ihn verliebt hättest.

Der Gedanke verursachte ihr Brechreiz. Er hatte es gewusst. Sie hatte es in seinen Augen gesehen, dass er um ihre absolute Abhängigkeit wusste, um ihren albernen, dummen und erbärmlichen Wunsch, ihm zu Gefallen zu sein.

Wenn sie es gekonnt hätte, hätte sie ihn umgebracht. Hier und jetzt, auf der Stelle.

Wieder hörte sie ihn befriedigt murmeln, während er das Seil immer fester zurrte, ihren Rücken noch dichter an die kratzende Borke zwang, ihre Schultern unbeweglich fixierte. Aber sie konnte immer noch treten. Obwohl eins ihrer Beine nach der Unfallverletzung noch schmerzte, glaubte sie in ihrer Verzweiflung, ihn dank ihres intensiven Trainings in diversen Kampfsportarten treffen, ihn böse verwunden zu können.

Doch er achtete penibel darauf, sich auf der anderen Seite des Baums außer Reichweite ihrer Füße aufzuhalten. Und allmählich forderte die Eiseskälte ihren Tribut. Sie bekam Probleme, sich zu konzentrieren, konnte an nichts anderes mehr denken als an ihre vereiste Haut, die arktische Kälte, die ihr in die Knochen drang.

Ihr wurde beinahe schwarz vor Augen. Jeder Atemzug kam mühsam und flach, ihre Lungen brannten vor Sauerstoffmangel.

Vielleicht wäre es ein Ausweg, wenn sie bewusstlos würde. Die Dunkelheit war tröstlich, nahm dem Wind seine Schärfe.

Doch dann sah sie ihn auf sich zukommen, sah, wie er sich vor ihr aufstellte und sie mit grausamem, erbarmungslosem Blick betrachtete.

Wie hatte sie ihn je für gutaussehend halten können? Wie hatte sie zulassen können, dass er in ihren Träumen eine so große Rolle spielte? Wie hatte sie je in Betracht ziehen können, mit ihm zu schlafen?

Langsam zog er sein Messer aus dem Gürtel. Die brutale Metallklinge blinkte im schwindenden grauen Licht auf.

Sie war dem Untergang geweiht.

Sie wusste es.

Schon bevor er langsam, unaufhaltsam, das Messer hob.

1. KAPITEL

Ivor Hicks machte Kälte normalerweise nicht viel aus, doch es gefiel ihm gar nicht, dass er gezwungen war, so kurze Zeit nach einem Schneesturm in diesem Teil der Berge zu Fuß unterwegs zu sein. Hier konnte jederzeit eine Lawine runterkommen, wenn er zu laut hustete, und husten würde er über kurz oder lang, denn seine Lungen rasselten, als ob er eine Krankheit ausbrütete.
Wahrscheinlich sind diese Aliens schuld, entschied er, schüttelte den Gedanken aber rasch wieder ab. Kein Mensch glaubte ihm, dass er Ende der Siebziger von Aliens entführt worden war, die Experimente mit seiner Lunge, seinem Blut und seinen Geschlechtsteilen durchgeführt hatten. Die verfluchten E.T.s hatten seinen ausgelaugten, erschöpften Körper in einer Schneewehe zwei Meilen von seinem Haus entfernt in den Bergen abgelegt. Als er aus dem drogeninduzierten Koma erwachte, lag er, nur mit einer Unterhose bekleidet und halb erfroren, bei einem hohlen Baumstamm, in dem ein Stachelschwein und Käfer hausten, neben sich eine leere Flasche Roggenwhiskey. Aber keiner von diesen elenden Gesetzeshütern hatte ihm glauben wollen.
Der Deputy Sheriff, bei dem er damals Anzeige erstattete, ein kleiner Klugscheißer von etwa dreißig Jahren, hatte sich nicht mal die Mühe gemacht, sein ungläubiges Grinsen zu verbergen. Er hatte nur flüchtig ein Protokoll aufgenommen und Ivor dann ins örtliche Krankenhaus geschleppt, wo er seine Frostbeulen und die Unterkühlung behandeln lassen sollte. Doc Norwood hatte zwar nicht allzu deutlich gezeigt, dass er ihm

nicht glaubte, doch als er Ivor dann ins Krankenhaus in Missoula überwies, hatte er ihm psychiatrische Behandlung angeraten.

Die Idioten.

Sie alle hatten den Aliens lediglich in die Hände gespielt. Crytor, der Anführer der Schar, die ihn in ihr Mutterschiff teleportiert hatte, lachte wahrscheinlich heute noch über die Erklärung der vertrottelten Erdlinge, dass Alkohol, Dehydration und Halluzinationen die Ursache seiner »Verwirrung«, wie die Ärzte es nannten, gewesen seien.

Tja, wohin man sah, nur Dummköpfe.

Sich auf seinen Gehstock stützend, stapfte Ivor den Cross-Creek-Pass hinauf. Seine Wanderstiefel knirschten im Schnee, der Himmel war wie Seide und blau wie das Meer, das er allerdings noch nie gesehen hatte. Aber Flathead Lake hatte er gesehen, und das war ein ziemlich großer See. Das Meer war bestimmt ähnlich, nur viel, viel größer, wenn man den Liveübertragungen von Hochsee-Angelausflügen im Jagd-und-Angeln-TV glauben wollte.

Schwer atmend schleppte er sich den Pfad hinauf, der sich zwischen vorspringenden schneebedeckten Felsbrocken und uralten Tannen, die bis in den Himmel zu reichen schienen, am Berg hochwand. Er blieb stehen, um Luft zu schnappen, sah, wie sein Atem eine Wolke bildete, und verfluchte die Aliens, die ihn zwangen, den Berg hinaufzukraxeln, obwohl ihm seine Arthritis so zu schaffen machte. Die Schmerzen, davon war er überzeugt, hatten sich durch die Experimente, die sie an ihm ausgeführt hatten, und durch den in seinen Körper eingepflanzten Chip noch verschlimmert.

»Ich geh ja schon, ich geh ja«, sagte er, als er wieder dieses leichte Stechen in der Schläfe spürte, das ihn aus dem Bett getrieben hatte, noch bevor die Sonne über den Berggipfeln auf-

gegangen war. Er hatte nicht mal einen Schluck Kaffee getrunken, geschweige denn ein Schlückchen Jim Beam. Crytor, verflucht sei seine orangefarbene Reptilienhaut, war ein schlimmerer Sklaventreiber, als es Lila je gewesen war, Gott hab sie selig. In Erinnerung an seine verstorbene Frau schlug er das Kreuzzeichen über der Brust, obwohl er nicht katholisch war, es nie gewesen war und auch nie sein würde. Es erschien ihm lediglich so, als wäre es hier angemessen.
Crytor schien es nicht einmal zu stören.
In einer Gruppe von Tannen entdeckte er Elchspuren und -dung im Schnee und wünschte sich, seine Flinte mitgenommen zu haben, obwohl zurzeit nicht Jagdsaison war. Wer würde das schon mitbekommen?
Na ja, Crytor eben.
Nach einer Wegbiegung erhaschte er einen Blick tief nach unten ins Tal.
Er blieb wie vom Donner gerührt stehen, wäre um ein Haar abgerutscht.
Sein sechsundsiebzig Jahre altes Herz hätte ihm beinahe den Dienst versagt, als sich seine Augen, scharf wie eh und je, auf eine einzeln stehende Kiefer und eine nackte, an deren Stamm gefesselte Frau hefteten.
»Heilige Mutter Maria«, flüsterte er und lief den Berg hinunter. Sein Gehstock bohrte sich tief in den Schnee, bis zum gefrorenen Boden hinab, so eilig rannte er.
Kein Wunder, dass die Aliens ihm das da zeigen wollten.
Wahrscheinlich hatten sie sie entführt, mit ihr getan, was sie wollten, und sie dann hier in diesem eisigen, abgelegenen Tal zurückgelassen. So waren sie nun mal, die Aliens.
Er wünschte, er hätte ein Handy, wenngleich er gehört zu haben meinte, dass die Dinger so hoch oben in den Bergen sowieso nicht funktionierten. Zu weit weg von irgendwelchen Funk-

türmen. Er glitt aus, fing sich jedoch wieder und hastete den vertrauten Weg hinunter. Wahrscheinlich lebte sie noch. War nur durch Betäubung gefügig gemacht worden. Er konnte sie in seine Jacken hüllen, zurücklaufen und Hilfe holen.

Ivor grub seinen Stock rasch und tief in den Schnee und eilte die Serpentinen hinunter zur Talsohle, wo eine Schneeeule leise in der ansonsten gespenstisch stillen Schlucht schrie.

»Hey!«, rief er im Laufen, ziemlich außer Atem. »Hey!«

Doch bevor er die an den Baum gefesselte Frau erreicht hatte, blieb er abrupt stehen und erstarrte.

Das hier war nicht das Werk von Aliens.

Hölle, nein, das war es nicht.

Es war das Werk des Teufels persönlich.

In seinem faltigen Nacken sträubten sich die Haare. Diese Frau, eine Asiatin, war längst tot. Ihre Haut war bläulich verfärbt, Schnee puderte das dunkle, glänzende Haar, die Augen starrten leblos ins Leere, und gefrorenes Blut bedeckte hier und da ihren Körper. Ihr Mund war geknebelt. Die Seile, die sie an den Baum fesselten, hatten tiefe Einschnitte, Blutergüsse und Striemen an Armen, Brust und Taille hinterlassen.

Irgendwo ächzte ein Ast unter der Schneelast, und Ivor hatte das Gefühl, als würden ihn unsichtbare Augen beobachten.

Nie im Leben hatte er solche Angst gehabt. Noch nicht einmal als Gefangener Crytors.

Wieder wünschte er sich sein Jagdgewehr herbei, bewegte sich langsam rückwärts, schlich verstohlen auf demselben Weg zurück, den er gekommen war, bis er sich, am Bergpfad angekommen, umdrehte und rannte, so schnell ihn seine Beine trugen.

Derjenige, der dieser Frau das angetan hatte, musste das schiere, tödliche Böse selbst sein.

Und es war noch zu spüren.

Detective Selena Alvarez ließ sich auf ihren Schreibtischstuhl fallen. Es war zwar noch nicht mal sieben Uhr morgens, aber sie musste stapelweise Papierkram durcharbeiten, und die ungelösten Fälle der beiden toten Frauen, die im Abstand von fast einem Monat aufgefunden worden waren – aneinandergekoppelte Fälle aufgrund der Tatsache, dass beide Leichen im Schnee zurückgelassen worden waren –, ließen ihre Gedanken nicht los.

Es reichte schon aus, sich diese Leichen vorzustellen – wie sie nackt, an Bäume gefesselt, geknebelt und im Schnee zum Sterben zurückgelassen worden waren –, um ihr das Mark in den Knochen gefrieren zu lassen. In den letzten Jahren waren in Pinewood County und Umgebung nur selten und in großen Zeitabständen Leichen gefunden worden, gewöhnlich als Folge von Jagd-, Angel-, Ski- oder Wanderunfällen. Einmal war ein Jogger von einem Puma beinahe tödlich verletzt worden, und immer mal wieder geriet ein Ehestreit außer Kontrolle, angeheizt durch Alkohol oder Drogen, wozu dann noch eine griffbereite Waffe kam. Aber Mord war in diesem Teil des Landes ungewöhnlich. Mehrfache Morde waren noch seltener. Ein Serienmörder in dieser Gegend? Unerhört.

Doch hier hatten sie wahrhaftig einen.

Sie brauchte sich nur auf ihrem Monitor die Leichen von Theresa Kelper und Nina Salvadore anzusehen, zwei Frauen, die sonst wenige Gemeinsamkeiten hatten, um zu wissen, dass sich ein Psychopath in der Nähe aufhielt oder durchgereist war.

Mit einem Mausklick holte sie die Fotos von der Leiche des ersten Opfers, Theresa Kelper, auf ihren Monitor. Noch ein paar Klicks, der Bildschirm teilte sich und öffnete nun ein Foto vom Führerschein der Frau, ausgestellt von der Kraftfahrzeugbehörde in Idaho, ein Foto von dem Wrack des grünen Ford Eclipse mit der Kennzeichnung *Tatort eins* und eine weitere Aufnahme von einer einzelnen Tanne in einem verschneiten Tal, an deren Stamm die Frau gefesselt war, unterschrieben mit *Tatort zwei*. Das letzte Bild zeigte einen Zettel, der über dem Kopf der Frau an den Stamm genagelt worden war und ihre Initialen aufwies: TK. Sie waren in Blockbuchstaben unter einen Stern geschrieben, der nicht nur auf das weiße Papier gezeichnet, sondern außerdem noch etwa fünfzehn Zentimeter über ihrem Kopf ins Holz geritzt war. Das Labor hatte Blutspuren in der Schnitzerei gefunden, Blutspuren des Opfers.

Alvarez biss die Zähne zusammen und betrachtete die Hinterlassenschaften der Lehrerin aus Boise. Feinde waren nicht bekannt. Sie war seit zwei Jahren verheiratet, hatte keine Kinder, und der Ehemann war am Boden zerstört. Er hatte ausgesagt, sie sei zu Besuch bei ihren Eltern in Whitefish gewesen, was sich als wahr erwies. Die Eltern und der Bruder des Opfers waren außer sich vor Trauer und Schmerz. Der Bruder hatte verlangt, die Polizei solle endlich »das Monster finden, das ihr das angetan hat!«.

»Wir arbeiten daran«, sagte Alvarez zu sich selbst, schlug eine Akte auf und sah sich die Kopie des Zettels noch einmal an.

Ein Stern, ähnlich dem, der über dem Kopf des Opfers in den Baum geritzt worden war, war über den Buchstaben auf das Blatt gezeichnet:

T   K

Warum?, überlegte Alvarez. Was wollte der Mörder damit sagen? Das Büro des Sheriffs hatte alle Leute, die sie zuletzt lebend gesehen hatten, überprüft und bisher nichts finden können. Sie hielten den Mord für einen Einzelfall – bis das zweite Opfer unter gleichartigen Umständen gefunden worden war.

Noch einmal betätigte Alvarez ihre Maus, und ein neues Bild erschien auf dem Monitor, dem ersten so zum Verwechseln ähnlich, dass ihr das Blut in den Adern stocken wollte. Eine nackte Frau mit langem dunklem Haar war an den Stamm einer Tanne gebunden. Es handelte sich hier zwar um einen anderen Schauplatz, aber alles erinnerte auf gespenstische Weise an den ersten Fall.

Opfer Nummer zwei war Nina Salvadore, alleinerziehende Mutter und Programmiererin aus Redding, Kalifornien. Auch sie war in einem kleinen Tal mitten in der Wildnis der Bitterroots an einen Baum gefesselt aufgefunden worden. Ihre Leiche befand sich zwei Meilen entfernt von ihrem Fahrzeug, einem Ford Focus, zerschrottet zu einem unförmigen Klumpen aus roter Farbe, Metall und Plastik, der einige Wochen zuvor gefunden worden war.

Der über Salvadores Leiche in den Stamm geritzte Stern fand sich in leicht veränderter Position in Bezug auf ihren Körper, und auch der am Tatort zurückgelassene Zettel sah etwas anders aus. Dieses Mal wies der Bogen Standard-Druckerpapier ebenfalls einen aufgezeichneten Stern, aber andere Buchstaben auf. Wie es aussah, waren die Initialen beider Opfer leicht durcheinandergerüttelt worden:

T SK N

Trieb der Mörder ein Spiel mit ihnen? Wenn er lediglich die Urheberschaft für beide Morde für sich beanspruchen wollte, warum schrieb er dann nicht einfach TKNS in der Reihenfolge der Vor- und Zunamen der Frauen? Warum hatte er die Reihenfolge der Buchstaben umgestellt?

Alvarez kniff die Augen zusammen. Sie war ein Computergenie und hatte bereits verschiedene Entschlüsselungsprogram-

me durchlaufen lassen, um herauszufinden, ob hinter den vier Buchstaben irgendeine Bedeutung steckte. Bisher ohne Erfolg.
»Mistkerl«, knurrte sie und versuchte, sich vorzustellen, was für ein Ungeheuer etwas so Brutales, Grausames tun und eine Frau im Winter mitten in der Wildnis von Montana auf diese Weise erfrieren lassen konnte.
Die Gespräche mit den Menschen, die Nina Salvadore am nächsten standen, hatten keine zusätzlichen Hinweise gebracht. Sie war auf dem Rückweg nach Kalifornien, wollte sich jedoch vorher mit Freunden in Oregon treffen, und kam aus Helena, Montana, wo sie ihre Schwester besucht hatte. Die Vermisstenanzeige war zuerst in Oregon aufgegeben worden, nachdem sie nicht in der Kleinstadt Seaside eingetroffen und schon vierundzwanzig Stunden überfällig gewesen war. Am selben Tag hatte dann Ninas Schwester in Helena ebenfalls eine Vermisstenanzeige aufgegeben.
Trotz gründlichster Untersuchungen der Fundorte der Leichen und der Autowracks und der Zusammenarbeit mit der Polizei in den jeweiligen Heimatstädten der Frauen konnte das Morddezernat bisher keinen einzigen Verdächtigen vorweisen.
Waren es willkürliche Morde? Oder waren die Opfer ausgesucht und vorher belauert worden? Alvarez nagte an ihrer Unterlippe. Sie fand einfach keine Antworten.
Nachdem sie ein paar Minuten lang auf den Monitor gestarrt hatte, gab sie es auf, verließ ihren Schreibtisch und schritt einen langen Flur entlang. Sie bog nach links und gelangte durch eine Tür in den Frühstücksraum, einen fensterlosen Bereich mit einer kleinen Küche und ein paar Tischen.
Eine Glaskanne mit altem, längst eingedampftem Kaffee stand auf der Wärmeplatte. Reste von der Nachtschicht. Selena entsorgte die dunkle Flüssigkeit samt dem Kaffeepad, um frischen

zu bereiten. Sie spülte die Kanne aus, füllte den Wasserbehälter und fand in einer Schublade einen neuen Kaffeepad.
Während die Kaffeemaschine fauchte, tropfte und köchelte, dachte sie über die grotesken Morde nach. Das Labor hatte in den Haaren beider Opfer Spuren von Rinde gefunden. Das Holz entsprach dem der Bäume, an die sie gefesselt waren. Die Blutergüsse und Prellungen an den Leichen stammten unübersehbar von den Fesseln, und beide wiesen Schnittwunden von einem Messer auf, nicht tief, nur ein rascher kleiner Schnitt oder Stich, als hätte derjenige, der sie zum endgültigen Schauplatz ihres Todes schleifte, sie auf diese Weise vorwärtsgetrieben.
Doch andere Verletzungen hatten laut Autopsiebericht angefangen zu verheilen. Es waren Verletzungen, die mit demjenigen übereinstimmten, was ihnen bei ihrem Autounfall zugestoßen sein musste: Mittelhandfrakturen, angebrochene Rippen und in Theresa Kelpers Fall einen gebrochenen Unterarmknochen, in Nina Salvadores ein Schlüsselbeinbruch und ein verrenktes Knie. Wie es aussah, waren die Brüche beider Frauen gerichtet und ihre Schürfwunden behandelt worden. Offenbar war bei Salvadore sogar erst kürzlich eine Wunde an der Wange und eine am Schädel genäht worden, was man daran erkennen konnte, dass das Haar an der betreffenden Stelle abrasiert worden war.
Wo hatte er die Frauen festgehalten?
Und warum?
Warum hatte er sie gewissermaßen fast gesund gepflegt, um sie schlussendlich nackt dem eisigen Wetter auszusetzen? Warum hatte er sie geheilt, nur, um sie dann sterben zu lassen?
Laut Gerichtsmedizin waren beide Frauen nicht sexuell belästigt worden.
Der Fall war sonderbar. Nervenaufreibend. Und Alvarez hatte schon Dutzende von Überstunden mit dem Versuch verbracht, sich in den Mörder hineinzudenken. Ohne Erfolg.

Das FBI war hinzugezogen worden. Agenten aus Salt Lake City waren gekommen und wieder gegangen. Ohne Ergebnis. Die Kaffeemaschine auf dem Küchentresen gurgelte und spuckte die letzten Tropfen in die Glaskanne, als Joelle Fisher, die Sekretärin und Empfangsdame des Dezernats, hereinwirbelte.

»Oh, du hast schon Kaffee gekocht. Das ist eigentlich mein Job, weißt du«, sagte sie mit ihrem allgegenwärtigen Lächeln. Joelle ging auf die sechzig zu, sah aber zehn Jahre jünger aus. Das Einzige, was dagegen sprach, war ihre Gewohnheit, ihr platinblondes Haar zu einer Frisur zu toupieren, die doch sehr an die Kinoheldinnen der fünfziger Jahre erinnerte. Jedes Mal, wenn sie ihr begegnete, musste Alvarez an die Filme denken, die sie früher gemeinsam mit ihrer Mutter angesehen hatte.

»Ja, ich weiß.«

Joelle verzog das hübsche Gesicht, sammelte rasch ein paar alte Servietten und Rührstäbchen von einem der Tische ein und wischte ihn ab. »Du handelst mir Probleme mit dem Sheriff ein.«

Selena füllte einen Becher mit Kaffee und dachte bei sich, dass es Sheriff Dan Grayson wohl ganz egal sein würde, wer den Kaffee kochte, doch sie behielt ihre Meinung für sich. Joelles selbstgefällige Art in Bezug auf sämtliche Haushaltsfragen störte sie nicht sonderlich. Wenn sie die Küche als ihr kleines Königreich betrachten wollte, bitte schön.

»Hey!« Cort Brewster, der Undersheriff, stapfte, eine Zeitung unter den Arm geklemmt, in die Küche.

»Wie sieht's aus?«, fragte Alvarez und schenkte ihm einen Hauch von einem Lächeln. Brewster war ein feiner Kerl, glücklich verheiratet, Vater von vier Kindern, aber er hatte etwas an sich, das sie ein bisschen nervös machte. Ein Glitzern in den Augen vielleicht, oder die Tatsache, dass sein Lächeln nicht im-

mer seine Augen erreichte. Vielleicht war sie aber auch übersensibel. Brewster hatte ihr noch nie etwas getan und, soweit sie wusste, auch sonst niemandem in ihrer Abteilung.
»Falls Ihnen der Kaffee nicht schmeckt, tut es mir leid«, sagte Joelle und hob resigniert die Hände. »Er, hm, er lief bereits durch, als ich hier ankam.« Ihre perfekten, zart pink gefärbten Lippen schmollten leicht, und sie zog die Brauen hoch wie eine Schulmeisterin, die den kleinen Timmy zurechtweist, weil er unter dem Tisch mit sich gespielt hat.
»Meine Schuld, wenn der Kaffee wie Spülwasser schmeckt«, gestand Alvarez. »Ich habe ihn gekocht.«
Lachend holte Brewster sich einen Porzellanbecher aus dem Schrank und goss sich Kaffee ein. Verschnupft stolzierte Joelle aus der Küche; empört klapperten ihre High Heels den Flur entlang.
»Sieht aus, als hättest du heute Morgen schon jemandem auf die Zehen getreten«, bemerkte Brewster.
»Wie *jeden* Morgen.« Selena trank einen Schluck Kaffee. »Für die Arbeit hier müsste man eine Gefahrenzulage bekommen.«
»Miau«, machte Brewster leise über seinem Becher.
»Das gehört eben dazu.« Sie zuckte die Achseln und ging wieder zu ihrem Schreibtisch zurück. Ihre Schicht begann zwar erst in einer Dreiviertelstunde, doch ein paar Kollegen von der Nachtschicht unterhielten sich nur noch und packten bereits ein.
Als das Telefon klingelte, setzte sie sich. Sie meldete sich mit einem Brummen.
»Alvarez? Hier ist Peggy Florence aus der Zentrale. Ich habe einen Anruf bekommen, den sollten Sie sich mal anhören.«
Peggys Tonfall ließ ahnen, was kam, und sie wappnete sich.
»Ist gerade erst vor zwei Minuten reingekommen. Von Ivor Hicks. Wenn man ihm glauben kann, gibt es wohl ein neues Opfer.«

»… und heute ist wieder ein typischer Wintertag in Montana mit Minusgraden, vereisten Straßen und einer weiteren Schneesturmwarnung für den Nachmittag.« Der Nachrichtensprecher im Radio klang entschieden zu munter angesichts der Neuigkeiten, die er verbreitete. »Gleich anschließend hören Sie einen ausführlichen Bericht über die Situation auf unseren Straßen und darüber, wo überall wetterbedingt die Schule ausfällt, also bleiben Sie dran, bei KKAR auf siebenundneunzig Komma sechs.«

Als Überleitung erklangen die ersten Töne von »Winter Wonderland«.

Regan Pescoli wühlte ihr Gesicht tiefer ins Kopfkissen und stöhnte bei dem Gedanken ans Aufstehen laut auf. Bing Crosbys Schnulze über die Freuden des Schnees war nicht unbedingt das, was sie hören wollte, nicht an diesem Morgen. Ihr Kopf dröhnte, sie hatte einen scheußlichen Geschmack im Mund, und das Letzte, was sie jetzt wollte, war, sich aus dem schönen warmen Bett zu wälzen und zum Büro des Sheriffs zu fahren, wo nach dem letzten Schneesturm wahrscheinlich wieder der Teufel los war.

Außerdem war es erst November. Bis Weihnachten war es noch lange hin.

Ohne die Augen zu öffnen, schlug sie nach der Aus-Taste des Radios, verfehlte sie und bemerkte erst jetzt, dass sie sich gar nicht in ihrem eigenen Bett befand. Mühsam hob sie ein Augenlid und sah sich um, nur um die zerkratzte, schäbige Einrichtung von Zimmer sieben im North Shore zu erkennen, einem kleinen Motel am Ort, in dem sie mit ihrem Gelegenheits-Lover hin und wieder eine Nacht verbrachte. Nebensächlich war, dass das niedrige Betonstein-Motel im Süden der Stadt nahe an der Landesgrenze lag und trotz des Namens weit und breit kein Ufer, kein Fluss, kein See und ganz bestimmt kein Meer zu sehen war.

Regan blinzelte in das höhnisch aufleuchtende rote Digital-Display des Radioweckers: 7:08 Uhr. Wenn sie sich nicht sputete, kam sie zu spät zur Arbeit.
Wieder einmal.
Regan befreite die Beine von der zerwühlten, blass gestreiften Bettdecke des Doppelbetts.
Er lag einfach so da, schnarchte leise, kehrte ihr seinen unglaublich muskulösen Rücken zu, und sein Haar stach schwarz und glänzend vom Kopfkissen ab. »Süße Träume, Teufelskerl«, flüsterte sie ungnädig und suchte im Dunkeln ihre Sachen zusammen. Schwarzer Spitzenslip, dazu passender BH, Hose und Pullover.
»Gleichfalls, Sonnenschein«, flüsterte er, ohne auch nur den Kopf zu heben.
»Manche Leute müssen arbeiten.«
»Tatsächlich?« Er wälzte sich herum, war auf Anhieb hellwach, packte sie an der Hand und zog sie zurück aufs Bett.
»Ich habe keine Zeit für solche ...«
»Doch, hast du.«
»Wirklich, ich ...«
Doch er hatte ihr bereits den BH wieder abgestreift, den sie gerade angezogen hatte, und riss ihr mit einer raschen, sicheren Bewegung den Slip herunter. Er zog sie über sich, und sie spürte seine Erektion, dick, hart und bereit.
»Du elender Mistkerl«, sagte sie, als er in sie hineinstieß.
»Ganz recht.«
Himmel, war er gut. Innerhalb von Sekunden war sie feucht, und seine Hände, die ihre Brüste kneteten, bevor er sich halb aufrichtete, um an ihren Brustwarzen zu saugen, ließen sie vor Wonne aufschreien.
Seine Bewegungen waren schnell. Sicher. Gründlich.
Sie keuchte, ihr Atem ging schnell und flach, das Blut rauschte

heiß durch ihre Adern, in ihrem Kopf drehten sich Bilder von Liebemachen und Begehren.
Ihre Fingernägel gruben sich in seine Schultermuskeln, als sie die Kontraktionen kommen fühlte. Ein überwältigender Spasmus nach dem anderen; sie legte den Kopf in den Nacken und schloss die Augen. Der Orgasmus nahm tief in ihrem Inneren seinen Anfang und erschütterte sie bis in die Seele. »O Gott … o Gott …«
Er hielt sie fest, seine kräftigen Hände umspannten ihre Taille, pressten ihren Körper eng an seinen, während er aufwärts zustieß, schneller und schneller, bis ihr der Atem stockte und sie erneut die Kontrolle über ihr Denken verlor. »Uuuh«, hauchte sie, als er sich schließlich aufbäumte, die Muskeln an den Oberschenkeln hart und fest. Mit einem Knurren und einem letzten, heftigen Stoß ließ er los, ergoss sich in ihr.
Sie spürte, wie er sich versteifte, wie seine Rückenmuskeln zuckten, und als sie die Augen öffnete, sah sie, dass er sie anblickte, wie immer, wenn sie sich liebten.
Schweiß rann ihr über den Rücken und kräuselte das Haar in ihrem Nacken. »Fahr zur Hölle.«
»Zu spät«, sagte er und zog sie lachend herab auf die zerwühlten Laken. »Ich bin bereits da.«
»Ich weiß.« Sie stieß einen langen Seufzer aus und ermahnte sich, dass sie jetzt aber wirklich aufstehen musste. »Ich auch.«
»Du bist spät dran, weißt du?«
»Das macht dir Spaß, wie?«
»Was macht mir Spaß?«
»Ein gemeiner Kerl zu sein.«
Sein Grinsen blitzte weiß und frech im Halbdunkel. »Nein, Schätzchen, dir macht es Spaß.«
Sie schnaubte und wälzte sich aus dem Bett, hob ihre Kleider auf und flüchtete, bevor er sie noch einmal packen konnte, ins

Bad, wo es so kalt war, dass ihr Atem kleine Wölkchen vor ihrem Mund bildete. Was war es nur, das ihn so verflixt verführerisch wirken ließ? Warum konnte sie nie nein sagen und auch dabei bleiben? Was an ihm fand sie denn so sexy? Hatte sie sich nicht immer wieder geschworen, dass sie über ihn hinwegkommen, nicht wieder in seine Falle tappen würde?
Ja, toll, das hatte viel genützt.
Wenn er nur nicht so unverschämt gut ausgesehen hätte.
Sie hatte viele Männer gekannt. Viele gutaussehende Männer. Die meisten mit eisenhartem Körper. Aber dieser hier ... dieser war anders.
Tatsächlich? Ist er nicht nur ein weiterer böser Junge in einer langen Reihe, angefangen mit Chad Wheaton in der achten Klasse? Sieh den Tatsachen ins Gesicht, Regan, du hast einen grauenhaften Männergeschmack und zum Beweis dafür ausreichend Scheidungsurteile vorliegen.
Sie blickte in den Spiegel und verzog das Gesicht: rotgeränderte Augen, zerzaustes Haar, verlaufenes Make-up, einen riesigen Knutschfleck seitlich am Hals. Sie sah furchtbar aus. Und ihr blieb keine Zeit mehr, nach Hause zu fahren und ausgiebig zu duschen. Eilig wusch sie sich mit Waschlappen und warmem Wasser. Sie spritzte sich Wasser ins Gesicht und wischte die Wimperntusche- und Lippenstiftspuren vom Vortag ab. Dann reinigte sie sich mit dem Lappen in den Achselhöhlen und zwischen ihren Beinen.
Binnen fünf Minuten war sie fertig. Schlüpfte in die Kleider, strich sie einigermaßen glatt, legte Make-up auf und fasste die Haare zu einem Lockentuff tief im Nacken zusammen. Als sie danach ins abgedunkelte Schlafzimmer zurückkam, hörte sie ihn schon wieder schnarchen.
»Mistkerl«, knurrte sie, bemüht, ärgerlicher zu wirken, als sie war.

»Ich hab's gehört«, kam es gedämpft aus den Kissen.
»Gut.« Sie schlüpfte in die Stiefel, die sie an der Tür ausgezogen hatte, und schnappte sich ihre Jacke von der Stuhllehne. Dann legte sie das Schulterhalfter an, prüfte nach, ob ihre Waffe gesichert war, und schob ihre Brieftasche mit der Dienstmarke in die Tasche.
Ohne ein weiteres Wort stieß Detective Regan Pescoli die Moteltür auf und trat hinaus in die bittere Kälte eines neuen Wintermorgens in Montana.
Was war denn nur los mit ihr?, fragte sie sich auf dem Weg zu ihrem Jeep. Sie schloss die Fahrertür auf und setzte sich hinters Steuer. Ihr Handy klingelte, als sie rückwärts von dem mit Schlaglöchern durchsetzten Parkplatz fuhr, und sie warf einen Blick auf das Display. Zum Glück handelte es sich bei dem Anrufer nicht um ihren Ex-Mann oder um seine widerliche Barbiepuppe von Frau, die wegen der Kinder anrief.
Aber es waren keine guten Nachrichten. Sie kannte die Handynummer auf dem Display: ihre Partnerin, Selena Alvarez.
»Pescoli«, meldete sie sich, sah in den Rückspiegel und schaltete auf »Drive«.
»Wir haben noch eine.«
Regans Herz setzte einen Schlag aus. Sie wusste, was jetzt kam. Noch eine Leiche, gefunden in den eisigen Felsen und Tälern der Bitterroot Mountains, mit schönen Grüßen von ihrem ureigenen Serienmörder. »Wo?«
»Wildfire Canyon.« Ganz und gar geschäftsmäßig erklärte sie Pescoli den Weg zum Tatort.
»Bin in einer halben Stunde da«, sagte sie und beendete das Gespräch. Die Reste der großen Cola light von gestern, wahrscheinlich gefroren, befanden sich noch in dem Becherhalter zwischen den Schalensitzen. Sie überlegte nicht lange, griff nach dem durchweichten Pappbecher, nahm den Strohhalm

zwischen die Lippen und trank einen langen Zug von dem schal gewordenen Getränk. Als sie auf die Landstraße bog, kramte sie im Handschuhfach nach den Zigaretten, die sie dort versteckt hielt. Sie rauchte inzwischen nur noch eine Schachtel pro Woche. Das war nicht schlecht angesichts ihrer früheren Gewohnheit, drei Päckchen am Tag zu rauchen. Aber dieser Killer, der Frauen in der Eiseskälte aussetzte und sie dort umkommen ließ, machte all ihre guten Vorsätze zunichte.

Sie plante, nach Neujahr, in knapp zwei Monaten also, ganz und gar aufzuhören, doch unter dem Druck vonseiten ihres Ex-Manns, ihres Jobs und dieses geisteskranken Idioten, der sich an der Folterung seiner Opfer in der Kälte Montanas aufgeilte, befürchtete sie, dass alle guten Vorsätze und Absichten ins Wanken gerieten.

Sie schaltete die Sirene und das rotierende Licht ein und trat das Gaspedal durch. Der Mann im Motelzimmer kam ihr kurz noch einmal in den Sinn, doch sie drängte ihn energisch in den hintersten Winkel ihres Bewusstseins zurück. In den Winkel, den sie meistens eher links liegenließ, weil sie dort daran erinnert wurde, dass sie noch immer eine sinnliche sexy Frau mit gewissen Bedürfnissen war.

Im Augenblick jedoch, wie den größten Teil ihres Lebens, war sie Polizistin.

Schluss jetzt mit bösen Jungs, sie hatte in einem Mordfall zu ermitteln.

2. KAPITEL

Ohne auf den schneidenden Wind zu achten, nahm Alvarez den Tatort in Augenschein, wo eine nackte Frau an einen einzeln stehenden Baum gebunden worden war. Äste raschelten, und Schnee wehte von den schwerbeladenen Zweigen.
Selena Alvarez hatte in ihrem ganzen Leben noch nie solche Kälte gefühlt. In Dienstjacke und -hose stand sie vor der erstarrten Leiche, und das Blut gefror ihr in den Adern vor Entsetzen.
Das Opfer sah aus, als wäre es asiatischer Herkunft. Glattes schwarzes Haar, jetzt mit einem Schneehäubchen bedeckt, vormals glatte Haut, jetzt von Blutergüssen und Schrammen verunstaltet, Blut, das den Schnee an der Wurzel des Baumes rot färbte. Der Schnee, vor nicht allzu langer Zeit von Stiefeln und nackten Füßen zertreten und dann wieder überfroren, bildete deshalb trotz des neuerlichen Schneefalls keine glatte weiße Decke mehr.
Die Kriminaltechniker hofften, von den verbliebenen Fußspuren Abdrücke nehmen zu können oder Beweismaterial in Form von Erde, Haaren, Fasern oder anderen Rückständen von der Kleidung oder den Stiefelsohlen des Täters zu finden.
Alvarez sah in dieser Hinsicht ziemlich schwarz, denn bisher war der Mörder entweder sehr penibel gewesen oder hatte einfach großes Glück gehabt.
Wie in den vorangegangenen Fällen befand sich auch hier ein Zettel am Tatort, über dem Kopf des Opfers an den Baum genagelt, und über ihrem Scheitel war ein Stern in die Rinde geritzt. Doch wieder schien die Position des Sterns leicht ver-

schoben zu sein, entsprechend seiner Plazierung auf dem Blatt Papier.
Dieses Mal lautete die Botschaft:

>MIT SK N<

»Was soll das heißen?«, fragte Brewster, der zusammen mit Alvarez zum Tatort gefahren war.
»Weiß nicht.«
»Soll das eine Art Warnung oder Erklärung sein?«
Alvarez schüttelte den Kopf. »Er führt uns an der Nase herum. Offenbar sind M und I die Initialen des Opfers, aber es ist unklar, welcher Buchstabe für den Vor- und welcher für den Nachnamen steht.«
»Du meinst, wie zum Beispiel Magdalena Ingles oder Ida Mannington?«
»Ja«, bestätigte sie sarkastisch und ging mit etwas Abstand langsam um den Baum herum. »Wie Magdalena.« Die Kriminaltechniker und der Gerichtsmediziner untersuchten bereits die Leiche, versuchten, den Zeitpunkt des Todes und vielleicht die Todesursache zu bestimmen, und sahen sich in ihrer Umgebung nach eventuellen anderen Beweisstücken oder überraschenden Funden überhaupt um.
Was die Todesursache betraf, hätte Alvarez darauf gewettet, dass sie der der anderen Opfer entsprach: Erfrieren. Zwar wies die Leiche dieser Frau weit mehr Blutergüsse und Schnittwunden auf, doch Alvarez vermutete, dass das Endergebnis das gleiche sein würde. Vielleicht wurde der Mörder gewalttätiger, vielleicht erregte es ihn immer mehr, seine Opfer zuerst zu foltern. Oder diese zierliche Frau hatte sich heftiger gewehrt als die anderen, weil sie womöglich bei dem »Unfall«, als ihr Auto von der eisglatten Straße abkam, weniger Verletzungen erlitten hatte.

»Ein Fahrzeug wurde bisher nicht gefunden«, sagte Brewster, als hätte er ihre Gedanken gelesen.

»Noch nicht.« Selena blickte zu ihm auf. »Nur noch eine Frage der Zeit.« Aus den Augenwinkeln sah sie eine Bewegung auf dem Weg, über den sie in diese Schlucht gelangt waren, dann tauchte dort ihre Partnerin Regan Pescoli in voller Lebensgröße auf und trug sich in die Anwesenheitsliste des Verkehrspolizisten ein, der als Erster am Tatort eingetroffen war.

Pescoli trug eine Sonnenbrille, obwohl es nicht sonderlich hell war und Wolken aufzogen, und die gleiche, wenig schmeichelhafte wetterfeste Kleidung wie die übrigen Detectives und Polizisten am Tatort.

»Da haben wir also die Nächste«, sagte Regan, bei Alvarez und Brewster angekommen. Ihr Gesicht war gerötet, das rote Haar lockte sich wild unter ihrer Strumpfmütze hervor, und der Geruch von Zigarettenrauch hüllte sie ein wie ein Leichentuch.

Alvarez zweifelte keine Sekunde daran, dass Pescoli am Vorabend einen draufgemacht, sich wieder einmal auf irgendeinen Loser eingelassen hatte, aber sie sagte nichts dazu. Solange die Freizeitbeschäftigungen ihrer Partnerin sie nicht in der Ausübung ihres Berufs beeinträchtigten, gingen sie Selena im Grunde gar nichts an.

»Ja, sieht ganz so aus«, bestätigte sie. Sie informierte Pescoli, dass kein Fahrzeug gefunden worden war, zu der bisherigen Botschaft neue Buchstaben hinzugekommen waren und Ivor Hicks die Leiche entdeckt hatte.

»Der alte Hicks war hier oben?«, hakte Pescoli nach und ließ den Blick hinter den dunklen Gläsern über die trostlose Gegend schweifen.

»Auf einem Spaziergang.«

»Wer macht denn vor Sonnenaufgang hier oben einen Spaziergang?«

»Es waren mal wieder die Aliens«, erklärte Brewster. »Sie haben ihn gezwungen.«
Pescoli verzog den Mund zu einem abschätzigen Lächeln. »Hat Crytor, dieses Reptilien-Genie, ihn hier raufgeschickt?«
»Der General, der Reptilien-General. Nicht Genie«, korrigierte Brewster. Auf dem Revier wussten alle Bescheid über Hicks' Entführung auf das »Mutterschiff«, wo die Aliens Experimente und Versuche mit ihm angestellt hatten. Das Lokalblättchen hatte die Story in den Siebzigern gebracht, und dann noch einmal vor kurzer Zeit, zum dreißigsten Jahrestag der Entführung.
»Hatte Ivor getrunken?«, wollte Pescoli wissen.
Alvarez schüttelte den Kopf. »Er sah nicht so aus.«
»Er trinkt eine Menge.«
»Ich weiß.«
Brewster schnaubte verächtlich. »Diese Aliens, die Versuche mit ihm angestellt haben? Möchte wissen, ob sie auch einen Alkoholtest durchgeführt haben.«
Alvarez lächelte schwach.
»Ja, wahrscheinlich glauben sie seitdem, dass alle Menschen mit einem Alkoholpegel von über drei Promille herumlaufen.«
Pescoli betrachtete das Opfer, während die Sanitäter Plastikbeutel über die Hände und Füße stülpten, die Frau losschnitten und in einen Leichensack legten. »Ich glaube nicht, dass Ivor die Kraft, den Verstand und so weiter hat, um der Täter sein zu können. Was mag er wiegen, sechzig, fünfundsechzig Kilo?« Sie schüttelte den Kopf. »Du hast mit ihm gesprochen?«, fragte sie Alvarez.
»Ausführlich. Er sitzt in Deputy Hansons Wagen, falls du mit ihm reden willst.«
»Ja«, sagte Pescoli.
»Dir ist klar, dass er sofort zur Presse rennt, wenn er wieder in der Stadt ist?«

Pescoli verzog das Gesicht. »Einige Einzelheiten haben wir der Presse vorenthalten, aber falls Ivor seine große Klappe aufreißt ...«

»Dann kommen sämtliche Schwachköpfe, die ein bisschen Publicity wollen, aus ihren Löchern«, sagte Alvarez und dachte voller Unbehagen an die Kraft und die Stunden, die sie damit verschwenden würden, all die Möchtegerns auszusortieren. Das Aussondern unsinniger Aussagen würde ihnen eine Menge Zeit stehlen, die sie sonst der Jagd auf den Mörder hätten widmen können.

»Er gehört dir.« Alvarez' Kinn wies in die Richtung des Wegs, über den sie alle in die Schlucht gelangt waren, und Pescoli machte sich auf, in der Hoffnung, Ivor Hicks' alkoholgetränktem Hirn ein paar mehr Informationen entlocken zu können.

»Viel Glück«, knurrte Alvarez.

»Danke.« Pescolis Lächeln war ohne jegliche Wärme. »Ich funke die Vermisstenabteilung an und frage nach einer asiatischen oder asiatisch-amerikanischen Frau, auf die die Beschreibung unseres Opfers zutrifft. Und ich lasse sie Vermisstenmeldungen von Frauen mit den Initialen M und I aus der letzten Woche suchen.«

»Und zwar überregional. Sie sollen Idaho, Washington, Oregon, Wyoming und Kalifornien in die Suche mit einbeziehen.«

»Verstanden.« Pescoli stapfte bereits den Weg zu dem Fahrzeug mit laufendem Motor entlang, in dem Ivor Hicks darauf wartete zu versichern, dass alles, was er tat, nur auf die Aliens zurückzuführen war. Nicht unbedingt der glaubwürdigste Zeuge.

Alvarez sah zu, wie der Leichensack abtransportiert wurde.

»Hier sind wir wohl fertig.«

»Ja.« Brewster schüttelte den Kopf. »Was ist nur los hier?«

»Keine Ahnung.« Auch sie wollten gerade die schneebedeckte

Lichtung verlassen.« »Bevor das nächste Unwetter einsetzt, brauchen wir Hubschrauber und Fahrzeuge, die sämtliche Straßen in einem Umkreis von zwei Meilen von diesem Punkt aus absuchen. Die Leichen der anderen beiden Opfer wurden etwa anderthalb Meilen entfernt von der Stelle, an der ihre Fahrzeuge von der Straße abkamen, gefunden. Achte besonders auf kurvenreiche Strecken direkt über einem Abhang.«
Brewster schnaubte. »Damit kommt jede Straße in dieser Gegend in Frage.«
»Ich weiß.« Sie blickte zum Himmel auf, wo eindeutig Wolken aufzogen. Ihnen blieb nicht mehr viel Zeit, doch je länger sie warteten, desto größer wurde die Wahrscheinlichkeit, dass das Fahrzeug der Asiatin bis zum Einsetzen des Tauwetters im Frühling unter Schneemassen begraben liegen würde. Dann wäre sämtliches Beweismaterial aus dem Wagen verloren oder doch zumindest stark beeinträchtigt. In der Zwischenzeit würde sie zurück ins Büro gehen, die Leichenfundorte kartieren und prüfen, wo, wenn überhaupt, sich die jeweiligen Zwei-Meilen-Umkreise schnitten. Vielleicht kam sie der Verhaftung des Scheißkerls damit einen Schritt näher.

Sheriff Dan Graysons Tag hatte schlecht angefangen und sich noch schlechter entwickelt.
Und es sah nicht so aus, als würde sich die Situation in absehbarer Zeit verbessern. Von Sodbrennen geplagt, stand er hinter dem Schreibtisch in seinem Büro und blickte aus dem Fenster in das heraufziehende Unwetter. Um siebzehn Uhr am Nachmittag waren in der Stadt bereits die Lichter angegangen und spiegelten sich bläulich auf den schneebedeckten Straßen. Da das Büro des Sheriffs und das Gefängnis oben auf dem Boxer Bluff gelegen waren, genoss er den Ausblick über den Fluss und die Wasserfälle knapp eine Meile weiter unten, wo sich ein

Großteil der Stadt, unter anderem auch das über hundert Jahre alte Gerichtsgebäude aus Backstein, ausbreitete.

Die Presse in Gestalt von Mikrofone schwingenden Fernsehreportern war en masse in die bisher so bedeutungslose Kleinstadt Grizzly Falls eingefallen.

Der letzte große Knüller in der Gegend war die Flut von achtundachtzig gewesen, die den Bootsanleger und das Naturschutzgebiet an den Ufern des Grizzly River vernichtet hatte.

Aber jetzt hatte so ein elender Psychopath beschlossen, in dieser Gegend der Bitterroot Mountains nackte Frauen an Bäume zu fesseln, und das hatte eine Invasion von Kamerateams mit ihren Aufzeichnungsgeräten, Lampen und Kleinbussen mit Satellitenschüsseln wie Ivors Aliens über die verschlafene, gewöhnlich so langweilige Stadt hereinbrechen lassen. Freiberufliche Reporter und Fotografen der ortsansässigen, überregionalen und sogar nationalen Zeitungen bevölkerten die Motels am Ort. Ausgerüstet mit Diktiergeräten, einem Maschinengewehrfeuer an Fragen und wichtigtuerischem Gehabe mischten sie sich Seite an Seite mit ihren Gegenstücken vom Fernsehen unter die Einheimischen.

Irgendein verblödeter Gastwirt hatte Grayson beim Kaffeetrinken zugezwinkert und gesagt: »Tja, eins kann ich dir sagen, Sheriff, dieser Presserummel ist einfach gut fürs Geschäft.«

Grayson hätte Rod Larimer am liebsten mit seiner Danish Mixture Cherry das Maul gestopft. Stattdessen hatte er mit einem Schluck seinen Kaffee geleert und gesagt: »Das, was hier passiert, Rod, ist für überhaupt nichts gut. Auch nicht fürs Geschäft.«

Jetzt kramte Grayson ein Röhrchen Antazidum aus seiner Schreibtischschublade, öffnete mit einer Hand den Plastikverschluss und schluckte eine Tablette trocken hinunter, bevor er

sich in seinem knarzenden alten Ledersessel niederließ. Etwas früher, kurz nach Mittag, hatte er eine Pressekonferenz abgehalten, die Öffentlichkeit gewarnt und den Ernst der Lage erläutert. Das hätte sie eigentlich zufriedenstellen müssen, doch als er zum Schluss kam, hatten die Reporter immer noch mehr Informationen gefordert. Er hatte ihnen gesagt, was er konnte, nur ein paar entscheidende Einzelheiten verschwiegen, und er hatte Ivor Hicks mit einer aus den Fingern gesogenen Klage eingelocht, um ihn von der Presse fernzuhalten.
Ivors Sohn, Bill, hatte von der Zwangslage seines Vaters erfahren und auf der Freilassung des alten Mannes bestanden. »Sie können ihn nicht festhalten, Sheriff«, hatte er früher am Tag telefonisch auf seine Rechte gepocht. »Dad hat Ihnen doch geholfen, oder?«
Grayson hatte das nicht bestreiten können und ihm versprochen, Ivor freizulassen, sobald die Detectives ihn noch einmal verhört und seine Aussage zu Protokoll genommen hatten.
»Ich nehme Sie beim Wort«, hatte Bill Hicks geknurrt, bevor er auflegte. Es war nicht das erste Mal, dass Ivors Sohn versuchte, seinem Vater aus der Klemme zu helfen. Und es war bestimmt nicht das letzte Mal.
Im Grunde genommen hatte Ivors Sohn es darauf ankommen lassen. Den Mann festzuhalten war tatsächlich Blödsinn. Mehrere Detectives hatten Hicks vernommen. Grayson war überzeugt davon, dass das Büro des Sheriffs alles aus dem alten Mann herausgequetscht hatte, was sie kriegen konnten, trotzdem mochte er gar nicht daran denken, was passieren würde, wenn irgendein Reporter Ivor zu einem Drink einlud. Ivor könnte dem Kerl ohne weiteres Einzelheiten über die Ermittlungen verraten, von denen nur die Polizei wusste. Unter Druck würde er aber doch eher über die Aliens faseln, die ihn zu dem Mordschauplatz getrieben hatten, wodurch der Repor-

ter den Alten als unzuverlässige Informationsquelle abtun würde.

Oder auch nicht.

Sobald Grayson eingefallen war, wie er Ivor daran hindern konnte, bei der Presse, einem Nachbarn oder irgendwem, der ihm für eine tolle Story einen Drink anbot, das Maul aufzureißen, würde er ihn laufenlassen.

Doch Ivor Hicks war nicht seine einzige Sorge. Das FBI war auch schon eingeschaltet, was allerdings nicht unbedingt schlecht war. Im Augenblick hatte er das Gefühl, alle Hilfe zu brauchen, die er nur bekommen konnte, von der Polizei des Bundesstaates bis zum FBI.

Geistesabwesend zupfte Grayson an seinem Schnurrbart und sah hinaus in den vom Nordwind getriebenen Schnee. Laut Wetterbericht war ein weiterer Schneesturm zu ihnen unterwegs. Also noch mehr Hiobsbotschaften. Das Revier war ohnehin schon völlig überlastet. Straßen wurden gesperrt, Elektriker arbeiteten in Doppelschicht, um die Strom- und Gasversorgung der Stadt zu gewährleisten, und während manche Leute ohne Heizung waren, stiegen gewisse Idioten immer noch in ihre Autos und fuhren sie zu Schrott, und als ob das nicht genug wäre, plante irgendwo in der hereinbrechenden eiskalten Nacht ein Psychopath seinen nächsten Zug.

Grayson verzog den Mund zu einer Seite. »Nicht in meinem Bezirk«, sagte er, doch die Worte klangen selbst in seinen Ohren hohl. Drei Morde waren bereits begangen worden, sämtlich auf dem Gebiet von Pinewood County. Er konnte nur hoffen, dass nicht noch mehr folgten.

Ein Klopfen an der Tür riss ihn aus seinen Gedanken.

»Sheriff«, sagte Selena Alvarez, als er über die Schulter zu ihr hinsah. »Ich dachte, Sie würden gern wissen, was wir über das dritte Opfer herausgefunden haben.«

»Sagen Sie doch einfach, dass Sie wissen, wer der Killer ist.«
Alvarez' braune Augen wurden eine Spur dunkler. »Wir wissen es immer noch nicht«, gab sie zu. Sie war ernst, noch ernster als sonst, ihre Mundwinkel hingen herab, ihr schwarzes Haar war im Nacken zu einem Knoten geschlungen, zwischen den schwarzen Bögen ihrer Augenbrauen waren ein paar feine Fältchen erkennbar. Selena Alvarez mit ihrem messerscharfen Verstand erfüllte ihre Pflicht immer hundertzwanzigprozentig, doch aus ihrem Privatleben machte sie ein Geheimnis.
Was aber nichts zu bedeuten hatte.
Er folgte ihr durch einen kurzen Flur zu dem Raum, der der sich formierenden Einsatzgruppe vorbehalten war. An den zerkratzten grünen Wänden waren Tafeln mit Bildern und Informationen zu jedem einzelnen Opfer angebracht, einschließlich der Einzelheiten ihres Todes. Fotos von den Leichen, den Fahrzeugwracks und Führerscheinen der Opfer gehörten ebenfalls dazu. Theresa Kelpers Bilder samt Info hingen neben Nina Salvadores, und auf dem dritten Feld stand der Name Mandy Ito mit einem Fragezeichen.
»Schon identifiziert?«, fragte Grayson.
»Nicht endgültig, aber ihre Initialen sind M und I oder I und M«, erklärte Alvarez, »und auf unserer bundesweiten Suche nach einer vermissten Asiatin haben wir Mandy Ito gefunden. Single, Friseurin aus Spokane in Washington, wird vermisst seit der zweiten Novemberwoche, nachdem sie mit Freunden ein Wochenende in Whitefish verbracht hatte. Jetzt überprüfen wir diese Freunde und die Eltern.« Sie schüttelte den Kopf. »Wir warten immer noch auf den Lichtbildausweis von der Kraftfahrzeugbehörde in Washington.«
Sie deutete auf eine große Karte von Pinewood County an einer der anderen Wände. Reißzwecken markierten die Stellen, wo die Leichen und die zertrümmerten Autos gefunden wor-

den waren. Drei rote Pins kennzeichneten die Fundorte der Leichen, jeder in einem anderen kleinen Tal der Gebirgskette. Zwei gelbe Pins zeigten an, wo die Autowracks entdeckt worden waren. Um das Gebiet herum war ein großer Kreis gezogen, und auch die Entfernungen zwischen den Tatorten waren angegeben.
Grayson betrachtete die Karte. »Sie haben mit allen gesprochen, die dort Grundbesitz haben oder dort leben?«, fragte er und tippte auf die Mitte des Kreises.
»Wir sind noch dabei. Ist eine ziemlich abgelegene Gegend. Ein paar Sommerhäuser, aber nicht viele. Wenige Ganzjahres-Bewohner.« Sie sah zu ihm auf. »Mit den meisten haben wir gesprochen.« Bevor er nachfragen konnte, fügte sie hinzu: »Niemand weiß etwas.«
Sein ohnehin verkrampfter Magen zog sich noch stärker zusammen. »Fragen Sie weiter. Haben wir das Fahrzeug des letzten Opfers schon gefunden?«
»Noch nicht.«
Noch einmal warf er einen Blick auf die Karte. »Suchen Sie weiter.«
»Das tun wir«, versicherte sie, und ihr entschlossen gerecktes Kinn überzeugte ihn, dass sie bei ihrer Suche jeden Stein einzeln umdrehen würde. Er war sich nur nicht sicher, ob das genug war.

Um halb sieben war die Sonne in Seattle noch nicht ganz aufgegangen. Jillian Rivers schenkte sich eine zweite Tasse Kaffee ein und hätte ihn beinahe auf den Ärmel ihres Bademantels schwappen lassen, als irgendwo in den Abgründen ihrer Handtasche das Handy klingelte. Sie warf einen Blick auf die Digitaluhr der Mikrowelle und fragte sich, wer um alles in der Welt schon so früh anrief.

Derselbe Idiot, der vor drei Tagen um fünf Uhr morgens angerufen und keine Nachricht hinterlassen hatte. Als ob das witzig wäre.

Unvermittelt stieg Ärger in ihr auf, noch bevor sie sich sagen konnte, dass sie überreagierte. Der Anruf konnte ja auch von jemandem an der Ostküste stammen, der vergessen hatte, wie früh es drei Zeitzonen entfernt noch war. Ihre Zimmergenossin aus dem College hatte den gleichen Fehler schließlich nicht nur einmal, sondern schon öfter gemacht.

Sie kramte in ihrer Handtasche, fand das Handy im selben Moment, als es aufhörte zu klingeln, und meldete sich in der toten Leitung. »Toll.« Im Menü des Handys klickte sie die Liste der eingegangenen Anrufe an. Der letzte lieferte keine Informationen.

»Wunderbar«, sagte sie mit unüberhörbarem Sarkasmus. In diesem Moment bewegte sich die Katzenklappe.

Marilyn, ihre langhaarige mehrfarbige Katze, stemmte den Kopf gegen das Plastikbrett, schlüpfte durch die Öffnung und stelzte in die Küche. Jillian hatte die Klappe eigenhändig installiert, als sie in dieses Stadthaus am Ufer des Lake Washington eingezogen war. »Wie bitte, keine Maus? Keine Ratte? Keine eklige Schlange ohne Kopf?«, fragte sie, als Marilyn im Slalom um ihre Knöchel strich, sich an ihnen rieb und laut schnurrte. »In Ordnung, mächtige Jägerin. Selbst die besten Mauserinnen haben mal einen schlechten Tag.« Sie hob die Katze hoch und flüsterte in ihr spitzes, zuckendes Ohr: »Trotzdem bist du die Schönste von allen, weißt du?«

Die Katze, schneeweiß mit nur ein paar orangefarbenen und schwarzen Flecken, war von Jillians Mutter nach Marilyn Monroe Marilyn getauft worden.

»Sie ist einfach so schön. Sie hat das Zeug für Hollywood, findest du nicht?«, hatte Linnie White geschwärmt, als sie das acht

Wochen alte Kätzchen bei ihrer jüngsten Tochter ablieferte. »Glaub mir, ich habe sie gesehen und konnte nicht widerstehen. Wir nennen sie Marilyn.«

»Wäre Norma Jean nicht ein bisschen ... ich weiß nicht ... dezenter ... oder intellektueller? Wie eine Art Insiderwitz?«, schlug Jillian vor.

»Ach, um Gottes willen, Jillian, sie ist nur eine Katze! Warum muss man da dezent und intellektuell sein?«

»Ich weiß nicht mal, ob ich überhaupt eine Katze will.«

»Aber natürlich willst du.« Linnie hatte Jillian das hinreißende kleine Fellbündel gereicht, und das winzige Ding bewies genug Verstand, um Jillian mit großen grünen Augen anzusehen und wie wild zu schnurren. Als Jillian sie höher an ihren Hals hob, verfiel das Kätzchen mit seinen zierlichen Pfötchen in den Milchtritt, und damit war es geschehen: Jillian hatte sich verliebt. Ihre Absage an Haustierhaltung war null und nichtig. »O Gott, sie hat mich ja schon rumgekriegt«, sagte sie und wusste, dass sie in der Falle saß. Jillian hätte es abstreiten können, solange sie wollte, und sie war auch nie eine Katzenfreundin gewesen und hatte nach dem Tod ihres alten blinden Hundes, auch eines der aus dem Tierheim geretteten Tiere, der Haustierhaltung abgeschworen, doch das alles war vergessen, als Marilyn an ihrem Hals schnurrte.

»So sind Katzen nun mal. Sie kriegen dich rum«, pflichtete Linnie ihr bei und war mit sich selbst mehr als zufrieden, weil Jillian sich von dem Kätzchen bezaubern ließ und es nicht ins Tierheim zurückgebracht werden musste. »Deshalb haben sie auch so große Ähnlichkeit mit Ehemännern.«

»Schön, schön, Marilyn kann bleiben. Aber komm bitte nicht auf die Idee, mir jetzt auch einen Mann aus dem Heim für Ex-Ehemänner zu besorgen!«

Linnie lächelte. »Sehr witzig. Hab ich dir nicht davon abgera-

ten, Mason zu heiraten? Ich erinnere mich sehr gut daran, erwähnt zu haben, dass du noch nicht über Aaron hinweg warst, als du dich mit ihm eingelassen hast.«
»Mom, Aaron war seit vier Jahren tot, als ich Mason geheiratet habe.«
»Er war seit vier Jahren *vermisst*. Und du hattest schon immer den Verdacht, dass Aaron in irgendetwas verwickelt war, bevor er verschwand.«
»Die Polizei auch. Aber das ist jetzt Schnee von gestern«, erinnerte sie ihre Mutter. Sie wollte nicht daran denken, wie ihr Mann sie hereingelegt hatte und was sie nach seinem Tod hatte durchmachen müssen.
Linnie hatte offensichtlich noch mehr sagen wollen, überlegte es sich aber ausnahmsweise einmal anders. »Also bleib am besten für eine Weile bei Katzen.«
»Oh, ganz bestimmt«, versicherte Jillian. »Glaub mir.«
»Keine Männer?«
»Nein, Mom, keine Männer. Auf sehr lange Sicht nicht mehr.«
So war die Katze geblieben, und bisher hatte Jillian ihr Versprechen gehalten. Das beantwortete jedoch nicht die Frage, wer sie schon bei Tagesanbruch anrief. Nein, noch vor Tagesanbruch.
Sie trank einen Schluck Kaffee, ließ die zappelnde Marilyn zu Boden und wollte gerade die Treppe zu ihrem Schlafzimmer hinaufsteigen, als das Handy in ihrer Hand aufs Neue zu klingeln begann.
Sie meldete sich vorm zweiten Klingeln. »Hallo?«
»Er lebt«, flüsterte eine nasale, dünne Stimme.
»Wie bitte?«
»Er lebt.«
»Wer? Wer lebt? Wer spricht da?«
»Dein Mann. Er lebt.«

»Ich *weiß*, dass er lebt. Übrigens, er ist mein Ex-Mann.« Sie *wusste*, dass Mason Rivers ausgesprochen lebendig war, immer noch einen BMW fuhr, als Anwalt praktizierte und höchstwahrscheinlich auch seine zweite Frau betrog. Viele Frauen wünschten ihm den Tod, doch Mason war einfach viel zu ichbezogen, um zu sterben. »Wer spricht da?«
»Doch nicht dein Ex.«
»Ich lege jetzt auf«, sagte Jillian nach kurzem Zögern. Ein kalter Schauer kroch ihr über den Rücken bis hoch in den Nacken, während sie aus dem Fenster auf das graue Wasser des Sees blickte. Ihr blasses Spiegelbild in der Scheibe sah verängstigt aus. »Wer sind Sie?«
Klick.
Das Handy blieb stumm, und als sie darauf sah, bemerkte sie, dass ihre Hand zitterte. Heftig. Ihr Gaumen war staubtrocken. *Aaron.* Der unbekannte Anrufer wollte ihr sagen … sie warnen … dass Aaron lebte? Was sollte das? Und es stimmte doch gar nicht!
Aber seine Leiche wurde nie gefunden, oder?
Du hast nie aufgehört zu glauben, dass er irgendwann zur Tür hereinkommen und dir erklären würde, warum er dich allein zurückließ, nachdem er all das Geld unterschlagen hatte. Nachdem die Polizei dich verdächtigt hat, an dem Plan beteiligt zu sein, eine halbe Million Dollar in Fonds von Menschen zu stehlen, die bei ihm investiert hatten.
»O Gott«, flüsterte sie und ließ das Handy fallen, das mit einem Klappern auf dem Fliesenboden aufschlug. Tränen traten ihr in die Augen, und ihr Herz hämmerte, als sie sich gegen das Spülbecken sinken ließ. Aaron war tot. Und zwar für immer. Ein Unfall während einer Wanderung in Surinam. Dass seine Leiche nie aus dem südamerikanischen Regenwald geborgen wurde, hieß noch lange nicht, dass er noch lebte. Und dann

wurde sie wütend. Stinksauer auf den unbekannten Anrufer. Sie hasste derartige Streiche. Hasste sie. Aaron war tot, schon seit Jahren.

Mit einiger Mühe konnte sie sich allmählich beruhigen. Marilyn starrte sie auf nervtötende Weise an, was Jillian einen merkwürdigen kleinen Schauer über den Rücken jagte.

»Er ist tot«, sagte sie mit fester Stimme zu der Katze. Statt einer Antwort zuckte Marilyn verlegen mit dem Schwanz und huschte durch die Katzenklappe nach draußen. Jillian sah ihr nach ... und überlegte.

3. KAPITEL

Raus aus den Federn«, befahl Regan Pescoli an der offenen Tür zum Schlafzimmer ihres Sohnes. Poster von Grunge- und Heavy-Metal-Bands an den Wänden wetteiferten um Platz mit Bildern von Basketballprofis. Kleidungsstücke, DVDs und Teller mit angetrockneten Resten von Spaghetti und Pizza lagen auf dem Boden verstreut oder stapelten sich auf dem Schreibtisch und dem kleinen Fernseher. Mit anderen Worten, der zehn Quadratmeter große Kellerraum war ein Saustall.
Von dem großen Wulst mitten auf dem Futon, dem Bett ihres Sohnes, kam keine Antwort.
»Hey, Jeremy, hörst du mich nicht? Zeit zum Aufstehen! Du musst zur Schule.« Dieses Mal vernahm sie ein Grunzen. »Du weißt genau, dass du noch lange nicht aus dem Schneider bist. Wenn du noch einmal zu spät kommst, wird Mr. Quasdorf dich …«
»Ist mir … so was von egal, was Mr. Quasdorf macht!«, verkündete ihr Sohn und warf die Bettdecke zurück. So, wie er jetzt wütend an die Zimmerdecke starrte, glich er ihrem ersten Mann so sehr, dass es Regan wie ein Schlag in die Magengrube traf. »Der ist ja so was von schwul!«
»Mit solchen Behauptungen würde ich vorsichtig sein. Besonders seiner Frau und seinen Kindern gegenüber.«
Mürrisch wälzte sich Jeremy aus dem Bett, und Cisco, der gefleckte Terriermischling, sprang zu Boden. Cisco war zehn Jahre alt und wurde schon grau, glaubte aber anscheinend immer noch, ein Welpe zu sein. »Ich hätte jetzt gern ein bisschen Privatsphäre«, grummelte Jeremy und reckte sich zu seiner

stattlichen Größe von eins achtzig auf. Regan trank von ihrem Kaffee und rührte sich nicht vom Fleck. »Ich hab's kapiert, Mom, okay?«
»Und fahr deine kleine Schwester bitte zur Schule.«
»Ich *weiß*.« Er sah sie mit immer noch verschlafenem Blick an, und sie erkannte nur noch einen schwachen Abglanz des unbeschwerten Kindes, das er einmal war. Jetzt ließ er sich einen Soul Patch wachsen, sozusagen eine dunklere Stelle am Kinn, dazu einen flaumigen, unregelmäßigen Oberlippenbart und redete von Tattoos und Piercings, die er sich machen lassen wollte, trotz ihrer Ermahnungen, damit wenigstens zu warten, bis er achtzehn war.
Wenn doch sein Vater noch lebte. Wenn Joe doch kein Held gewesen und nicht in Ausübung seines Dienstes gestorben wäre. Wenn ich ihm eine bessere Frau gewesen wäre ...
Jeremy wäre auf dem Weg nach oben zum einzigen Bad fast mit ihr zusammengestoßen und knallte jetzt die Tür. Durch die dünnen Wände hörte sie, wie er die Dusche aufdrehte und, während das Wasser warm wurde, den Klodeckel hob und sein Geschäft verrichtete.
Alles wäre besser, wenn Joe noch am Leben wäre, dachte sie. Nein, Moment. Das muss anders lauten. Alles wäre *anders,* so viel war klar. Besser? Das war reine Spekulation.
Sie ging die paar Schritte bis zur Küche, wo ihre Tochter auf einem Barhocker saß, ihren Erdnussbuttertoast links liegenließ und simste, als wäre sie mit dem Handy, das sie mit ihren schlanken, beringten Fingern bearbeitete, auf die Welt gekommen. Mit ihren üppigen, fast schwarzen Locken, dem seidigen mediterranen Teint und Augen, so blau wie der Sommerhimmel, stellte Bianca eine kleinere, weibliche Version ihres Vaters, Luke Pescoli, dar.
Sie hatte sich schon oft gefragt, warum keines von ihren Kin-

dern, die sie schließlich neun Monate lang im Mutterleib getragen hatte, Anstand genug besaß, ihr ähnlich zu sehen. Jeremy war seinem Vater, Joe Strand, wie aus dem Gesicht geschnitten, Bianca war eine Miniaturausgabe von Luke. Manchmal hatte Regan das Gefühl, kaum mehr als das Gefäß gewesen zu sein, in dem die DNA ihrer Männer keimen konnte.
»Iss auf«, sagte sie, und ihr Blick wanderte durch den Essbereich zum Wohnzimmer, wo neben einer schlappen Kunstledercouch ein mit Milliarden Lichtern und unzähligen Lamettasträngen geschmückter Weihnachtsbaum in der Ecke stand, nur Zentimeter entfernt vom funktionsuntüchtigen Kamin. Zwar schrieb man erst November, doch Regan legte Wert darauf, frühzeitig gewappnet zu sein. Die Krippe aus angeschlagenem Porzellan, seit Generationen in ihrer Familie, war schon auf dem Kaminsims aufgebaut, auf glitzernder Watte, die einst wie Schnee ausgesehen hatte, jetzt aber reichlich gerupft wirkte. Für diesen Schnee war das letzte Jahr gekommen.
Bianca, deren Finger immer noch klickend über die Tastatur des Handys flogen, beachtete sie nicht. Ihr Toast lag immer noch unberührt da. »Bianca, Jeremy ist gleich startbereit, und du weißt, dass er nicht auf dich warten will. Iss dein Frühstück.«
Klick, klick, klick, klick. »Ach, Mom. Igitt! Weißt du nicht, dass Erdnussbutter pures Fett ist?«
»Ich glaube, sie enthält auch Proteine.«
»Und wenn schon.« Bianca sah noch nicht einmal hoch. Die winzigen Tasten klickten leise.
Regan, nicht zum Streiten aufgelegt, füllte ihre Tasse aus der Kanne auf der Warmhalteplatte der Kaffeemaschine. Die Küche war eng und klein, wie das ganze Haus überhaupt – eine kleine »Anfangsbehausung«, für deren monatliche Hypothekenzahlung Regan hart arbeitete. Die Heizung rumpelte laut

als Entschädigung für die kalte Luft, die durch die Ritzen in den Fenster- und Türdichtungen kroch.

Cisco jaulte und kratzte an der Schiebetür zur Terrasse. »Musst du raus?« Regan durchquerte das Esszimmer und öffnete die Tür. »Beeil dich«, sagte sie, als der Terrier mit Vollgas davonstob. Er hatte ein Eichhörnchen entdeckt, das ins Vogelhäuschen auf dem Geländer einbrechen wollte, und bellte dumpf und unwirsch angesichts der Unverschämtheit des Nagetiers.

»Ich koche dir ein Ei«, sagte Regan zu ihrer Tochter und schloss die Tür.

»Das ist doch wohl nicht dein Ernst? Michelle zwingt mich nicht, zu frühstücken.«

Bravo, Stiefmama! Zwar waren Biancas Vater, Luke, »Lucky« Pescoli und Regan schon drei Monate geschieden gewesen, als er die Beziehung zu Michelle aufnahm, doch Regan hatte die Frau nie leiden können, die noch in den Zwanzigern war, du liebe Zeit!, und nicht *das geringste Recht* hatte, die zweite Mutter der Kinder zu spielen. *Nicht das geringste!* Gebaut wie eine Barbiepuppe, war Michelle vielleicht nicht gerade strohdumm, beherrschte aber die Blondinenrolle aus dem Effeff. In Regans Augen war ihre gespielte Naivität fast oscarreif. Hinter diesen langen blonden Locken und den unglaublich großen blauen Augen verbarg sich eine gewitzte Sechsundzwanzigjährige mit Collegeabschluss. Michelle wusste ganz genau, was sie wollte und wie sie es bekam. Um ihren Kopf durchzusetzen, benötigte sie weiter nichts als reichlich Lipgloss und Stilettoabsätze. Warum Lucky sie gewollt hatte, war Regan ein Rätsel, das sie wohl nie lösen würde.

Nicht, dass es wichtig wäre.

Statt noch länger über diese Frau nachzudenken, nahm Regan ein Glas vom Küchentresen, spülte es aus, füllte es mit Wasser und leerte es in den Topf des rasant welkenden Weihnachts-

sterns auf dem Tresen. Die letzten Tropfen erhielt der Weihnachtskaktus mit seiner rosafarbenen Blütenpracht.
Bianca, die keinem Streit aus dem Weg ging, fügte noch hinzu: »Michelle sagt, man soll nur essen, wenn man wirklich Hunger hat.«
»Ach ja?« Was Michelle sagte, war Regan von Herzen egal.
»Mhm, und sie hat nie Gewichtsprobleme.«
Wie schön für sie, dachte Regan, griff nach Biancas verschmähtem Toast und biss hinein. Man soll nichts verkommen lassen, auch wenn es auf den Hüftspeck geht.
»Wie wär's mit Haferflocken?«
Bianca hob fassungslos den Kopf. »Du willst tatsächlich, dass ich kotze!« Ihr Handy klingelte erneut, meldete eine weitere SMS, die sie zu fesseln schien. Aus dem Badezimmer ertönte ein Wutschrei. Die alten Leitungen ächzten, als ein Wasserhahn gewaltsam zugedreht wurde.
»Nein!«, brüllte Jeremy so laut, dass es überall in dem kleinen Haus zu hören war.
Regan trank ihren Kaffee und knabberte an der Toastscheibe.
»Schätze, dein Bruder ist endlich wach.«
Die Badezimmertür wurde so heftig aufgestoßen, dass sie gegen die Wand knallte. Ein Handtuch um die schmalen Hüften geschlungen, um seine Männlichkeit zu verbergen oder vielleicht hervorzuheben, stürmte Jeremy in die Küche. »Wer hat das ganze heiße Wasser aufgebraucht?«, wollte er wissen und durchbohrte seine Schwester mit einem hasserfüllten Blick, der eines Teenie-Horrorfilms würdig gewesen wäre.
»Der Boiler ist nun mal klein.« Regan wischte sich die Krümel von den Fingern. »Möchtest du Frühstück? Erdnussbuttertoast?«
Jeremy ließ sich nicht ablenken. »Heißt das, *sie* darf alles für sich beanspruchen? Mom, predigst du uns nicht immer Rück-

sichtnahme?« Er ging zum Kühlschrank, nahm einen Orangensaftkarton heraus und trank daraus.
»Nimm ein Glas.«
»Ich trinke ihn aus.«
»Du selbst hast eben von Rücksichtnahme gesprochen.«
Er leerte den Saft und ließ den Karton neben der Pizzaschachtel vom Vorabend stehen.
»Jeremy?«
»Was?«, rief er, bereits auf dem Weg die Treppe hinunter.
»Wir müssen mal über deine Pflichten im Haushalt reden.«
»Ich dachte, meine Pflicht wäre es, die Pfeife zur Schule zu bringen.«
Bianca schnaubte empört. »Die Pfeife gehört zu den besten Schülern. Was für ein Ekel. Er hat schon so lange nichts Besseres als eine Vier mehr geschrieben, dass er nicht mehr weiß, wie so etwas aussieht.« Sie zog selbstgefällig eine Braue hoch, obwohl auch ihre Leistungen in letzter Zeit nachließen. Irgendetwas stimmte nicht.
»Was deine Noten angeht«, sagte Regan. »Deine sind ...«
»Jaja, ich weiß.« Bianca beendete ihre SMS und blickte auf. »Das kriege ich schon wieder hin. Ich hab dir doch gesagt, dass Ms. Lefever mich auf dem Kieker hat.«
»Vielleicht liegt es daran, dass du so viel Zeit mit Chris verbringst.«
Die bloße Erwähnung ihres Freundes rief ein Strahlen auf Biancas Gesicht, und sogar ihre schlechte Laune schien vorübergehend verflogen zu sein, was Regan mehr als beunruhigend fand. »Chris hat nichts mit meinen Noten zu tun.«
»Seit du« – Regan zeichnete Gänsefüßchen in die Luft – »mit ihm gehst, hast du kein großes Interesse mehr an der Schule.«
»Und wenn schon.«
»Bianca ...«

»Was denn? Ich habe einen Freund?«, höhnte sie. »Ja, richtig. Aber das hat *keinen* Einfluss auf meine Noten, okay? Vielleicht bist du nur eifersüchtig oder so.«
Regan sah sie schweigend an.
»Ich meine, dir könnte es auch nicht schaden, einen Freund zu haben. Verstehst du, am Leben teilzunehmen. Vielleicht würdest du mich dann mehr in Ruhe lassen.« Sie schnappte sich ihren Rucksack vom Küchentresen und rutschte vom Barhocker, als Jeremys schwere Schritte die Treppe wieder hinaufpolterten.
»Muss los«, sagte Bianca hastig und schob ihr Handy in den Rucksack.
»Die Diskussion ist noch nicht beendet«, warnte Regan. Jeremy erschien in einem übergroßen Sweatshirt und Sweathose, eine Mütze tief in die Stirn gezogen. Als er nun auch noch seine Sonnenbrille aufsetzte, fand Regan, dass er erstaunliche Ähnlichkeit mit so manchem steckbrieflich gesuchten Gangster aufwies. Bianca hatte bereits ihre Jacke geholt und war zur Tür hinaus, und Jeremy folgte ihr, wobei er lässig mit den Autoschlüsseln klimperte.
»Was ist mit deinem Rucksack?«, fragte Regan mit einem Blick auf ihren Sohn.
»Im Auto.«
»Dann hast du keine Hausaufgaben gemacht?«
»Ach, Mom.« Eine Hand auf der Türklinke, hielt Jeremy inne und verdrehte die Augen. Cisco schoss an ihm vorbei ins Haus. Sie wehrte sich gegen den Drang, ihren Sohn wegen der Hausaufgaben zur Schnecke zu machen. Jetzt war nicht der richtige Zeitpunkt. »Fahr vorsichtig. Einige Straßen sind gesperrt, und der Wetterbericht warnt vor einem neuen Schneesturm am …«
Die Haustür schlug hinter ihnen zu, und Regan ging ins Wohnzimmer, um aus dem Fenster zuzusehen, wie ihr Sohn brav den Motor des alten Pick-ups anließ und das Eis von den Scheiben

kratzte, während die Enteisungsanlage das Glas von innen anwärmte. Selbst im Haus hörte sie noch den schweren Beat undefinierbarer Rockmusik.
»Wenigstens kein Rap, wenigstens kein Rap«, sprach sie die Worte, die seit drei Jahren so etwas wie ihr Mantra waren. Minuten später waren die Scheiben weitgehend vom Eis befreit, und Jeremy zwängte sich in seinen zwanzig Jahre alten Chevy-Pick-up.
Wie war es so weit gekommen? Dass die Kinder gingen, ohne sich zu verabschieden oder ihr einen Kuss auf die Wange zu geben? Oder ihr wenigstens zuzuhören?
Sie sah ihnen nach, als sie losfuhren, und winkte, obwohl sich natürlich keiner von ihnen noch einmal nach dem Haus umschaute. Sie kam sich bescheuert vor. Was die Kinder betraf, musste sie etwas unternehmen. Ihr war klar, dass beide gefährdet waren. Jeremy hatte den Tod seines Vaters noch immer nicht überwunden, und Bianca versuchte, sich in die neue Familie ihres Vaters zu integrieren.
Und dass Regan alleinerziehende Mutter war und mit dem Büro des Sheriffs den seit Menschengedenken ersten Serienmordfall in diesem Teil Montanas bearbeitete, war dazu nicht gerade hilfreich. Fast jede wache Minute verbrachte sie mit Überlegungen, wer der Killer sein könnte und wann er wieder zuschlagen würde.
Seit dem Fund der letzten Leiche waren zwei Wochen vergangen. Mandy Ito war von ihren gramgebeugten Eltern identifiziert worden, vom Vater mit stoisch finsterer Miene, während die Mutter in Tränen ausbrach und von ihrem schmächtigen, aber beherrschten Mann gestützt werden musste.
Es war die Hölle.
Sämtliche Vernehmungen hatten das Büro des Sheriffs und auch das FBI dem Mörder keinen Schritt näher gebracht. Man-

dy Itos neuer Prius-Hybrid war noch nicht gefunden worden, und von den Freunden, mit denen sie das Wochenende verbracht hatte, erwies sich auch keiner als sonderlich hilfreich. Niemand hatte auch nur die blasseste Ahnung, was den Mörder des Mädchens anging. Genauso wie in den Fällen Theresa Kelper und Nina Salvadore. Aber es war noch nicht vorbei.
»Wir kriegen dich, Killer«, sagte Regan auf dem Weg zurück in die Küche, wo sie den Kaffeerest in die Spüle goss. Sie spülte ihre Tasse aus und stellte sie zu den beständig wachsenden Geschirrstapeln auf den Küchentresen. »Wir kriegen dich.«
Das Problem war, dass es, wenn der Mörder weiterhin seinem bisherigen Muster folgte, bald wieder Zeit für einen »Unfall« war, für den er vermutlich die Voraussetzungen schuf, indem er einen Reifen seines nächsten Opfers zerschoss und dann zu seiner »Rettung« auftauchte. So ging er vor. Zerschoss einfach die Reifen. Regan biss die Zähne fest zusammen.
Der Gerichtsmediziner war überzeugt, dass die Frauen, die an abgelegenen Stellen in den Bergen an Bäume gefesselt aufgefunden worden waren, mindestens eine, wenn nicht zwei Wochen zur Genesung von ihren Verletzungen durch den Autounfall gebraucht hatten. Nach seiner Theorie hatte jemand alle drei Frauen medizinisch versorgt, bevor er sie nackt zu der Stelle brachte, wo er sie dann ihrem Schicksal, dem Tod, überließ.
Pescoli überlegte, ob es eventuell weitere Opfer gab – solche, die den herbeigeführten Unfall nicht überlebt hatten, Glückliche vielleicht, die nicht den qualvollen Tod durch die Naturgewalten erlitten hatten –, doch sie verwarf diesen Gedanken. Bisher waren keine weiteren Autowracks gefunden worden.
Nachdem sie Cisco gefüttert und sich vergewissert hatte, dass der Hund ausreichend Wasser für den Tag hatte, suchte sie ihr beengtes Schlafzimmer auf, um eine Hose und einen roten

Rollkragenpullover – schließlich war ja Weihnachtszeit –, ihr Schulterhalfter, eine Jacke und Stiefel anzuziehen. Dann sah sie noch nach, ob die Weihnachtsbeleuchtung ausgeschaltet und die Außentüren verschlossen waren, und ging in die angebaute Einzelgarage zu ihrem Jeep.
Vielleicht hatten sie heute Glück und konnten ihn stellen.
Doch obwohl Detective Regan Pescoli eine Spielernatur war, mochte sie nicht darauf wetten.
Noch nicht.

Jillian parkte den Wagen auf ihrem angestammten Platz unter dem Carport und rannte zur vorderen Veranda. Regen prasselte vom Himmel. Die meisten Reihenhäuser waren weihnachtlich geschmückt; die glitzernden bunten Lichter waren wie helle Leuchtfeuer im Grau des Regens – Seattle im Dezember. Jillian kämpfte am Straßenrand, wo die Briefkästen für ihren Häuserblock standen, mit ihrem kleinen Schirm, schloss den Briefkasten auf und entnahm ihm einen hineingequetschten großen braunen Umschlag, auf dem ihr Name mit schwarzem Marker in Blockbuchstaben geschrieben war, die bereits im Regen zerliefen.
»Toll«, sagte sie leise. Ein Windstoß erfasste ihren Schirm und stülpte ihn um. Dicke Regentropfen schlugen ihr ins Gesicht. Sie zog den Kopf ein und lief, den Pfützen ausweichend, über die Rasen zweier anderer Reihenhäuser und den Weg zu ihrer Haustür hinauf. Der Regen, vom Lake Washington kommend, malträtierte sie, bis sie endlich ihre Haustür aufgeschlossen hatte und Schutz im Haus fand. »Schätzchen, ich bin wieder da!«, rief sie beim Eintreten und zog die Tür hinter sich zu. Es war eigentlich ein Witz, aber hin und wieder kam Marilyn dann doch, wie auf ein Stichwort, aus der Küche im hinteren Teil des Hauses auf sie zu, miaute und begrüßte sie erwartungs-

voll. Heute hatte sie allerdings kein Glück, und nachdem sie Schlüssel und Handtasche auf einem Tischchen abgelegt hatte, begann sie, die Post zu öffnen, zuerst den Umschlag mit dem Poststempel Missoula in Montana.
Wo Mason, ihr Ex-Mann, lebte.
Was mochte das sein? Irgendein Gerichtsbeschluss im Zusammenhang mit der Scheidung?
Wer weiß, Mason war manchmal ein Schwein.
Aber warum stand dann kein Absender auf dem Umschlag? Kein Computeretikett seiner Anwaltskanzlei?
Während vom Saum des Mantels Wasser auf den Holzfußboden tropfte, riss Jillian den nassen Umschlag ohne Hilfe eines Brieföffners auf. Mehrere grobkörnige Fotos, die aussahen, als hätte ein Amateur sie mit dem Handy aufgenommen und am Computer vergrößert ausgedruckt, glitten auf den Tisch.
Drei Bilder.
Alle zeigten denselben Mann.
Alle verschwommen und unscharf, als hätte sich das ohnehin in Bewegung befundene Objekt dann schnell abgewandt und wäre weggelaufen.
Jillians Herzschlag drohte auszusetzen.
O Gott, das konnte doch nicht sein!
Sie knipste die Lampe an. Goldenes Licht ergoss sich über die Bilder, die sie in einer Reihe nebeneinandergelegt hatte, als wären es Standbilder aus einem Film.
Die ersten beiden Aufnahmen zeigten den Mann im Profil, doch auf der dritten blickte er über die Schulter zurück in die Kamera, so dass sie seine Gesichtszüge trotz Bart und Pilotenbrille erkennen konnte.
»Aaron?«, fragte sie laut, und der Name ihres ersten Mannes schien von den Wänden widerzuhallen. »Herr im Himmel, Aaron?«

Tränen brannten in ihren Augen. Sie hatte diesen Mann geliebt. *Geliebt.* Mit ihm gelebt. Ihn geheiratet. Ihn verloren. Und um ihn getrauert. O Gott, wie sehr sie um ihn getrauert hatte!
Und jetzt sollte er *am Leben* sein?
Sie atmete langsam aus, schien gar nicht bemerkt zu haben, dass sie die Luft angehalten hatte. Ihre linke Hand zerknüllte den Umschlag, aus dem die Fotos gefallen waren.
Er lebte?
Aaron Caruso, ihr Collegeschwarm, der Mann, den sie in solcher Naivität geheiratet hatte, war nicht im Urwald von Surinam umgekommen? Hatte er sie belogen? Sie herzlos verlassen, um mit dem Geld seiner Investoren durchzubrennen? Keinen Gedanken daran verschwendet, dass sie ebenfalls verdächtigt werden würde? Dass die Polizei annehmen würde, sie wüsste, was aus ihm geworden sei? Konnte er so grausam gewesen sein?
Jillians Beine drohten nachzugeben. Nein. Dieser Mann auf den Schnappschüssen konnte nicht Aaron sein, höchstens jemand, der ihm entfernt ähnelte. Dieser Bart verdeckte die Kinnlinie. Aarons Kinn war kantig und stark. Und die Sonnenbrille verbarg die Farbe und Form seiner Augen. Aarons Augen waren tiefbraun und standen weit auseinander, seine Nase war durch eine Basketballverletzung gebrochen … Sie betrachtete die Fotos noch einmal genauer und glaubte, einen kleinen Buckel auf der Nase zu entdecken.
Natürlich waren zehn Jahre vergangen, seit sie ihren ersten Mann zuletzt gesehen hatte. Falls er noch lebte, hatte er sich verändert. Sah aus wie der Mann auf dem Foto, der bestimmt zehn Pfund schwerer war und einen Bart trug. Aber das Haar, dieses hellbraune Haar mit dem ausgeprägten spitzen Haaransatz, war das gleiche – dicht und wellig. Eben typisch Aaron.

Was hatte es zu bedeuten, wenn diese Fotos echt waren ... wenn Aaron tatsächlich noch lebte? Er würde sich ein eigenes Leben aufgebaut haben. Eine Frau und Kinder. Ein Zuhause.
Fall nicht darauf rein, Jillian, ermahnte sie sich, doch es war schon zu spät. Sie war bereits halbwegs überzeugt davon, dass die Fotos ihren ersten Mann zeigten, von dem alle, einschließlich der Versicherungsgesellschaft und der Behörden, annahmen, dass er abgeglitten, in eine tiefe Schlucht und dann in einen tosenden Fluss gestürzt war, von dessen Strömung er mitgerissen wurde und ertrank.
Vermutlich ertrank.
Das Festnetztelefon klingelte, und Jillian schrak zusammen. Mit der restlichen Post und den Fotos in der Hand ging sie durch den Flur hinüber in das kleine Wohnzimmer und hob den Hörer schnell ab. »Hallo?«, sagte sie und sah, dass die Nummer des Anrufers wieder einmal unterdrückt war.
»Er lebt«, zischte diese körperlose Stimme wieder.
»Wer spricht? Ich habe keine Lust auf Ihre Spielchen.«
»Schau deine Post und deine E-Mail an.«
»Was wollen Sie?«
Klick.
Jillian legte auf und verspürte eine so maßlose Wut, dass sie kaum eines klaren Gedankens fähig war. Wer tat ihr das an? Aaron nicht, auch nicht, wenn er noch am Leben sein sollte. Wer dann? Und warum?
Jillian fühlte sich, als hätte der Atem eines Gespenstes ihren Nacken gestreift. Entweder wollte sie der unbekannte Anrufer ärgern, ihr einen perversen Streich spielen, oder das Undenkbare war geschehen, und Aaron war von den Toten auferstanden.
Jillian schloss die Augen. *Zehn* Jahre. Ein ganzes Jahrzehnt! Es konnte nicht sein, dass er noch lebte. Das ergab überhaupt keinen Sinn, und doch ... und doch ...

Geh zur Polizei, riet ihr eine innere Stimme, als sie sich aus ihrem Mantel schälte, zur Garderobe im vorderen Teil des Hauses zurückging und ihn an dem schmiedeeisernen Kleiderständer neben der Haustür aufhängte. Ihr Blick fiel auf den kaputten Regenschirm; sie richtete die zerbrochenen Speichen, so gut es ging, und schob ihn in den Schirmständer. Immer zwei Stufen auf einmal, stieg sie die Treppe zum ersten Stock hinauf und ging in ihr Arbeitszimmer, das, wenn das Schrankbett ausgeklappt wurde, auch als Gästezimmer diente. Der Computer war eingeschaltet und startbereit; die Palmen auf dem Bildschirmschoner winkten versonnen wie Arme, die sie in ein fernes Land lockten, wo immer die Sonne schien.

Jillian rückte ihren Schreibtischstuhl zurecht, setzte sich und öffnete ihr E-Mail-Konto. Sie fand eine Mail mit einem Anhang, die durch den Spamfilter geschlüpft war. Als sie sie öffnete, tauchten, was sonst, dieselben drei Fotos auf, von einem Bärtigen, der ihr verstorbener erster Mann sein sollte.

Sie sah sich die E-Mail-Adresse näher an, versuchte, eine Antwort zu senden, doch natürlich konnte ihre Mail nicht zugestellt werden.

Zurück auf der Startseite, stach ihr eine Schlagzeile ins Auge: SERIENMÖRDER IN MONTANA. Der Artikel sprach von zwei Frauen, die tot in abgelegenen Gegenden der Bitterroots gefunden wurden, doch Jillian war von den Fotos von Aaron so abgelenkt, dass sie nicht weiterlas.

Sie vergrößerte die Fotos und stellte sie schärfer. Da sie beruflich mit dem Computer und mit Bildbearbeitung zu tun hatte, war das ein Kinderspiel für sie. Seit fünf Jahren erstellte sie Prospekte, reale und virtuelle, für Kunden von Universitäten bis zu Reiseagenturen und -gruppen. An den Wänden in diesem Zimmer hingen dagegen ihre eigenen Fotografien, farbenfrohe Bilder von exotischen Gegenden und zu Gaststätten umgebauten schönen Häusern. Es gab Bilder von einem herrlichen Sonnenuntergang an der Küste Oregons, von den tiefverschneiten Cascade-Bergen, von einem Angelausflug auf dem Kenai-Fluss in Alaska und von einem hundertundfünfzig Jahre alten Hotel in der zerklüfteten Columbia-Gorge.

Mit Hilfe von Programmen zur Vergrößerung, Schärferstellung und Farbgestaltung spielte Jillian mit den Fotos, entfernte den Bart und die Sonnenbrille des Mannes, ließ sein Haar ein paar Millimeter wachsen, ließ ihn zehn Pfund abnehmen. Mit jeder Veränderung schlug ihr Herz ein wenig schneller, spannten sich ihre Nerven an und verstärkten sich ihre bösen Vorahnungen.

Zum Schluss war der Mann auf den Fotos ihrem lange nicht gesehenen ersten Mann wie aus dem Gesicht geschnitten.

Jeder kann einen Menschen verändern. Du hast zahllose Kurzfilme von Menschen gesehen, die sich von einer Person in eine andere verwandelten. Du hast die Vorher-nachher-Fotos von Models auf den Titelseiten von Zeitschriften gesehen. Du weißt, wie man ein Foto umgestalten kann.

Es könnte auch einfach nur ein Schwindel sein.

Aber *warum*?

Und wer steckte dahinter? Mason, in Missoula?

Bei dem Gedanken schüttelte sie den Kopf. Falls Mason ihr Informationen zukommen lassen wollte, würde er sie einfach anrufen und ihr die Fakten nennen. Und wenn er hinterrücks vorgehen wollte, hätte er den Umschlag aus einer anderen Stadt abgeschickt. Er wusste schließlich, dass sie nicht dumm war.

Aber wie steht's mit seiner neuen Frau, dieser Sherice? Sie konnte dich noch nie ausstehen. Und seine Mutter, Belle – die Frau hat dich von Anfang an nicht gemocht.

Es erschien ihr weit hergeholt. Sie und Mason hatten kaum noch Kontakt, und Sherice, Masons Rezeptionistin, hatte ihr

zwar offen ihre Abneigung gezeigt, als Jillian und Mason noch verheiratet waren, aber seit sie die zweite *bedeutend jüngere* Mrs. Mason war, hatte Sherice' Feindseligkeit sich gelegt. Sherice hatte den großen Preis gewonnen und war nun seine Trophäenfrau. Warum sollte sie also jetzt Ärger machen?
Jillian lehnte sich zurück und tippte mit dem Radiergummiende ihres Bleistifts auf die Armlehne, während sie eines der Bilder auf dem Monitor betrachtete. Sie hörte ein leises Miauen, und dann tapste Marilyn zur offenen Tür herein, sah den freien Platz auf Jillians Schoß und sprang hinauf.
»Hey, Süße«, sagte Jillian und streichelte gedankenverloren den Kopf der Katze. »Was meinst du?«
Die Katze antwortete, indem sie sich auf ihrem Schoß zusammenrollte, während Jillian immer noch überlegte, ob ihr längst verstorbener Mann plötzlich wieder auferstanden war und warum irgendwer wollte, dass sie es wusste.
»Das ist ein Problem«, vertraute sie Marilyn an und wusste im gleichen Moment, dass sie es nicht ruhenlassen konnte.
Sie musste die Wahrheit herausfinden.
Und sei es nur, um sich selbst zu rehabilitieren.
Ganz gleich, wie schmerzhaft es auch sein mochte.

4. KAPITEL

Ich stehe am Fenster, nackt.
Allein.
Warte.
Während der Sand langsam durchs Stundenglas rieselt.
Die heraufziehende Nacht ist klar, Schatten spielen dunkel. Ein Wind, hohl heulend und wild, fegt mit dem Versprechen von Tod durch die Schluchten. In der Tiefe der Hütte höre ich sein Klagen.
Er will mich, denke ich. *Er will sie.*
Er ist genauso hungrig wie ich.
Gut.
Ich fühle den Schmerz, das leise Pulsieren und spähe durch die vereisten und mit verwehtem Schnee bestäubten Fensterscheiben.
Nackte Äste der einsamen Bäume rascheln und tanzen, wie flehend zum Himmel erhobene Arme eines Skeletts.
Als ob Gott interessiert wäre.
Ich spüre den Drang, nach draußen zu gehen. Die Kälte reizt mich, ich sehne mich danach, in eisigen Windstößen auf meiner nackten Haut zu schmachten.
Aber es ist noch zu früh. Ich will dieser einfachen Verlockung nicht zum Opfer fallen. Der Zeitpunkt stimmt nicht. Noch nicht. Ich muss mich in Geduld üben.
Weil sie kommen wird.
Zuverlässig und ohne die geringste Ahnung von ihrem Schicksal nähert sie sich. Ich fühle es.
Und alles muss perfekt sein.

»Komm«, flüstere ich leise und spüre bei dem Gedanken an sie dieses sinnliche Zucken tief im Inneren: leicht gebräunte Haut, Sprenkel von Sommersprossen, große nussbraune Augen und unbändiges Haar, tiefbraun mit einem rötlichen Schimmer im Feuerschein. »Komm einfach.«

Das Wissen, dass sie bald auftaucht, bringt mein Blut in Wallung, mein Verstand brennt bei der Vorstellung dessen, was kommt. Ich kann sie beinahe schmecken, ihre Haut fühlen, wenn sie unter meiner Berührung erbebt. Vor meinem inneren Auge sehe ich, wie sich ihre Pupillen weiten, bis ihre Augen beinahe schwarz sind vor Angst und düsterem, unwillkommenem Verlangen.

Oh ja, sie wird mich begehren. Sie wird darum betteln, mehr von mir zu bekommen. Und ich werde ihr geben, wonach sie verlangt ... was sie fürchtet.

Ihr letzter bewusster Gedanke wird mir gelten.

Mir allein.

Aber noch nicht ... ich muss mich zurückhalten. Ich unterdrücke meine lebhaften, beglückenden Fantasien und beschließe, sie später zu genießen. Wenn der richtige Zeitpunkt gekommen ist.

Mit einem letzten Blick auf das Fenster gehe ich zum Tisch beim Feuer, setze mich auf den glatten Holzstuhl, spüre den Lack an meiner nackten Haut. Wenn mein Körper von der Kleidung befreit ist, ist mein Verstand schärfer. Klarer.

Ich studiere die Karten sorgfältig. Mit Hilfe einer Lupe zeichne ich meine Route ein. Die auf dem Tisch ausgebreiteten abgegriffenen, markierten Seiten schimmern zart unter der Kerosinlampe. Auf der zerkratzten Platte verstreut liegen astrologische Karten, Geburtsurkunden und jüngere Zeitungsausschnitte über die Todesfälle, die niemand je auf mich zurückführen wird. In den Artikeln wird die wunderschöne

Befreiung der Seelen als brutaler Mord, als Werk eines Psychopathen bezeichnet.
Reporter, wie auch Polizisten, sind Idioten.
Unwillkürlich muss ich über all ihre vergebliche Mühe lächeln.
Die Obrigkeit besteht nur aus Trotteln, Schwachsinnige sind es allesamt. Dummköpfe, die so einfach mit sich spielen lassen.
Brennendes Holz knistert im Kamin, eifrige Flammen verzehren die moosigen Kloben von Eiche und Tanne. Der Duft von Holzrauch steigt mir schwer in die Nase, während ich die Geschichten über die »Opfer« noch einmal lese, von den dämlichen Bullen sorgfältig konstruierte Geschichten, damit keine Einzelheit, die der Öffentlichkeit vorenthalten werden soll, in die Artikel schlüpft. Sie haben penibel gearbeitet, um Informationen zurückzuhalten, Hinweise, die alle Verrückten im Umkreis daran hindern, meine Taten als ihre auszugeben.
Denn sollte das geschehen, müsste das unterbesetzte Büro des Sheriffs das alles klären und wertvolle Stunden auf den Betrug verschwenden. Polizisten müssten ihn oder sie als Idioten überführen, der oder die die fünfzehn Minuten Ruhm einstreichen will. Die Behörde würde viel Zeit mit der Überführung des falschen Mörders verlieren, eines verrückten Schwindlers, der die Göttlichkeit, die Komplexität der penibel ausgeführten Opferungen überhaupt nicht begreifen kann.
Tut mir leid, ihr Schwachköpfe.
Ihr werdet euch einen anderen Mörder zum Nachahmen aussuchen müssen.
»Mörder.« Das Wort schmeckt bitter. »Krimineller« und »Psychopath« ebenfalls. Denn was ich tue, ist kein Verbrechen, ist nicht einfach eine »Tötung«, keine psychotische Laune, sondern eine Notwendigkeit … eine Berufung. Doch die nicht Aufgeklärten können das nie verstehen. Was ich getan habe, was ich wieder tun werde, wird missverstanden.

So sei es.
Ein Fenster klappert unter einem Windstoß, und ich spüre plötzlich einen kalten Schauer auf dem Rücken. Ich hebe den Blick von meiner Arbeit zu den vereisten Scheiben und sehe draußen Schneeflocken durch den stahlgrauen Tag wirbeln. Während ich den Sturm durch die Ritzen in der Wand dringen fühle und die kalte Luft meine Haut reizt, sehe ich sie wieder vor mir.
Schönes Miststück.
Bald gehörst du mir.
Gott und die Vorsehung sind auf meiner Seite. Ich lecke mir die Lippen, als Erregung in meinen Adern kribbelt. Ich wende mich wieder dem Tisch zu und sehe ihr Bild. In Schwarzweiß, die Umgebung unscharf, ihre Züge klar und frisch. Auf dem Hochglanzfoto sieht sie glücklich aus, wenngleich ihr Lächeln natürlich eine schwache Fassade ist. Sie wirkt beinahe kokett.
Eine Lüge.
Wenn ich tief in ihre Augen blicke, entdecke ich einen Schatten, eine kleine Spur von Dunkelheit, die ihre Angst verrät.
In dem zerbrechlichen Augenblick, als die Kamera ihr Bild einfing, spürte sie, dass ihr Leben keineswegs so war, wie es schien.
Und doch konnte sie unmöglich die Wahrheit begreifen, weder damals noch jetzt. Was weiß sie schon von dem, was geschehen wird: dass ihr Schicksal bereits besiegelt ist, dass sie sich bald zu den anderen gesellt ...
Sorgfältig lese ich noch einmal die Karten. Die Sterne stehen günstig, die Grundlage habe ich geschaffen, und bald ist der Dezember da mit seinem kalten, grimmigen Kuss.
Und bald ist sie da.
Sie wird kommen, bevor noch im Kalender ein neues Blatt aufgeschlagen wird.

Ich schließe die Augen und stelle mir unser Zusammentreffen vor: Ihr kaltes Fleisch presst sich an meines. Ihre Haut wird den salzigen Geschmack von Angst haben, besonders ihre Wangen mit den Tränenspuren. Ein erwartungsvoller Wonneschauer durchrieselt mich. Ich senke den Blick wieder auf das Foto.
So klar.
So scharf.
So bereit.
»Bald«, flüstere ich, spreche ihren Namen nicht laut aus, will ihn nicht von den Dachsparren widerhallen hören.
Meine Lenden spannen sich voller Erwartung.
Winter und Tod sind im Begriff, einander zu begegnen.

Jillian trat aufs Gas.
Ihr kleiner Subaru reagierte mit aufheulendem Motor, die Winterreifen drehten auf dem eisigen Boden durch. Sie nahm einen Schluck aus ihrem Becher, sich rasch abkühlenden Kaffee, den sie in der letzten Stadt, die sie durchfuhr und die jetzt bereits fünf Meilen hinter ihr lag, gekauft hatte. Spruce Creek, die Stadt, sofern man sie als solche bezeichnen wollte, war kaum mehr als eine Ampel an einer Kreuzung mit einem Postamt, einer Tankstelle, einem Café, zwei Kirchen und als perfekte Gegenstücke zwei Kneipen. Ein paar Bauernhöfe lagen weit verstreut in der schneebedeckten Landschaft.
»Willkommen im ländlichen Montana«, sagte sie laut und fragte sich nicht zum ersten Mal, ob sie den Weg nicht eigentlich umsonst zurücklegte. Im Radio lief ein Country-&-Western-Sender, und Willie Nelson sang unter statischem Knistern ausgerechnet »White Christmas«. »I'm dreaming of a white Christmas«, trällerte er mit nasaler Stimme.
»Sollst du haben, Willie-Boy«, sagte Jillian und blickte durch die Windschutzscheibe, die zu beschlagen drohte, hinaus in

weites Land mit schneebedeckten Bäumen und hohen Schneeverwehungen. »Du kriegst wirklich sehr weiße Weihnachten.«
Um sie herum ragten Berge auf, die Gipfel in dichten Wolken und Schneetreiben verborgen. Hier, in den Bitterroot Mountains, schien eine zweite Eiszeit angebrochen zu sein.
Die Straße schlängelte sich immer höher hinauf, und ihr kleines Auto kletterte brav voran, während die Scheibenwischer die Schneeflocken wegfegten. Ein Reifen rutschte, bevor er griff. Jillian fing die Schleuderbewegung ab, wobei ihr Kaffee überschwappte, und der Allradantrieb des Wagens ließ sie nicht im Stich. Trotzdem war sie nervös geworden und fragte sich, wie weit es noch bis zur nächsten Stadt sein mochte.
Dieser gebirgige Teil von Montana war einsamer, als sie gedacht hatte, und wenn sie auch kein Angsthase und alles andere als zögerlich war, fühlte sie sich an diesem Tag leicht kribbelig, als die Dämmerung einsetzte und ihr nicht ein einziges Fahrzeug auf der Straße begegnete.
»Zu viel Koffein«, sagte sie leise zu sich selbst, als Willies Lied verklang und der Moderator das Wort ergriff. Entnervt schaltete sie das Radio aus und dachte an die Anrufe von demjenigen mit unterdrückter Nummer und an die Fotos, die er oder sie ihr geschickt hatte.
Waren es wirklich Fotos von Aaron?
Oder handelte es sich um einen ausgeklügelten Schwindel?
»Sieh den Tatsachen ins Gesicht, was du tust, ist sinnlos«, sagte sie sich zum zigsten Mal, doch ihre Hände umfassten das Steuer fester bei dem Gedanken an die Flüsterstimme, die ihr versichert hatte: »Er lebt.«
Sie schimpfte vor sich hin, während der Motor des Subaru mit der Steigung kämpfte. Dem Spinner in der Leitung glaubte sie eigentlich nicht, und die Fotos konnten weiß Gott manipuliert sein, aber sie fand erst Ruhe, wenn alle Zweifel ausgeräumt wa-

ren. Und wenn es nur ein perverser Scherz war? Dann konnte sie zumindest Aarons Andenken begraben.

Sie hatte Seattle verlassen, ohne eine Menschenseele zu informieren außer ihrer neunzehn Jahre alten Nachbarin, Emily Hardy, die sie gebeten hatte, Marilyn ein paar Tage zu versorgen. Und jetzt befand sie sich mitten in der Wildnis Montanas, wo sich ein Schneesturm zusammenbraute. »Kehr um«, ermahnte sie sich in der Einsicht, dass sie derselben fixen Idee nachjagte wie schon seit Jahren.

Hatte Mason, ihr zweiter Mann, ihr nicht genau das zum Vorwurf gemacht? »Und wenn schon.« Die Reifen des Subaru gerieten leicht ins Rutschen, und sie schaltete herunter. »Komm schon, komm schon.« Der Kleinwagen schoss vorwärts, der Motor heulte empört auf.

Spruce Creek lag noch nicht so weit hinter ihr. Wenn sie eine Wendemöglichkeit auf der Straße fand, könnte sie umkehren und fürs Erste aufgeben.

Der Gedanke an ein Bett und ein warmes Zimmer in einem Motel entlockte ihr einen Seufzer. Sie könnte sich einschließen, ihre Karte ausbreiten und die beste Route von hier nach Missoula suchen, wo sie Mason überraschen wollte.

Aber Umkehren schmeckte zu sehr nach Aufgeben, und sie gab nie auf. Schon seit der dritten Klasse nicht, als ein Pferd sie abgeworfen und sie daraufhin beschlossen hatte, das Reiten endgültig an den Nagel zu hängen. Bis ihr Großvater sie mit seinen freundlichen blauen Augen fest angesehen und gesagt hatte: »Hey, Jillie, weißt du denn nicht, dass Aufgeben nur etwas für Zimperliesen ist? Ich hätte nie gedacht, dass du so eine bist, die wegläuft und sich versteckt, wenn es ein bisschen brenzlig wird.« Er hatte ihr wieder auf das augenrollende Pferd geholfen und es stundenlang am Zügel geführt, bis Jillians Selbstvertrauen wiedererwacht war. Also gab sie auch jetzt

nicht auf. Grandpa Jim war zwar seit fünfzehn Jahren tot und begraben, doch sie hatte immer noch das Gefühl, er würde sie jedes Mal, wenn sie das Handtuch warf, beobachten.
Sie biss die Zähne zusammen und sah die nächste Straßenbiegung auf diesem weißen, schneebedeckten Gebirgskamm vor sich. Vielleicht hatte sie endlich den Gipfel erreicht, wo die Straße sich zur nächsten Stadt herabschlängelte und sie ein Hotel oder eine Pension fand, wo sie die Nacht verbringen, eine ausgedehnte heiße Dusche nehmen konnte und ...
KRRRAAAACH!
Jillian fuhr zusammen.
Der scharfe Knall eines Gewehrs hallte durch die Schlucht.
BAMM!
Ein Vorderreifen platzte.
»O nein!« Das Herz klopfte ihr bis zum Hals. »Nein!«
Das Auto geriet völlig außer Kontrolle, schleuderte wild von einer Seite der vereisten Straße zur anderen.
Nur nicht überreagieren!
Nicht gegenlenken.
Grandpa Jims Stimme füllte ihr Denken, und all die Ratschläge, die sie über das Autofahren bei Eis und Schnee gehört hatte, schossen ihr durch den Kopf.
Mit blockierten Rädern rutschend, prallte der Subaru gegen die Eismauer am bergseitigen Straßenrand, schabte an Schnee und Eis entlang, um dann wieder auf die andere Seite dieses schmalen Bergrückens zu schleudern, auf den gähnenden Abgrund der Felswand zu, während Jillian versuchte, den Wagen wieder unter Kontrolle zu bekommen.
»Bitte, o bitte ...« Sie trat das Bremspedal durch und umklammerte das Steuer.
Immer näher zum Rand des Bergrückens hin, wo nur Baumwipfel darauf hinwiesen, dass die steile Schlucht nicht bodenlos

war, rüttelte und rutschte das Fahrzeug. »Nein, nein, nein!«, schrie sie. Schluss mit den guten Ratschlägen. Sie konnte nicht mit der Schleuderbewegung hin zum Abgrund lenken. Verzweifelt riss sie das Steuer herum, fort von dem gähnenden Schlund, wild entschlossen, den Wagen auf der Straße zu halten. Sie trat die Bremse bis zum Boden durch. Die Reifen ruckten unter ihr, das Antiblockiersystem versuchte, Halt auf dem eisigen Untergrund zu finden.

»Nein«, zischte sie durch die Zähne mit hämmerndem Herzen und rotierenden Gedanken. Sie stand nahezu auf der Bremse, um das Tempo des unseligen Wagens zu drosseln!

Sie stützte sich am Steuer ab, den Fuß fest auf der Bremse.

Stopp! Stopp den Wagen jetzt, auf der Stelle!

Ein Rad rutschte über den Rand der Schlucht.

Der Wagen schaukelte wie verrückt.

Wieder riss sie das Steuer herum. Mit aller Macht. Zu spät!

Der Schwung trieb den Subaru über den Rand hinweg. Und dann stürzte das Fahrzeug, tauchte ein in die heraufziehende Nacht.

Durch die Windschutzscheibe sah Jillian die Wipfel schneebedeckter Bäume, hörte das Scharren von Ästen an Unterboden und Seiten des Wagens.

Glas splitterte.

Metall verbog sich und ächzte.

Sie schrie, schlug die Hände vors Gesicht, stemmte beide Füße aufs Bremspedal, und der Kleinwagen schoss in den dunklen, gähnenden Abgrund der Schlucht hinunter.

Perfekt!

Das silberne Fahrzeug mit dem Kennzeichen von Washington stürzte in die Schlucht. Im freien Fall, beinahe in Zeitlupe. Ein Anblick von großer Schönheit.

Der »Unfall« war in penibelster Perfektion durchdacht.

Der Subaru kippte über und stürzte.
Morsche Äste brachen.
Gefrorener Schnee fiel in Klumpen herab.
Metall kreischte.
Ein Schrei hallte durch die Schlucht, ein Schrei schieren, unverfälschten Entsetzens.
Er hätte nicht erlesener sein können.
Das Warten hatte sich gelohnt.
Jillian Rivers, das Miststück, war endlich im Begriff, den Tod zu finden.

Jillian öffnete abrupt die Augen.
Aber sie konnte nichts sehen … um sie herum herrschte Dunkelheit.
Sie stöhnte auf, als ein brennender Schmerz ihren Körper durchfuhr. Und ihr Sehvermögen, o Gott, warum konnte sie nichts erkennen? Ihre Beine brannten wie Feuer, ihr Kopf dröhnte, etwas bedeckte Mund und Nase und nahm ihr die Luft zum Atmen.
Lieber Gott im Himmel, was ist passiert?
Wo bin ich?
Und bitte, bitte, lass die Schmerzen aufhören!
Sie versuchte, tief einzuatmen, an dem Ding vorbei, das auf ihrem Gesicht lag, sie ersticken wollte.
Panik überkam sie, doch sie versuchte, sie zu unterdrücken. Es war dunkel, aber nicht vollständig, und das Ding auf ihrem Gesicht drückte nicht, schnitt ihr nicht völlig die Luft ab. Ihr Kopf wurde klarer, während sie versuchte, es wegzudrücken. Was war das nur? Ein Kissen? Nein. Ein Luftballon? Nein … ach natürlich, es war ein Airbag!
Mit vor Kälte oder Schock klappernden Zähnen drosch sie auf den Airbag ein und konnte ihn ein wenig zur Seite schieben. Trotz des Dröhnens in ihrem Kopf versuchte sie, sich zu kon-

zentrieren. Allmählich wurde ihr klar, dass sie in dem zerbeulten Wrack ihres Subaru gefangen war.
Ein Autowrack?
Ich hatte einen Unfall. Hilfe, mein Knöchel!
Sie rang nach Luft und versuchte, sich zu erinnern. Sie war in ihrem Auto eingeklemmt, in ihrem zehn Jahre alten Subaru Outback, der jetzt Schrott war. Es war eiskalt, der Wind fegte durch die zerbrochene Frontscheibe. Ihr Kopf dröhnte, und sie spürte Blut, klebrig und warm, in ihrem Haar.
Ihre Gedanken waren zusammenhanglos und bruchstückhaft, als wäre sie betrunken, Dunkelheit drohte sie zu umfangen, nur der Schmerz hielt sie bei Bewusstsein.
Du hast nur eine Gehirnerschütterung, du Dummkopf. Deshalb fühlst du dich so benommen. Wach auf, Jillian, und überleg dir, was los ist! Sonst musst du hier drinnen erfrieren.
Sie bewegte sich ganz vorsichtig. Und erstarrte sofort vor Schmerz.
Sie hatte das Gefühl, dass sie sich jeden Knochen im Leibe gebrochen hatte. Muskeln und Haut fühlten sich wund an, ihre Gelenke schmerzten höllisch.
Sie biss die Zähne zusammen und versuchte erneut, sich zu bewegen, doch ihr linker Fuß, eingeklemmt unter dem zertrümmerten Armaturenbrett, rührte sich nicht von der Stelle. Schmerz schoss durch ihr Bein. Es stieg ihr sauer in die Kehle, beinahe hätte sie gewürgt. Sie spürte, wie alles Blut aus ihrem Gesicht wich, und wusste, dass sie im Begriff war, das Bewusstsein zu verlieren.
Nein, nicht. Gib nicht auf. Was immer du auch tust, bleib wach. Wenn du bewusstlos wirst, ist das dein Tod.
Sie atmete tief und regelmäßig, wobei sie Schmerzen in der Brust empfand, als hätte sie sich auch ein paar Rippen gebrochen, und gab sich alle Mühe, wach zu bleiben.

Aber es war so furchtbar kalt. Sie probierte die Zündung aus, drehte den Schlüssel, doch nichts rührte sich, als wäre der Anlasser selbst kaputt. Sie versuchte es immer wieder, doch nicht das leiseste Klicken gab einen Hinweis darauf, dass der Motor zu zünden versuchte.
Sie gab alle Hoffnung auf, den Wagen in Gang setzen zu können.
Durch das zersplitterte Glas blickte sie hinaus in die hereinbrechende Dunkelheit und den wild wirbelnden Schnee. Millionen von Flocken wurden von den Scheinwerfern matt angestrahlt, die, wenn auch in sonderbarem Winkel, immerhin noch für ein bisschen Beleuchtung sorgten.
Vielleicht entdeckte sie jemand, weil ihre Scheinwerfer durch die Bäume hindurch ein makabres Lichtmuster nach oben schickten.
Und wenn nicht, was dann? Dann erfrierst du. Hier in diesem Autowrack. Du musst hier raus, Jillian, und zwar sofort.
»Hilfe!«, schrie sie. »Jemand muss mir helfen!«
Im Wind klang ihre Stimme heiser und schwach.

Wohin hatte sie in dieser Unwetternacht fahren wollen? Was suchte sie überhaupt in diesen Bergen? Und warum war sie allein?
Bei dem Gedanken erstarrte sie.
Vielleicht war sie nicht allein losgefahren. Vielleicht war jemand bei ihr gewesen! Sie blickte zur Seite, doch der Beifahrersitz war leer. Ohne auf die Schmerzen zu achten, drehte sie den Hals und spähte in den zerrissenen, zerbeulten Raum, wo sich der Rücksitz befand. Stoff war gerissen, Polsterung quoll heraus, ihr Koffer war zwischen dem Vordersitz und den Resten der Rückbank eingeklemmt. Doch nichts wies darauf hin, dass noch jemand in dem Haufen aus verbogenem Metall, Plastik

und Glasscherben steckte. Kein blutverschmierter Arm erhob sich aus den zerfetzten Polstern, kein schreckverzerrtes Gesicht eines Toten starrte sie aus glasigen Augen an.

Zitternd zerrte sie an einer Steppdecke, die sie immer im Auto mitführte, aber die Decke hatte sich in den übereinandergeschobenen Metall- und Plastikteilen verfangen. Die Schmerzen in ihrem Brustkorb waren unerträglich, doch sie gab nicht auf. »Komm schon, komm schon«, flüsterte sie und riss und zerrte an dem alten Quilt, den ihre Großmutter vor fünfzig Jahren gefertigt hatte. Sie hörte den Stoff reißen, die alten Nähte nachgeben, doch es gelang ihr, den größten Teil frei zu bekommen und sich hineinzuwickeln, während ihr verflixter Knöchel pochte, ihr Kopf schmerzte und die Schnittwunden im Gesicht brannten.

Wieder rief sie um Hilfe und drückte auf die Hupe. Immer wieder betätigte sie die Hupe, schrie und gab sich der aussichtslosen Hoffnung hin, dass jemand sie hörte.

Was hatte sie nur vorgehabt, dass sie in dieser Gegend mit ihren anscheinend hohen Bergen voller scharfer Kämme und steil abfallenden Schluchten unterwegs gewesen war? Und wo lag dieses Gebirge überhaupt? War es die Cascade Range im westlichen Washington? Die kanadischen Rockies? Die Tetons? Oder sonst irgendeine zerklüftete Bergkette?

Montana, dachte sie dumpf. *Du warst auf dem Weg nach Montana.*

Bestimmt würde sie jemand bald vermissen, wenn sie ihr Ziel nicht erreichte, wo immer in Montana es auch liegen mochte. Und dann würde natürlich ein Suchtrupp ausgeschickt werden.

Es sei denn, dieser Ausflug ist heimlich geschehen. Streng geheim.

Sie hatte das unbehagliche Gefühl, dass niemand wusste, wo sie sich aufhielt, obwohl sie sich noch nicht einmal an ihr Ziel erinnerte. Es hatte irgendwie mit Montana und ihrem Ex-Mann zu tun und war geheim ... Was war es nur? Wenn sie sich doch bloß erinnern würde.

»Ach, um Gottes willen«, flüsterte sie, schüttelte den Kopf und verzog vor Schmerzen das Gesicht. Sie konnte sich auch nicht an alles, was sie selbst betraf, erinnern, wusste jedoch sicher, dass sie keine Spionin war und sich äußerst selten die Mühe gab, irgendetwas zu vertuschen.

Und doch ...

Eine entsetzliche Angst davor, völlig allein zu sein, legte sich wie eine Klammer um ihr Herz.

»Gar nicht daran denken«, ermahnte sie sich. Irgendwer würde sie irgendwo vermissen, nach ihr suchen. Es war nur eine Frage der Zeit, wann sie gefunden wurde. Sie musste nur so lange am Leben bleiben, bis Rettung kam.

Sie hob den dröhnenden Kopf und hielt Ausschau nach der Straße, die hoch über ihr verlaufen musste. Alles, was sie sah, war eine steile Mauer aus Eis und Schnee. Ein paar Bäume wuchsen in dieser Schlucht, wenige ahnungsvolle schneebedeckte Wachtposten, mehr nicht. Offenbar war das Auto die steile Böschung heruntergerutscht und in einem, wie es aussah, zugefrorenen Bachbett gelandet. War sie ins Schleudern geraten, als sie einem anderen Fahrzeug ausweichen musste? Einem Reh? Einem Fußgänger? Oder hatte sie einfach eine Kurve zu schnell genommen, war auf Eis geraten und dann in den Abgrund gestürzt?

Sosehr sie sich auch anstrengte, sie konnte sich nicht erinnern. Ja, gelegentlich tauchten flüchtige Gedanken auf, wie sie ihre Sachen ins Auto packte, überstürzt von Seattle aus, wo sie wohnte, eine Fahrt plante ... eine lange Fahrt. Sie erinnerte sich knapp daran, eine Straßenkarte konsultiert zu haben und nach Osten gefahren zu sein, heraus aus dem Verkehrschaos im

U-District, fort von ihrem Reihenhaus nicht weit vom Campus der Universität von Washington. Sie hatte ihren Subaru über die Evergreen-Point-Floating-Bridge gesteuert, die eine schmale Stelle des Lake Washington überspannte, und war dann auf der Autobahn vorbei an Bellevue und weiter nach Osten gefahren … und dann … nichts mehr. Sie hatte so eine Ahnung, dass sie wild entschlossen gewesen war. Vielleicht sogar wütend. Was sie nicht weiter überraschte, falls die Sache irgendwie mit ihrem Ex zusammenhing.

»Klasse«, sagte sie leise, nicht in der Lage, weitere greifbare Erinnerungen heraufzubeschwören. Nicht, dass es wirklich wichtig gewesen wäre. Warum sie sich auf dieser überstürzt angetretenen Reise befand und wohin sie wollte, das war nicht von Bedeutung. Lebenswichtig war jetzt, aus dieser Schlucht herauszukommen und wieder in Sicherheit zu sein.

»Was soll ich nur tun?«, flüsterte sie zitternd. Ihr Atem stand wie eine Nebelwolke in der eiskalten Luft.

Jeder Blick nach oben, an die steile Felswand, ließ nur neue Verzweiflung in ihr aufsteigen. Falls dort oben die Straße verlief, weit oberhalb von diesem eingefrorenen Bachbett, wie sollte sie es dann jemals schaffen, diese Wand aus Fels und Eis hinaufzugelangen? Diesen Berg könnte sie nicht erklimmen, selbst wenn sie unverletzt, bei bester Gesundheit und den arktischen Temperaturen entsprechend gekleidet wäre und über eine Kletterausrüstung verfügt hätte.

Denk nach, Jillian. Denk nach! Es muss doch einen anderen Ausweg geben!

Fest in die Decke gewickelt, nahm sie das Bachbett ausführlich in Augenschein. Gab es einen Weg oder eine Straße oder sonst eine Möglichkeit, aus dieser Schlucht in die Zivilisation zu entkommen? Vielleicht konnte sie dem Bachlauf bergab folgen.

O ja, ganz recht, Einstein. Mit einem womöglich gebrochenen Knöchel? Mit einem Bein, das dich vor Schmerzen aufheulen lässt, wenn du es nur einen Zentimeter bewegst? Sieh den Tatsachen ins Gesicht, ohne Hilfe kommst du hier nicht raus.
»Mist.« Sie drückte noch einmal auf die Hupe. Drängend. Voller Panik. Verzweifelt. Die scharfen Töne hallten durch die verschneite Schlucht.
Doch es war sinnlos, und sie wusste es. In ihren eigenen Ohren klang das wilde Hupen wie das verlorene Blöken eines verängstigten Schafs.
Erbarmungswürdig.
Doch es war alles, was sie tun konnte.
Während sie weiterhin die Hupe betätigte, schrie sie so lange, bis sie heiser war, in der Hoffnung, der armselige Lärm und das Licht der verlöschenden Scheinwerfer würden auf sie aufmerksam machen. Doch kein Motorengeräusch ertönte zur Antwort, keine Rufe von Rettungstrupps waren zu hören, kein *Wapp, Wapp, Wapp* von Hubschrauberrotoren übertönte das Brausen des Windes.
Nein ... Sie war allein.
In dieser gottverlassenen Wildnis, in der hereinbrechenden eiskalten Nacht, war sie allein, beängstigend allein.

5. KAPITEL

Du bist zum Kotzen!«, schimpfte Bianca leise. Jeremy lag auf dem Sofa und sah MTV.
»Selber!«, gab er zurück und schob sich noch eine Handvoll Studentenfutter in den Mund.
»Im Moment finde ich euch beide zum Kotzen«, meldete sich Regan aus der Küche. »Und damit ihr's wisst, ich kann diesen Ausdruck nicht leiden. Könnt ihr euch nicht mal eine andere Beleidigung ausdenken? Eine etwas intelligentere?«
»Ach, Mom, stell dich nicht so an.« Bianca ließ sich in einen Sessel fallen. Die rotblonden Locken tanzten um ihr kleines Gesicht. Ein paar Sommersprossen, die sie verzweifelt mit Make-up zu überdecken versuchte, sprenkelten die Nase, und ihre großen braunen Augen waren von dichten dunklen Wimpern gerahmt. Sie sah eben genauso aus wie ihr Vater.
Cisco sprang auf Biancas Schoß. Gewöhnlich liebte und verwöhnte sie den Hund, doch im Augenblick hatte sie, wie so oft, schlechte Laune und schob Cisco mit finsterer Miene zurück auf den Boden. Er setzte sich auf den abgetretenen Teppich und neigte den Kopf von einer Seite zur anderen, als versuchte er, die Kleine zu verstehen, die ihn mit all ihrer Liebe überschüttet hatte, bevor sie sich verliebte.
»Ich kann's nicht ändern, Bianca, ich neige von Natur aus dazu, mich anzustellen. Es ist genetisch bedingt, und deshalb hast du diese Veranlagung auch in deinen Genen.« Regan zupfte eine vorzeitig verwelkte Blüte vom Weihnachtskaktus vor dem Blumenfenster.
Bianca verdrehte die Augen, als wäre ihre Mutter die unmög-

lichste Person auf der ganzen Welt. »Ich will doch nur mal kurz rüber zu Chris. Als ob das so eine große Sache wäre.«
»Draußen tobt ein Schneesturm, falls dir das entgangen sein sollte. Ich selbst gehe nur raus, weil ich muss.« Regan mummelte sich warm genug ein, um den Elementen trotzen zu können. Sie nahm ihre Strumpfmütze und die Handschuhe vom Tisch, wo sich seit Tagen unbeachtet die Post stapelte. »Ich möchte nicht, dass einer von euch fährt.«
Wieder verdrehte Bianca ihre riesigen Pescoli-Augen.
Was Regan in Rage brachte.
»Und du wirst nicht nur deine Hausaufgaben erledigt haben, wenn ich zurückkomme, sondern hast auch den Geschirrspüler ausgeräumt und das Geschirr in der Spüle abgewaschen.«
Keines von ihren Kindern äußerte sich dazu.
»Jer, ich rede mit dir«, sagte sie ein wenig lauter. Er klebte vor dem Fernseher und warf nicht mal einen Blick über die Schulter. »Jeremy!« Sie ging ins Wohnzimmer und erkannte, dass er sich die Ohren mit Kopfhörern verstopft hatte, damit er sich mit Musik aus seinem iPod das Gehirn wegpusten konnte, während er irgendeine Realityshow mit »heißen, quengeligen Babes«, wie er es nannte, anschaute.
»Jeremy!«, schrie sie und tippte ihn auf die Schulter.
»Wa-?« Er hob den Blick und wiederholte, als er ihre strenge Miene sah: »Was?«
Sie zupfte einen der Kopfhörer aus seinem Ohr. »Du fütterst den Hund und räumst den Geschirrspüler aus und wäschst ab. Du bist diese Woche an der Reihe.«
»Aber Bianca ...«
»War letzte Woche an der Reihe. Du bist dran, Freundchen.«
»Ja, klar«, murrte Jeremy und heftete den Blick wieder auf den Fernseher.

»Ich meine es ernst. Und diese Unordnung« – sie deutete auf die Pappteller und Gläser in Reichweite Seiner Hoheit auf dem Beistelltisch – »wird ebenfalls beseitigt.«
»Mach ich. Okay? ...«
»Schön. Ich habe eine Zeugin.«
Bianca, stinksauer, weil sie nicht ausgehen durfte, zeigte nicht mal die übliche Selbstgefälligkeit oder Schadenfreude, als Jeremy zusammengestaucht wurde. Sie war zu sehr mit dem Verfassen einer SMS beschäftigt, vermutlich Beteuerungen ihrer ewigen Liebe an den Mann ihrer Träume, Chris, einen schlaksigen, fade wirkenden Jungen, der sich nur einsilbig äußerte und der, falls Regan sich nicht sehr täuschte, regelmäßig Marihuana rauchte.
Was ihr eine Heidenangst einjagte.
Nicht, dass sie nicht selbst Gras ausprobiert hatte, als sie nur wenig älter war als Bianca, aber sie hatte Verstand genug besessen, es dabei zu belassen. Nichts Stärkeres. Nie. Und anlässlich ihrer ersten Schwangerschaft hatte sie das Kiffen aufgegeben und es nie bereut.
Doch heutzutage waren die Kids anders gestrickt. Und das Gras war anders.
»Und du, du machst deine Hausaufgaben«, wandte sie sich an ihre mürrische, schöne Tochter. »Und räumst dein Zimmer auf. Da sieht es schrecklich aus.«
»Immer noch besser als *seines*«, höhnte sie und blickte mit hochgezogener Braue zum Sofa hinüber, während ihre Finger über die Tasten ihres Handys hüpften.
»Ja, ich weiß, aber er hat es am Wochenende wenigstens versucht. Glaub mir, er ist noch lange nicht vom Haken; ich setze lediglich Prioritäten. Zuerst Wohnzimmer und Küche, dann nehme ich das Chaos in seinem Verlies in Angriff.«
Falls Jeremy sie gehört hatte, war er klug genug, die Sticheleien wegen seines Wohnbereichs zu ignorieren. »Okay, Bianca«,

sagte Regan. »Ich meine es ernst, was dein Zimmer und die Hausaufgaben angeht. Du willst am Wochenende zu deinem Dad, und vorher muss alles erledigt sein.«
Bianca seufzte übertrieben laut. Regan kraulte Cisco und ging dann durch die Hintertür zur Garage, wo entschieden niedrigere Temperaturen herrschten.
Wenn die Kinder übers Wochenende zu ihrem Vater fuhren, ging sie gewöhnlich an einem Abend aus, manchmal auch an zweien. Allein zu Hause zu sein wurde schnell langweilig, und sie sagte sich, dass sie die Zeit dann für ein bisschen Spaß nutzen konnte. Doch für dieses Wochenende waren alle Pläne auf Eis gelegt, weil sie praktisch Bereitschaftsdienst hatte. Es war beinahe Monatsmitte, die Zeit, zu der der Psychopath zuzuschlagen pflegte. Zwar waren die Opfer immer erst später gefunden worden, doch der Gerichtsmediziner und die Kriminaltechniker waren der Meinung, das Vorgehensmuster des Mörders ließe vermuten, dass er seine Opfer etwa eine Woche vor Monatsende jagte.
Und bald wäre es wieder so weit.
Alle im Morddezernat waren nervös, rechneten stündlich mit einer Meldung über ein verlassenes Fahrzeug oder eine an einen einsamen Baum gefesselte Frau irgendwo in den Bergen.
Sie fragte sich, wie viele Opfer es insgesamt nun waren, Frauen, deren zerschrottete Autos oder steifgefrorene Körper sich noch irgendwo in den Wäldern rings um die Kleinstadt befanden, in der sie den Großteil ihres Lebens verbracht hatte.
»Nicht daran denken«, sagte sie sich und fuhr rückwärts aus der Garage, wobei sie knapp Jeremys Pick-up verfehlte. Sie wendete und fuhr vorsichtig die schmale Straße hinunter. Ihre Zufahrt schlängelte sich zwischen einigen Bäumen hindurch, bevor sie in die Hauptstraße einmündete, doch der Schnee war

fest, darunter befand sich nicht viel Eis, und ihre Reifen hatten gute Bodenhaftung.

Sie wohnte mit ihren Kindern fünf Meilen außerhalb von Grizzly Falls, in den Hügeln, die überall rund um die Stadt zu finden waren, und hier herrschte wenig Verkehr. Sie überholte einen Schneepflug, der den Schnee an den Straßenrand beförderte, und ein liegengebliebenes Fahrzeug. Sie hielt an, um sich zu vergewissern, dass sich niemand darin aufhielt, dann meldete sie es und stieg wieder in ihren Jeep. Der Schnee schmolz auf ihren Schultern, während sie der Hauptstraße in die Stadt hinein folgte. Der Verkehr nahm zu, als die Straße sich gabelte und sie den Weg zu dem Stadtteil auf dem Bergkamm oberhalb des Flusses einschlug. An den Ufern hatte sich Eis gebildet, und das Wasser, das über die steilen Felsen der Fälle rauschte, hatte die Farbe von Stahl.

Sie suchte sich eine Bucht am Außenrand des Parkplatzes, begab sich mit einer weißen Atemfahne vor dem Mund raschen Schrittes in das Gebäude, und der kalte Wind stach ihr in den Wangen, bevor sie die Glastüren aufstieß, sich eintrug und dann den Weg zu einem Flur im hinteren Teil des Gebäudes und zu dem Kaninchenbau von Arbeitsplätzen und Büros des Dezernats einschlug.

Sie deponierte ihre Sachen in ihrem Spind, holte sich einen Becher Kaffee und ließ sich auf einen kleinen Plausch mit Trilby Van Droz ein, einer Verkehrs-Deputy und alleinerziehenden Mutter, deren Tochter nur ein Jahr jünger war als Bianca. Trilbys Ex war noch schlimmer als Lucky. Er prellte den Staat und zahlte die Unterstützung für das Kind nur sporadisch, so selten, dass es sie wütend machte, aber auch gerade oft genug, um zu verhindern, dass sie zu ihrem Anwalt ging.

Wenige Minuten später traf sie Alvarez an ihrem Schreibtisch am Telefon an. Ihr Monitor zeigte Bilder von den Opfern des ersten Serienmörders in der Geschichte von Grizzly Falls.

»Hab dir Kaffee mitgebracht«, sagte Pescoli, wohl wissend, dass Alvarez sich ständig welchen holte und ihn dann unberührt auf ihrem Schreibtisch kalt werden ließ.
»Danke.« Ohne aufzublicken, griff sie nach dem Becher und trank.
»Was Neues?«
»Nein. Noch nicht.«
»Mandy Itos Fahrzeug ist noch immer nicht gefunden?«
Alvarez sah in ihre Richtung. Ihr schwarzes Haar war streng zurückgebunden, während Regans rote Locken nur darauf warteten, sich aus der Spange, die sie hielt, befreien zu können. »Ich arbeite an den Aufzeichnungen«, sagte sie und zog einen Spiralblock zu sich heran. Auf den linierten Seiten waren die Initialen der Opfer verzeichnet, in der Anordnung, wie sie sie in schwarzen Blockbuchstaben an den Leichenfundorten angetroffen hatten, und dazwischen hatte Alvarez die Leerstellen eingesetzt.

M I T   SK   N

»Ist dir etwas dazu eingefallen?«
»Nichts, was einen Sinn ergeben würde. Wenn es eine Botschaft ist, könnte das erste Wort »mein« heißen, das T könnte der Anfangsbuchstabe eines neuen Worts sein. Es sieht so aus, als gehörten das S und das K zusammen. Für ein Wort wie ›Skandal‹ oder ›Skala‹ oder wer weiß was. Könnte aber auch sein, dass das N noch dazugehört. Alles zusammen könnte aber auch ein einziges langes Wort sein, eine Warnung oder ...«
»Oder er führt uns hinters Licht. Vielleicht hält er sich den Bauch vor Lachen, wenn er seine bescheuerten Botschaften entwirft.«
Alvarez zog die Brauen zusammen und schüttelte den Kopf.
»Nein. Dazu ist er zu gut durchorganisiert. Er sucht sich seine

Opfer aus, lauert ihnen auf, schießt einen Reifen ihrer Fahrzeuge platt, holt sie und ihre persönlichen Sachen, wobei er keinerlei Spuren hinterlässt. Dann hält er sie irgendwo gefangen, bis sie einigermaßen genesen sind, und bringt sie schließlich zu einer Stelle, die er sicherlich schon vorher ausgesucht hat, bindet sie an einen Baum und lässt sie mit diesen Botschaften einfach zurück.«

»Warum glaubst du, dass er die Stelle vorher auswählt?«

»Den wenigen Spuren im Schnee nach zu urteilen, die wir gefunden haben, zögert er nicht eine Sekunde. Sie gehen stur geradeaus.«

»Jemand, der die Gegend sehr genau kennt. Geografie. Zufahrtsstraßen. Jemand, der überzeugt davon ist, dass er ungesehen hin- und zurückgelangt.«

»Hm.« Alvarez nickte und zeichnete die Buchstaben der Botschaft mit ihrem rechten Zeigefinger nach. »Bergwanderer? Skifahrer? Jagd- oder Angelführer? Jemand, der im Wald arbeitet?«

»In der Forstverwaltung?«

Alvarez hob den Kopf. Ihre dunklen Augen schauten sie eindringlich an. Pescoli lief ein Schauer, so kalt wie der Tod, über den Rücken, und ihr Herz setzte einen Schlag aus. Sie senkte die Stimme. »Du denkst an jemanden in der Behörde?«

»Ich weiß nicht, was ich denken soll«, sagte Alvarez. »Aber wer auch immer dahintersteckt, ist schlau, gut organisiert, kennt die Gegend wie seine Westentasche und ist uns immer einen Schritt voraus. Schlimmer noch, er ist im Begriff, wieder zuzuschlagen. Wenn er es nicht schon getan hat.«

Pescoli war entnervt. Wer auch immer für diese Greueltaten verantwortlich zeichnete, welcher perverse Verstand auch immer dem Zwang folgte, Frauen einzufangen und auf diese grausame Weise zu töten, es konnte nie im Leben jemand sein,

mit dem sie zusammenarbeiteten! In einer halben Sekunde schossen Bilder aller Deputys der Behörde ihr durch den Kopf. »Ausgeschlossen«, flüsterte sie, bemerkte jedoch, wie ihre Finger den Henkel ihres Bechers umklammerten, so dass die Knöchel weiß hervortraten.
Alvarez bemerkte kurz angebunden: »Ich will damit nur sagen, dass wir niemanden ausschließen können. Noch nicht.«
Regan nickte. Alvarez hatte recht. Das war ja das Schlimme. Sie traf genau ins Schwarze. Jeder Einzelne war verdächtig. Sogar die Männer im Dezernat, denen sie beide ihr Leben anvertrauen würden.

Jillians Zähne klapperten unkontrollierbar, ihre Haut war stellenweise taub. Sie war für ein paar Minuten eingeschlafen, oder etwa doch länger? Inzwischen war es ein wenig dunkler geworden; der Mond ging auf, und die Sonne schickte sich an unterzugehen. Ihre Scheinwerfer leuchteten jetzt nur noch schwach gelblich.
Das war's also? Sie sollte in ihrem zehn Jahre alten Subaru in einer vereisten Schlucht erfrieren?
Welch ein unwürdiges Ende!
Jillian, dieses Mal steckst du tief in der Klemme.
Und du bist ganz auf dich allein gestellt.
Sie dachte angestrengt nach, versuchte, sich an den Unfall zu erinnern oder an das, was zu dem Unfall geführt hatte, aber in ihrem Kopf gähnte ein schwarzes Loch. Vor Kälte zitternd, kämpfte sie um die Erinnerung, während sie den Türgriff betätigte. Nichts rührte sich. Sie griff über den Sitz hinweg, drückte den Griff der Beifahrertür. Auch die war fest verschlossen, entweder zugefroren oder durch den Unfall verklemmt.
Sie könnte sich durch das zerbrochene Fenster stemmen. Wenn sie den Schmerz aushalten und den eingeklemmten Fuß befrei-

en könnte. Sie biss die Zähne zusammen und versuchte noch einmal, ihren Knöchel herauszuziehen. Heißer, wahnsinniger Schmerz schoss erneut durch ihren Fuß. Sie rang nach Luft, spürte wieder die Kälte und biss in Vorbereitung auf einen weiteren Versuch die Zähne zusammen. Sie konnte hier nicht bleiben. Sie musste sich befreien.
Los, Jillian, tu was!
Das Handy! Wo war es? In ihrer Handtasche? Musste ihre Handtasche nicht irgendwo hier liegen? ... Auf dem Beifahrersitz war sie nicht, aber dort, auf dem Boden unter dem Handschuhfach. Sie reckte sich, streckte den Arm aus, so weit sie konnte, und versuchte, den grellen Schmerz in ihrem Knöchel und in der Brust zu ignorieren. Wenn sie nur ihre Handtasche zu fassen bekäme ... Der Riemen war nur noch Zentimeter von ihren Fingern entfernt. Sie stieß sich ab, hing über der Konsole, reckte sich, sosehr sie konnte ... streckte die Finger ... streifte den Riemen. »Mach schon«, drängte sie, Entschlossenheit in der Stimme. Ihr Atem stand wie Nebel in der Luft. »*Mach* schon.« Sie gab ihr Letztes. Mehr noch. Spürte, wie etwas in ihrem Knöchel knackte. »Au! Uuuh ...« Zähneknirschend krümmte sie den Mittelfinger um den Riemen und zog die Handtasche zu sich heran. Das unglückselige Handy fiel heraus! Auf den Boden.
»Nein!«
Es lag in Reichweite. Sie bekam das schlüpfrige Gerät zu fassen, bevor es wegrutschte. Keuchend hielt sie das Handy umklammert, als hätte sie Angst, es könnte ihr aus der Hand springen.
»Bitte, lass mich Empfang haben«, flüsterte sie. Das Pochen im Knöchel, den Schmerz hinter den Augen, das Blut auf den Wangen und der Stirn beachtete sie nicht. Das Handy war eingeschaltet, aber man sah keine Balken für die Empfangsstärke, und auf dem Display stand: »Kein Empfang«.

Jillian stöhnte. »Toll«, flüsterte sie und sagte sich, dass es kaum noch schlimmer werden konnte. Trotz allem versuchte sie anzurufen, in der Hoffnung, dass ihr Handy den nächsten Funkturm erreichte und irgendjemand sie irgendwie dank des GPS-Chips in dem Ding fand. Wenn das Signal einen Funkturm fand ... falls überhaupt einer in der Nähe war.

Sie weigerte sich, auch nur daran zu denken, dass in dieser abgelegenen Gegend vielleicht im Umkreis von Meilen kein einziger Funkturm stand und dass sich außerdem niemand im Vollbesitz seiner geistigen Kräfte in diesem Schneesturm draußen aufhielt, öffnete ihre Handtasche und sah im weichenden Licht, dass ihre Brieftasche, ihre Sonnenbrille, ihr Make-up-Etui und ihr Scheckbuch unversehrt geblieben waren. Sie fand eine Quittung von einer Tankstelle in Wildwood, Montana. Wo zum Kuckuck war das? Mit der spärlichen Beleuchtung ihres Handys prüfte sie das Datum. Siebter Dezember. War das heute?

Sie hatte keine Ahnung. Aber sie fand mehr als dreihundert Dollar in ihrer Brieftasche, viel mehr, als sie gewöhnlich bei sich trug, und ein halbvolles Röhrchen Ibuprofen. »Gott sei Dank«, flüsterte sie und schüttelte mit zitternder Hand zwei Tabletten heraus, überlegte es sich und gab noch eine dritte dazu, schob sie in den Mund und schluckte sie trocken. »Und jetzt lasst euren Zauber wirken.« Sie verschloss das Plastikröhrchen, betete, dass das Schmerzmittel wirkte, und stopfte Brieftasche und Röhrchen wieder zurück in die Handtasche. »Okay, und jetzt ...«

Bibbernd warf sie einen Blick in den gesprungenen Rückspiegel und sah ihr eigenes Gesicht. Sie zuckte zusammen. Ihr Gesicht war nicht nur durch die Sprünge im Glas verzerrt und im schwindenden Licht dunkel, sondern sah so aus, als hätte es eine blutige Schlacht hinter sich. Schnitt- und Platzwunden verfärbten ihre Haut, um ihre Nase herum befand sich eingetrocknetes Blut von einer Verletzung auf der Stirn, und das Weiße ihrer Augen wirkte glitschig und war rosa gefärbt. Schon zeigten sich Blutergüsse, und ihr braunes Haar, kinnlang und stufig geschnitten, klebte blutig an ihrem Schädel.

Sie wandte sich schnell wieder ab. »Nur nicht daran denken«, sagte sie leise zu sich und versuchte erneut zu telefonieren. Nichts. Kein Empfang. Sie konnte niemanden anrufen. Mit klappernden Zähnen rief sie: »Hilfe!«, und noch einmal: »Hilfe!« So laut sie konnte. War es möglich, dass sich jemand in der Nähe aufhielt? Wenn ja, musste er dann nicht gehört haben, wie der Wagen von der Straße schleuderte und in die Bäume krachte?

Wo waren die Rettungstrupps? Die Polizei? Die Feuerwehrmänner? Irgendjemand?

Sie hatte von Autos gehört, die im Winter von Bergstraßen abgerutscht, von kleinen Flugzeugen, die abgestürzt waren. Die Leichen der Passagiere in den Wracks wurden oft erst im nächsten Frühling gefunden, wenn das Tauwetter einsetzte. Wenn überhaupt. Heftig zitternd dachte sie über ihr Schicksal nach. Es war ihr doch wohl nicht bestimmt, in dieser unbekannten Schlucht, eingesperrt in ihrem eigenen Auto, mutterseelenallein zu sterben?

»Ruhe bewahren, nicht daran denken«, ermahnte sie sich. Auf dem Boden entdeckte sie einen Pappbecher und vergossene Kaffeereste. Der Becher war mit einem braunen Logo versehen, ein Bild von einem Elch vor einer Bergkulisse. Unter dem Logo standen die Worte: »Chocolate Moose Café, Spruce Creek, Montana«.

Offenbar hatte sie das Café aufgesucht, doch sosehr sie sich auch bemühte, sie erinnerte sich nicht daran. Lag es nur eine Meile entfernt? Fünf? Zwanzig?

Es können genauso gut Millionen sein.
Sie schloss die Augen. Versuchte, sich trotz des Dröhnens in ihrem Schädel und des pochenden Schmerzes im Bein zu konzentrieren. Wie konnte sie sich retten?
Spruce Creek, Montana? Warum um alles in der Welt war sie dort gewesen? Was hatte sie aus ihrem Zuhause hinaus in diese eiseskalte Waldwildnis getrieben? Es wollte ihr gerade nicht einfallen, aber irgendetwas verband sie mit diesem Bundesstaat ... etwas, was sie störte, was ihr Unterbewusstsein nicht preisgeben wollte. Was war das nur? Ihr Puls raste. Sie kannte tatsächlich jemanden in Montana, aber um ihn zu besuchen, dessen war sie sicher, wäre sie bestimmt nicht mitten im Winter überstürzt aufgebrochen.
Mason Rivers. Ihr Ex-Mann.
Ihr Magen krampfte sich zusammen, als sie versuchte, sich Masons Gesicht vorzustellen – ohne Erfolg. Sie meinte verschwommen zu wissen, dass er braunes Haar und braune Augen hatte und sich ziemlich gut in Form hielt, doch an seine Züge erinnerte sie sich nicht, jedenfalls nicht im Moment. Außerdem war er Anwalt in Helena, besser gesagt, Verteidiger. Zwar entsann sie sich nicht, warum, aber sie war sich ziemlich sicher, dass Mason zumindest zum Teil ein Grund dafür war, dass sie sich überhaupt in Montana aufhielt.
Die Kälte wurde zu einer tröstlichen Decke, legte sich über sie, während sie weiter zitterte. *Nicht aufgeben. Kämpfe, Jillian, kämpfe!*
Sie zwang sich, die Augen zu öffnen. »Hilfe!«, schrie sie noch einmal, entschlossen, einen Ausweg aus dieser Zwangslage zu finden. »Hört mich denn niemand? Hier unten bin ich! Hilfe!« Erneut drückte sie auf die Hupe.
Doch die Worte hallten durch die Schlucht zurück an ihre Ohren, verspotteten sie in ihrer Naivität und Angst, die Schein-

werfer leuchteten immer schwächer, während die Batterie sich leerte, die Hupe gab kaum mehr als ein leises Quaken von sich. Sie hörte nicht auf, doch binnen Minuten war die Batterie leer. Jillian hieb auf die Hupe, doch die blieb still, und auch ihre Stimme war nur noch ein verzweifeltes, heiseres Flüstern, während die Scheinwerfer nur noch trübe Lichtkegel warfen.
Sie war allein in der Dunkelheit.
So erschöpft, wie sie war, konnte sie nichts mehr tun außer warten und beten und versuchen, wach zu bleiben, die Kälte und die Bewusstlosigkeit in Schach zu halten, bis da nur noch Stille war. Dunkle, beunruhigende Stille.
Sie dachte über ihr Leben nach und über die, die sie liebte. Würde sie sie jemals wiedersehen? Oder war dies das Ende? War ihr Leben tatsächlich vorbei?
Ein Schatten im gesprungenen Rückspiegel bewegte sich. Er schien weit entfernt zu sein und war doch merkwürdig fehl am Platz, ein huschender dunkler Fleck in dieser weißen Landschaft.
Ihr Herz machte einen Satz. Sie drehte den Kopf. Suchte mit Blicken die sich verdunkelnde Gegend ab. Hatte jemand sie gefunden?
Bildete sie es sich nur ein? Oder war da draußen jemand oder etwas? Vielleicht war es nur der fallende Schnee, eine optische Täuschung.
Schon öffnete sie den Mund, um zu rufen, hielt sich aber zurück, bevor ihr ein Ton entschlüpft war.
Es bestand die Möglichkeit, dass da gar nichts war. Dass ihr Bewusstsein ihr etwas vorgaukelte.
Mit bis zum Zerreißen gespannten Nerven spähte sie in die Nacht hinaus, und ihr Herz hämmerte.
Ein Retter hätte doch nach ihr gerufen. Jemand, der hier unten suchte, hätte ihr Auto entdeckt. Oder?

Und warum sonst sollte sich jemand in dieser einsamen, eisigen Schlucht aufhalten?
Wieder eine Bewegung in dem gesprungenen Spiegel. Das Herz klopfte ihr bis zum Hals. Wieder wollte sie um Hilfe rufen, und wieder klappte sie den Mund zu und biss sich auf die Zunge. Verzweifelt versuchte sie, die Bewegungen in der Dunkelheit auszumachen.
Halluzinierte sie?
Oder ...
Du musst das Risiko eingehen. Ob Freund oder Feind, du brauchst Hilfe! Wenn du mit dem Leben davonkommen willst, darfst du nicht hier im Auto bleiben.
Und doch ... Sie rührte keinen Muskel, und die Welt begann, sich um sie herum zu drehen, als stünde sie kurz vor einer Ohnmacht. Mühsam hielt sie die Augen geöffnet und blickte wachsam um sich.
Eingeklemmt in ihrem Wagen, nicht in der Lage, sich zu befreien, und völlig allein, war sie ein so leichtes Opfer. Lähmende Angst befiel sie.
Zum ersten Mal seit dem Unfall fühlte sie sich so verletzlich, dem ausgeliefert, der oder das da draußen war. Die Haut im Nacken prickelte, und sie wehrte sich gegen den Drang zu schreien. Mit angespannten Muskeln starrte sie durch die geborstene Scheibe. *Sei bitte harmlos. Bitte ... ach, bitte ...*
Wieder eine Bewegung.
Sie schnappte nach Luft, hätte beinahe geschrien, riss sich aber zusammen. Sie griff nach einer Scherbe, schnitt sich dabei in die Hand, doch sie brauchte etwas, was sie als Waffe benutzen konnte.
Sei nicht blöd, sagte sie zu sich selbst, doch mit dem pulsenden Blut raste Angst durch ihre Adern, und immer noch spürte sie eine Welle von Dunkelheit, die sie zu überrollen drohte. *Fall*

nicht auf deine eigenen wilden Einbildungen und auf deine Angst herein. Du hast zu viele Serienkiller-Filme angesehen. Ruf nach dem Menschen da draußen. Du brauchst Hilfe. Du benötigst ärztliche Behandlung, sonst stirbst du.

Dennoch widerstand sie dem Drang zu schreien und gab nicht einmal ein Flüstern von sich.

Weil sie es wusste.

Tief im Inneren wusste sie es.

Sei es weibliche Intuition, sei es irgendein tierischer Instinkt, jedenfalls wusste sie, dass sie, gefangen in ihrem Autowrack und nicht in der Lage, aus dieser steilen Schlucht zu entkommen, eine ebenso leichte Beute war wie der Hase in der Schlinge. Sie spürte ein Kribbeln böser Vorahnungen auf der Kopfhaut und war überzeugt, dass das, was durch diese verschneiten, nachtdunklen Wälder streifte, die Verkörperung des absolut Bösen war.

Innerlich war ihr kalt wie der Tod, und immer noch drohte die Schwärze sie einzuhüllen, mit aller Macht.

Zitternd, gegen die Bewusstlosigkeit kämpfend, reckte sie das Kinn vor und fragte sich, ob sich im Wrack ihres alten Subaru außer einer Scherbe noch etwas anderes finden würde, was sie als Waffe benutzen konnte. Ihre Kamera! Sie war schwer. Den Riemen des Futterals konnte sie schwingen wie eine Bola oder Keule und die Canon .35 Millimeter in seine Richtung schleudern ...

Wieder eine Bewegung, dieses Mal näher.

Flink. Dunkel. Huschend.

Vor dem Auto.

Für einen Augenblick schoss ihr Puls in die Höhe und ließ sie hellwach werden.

Jeder einzelne Nerv vibrierte. Blut quoll zwischen ihren Fingern hervor, als sie die Scherbe fester umklammerte. Die

Und warum sonst sollte sich jemand in dieser einsamen, eisigen Schlucht aufhalten?
Wieder eine Bewegung in dem gesprungenen Spiegel. Das Herz klopfte ihr bis zum Hals. Wieder wollte sie um Hilfe rufen, und wieder klappte sie den Mund zu und biss sich auf die Zunge. Verzweifelt versuchte sie, die Bewegungen in der Dunkelheit auszumachen.
Halluzinierte sie?
Oder ...
Du musst das Risiko eingehen. Ob Freund oder Feind, du brauchst Hilfe! Wenn du mit dem Leben davonkommen willst, darfst du nicht hier im Auto bleiben.
Und doch ... Sie rührte keinen Muskel, und die Welt begann, sich um sie herum zu drehen, als stünde sie kurz vor einer Ohnmacht. Mühsam hielt sie die Augen geöffnet und blickte wachsam um sich.
Eingeklemmt in ihrem Wagen, nicht in der Lage, sich zu befreien, und völlig allein, war sie ein so leichtes Opfer. Lähmende Angst befiel sie.
Zum ersten Mal seit dem Unfall fühlte sie sich so verletzlich, dem ausgeliefert, der oder das da draußen war. Die Haut im Nacken prickelte, und sie wehrte sich gegen den Drang zu schreien. Mit angespannten Muskeln starrte sie durch die geborstene Scheibe. *Sei bitte harmlos. Bitte ... ach, bitte ...*
Wieder eine Bewegung.
Sie schnappte nach Luft, hätte beinahe geschrien, riss sich aber zusammen. Sie griff nach einer Scherbe, schnitt sich dabei in die Hand, doch sie brauchte etwas, was sie als Waffe benutzen konnte.
Sei nicht blöd, sagte sie zu sich selbst, doch mit dem pulsenden Blut raste Angst durch ihre Adern, und immer noch spürte sie eine Welle von Dunkelheit, die sie zu überrollen drohte. *Fall*

nicht auf deine eigenen wilden Einbildungen und auf deine Angst herein. Du hast zu viele Serienkiller-Filme angesehen. Ruf nach dem Menschen da draußen. Du brauchst Hilfe. Du benötigst ärztliche Behandlung, sonst stirbst du.
Dennoch widerstand sie dem Drang zu schreien und gab nicht einmal ein Flüstern von sich.
Weil sie es wusste.
Tief im Inneren wusste sie es.
Sei es weibliche Intuition, sei es irgendein tierischer Instinkt, jedenfalls wusste sie, dass sie, gefangen in ihrem Autowrack und nicht in der Lage, aus dieser steilen Schlucht zu entkommen, eine ebenso leichte Beute war wie der Hase in der Schlinge. Sie spürte ein Kribbeln böser Vorahnungen auf der Kopfhaut und war überzeugt, dass das, was durch diese verschneiten, nachtdunklen Wälder streifte, die Verkörperung des absolut Bösen war.
Innerlich war ihr kalt wie der Tod, und immer noch drohte die Schwärze sie einzuhüllen, mit aller Macht.
Zitternd, gegen die Bewusstlosigkeit kämpfend, reckte sie das Kinn vor und fragte sich, ob sich im Wrack ihres alten Subaru außer einer Scherbe noch etwas anderes finden würde, was sie als Waffe benutzen konnte. Ihre Kamera! Sie war schwer. Den Riemen des Futterals konnte sie schwingen wie eine Bola oder Keule und die Canon .35 Millimeter in seine Richtung schleudern …
Wieder eine Bewegung, dieses Mal näher.
Flink. Dunkel. Huschend.
Vor dem Auto.
Für einen Augenblick schoss ihr Puls in die Höhe und ließ sie hellwach werden.
Jeder einzelne Nerv vibrierte. Blut quoll zwischen ihren Fingern hervor, als sie die Scherbe fester umklammerte. Die

Schwärze spielte mit ihrem Verstand, wollte sie dazu verführen, dass sie sich fallen ließ.

Sie hielt den Atem an. Lauschte angestrengt, spitzte die Ohren und versuchte, die Dunkelheit zu durchdringen.

Doch sie konnte nichts sehen, und unerklärlicherweise legte sich der Wind. Eine Gänsehaut überlief ihren Rücken, sie hatte große Mühe, wach zu bleiben.

Plötzlich wurde die Stille in dem tiefen, eisigen Abgrund ohrenbetäubend.

6. KAPITEL

Alvarez war von Natur aus misstrauisch. Andererseits war das auch berufsbedingt. Sie war nicht von Geburt an misstrauisch; nein, sie war ein glückliches Kind gewesen, doch das änderte sich in etwa mit ihrem Eintritt in die Highschool.
Du kannst nicht vor deiner Vergangenheit davonlaufen.
Das wusste sie natürlich, aber versuchte es dennoch. Und das würde sie wahrscheinlich immer wieder und wieder versuchen, überlegte sie, als sie durch das Foyer des Gerichtsgebäudes eilte, wo sie in einem Fall von häuslicher Gewalt ausgesagt hatte. Man hatte ihr schon oft gesagt, sie wäre eine gute Zeugin. Kühl. Ruhig. Nicht so leicht aus dem Konzept zu bringen.
Verteidiger traten äußerst ungern gegen sie an, und die jetzige Verhandlung war keine Ausnahme.
Sie stieß die Tür zum Gerichtsgebäude auf, spürte den beißenden Wind und zog sich den Schal fester um den Hals. Obwohl sich die Temperaturen um den Gefrierpunkt bewegten, trug sie einen knielangen Rock, hochhackige Stiefel, einen engen Rollkragenpullover und eine Jacke. Kleine silberne Ohrringe und eine passende Halskette waren die einzigen Accessoires, und sie hatte sich das Haar nicht gar so streng aus dem Gesicht frisiert. Ihre Zeugenaussage war klar und präzise gewesen, ganz gleich, wie sehr der Verteidiger ihr etwas zu entlocken versuchte, was diesen Stiefvater hätte entlasten können. Ausgeschlossen. Nicht, nachdem er die halbwüchsige Tochter seiner Frau schon drei Jahre lang missbraucht hatte.
Als die Geschworenen in den Saal zurückkamen, hätte sie ihre

Dienstmarke darauf verwetten können, dass der Typ für lange Zeit hinter Gitter wandern würde.

Gut. Sie suchte ihren Wagen auf dem Parkplatz und fuhr auf direktem Wege zu ihrer Einzimmerwohnung, wo sie eine Hose und Schuhe mit flacheren Absätzen anzog. Sie liebte diese ordentliche kleine Wohnung mit dem Schrankbett an einer Wand, dem Zweiersofa, Sessel und Polsterhocker. Auf dem Sims des kleinen gasbetriebenen Kamins an einer Wand standen gerahmte Fotos von Mitgliedern ihrer großen Familie, ein ausklappbarer Schreibtisch nahm den ansonsten für einen Küchentisch vorgesehenen Platz ein. Wie schon seit drei Monaten, so war der Schreibtisch auch jetzt voll von Büchern, Notizzetteln, Diagrammen und ihrem Laptop. Nur ungern dachte sie daran, wie viel Zeit sie in den vergangenen paar Monaten an ebendiesem Schreibtisch mit dem Bemühen um die Aufklärung der jüngsten Mordfälle verbracht hatte.

Es ging ihr nicht um den Zeitaufwand, aber es ärgerte sie maßlos, dass sie der Lösung der Rätsel nicht einen Schritt näher gekommen war. »Geduld«, ermahnte sie sich, schlüpfte in ihre dicke Daunenjacke, schloss die Tür hinter sich ab und ging wieder nach draußen.

Ihr fiel auf, dass der Wind während des kurzen Aufenthalts in ihrer Wohnung wieder aufgefrischt hatte und dass dicke brodelnde Wolken am Himmel auf ein weiteres Unwetter hindeuteten.

»Das fehlt uns gerade noch«, dachte sie laut. Ein heftiger Windstoß trieb Reste von trockenem Laub über den Parkplatz und ließ es übers schneebedeckte Land tanzen und wirbeln.

Als sie zu ihrem Wagen ging, hatte sie das Gefühl, beobachtet zu werden. Sie blickte über die Schulter zurück, konnte aber niemanden entdecken.

»Alles nur Einbildung«, sagte sie sich. Doch als sie sich hinters

Steuer setzte, spürte sie es wieder, diese scharfe, deutliche Vorahnung von Tod.
Von ihrem Tod?
Oder dem eines weiteren bedauernswerten Opfers, nackt an einen Baum gebunden, das verzweifelt auf Rettung hoffte, aber mit der wachsenden Gewissheit, zum Tode verurteilt zu sein?
»Gott steh uns bei«, flüsterte Alvarez und schlug zum ersten Mal seit ihrem vierzehnten Geburtstag inbrünstig das Kreuzzeichen über der Brust.

Bamm! Bamm! Bamm!
Jillian versuchte, die Augen zu öffnen.
Es war so kalt. Und so dunkel.
Ein ohrenbetäubendes Ächzen hallte in ihrem Kopf nach.
Wo bin ich?
»Hey! Lady! Aufwachen!«, befahl eine tiefe, besorgte Männerstimme. »Helfen Sie mir doch!«
Was?
Sie versuchte, zu sich zu kommen, und spürte das Pochen in ihrem Knöchel.
Was um alles in der Welt? Träume ich?
Blitzartig erinnerte sie sich daran, wie sie in dem schrottreifen Subaru aufgewacht war. Im Auto eingeklemmt, hatte sie auf Hilfe gehofft, die Nähe von etwas Bösem gespürt, und dann musste sie wohl bewusstlos geworden sein …
Ihr Herz begann zu rasen, sie spähte hinaus in die Dunkelheit. Sie hielt immer noch die Glasscherbe in der inzwischen beinahe froststarren Faust.
War dieser Mensch, der gerade die Wagentür aufzustemmen versuchte, derselbe, den sie durch den verschneiten Wald huschen gesehen hatte? Der, den sie für die Verkörperung des Bösen gehalten hatte?

»Hey? Alles in Ordnung?«, brüllte ihr vermutlicher Retter.
War er nicht ganz bei Trost? Natürlich war nichts in Ordnung. Sah sie etwa so aus?
»Können Sie gegen die Tür drücken?«
Tja, schön wär's.
Dann erhaschte sie im dichten Schneegestöber einen Blick auf ihn. Skimütze und -brille, ganz in Schwarz, verbargen sein Gesicht und ließen ihn eher außerirdisch als menschlich erscheinen. Er trug eine dicke Skijacke, doch sie entdeckte keinerlei Abzeichen darauf, die auf Polizei, Forstamt oder sonst eine Behörde schließen ließen ...
»Hey!« Er streckte die Hand durch die zersplitterte Scheibe und rüttelte Jillian an der Schulter. »Aufwachen!«
»Ich ... ich bin wach!«, versuchte sie zu rufen, brachte aber nur ein schwaches Flüstern zustande.
»Können Sie sich bewegen?«, schrie er so laut, dass sie mit einem schmerzhaften Ruck zusammenfuhr.
Lieber Gott, war sie wieder bewusstlos geworden?
Sie wollte antworten, doch es gelang ihr nicht. Mit aller Macht versuchte sie, die Augen offen zu halten.
Sollte sie ihm vertrauen?
Hatte sie denn eine Wahl?
»Ich kann Sie hier nicht herausziehen ... Das Dach ist eingedrückt. Ich versuche, die Tür aufzustemmen.«
Ihre Zähne schlugen wieder aufeinander.
Ihre Augen waren so schwer. So furchtbar schwer.
»Hey! Lady! Wach bleiben! Ach du liebe Zeit! Los, bleiben Sie wach! Wie heißen Sie?«
Sie blinzelte. War sie wieder eingeschlafen? Bewusstlos geworden?
Er hielt etwas in der Hand, eine Brechstange, überlegte sie verschwommen ... wie die in ihrem Kofferraum. Wenn sie doch

schlafen könnte, nur ein paar Minuten lang ... fünf oder zehn ... mehr brauchte sie nicht.
Sie hörte ein tiefes, gequältes Ächzen. Metall, das sich verbog und Widerstand leistete, als der Mann die Fahrertür mit der Brechstange bearbeitete. Aus den Augenwinkeln sah sie, wie er die Hebelwirkung zu nutzen versuchte, sein ganzes Gewicht zum Einsatz brachte. Er schnaufte vor Anstrengung. »Komm schon«, stieß er zwischen zusammengebissenen Zähnen hervor. Metall kreischte. Gab nicht nach. Das eingefrorene Schloss knackte, sprang aber nicht auf. »Los, los, mach schon«, schimpfte der Mann und stemmte sich mit aller Kraft gegen die Brechstange.
Sie hätte Angst haben sollen.
Doch sie hatte nur noch einen Wunsch: Wieder in die warme, weiche Wolke der Bewusstlosigkeit zurückzusinken.
»Wach bleiben!«, befahl er.
Sie dämmerte hinüber ...
Schnapp!
Etwas ist zerbrochen, dachte sie, wusste aber nicht, was. Es war ihr auch egal.
Metall kreischte, und sie glaubte, irgendwo weit entfernt über den bitterkalten Luftzug hinweg eine Männerstimme zu hören.
»Nicht sterben! Haben Sie gehört? Bitte, sterben Sie mir nicht unter den Händen weg.«
Sie spürte den eisigen Wind und den Ruck, als jemand sie anfasste, ihren Hals abtastete, als suchte er nach dem Puls, über sie hinweggriff ...
Doch sie brachte es nicht fertig, die Augen aufzuschlagen, und während der nächsten paar Stunden – oder noch länger? – war sie mal bei Bewusstsein, mal nicht und hörte wie durch einen langen, dunklen Tunnel, dass er sie anschrie. Sie ließ sich ins Dunkle fallen, bis eine Bewegung oder ein Geräusch sie auf-

schreckte und zurückholte, nur um dann wieder wegzudämmern. Nur verschwommen nahm sie Motorengeräusch und Bewegung wahr, und ihr war, als würde sie gleiten, durchs Universum schweben, während um sie herum Sterne herabschossen ... Ihr Knöchel und ihre Rippen schmerzten noch immer, was vermutlich ein gutes Zeichen war, doch die Taubheit, die von ihrer Haut Besitz ergriffen hatte, gab ihr das Gefühl zu träumen, schwerelos zu schweben.
»Gib bloß nicht auf«, sagte er immer wieder über das Summen irgendeines Motors hinweg, und seine Stimme erschien ihr körperlos, von weither kommend. »Wer immer du bist, bleib am Leben.«

Der Anruf im Büro des Sheriffs erfolgte zwei Tage später, nach einem Wetterumbruch. Ein weiteres Fahrzeug war gefunden worden, ein Wrack, verlassen und eingeschneit.
Selena Alvarez saß an ihrem Schreibtisch, als die Zentrale den Fundort des Fahrzeugs durchgab, und daher war sie eine der Ersten vor Ort. Mit Johnson und Slatkin fuhr sie im Kleinbus des Kriminallabors über eine gesperrte Zubringerstraße hinunter in eine Schlucht, wo der Schnee beinahe einen halben Meter hoch lag.
»Hey, Alvarez, hier drüben!« Deputy Pete Watersheds Stimme hallte durch die einsame Schlucht.
Sie hockte gerade neben dem Vorderrad des schneebedeckten Autowracks und hob jetzt den Kopf. Der Subaru war aufgrund der zersplitterten Windschutzscheibe, der zerbeulten Karosserie und des verzogenen Rahmens kaum als solcher zu erkennen.
Sie schaltete ihr Diktiergerät aus. »Momentchen noch«, rief sie über die Schulter hinweg und wandte sich wieder dem rechten Vorderreifen des Wagens zu.

Das Wrack war bereits aus jedem erdenklichen Blickwinkel fotografiert worden, deshalb wischte sie den Schnee fort und betrachtete das Loch in dem Winterreifen.
Identisch mit den anderen.
Zweifelsfrei von einer aus großer Distanz abgefeuerten Gewehrkugel.
»Scheiße«, knurrte sie, wenngleich es sie im Grunde nicht überraschte. In zwei Monaten hatte sie bereits genauso viele vergleichbare Tatorte besichtigt. Die rechten Vorderreifen der auf Theresa Kelper und Nina Salvadore zugelassenen Fahrzeuge waren wie dieses von einem leistungsstarken Gewehr zerschossen worden, woraufhin die Autos von einem hohen Felsen stürzten und zerbeult und schrottreif am Fuß des Berges aufschlugen. Nach Mandy Itos weißem Prius mit Wunschkennzeichen wurde zwar noch gesucht, aber dieses Fahrzeug hatte der Toten nicht gehört.
Diese Erkenntnis sprach Alvarez jetzt auf Band, die schnellste Möglichkeit, sich in dieser Eiseskälte Notizen zu machen, dann schaltete sie das Gerät aus, richtete sich auf und schaute sich in der verschneiten Schlucht um.
An diesem Tag war die ansonsten menschenleere Gegend völlig verändert: Detectives, Deputys und Forensiker arbeiteten Hand in Hand mit der besten Ausrüstung, die Pinewood County und der Bundesstaat Montana zu bieten hatten, und hofften, irgendein klitzekleines Beweisstück zu finden, das sie zu dem für drei, möglicherweise inzwischen vier brutale Morde verantwortlichen Killer führte.
Wie bei den vorangegangenen Autounfällen fehlten der Fahrzeugführer und sämtliche Hinweise auf seine Identität. Der Mörder hatte die Kennzeichen der betroffenen Autos nicht angerührt, aber das war keine große Hilfe, da der Fahrzeugbesitzer auch mit Hilfe der Fahrzeugnummer ausfindig gemacht

werden konnte. Abgesehen davon blieben in allen Fällen nur Wracks übrig, die einmal Autos gewesen waren, Schleuderspuren oben auf der Straße und ein paar geknickte Bäume und Äste, die das jeweilige Fahrzeug auf seinem Sturz in eine Schlucht tief in den Bitterroot Mountains gestreift hatte.
Bisher war ausnahmslos der rechte Vorderreifen zerschossen worden, und Alvarez hätte ihr Psychologiediplom darauf verwettet, dass sich im Verlauf der Ermittlungen die gleiche Ursache für diesen jüngsten geplatzten Reifen ergab wie bei den anderen – eine Kugel aus einem .30-Kaliber-Gewehr.
»Du perverser Kerl«, knurrte sie. Ihr Atem stand in Wolken vor ihrem Mund, und trotz Daunenjacke, Handschuhen, Skihose, Thermounterwäsche und Stiefel fühlte sie eine innere Kälte, die eisiger war als der grimmige Wind, der durch die Schluchten fegte.
Sie wies auf den Reifen und sagte zu der Technikerin mit Kamera: »Wir brauchen ein Foto davon.«
»Wird gemacht.« Virginia Jones, eine Schwarze in Dienstjacke, Handschuhen und Skihose, machte mehrere Fotos, während Selena sich einen Weg durch den gefrorenen Schnee und die niedergerissenen Zweige auf dem Boden der Schlucht bahnte.
»Und was gibt's hier?«, fragte sie Watershed, der wie immer gereizt wirkte, die Brauen zusammengezogen, die Lippen mürrisch verkniffen. Auch er trug eine von der Dienststelle bereitgestellte Daunenjacke und eine Wollmütze mit breitem Schirm, der seine Brille überschattete und Schneeflocken auffing.
»Sehen Sie hier.« Er hockte sich hin und zeigte mit dem behandschuhten Finger auf eine Stelle im hohen, frisch gefallenen Schnee, wo unter fast fünf Zentimeter frischem Pulverschnee etwas Rotes sichtbar war. »Blut«, sagte er, »eine Blutspur.« Er deutete nach Osten auf eine Biegung des Bachbetts, wo teils

verborgen ein Forstwirtschaftsweg verlief. »Sieht aus, als hätte er sie auf einer Art Schlitten fortgeschafft.«
Alvarez richtete den Strahl ihrer Taschenlampe auf die Schneeverwehungen und erkannte dort tatsächlich Schleifspuren und dazwischen eindeutig Blut, dunkelrote Tropfen unter einer dünnen Schneedecke.
»Die sammeln wir ein«, sagte sie.
Mikhail Slatkin, einer der Kriminaltechniker, der versucht hatte, einen Stiefelabdruck im Schnee zu präparieren, nickte, ohne aufzublicken. Der Sohn russischer Immigranten, groß und grobknochig, war knapp sechsundzwanzig Jahre alt und zählte zu den besten Forensikern, die Alvarez je begegnet waren. »Mach ich gleich. Muss erst hier fertig werden.« Er arbeitete schnell, im Wettlauf mit den Elementen, denn der Schnee fegte durch die Schlucht und deckte mit einem Zentimeter pro Stunde die wenigen Spuren zu.
Über das Pfeifen des Windes hinweg hörte Alvarez das Rumpeln eines Motors, hob den Blick und sah Regan Pescolis Wagen hinter einem der Dienstfahrzeuge anhalten. Im nächsten Moment war Pescoli ausgestiegen und zog sich eine Strumpfmütze über die wirren rötlichen Locken. Sie sah fahl und blass aus; dunkle Ringe unter ihren großen Augen zeugten von zu wenig Schlaf.
Was nicht weiter überraschte.
Zwar ging Pescolis Privatleben Alvarez nichts an, trotzdem war sie leicht verärgert. In neun von zehn Fällen musste sie für ihre Partnerin einspringen, weil sie entweder bis spät in die Nacht auf eines ihrer Kinder gewartet, einen Marathon-Streit mit ihrem Ex ausgefochten oder sich zu lange mit einem ihrer Loser-Freunde in den Bars herumgetrieben hatte.
Trotz allem war Pescoli eine brillante Kriminalistin. Und das allein zählte. Sie hatte das Talent, einen Menschen bei der ersten Begegnung festzunageln, das übliche Gerede zu durch-

schauen und schließlich die Wahrheit herauszufinden. Es wurmte Alvarez gewaltig, dass ihre gute Ausbildung und all ihre Diplome gegen den Bauchinstinkt ihrer Partnerin meist nicht ankamen. Jedes Mal war das wie ein Schlag ins Gesicht für sie, doch Alvarez würde darüber hinwegkommen.
Sie sah sich gerade nach Watershed um, als Pescoli sich bei einem der Deputys in die Liste eintrug und, während sie ihren Namen kritzelte, bereits den Tatort in Augenschein nahm.
»Wieder das Gleiche«, sagte sie, als sie auf Alvarez zukam.
Sie roch nach Zigarettenrauch und sah scheußlich aus, aber um diese frühe Morgenstunde sah kein Mensch in Schlechtwetterkleidung gut aus.
»Was haben wir bisher?«
»Nichts Neues. Schau dich um.« Alvarez begleitete ihre Partnerin durch den zertretenen Schnee zum Unfallwagen.
»Mandy Itos Auto?«
»Nein. Kennzeichen aus Washington, aber es ist ein Subaru Outback, ein älteres Modell. Ito fuhr einen Toyota mit Wunschkennzeichen.«
»Einen Prius. Jetzt fällt es mir wieder ein.« Pescolis Kiefermuskeln spannten sich, als sie sich herabbeugte und in das zerbeulte Wrack spähte. »Dann haben wir also ein weiteres Opfer.«
»Sieht so aus.«
Seufzend richtete sie sich auf; ihre gewöhnlich goldfarbenen Augen verdunkelten sich. »Die Fahrertür wurde aufgebrochen? Ein Reifen zerschossen? Kein Ausweis, keine persönlichen Gegenstände wie Portemonnaie oder Handtasche?«
Alvarez nickte. Schneeflocken stoben vom stahlgrauen Himmel herab. »Genau wie in den vorherigen Fällen.«
»Aber keine Leiche?«
»Noch nicht.« Alvarez führte Pescoli um das Wrack des silberfarbenen Subaru herum und setzte sie über die bisherigen Er-

kenntnisse ins Bild. Sie musste schreien, denn der Wind heulte jetzt wieder durch die Schlucht, fegte durch die Bäume, ließ kahle Äste klappern und blies scharfe kleine Schneekristalle in Alvarez' Gesicht.

»Ja, genau wie in den vorigen Fällen«, bemerkte Pescoli, die vollen Lippen mürrisch verzogen. »Was will der Mann nur?«

Eine offene Frage.

Pescoli blinzelte zum Bergkamm hinauf und vermutete, dass dieses Fahrzeug, wie die anderen auch, von der Straße geschleudert und den Abhang hinuntergestürzt war, um dann in dem eingefrorenen Bachbett auf dem Grund der Schlucht zu landen.

Alvarez folgte ihrem Blick und wusste, was ihre Partnerin dachte. Es grenzte an ein Wunder, dass jemand diesen Unfall überlebt hatte.

Andererseits wussten sie ja gar nicht mit Sicherheit, ob jemand überlebt hatte. Nur, dass der Fahrer verschleppt worden war.

»Wissen wir, wann es passiert ist?«, fragte Pescoli.

Alvarez zupfte ihre Handschuhe zurecht. »Es könnte schon gestern Nachmittag gewesen sein, der Schneedecke nach zu urteilen.«

»Dann lebt das Opfer vermutlich noch.« Pescoli sah sich in der öden Schlucht mit den steilen vereisten Felswänden um. »Der Dreckskerl versorgt sie, pflegt sie gesund wie so eine Florence Nightingale, bindet sie dann an einen Baum und lässt sie erfrieren. Perverses Schwein.«

Amen.

»Wer hat das Fahrzeug gefunden und gemeldet?«, wollte Pescoli wissen.

Unter dem Schirm seiner Wollmütze verzog Pete Watershed das Gesicht.

Pescoli wollte nicht geschont werden. »Sagen Sie schon.«

»Grace Perchant. Als sie ihren Hund Gassi führte.«
»Gassi führte? Bei Temperaturen weit unter dem Gefrierpunkt? Hier unten? Warum zum Geier macht sie das?«
»Warum macht Grace so einiges?«, fragte Watershed mit einem Schulterzucken.
Gute Frage. Grace Perchant war ein weiteres Unikum der Stadt. Alvarez erinnerte ihre Partnerin: »Grace behauptet auch, Geister zu sehen und mit den Toten sprechen zu können. Und ihr Hund, der ist ein halber Wolf.«
»Drei Viertel«, mischte Mikhail sich ein und sah mit einem wissenden Lächeln zu ihnen auf.
»Woher wissen Sie das denn?« Alvarez war sich nicht sicher, ob sie die Antwort wirklich hören wollte.
»Ich bin an einem Welpen interessiert.«
»Aber Sie wissen doch, dass Grace' Hund praktisch ein wildes Tier ist! Vermutlich hat nicht sie ihn ausgeführt, sondern umgekehrt.«
»Sie hat recht«, bemerkte Pescoli. »Bei uns sind schon mehr als nur eine Beschwerde über den Wolfshund eingegangen.«
»Hat er denn jemanden gebissen?«
»Nein. Geheult. Hat die Nachbarn nicht schlafen lassen.« Pescoli schob sich eine lose Haarsträhne zurück unter die Mütze.
»Das ist doch lächerlich«, fuhr Alvarez dazwischen. »Also, wenn der Hund sich erleichtern muss, warum lässt sie ihn dann nicht einfach raus? Warum geht sie in einem Schneesturm spazieren?«
»Grace ist halt so«, sagte Watershed, als ob das alles erklären würde.
Pescoli, ratlos, mit vor Kälte geröteten Wangen, ließ den Blick langsam über den verschneiten Tatort schweifen. »Verflixt noch mal, wohin hat er sie gebracht?«

Selena Alvarez schüttelte den Kopf. Tief im Inneren verspürte sie eiskaltes Grauen. Sie wusste, dass die Frau, die diesen Wagen gesteuert hatte, längst zum Tode verurteilt war und dass sie sie irgendwann finden würden, so, wie sie all die anderen gefunden hatten. Im Jaulen des Windes und dem Fauchen des Schneesturms, der über diese Bergkette hinwegraste, gingen sie und Alvarez zurück zu der Stelle, wo Slatkin das gefrorene Blut aufsammelte und eintütete. »Vielleicht haben wir Glück, und der Kerl hat sich verletzt. Es könnte Blut von ihm sein.«

»Verlassen wir uns lieber nicht auf unser Glück.« Eine weitere Männerstimme mischte sich ein, und Alvarez sah mit einem Blick über die Schulter hinweg den Sheriff über den Wirtschaftsweg auf sie zukommen. In seinen großen Stiefeln stapfte er knirschend durch den Schnee, und seine Miene verriet so einiges: unterdrückten Zorn und vielleicht auch eine Spur Resignation. Der Wind heulte so laut, dass sie den Mann nicht einmal kommen gehört hatte.

Alvarez nickte. »Recht haben Sie; das tun wir lieber nicht.«

»Ein bisschen Glück würde nicht schaden«, bemerkte Pescoli. »Ich persönlich nehme, was ich kriegen kann.«

Der Hauch eines Lächelns huschte über Graysons Gesicht. »Ganz recht.« Grayson, ein großer, bärenstarker Mann mit dichtem, ergrauendem Schnurrbart und dunklen, tiefliegenden Augen, war kürzlich gewählt und kürzlich geschieden worden – beides ging, wie es schien, Hand in Hand. So wirkte es zumindest auf Alvarez. »Sagen Sie bitte nicht, dass Ivor Hicks diesen Unfall gemeldet hat.«

»Dieses Mal nicht«, beruhigte ihn Alvarez.

»Nein.« Pescoli schob die Hände tiefer in die Jackentaschen. »Dieses Mal ist Grace Perchant unsere Zeugin.«

»Ach du liebe Zeit. Noch so eine Irre.« Grayson furchte die

Stirn. »Zuerst Ivor, dann Grace. Als Nächstes kriegen wir dann wohl Hinweise von Henry Johansen.«

Zwar behauptete Henry, ein ortsansässiger Bauer, nicht wie Ivor Hicks, dass er von Aliens entführt worden wäre, und er kommunizierte auch nicht mit den Toten, was Grace' Spezialität war, aber er war vor zwanzig Jahren vom Traktor gestürzt und hatte eine Verletzung erlitten, aufgrund derer er, wie er behauptete, Gedanken lesen konnte. Dieses Phänomen hatte er zwar noch nie wirklich unter Beweis gestellt, doch Henry war fest davon überzeugt, dass die Stimmen, die er hörte, willkürliche Gedanken von Leuten aus seinem Umfeld waren. Er war ein regelmäßiger Gast im Büro des Sheriffs, immer mit der Behauptung, er habe Insiderwissen über irgendein in der Stadt verübtes Verbrechen.

»Gott steh uns bei«, sagte Watershed.

Als Grayson den Tatort überblickte, wurde seine Miene nur noch grimmiger. »Wir sollten hier möglichst schnell einpacken. Der Wetterdienst warnt vor einem weiteren Schneesturm. Einem gewaltigen.«

Alvarez verließ der Mut. Die Chancen, die Fahrzeugführerin zu finden, waren ohnehin nicht groß; kam noch ein Schneesturm hinzu, waren sie praktisch gleich null.

Grayson betrachtete finster den eingeschneiten Wagen, und die Falten um seinen Mund wurden noch schärfer. »Sieht so aus, als hätte er wieder zugeschlagen.«

»Sieht so aus«, pflichtete Pescoli ihm bei.

»Scheiße.« Dan hob den Blick zu den Berggipfeln, und Schneeflocken fingen sich in seinem Schnurrbart. Er nagte an seiner Unterlippe.

»Die gleiche Vorgehensweise?«

Watershed nickte. »Ja. Leiche und Ausweis fehlen.«

»Schuss in den Reifen?«

»Geplatzt ist er auf jeden Fall«, sagte Alvarez. »Hab noch nicht nachprüfen können, ob ...«

»Es war ein Schuss.« Grayson sprach aus, was sie alle als Tatsache ansahen, aber noch nicht bewiesen hatten. »Das ist kein Zufall. Das Schwein ist wieder auf der Jagd.«

»Eindeutig«, stimmte Watershed zu.

Alvarez nickte.

»Überprüfen Sie das Kennzeichen«, sagte Grayson. »Ermitteln Sie den Besitzer des Wagens, und dann sehen wir weiter. Wenn die Kugel nicht im Fahrgestell oder sonst wo im Fahrzeug steckt, sucht den Abhang ab. Vielleicht ist sie auf der Straße liegen geblieben, oder sie steckt auf der anderen Seite in der Felswand. Hat schon jemand den Abschleppdienst angerufen?«

»Ist schon unterwegs«, sagte Alvarez. Sie hatte gleich nach ihrer Ankunft durchgerufen.

»Hoffen wir, dass sie bis hierher durchkommen. Auf den Straßen herrscht Chaos. Die halbe Belegschaft hat mit Stromausfällen und Unfällen zu kämpfen.« Er rieb sich das Kinn und schüttelte den Kopf, den Blick auf das Autowrack gerichtet, das mehr und mehr unter Schnee verschwand. »Wir müssen den Scheißkerl endlich kriegen.«

»Ganz meine Meinung«, bekräftigte Pescoli.

Grayson nickte und sah Alvarez an. »Aber zuerst müssen wir das Opfer finden. Und zwar dieses Mal lebendig.«

7. KAPITEL

Sssst!
Der Streichholzkopf scharrt hörbar über den steinernen Kamin, und scharfer Schwefelgeruch steigt mir in die Nase. Mit einem hübschen Zischen glimmt das Flämmchen vor meinen Augen auf.
Feuer liebe ich seit jeher.
Hat mich schon immer fasziniert, wie schnell es zum Leben erwacht – ein lebendiges, atmendes Ding, das Sauerstoff zum Überleben benötigt. Die züngelnden gelben und orangefarbenen Flammen sind ja so verführerisch mit ihrer Wärme und ihrem Leuchten und ihrem tödlichen Potenzial.
Streichhölzer anzureißen – Feuer zum Leben zu erwecken – ist eine meiner Leidenschaften, eine von vielen.
Behutsam hebe ich den Glaszylinder der Laterne an, entzünde den Docht, noch ein leuchtender Fleck in dem großen, kahlen Raum. Im Kamin knistert und brennt bereits ein Feuer, rote Glut liegt in einem dicken Bett aus Asche, moosiges Holz wird von leidenschaftlichen Flammen geleckt, Rauch steigt in den alten steinernen Schornstein, goldene Schatten tanzen an den nassen Fensterscheiben.
Draußen tobt der Sturm, heult der Wind und treibt wild die Schneeflocken, doch die aus Stein und Holz gebaute Hütte ist eine Festung gegen die Elemente. Hier brauche ich mich nicht mit Kleidung zu belasten, die kratzt und juckt und stört. Nein, ich kann unbeschwert barfuß über die glatten Steinplatten schreiten, die Hitze vom Kaminfeuer reicht aus, um mich warm zu halten.

Ich habe einen großen Vorrat an Feuerholz in der Hütte gelagert, aber sollte ich zum Anbau hinausmüssen, um mehr Holz zu holen, benötige ich weder Stiefel noch Jacke, sondern kann mich nackt den Elementen aussetzen, bin gewappnet gegen den beißenden Wind und die Eiseskälte.

Das Streichholz brennt herunter, die Flamme leckt nach meinen Fingerspitzen, und ich lösche sie rasch.

Ich sitze auf einem der Stühle, die ich selbst gefertigt habe, und lausche mit halbem Ohr dem Polizeifunk, der knistert und faucht. Ich breite meine Forstkarten und die anschaulicheren Satellitenbilder, Ausdrucke aus dem Internet, vor mir auf dem langen Tisch aus. Diese Bilder habe ich sorgfältig zusammengefügt und mit Stecknadeln mit bunten Köpfen markiert, entsprechend den gleichfarbigen Nadeln auf den Forstkarten.

Aus dem Zimmer ein Stück den Flur hinunter höre ich sie leise husten.

Ich erstarre. Lausche.

Sie stöhnt, ist ohne Zweifel noch bewusstlos.

Ein Lächeln zuckt in meinen Mundwinkeln, wenn ich an sie denke. Sie kommt allmählich zu sich, und das ist ein gutes Zeichen. Bald ist sie bereit. Ein leises erwartungsvolles Prickeln rauscht durch meine Adern, das ich rasch verdränge. Noch nicht. Erst, wenn der richtige Zeitpunkt gekommen ist. Erst, wenn sie so weit genesen ist, dass sie ihre Rolle übernehmen kann.

Oh, sie wird nicht freiwillig mitspielen, aber sie wird sich beteiligen. Das tun sie alle.

Das Stöhnen wird lauter, und ich weiß, dass ich mich um sie kümmern muss. Bald. Ich blicke auf den offenen Schrank, einen Kleiderschrank, den ich mit meinen eigenen Händen und wenigen einfachen Werkzeugen gezimmert habe. Ich habe ihn liebevoll mit Schnitzereien verziert, habe Bilder von himmlischen Wesen in das dunkle Holz geschnitten. Hier bewahre ich meine Schätze auf, kleine Andenken an die widerstrebenden Teilnehmer. Eine Schranktür steht einen Spalt offen. Die Stuhlbeine scharren über den Boden, als ich aufstehe. Ich öffne die Türen vollends und bemerke, wie die Spiegel, die das Schrankinnere auskleiden, das Feuer und meinen sehnigen Körper wiedergeben. Durchtrainierte Muskeln. Dunkles Haar. Tiefliegende Augen mit 20/10 Sehstärke.

»Ein Musterexemplar«, hatte eine idiotische Frau mal über mich gesagt und meinen Körper von oben bis unten taxiert. Als ob mir das schmeicheln würde.

»Ein scharfer Kerl«, hatte eine andere einfallslose Möchtegern-Geliebte gegurrt und sich dezent die Lippen geleckt.

»Ah ... ein schwerer Junge mit Schlafzimmeraugen«, flüsterte eine Dritte in der Hoffnung, ich fiele auf ihre uninspirierenden Annäherungsversuche herein.

Im Spiegel verziehe ich die Lippen bei diesen Erinnerungen, meine Augen werden eine Nuance dunkler.

Sie wissen jetzt, wer ich bin, nicht wahr?

Doch diese Vorfälle ereigneten sich, bevor ich meine Mission vollkommen verstanden hatte.

Ohne weiter auf mein Spiegelbild zu achten, öffne ich einige Schubladen im Schrank und betrachte meine Schätze, kleine Besitztümer der Frauen, die unsterblich wurden: eine gepunzte Ledertasche mit Fransen, eine kleine Handtasche aus imitiertem Leopardenfell, eine Schlangenleder-Brieftasche mit Kreditkarten, Führerschein, Versicherungskarten. Designer-Etuis für Brillen, Zigaretten und Make-up. Nagelfeilen, Tampons, Handys, Lippenstifte in allen Nuancen von Weinrot bis zu hellem, schimmerndem Pink.

Schätze.

Von den Auserwählten. Ich werfe einen Blick auf einen der Zeitungsartikel, die über die Morde verfasst wurden. Sämtliche Ausschnitte sind säuberlich in einem schmalen Fach gestapelt. In diesem speziellen Artikel zitiert der Reporter eine »Quelle aus dem Büro des Sheriffs«, die angibt, die »Taten« wären »wahllos« erfolgt, ein »verrückter« Scharfschütze stecke hinter den Morden.
Verrückt?
Wahllos?
Es sind Idioten, die Ermittler spielen.
Aus angemessener Entfernung habe ich oft mit meinem ausgezeichneten Fernglas beobachten können, wie die Leute vom Büro des Sheriffs in die Schlucht ausschwärmten, einige auch den Berg hinauf, nach Spuren suchten, Hinweise sammelten, im Schnee kratzten wie Hunde auf der Suche nach Knochen im Sand. Andere, die Fauleren, drängten sich um das Autowrack, rieben sich das Kinn, furchten die Stirn und redeten und kamen doch nicht weiter.
Als ich die Schranktür schließe, höre ich sie aufschreien. Dann ein Wimmern.
Vielleicht war sie eine schlechte Wahl. Sie scheint nicht besonders viel Rückgrat zu haben. Aber es ist noch früh. Sie wird schon noch zu sich kommen. Ganz sicher treten dann Wildheit und Leidenschaft zutage.
Ich weiß, dass sie eine von den Auserwählten ist. Wie die anderen auch.
Ich lausche dem Heulen des Windes und überlege, wo genau ich sie ihrem Kampf mit dem Schicksal und den Elementen überlassen will. Noch ist sie durch den »Unfall« zu sehr mitgenommen, um sich bewegen zu können, aber binnen einer Woche wird sie so weit genesen sein, dass ich sie zu der perfekten Stelle bringen kann. Sie muss abgelegen, aber zugänglich sein,

damit die Schwachköpfe, die im Büro des Sheriffs arbeiten, sie finden können.

Noch einmal studiere ich die Forstkarte, folge mit dem Finger dem Kamm einer kleineren Bergkette, die von den Bitterroots abzweigt, und erinnere mich an ein Tal, in dem ich vor langer Zeit gejagt habe. Das leicht bergige Wiesenland wird von spärlich verteilten Bäumen gesäumt. Ich überlege angestrengt, rufe Erinnerungen wach, sehe das Bild dieser paar Hektar Grasland vor meinem inneren Auge.

In der frühen Morgendämmerung habe ich dort einmal einen Elch gesehen, einen muskulösen Bullen bei einer knorrigen Tanne, die Schaufeln mindestens eins fünfzig breit, die dunkle Mähne und das dunkle Fell im Dickicht kaum sichtbar. Ich habe auf ihn geschossen, ihn aber verfehlt, und er verschwand wie ein Gespenst. Als ich meine Gewehrkugel wiederfand, steckte sie tief im schuppigen Stamm einer einzelnen Tanne. Dieser Baum, sofern er noch steht, wäre der perfekte Todespfahl.

Sorgfältig studiere ich die Karte. Es gibt so viele Schluchten und Bergrücken, Orte, an denen eine Leiche erst im Frühling gefunden würde, und vielleicht nicht einmal dann. Aber das wäre mir nicht recht.

Die Frau muss schnell gefunden werden.

Ich muss weiter nach der perfekten Stelle suchen.

Gott und die Vorsehung sind auf meiner Seite.

»Also, was haben wir?«, fragte Alvarez. Der vom Wind gebeutelte Jeep schlingerte auf dem vereisten Untergrund.

»So gut wie nix.« Pescoli saß hinterm Steuer, kniff die Augen zusammen und mühte sich, das Fahrzeug auf der Straße zu halten. Zwar kämpften die Scheibenwischer hektisch gegen die dicht fallenden Flocken, doch die Sicht war beinahe gleich null.

Die Straße, auf der sie sich befanden, war bereits gesperrt, die Schneepflüge kamen gegen die Schneemassen nicht mehr an. Vor ihnen arbeiteten sich die Wagen der anderen Polizisten vom Tatort langsam über das unebene Bergterrain.
»Tja, so gut wie nix.« Der Polizeifunk knisterte, die Enteisungsdüse blies so viel warme Luft ins Wageninnere, dass sich Alvarez mit den Zähnen die Handschuhe auszog und dann den Reißverschluss ihrer Jacke öffnete. Es roch leicht nach Zigarettenrauch, in den Haltern standen halb geleerte Trinkbecher.
»Wir kennen seine Vorgehensweise.« Pescoli starrte finster durch die Frontscheibe und heftete den Blick auf die verschneite Straße.
»Vorerst sehen wir eine Verbindung zwischen dem Subaru und den anderen Fahrzeugen, die wir gefunden haben.« Alvarez gefiel die Richtung nicht, die ihre Gedanken nahmen. Sie war überzeugt, dass das Wrack des Subaru auf eine Frau zugelassen war, die jetzt als vermisst galt und die in diesem Moment irgendwo im Umkreis von fünf Meilen gefangen gehalten wurde. So nah und in diesem Schneesturm doch Welten entfernt.
Während Pescoli sich aufs Fahren konzentrierte, rief Alvarez die Kraftfahrzeugbehörde des Bundesstaates Washington an, bekam eine Verbindung, wurde jedoch in die Warteschleife geleitet. Als der Beamte sich schließlich meldete, weigerte er sich, Selena am Telefon erschöpfende Auskunft zu geben, versprach jedoch, die Registrierung des Wagens per Fax und gleichzeitig per E-Mail an das Büro des Sheriffs zu schicken. Wenn Alvarez und Pescoli zurück ins Büro kämen, läge ihnen die Identität des Fahrzeugbesitzers bereits vor.
Aber nicht die des Mörders.
»Wenn dieser Wagen also zwei, möglicherweise auch drei Tage in der Schlucht gelegen hat, wie lange lässt er sie dann noch am Leben? Was meinst du?«

»Keine Ahnung«, antwortete Alvarez. Sie hatte den Blick starr auf die Rückleuchten von Watersheds Wagen gerichtet, dem Fahrzeug vor ihr in dem kleinen Konvoi von behördeneigenen Pick-ups, Geländewagen und Limousinen. Hinter dem Konvoi fuhr der Abschleppwagen mit dem Wrack des Subaru, das von den Ermittlern von oben bis unten nach Hinweisen auf den Mörder durchsucht werden würde. Wenn der Kerl doch wenigstens mal einen Fingerabdruck, ein Haar oder irgendein anderes Beweisstück hinterlassen würde, mit dem sie arbeiten könnten.

Bislang hatte der Mörder Glück gehabt. Keine Haare, keine Fasern, außer denen von dem Sisalseil, mit dem die Opfer an die Bäume gefesselt waren, keinerlei Fingerabdrücke auf den Zetteln oder Fahrzeugen, keine Zeugen seines Verbrechens. Sie hatten Kugeln ohne Hülsen und schlechte Abdrücke von Stiefelspuren im Schnee. Die Blutproben, die die Ermittler gesammelt hatten, stammten alle von den Opfern, und die Schnitzereien in den Bäumen, sämtlich mit einer Art Jagdmesser angefertigt, gaben keinerlei Hinweis, außer vielleicht, grob geschätzt, auf die Größe des Mörders. An den Opfern wurde kein Sperma gefunden, nichts, was auf eine Vergewaltigung hindeutete.

Ihr Profil des Mörders war nicht sehr ergiebig.

Nach ihrer Annahme war der Mörder ein Mann mit Schuhgröße 44 und zwischen eins achtundsiebzig und eins siebenundachtzig groß. Doch auch das war eben nur eine Annahme. Das Papier, auf dem die Botschaften geschrieben waren, war ein gängiges Computerpapier, in jedem Bürobedarf oder Kaufhaus zu haben, die Tinte gab nichts her, war gewöhnliche blaue Tinte von Wegwerfkulis.

Und die Botschaften, die er hinterließ: Was zum Geier hatten sie zu bedeuten?

Pescoli schaltete vor einer Haarnadelkurve herunter, Watersheds Pick-up vor ihnen schlingerte ein wenig. »Oh, warum nur!«, sagte sie leise vor sich hin, als ihr Fahrzeug ins Schleudern geriet, dann aber wieder Halt fand. »Frag mich mal, warum ich nicht in Phoenix oder San Diego lebe. Wo Temperaturen um zwanzig Grad als kalt empfunden werden.«
»Phoenix würdest du scheußlich finden. Und nachts wird es in der Wüste auch sehr kalt.«
»Aber nicht *so* kalt. Gut, dann eben San Diego. Ich glaube, ich ziehe dahin. Schon nächste Woche.«
Alvarez musste unwillkürlich lächeln, als sie sich Pescoli in Stiefeln, Jeans und Daunenweste mit Rollerskates unter den Füßen in Südkalifornien auf einem Gehsteig in Strandnähe vorstellte.
»Lach nur, ich tu's wirklich. Wenn wir wieder im Büro sind, sehe ich mich nach offenen Stellen südlich von L. A. um.«
»Na dann viel Glück.«
Pescoli ließ doch tatsächlich ein Lächeln aufblitzen, das sagen sollte: Wir beide wissen, dass ich Unsinn rede.
Die Straßen wurden freier, als sie sich der Stadt näherten, wo das höhere Fahrzeugaufkommen den Schnee in Matsch verwandelt hatte, der allerdings bald wieder überfrieren würde. Streufahrzeuge waren unterwegs, Fußgänger und Autos kämpften gegen die Elemente.
Pescoli bog auf den Parkplatz ein. Sie stellte den Jeep so nah wie möglich am Eingang ab und schaltete den Motor aus. Alvarez stieg aus, zog den Reißverschluss ihrer Jacke hoch, ihre Handschuhe an und die Kapuze über den Kopf und eilte ins Gebäude.
Sie entledigte sich der Winterkleidung und holte sich das Fax der Washingtoner Kraftfahrzeugbehörde an ihren Schreibtisch. Laut Registrierung gehörte der Wagen einer sechsunddreißig Jahre alten Frau namens Jillian Colleen Rivers. Als Wohnort

war Seattle angegeben. Auch eine E-Mail war eingetroffen, mit einem Foto von Jillian Rivers in der für Führerscheine üblichen Qualität.

»Jesus«, sagte Alvarez und betrachtete das Foto der Frau, die jetzt vielleicht schon tot war. Schulterlanges dunkelbraunes Haar, die Augenfarbe war im Führerschein mit Braun angegeben, wirkte auf dem Foto aber grau, kräftige Nase, kleiner Mund, heiteres Lächeln, hohe, ausgeprägte Wangenknochen, vielleicht ein paar Sommersprossen.

Alvarez wählte die Nummer der Polizeibehörde in Seattle, wurde mit einem Detective im Morddezernat verbunden und schilderte die Situation.

»Wir prüfen das«, versicherte Detective Renfro. »Geben Sie mir ein paar Stunden Zeit.«

»In Ordnung. Und prüfen Sie auch, ob gegen die Frau Strafzettel vorliegen und ob sie ein Strafregister hat.« Doch als Alvarez auflegte, wusste sie bereits, dass Renfro die Frau nicht ausfindig machen würde.

Ausgeschlossen.

Wahrscheinlich war Jillian Rivers, genau wie die anderen Frauen, die im Wald zum Sterben zurückgelassen worden waren, eine mustergültige Staatsbürgerin. Und im Begriff, das nächste Opfer dieses Sadisten zu werden.

Bumm!

Jillian hörte das Geräusch, versuchte, sich aufzurichten, konnte es aber nicht.

Was war das? Schlug da eine Tür?

Verschwommen nahm sie Schmerzen im Bein und an den Rippen wahr. Ach, wie tat das weh.

Sie strengte sich an, trotz der Schmerzen klare Gedanken zu fassen und die Augen zu öffnen. Es gelang ihr nicht.

Wo war sie? Sie hatte einen Autounfall gehabt, ja, ... und jemand war gekommen, um ihr zu helfen ... Aber sie konnte nicht klar denken, konnte sich nicht sammeln. Aus der Ferne hörte sie ein schrilles Klagen. In ihrer Benommenheit vermutete sie, dass es der Wind wäre. Als ob er durch eine tiefe Schlucht raste.
Aber was war passiert?
Zeit war bedeutungslos geworden. Ihr Leben schien unendlich weit weg zu sein.
Aber sie fror nicht mehr, und wenngleich sie wusste, dass sie endgültig wach werden sollte, hüllte sie die Schwärze, die für wer weiß wie lange Zeit um sie gewesen war, noch immer warm ein.
Und sie gab sich der sanften Verlockung hin. Sie musste schlafen. Genesen.
Mit allem anderen würde sie sich später beschäftigen ...

Sie ist wach.
Dessen bin ich mir sicher.
Etwas in der Atmosphäre hat sich verändert. Ihr Stöhnen hat schon vor einer Weile aufgehört, und ich weiß, sie ist wach und hat Angst.
Angst haben sie immer. Aber ich werde sie beruhigen. Ihr Vertrauen gewinnen.
Im Augenblick jedoch muss ich sie noch allein lassen.
Im Dunkeln.
Damit sie lernt, die Isolation zu fürchten.
Wenn ihr bewusst wird, dass ich ihr einziger menschlicher Kontakt bin, bleibt ihr keine andere Wahl, als mir zu vertrauen.
Das wird nur ein paar Tage dauern, und in diesen paar Tagen heilen ihre Verletzungen.
Ich widerstehe dem Drang, die Tür zu ihrem Zimmer zu öffnen, hebe das schwere Astronomiebuch auf, das ich versehent-

lich fallen gelassen habe, und lege es zurück auf meinen Arbeitstisch. Nachdem ich es präzise mit den anderen an einer Ecke des Bretts gestapelten Büchern ausgerichtet habe, richte ich mich auf, strecke mich, und mein Blick fällt auf die Stange am Durchgang zu meinem Schlafbereich. Der glatte Stahl ist ganz oben am Rahmen angebracht. Geräuschlos gehe ich hin, reiche hinauf, greife den kühlen, glatten Stahl und atme tief ein. Dann spanne ich jeden Muskel an, ziehe mich bis auf Gesichtshöhe an der Stange hoch und hebe die Beine im rechten Winkel zu meinem Körper. Diese Position halte ich mehrere endlose Minuten lang, warte, bis die Muskeln zu protestieren beginnen, und dann noch länger. Ich zittere und schwitze bei der Anstrengung, die Position perfekt zu halten.
Erst wenn ich sicher bin, dass ich es keine Sekunde länger aushalte, zähle ich entschlossen bis sechzig und lasse mich auf den Boden herab. Ich wische mir die verschwitzten Handflächen ab, springe noch einmal an die Stange und führe jetzt in rascher Folge einhundert Klimmzüge aus, bevor ich wieder die Beine anhebe, wieder die Position halte, mit ausgestreckten Beinen und Zehen. Meine angespannten Muskeln sind unter straffer Haut zu sehen, mein gesamter Körper zittert vor Anstrengung.
Das ist Teil meiner Lebensweise. Disziplin. Geistige und körperliche Disziplin.
Direkt vor mir sehe ich in einem Spiegel an der gegenüberliegenden Wand mein Bild und vergewissere mich, dass meine Haltung perfekt ist.
Natürlich ist sie es.
Ich höre sie wieder stöhnen, diesmal leiser, und ich lächele, denn bald werde ich die Tür öffnen, sie noch einmal »retten«, sie in den Arm nehmen, sie überzeugen, dass ich alles Menschenmögliche zu ihrem Schutz tun und sie gesund machen

werde. Sie wird nach ihren Freunden fragen, nach ihrer Familie, nach Rettungssanitätern und Krankenhäusern und ihrer Rückkehr in die Zivilisation, und ich werde ihr das Fehlen jeglicher Kommunikationsmöglichkeit erklären, aber auch, dass ich Hilfe hole, sobald sich das Unwetter gelegt hat.
Ich muss sie nur noch ein paar Tage lang am Leben erhalten.
Und dann, wenn der Sturm vorüber ist und sie wenigstens wieder humpeln kann, treten wir in die nächste Phase ein.
Dann wird sie lernen, was Disziplin ist.
Was Schmerz ist.
Wie der Geist über die Materie triumphiert.
Ich gebe meine Haltung auf und lande geschickt, beinahe geräuschlos auf dem Boden. Das Stöhnen hat wieder aufgehört.
Braves Mädchen. So ist es recht. Sei tapfer.
Beinahe hätte ich die Tür zu ihrem Zimmer geöffnet, doch erneut kann ich widerstehen und gehe zum vereisten Fenster, vor dem ein heftiges Schneegestöber tobt. Die Fenster klappern ein wenig im Wind, doch hier drinnen knackt und tanzt das Feuer. Obwohl ich nackt bin, nicht einen Faden am Leibe trage, ist mir warm, ich schwitze und bin zufrieden.
Alles läuft nach Plan.

»Und was unternehmen wir jetzt im Fall Jillian Rivers?«, fragte Pescoli am nächsten Tag, als sie und Alvarez im »Java Bean«, Grizzly Falls' Antwort auf Starbucks, eine Kaffeepause einlegten. Während sie sich aus der Selbstbedienungskanne eine Tasse Kaffee einschenkte und dann ihren Bagel mit doppelt Käse bezahlte, bestellte Alvarez einen »Soja-Chai-Latte«, ein schaumiges, mit Zimt bestreutes Gebräu in einer Tasse von der Größe einer Müslischale.
Sie setzten sich an einen kleinen Tisch am Fenster und blickten hinaus in den immer noch tobenden Sturm. Das Café war bei-

nahe leer, eine Kellnerin servierte den wenigen Kunden, die dem schlechten Wetter getrotzt hatten, heiße Getränke.
»Sie ist alleinstehend, war aber zweimal verheiratet. Der erste Mann ist vor etwa zehn Jahren bei einem Wanderunfall in Surinam ums Leben gekommen. Die Leiche wurde nie gefunden, aber ja, die Versicherung hat gezahlt, und dann hat sie einen Strafverteidiger aus Missoula geheiratet, Mason Rivers, aber die Ehe hat nicht lange gehalten. Sie lebt in Seattle, wo sie Prospekte und dergleichen erstellt, eine Art Ein-Frau-Betrieb. Sie macht die Fotos, die Illustrationen, das Layout und schreibt die Texte. Keine Kinder. Eine Schwester, Dusti Bellamy, die mit ihrem Mann und zwei Kindern in einer deiner Lieblingsstädte wohnt.«
»Welche ist das?«
»San Diego.«
»Ach.« Pescoli grinste. »Und ich hätte auf Phoenix getippt.«
»Jillian Rivers' Mutter, Linnette White, ist gesund und munter, der Vater ist tot. Linnette wohnt ebenfalls in Seattle, aber nicht bei ihrer Tochter. Jillian lebt allein. Die Polizei von Seattle hat ihre Wohnung versiegelt und durchsucht, bisher jedoch keinen Hinweis auf das Ziel ihrer Fahrt gefunden. Ich habe Mutter und Schwester noch nicht angerufen. Das steht heute Vormittag auf meinem Plan.«
»Du warst schon fleißig«, bemerkte Pescoli und strich mit einem billigen kleinen Plastikmesser Erdnussbutter und Frischkäse auf ihren Bagel.
Alvarez hob ruckartig den Kopf. »Ich habe keine Kinder.«
»Ja. Ich weiß.« Pescoli nickte und strich den überschüssigen Frischkäse auf dem Messer am Tellerrand ab. »Glaub mir, manchmal ist das ein Segen.« Sie biss in ihren Bagel und ließ sich die Geschmacksmischung auf der Zunge zergehen.
Alvarez' Augen wurden um eine Nuance dunkler, doch der Schatten, sofern er überhaupt existiert hatte, war im nächsten

Moment verschwunden. »Du würdest sie doch um nichts in der Welt hergeben.«
»Was nicht heißt, dass sie nicht manchmal schreckliche Nervensägen sein können.«
»Ganz wie die Mutter.«
Pescoli grinste und trank einen großen Schluck von ihrem heißen Kaffee. »Lass sie das nicht wissen. Ich erkläre ihnen lieber, all ihre schlechten Eigenschaften wären genetisch bedingt und kämen nicht aus meiner Familie.«
»Sie sind bestimmt zu schlau, um das zu schlucken.«
Pescoli prustete leise. »Wahrscheinlich.« Sie aß ihren Bagel, und Alvarez trank aus ihrer Riesentasse. Seit drei Jahren waren sie Partnerinnen, seit Alvarez von San Bernadino nach Grizzly Falls gezogen war, und wenn sie einander auch ungefähr so ähnlich waren wie Wasser und Feuer, verstanden sie sich doch gut. Respektierten einander. In Pescolis Augen war Alvarez zu verbissen und sollte häufiger unter Leute gehen. Klar, sie belegte Kurse in allen möglichen Kampfsportarten und gewann Pokale für ihre Fähigkeiten, von Scharf- bis Bogenschießen. Sie hatte auch mal erwähnt, an einem Marathon, dem Bay to Breakers in San Francisco oder sonst einem langen Lauf teilzunehmen, vielleicht sogar an einem Laufevent nach dem anderen, aber Alvarez hatte keine gesellschaftlichen Kontakte. Sie verbrachte ihre Freizeit mit der Nase in Büchern, mit der Hand auf der Maus auf Recherchetour im Internet oder indem sie mit Kursen an Unis und in Sportclubs Geist und Körper in Spitzenform hielt.
Nach Pescolis Meinung sollte Alvarez mal ein paar Margaritas kippen und sich ordentlich durchvögeln lassen. Diese beiden schlichten Vergnügungen würden im Gemüt ihrer Partnerin Wunder wirken.
Davon war Pescoli überzeugt.

8. KAPITEL

Die FBI-Agenten waren völlig anders, als sie gewöhnlich im Fernsehen dargestellt sind, fand Alvarez und kreuzte die Fußknöchel. Sie saß mit den anderen Mitgliedern des Einsatzkommandos, das in der Mordserie ermittelte, an dem großen Tisch im Gruppenraum. Becher mit erkaltendem Kaffee, Stifte, Notizblöcke, Kaugummipapier und eine zerknüllte leere Zigarettenschachtel bedeckten die Platte aus gemasertem Holzimitat, an einer Wand hingen Fotos von den Fundorten der Leichen und der Autowracks und Notizen zu den Opfern. Eine Karte der Umgebung war an der anderen Wand angebracht.
Zumindest Craig Halden war nicht der typische FBI-Agent. Halden, von der Außenstelle in Salt Lake City abgestellt, machte einen recht sympathischen Eindruck. Sein braunes Haar war kurzgeschnitten, klar, wirkte aber keineswegs militärisch. Er verfügte über einen unbefangenen Bauernjungencharme, vermutlich, weil er in Georgia aufgewachsen war. Er bezeichnete sich selbstironisch als »Weißer« und trat ziemlich umgänglich auf, doch unter der liebenswürdigen, jovialen Erscheinung ahnte Alvarez stets den klugen, passionierten Bundesagenten.
Seine Partnerin jedoch war ein harter Brocken, zumindest in Alvarez' Augen. Stephanie »Steff« Chandler war eine große, schlanke, humorlose Zicke. Das lange blonde Haar zu einem straffen Knoten zusammengefasst, ein Teint, der immer noch sonnengebräunt wirkte, so als ob sie viel Zeit an der frischen Luft verbrachte, und sparsames Make-up, so stand sie vor den Aushängen, studierte die Informationen zu den Fotos der Opfer und prägte sich jedes Wort ein. Bei den vorangegangenen

Konferenzen hatte sie ein dunkles Kostüm getragen, doch heute kam sie im Hinblick auf das unfreundliche Wetter in einem marineblauen Jogginganzug mit langärmeligem Rollkragenpullover. Bisher hatte sie noch nicht viel gesagt, doch sie presste die Lippen nachdenklich zusammen, und ihr steifer Rücken sowie die zusammengekniffenen Augen brachten unausgesprochene Missbilligung zum Ausdruck. Zwar hatte niemand so etwas in Worte gefasst, doch sie schien überzeugt zu sein, dass sie allein zur Aufklärung des Verbrechens befähigt wäre.
Alle anderen in dem kleinen Raum, Pescoli und Sheriff Grayson eingeschlossen, hatten bereits Platz genommen, doch Chandler, eben ein nervöser Typ, lief mit eingesogenen Mundwinkeln vor der Informationswand auf und ab. Alvarez war froh, die respektlose, etwas lasche Pescoli statt dieser verbiesterten Frau als Partnerin zu haben.
Chandler richtete den Blick auf den letzten Aushang, der Jillian Rivers' Führerscheinfoto und das Autowrack zeigte, und schüttelte den Kopf.
»Diese Frau wurde überhaupt nicht als vermisst gemeldet.«
»Ihre Verwandten wussten nicht mal, dass sie Seattle verlassen hatte. Die Einzige, die über ihren Ausflug informiert war, war die Nachbarin, die die Katze versorgen sollte«, erklärte Alvarez. »Emily Hardy, neunzehn. Wohnt im selben Gebäudekomplex wie Rivers und studiert an der U-Dub.« Chandler runzelte die Stirn, als hätte sie nicht verstanden. »Die Abkürzung für die Universität von Washington. Rivers ist Eigentümerin einer Art Druckerei und macht den größten Teil der Arbeit selbst, also gibt es keine Mitarbeiter, die sie vermissen konnten, und wir haben gerade erst angefangen, ihre Freunde und Ex-Männer zu vernehmen.«
»Den einen, der noch lebt«, sagte Pescoli. »Ich habe ihn angerufen.«

Alvarez fügte hinzu: »In ihrer Wohnung hat die Polizei von Seattle nichts Alarmierendes gefunden. Auch keinen Computer. Laptop und Handtasche fehlen; die hat sie wahrscheinlich mitgenommen.«

»Sie wurden am Ort des Geschehens aber nicht gefunden?« Halden trank seinen Kaffee aus und warf den leeren Pappbecher in einen Abfallkorb.

»Ebenso wenig wie bei den anderen.« Nachdenklich betrachtete Pescoli die Fotos der Opfer. »Und ebenso, wie bei allen der Reifen zerschossen wurde.«

»Immer mit demselben Kaliber?«

»Patrone und Hülse haben wir noch nicht gefunden; wir suchen noch.«

»Gibt es irgendwelche Abweichungen in diesem Fall?«

»Versicherungskarte und Fahrzeugschein waren noch da«, erklärte Alvarez. »Das ist die einzige Abweichung. Aber diese Dokumente befanden sich nicht wie üblich im Handschuhfach oder unter der Sonnenblende. Sie waren unter dem Fahrersitz versteckt und wurden beim Unfall stark zerknüllt. Sie wurden erst entdeckt, nachdem die Forensiker ihn sich vorgenommen hatten.«

»Ein Versehen des Mörders?«, fragte Chandler.

»Er hat sie vermutlich einfach nicht gefunden. Vielleicht war das Opfer schwer verletzt, und er musste sie schnellstens aus der Kälte schaffen, vielleicht ist er auch gestört worden.«

»Warum befanden sich diese Dokumente unter dem Fahrersitz?« Chandler lehnte sich mit der Hüfte an den Tisch, und der Blick ihrer eisblauen Augen traf Alvarez.

»Sie könnten bei einer Bremsung vor einer Ampel dorthin gerutscht sein, oder die Frau bewahrt sie eben gewohnheitsmäßig dort auf.«

»Oder der Mörder hat sie, ohne es zu bemerken, fallen gelassen, als er das Opfer aus dem Wrack zog?« Chandler stellte Theorien auf. Ihr Gesicht war angespannt, die Rädchen in ihrem Kopf drehten sich fleißig.

»Es ist kein Blut an den Papieren.« Auch Alvarez machte sich Gedanken über den einzigen Unterschied zu den anderen Fällen. »Wir überprüfen sie auf Abdrücke.«

Chandler nickte.

Vielleicht ist sie gar nicht so zickig, dachte Alvarez, wenngleich sie es selbst nicht recht glauben wollte. Sie öffnete den Reißverschluss ihrer Weste, denn es wurde wärmer im Raum. Die Heizung arbeitete auf Hochtouren, blies fauchend heiße Luft in den mit zu vielen Leibern vollgestopften Raum. Die Fensterwand bot einen Ausblick auf den schneebedeckten Parkplatz und eine lange, geräumte Straße. In knapp einer Viertelmeile Entfernung sah man das Landesgefängnis, ein einstöckiges Betongebäude mit Flachdach. Schnee sammelte sich am Fuß des hohen Gefängniszauns an und verfing sich beinahe malerisch in den Natodrahtrollen.

»Okay«, sagte Chandler und stellte sich wieder vor die ausgehängten Informationen. »Also, niemand hat eine Ahnung, was diese Botschaften bedeuten?« Chandler wies auf die Vergrößerungen der Zettel, die an den Tatorten gefunden worden waren.

»Noch nicht«, antwortete Grayson gedehnt. Der Sheriff hatte die Konferenz von seinem Platz an einer Ecke des Tisches aus auf sich wirken lassen, ohne viel beizutragen. Seine Haltung schien auszusagen: Erzählen Sie es uns doch, Miss Allwissend, doch falls er das dachte, behielt er es für sich.

»Merkwürdig erscheint mir, dass der Stern in allen Fällen unterschiedlich positioniert ist. Mit diesen Botschaften nimmt er es so genau; die Buchstaben sind alle gleich groß, perfekte Blockbuchstaben. Der Umstand, dass die Position des Sterns von Fall zu Fall variiert, hat demnach einen Grund. Er will uns etwas sagen.«

»Ich glaube eher, er verspottet uns«, sagte Pescoli.
»Ja, das auch. Er wirkt intelligent und penibel. Wir haben es nicht mit unüberlegten Zufallsmorden zu tun. Er plant das alles bis ins kleinste Detail. Er ist gut durchorganisiert. Hält sich für klüger als uns, und es ist sehr unwahrscheinlich, dass er eine Sache wie die Wagenpapiere übersieht.« Chandler zeigte auf die vergrößerte Botschaft. »Sehen Sie sich die Positionierung der Sterne an. Er hat sie nicht ohne Grund der Botschaft hinzugefügt, und die Positionierung variiert von Fall zu Fall. Ich halte das für bedeutsam.«
Alvarez nickte. Sie war der gleichen Meinung. »Dann versucht er wirklich, uns mit der Buchstabenkombination eine Botschaft zu übermitteln. Er sucht die Frauen nicht nach dem Zufallsprinzip aus.«
»Nein, er geht zielorientiert vor«, sagte Chandler.
Pescoli merkte an: »Aber er vergewaltigt sie nicht.«
Chandlers Blick fuhr zu Pescoli herum. »Eine weitere Anomalie. Viele gut organisierte Serienmörder erregt es, ihre Opfer gefangen zu halten, ihnen näher zu kommen, sie zu quälen und sexuell zu missbrauchen.« Sie rieb sich das Kinn. »Die Möglichkeit einer Mörderin haben wir ausgeschlossen, nicht wahr? Große Schuhabdrücke, großer Kraftaufwand, um die Autowracks aufzubrechen und die Opfer zu verschleppen.«
»Falls es sich um eine Frau handelt, ist sie groß. Und stark.« Pescoli musste ihren Senf dazugeben. »Unsere Opfer, lauter Frauen, sind alle eher zierlich, wiegen zwischen dreiundfünfzig und einundsechzig Kilo. Aber die meisten Serientäter sind Männer.«
»Eine Mörderin halte ich rein gefühlsmäßig nicht für wahrscheinlich«, gab Chandler zu bedenken. »Passt nicht.«
»Finde ich auch«, pflichtete Pescoli ihr bei, und niemand hatte Einwände. Alvarez hörte draußen vor der Tür ein Telefon klin-

geln und Schritte hallen, als jemand an ihrem Zimmer vorbeieilte.

Chandler fuhr fort: »Wir glauben, dass er um den Zwanzigsten des Monats herum die Frauen entweder entführt oder sterben lässt. Wir haben drei eindeutige Opfer und ein potenzielles, also schauen wir uns den Stand der Sterne an den jeweiligen Daten zwischen September und Dezember an, und wenn uns etwas auffällt, rechnen wir weiter bis Januar.«

»Das Opfer vom Dezember ist noch nicht gefunden«, wandte Pescoli ein, »und Sie denken schon an den Januar?«

»Ganz recht.« Craig Haldens gewöhnlich freundliche Miene war verschwunden. Er blickte finster drein. »Dieser Kerl, der hört nicht auf.« Halden schob seinen Stuhl zurück und ging um den Tisch herum zu der übergroßen topografischen Landkarte, die die andere Wand fast ganz bedeckte. Darauf waren die Stellen markiert, an denen die Fahrzeugwracks und die Opfer gefunden worden waren. »Haben wir schon mit allen gesprochen, die in dieser Gegend leben oder ein Sommerhaus haben?«, fragte er und umriss mit einer Handbewegung die gebirgige Gegend auf der Karte.

»Angefangen«, sagte Grayson. »Wir haben eine Liste von der Finanzbehörde über den Grundbesitz. Jede Menge Sommerhäuser. Das Gebiet umfasst Meilen von zerklüftetem Bergland.«

Chandler sagte: »Weitgehend unbewohnt.«

Grayson nickte. »Wir bleiben dran.«

Zwischen den bunten Pins waren Linien eingezeichnet, in der Hoffnung, dass irgendwelche Schnittstellen die Gegend offenbaren würden, in der der Mörder lebte, doch die Gebiete, in denen sich die Linien schnitten, waren unbewohnt.

Aber so ist das nun mal mit organisierten Serienmördern, dachte Alvarez. Diese Psychopathen verwendeten viel Mühe darauf, sich zu verstecken und sich der Fahndung zu entziehen. Sie

dachten lange und gründlich über ihre Verbrechen nach, suchten sich ihr Opfer aus, planten jeden Schritt, geilten sich daran auf, mit ihrem Opfer zu spielen, bevor sie es töteten. Und zusätzlich machte es ihnen Spaß, die Polizei auszutricksen.
Perverse Schweine.

Halden nahm seinen Platz wieder ein, und seine Partnerin fragte: »Hatte schon jemand eine Idee zu den Zetteln?«
Das war Alvarez' empfindliche Stelle, denn sie hatte zahllose Nachtstunden mit dem Versuch zugebracht, zu entziffern, was der Mörder ihnen sagen wollte. »*Wir* haben noch nicht viel«, gab sie zu.
»Wir sollten einen Kryptografen hinzuziehen.«
»Haben wir schon«, sagte Sheriff Grayson. »Einen der besten im ganzen Land. Hat bisher nichts ergeben. Er sagt, so etwas habe er noch nie gesehen.«
Craig Halden lehnte sich zurück. »Wir haben die gleiche Info. In der Datenbank findet sich keine einzige Entsprechung zu diesem Kerl. Offenbar ist er unser ganz persönlicher Verrückter.«
»Wie schön für uns!«, knurrte Pescoli und warf Alvarez einen vielsagenden Blick zu.
Endlich setzte Chandler sich auf ihren Platz und blätterte in ihren Notizen. »Okay, nun zu den Leuten, die die Fundorte entdeckt haben. Nach Ihren Aufzeichnungen wurde das auf Jillian Rivers zugelassene Fahrzeug von einer Frau gefunden, die Kontakt zu den Toten aufnimmt.«
»Tja«, sagte Grayson. »Wir sind nicht sicher, ob sie tatsächlich Kontakt aufnimmt. Wir wissen nur, dass sie glaubt, sie würde mit Geistern kommunizieren, aber das letzte Wort ist ganz sicher noch nicht gesprochen, was ihre Fähigkeiten als – wie sagt man? – Medium angeht.«

»Ja, so etwas in der Art«, bestätigte Pescoli.

»Und Mandy Ito wurde von einem Mann gefunden, der behauptet, von Aliens entführt worden zu sein«, sagte Chandler und blickte Grayson vielsagend an. »Ist das nicht merkwürdig?«

»In dieser Gegend nicht«, sagte Pescoli, und Grayson warf ihr einen strengen Blick zu.

»Die zwei sind nicht unbedingt die zuverlässigsten Zeugen.«

»Ist das wichtig?«, fragte Pescoli. »Es ist ja nicht so, dass sie Aussagen über den Mörder machen. Sie haben uns lediglich zu einem der Opfer und einem der Fahrzeuge geführt. Ja, bei beiden ist sicherlich die eine oder andere Schraube locker, aber sie haben uns tatsächlich geholfen.«

Grayson ergänzte: »Ivor wie auch Grace sind bei Minustemperaturen draußen herumgelaufen. Immerhin war der Himmel noch klar, als Ivor seine Entdeckung machte. Aber Grace war mitten in einem Schneesturm mit ihrem Hund unterwegs. Ich finde es nicht verwunderlich, dass sie nicht alle Tassen im Schrank haben. Wer sonst treibt sich bei solchem Wetter draußen herum?«

Gut gekontert, Sheriff!, dachte Alvarez und drehte ihren Stift in den Fingern. Es ärgerte sie, dass Chandler sich so hochnäsig gab, als wären sie alle Landeier und sie die Spezialistin aus der großen Stadt. Alvarez korrigierte ihren ersten Eindruck. Es war durchaus möglich, dass die Agentin Stephanie Chandler doch ein bisschen Ähnlichkeit mit den in Filmen dargestellten FBI-Agenten hatte.

Grayson sah beide Agenten fest an. »Theresa Kelper wurde von Bergwanderern gefunden, Nina Salvadore von Skilangläufern. Kelpers Fahrzeug fiel einem Lkw-Fahrer auf, der zufällig auf einer Brücke angehalten und gesehen hatte, wie etwas weiter oben im Bachbett aufblitzte, Salvadores Auto wurde von

Teenagern entdeckt, die draußen gefeiert haben. Sie alle stehen in keinerlei Verbindung zueinander, keiner von ihnen kennt die Opfer. Keiner von ihnen ist schon einmal straffällig geworden – na ja, abgesehen von dem Jungen, der den Ford Focus gefunden hat. Er fuhr trotz Fahrverbot.«
»Gut zu wissen, dass nicht alle Aussagen von eindeutig Unzurechnungsfähigen stammen.« Chandler schenkte Grayson ein Lächeln ohne eine Spur von Wärme. Ja, sie war eine Zicke. »Ich hätte gern Einsicht in Ihre Akten zu diesen Fällen.«
»Nur zu«, bot Grayson an. Ein kaum merklicher Tic an seinem linken Augenwinkel verriet seine Gereiztheit. »Sie können Kopien von den Akten haben, die Fahrzeuge ansehen, mit jedem Beliebigen hier reden. Das gesamte Beweismaterial befindet sich im Kriminallabor in Missoula.«
»Danke.« Halden nickte, obwohl er längst hätte wissen müssen, wo das Beweismaterial war. Er richtete seine Aufmerksamkeit wieder auf die Karte. »Uns fehlen immer noch das Fahrzeug von Opfer Nummer drei und die Leiche von Opfer Nummer vier.«
»Wir hoffen, Jillian Rivers lebendig zu finden«, sagte Alvarez, und Stephanie Chandler fing ihren Blick auf.
Nicht die geringste Spur Hoffnung war in diesen eisblauen Augen zu erkennen. »Wir wollen hoffen, dass nicht noch weitere Opfer da draußen sind. Wir alle gehen davon aus, dass der Mörder mit Theresa Kelper angefangen hat, aber der Grund dafür ist lediglich, dass ihre Leiche als erste gefunden wurde. Er könnte aber auch schon vorher gemordet haben, und wir haben vielleicht nur noch nicht die Fahrzeuge und die Leichen aufgespürt. Diese Gegend hier ist ziemlich zerklüftet.«
»Hätten die Botschaften dann nicht mehr Buchstaben aufweisen müssen, wenn weitere Opfer vorangegangen wären? Verflixt, ist es allmählich heiß genug hier drin?« Pescoli schob

ihren Stuhl zurück und ging zum Thermostat. »Fünfundzwanzig Grad? Das ist ja wie in einer Sauna! Stecken wir nicht angeblich in einer Energiekrise?« Sie hantierte am elektronischen Temperaturregler und setzte sich dann wieder. »Entschuldigung«, sagte sie, wirkte aber nicht im Geringsten zerknirscht.

Chandler zögerte nicht. »Serienmörder mit eigener Signatur ändern diese Signatur äußerst selten, doch ihr Modus Operandi kann sich durch Experimentieren und Hinzulernen weiterentwickeln. Dieser Kerl ist jedoch anders. Wir haben bereits erwähnt, dass er seine Opfer nicht vergewaltigt; von sexueller Aktivität ist keine Spur zu finden, und er überschreitet Rassenschranken. Kelper und Rivers sind Weiße, Salvadore ist Latina und Ito Asiatin. Dieser Typ ist gut organisiert, aber er betreibt Stilmix.« Chandler blickte auf die große topografische Landkarte an der Wand gegenüber. »Wir haben viel zu tun.«

Sheriff Graysons Handy klingelte schrill, und er schob seinen Stuhl vom Tisch zurück. »Na gut. Wenn wir was für Sie tun können, lassen Sie es uns wissen. Wir nehmen jede Hilfe dankbar an, um diesen Killer zu schnappen.«

Jillians Kopf dröhnte. Ihr Knöchel brannte. Ihr Brustkorb schmerzte bei jeder Bewegung.

Sie schlug die verschlafenen Augen auf und sah sich in dem abgedunkelten Raum um, der von Kerosinlaternen und einem Herdfeuer beleuchtet war. Ihr war warm, aber sie ahnte, dass es eine neue Empfindung war. Sie hatte gefroren. So entsetzlich gefroren.

Und sie hatte jemanden stöhnen gehört ...

Oder war sie es selbst gewesen?

Sie blinzelte, versuchte herauszufinden, wo sie sich befand. Erinnerungsfetzen brachen über sie herein. Die Fahrt durch den

Schnee, das Schleudern, der geplatzte Reifen, das Splittern von Glas.

Jemand war ihr zu Hilfe gekommen. Ein Mann in dunkler Skiausrüstung, der sie angeschrien hatte. An viel mehr konnte sie sich nicht erinnern. Und warum war sie nicht in einem Krankenhaus?

Was hatte es mit dieser dunklen Hütte auf sich? Sie lag in einem Schlafsack auf einer Art Pritsche. Als sie versuchte, sich zum Sitzen aufzurichten, ließ sie der Schmerz in ihrem Knöchel aufschreien. Wo war sie da nur hineingeraten?

Sie erinnerte sich an die Angst. Zuerst, als sie im Wagen eingeklemmt war und fürchtete, in diesem Winter nicht mehr gefunden zu werden. Dann hatte sie eine Präsenz, etwas Böses in den Wäldern gespürt und einen dunklen Schatten gesehen.

Offenbar war das der Mann, der dich gerettet hat.

Tolle Rettung. Anscheinend war sie jetzt gefangen in diesem Zimmer aus Stein und rauhem Holz mit einem einzigen Fenster, das nur wenig Licht einließ. Oder war es dunkel? Lieber Himmel, wie lange hatte sie geschlafen?

Sie hob einen Arm und sah, dass er in einem Ärmel steckte, den sie nicht kannte. Eine Art Thermo-Unterhemd, das ihr viel zu groß war, mit hochgeschobenem Armbündchen. Der andere Arm sah genauso aus.

Und sie trug keinen BH.

Jemand hatte ihr die Sachen ausgezogen und dieses übergroße Thermohemd übergestreift.

Sie versuchte wieder, sich zum Sitzen aufzurichten, doch die Schmerzen in ihrem Bein verboten jede Bewegung, und sobald sie den Kopf hob, wurde ihr schwindlig. Sie hatte einen scheußlichen Geschmack im Mund, so als hätte sie sich seit einer Woche nicht die Zähne geputzt, und sie fragte sich, wie lange sie schon bewusstlos hier lag. Sie drehte sich ein wenig und stellte fest, dass sie eine Art Schiene am Bein trug. Als sie ihr Gesicht abtastete, fühlte sie Verbände.

Die Person, die sie hierhergebracht hatte, hatte Erste Hilfe geleistet. Auf einem kleinen Nachttisch, kaum mehr als ein Hocker, lag eine Tube mit irgendeiner antibiotischen Salbe, daneben stand ein Plastikbecher mit einem Strohhalm.

Von ihrer Pritsche aus betrachtete sie die steinerne Wand bis zur Decke hinauf und den Holzofen davor. Hinter kleinen Glastüren gloste Kohlenglut, die Reste von einem wahrscheinlich größeren Feuer.

Sie vermutete, dass der Mann ziemlich oft ins Zimmer gekommen war, um das Feuer zu versorgen und um nach ihr zu sehen, und sie erinnerte sich verschwommen, jemanden in ihrer Nähe gespürt zu haben.

Klar, er ... er hat dich ausgezogen, deine Verletzungen behandelt, dich ins Bett gesteckt ... Er ist dir nicht nur nahe gekommen, sondern viel mehr ... intim *nahe.*

Die Dachsparren ächzten laut, und dann hörte sie das Brausen des Windes und spürte, wie die Wände bebten.

War sie allein in der Hütte?

Zwar befand sich niemand bei ihr in dem kleinen Raum, doch unter der einzigen Tür war ein Lichtstreifen zu sehen, ein Hinweis darauf, dass das angrenzende Zimmer beleuchtet war. Sie erwog zu rufen, entschied sich aber dagegen. Irgendetwas war faul hier, wirklich faul, und sie musste Vorsicht walten lassen. Der Mann mit der Skimütze, der sie gerettet hatte, der Mann, dessen Gesicht sie nicht erkennen konnte, hatte sie hierher statt zurück in die Zivilisation gebracht.

Warum? Besaß er vielleicht keinen fahrbaren Untersatz? Oder wegen des Unwetters? Aber wie war er dann hierhergekommen? Trotz allem hatte er sie in diese Hütte schaffen können? Wie war das möglich?

Befand sie sich in der Nähe der Stelle, wo der Wagen von der Straße abgekommen war? In der Nähe einer Stadt? Oder weitab von allem? Sie würde es nie erfahren, es sei denn, sie würde sich zum Fenster schleppen und hinausspähen. Im Augenblick war das wegen ihres verflixten Beins aber nicht möglich.
Sie lag ganz still da und lauschte, konnte aber über das Sturmgebraus, das Knarren von altem Holz und das leise Fauchen des Feuers hinweg nichts hören.
Der einzige Weg aus der Kammer hinaus führte durch die Tür oder durch das kleine Fenster, das sich hoch oben befand und augenscheinlich zugefroren war. War es Tag? Oder Nacht? Sie konnte es nicht erkennen. Morgen- oder Abenddämmerung? Gewohnheitsmäßig schaute sie nach ihrem linken Handgelenk, doch ihre Uhr, die sie kaum jemals ablegte, war fort.
Na toll.
Sie betrachtete noch einmal das Fenster, es lag einen Meter achtzig hoch und war so klein, dass sie sich kaum würde hindurchzwängen können.
Fliehen konnte sie sowieso nicht. Noch nicht. Sie konnte das Bein nicht bewegen, und selbst wenn es ihr gelungen wäre, irgendwie bis zu der Wand zu humpeln, die Pritsche hinüberzuziehen und sich zum Fenster hochzuziehen, was dann? Die Chance, dass sie hindurchpasste, war gering, und selbst wenn sie nicht stecken bleiben sollte, würde sie vor einem neuen Problem stehen: Draußen gegen einen Sturm kämpfen zu müssen, der nicht aufhörte, die Hütte mit wütenden Stößen zu malträtieren.
Im Augenblick war eine Flucht ausgeschlossen.
Aber er muss doch ein Fahrzeug haben. Einen Pick-up mit Allradantrieb oder einen Geländewagen oder einfach nur einen Hundeschlitten ... Wenn es doch einen Weg gäbe ...
Oder du fragst ihn.

Sie konnte ihm doch einfach alle Fragen stellen, die sie bedrängten. Schlimmstenfalls würde er lügen.
Oder?
Oder redete sie sich etwas ein? Sie glaubte, sich an Frauen zu erinnern, die in Montana nach Autounfällen vermisst wurden. Einzelheiten wusste sie nicht mehr, doch die vorrangige Erinnerung an eine Bedrohung überfiel sie. Ein Mann, der diesen Frauen etwas angetan hatte ... Frauen, die allein durch Montana gefahren waren.
Eine völlig neue Angst breitete sich in ihrem Herzen aus.
Wie standen die Chancen, dass der wahnsinnige Mörder sie nach dem Unfall gefunden hatte und ...
Aufhören! Gar nicht daran denken. Bleib ganz ruhig.
Ihr Herz klopfte so laut, dass sie sicher war, es müsste von den Deckenbalken hoch oben widerhallen. Der Puls raste, als hätte sie gerade ein Biathlon hinter sich.
Sie drängte die Angst zurück, ihre Gedanken überschlugen sich.
Aus dem Nebenzimmer hörte sie ein Scharren von Holz – ein Stuhlbein auf dem Steinboden?
Ihr Herz setzte einen Schlag aus.
In der Ritze unter der Tür bemerkte sie einen Schatten, eine rasche Bewegung, als jemand zwischen einer Lichtquelle und der Türschwelle vorbeiging.
O Gott, kam er jetzt in ihr Zimmer?
Du hast keinen Grund, ihm zu misstrauen. Er hat dich vor dem sicheren Tod bewahrt, oder?
Ja, aber er hat mich nicht ins Krankenhaus gebracht oder die Polizei gerufen. Er hat mich, bewusstlos, wie ich war, hierhergebracht. Allein. Und ich bin so hilflos.
Zunächst einmal konnte sie sich schlafend stellen und überlegen, ob sie ihm trauen sollte.
Oder nicht.

Sie rührte sich nicht, als sich knarrend die Tür öffnete. Zwar hielt sie die Augen geschlossen, doch sie *spürte*, dass er ins Zimmer kam, näher an das Bett trat und auf sie herabblickte. *Atme langsam und regelmäßig. Entspanne deine Muskeln. Nicht die Hände zu Fäusten ballen. Du darfst dich bewegen... man bewegt sich nun mal auch im Schlaf... aber übertreibe es nicht.*
Stundenlang schien er sie anzusehen, doch in Wirklichkeit waren es nur knapp zwei Minuten. Sie hielt die Augen geschlossen, wagte nicht einmal zu blinzeln.
Irgendwann entfernten sich seine Schritte, und dann hörte sie, wie die Ofentür leise rasselnd geöffnet wurde. Jillian stellte sich vor, dass er jetzt Holzscheite aufs Feuer legte.
Sie konnte nicht widerstehen und blinzelte ein wenig.
Es war dämmerig im Zimmer, und als er vor dem Feuer kniete, sah sie den Umriss seiner Gestalt. Viel konnte sie nicht erkennen, gewann nur gewisse Eindrücke, doch ja, er war auf jeden Fall sehr maskulin. Breite Schultern in einem dunklen Pullover, entweder kaffeebraunes oder schwarzes Haar, so lang, dass es sich leicht über dem Rollkragen lockte.
Das Feuer knisterte laut, verzehrte hungrig den frischen Brennstoff und flammte hinter ihm auf, als er sich zur Seite wandte, nach einem weiteren Holzscheit griff und dabei kurz sein Gesicht im Profil zeigte. Deutlich sah sie sein kräftiges Kinn, die lange Nase, tiefliegende Augen und dichte Augenbrauen, bevor sie die Augen wieder schloss.
Sie hörte, wie er den moosigen Eichenkloben ins Feuer legte, und riskierte noch einen Blick. Sein Pullover hatte sich bis über den Hosenbund hochgeschoben. Er trug offenbar keine Thermounterwäsche; zu sehen war nur ein halbmondförmiges Stück festen Fleisches, straffe Haut über harten Rückenmuskeln, die regelmäßiges Krafttraining vermuten ließen.

»Gefällt dir, was du da siehst?«, fragte er, ohne sich umzudrehen. Seine Stimme hallte durch den Raum.
Beinahe wäre sie zusammengezuckt. Jillian schloss die Augen und rührte sich nicht.
»Ich könnte jetzt etwas sagen wie: Mach doch ein Foto, davon hast du länger etwas. Aber das wäre ein bisschen angeberisch, meinst du nicht auch?«
Sie antwortete nicht, hörte jedoch, wie er sich die Hände rieb, um sie von Holzstaub oder Sägemehl zu reinigen. Wahrscheinlich richtete er sich jetzt wieder auf.
Er näherte sich dem Bett.
Gott steh mir bei.
»Ich weiß, dass du wach bist.« Wieder stand er vor ihr, und wieder spürte sie seinen musternden Blick. »Jillian?«, sagte er etwas leiser, und sie starb tausend Tode. Er wusste, wer sie war. Aber natürlich. Er war ja im Besitz all ihrer Habseligkeiten – Handtasche, Laptop, Handy, wahrscheinlich sogar der Fahrzeugpapiere.
Mit aller Selbstbeherrschung, die sie aufbringen konnte, versuchte sie, teilnahmslos zu bleiben, jedes nervöse Muskelzucken zu vermeiden und ihrem entspannten Körper keine Spur von Verkrampfung zu gestatten.
»Jillian? Hey.« Er berührte sie, legte seine warme Hand auf ihre Schulter.
Sie hätte am liebsten aufgeschrien.
»Wir müssen reden. Du und ich, wir stecken hier für eine Weile fest, zumindest, bis das Unwetter abklingt, und ich muss wissen, ob dir etwas fehlt. Du musst essen und trinken. … Jillian? Kannst du mich hören?«
Sie atmete scheinbar ruhig weiter.
»Ich weiß, dass du mich hören kannst, und zum Beweis könnte ich dich unter den Füßen kitzeln.«

Oh nein, bitte nicht! Er würde doch nicht ... Auf Kitzeln reagierte sie so empfindlich. Vielleicht war er irgendeine Art von Fetischist. Standen nicht viele Serienmörder auf alle möglichen makaberen Sammlungen oder Rituale?
Sie bemühte sich, rational zu denken. Immerhin hatte er bisher nichts getan, außer freundlich zu ihr zu sein.
»Jillian, bitte. Wir haben keine Zeit für Spielchen. Falls ich dich hier herausschaffen soll, werde ich deine Hilfe brauchen.«
Falls?
Angesichts der zahlreichen Bedeutungen, die dieses Wörtchen beinhaltete, begann Jillians Herz zu rasen. Herrgott, ihr Puls pochte so heftig, dass er es wahrscheinlich sehen konnte. Wieso sagte er *falls?* Es musste doch *wenn* heißen. *Wenn* er sie hier herausschaffte. So hatte er es sicher auch gemeint.
»Vielleicht hörst du jetzt mal auf, dich tot zu stellen.« Er zog die Hand zurück, und sie hätte gern einen langen Seufzer der Erleichterung ausgestoßen, beherrschte sich jedoch. Ihr war klar, dass er nur auf irgendeine Reaktion wartete, auf einen Hinweis darauf, dass sie ihn hörte.
»Weißt du, Jillian ...«
Jillian. Als würde er sie kennen. Als wären sie Freunde.
Komm schon, erwartest du, dass er dich mit »Sie« und »Ms. Rivers« anspricht? Willst du auf Förmlichkeit bestehen, hier, allein mit ihm in einem Schneesturm?
Sie empfand es als Verletzung ihrer Intimsphäre, so als würde ihr ganzes Leben zerpflückt und studiert.
»... Du und ich, wir haben eine Menge zu tun. Wenn das Unwetter in ein paar Tagen nachlässt, wie der Wetterdienst voraussagt, dann müssen wir uns überlegen, wie wir dich hier herausbekommen, bevor das nächste loslegt.«
Er wartete ein paar Sekunden, und sie spürte seinen Blick. Dann sagte er: »Okay, mach, was du willst, aber ich kann mir

vorstellen, dass dein Knöchel dir ziemlich zu schaffen macht. Ich glaube nicht, dass er gebrochen ist, wie es aussieht, ist es aber eine gehörige Zerrung. Hier in dem Röhrchen sind Tabletten. Ibuprofen. Vielleicht willst du ein paar davon nehmen.«
Dann verließ er den Raum und schloss leise die Tür hinter sich. Immerhin gewährte er ihr ein wenig Privatsphäre.
Oder sich selbst. Vielleicht sollst du nicht sehen, was er treibt, nicht umgekehrt.
Langsam zählte sie bis hundert. Dann bis zweihundert.
Danach schlug sie unter noch immer heftigem Herzklopfen die Augen auf. Nur einen Spalt. Um sich zu vergewissern, dass er sie nicht hereingelegt hatte. Aber sie war allein. Gott sei Dank. Das Feuer prasselte, und sie wunderte sich über seine Freundlichkeit. War er wirklich der barmherzige Samariter, oder versuchte er lediglich, ihr Vertrauen zu gewinnen?
Aber warum?
Wenn er dir etwas antun wollte, hätte er es längst getan. Oder?
Du bist nicht gefesselt, oder?
Nein, es sei denn, es zählte als Fessel, wenn ein verletzter Knöchel und ein Schneesturm einen gefangen setzten.
Konnte sie ihm vertrauen? Nein, zum Kuckuck! Zumindest jetzt noch nicht. In der Wildnis von Montana war ein Mörder auf freiem Fuß, so viel wusste sie.
Keine Panik. Ruhe bewahren.
Aber ihr Mund war trocken vor Angst. Wie standen die Chancen, dass sie in die Hände dieses Mörders geraten war?
Eins zu einer Million? So viel Pech konnte sie nicht haben. Ausgeschlossen!
Oder belog sie sich selbst?

9. KAPITEL

»Sie wissen also nicht, wo sich Ihre Schwester aufhalten könnte«, vergewisserte sich Pescoli und war überzeugt, den Kürzeren gezogen zu haben, als es ihr zufiel, Dusti Bellamy anzurufen. Sie saß an ihrem Schreibtisch, konzentrierte sich auf das Gespräch, hörte kaum das Klingeln anderer Telefone, die anderen Gespräche, das unablässige Klicken von Tastaturen und nicht einmal, dass Trilby Van Droz einen augenscheinlich Betrunkenen an ihrer Büronische vorbeiführte. Pescoli widmete sich voll und ganz dem Gespräch mit Jillian Rivers' einziger Schwester. Leider, so dachte Pescoli, während sie dem Gejammer am anderen Ende der Leitung lauschte, war nur allzu klar, dass Jillian Rivers dieser Frau von Herzen gleichgültig war, ob sie nun ihre Schwester war oder nicht.

»Tut mir leid, Detective, ich würde Ihnen wirklich gern helfen, ehrlich. Und diese Sache mit Jillians schrottreifem Auto, tja, das macht mir höllische Sorgen, aber es überrascht mich im Grunde nicht. Sie war schon immer so ... eine Frischluftfanatikerin. Eine Draufgängerin. Nicht ganz so schlimm wie Evil Knievel, aber sie hat alles mitgemacht, von Rodeos bis Fallschirmspringen. Und mit Chefs oder sonst jemandem, der ihr sagt, was sie zu tun hat, kommt sie nicht klar. Kein Wunder, dass ihre Ehen nicht gehalten haben. Sie ist ... na ja, sie ist eben zügellos. Was Sie da sagen, ängstigt mich zu Tode, aber ich fürchte, ich kann Ihnen nicht helfen. Wir haben kein enges Verhältnis. Nie gehabt. Ich lebe in San Diego, sie in Seattle. Ich habe zwei Kinder und einen Mann. Jill ist nicht verheiratet – nun ja, im Moment nicht«, sagte sie mit der Überlegenheit einer Frau, die einen Ehemann

an Land gezogen hatte und ihn festzuhalten verstand. »Und Kinder hat sie auch nicht. Wir haben nicht viel gemeinsam.«
»Verstehe«, sagte Regan, damit die Frau weitersprach. Dusti White Bellamy wirkte ein bisschen atemlos, als wäre sie den ganzen Tag lang ihren Kindern hinterhergehetzt oder als ob sie sich gerade einem Belastungs-EKG unterzogen hätte. »Wie ich schon sagte, das letzte Mal habe ich so um den zehnten November herum mit ihr gesprochen, glaube ich, als sie mich wissen ließ, dass sie Thanksgiving nicht zu uns kommen wollte. Einfach so! Ohne Angabe von Gründen, und ich habe auch nicht danach gefragt.«
»War sie mit einem Mann zusammen?«
»Vielleicht. Wahrscheinlich. Ich weiß es wirklich nicht. Sie hat nie etwas von einem neuen Mann in ihrem Leben verlauten lassen, und meine Mutter hätte es mir gesagt. So etwas kann Linnie nicht für sich behalten.«
»Hätte Jillian sich Linnette anvertraut?« Regan bezweifelte es. Sie persönlich verschwieg ihrer Mutter wie auch ihrer Tochter alles, was mit ihrem Liebesleben zusammenhing.
»Ach, wohl kaum. Meine – hm, unsere Mutter ist nicht der Typ, der mit der Meinung hinterm Berg hält. Sie ist von der alten Schule und ...« Ihre Stimme verstummte kurz. »Du liebe Zeit ... Ich muss Schluss machen. Mein Fünfjähriger ist beim Aquarium meines Mannes auf einen Stuhl geklettert. Reece!«, schrie sie aus vollem Halse. »Nein, nicht!«
»Falls Ihnen noch etwas einfällt, rufen Sie mich bitte unter ...«
Krach!
»Nein!«
Der Lärm von berstendem Glas und Kindergeschrei brach mit einem resoluten Klick ab.
»Das nennt man Geschwisterliebe«, brummte Pescoli und überflog ihre Notizen. Falls Dusti White Bellamy irgendetwas

über das Verschwinden ihrer Schwester wusste, wollte sie es nicht preisgeben. Ebenso verhielt es sich mit der Studentin, Jillians Nachbarin, die die Katze versorgte. Die Polizei von Seattle hatte Emily Hardy vernommen, die aber weiter nichts aussagen konnte, als dass Jillian sie gebeten hatte, die Katze zu versorgen, da sie »für einige Tage wegfahren« würde.
Pescoli las ihre Notizen sicherheitshalber noch einmal durch. Hardy hatte der Polizei Jillians Handynummer gegeben, doch als sie anriefen, hatte sich niemand gemeldet. Auch Pescoli hatte versucht, Jillian Rivers zu erreichen, doch ihr Anruf wurde gleich zur Mailbox umgeleitet.
»Eine Sackgasse«, sagte sie, ließ nervös ihren Kuli klicken und griff erneut nach dem Telefonhörer. Die Polizei von Seattle hatte bereits mit Linnette White gesprochen, doch Regan beschloss, selbst mit der Frau zu reden. Sie ließ es sechs Mal klingeln; Linnette meldete sich nicht. Also hinterließ sie ihren Namen und ihre Telefonnummer und bat die Frau um einen Rückruf. Falls der bis zum nächsten Morgen nicht erfolgt war, würde sie Jillians Mutter noch einmal anrufen.
Vielleicht schickte auch das FBI einen Agenten zu ihr. Sie sollten ja Hand in Hand mit ihnen arbeiten, und bisher waren ihnen Chandler und Halden nicht in die Quere gekommen. Die Agenten waren tatsächlich eine Hilfe; also hatte Pescoli keinen Grund, sich zu beklagen.
Noch nicht.
Sie vertiefte sich weiter in die Liste von Jillian Rivers' Bekanntschaften. Unter den Namen von Schwester und Mutter der Vermissten war Mason Rivers aufgeführt, Jillians Ex-Mann. Pescoli gab sich Mühe, ihre Erfahrungen mit Lucky nicht in ihr Urteil einfließen zu lassen. Zwar war sie überzeugt, dass es so etwas wie den »guten Ehemann« gar nicht gab, doch sie wollte sich nicht von ihren eigenen Vorurteilen leiten lassen. Laut Ge-

richtsprotokoll waren Mason Rivers und Jillian vier Jahre lang verheiratet gewesen und seit zwei Jahren geschieden. Vor etwa sechs Monaten hatte Mason wieder geheiratet.

»Wer nicht wagt, der nicht gewinnt«, sagte sie, tippte seine Büronummer ein und lehnte sich auf ihrem Stuhl zurück.

»Olsen, Nye und Rivers«, meldete sich eine energische Frauenstimme. Pescoli fragte nach Mason Rivers, erreichte jedoch nichts. Der Empfangsdame zufolge war Mr. Rivers in einer Verhandlung und wurde erst am folgenden Nachmittag zurückerwartet.

Wie praktisch, dachte Pescoli, und ihr Polizisten-Instinkt meldete sich. Oder war es ihr Ex-Frauen-Instinkt? Womöglich ihr Unsinns-Instinkt? Sie hatte den Verdacht, dass die schnippische Stimme am anderen Ende der Leitung sie belog. Allerdings ging sie immer davon aus, dass man sie belog. Insbesondere im Fall von Ex-Männern einer vermissten Frau.

Sie hinterlegte ihren Namen und ihre Telefonnummer und ließ ausrichten, Mr. Rivers möchte sie zurückrufen. Dann legte sie auf, starrte den Hörer an und ließ schon wieder ihren verflixten Kuli klicken. Was hatte es mit diesem Fall auf sich, dass kein Mensch irgendetwas wusste? Als sie ihre Notizen zu Theresa Kelper, Nina Salvadore und Mandy Ito durchblätterte, fiel ihr ein gemeinsamer Nenner auf: »Keine Feinde«. »Sehr beliebt« traf auf sämtliche Opfer zu. »Keine Vorstellung, wer auf die Idee käme, ihr etwas anzutun«, war immer und immer wieder geäußert worden.

Waren die Frauen zufällig zum Opfer geworden? Hatte der Mörder einfach Initialen ohne festes Muster verwendet? Chandler glaubte nicht daran. Pescoli ebenso wenig. Sie wandte sich ihrem Computer zu und öffnete die Kopien der Botschaften. Alle waren einander so ähnlich. Akribisch, wie Chandler hervorgehoben hatte. Die Opfer mussten aus einem

bestimmten Grund ausgewählt worden sein, und ihre Initialen waren ein Teil davon. Also ... die Frauen waren *aufgrund* ihrer Namen ausgewählt worden? War es das?
Zwar war es warm im Raum, doch wenn sie an Jillian Rivers' Schicksal dachte, wurde ihr innerlich kalt. War Jillian bereits tot? Wurde sie gequält? Wartete sie auf ihr letztes Stündchen?
»Mist!«, schimpfte Pescoli und warf ihren Kuli auf den Schreibtisch.
Sie hoffte so sehr, dass sie die Frau fanden, bevor sie in der Eiseskälte dem Tod durch Erfrieren überlassen wurde, an einen Baum gebunden, einen Stern über ihrem Kopf in die Rinde geritzt und ihre Initialen dem tödlichen Rätsel, der Botschaft des Mörders, beigefügt.

Jillian musste mal.
Ganz dringend.
Und sie konnte sich immer noch nicht fortbewegen.
Toll. Einfach ... toll.
Wenn sie nicht ihren Kidnapper/Retter/was auch immer bitten wollte, ihr zur Toilette zu helfen, blieb ihr nichts anderes übrig, als ins Bett zu machen.
Ausgeschlossen.
Sie lauschte.
Abgesehen vom Rauschen des Windes und dem Knarren von altem Holz war es still in der Hütte. Sie hielt den Atem an, hörte jedoch keine Schritte, kein Rascheln von Kleidung oder Papier, kein Schnarchen. Offenbar war sie völlig allein.
Vielleicht hat er dich allein zurückgelassen. Allein im Schneesturm.
Sie wusste nicht, ob das schlecht oder gut für sie sein würde. Dank des Blasendrucks konnte sie sich nicht länger mit dieser Frage beschäftigen.

Sie biss die Zähne zusammen, um nicht aufzuschreien, und stemmte sich hoch. Aufrecht sitzend sah sie sich lange und gründlich im Zimmer um. Ja, es gab ein Fenster, und draußen herrschte wohl Tageslicht, denn inzwischen war es heller in dem kleinen Raum als vorher, doch der dicht fallende Schnee verhinderte jegliche Aussicht von ihrer Pritsche aus. Die einzige Tür bestand aus einem alten zerkratzten Brett und verband den kleinen Schlafraum mit dem Nebenzimmer, das vermutlich das Herzstück dieser rustikalen Hütte bildete, den Bereich, in dem *er* sich aufhielt, wer auch immer *er* sein mochte. Sie lauschte und hörte nichts. Entweder schlief er, oder er war ausgegangen.
War das möglich? In diesem Sturm? Und wie?
Genauso, wie er dich hergeschafft hat.
Sie konnte nicht mehr lange auf dem Bett sitzen bleiben. Ihre Blase drohte zu platzen, und sie biss die Zähne zusammen und schwang das gesunde Bein über die Kante.
Was jetzt kam, stellte ihre Willenskraft auf eine harte Probe. Verbissen versuchte sie, das verletzte Bein über die Bettkante zu schieben. Wahnsinnige Schmerzen schossen durch ihre Wade.
Geh über den Schmerz hinweg, denk nicht an die Verletzung.
Sie hatte genug Selbstverteidigungskurse absolviert, um ihre Gedanken kontrollieren und sich konzentrieren zu können, aber, das Bein tat weh.
Sie atmete tief durch.
Noch einmal, trieb sie sich an. *Du schaffst das.*
Mit äußerster Mühe zog sie den Fuß an die Bettkante heran und drehte sich langsam, um das Bein hinüberschwingen zu können. Erst jetzt sah sie, was er mit ihr gemacht hatte: Er hatte ihren Knöchel verbunden und stabilisiert. Saubere Mullbinden fixierten eine Schiene aus zwei etwas zu langen Holzstäben. Es war die althergebrachte Art, nicht die maßgefertigten

Plastikstiefel, die sie an verletzten Sportlern in der Schule gesehen hatte, doch wie es aussah, hatte ihr Sanitäter gute Arbeit geleistet.
Freilich war es längst kein Gehgips.
Dann entdeckte sie die Krücke. Beim Fußende des Betts an die Wand gelehnt.
Sie spürte eine leichte Gänsehaut. Der Kerl war bedeutend besser vorbereitet, als sie geglaubt hatte. Wer hatte schon immer eine Krücke zur Hand? Ein Arzt vielleicht? Oder … oder jemand, der selbst einmal eine benötigt hatte. Aber nun mal ehrlich, in diesem kahlen Raum – ausgerechnet eine Krücke?
Überleg nicht lange! Schnapp dir das Ding!
Vielleicht, wer weiß, ist er ja doch ganz nett.
Nein, so durfte sie nicht denken, solange sie nichts Näheres über ihn wusste. Er war ziemlich bald nach dem Unfall auf der Bildfläche erschienen. Aber warum trieb er sich mitten in einem Schneesturm draußen herum? Sie meinte, sich an einen Büchsenknall zu erinnern, als hätte jemand auf sie geschossen, bevor der Wagen ins Schleudern geriet. Auch wenn es nur eine Vermutung war, musste sie doch vorsichtig sein.
Weil sie hier in der Falle saß.
Bei einem Heilkundigen?
Oder bei einem Mörder?
Nicht daran denken. Noch nicht.
Sie zwang sich dazu, sich in Bewegung zu setzen, rutschte auf dem Bett zum Fußende hin und griff nach der Krücke. Irgendwie kam sie auf die Füße, ohne den verletzten Fuß zu belasten, und dann, mit voller Blase und dumpf schmerzendem Bein, näherte sie sich unbeholfen humpelnd der Tür und machte dabei entschieden mehr Lärm als beabsichtigt.
Trotzdem vernahm sie keinerlei Reaktion. Falls er in der Hütte war, hatte er sie nicht gehört.

Sie holte tief Luft, drehte den alten Türknauf aus Metall und drückte sanft gegen die Eichenplatten. Geräuschlos öffnete sich die Tür ein wenig, und sie spähte durch den Spalt in einen größeren Raum. Dort brannten keine Laternen, und der in Stein und Holz gehaltene Wohnbereich wirkte düster und trist. Einzig der Kamin gegenüber der Tür, an der Jillian stand, verbreitete ein wenig Licht.

Das Zimmer hatte eine hohe Decke, beinahe zwei Stockwerke hoch. Am anderen Ende führte eine Leiter hinauf in einen offenen Dachraum. Den Bereich unter dem Überhang dieses Dachbodens nahmen Bücherregale ein, in der Mitte des düsteren Raums stand ein massiver Tisch. Eine Art Schrank war an eine Wand gerückt, und in der Nähe des Kamins befand sich ein weiterer – eher ein Wandschrank, wie sie ihn vor fünfundzwanzig Jahren in Grandpa Jims Haus gesehen hatte. Ein abgeschlossener, handgefertigter Schrank, in dem er seine Jagdgewehre aufbewahrte.

Jillian schauderte ängstlich.

Natürlich besitzt er Gewehre. Du liebe Zeit, er lebt in der Wildnis! Vielleicht kannst du eines davon und etwas Munition in deinen Besitz bringen. Nur für den Fall, dass du es mal brauchst.

Ein Erinnerungsfetzen schoss ihr durch den Kopf; wieder hörte sie den Büchsenknall, und dann verlor sie die Kontrolle über ihren Wagen und schleuderte auf den steilen Abhang zu …

Ihr wurde innerlich kalt, ihr Mund war trocken vor Angst. Sie musste fort. Musste einen Fluchtweg finden. Jetzt gleich!

Mit Hilfe der Krücke stieß sie die Tür weiter auf und machte sich auf alles gefasst, überzeugt, dass jemand oder etwas sie anspringen würde.

Ein zerschlissenes Sofa stand neben dem Kamin an der Wand zu ihrem Schlafzimmer, dazu ein Sessel mit einem klobigen

Polsterhocker, und eine Liege mit Schlafsack drückte sich in die Ecke, die von deckenhohen Bücherregalen dominiert wurde. An der Wand gegenüber fand eine Reihe von Fenstern Schutz unter dem Überdach einer langgezogenen Veranda mit nackten Dachbalken. Die Hütte lag auf einem Berg, doch die Aussicht, falls vorhanden, wurde von einem dichten Schleier wirbelnden Schnees verdeckt, der über den Boden der Veranda fegte. Die Gegend war tiefverschneit.

Die Sicht jenseits der Veranda betrug höchstens drei Meter. Doch Jillian hörte das wilde Heulen des Sturms, spürte, wie er dieses alte Gebäude aus Holz und Stein durchrüttelte.

Der Mut verließ sie. Der Sturm löschte jeden Gedanken an Flucht, an Hilfesuche aus. Sie saß hier erst einmal fest. »Na großartig«, sagte sie leise, drehte sich langsam, um sich umzuschauen, und der stechende Schmerz in der Brust erinnerte sie daran, dass sie sich bei dem Unfall wahrscheinlich eine oder zwei Rippen gebrochen hatte.

Wie vermutet, hielt sich niemand in der Hütte auf. Weit und breit kein Mensch. In dem massiven steinernen Kamin leckten die Flammen gierig an einem Holzkloben, warfen blutrote Schatten in wechselnder Gestalt auf Steine und Fenster.

Das ist nicht unheimlich. Vielmehr gemütlich.

»Ja, ganz bestimmt.«

Indem sie entschlossen den Schmerz in ihrem Knöchel ignorierte, humpelte sie zu dem vermeintlichen Gewehrschrank. Natürlich war er abgeschlossen, ein Schlüssel nirgends zu sehen. Wieder mal kein Glück.

Durch einen offenen Durchgang gelangte sie in eine winzige Küche mit zerkratzten hölzernen Arbeitsplatten und Schränken, die aussahen, als wären sie über hundert Jahre alt. Doch es gab ein Spülbecken mit Wasserhahn, also stand wohl fließendes Wasser zur Verfügung, wie das Tröpfeln des Hahns bewies.

Zumindest brauchte sie sich nicht durch meterhohe Schneeverwehungen zu einem Klohäuschen zu kämpfen. Durch die Küche hangelte sie sich zu einer schmalen Tür am anderen Ende des Raums. Sie gab den Weg frei in ein kompaktes Bad mit rissigem Linoleum und einem winzigen Fenster über einer klauenfüßigen Badewanne mit Dusche. An einer Wand befanden sich eine Toilette und ein kleiner Waschtisch. An der anderen standen Waschmaschine, Trockner und ein alter Schrank.
»Der komplette häusliche Komfort«, sagte Jillian leise, schloss rasch die Tür, hielt sich mit einer Hand am Waschtisch fest und stemmte sich mit Hilfe der Krücke zur Toilette vor. Nachdem sie sich erleichtert hatte, stand sie vor dem Waschbecken und betrachtete ihr Gesicht im Spiegel. Ihr Haar sah schauderhaft aus, fettig und zottelig, ihr Gesicht war von Blutergüssen verfärbt, das Weiße eines Auges blutunterlaufen. »Süß«, sagte sie, schlug sich Wasser ins Gesicht und ließ keinen Gedanken an die Schmerzen in der Brust und in dem verletzten Knöchel zu. Sie durfte keine Zeit verlieren.
Sie musste einen Weg finden, von hier wegzukommen und irgendwie Kontakt zur Zivilisation aufzunehmen. Sie konnte sich ein Gewehr aus dem Schrank und etwas Munition holen, die wärmsten Sachen anziehen, die sie fand, und … und … und dann? Mitten im Schneesturm an einer Krücke den Berg hinunterhumpeln?
Vielleicht gab es ein Fahrzeug. Einen Pick-up mit Allradantrieb oder ein Schneemobil oder irgendetwas … und sei es ein Pferd. Jillian hinkte zur Hintertür und spähte durch die vereiste Scheibe. Ja, da waren noch ein paar andere Gebäude. Eines davon mochte eine Garage sein. Ein anderes eine Scheune. Doch der Weg dorthin war eisglatt und von Schnee verweht.
Sie hatte zwei Schubladen geöffnet, als sie das Messer fand, ein schmales Filetiermesser mit langer Schneide, ideal, um Fleisch

von Knochen auszulösen. Oder um sich zu verteidigen. Jillian hielt die Waffe fest umklammert, ging zurück in den Wohnbereich und entdeckte, an der Wand befestigt, nicht nur Schneeschuhe, sondern auch Skier.
Was sollten die ihr nützen?
Das Telefon!
Zum Kuckuck, Jillian, was hast du dir gedacht? Wo ist das Telefon?
Sie humpelte zurück in die Küche, fand aber nirgends ein Telefon, und als sie einen Lichtschalter betätigte, rührte sich nichts. Stromausfall. Kein Wunder bei diesem Unwetter.
In der Küche gab es kein Telefon.
Zurück in das saalartige Wohnzimmer.
Gleich hinter dem Durchgang hielt Jillian Ausschau nach einem Festnetzanschluss, nach einem Handy, einem Computer, irgendeinem Gerät, mit dessen Hilfe sie Kontakt zur Außenwelt aufnehmen konnte, sobald es wieder Strom gab. Sie musste fort von hier, musste jemanden wissen lassen, wo sie war, musste … Wo war es?
Mit pochendem Knöchel schritt sie die Wände des Wohnraums ab. Gab es gar keinen Festnetzanschluss? Kein Modem für Computerbetrieb? Nicht mal einen dämlichen Fernseher?
Vorsicht, Jillian, deine Großstadtwurzeln brechen sich Bahn.
Es hatte einmal eine Zeit gegeben, als sie und Aaron als Rucksacktouristen unerschlossene Gegenden besuchten. Sie schliefen unter dem Sternenhimmel, wuschen sich in Bergseen, verzichteten auf allen Komfort und alle Belastungen des modernen Lebens.
Aaron. Erinnerungen an ihre Wanderungen durch die Wildnis wurden in ihr wach. Die gemäßigten Regenwälder der Olympic-Halbinsel, die Bergpfade der Cascades in Oregon; sie hatten die Bergwiesen der San Juans erforscht, abgelegene Gegen-

den in Colorado und den Everglades in Florida entdeckt. Doch die ultimative Reise, die sie über ein Jahr zusammen geplant, für die sie gespart und über die sie ständig geredet hatten, war das Abenteuer ihres Lebens gewesen, eine lange Rucksacktour durch die Wildnis Südamerikas, wo er verschwunden und gestorben war.

Oder auch nicht.

Jillian hielt sich an einer Tischecke fest, und eine neue Welle von Erinnerungen überrollte sie. Aaron war der Grund dafür, dass sie Seattle verlassen hatte. Jemand hatte ihr Fotos von einem Mann geschickt, der Aaron sein sollte, jemand in Missoula. Deshalb war sie in den Bergen unterwegs, als sie den Schuss hörte …

Ihre Knie zitterten, als sie sich an diesen deutlich hörbaren Büchsenknall erinnerte. Dann war ihr Reifen geplatzt, der Wagen wurde in den Abgrund katapultiert und … und *irgendwer* hatte diesen Sturz in das vereiste Bachbett *absichtlich* herbeigeführt? *Irgendwer* hatte versucht, sie umzubringen?

Warum?

Wer hatte überhaupt gewusst, dass sie in diesen Bergen unterwegs war?

Der Anrufer, du Dummkopf! Der Absender der Fotos, die angeblich Aaron zeigen. Er hat dich hierhergelockt und ist wahrscheinlich identisch mit dem Fremden, der dich »gerettet« hat. Vergiss nicht, in diesen Breiten treibt sich ein Mörder herum.

Ihr Herz klopfte immer heftiger. Sie konnte nicht weglaufen. Verletzt, wie sie war, würde sie nicht weit kommen, wenn ein Sturm in diesen Bergen tobte. Grundgütiger, sie wusste ja nicht einmal, wo genau sie sich befand. Aber irgendwo bewahrte er ihr Handy auf und etwas, was ihr half, aus dieser kleinen Hütte zu flüchten.

Bums!

Das Geräusch ließ sie vor Schreck zusammenzucken und herumwirbeln, nur um dann festzustellen, dass es vom Kamin herkam, in dem ein Holzkloben in sich zusammengefallen war. Ihr Puls raste, und sie war sich durchaus im Klaren, dass der Mann, der sie hierher verschleppt hatte, jeden Augenblick zurückkommen konnte. *Was dann? Was machst du dann?*
In Panik humpelte Jillian wieder durchs Zimmer, suchte nach Steckdosen und einer Telefonbuchse.
Hilfe, sie war im Begriff, den Verstand zu verlieren.
Denk nach, Jillian, dreh nicht durch, denk einfach nach. Es muss doch eine Möglichkeit geben, Kontakt zur Außenwelt aufzunehmen. Er kann doch nicht völlig isoliert hier draußen leben, völlig abgetrennt von ...
Klick!
Sie unterdrückte einen Aufschrei.
Das Geräusch eines Riegels, der zurückgezogen wurde, verursachte ihr eine Gänsehaut. Dieses Mal war es nicht das verflixte Feuer!
Er war zurück!
Das deutliche Knarren einer Tür, die geöffnet wurde, und das Poltern von Stiefeln auf dem Küchenboden drangen an ihr Ohr.
»Hierher!«
Und er war nicht allein? Ein Partner? Oder ein weiteres Opfer?
Verzweifelt sah Jillian zur Schlafzimmertür hinüber. Wenn sie diesen Raum geräuschlos durchqueren, durch die Tür schlüpfen und sich aufs Bett sinken lassen konnte, wäre es ihr möglich, sich zu tarnen, noch einmal Schlaf vorzutäuschen, aber der Weg war zu weit. Das würde sie nie schaffen. Ihre Finger krallten sich um das Heft des schmalen Messers; sie schob es sich in den Ärmel, entschlossen, es vor ihm zu verbergen. Für den Fall, dass sie es brauchte.

Die Tür zur Küche schlug zu, und sie fuhr heftig zusammen. Das Heulen des Windes verstummte.

Ganz ruhig, Jillian. Das hier ist die Rolle deines Lebens. Lass ihn nicht wissen, dass du ihm misstraust. Lass auch nicht eine Sekunde lang die Maske fallen. Welchen Unsinn auch immer er dir auftischt, gib vor, ihm zu glauben. Vielleicht unterläuft ihm dann ein Fehler ...

Außer sich vor Angst drehte Jillian sich zur Küche herum und wäre dabei beinahe gestürzt. Das Herz klopfte ihr bis zum Hals, doch sie täuschte eine Gelassenheit vor, hinter der sie hoffentlich ihre Angst verbergen konnte.

Polternde Schritte.

Aber keine zweite Stimme.

Schwere Schritte, begleitet von einem weiteren Geräusch, einem hektischen, scharrenden Klick-Klick.

Sie stützte sich auf die Kante seines großen Tisches. Die Metallkrücke hatte sie sich unter den Arm geklemmt, die Finger so um den Griff gekrampft, dass die Knöchel weiß hervortraten, den Knauf des Messers in der anderen Hand verborgen.

Schweißperlen traten ihr auf die Stirn, obwohl es ziemlich kalt im Zimmer war.

Okay, du Schwein, dachte sie kampfbereit. *Ich bin so weit.*

Er tauchte lebensgroß in dem Durchgang zwischen Küche und Wohnbereich auf. Groß und wettergegerbt, von Kopf bis Fuß in schwarze Skiausrüstung gekleidet, füllte er den Durchgang aus.

Ihr Mund wurde trocken.

»Sieh mal an, wer da aufgewacht ist«, sagte er ohne die Spur eines Lächelns. Sprach er mit ihr oder mit seinem Begleiter, den sie nicht sehen konnte?

»Dornröschen, wenn mich nicht alles täuscht.«

10. KAPITEL

Alvarez bot der Frau eine Tasse Kaffee an und gab sich verbindlich, so als glaubte sie alles, was Grace Perchant, Geisterbeschwörerin, zu sagen hatte. Sie saß allein mit der schmalen, blassen Frau im Verhörraum, doch sie wussten beide, dass auf der anderen Seite des Spiegels andere Leute ihr Gespräch verfolgten. Noch mehr Polizisten sahen auf dem Monitor zu, denn die Vernehmung wurde aufgezeichnet. »Wissen Sie, es tut uns leid, Sie noch einmal bemühen zu müssen. Sie waren uns eine große Hilfe, aber wir wollen einfach ganz sichergehen, dass wir alles richtig protokolliert und nichts übersehen haben.«

Grace nickte noch nicht einmal. Manchmal war es schwer zu entscheiden, ob sie einen überhaupt hörte. Pescoli pflegte zu sagen, dass sie die Lebenden nicht hören konnte, weil so viele Tote in ihrem Kopf durcheinanderschrien. Doch das war eben die sarkastische Pescoli, die nur an harte Tatsachen glaubte.

Grace Perchant saß auf dem Stuhl mit der geraden Lehne am Tisch, ignorierte den dampfenden Kaffee und blickte Alvarez mit den hellsten grünen Augen an, die sie je gesehen hatte. »Ich habe es schon den anderen Detectives gesagt. Ich war mit meinem Hund, Bane, unterwegs, und als ich hinunter in die Schlucht sah, entdeckte ich den Wagen im Schnee. Ist das so schwer zu verstehen?«

»Nein, das wohl nicht.«

»Und würde es zu viele Umstände machen, mir eine Tasse Tee zu bringen?«, fragte Grace. »Kaffee ist ungesund.«

Alvarez nickte und trank einen Schluck von ihrem schädlichen Gebräu. »Einen Moment bitte.«
»Mit Zitrone und Honig.«
»Wir haben keine …«
»Schön.« Grace zog kaum merklich eine geschwungene Braue hoch und sagte: »Schwarz reicht auch. Kräutertee wäre mir lieber …« Sie sah die Skepsis in Alvarez' Blick und revidierte ihre Bestellung. »Ist auch egal.«
»Gut.« Alvarez rutschte mit ihrem Stuhl zurück und ging zur Tür hinaus, die hinter ihr zufiel. Draußen im Flur traf sie Pescoli.
»Ich hab's gehört«, sagte Pescoli und verdrehte die Augen. »Was denkt die eigentlich? Ist sie hier im Café?«
»Sie ist Grace Perchant«, sagte Alvarez, als würde das alles erklären.
»Jaja, ich besorge ihr Tee. Ich stimme Chandler nur ungern zu, mag aber gar nicht daran denken, dass Grace und Ivor womöglich unsere Hauptzeugen in diesem Fall sind.«
Wenn es je zu einer Verhandlung kommt, dachte Alvarez und hasste sich selbst wegen ihrer Zweifel. Pescoli ging den Flur entlang zum Pausenraum, Alvarez zurück in das Verhörzimmer. »Es dauert nur ein paar Minuten.« Sie setzte sich. »Sie haben gerade von Ihrem Spaziergang am September Creek erzählt.«
Grace nickte. Ihr ergrauendes blondes Haar wippte auf ihren Schultern, als wäre es gar nichts, mitten in einem Schneesturm spazieren zu gehen.
»Es herrschten Temperaturen unter null und Schneesturm«, sagte Alvarez.
»Bane musste raus.« Grace zuckte die Achseln. »Er ist ein halber Wolf, die Kälte stört ihn nicht. Den Weg am Bach entlang nehmen wir eigentlich jeden zweiten Tag.«

»Und Sie? Stört die Kälte Sie auch nicht?«
»Manchmal schon.« Grace blickte direkt in den Spiegel, als könnte sie dahinter den Sheriff und die FBI-Leute sehen. »Dabei geht es oft nur darum, ob der Geist die Materie beherrscht.«
»Haben Sie da draußen jemanden gesehen?«
Grace schüttelte den Kopf. »Nein. Wie Sie schon sagten, es herrschten Minusgrade.«
»Keine weiteren Autos?«
Grace seufzte, faltete die Hände auf der Metallplatte des Tisches, beugte sich vor und fixierte Alvarez. »Wenn ich Ihnen sagen würde, was ich da draußen gesehen habe, würden Sie mir nicht glauben.«
»Sagen Sie's mir trotzdem.«
Ihr Gesicht war ruhig und völlig ohne Falsch. »Kommen Sie mir nicht so gönnerhaft, Detective. Sie wissen doch, dass ich Geister sehe.«
»Und waren Geister da draußen?«
»Sie sind überall.« Sie lächelte, und ihre schmalen Lippen zuckten leicht. »Ihnen macht die Kälte nichts aus.«
War diese Frau zu fassen?
»Hat Ihr Hund sich sonderbar verhalten? Als hätte er etwas gesehen?«
»Er hat herumgeschnuppert, aber nicht mehr als sonst auch.«
Jemand klopfte leise an die Tür, und Alvarez öffnete sie. Joelle stand auf der Schwelle, einen Styroporbecher mit heißem Wasser und einen Teebeutel in der Hand.
»Wir haben nur Earl Grey«, sagte sie. »Ich glaube, Grace mag diese Kräuter-Beruhigungstees drüben im ›Java Bean‹, aber so etwas haben wir hier nicht.« Joelle wirkte besorgt, zwischen ihren Brauen zeichneten sich kleine Falten ab. Ihre im gleichen Ton wie Jacke und Hose geschminkten Lippen waren verkniffen.

»Schon gut«, sagte Alvarez. »Es ist ja nur eine Tasse. Wenn er ihr nicht schmeckt, wird sie es schon verkraften.« Sie nahm der widerstrebenden Joelle den Becher ab und wandte sich wieder in den kahlen Raum.
Grace trank ein Schlückchen und beschwerte sich nicht.
Gut so.
Nach behutsamem Drängen erzählte Grace Alvarez die gleiche Geschichte wie schon früher, nahezu wortwörtlich. Sie hatte nichts Außergewöhnliches gesehen außer dem Autowrack im Bachbett. »Wir haben den Weg über den Bergrücken genommen, und von da aus konnte ich es in der Schlucht liegen sehen.«
»Sie befanden sich oberhalb auf der Straße?«
»Ja, und ich habe die Stelle gesehen, wo das Auto abgestürzt war. Da bin ich zurück nach Hause gelaufen und hab angerufen. Zum Glück funktionierte das Telefon noch. Dann wollte ich selbst zu dem Auto, die Böschung runter und nachsehen, ob jemand drin war, aber der Deputy war vor mir da, kam von der anderen Seite. Er war wohl gerade in der Nähe.«
Das stimmte. So weit, so gut. »Und mehr können Sie uns nicht berichten?«
»Wenn ich es könnte, würde ich's tun«, sagte Grace schlicht, doch ihre Augen wurden unglaublich dunkel, und ihre Pupillen weiteten sich, als sie Alvarez ansah.
Alvarez war, als ginge ein kalter, düsterer Wind durch ihre Seele, und sie zwang sich, Grace' Blick zu erwidern und sich nicht abzuwenden. »Tja ... falls Ihnen noch etwas einfällt, lassen Sie es uns wissen.« Sie schob ihren Stuhl zurück, zum Zeichen, dass das Gespräch beendet war. Blitzschnell streckte Grace die Hand über den Tisch hinweg aus und stieß dabei Alvarez' fast leeren Becher um. Kräftige Finger umfassten Alvarez' Handgelenk. »Sie finden ihn«, versicherte sie, während Alvarez instinktiv nach ihrer Waffe griff.

Besorgnis zeichnete sich auf dem Gesicht der Geisterbeschwörerin ab, und Alvarez nahm die Hand von der Waffe. »Natürlich.« Vorsichtig löste sie sich aus Grace' kaltem Griff. »Der Killer kommt nicht davon.«

»Was? Der Kerl, der von der Polizei gesucht wird? Von dem rede ich nicht«, sagte Grace und zog leicht die Brauen hoch.

»Von wem denn dann?«, fragte Alvarez, doch tief im Herzen wusste sie, dass diese Frau, mit der sie nie zuvor gesprochen hatte, bis in den dunkelsten Winkel ihrer Seele blicken konnte.

»Nicht verzweifeln«, sagte Grace mit einer Ruhe, die Alvarez gespenstisch erschien. »Sie finden ihn.«

Pescoli auf der anderen Seite des Spiegels ließ beinahe ihren Becher fallen. Sie war auf dem Weg zur Tür, als Grace Alvarez' Handgelenk packte, doch der Sheriff hatte sie zurückgehalten.

»Schon gut«, sagte er, und sie hatte abgewartet und die merkwürdige Szene verfolgt. »Was sollte das?«

»Bei Grace«, sagte Grayson, den Blick auf den Spionspiegel gerichtet, »kann man nie wissen.«

»Grundgütiger. Zuerst Ivor-der-von-Aliens-entführte-Hicks als Hauptzeuge, und jetzt auch noch eine Wolfsfrau, die mit Geistern redet.« Pescoli zerknüllte ihren Kaffeebecher in der Faust und warf ihn in einen schon leicht überquellenden Abfallkorb. »Wissen Sie, Sheriff, ich sag's nur ungern, aber ich glaube, die Chancen stehen schlecht für uns.«

»Hat sich was mit Dornröschen.« Jillian funkelte den Mann, den sie eher als Entführer denn als Retter bezeichnen wollte, böse an.

Er war wohl eins zweiundachtzig oder dreiundachtzig groß und wirkte in seinem Skianzug noch massiver.

Und stark. Angsteinflößend.

An seiner Seite sträubte ein schwarz-weißer langhaariger

Hund, eine Art Mischung aus Labrador und Spaniel, sein Nackenfell. Er hielt den Kopf gesenkt, in seinen dunklen Augen funkelte Misstrauen.
»Will der Hund mich angreifen?«
»Nicht, wenn du ihn nicht mit der Krücke bedrohst.«
Sie erwog, die Metallkrücke zu senken, entschied sich aber dagegen, als der Hund knurrte.
»Halten Sie ihn bitte zurück.«
»Du magst keine Tiere?« Sein Gesicht war noch immer unter der Skimütze verborgen, aber irgendetwas sprach aus seiner Bewegung, in der unbeschwerten Art, wie er sich dem Hund zuwandte. Belustigung? Grausamkeit?
»Nicht, wenn das Tier sich aufführt, als wollte es mir an die Gurgel.«
»Harley? Hast du das gehört? Halte dich zurück.« Der Hund knurrte.
»Sie haben ihn ja toll im Griff.«
»Sitz!«, befahl er scharf, und der Hund senkte sein Hinterteil auf den Holzboden. Doch er ließ Jillian nicht aus den Augen.
»Besser?«, fragte der Mann.
Sollte das ein Witz sein? Die Situation insgesamt war wie ein böser Traum. Nach allem, was sie wusste, konnte er ein Psychopath der schlimmsten Sorte, ein Mörder sein. Hatte Ted Bundy, der notorische Triebtäter und Serienmörder, nicht als charmant, gutaussehend und intelligent gegolten? Wie oft sagten die Nachbarn der brutalsten Mörder aller Zeiten von ihnen: »Er war doch so ein netter Bursche.« Klar, es gab auch Mörder, die augenscheinlich verrückt waren, doch die Opfer, die sie nicht von Kindheit an aus nächster Nähe kannten, hielten sie höchstens für merkwürdige Einzelgänger. Aber das traf eben nicht immer zu. Und in ihrem Fall dachte sie nicht daran, ihrem »Retter« zu vertrauen, jedenfalls jetzt noch nicht.

»Ich bin also Dornröschen, und er oder sie« – Jillian deutete mit der Gummispitze der Krücke auf die Spanielmischung – »ist Harley.« Wieder knurrte der Hund. »Und wer sind Sie?«
»Ich heiße Zane MacGregor, und Harley ist ein Rüde.«
»Wie lange bin ich schon hier, MacGregor?«, wollte sie wissen.
»Drei Tage.«
»Drei Tage?«, wiederholte sie entsetzt. Natürlich hatte sie gewusst, dass einige Zeit vergangen war. Aber drei Tage? Sie hatte *zweiundsiebzig Stunden* ihres Lebens verloren?
»So lange tobt das Unwetter schon. Die Straßen sind nicht passierbar. Stromausfall. Chaos.«
Jillian war bestürzt, versuchte immer noch zu rekonstruieren, was passiert war, während MacGregor seine Skimütze und -brille absetzte und sich den Schal vom Hals wickelte. Sein Haar, schwarz, glänzend und leicht gelockt, stand in komischen Büscheln vom Kopf ab, und ein Dreitagebart ergänzte das Bild. Die Augen unter den dichten dunklen Brauen waren grau und stechend. »Willst du mich damit schlagen?«, fragte er mit einer Kopfbewegung zu ihrer Krücke.
»Vielleicht.«
MacGregor zog eine dichte Braue hoch, als wäre der Gedanke völlig absurd, als könnte er ihr das Ding aus der Hand reißen, bevor sie nur daran denken konnte zuzuschlagen. »Hast du das gehört, Harley? Sie will mir eins überbraten.«
Der Hund hob den Kopf, wie in Erwartung eines weiteren Befehls. Eine Seite seines Gesichts war schwarz, die andere weiß, das Fell gescheckt und zottig.
»Pass auf, womöglich hat sie es auch auf dich abgesehen«, warnte MacGregor den Hund. Er ging zum Kamin, rückte den Ofenschirm zur Seite, ließ sich auf die Knie nieder und warf ein paar Scheite aufs Feuer. Die Flammen knisterten und züngelten nach dem Moos. Der Hund rührte sich nicht. »Wie fühlst du

dich?«, fragte er über die Schulter hinweg. »Ich hatte nicht erwartet, dass du schon aufstehst.«
»Ich musste ins Bad. Und ich fühle mich scheußlich. Ich müsste eigentlich ins Krankenhaus.«
»Ich weiß.«
»Und warum ...?«
»Konnte dich nicht hinbringen. Glaub mir, ich hatte es vor.« Er sah sie über die Schulter hinweg an. »Für den Fall, dass du es noch nicht bemerkt hast: Ich bin hier nicht gerade krankenhausmäßig eingerichtet.« Sein Blick glitt über ihr Gesicht und an ihr herab, und plötzlich kam sie sich nackt vor. Mit einer Kopfbewegung wies er auf ihren Knöchel. »Du solltest im Bett sein.«
»Da war ich wohl schon ziemlich lange.«
»Aber du musst liegen, den Fuß hochlegen, deine Rippen schonen.«
»Jetzt sind Sie also Arzt?«
MacGregor nahm einen Schürhaken vom Ständer neben dem Kamin und schob die Tannenscheite umher, bis es heller im Zimmer wurde. Goldene Schatten spielten an den Wänden. »Sanitäter. Im ersten Golfkrieg. Nach meiner Rückkehr war ich eine Zeitlang beim Rettungsdienst.«
»Aber das haben Sie dann aufgegeben?«
Er warf ihr einen Seitenblick zu. »Vor drei Tagen.« Er wirkte leicht verärgert, doch es war ihr egal. Vielleicht log er sie an; was wusste sie schon? Dann blitzte ein erstaunlich gewinnendes Lächeln auf. Seine Zähne waren nicht perfekt, ein winziges bisschen unregelmäßig, gerade genug, um ihm Charakter zu verleihen, was wahrscheinlich eine Täuschung war.
Du darfst ihm nicht trauen!
»Harley«, sagte er, »lass uns Abendbrot essen.«
Der Labradormischling, der vor wenigen Minuten noch so bösartig gewirkt hatte, sprang auf und tänzelte, mit umgewandtem

Kopf MacGregor im Auge behaltend, zur Küche. Der große Mann folgte ihm zum Durchgang. »Hast du Hunger?«
Harley stieß ein lautes, aufgeregtes Bellen aus.
Von wegen mörderischer Wachhund!
»Das dachte ich mir«, sagte MacGregor. Jillian tastete sich am Tisch entlang, bis sie den Durchgang im Blick hatte und zusehen konnte, wie der Mann einen Sack Trockenfutter aus dem Schrank holte. Er ließ den Inhalt rasseln, und Harley drehte sich begeistert um die eigene Achse.
»Haben Sie ihn ausgehungert?«
»Wohl kaum.« MacGregor füllte Futter in einen der Näpfe aus Edelstahl neben der Hintertür, die Jillian bisher nicht in der Küche aufgefallen waren.
»Aber frag ihn nicht. Wenn ich es zuließe, würde er rund um die Uhr fressen.«
Jillian humpelte zu dem Durchgang zwischen den beiden Räumen und brachte das Gespräch wieder auf die Informationen, die sie wollte und brauchte. »Sie haben mich also hierhergebracht, weil es näher war als zu einem Krankenhaus oder einer Klinik. Das heißt, der Unfall ist hier in der Nähe passiert?«
»Etwa anderthalb oder zwei Meilen westlich von hier.« Während der Hund sein Futter verschlang, rollte MacGregor den oberen Rand des Sacks sorgfältig ein und stellte ihn zurück in den Schrank, der so aufgeräumt war, als rechnete er mit einem Stubenappell seines Oberleutnants. »Die nächste Stadt ist Grizzly Falls. Etwa zehn Meilen in die andere Richtung. Leider war ich nicht in der Lage, bis dahin durchzukommen.« Er bückte sich, hob Harleys Wassernapf auf, goss den Wasserrest darin in die Spüle und füllte den Napf. »Glaub mir, ich hab's versucht.«
»Wie hätten Sie denn in diesem Schneesturm eine solche Strecke fahren können?«

»So, wie ich dich auch hergebracht habe. Im Schneemobil.«
Das glaubte sie ihm. Sie hatte noch vage Erinnerungen an die Fahrt. »Sie leben also hier«, sagte sie. »Mitten im Nirgendwo.«
Er stellte den Napf zurück auf den Boden. »Ich fürchte, diese Bemerkung könnte dir in Montana so mancher übelnehmen.«
»Sie wissen, was ich meine.«
»Ja. Sie meinen Gottes schönes Land.«
Machte er sich über ihre Lage lustig? Während sie verletzt, mit ihm und seinem Hund eingeschneit war, während ein Serienkiller sein Unwesen trieb und draußen ein Schneesturm tobte?
Er griff nach dem Handtuch, das am Herd hing, und trocknete sich die Hände ab. »Nun mal im Ernst: Du solltest dich hinlegen.«
Sie war zwar müde, und ihr Knöchel und Brustkorb schmerzten, aber sie wollte sich nicht ins Schlafzimmer schicken lassen, bevor sie nicht noch mehr erfahren hatte. »Ich habe zuerst noch ein paar Fragen.«
»Schieß los.«
Diese Wortwahl ließ Jillian zusammenzucken, doch sie gab sich Mühe, sich zu konzentrieren, trotz ihrer Schmerzen und obwohl sie der Fremde mit seinem Hund nervös machte. »Diese Gegend«, mit der freien Hand machte sie eine ausladende Bewegung, wobei ihr um ein Haar das Messer entglitten wäre, doch es gelang ihr gerade noch, den Griff zu fassen und die Klinge nicht aus dem Ärmel rutschen zu lassen – »ist zu weit von einem Krankenhaus, einer Klinik, von der Zivilisation überhaupt entfernt.«
»Du hast dir eine ziemlich abgelegene Gegend für deinen Unfall ausgesucht.«
»Apropos Unfall«, sagte sie, »ich glaube, jemand hat meinen Reifen zerschossen.«

Sein Kopf ruckte hoch, seine Züge spannten sich unvermittelt an. »Zerschossen?«
Der Hund hatte aufgefressen und hob ebenfalls den Kopf, spürte den plötzlichen Wechsel in der Atmosphäre, die Anspannung seines Herrn. Harleys kluger, misstrauischer Blick heftete sich auf Jillian.
Vielleicht hätte sie es nicht sagen sollen; für den Fall, dass MacGregor der Serienmörder war, sollte sie sich lieber dumm stellen. Doch sie konnte die Worte nicht mehr ungesagt machen. »Ich habe eine Sekunde, bevor ich die Kontrolle über den Wagen verlor, einen Schuss gehört. Es hörte sich an, als wäre irgendwo eine Kugel eingeschlagen – in meinem Reifen, wie ich vermute, denn dann wurde mein Wagen in die Schlucht katapultiert, und ich verlor das Bewusstsein …«
MacGregors Kiefer spannte sich an, er warf das Handtuch auf den Küchentresen. »Bist du sicher?«
»Nein, sicher bin ich nicht. Das ist ja das Problem. Mit Sicherheit weiß ich gar nichts.« Sie verdrängte ihre Angst, das Gefühl, zusammenbrechen zu müssen, und fuhr fort: »Und ehrlich gesagt, ich weiß nicht, ob ich Ihnen trauen kann. Ich kenne Sie nicht und stecke hier allein mit Ihnen fest … oder wohnt noch jemand hier?«
»Harley.«
»Na … prima.« Sie unterbrach sich, entschied dann aber, wer A sagt, muss auch B sagen. »Ich meine, mich zu erinnern, dass in dieser Gegend mehrere Frauen ermordet worden sind. Das wurde in Seattle in den Nachrichten gemeldet.«
Er nickte, ein Muskel zuckte in seiner Wange.
Hatte sie einen Nerv getroffen? Aufgrund der Schmerzen in Knöchel und Brust und des Stechens hinter den Augen, mit dem die Kopfschmerzen sich zurückmeldeten, war sie nicht so aufnahmefähig wie sonst, konnte die unausgesprochenen An-

deutungen nicht interpretieren. War er wütend? Hatte er Angst? Oder beides?

»Ich war seit ein paar Tagen nicht in der Stadt, versteht sich«, sagte er und kam, den Hund auf den Fersen, zurück in den Wohnbereich. Jillian gab so schnell wie möglich den Durchgang frei und war überrascht, als Harley an ihr vorbeitrottete, ohne sie eines Blickes zu würdigen.

»Ich bin von allen Nachrichten abgeschnitten, aber ja, man hat tatsächlich Frauen hier draußen in der Wildnis aufgefunden, an Bäume gebunden, glaube ich. Ihre Autos wurden unabhängig davon entdeckt, schrottreif, in einiger Entfernung von den Leichen.«

Angst rieselte ihr über den Rücken, und innerlich war ihr plötzlich kalt wie der Tod. Ihre Finger, die sich um das Heft des verborgenen Messers krallten, fingen an zu schwitzen, ihr Herz raste. Was wusste sie von diesem Mann?

Nur das, was er dir gesagt hat.
Und das könnte ein Haufen Lügen sein.
Oder die Wahrheit.
Aber er ist alles, was du hast, Jillian.
Ob Heiliger oder Verbrecher, er ist alles, was du hast.

»Waren die Reifen zerschossen?«, fragte sie. Es war nur ein Flüstern, das jedoch von den Dachbalken zurückzuhallen schien.

MacGregor schüttelte den Kopf, doch er war ein wenig blass geworden, und sie konnte nicht erkennen, ob er die Wahrheit sprach oder nach Strich und Faden log. »Ich weiß es nicht. Kann aber sein. Die Polizei hält ja immer Einzelheiten zurück, für den Fall, dass irgendein Verrückter sich selbst bezichtigt.«

Seine Augen wurden etwas dunkler, die Nasenflügel blähten sich. Er rieb sich das Kinn, ging zu den Fenstern und blickte finster durch die Scheiben. »Um die Spreu vom Weizen zu trennen.«

»Und der Weizen ist in diesem Fall der Mörder?«, fragte Jillian, mühsam beherrscht.

»Ja. Wird wohl so sein.« Er war todernst, als er sie fragte: »Glaubst du, dieser Kerl hatte es auf dich abgesehen?«

»Ich weiß nicht.« Wie viel konnte sie diesem Mann, diesem praktisch Wildfremden, anvertrauen?

MacGregor sah immer noch aus dem Fenster, kniff die Augen zusammen, als ob er versuchte, den Schneesturm zu durchdringen, einen Blick auf das Dahinterliegende zu erzwingen. »Warum warst du denn im Schneesturm auf der Bergstraße unterwegs?«

»Und Sie?«, konterte sie.

Er wandte sich rasch um, sein Gesichtsausdruck war so hart wie zuvor. »Ich war auf der Suche nach einem anderen Weg in die Stadt, um Proviant zu besorgen. Ich war mit dem Schneemobil unterwegs, und der Sturm wurde immer stärker, aber dann habe ich etwas gehört.« MacGregor schüttelte den Kopf, rieb sich aufseufzend den Nacken und trat an den Kamin.

Er hat etwas zu verbergen, ahnte Jillian und spürte ein Kribbeln der Angst. *Er treibt das gleiche Katz-und-Maus-Spiel mit dir wie du mit ihm.*

Der Mut wollte sie verlassen.

»Ich dachte ... also, ich konnte kaum etwas hören, weil der Motor meines Schneemobils ziemlich laut ist, aber ich glaubte, einen Schuss gehört zu haben. Hörte sich nicht wie die Fehlzündung eines Fahrzeugs an.« Sein Blick suchte ihren, und in der grauen Tiefe entdeckte sie etwas, etwas Dunkles, Geheimnisvolles. Jillian erinnerte sich an eine dunkle Gestalt kurz nach dem Unfall in der Nähe ihres Wagens.

Er stand vor dem Kamin, seine Beine verdeckten die Flammen, und der Raum schien dunkler zu werden. Zu schrumpfen. Während der Sturm nicht nachließ.

»Okay«, sagte sie leise, um ihn nicht zu reizen. »Sie haben den Schuss gehört, und dann?«

MacGregor zögerte kurz mit der Antwort, und das leise Fauchen des Feuers erfüllte das Zimmer. »Dann«, sagte er schließlich, »hörte ich die Geräusche des Unfalls, brechende Äste, sich verbiegendes Metall, Schreie.«

Ihr Hals wurde trocken. Erinnerungen an das grausige Schleudern und den Absturz des Wagens in den weißen Schlund der Schlucht schossen ihr durch den Kopf. »Ja«, sagte sie mit rauher Stimme.

Er kam näher, schloss die Lücke zwischen ihnen. »Glaubst du, dass er es auf dich abgesehen hatte?«, fragte er noch einmal. Ihre Finger umklammerten den Griff der Krücke und den des Messers. »Ich ... ja, das glaube ich.«

»Und wer legt sich mitten im schlimmsten Schneesturm des Jahrzehnts mit einem Gewehr zum Zielschießen auf die Lauer?«

Sie spannte sich innerlich an. Fragte sich, ob sie mit genau dem Mann sprach, der auch auf sie gezielt hatte, dem Scharfschützen, der mit voller Absicht auf ihr Auto geschossen hatte.

»Sag mir, Jillian«, drang MacGregor in sie, war ihr jetzt so nahe, dass sie seine Körperwärme spüren, die Poren seiner Haut sehen und den grausamen Zug um seinen Mund erkennen konnte. »Was glaubst du, wer wollte dich umbringen?«

11. KAPITEL

MacGregors Frage stand zwischen ihnen im Raum, während sich der Hund, der seine feindselige Haltung endlich aufgegeben hatte, vor dem Kamin im Kreis drehte und sich dann auf einer Decke vor dem Feuer niederließ.

Jillians Herz hämmerte wie wild. Er war ihr so furchtbar nahe. Sie erwog, das Messer zu zücken, ihn auf Abstand zu halten, doch sie tat es nicht, noch nicht. Am besten behielt sie sich das Messer für den äußersten Notfall vor.

»Ich habe keine Ahnung, wer mich würde umbringen wollen«, erklärte sie.

»Nein?« MacGregor gab sich keine Mühe, seine Zweifel zu verbergen, doch er wich ein paar Schritte zurück, gab ihr Raum, so dass sie wieder atmen und etwas anderes als das Hämmern ihres Herzens hören konnte. »Du hast keine Feinde?«

»Keinen, der mich würde umbringen wollen.«

»Bist du sicher?«

»Ja.« Aber war sie wirklich sicher? Lieber Himmel, der Mann trieb sie in den Wahnsinn.

»Jemand hat auf dich geschossen.« Er öffnete den Reißverschluss seiner Jacke und zog sie aus, als wäre ihm jetzt erst richtig warm geworden. In der Tasche klimperte etwas. Münzen? Schlüssel? Eine Hundepfeife aus Metall?

»Oder jemand hat aufs Geratewohl auf Autos geschossen. Ich glaube nicht, dass Absicht dahintersteckte. Zumindest nicht, dass ich persönlich gemeint war.«

»Nicht?« Wieder spottete er unverhohlen, und sie empfand eine

Angst, so kalt und spitz wie die Eiszapfen an der Dachrinne seiner Hütte.
Wer war er? Könnte es sein, dass er zu einem ausgeklügelten Komplott zu deiner Entführung oder gar Ermordung gehört, und bisher hat es geklappt, nicht wahr? Hastig schüttelte sie den Gedanken ab. Verschwörungstheorien hatten sie noch nie interessiert, und sie würde auch jetzt nicht damit anfangen.
Aber Aaron hatten sie interessiert.
Er war immer überzeugt gewesen, dass jemand, wahrscheinlich eine Art Regierungsagent, hinter ihm her war. Er hatte geglaubt, dass John F. Kennedy von einer Russland, Castro oder der Mafia nahestehenden Gruppe ermordet worden war, und er war überzeugt gewesen, dass D. B. Cooper, der Flugzeugentführer, der in den frühen Siebzigern im Nordwesten aus einem Flugzeug gesprungen war, Hilfe erhalten und wie durch ein Wunder irgendwie überlebt hatte. Jillian dagegen war schon immer Realistin gewesen.
Bis jetzt.
Bis ein Schneesturm sie in der Wildnis Montanas mit einem Fremden gefangen setzte. Bis sie womöglich Opfer eines Mörders an diesem eisigen Mordschauplatz wurde. Hatte dieser Mann ihren Reifen zerschossen und sie dann »gerettet«, nur um sie irgendwann umzubringen? Sie musste sich sehr beherrschen, um nicht einen Blick auf seinen Gewehrschrank zu werfen, wenngleich sie gern gewusst hätte, welcherart Gewehre darin verschlossen waren.
Sie krampfte die Hände zusammen. »Sie meinen, jemand wollte mich umbringen? Ganz gezielt mich?«
»Ich weiß es nicht.« Er warf seine Jacke über die Sofalehne und bückte sich, um seine Schnürsenkel zu lösen. »Du?«
»Wie gesagt, ich habe in meinem Leben bestimmt ein paar Menschen verärgert. Meine Schwester, so viel steht fest. Aber

nicht so sehr, dass mich jemand gern tot sehen wollte.« Sie sah zu, wie er einen Stiefel auszog, indem er mit der Spitze des einen gegen die Ferse des anderen trat, dann zog er den Reißverschluss seiner Skihose herab, unter der er Jeans trug. Der hochgezogene Bund der Goretex-Hose reichte bis unter die Jacke. Jetzt sah er mindestens fünfzehn Kilo leichter aus, aber immer noch groß und kräftig genug, um ihr Angst einzuflößen.
»Du solltest dich hinlegen«, sagte MacGregor und fuhr sich mit der Hand durchs Haar. »Den Knöchel hochlegen.«
Es stimmte schon: Ihr ganzes Bein tat ihr inzwischen weh, und es ermüdete sie, an den Tisch gelehnt an ihrer Krücke zu balancieren. Doch die Vorstellung, zurück in das Schlafzimmer zu gehen und auf der Pritsche liegend dem Heulen des Windes zu lauschen, während tausend Fragen ihr durch den Kopf wirbelten und sie sich in wilden Fantasien ausmalte, was er gerade tat, war auch nicht verlockend.
»Ich glaube, ich setze mich einfach da drüben.« Sie deutete auf den alten Sessel und den Polsterhocker. Ohne seine Antwort abzuwarten, humpelte sie zum Sessel und ließ sich hineinsinken.
»Wie wär's, wenn ich uns etwas zu trinken hole?«
»Was denn?« Sie machte es sich bequem und hielt das Messer im Ärmel verborgen. Sie konnte sich nicht entspannen. Noch nicht.
Harley erhob sich und trottete mit klickenden Krallen hinter dem Mann her in die Küche. Im Durchgang sagte MacGregor: »Ich habe Kaffee ... und ...« Sie hörte ihn in den Schränken kramen, Türen öffnen und schließen. »Tja ... keinen Tee ... aber ein paar Päckchen Fertigsuppe. Oder Whiskey. So tief sind wir gesunken. Whiskey auf Schnee. Davon haben wir ja jede Menge. Das wäre dann eine Art alkoholische Schneewaffel.«

Sollte das ein Scherz sein? »Ich glaube, ich verzichte auf den gefrorenen Drink«, rief sie zur Küche hinüber, doch beim Gedanken an etwas zu essen knurrte ihr Magen. Wie lange hatte sie schon nichts mehr gegessen? Sie konnte sich nicht an ihre letzte Mahlzeit erinnern.

Er kam mit einer Kaffeekanne zurück und stellte sie auf die glühenden Kohlen des Feuers. »Es dauert eine Weile, bis es kocht«, erklärte er. Sein Hund drehte sich nach einem letzten bösen Blick und Knurren in Jillians Richtung ein paar Mal im Kreis und legte sich dann wieder auf seine Decke. Den schwarzweißen Kopf auf die weißen Pfoten gebettet, starrte er Jillian an.

»Du hast meine Frage noch nicht beantwortet«, erinnerte MacGregor sie. »Wieso um alles in der Welt warst du in dem Schneesturm unterwegs?«

Er hängte seine Skikleidung an Pflöcke beim Kamin und wandte sich ihr zu. »Im schlimmsten Schneesturm, der seit einem Jahrzehnt über dieser Gegend niedergegangen ist?«

»Ich war auf dem Weg nach Missoula«, gab sie nach kurzem Zögern zu.

»Was ist da?«

»Nicht was. Wer. Und die Antwort lautet: mein Ex-Mann.«

MacGregor überlegte. »Vielleicht gibt es dort jemanden, der dich umbringen will.«

»Wir haben uns in gutem Einvernehmen getrennt.«

Er durchbohrte sie mit einem zweifelnden Blick. »Ja klar. Und warum riskierst du Leib und Leben und fährst im Schneesturm durch die Bitterroots, um deinen Ex zu besuchen?«

»Ich ... ich musste dringend mit ihm reden.«

Seine dunklen Brauen schossen in die Höhe.

»Ein Anruf hätte nicht genügt. Ich wollte seine Reaktion sehen.«

»Wenn du ihm was sagtest?«

»Wenn ich ihn fragte, ob er mir Fotos geschickt hat, die angeblich meinen ersten Mann zeigen. Meinen *toten* ersten Mann.«
Er hockte sich auf die Fersen. »Dein zweiter Ex-Mann schickt dir Fotos von deinem toten ersten Mann?«
»Ja, na ja, das glaube ich zumindest. Ich könnte mich auch irren. Ich dachte, er wäre auf einem Wanderausflug in Südamerika ums Leben gekommen.«
»Dein erster Mann ... der tot ist. Glaubst du. Aber du hast Fotos von ihm gesehen, von deinem zweiten Mann geschickt.«
»Oder es sind Fotos von jemandem, der Aarons Zwilling sein könnte.«
»Gibt es da noch einen dritten Ehemann?«
»Nein«, antwortete sie trocken. »Nur die beiden.«
»Aber jetzt glaubst du, dein Mann könnte noch am Leben sein.«
»Ich weiß es nicht. Ich hatte die Fotos bei mir. Sie steckten in meiner Laptoptasche.«
Er ging zu einem Einbauschrank und entnahm ihm ihre Handtasche und die Laptoptasche, brachte beide zu ihr und stellte sie neben den Polsterhocker. Der Anblick ihrer persönlichen Habe trieb ihr fast die Tränen in die Augen. Es war, als würde sie sich plötzlich vollends ihrer verzweifelten Situation bewusst, der Entfernung zwischen ihr und ihrem Leben.
MacGregor fragte: »Soll ich die Fotos auspacken?«
»Ich vermute, Sie haben sie schon gesehen.«
Er nickte, stritt es gar nicht erst ab, ging noch einmal zum Schrank und kam mit ihrem Koffer und den zerfetzten Resten des Quilts ihrer Großmutter zurück.
Wieder zog sich ihr Herz schmerzhaft zusammen, und sie fragte sich, ob sie jemals wieder nach Hause kommen würde.
»Ich habe mir tatsächlich deine Sachen angesehen. Ich wollte wissen, wer du bist und wen ich anrufen sollte.«

»Sie haben ein Telefon?«
»Ein Handy. Aber es funktioniert nicht. Deines auch nicht.«
Sie zweifelte nicht an seinen Worten. Mit einer Hand öffnete sie ihre Handtasche und kramte zwischen Lippenstiften, Kulis, Brieftasche und Scheckheft nach dem Handy.
»Es wäre einfacher, wenn du das Messer loslassen würdest.«
Sie hob ruckartig den Kopf und begegnete seinem eindringlichen Blick. Für den Bruchteil einer Sekunde war sie fast sicher, dass er ihr bis auf den Grund der Seele sehen konnte. Das Messer erschien ihr plötzlich schwer und unhandlich. Sie schluckte verkrampft. Sah, dass der Hund die Augen geschlossen hatte und schlief. »Ich – hm ...«
»Lass es einfach aus dem Ärmel fallen. Oder soll ich es dir wegnehmen?«
»Nein ... hm ...« Bedächtig legte sie das Messer auf einen kleinen zerkratzten Tisch, wo unter einer Kerosinlaterne eine Anglerzeitschrift und zwei Bücher über Astronomie lagen.
»Warum erzählst du nicht einfach alles von Anfang an?«, schlug er vor.
Wie dumm von ihr zu glauben, sie könnte ihm trauen. Und wie absolut abhängig sie von ihm war. Sie nahm ihr Handy aus der Tasche und schaltete es ein, in der vergeblichen Hoffnung, Empfang zu bekommen. Das Display zeigte keinen an, und der Akku war fast leer.
Wie er gesagt hatte. Sie fühlte sich verletzlicher denn je.
»Ich habe versucht anzurufen«, sagte er. »Jeden Tag. Deswegen gehe ich manchmal raus. Um zu versuchen, Empfang zu bekommen.«
Sie dachte darüber nach. Über die Zeiten, wenn sie sich allein glaubte, die Stunden, in denen er mitten im Schneesturm draußen war. Sie hatte es nicht verstehen können.
»Ich bekomme hier sowieso nur selten Empfang, und ich glau-

be, ein paar Funktürme sind wohl durch den Sturm beschädigt worden.«
»Toll.«
»Das hätte ich dir gleich sagen können, als du aufgewacht bist, aber ich dachte, dass du mir nicht glauben würdest.«
Da hatte er recht.
»Also«, drängte er. »Wie war das mit deinem Mann?«
Jillian seufzte. Sie sah ihn an, und die Zeit dehnte sich. Und dann beschloss sie, es einfach zu wagen, ihm alles zu erzählen. Sie begann mit ihrer Hochzeit mit Aaron, dann im Schnelldurchgang durch ihre zweite Ehe zu den merkwürdigen Nachrichten und schließlich zu den Fotos, die er natürlich aus ihrem Auto gerettet hatte, da sie in einem Fach ihrer Computertasche steckten. Während sie erzählte, hörte er zu und achtete auf das Wasser, das im Kessel auf den Kohlen heiß wurde. Er stellte mit finsterer, angespannter Miene ein paar Fragen, ließ sie aber weitgehend einfach reden.
Als sie zum Ende kam, goss er heißes Wasser über den Instantkaffee in einen Becher und fragte: »Und jetzt glaubst du, dein erster Mann, Aaron, lebt noch.«
»Ich vermute, irgendwer will, dass ich das glaube.«
»Um dich hierherzulocken?«, fragte er.
Sie trank einen Schluck Kaffee. Das heiße Gebräu rann durch ihre Kehle und brannte im Magen. »Ich weiß es nicht«, gab sie zu.
»Aber der Mann auf den Fotos sieht diesem Aaron so ähnlich, dass du dich auf den Weg gemacht hast?«
»Ja, so wird es wohl sein.« Sie schüttelte den Kopf über ihre eigene Dummheit. »Ich weiß, jetzt erscheint es mir auch irgendwie verrückt.« Sie strich sich das Haar aus den Augen. »Oder vielmehr echt verrückt.«
»War deine Ehe mit Aaron in Gefahr?«

»Nein!«, sagte sie leidenschaftlicher als beabsichtigt. »Das heißt, ich glaube nicht. Ich meine, er hatte meines Wissens keinen Grund zu verschwinden.«
»Hatte er hohe Schulden?«
»Nicht mehr, als wir bewältigen konnten.«
»Hatte er eine Lebensversicherung?«
»Ja, und es hat zwar lange gedauert, aber schließlich wurde sie mir doch ausgezahlt. Davon habe ich mir das Haus in der Stadt gekauft.« Warum um Himmels willen vertraute sie sich ihm an?
»Und bis du die Fotos gesehen hast, warst du überzeugt von seinem Tod. Er hat dich nicht wegen des Geldes verfolgt?«
»Dieser Brief und die Anrufe – sie kamen aus heiterem Himmel. Und jetzt glaube ich, die ganze Sache war vielleicht doch unsinnig.«
»Sollte nur dazu dienen, dich hierherzulocken«, wiederholte er, »damit irgendwer dich umbringen kann?«
»Das klingt ... lächerlich, oder?«
Er zuckte die Achseln, blieb auf seinen Fersen hocken und runzelte die Stirn. »Ich bin Jäger. Ich war beim Militär. Es gibt viele Möglichkeiten, einen Menschen umzubringen, und zwar rasch und vielleicht sogar, ohne geschnappt zu werden, aber einen Reifen zerschießen und darauf hoffen, dass der Wagen in eine vereiste Schlucht stürzt, das ist doch ziemlich unsicher.«
»Wie mein Hiersein ja beweist«, pflichtete sie ihm bei.
»Ganz recht, und der Mörder weiß, dass du überlebt hast. Das heißt, ich nehme doch an, dass er im Wagen nachgesehen hat.«
»Vielleicht auch nicht. Womöglich glaubt er, er hätte ganze Arbeit geleistet.«
»Oder ich habe ihn verscheucht.«
»Warum hat er Sie dann nicht auch einfach erschossen?«
»Vielleicht hatte er keine Gelegenheit zu schießen. Und überhaupt, wir können nicht davon ausgehen, dass du sein beab-

sichtigtes Opfer warst. Wie du schon sagtest, in dieser Gegend sind Frauen ermordet worden. Mehrere, glaube ich, und auch die sind, wie du, von der Straße geschleudert. Einzelheiten weiß ich allerdings nicht.«

»Wir haben schon mal über diesen Serienmörder gesprochen«, erinnerte sie ihn und versuchte, die Panik, die in ihr aufstieg, nicht zu beachten. »Wollen Sie sagen, dieser Mörder *kennt* seine Opfer oder doch zumindest genug intime Einzelheiten aus ihrem Leben, um sie hierherlocken zu können?« Sie konnte nicht fassen, was sie da aussprach, und doch ... »Kennen Sie die Namen der anderen Frauen?«

Er schüttelte den Kopf. »Nein. Warum? Glaubst du, es könnte sein, dass du sie kennst?«

Sie blickte nervös zum Fenster und hinaus in die dunkler werdende Landschaft. »Ich glaube, einen Namen habe ich gelesen, aber da hat nichts bei mir geklingelt.« Sie zwang sich, ihm direkt in die Augen zu sehen. Wie sollte sie wissen, dass er nicht der Mörder war? Dass er nicht mit ihr spielte? Es kam ihr nicht so vor. Er wirkte vielmehr geradezu besorgt. Sie schluckte verkrampft. Durfte sie diesem Mann trauen? Hatte sie denn eine Wahl?

Die Antwort lautete nein.

Ob es ihr passte oder nicht, sie saß hier fest, zumindest für eine gewisse Zeit. Aber sie musste ja nicht bleiben. Wenn sie erst wieder auf den Beinen war, wenigstens einigermaßen laufen konnte, und das Unwetter sich legte ... Er hatte etwas von einem Schneemobil gesagt. Sie hatte schon mal eines gefahren, als sie und Aaron Skiurlaub in Colorado gemacht hatten. Falls es hart auf hart kam, würde sie das Ding einfach anwerfen und zurück in die zivilisierte Welt steuern. Sie benötigte nur den Schlüssel.

Mason Rivers war nicht unbedingt ein guter Mensch.

Einer, der etwas zu verbergen hat, dachte Pescoli, als sie, das Handy am Ohr, in ihre Zufahrt einbog. Sie war gerade durch den Schneesturm nach Hause gefahren, um sich zu vergewissern, dass die Kinder alles Nötige für das Wochenende bei ihrem Vater eingepackt hatten. Im Haus brannte Licht, aber Jeremys Pick-up stand nicht am gewohnten Platz.

»Meine Sekretärin sagt, Sie hätten versucht, mich zu erreichen«, sagte Rivers vorsichtig nach kurzer Vorstellung.

Ach wirklich, Sherlock?, dachte Pescoli, behielt es aber für sich.

»Sie haben von Ihrer Ex-Frau gehört?« Regan drückte die Taste des Garagentoröffners.

»Ich war nicht in der Stadt, aber ein Kollege brachte die Zeitung mit. Darin stand, dass ihr Wagen am Grund einer Schlucht gefunden wurde.«

»Stimmt.«

»Geht es ihr gut?«, fragte er. Langsam öffnete sich das Garagentor.

»Das wissen wir nicht. Wir können sie nicht finden.«

Eine Pause folgte, die Stille wurde nur gestört durch das Knirschen des Garagentors und den laufenden Motor des Jeeps.

»Wir dachten, Sie hätten vielleicht eine Ahnung, wohin sie wollte oder wo sie war.« Tatsache war, dass die Gruppe, die die Nachforschungen wegen des Unfalls betrieb, Stunden auf dem Bergkamm verbracht hatte, von wo aus Jillians Auto abgestürzt war. Sie hatten zwar die Richtung bestimmen können, aus der der Wagen heruntergekatapultiert worden war, doch wegen der Schleuderbewegungen war nicht zu erkennen, in welcher Richtung sie unterwegs gewesen war. Ein leerer Kaffeebecher vom Chocolate Moose Café in Spruce Creek diente als Hinweis, und eine Kellnerin erinnerte sich an Jillian, da sie eine der wenigen Kunden gewesen war, die an jenem Tag etwas

»zum Mitnehmen« bestellt hatten. Demnach war sie offenbar auf dem Weg nach Missoula gewesen und nicht von dort gekommen.

»Wissen Sie, wir sind seit zwei Jahren geschieden, und ich habe noch einmal geheiratet. Ich stehe nicht in Kontakt zu Jill und ihrer Familie.«

»Wir dachten, sie wäre vielleicht auf dem Weg zu Ihnen gewesen.«

»Wieso?«

»Das wüssten wir gern von Ihnen.«

»Hören Sie, ich habe keine Ahnung, wohin sie wollte und warum. Wie gesagt, seit dem Scheidungsspruch pflege ich keinen Kontakt mehr. Bitte, wenn das jetzt alles war – in meinem Büro wartet ein Klient.«

»Aber lassen Sie es uns wissen, wenn Ihnen noch etwas einfällt.«

»Da kann mir nichts mehr einfallen, Detective.« Er legte auf, und Regan hatte ein ungutes Gefühl. Sie fuhr in die Garage, betätigte die Fernbedienung, um das Tor wieder zu schließen, stieg aus und ging ins Haus, wo Cisco sie mit wildem Schwanzwedeln und begeistertem Jappen begrüßte. Ihr stand nur eine halbe Stunde zur Verfügung, dann musste sie zurück aufs Revier zu einer Freitagnachmittagskonferenz, bevor sie bis spät in die Nacht weiterarbeitete. Überstunden. Dadurch war Weihnachten in diesem Jahr gesichert.

Der Hund führte sich noch immer auf, als hätte er sein letztes bisschen Verstand verloren.

»Cisco! Ruhe!«, schrie Bianca aus ihrem Schlafzimmer. Der Fernseher plärrte im Wohnzimmer. Es lief irgendeine Realityshow, in der halbnackte Twens hochdramatische Einzelheiten über ihr Leben zum Besten gaben. Jede Menge gebräunte, straffe Haut, ein paar Piercings, zahlreiche Tattoos, das alles

gewürzt mit Tränen, Gossensprache und schierer Teenie-Existenzangst und Emotionen.
»Das wahre Leben, dass ich nicht lache.« Pescoli griff nach der Fernbedienung, drosselte die Lautstärke und schaltete zu den Lokalnachrichten um.
Als die Lautstärke sich wieder im normalen Dezibelbereich bewegte, streckte Pescoli den Kopf ins Zimmer ihrer Tochter. Es war, als Bianca zehn Jahre alt war, grellpink gestrichen worden und nun mit Teenie-Postern von den heißen Typen der Boygroups und der Filmwelt tapeziert. Bianca lümmelte auf ihrem ungemachten Bett, das Handy am Ohr.
»Wo ist dein Bruder?«, fragte Regan.
Bianca reagierte sauer und formte unhörbar die Worte: »Ich telefoniere.«
»Wenn schon. Leg auf. Du kannst ja zurückrufen.«
»Was? Momentchen. Meine Mom ist gerade gekommen. Nein, schon in Ordnung...«
»Leg auf, Bianca. In zwanzig Minuten kommt dein Dad.«
Bianca bedachte ihre Mutter mit einem Blick, der sie zu erdolchen drohte, und sagte: »Hör zu, ich ruf dich zurück. ... Was? ... ja, genau. Die Wärterin braucht mich.« Sie legte auf und schenkte ihrer Mutter ein triumphierendes Grinsen.
»Die ›Wärterin‹ will wissen, ob du fürs Wochenende alles gepackt hast und wo dein Bruder steckt.«
»Ich bin startbereit.«
»Hast du deine Hausaufgaben eingepackt?«
»Bei Lucky brauche ich keine Hausaufgaben zu machen«, sagte sie und führte den Spitznamen ihres Vaters ins Feld, den sie seit der Scheidung nicht mehr »Daddy« nannte. »Michelle sagt...«
Pescoli riss ihrer Tochter das Handy aus der Hand. »Hey!«, protestierte Bianca, als Pescoli das Gerät zuklappte.

»Was Michelle sagt, ist mir völlig egal, was ›Lucky‹ sagt, auch. Du nimmst deine Hausaufgaben mit und erledigst sie, oder du bekommst ein echtes Problem mit der ›Wärterin‹.«
»Das habe ich sowieso schon!«, verkündete Bianca.
»Ja, ich weiß. Also, wo steckt dein Bruder?«
»Weiß nicht.«
»Sicher weißt du das. Du bist doch irgendwie nach Hause gekommen, und ich möchte wetten, den Bus hast du nicht genommen.«
»Chris hat mich nach Hause gebracht.«
»Dein Freund hat dich heimgefahren? Habe ich dir nicht gesagt, dass er in meiner Abwesenheit das Haus nicht betreten darf?«
»Er hat mich vor der Haustür abgesetzt. Na gut, ja, er ist mit reingekommen, und ich habe ihm ein Glas von Jeremys Gatorade gegeben. Also, zeig mich an, ruf die Getränkepolizei!«
»Ich bin die Polizei«, erinnerte Pescoli sie.
»Er hat mich nur nach Hause gebracht! Du solltest froh sein. Jeremy hat mich hängenlassen.«
»Weswegen?«
»Ich weiß es nicht, und es ist mir auch ziemlich egal. Er hat irgendwas in der Richtung gefaselt, dass Lucky nicht sein richtiger Dad ist und dass er deswegen auch nicht hinmuss.« Sie funkelte ihre Mutter böse an. »Gib mir mein Handy zurück.«
»Du bekommst es, sobald du gepackt hast, und das schließt deine Hausaufgaben mit ein.« Pescoli gab das Gerät nicht aus der Hand. Wutschnaubend ging sie in die Küche, ließ Cisco nach draußen, damit er sein Geschäft erledigte, und sah nach, ob er noch genug frisches Wasser hatte. »Hast du den Hund gefüttert?«, rief sie über die Schulter hinweg und erhielt zur Antwort nur wütendes, dumpfes Schweigen aus Biancas Zimmer. Augenscheinlich wurde sie mit Nichtachtung gestraft. Na

schön. Das war besser, als immer nur Widerworte zu hören. Als der Terrier an der Tür kratzte und wieder ins Haus wollte, wählte Pescoli die Handynummer ihres Sohnes und öffnete die Tür. Ein Schwall kalter Luft wehte mit dem Hund ins Haus. Jeremy meldete sich nicht. Aber das tat er ja nie. Warum sollte es ausgerechnet heute anders sein? Der Junge war aufsässig. *Und wessen Schuld ist das, hm? Wer hat ihm als Kind wegen der Schuldgefühle nach Joes Tod alles durchgehen lassen?*
»Mist«, fluchte sie leise und hinterließ keine Nachricht auf der Mailbox, sondern schrieb eine SMS, was sie zwar hasste, aber diese Nachricht würde ihr Sohn wenigstens lesen: *Komm nach Hause. Sofort, xoxo Mom.*
»Das sollte reichen, oder?«, sagte sie zu dem Hund, und dann, als sie aus Biancas Zimmer Geräusche hörte, die auf Sachenpacken schließen ließen, schenkte Pescoli sich eine Cola light ein, gab Eiswürfel dazu und setzte sich aufs Sofa. Cisco, der seine kärgliche Trockenmahlzeit verzehrt hatte, sprang auf das dicke Polster neben ihr und wartete, während sie seinen zottigen Kopf kraulte. »Fühlst du dich vernachlässigt?«, fragte sie den Hund. »Willkommen im Club.«
Er sprang auf ihren Schoß, stemmte die Pfoten gegen ihre Brust und schleckte ihr Gesicht ab.
»Langsam, langsam, das reicht jetzt. Ich bin zwar alleinstehend, aber weiß Gott nicht so verzweifelt.«
»Nein, wie eklig«, sagte Bianca, die mit einem prall gefüllten Rucksack aus ihrem Zimmer kam.
»Wie wär's mal mit Humor?«, riet Pescoli ihr, und endlich brachte Bianca ein Lächeln zustande.
»Schon gut, schon gut«, sagte sie. »Kann ich jetzt vielleicht mal ...«
Pescoli warf ihrer Tochter das geliebte Handy zu. »Hast du deine Hausaufgaben dabei?«

»Ja.« Ausnahmsweise einmal verdrehte Bianca nicht die Augen. Sie beugte sich sogar herab und tätschelte Ciscos Kopf. »Und was hast du dieses Wochenende vor?«
»Da draußen treibt ein geisteskranker Killer sein Unwesen.«
»Ach, Arbeit?«
»Die Kandidatin hat tausend Punkte.« Regan trank einen tiefen Zug aus ihrem Glas und betrachtete die Eiswürfel, wie sie in der dunklen Flüssigkeit tanzten und klirrten.
»Hast du das nicht irgendwann mal satt?«
»Hm. Immer noch besser, als acht Stunden am Schreibtisch zu sitzen. Oder zu kellnern. Hab ich alles schon gemacht.«
Bianca rümpfte die Nase. »Na, ich weiß nicht. Du kriegst ziemlich eklige Sachen zu sehen.«
»Eklig und total entmutigend. Da fragt man sich, was eigentlich mit dem gesamten Menschengeschlecht schiefgegangen ist.«
»Warum tust du's trotzdem?«
»Jemand muss es ja tun.«
»Aber warum ausgerechnet du?«
»Weil ich gut bin in meinem Beruf.« Und weil sie ihren Beruf im Grunde genommen liebte. Weil er ihr Leben war. Auf ihre Art war sie genauso ein Workaholic wie Alvarez. Sie sahen ihre Arbeit nur aus unterschiedlichen Blickwinkeln. Pescoli lächelte ihre Tochter an und nahm sie in den Arm. »Ich gebe mir Mühe, mich nicht unterkriegen zu lassen.« Sie warf einen Blick auf den stumm geschalteten Fernseher und sah ein Interview mit Ivor Hicks auf dem Bildschirm. »O nein.«
»Was?«
»Jemand hat die Irren rausgelassen.« Regan hörte Motorengeräusch von einem schweren Pick-up und wappnete sich für die unvermeidliche Begegnung mit Lucky. Nachdem sie heute schon den arroganten Mason Rivers über sich ergehen lassen

musste, war sie nicht in der Stimmung, ihren Ex zu sehen. »Dad ist da«, sagte sie, und Biancas Miene hellte sich sichtlich auf. Ja, die Kleine liebte ihren Vater. Was wahrscheinlich gut so war, aber es ärgerte Pescoli trotzdem ein wenig.
Bianca warf ihr einen Blick zu. »Sagst du ihm Bescheid wegen Jeremy, oder soll ich?«
»Ich mach das schon.«

Jillian hörte MacGregors Schlüssel in seiner Tasche klimpern. Sie brauchte ihn nur noch rauszuholen, wenn er schlief, oder? Doch sie behielt ihre Gedanken für sich und fragte: »Leben Sie hier das ganze Jahr über?«
»Manchmal.«
»Und was tun Sie?«
Er zögerte kurz und blickte über ihre Schulter hinweg. »Angeln, Jagen, im Sommer arbeite ich als Guide für Wildwasserfahrten.«
»Und im Winter?«
»Bereite ich mich in erster Linie auf den Sommer vor. Manchmal will auch jemand Schneeschuhwandern oder Langlaufski fahren.« Er rieb sich den Nacken. »Aber in letzter Zeit nicht. Nicht bei diesem Unwetter.«
Sie kniff die Augen zusammen. In ihren Ohren klang das nach Unsinn. Und seine Bauernjungentour kam bei ihr auch nicht an. »Sie bleiben den ganzen Winter über hier in der Hütte, ganz allein?«
»Ich habe doch Harley.«
Als der Name fiel, klopfte der Hund, ohne die Augen zu öffnen, mit dem Schwanz auf den Boden.
»Und Familie? Frau? Kinder?«
Er zögerte kaum merklich und presste leicht die Lippen zusammen, bevor er den Kopf schüttelte. »Nur Harley. Kurz-

form für Harlequin.« Er beugte sich herab und kraulte den Hund hinter den Ohren. »Und nein, den Namen habe ich ihm nicht gegeben. Jemand anderer hatte die Ehre.«
»Wer?«
»Harley habe ich mit der Hütte übernommen. Die habe ich vor ein paar Jahren irgendeinem Kerl abgekauft. Seine Hündin hatte gerade geworfen. Ein Welpe war gestorben, die anderen vier hat er verschenkt, und dieser hier ist bei mir geblieben.« Er zwinkerte dem Hund zu, der sich reckte und einen zufriedenen Seufzer ausstieß. »Bisher klappt es gut.«
»Sie fühlen sich nie einsam?«
Er zog einen Mundwinkel hoch. »Nicht so sehr, dass ich meinen Lebensstil ändern würde.«
»Haben Sie Verwandte?«
»Nicht viele.«
»Wie viele?«, fragte sie, neugierig geworden.
»Zwei Halbschwestern. Jünger als ich.«
»Ihre Eltern leben nicht mehr?«
Wieder das kurze Zögern, als müsste er sich in seinem Lügengeflecht zurechtfinden und sicherstellen, dass er sich nicht verriet. »Ich habe meine Mutter seit drei Jahren nicht gesehen. Soviel ich weiß, lebt sie mit Ehemann Nummer fünf ... oder sechs? ... ich weiß es nicht mehr genau, ist mir auch egal, aber das Letzte, was ich von ihr gehört habe, ist, dass sie irgendwo in der näheren Umgebung von Phoenix lebt.«
»Sie besuchen sie nicht.«
»Nein. Und es ist uns beiden sehr recht so. Mein Alter hat sich noch vor meiner Geburt aus dem Staub gemacht. War nie mit meiner Mutter verheiratet. Ich vermute, deshalb versucht sie es immer wieder.«
»Haben Sie ihn kennengelernt?«
»Was soll das? Ist das eine Art Frage-und-Antwort-Spiel?«

»So was in der Art«, sagte sie, und schließlich lehnte er sich auf seinem Stuhl zurück und musterte Jillian über den Rand seines Bechers hinweg, in dem der Kaffee wohl längst kalt geworden war.
»Also gut, ich habe ihn einmal getroffen. Als ich ungefähr achtzehn war. Es ist nicht sonderlich gut gelaufen.«
Sie bewegte sich in ihrem Sessel, und Schmerzen schossen durch ihr Bein, so heftig, dass sie nach Luft rang.
»Ich sagte doch, du sollst dich hinlegen«, tadelte er, stellte seinen Becher auf den Herd und erhob sich. »Falls du nicht im Schlafzimmer sein willst, kannst du dich hier aufs Sofa legen oder in den Lehnstuhl, da kannst du die Füße hochlagern.«
»Ach. Na gut.«
Er kam auf sie zu, nahm das Messer von dem kleinen Tisch und ging zu einem kleinen Schreibsekretär neben dem alten verschlissenen Lehnstuhl. »Vergiss das nicht«, sagte er und legte das Filetiermesser in Reichweite des Lehnstuhls ab.
»Ich brauche es nicht.«
»Natürlich brauchst du es. Du kennst mich nicht. Du traust mir nicht, und du sitzt hier fest. Und jetzt komm.« Er durchquerte noch einmal das Zimmer und reichte ihr die Krücke. »Du ruhst dich aus, und ich mache uns etwas zum Abendessen.«
»Abendessen?«
»Chili-Eintopf aus der Dose.« Seine Lippen verzogen sich zu einem Lächeln. »Gourmet-Chili«, erklärte er, half ihr beim Aufstehen und führte sie zum Lehnstuhl. »Glaub mir. Es wird dir schmecken.«
Das war ja das Problem. Sie durfte sich es nicht gestatten, ihm zu glauben. Nicht eine Minute lang.

12. KAPITEL

Durch das vereiste Fenster sah Regan Luckys Pick-up über die Zufahrt zum Haus heraufkommen. Vor dem Weg zur Haustür hielt er an.
Und natürlich saß er nicht allein in dem schwarzen, ungewöhnlich hochrädrigen Dodge.
Auf dem Beifahrersitz, cool und hochnäsig, die Augen hinter einer Designer-Sonnenbrille verborgen, saß seine neue Frau, die oft zitierte Michelle.
Pescolis Magen zog sich leicht zusammen. Zwar redete sie sich und der Außenwelt ein, sie wäre »schon längst« über ihren Ex hinweg, trotzdem verspürte sie immer noch einen Stich, wenn sie mit ihm zu tun hatte. Und mit seiner neuen Frau.
Regan verzog das Gesicht. Sie und Michelle trennten Welten. Michelle war größtenteils freundlich, nur eben nicht die Hellste, sie gehörte zu der Sorte Frauen, die erwarteten, dass ihr Mann alles für sie tat, die Sorte, die Regan nicht mochte und der sie nicht über den Weg traute.
Aber es war nun mal so. Ob es Regan passte oder nicht, Michelle war über Lucky und die Kinder zum Teil ihres Lebens geworden.
Was sie maßlos ärgerte.
Sie stellte ihr Getränk ab, ging durch das kleine Wohnzimmer zur Haustür und öffnete sie, als Lucky gerade begann, auf dem winzigen Terrassenplatz davor, den irgendein Bauherr als Eingangsplattform vorgesehen hatte, den Schnee von seinen Stiefeln zu stampfen.
»Sind alle startbereit?«, fragte Lucky und sah sie mit seinen

Pescoli-Augen durch die Glasscheiben der Sturmschutztür an. Tiefliegend und nussbraun, fast blau, und verteufelt sexy waren sie. Lucky ebenfalls. Lucky Pescoli, groß und durchtrainiert, mit dichtem, fast blondem Haar und einer verwegenen Art, die Frauen in den Wahnsinn trieb, war ein gutaussehender Mann. Und unausstehlich.
»Jeremy ist nicht zu Hause. Ich weiß nicht, was in ihn gefahren ist.«
»Ich hab's dir doch gesagt«, mischte Bianca sich ein. Ihr weicheres Ich verflüchtigte sich in der Gegenwart ihres Vaters. »Er will nicht mit.«
»Hat er einen Grund angegeben?«
»Er sagte, du bist nicht sein richtiger Dad.«
»Das ist doch nichts Neues«, sagte Lucky. Der Blick, den er seiner Ex-Frau zuwarf, schien fragen zu wollen: Ist das zu fassen? »Ist was passiert?«
Regan schüttelte den Kopf. »Nicht, dass ich wüsste, aber wer kann das schon sagen? Er ist siebzehn, woran er mich unentwegt erinnert. Er hält sich für erwachsen und glaubt, tun und lassen zu können, was er will.«
»Da täuscht er sich«, gab Bianca von ihrem Zimmer aus ihren Senf dazu.
Lucky schob seinen schwarzen Filzhut aus der Stirn und fragte: »Soll ich ihm den Kopf zurechtsetzen?«
»Nein. Überlass das mir«, antwortete Regan. »Ich rufe dich an und lasse dich wissen, was er gesagt hat.«
Er nickte. Bianca drängte sich durch die Tür und lief zum Pickup. Michelle, strahlend und aufgeräumt, winkte wild und hatte ihr Schönheitswettbewerbslächeln aufgesetzt.
»Wie geht es mit dem Serienmordfall voran?«, fragte Lucky.
»Es geht«, wich sie aus. Lucky wusste, dass sie nicht darüber reden durfte.

»Na ja, nimm es dir nicht zu sehr zu Herzen. Ich weiß, wie das mit solchen Fällen ist. Nimm es einfach nicht zu persönlich.«
»Nicht? Ein Psychopath, der quasi in meinem Garten Frauen umbringt?« Sie sah zu, wie ihre Tochter in den Pick-up stieg. »Tut mir leid, Lucky, ich nehme so etwas nun mal persönlich. Sehr persönlich sogar.«
Er verzog das Gesicht. »Manche Dinge ändern sich nie.«
»Nein. Und das sollten sie auch nicht!«
»Okay, okay, ich gebe auf, Officer!« Er hob die Hände und wich in gespielter Kapitulation einen Schritt zurück. Beinahe hätte sie gelacht. Beinahe. »War nicht meine Absicht, den Finger in die Wunde zu legen«, sagte er und rückte wieder seinen Hut zurecht. »Lass mich wissen, was mit Jeremy los ist.«
»Mach ich. Und achte darauf, dass Bianca ihre Hausaufgaben erledigt. In Algebra II und Global Studies ist sie ganz schlecht. Und ich glaube, sogar in Englisch hat sie zu kämpfen, und das ist ihr doch immer leichtgefallen.«
»Tatsächlich?«, fragte Lucky. »Wir kümmern uns darum. Michelle war eine Musterschülerin.«
Nachhilfe von der Frau, die nichts von Hausarbeiten hielt? Regan war skeptisch, behielt ihre Zweifel aber für sich. »Gut. Soll sie Bianca helfen«, sagte Regan und biss die Zähne zusammen. Irgendwie schaffte sie es, zu nicken, zu lächeln und ansatzweise ihrer Tochter, ihrem Ex-Mann und dessen neuer Frau nachzuwinken. Sie schloss die Tür hinter sich und verspürte eine innere Leere. Sie wusste, es war albern, aber es ließ sie nicht unberührt zu sehen, wie Bianca so einfach in Luckys neue Familie integriert wurde. Und dass Bianca ihr immer vorhielt, wie viel Spaß sie bei ihrem Vater hatte, störte Regan auch gewaltig. Aber damit musste sie leben.
Sie warf einen Blick auf den Fernseher und war froh, Ivor Hicks nicht mehr auf dem Bildschirm zu sehen. Herrgott,

konnte denn kein Mensch diesen Spinner zum Schweigen bringen? Er würde die Öffentlichkeit in Panik versetzen, die Presse alarmieren und womöglich dem Mörder in die Hände spielen. Zweifellos bekam der Perverse, der sich daran aufgeilte, Frauen erfrieren zu lassen, auch einen Kick bei so viel Publicity.
Ihre gute Laune war endgültig dahin. Sie schaltete den Fernseher aus und ging nach unten. Noch einmal versuchte sie, Jeremy per Handy zu erreichen, und während sie Wäsche in die Maschine lud, hörte sie, wie sich gleich nach dem Klingeln die Mailbox meldete. Die Waschmaschine pumpte Wasser, und sie warf einen Blick in Jeremys Zimmer, die »Lasterhöhle«, und fragte sich, wo ihr Sohn stecken mochte. Ihr Blick blieb an einem Foto von Joe hängen, zwischen CDs und Videospielen im Regal halb verborgen. Joe Strand, ihre Jugendliebe, der Mann, dem sie ihre Unschuld geopfert hatte, der Mann, den sie geheiratet hatte, der Mann, den sie, als es brenzlig wurde, betrogen hatte. Ja, da hatten sie sich bereits getrennt, und ja, auch er hatte eine Affäre gehabt, doch sie hatte ihr Treuegelöbnis ziemlich bereitwillig gebrochen, beinahe aus Rache.
Das war lange her. Sie hatte kaum das College hinter sich und war schon schwanger. Mit Joes Sohn. Jeremy.
Natürlich hatte Joe seine Vaterschaft angezweifelt, bis Jeremy dann als Ebenbild ihres Noch-Ehemanns auf die Welt kam. Es dauerte ein paar Monate, bis sie dann doch beschlossen, ihrer Ehe noch eine Chance zu geben.
Und dann hatte Joe die Frechheit besessen zu sterben. Es geschah im Einsatz, und sie blieb als Witwe mit einem kleinen Kind zurück.
Das Schlimmste war, dass Joe die Frau, die ihre Ehe überhaupt erst zerstört hatte, nie aufgegeben hatte. Er hatte gelogen, als er

behauptete, die Affäre wäre zu Ende; er hatte nie richtig Schluss gemacht mit dieser Frau, die auf der Highschool zu Regans Freundinnen gezählt hatte.

Gina Walters, ebenfalls verheiratet, war zum Begräbnis erschienen, hatte sich die Augen ausgeheult und eine weiße Rose auf den Sarg gelegt, während Pescoli danebenstand, ihren kleinen Sohn an der Hand.

»Miststück«, zischte sie jetzt und ignorierte die Waschmaschine, die im Schleudergang wild zu schaukeln begann. Sie stieg die Treppe hinauf, bereitete sich mit einem Rest Schinken, Dijon-Senf und trockenem Brot rasch ein Sandwich, warf Cisco ein paar Brocken zu und trank noch eine Cola light, bevor sie das Haus verließ.

Mittlerweile war es schon beinahe dunkel, und sie musste zurück aufs Revier, doch als sie den Türöffner der Garage betätigte, fragte sie sich erneut, wo zum Kuckuck ihr Sohn stecken mochte.

»Ich glaube, das Wetter schlägt um«, sagte MacGregor, gab eine heiße Kelle von etwas Chiliartigem in eine Suppenschale und reichte sie Jillian.

»Wann?«

»Bald.«

»Wie bald?«

»Das ist die Tausend-Dollar-Frage, nicht wahr?« Er ging in die Küche und kramte in einer Schublade. Nach knapp einer Minute kam er zurück, reichte ihr einen Löffel, ging dann zurück zu dem Topf auf dem Feuer und füllte eine Portion Chili in eine zweite Schale. Eine Fertigmischung Maisbrot »buk« in einer halb in den glühenden Kohlen vergrabenen Pfanne und brannte an den Rändern bereits an.

»Woher wissen Sie das? Haben Sie hier irgendwo einen Fernseher an einen Generator angeschlossen? Oder verfügen Sie über einen direkten Draht zum Wetterdienst?«

»Es ist nur so ein Gefühl.« Er sah durchs Fenster hinaus in die Schneelandschaft. Die Dunkelheit brach rasch herein, die Bäume warfen lange Schatten, und die Hütte wirkte einsamer denn je.

»Ein Gefühl?« Jillian hielt die Suppenschale mit einer Hand und rührte das Chili um. Der würzige Dampf wärmte ihr Gesicht. Ihr ging es bereits ein bisschen besser, das Pochen im Knöchel ließ nach, der Schmerz im Brustkorb trat nur noch auf, wenn sie sich zu hastig bewegte oder zu heftig lachte. Aber auf »Gefühle« wollte sie sich nicht verlassen.

»Es ist Zeit. Der Sturm müsste sich legen.«

Sie sah aus dem Fenster und schüttelte den Kopf, wagte es nicht, an Wunder zu glauben, zumal in ihren Augen keinerlei Anzeichen für ein Nachlassen des Sturms zu erkennen waren. Sie aß einen Happen. Dieses Dosen-Chili schmeckte ihr geradezu köstlich. Sie nahm noch einen Löffel voll und beobachtete MacGregor am Feuer. Mit Hilfe eines Arbeitshandschuhs als Topflappen holte er das Maisbrot aus dem Feuer und schnitt ihr mit dem Messer, das sie ihm entwendet hatte, ein Stück ab. Er ließ das große Rechteck in ihre Schüssel fallen, und sie begann, an der Kruste zu knabbern.

Das Brot war genauso köstlich wie das Chili, es war allerdings so heiß, dass sie es ganz langsam essen musste. Was wahrscheinlich nur gut war, denn sonst hätte sie die Mahlzeit hemmungslos verschlungen. Der Duft von Holzrauch und heißer Tomatensoße würzte die Luft, der Feuerschein spielte an den Wänden, im Kamin glomm das Feuer.

Selbst der Hund war friedlich. Sein dunkler, flehender Blick ließ nicht von MacGregor ab, während dieser aß. Wenn sie es sich gestattete, könnte sie in der Gegenwart dieses Mannes wo-

möglich ganz beruhigt sein. Doch alles, was er ihr in den letzten paar Stunden erzählt hatte, konnte auch Lüge sein.
»Wenn der Sturm sich legt, wie ich es vermute, versuche ich morgen, dich hier rauszuschaffen.«
»Mit einem Schneemobil?«
Er schüttelte den Kopf. »Ich habe ein Allradfahrzeug.«
»Dann hätten wir jederzeit von hier wegfahren können?«
Er schüttelte den Kopf. »Glaub ich nicht. Und ich konnte das Risiko nicht eingehen, mit dir, verletzt, wie du bist, in einem Schneesturm stecken zu bleiben. Ich bin noch nicht einmal sicher, ob es morgen gutgeht, aber wir versuchen es, wie gesagt, falls der Sturm sich legt.«
»Und wenn nicht?«
»Möchtest du wirklich daran denken?« Er biss in sein Stück Brot; der Hund sah zu und leckte sich die Lefzen.
»Wohin fahren wir?«
»Nach Grizzly Creek. Da gibt es ein kleines Krankenhaus. Ich liefere dich in der Notaufnahme ab.«
»Und dann melden Sie meinen Unfall der Polizei.«
Sein Gesicht war verschlossen. »Das überlasse ich Ihnen.«
»Aber Sie müssen ihnen sagen, wo mein Auto liegt. Ich kenne diese Gegend nicht.«
»Es liegt im September Creek, unterhalb der Johnson Road, etwa sechs Meilen entfernt von der Abzweigung nach Missoula. Was meinst du, kannst du dir das merken?«
»Ja«, sagte sie, wunderte sich jedoch über sein verändertes Benehmen, die neue Anspannung in der Haltung seiner Schultern. »Haben Sie etwas gegen die Polizei?«
Sein Mund zuckte einseitig. »Nein.«
»Lügner.« Sie glaubte ihm nicht. Irgendetwas machte ihm zu schaffen.
Seine Nasenflügel blähten sich leicht. »Es geht nicht so sehr

darum, dass ich etwas gegen die Polizei hätte, sondern vielmehr um die Tatsache, dass die Polizei etwas gegen mich hat«, sagte er und stand abrupt auf. »Möchtest du ein Bier?«
»Nein.« Das Letzte, was sie jetzt brauchte, war Alkohol, egal, in welcher Form. Sie musste ihren Verstand beieinanderhalten.
»Erzählen Sie«, verlangte sie. Er zog Parka und Handschuhe an und verschwand durch die Küche. Der Hund sprang auf und folgte MacGregor, als die Hintertür geöffnet und rasch wieder geschlossen wurde. Harley winselte und kratzte höchstens eine halbe Minute lang an der Tür, bevor sie sich wieder öffnete und MacGregors Stimme fragte: »Du hast mich vermisst, mein Junge?« Er lachte, und sie hörte, wie er den Kronkorken von einer Flasche sprengte. Und dann noch einen. Sekunden später tauchte er wieder auf, zwei langhalsige Flaschen in den Händen. »Ich bewahre sie in der Garage in einer Kühlbox auf, sonst würden sie gefrieren.«
»Ach.«
Er stellte eine Flasche auf den Tisch neben sie hin. »Dachte mir, du überlegst es dir vielleicht noch.«
»Wohl eher nicht.«
»Dann trinke ich es.« Er trank einen tiefen Zug, stellte auch die zweite Flasche ab, zog den Parka aus und setzte sich wieder.
»Sie sind meiner Frage ausgewichen«, sagte sie, als er wieder nach seinem Bier griff. »Was hat die Polizei gegen Sie?«
Er überlegte einen Moment, studierte das Etikett seiner Coors-Flasche und drehte dann den langen Hals zwischen den Händen. Die verkrampfte Haltung seiner Schultern war nicht zu übersehen.
»Was ist denn passiert, MacGregor?«
Ein Muskel zuckte in seiner Wange, und er trank noch einmal ausgiebig, bevor er Jillian so eindringlich ansah, dass ihr fast das Herz stehenblieb.

»Glaub mir, Jillian, du willst das nicht hören.«
»O doch«, sagte sie im Flüsterton. Ihre Nerven vibrierten plötzlich.
»Nein.« Er fuhr sich wütend mit gespreizten Fingern durchs Haar und starrte ins Feuer. Harley spürte den Stimmungsumschwung und winselte.
»Was haben Sie getan, MacGregor?«, fragte sie und fühlte sich verlassener denn je. »Warum hat die Polizei etwas gegen Sie?«
Er zögerte und schloss die Augen.
Sie machte sich auf das Schlimmste gefasst.
»Ich habe jemanden umgebracht, Jillian. Es ist lange her, aber Tatsache ist, dass der Scheißkerl es verdient hatte, und ich hab's ihm gegeben.« Er trank einen Schluck Bier, und die Falten um seinen Mund gruben sich tief ein.
»Es war ein Unfall, nicht wahr?«
»Ein Unfall.« MacGregor schnaubte verächtlich. »Ich weiß nicht.« Er schüttelte den Kopf. »Ich hatte nicht vor, ihn in jener Nacht umzubringen, aber es ist nun mal so, dass ich dem Kerl ein paar Sekunden lang – gerade lange genug – den Tod gewünscht habe.«

Alvarez leistete ihre vierzig Minuten auf dem Crosstrainer ab und beendete ihr Work-out dann mit zwei Runden Gewichte stemmen. Die ganze Zeit über ließ sie sich mit ihren Achtziger-Jahre-Lieblingssongs aus dem iPod berieseln. Kurz nach drei war sie auf einen Joghurt und ein Work-out zur Mittagspause hier aufgetaucht, und als sie ihr Programm bewältigt hatte, war es schon fast vier. An diesem Tag herrschte nicht viel Betrieb; aufgrund des Wetters blieben alle bis auf die Allerengagiertesten lieber zu Hause.
Sie schaltete das Headset aus und kam auf dem Weg zum Umkleideraum an den zu dieser Zeit nur wenig belegten Laufbän-

dern vorbei. Eine Frau las in einer Zeitschrift, doch die anderen auf der Stelle Tretenden hatten den Blick auf einen Fernseher an der Wand gerichtet und liefen schwitzend, mit rasendem Puls und unterschiedlich schnellen Beinbewegungen nirgendwohin.

Auf dem Bildschirm schwatzte Ivor der Idiot höchst angeregt mit einer zierlichen Reporterin in einem blauen Parka. Es schneite, die Flocken fingen sich in Ivors buschigen Augenbrauen und überpuderten die Treppen zum Gerichtsgebäude hinter ihm. Dank des Lärms der Laufbänder verstand Alvarez nicht viel von dem, was er sagte, doch es war nicht wichtig. Sie begriff auch so.

Ihre Laune, ohnehin schon nicht gerade galaktisch, setzte zum Senkrechtsturzflug an. Konnte der Alte nicht einfach den Mund halten?

Nie im Leben. Der alte Mann schwelgt nun mal gern in der Beachtung, die man ihm schenkt.

»Na großartig«, sagte sie leise und passierte auf dem Weg durch den Flur eine Gruppe von halbwüchsigen Jungen, die in der Sporthalle Basketball spielten. Ein Stück weiter stieß sie auf die Step-Aerobic-Gruppe, bestehend aus einer Handvoll Unentwegter, die nach den Anweisungen einer flotten Kursleiterin trainierten.

Alvarez griff nach einem Handtuch und suchte den Umkleideraum auf, wo sie ihre verschwitzten Sportsachen auszog und unter die Dusche ging.

Unablässig dachte sie über den Fall nach.

Er ging ihr unter die Haut wie ein Liebhaber, der sich als Stalker entpuppte. Er ließ sie nachts nicht schlafen, quälte sie am Morgen und den ganzen Tag hindurch, selbst in ihrer Freizeit, wenn sie entspannen oder »Spaß« haben sollte.

Sie seifte sich ein und lachte.

Spaß. Was war das?
Sie war erst dreiunddreißig und konnte sich nicht so recht erinnern, wann sie sich das letzte Mal hatte gehenlassen oder so richtig auf den Putz gehauen hatte. Ihr Beruf war ihr Leben. Was nicht nur dumm war. Es war armselig.
Sie duschte, rubbelte sich trocken, zog frische Jeans, einen schwarzen Rollkragenpullover und eine Daunenweste an und musterte sich im Spiegel an der Innenseite ihrer Spindtür. Sie war hübsch und durchtrainiert, zweifellos, doch ihre Lippen waren nicht mehr so schnell bereit zu lächeln wie früher einmal, ihr Blick wirkte manchmal gehetzt.
Was war aus dem Mädchen geworden, das früher schimmernden Lippenstift, Kreolen, laute Musik und High Heels geliebt hatte? Aus der Studienanfängerin mit der Idealfigur, passend zu ihrem perfekten Notendurchschnitt?
Ach, die! Weißt du nicht mehr? Die hast du vor fast zwanzig Jahren hinter dir gelassen. Und auf deiner Flucht hast du nicht einen Blick zurück auf deine Familie, deine Freunde oder die bittere Armut in Woodburn, Oregon, geworfen.
Ihr Magen zog sich zusammen, und wieder überkam sie der verrückte Drang, das Kreuzzeichen zu schlagen, ein Brauch, den sie abgelegt und zusammen mit ihren hispanischen Wurzeln der Armut begraben hatte, und mit ihrem Geheimnis ... dem schlimmen Geheimnis, das sie bis zum heutigen Tag verfolgte.
Alvarez griff nach ihrer Tasche und schlug die Spindtür zu.
Sie hatte keine Zeit für Erinnerungen oder Fragen zu ihrem dornigen Lebensweg, der hier in Grizzly Falls, Montana, geendet hatte. Weit entfernt von ihren Träumen. Weit entfernt von all ihren Plänen, die heute nicht mehr zählten. Jetzt musste sie sich einfach nur darauf konzentrieren, den Perversen zu fassen, der die ganze Gegend in Angst und Schrecken versetzte.

Das Fitnesscenter war fünfzehn Minuten vom Büro des Sheriffs entfernt. Doch die Fahrt dauerte beinahe eine halbe Stunde, da die Straßen wegen des schlechten Wetters verstopft waren. Mehrere Fahrzeuge standen verlassen am Straßenrand, und durch einen Auffahrunfall zusätzlich zum Glatteis stockte der Verkehr. Alvarez hielt an, um zu sehen, ob sie helfen konnte, doch die zuständigen Polizisten hatten alles im Griff. Niemand war verletzt, abgesehen vom angeschlagenen Ego des Fahrers eines Landrovers, der auf einen Ford Taurus gerutscht war.

Sie fuhr durch die Innenstadt, den Stadtteil am Flussufer, der zuerst besiedelt worden war. In den Schaufenstern blinkte die Weihnachtsbeleuchtung. Am Straßenrand türmte sich Schnee, auf den Gehwegen waren schmale Pfade freigeschaufelt. Ein paar Einkaufswillige trotzten den Elementen, und vor dem Gerichtsgebäude nahm eine Band unter einer riesigen weihnachtlich geschmückten Tanne zu einem Konzert Aufstellung. Ein Tubaspieler in dickem Mantel, Ohrschützern, Handschuhen und Stiefeln blies probehalber ein paar Töne.

Alvarez fuhr durch die geräumten Straßen und entschied sich für den längeren, aber nicht so steilen Weg durch den oberen Teil der Stadt, wo sich das Büro des Sheriffs befand. Zum ersten Mal seit ihrem Dienstantritt in Pinewood County hatte Detective Selena Alvarez sich verspätet.

»Moment mal ... noch mal von vorn«, verlangte Jillian. Ihr Herz pochte wie ein Trommelwirbel. Den Mann zu verdächtigen, der sie aus dem Wrack ihres Autos geholt hatte, das war die eine Sache, doch aus seinem Mund ein Mordgeständnis zu hören, war etwas anderes. »Warum haben Sie dem Mann den Tod gewünscht?«

»Meine Sache.«

»Ich muss es wissen«, sagte sie gepresst und wünschte sich, das Messer behalten zu haben. Sie glaubte zwar nicht, dass er ihr etwas antun wollte; warum hätte er den Mord sonst überhaupt erwähnt? Trotzdem war sie nervös. »Warum wollten Sie seinen Tod?«
MacGregors Lippen färbten sich weiß. »Weil er seine Frau verprügelte.«
»Was? Wo?«
»Es war in einer Bar in Denver. Der Kerl war betrunken und fing dann an, seine Frau zu beschimpfen, sie herumzustoßen, woraufhin er rausflog. Seine Frau ging mit ihm. Ich bin ein paar Minuten später gegangen, da sah ich ihn auf dem Parkplatz. Er hatte seine Frau zu Boden geschleudert und schlug und trat auf sie ein.« MacGregor stützte sich auf das Kaminsims, starrte in die Glut und sah ein Dutzend Jahre älter aus. »Sie fluchte und krümmte sich und schrie, flehte ihn an, dem Baby nichts zu tun. Bettelte. Und er hörte nicht auf.«
Jillian litt mit der Frau.
»Ich sah rot«, fuhr er fort. »Sie schrie und weinte, und ich sprang über den Kühler eines Wagens und packte ihn. Er schlug zu, aber ich war besser. Streckte ihn nieder.«
Jillian hielt den Atem an. Sie wusste, dass MacGregor nicht mehr bei ihr in der Hütte war, dass er vor seinem inneren Auge den Alptraum noch einmal durchlebte.
»Sie lag einfach da, zitternd in Schnee und Matsch, und überall war Blut. Ihr Gesicht war ... kaum noch als Gesicht zu bezeichnen. Es war grün und blau, überall Platzwunden, Kiefer und Nase gebrochen. Und ihre Jeans. Sie trug enge Jeans, und das Blut lief an ihren Beinen herab ...« Er leerte seine Bierflasche, und plötzlich war es totenstill im Raum. Als er weitersprach, klang seine Stimme weicher. »Ich erinnere mich ... ich erinnere mich an Sirenen und Knistern in der Luft und blaue

und rote Lichtblitze auf dem Schnee. Jemand hatte die Polizei geholt, und sie brüllten mich an, ich solle die Hände heben und mich auf den Boden legen. Das tat ich, und im nächsten Moment war ein hundertzwanzig Kilo schwerer Bulle über mir, drückte mein Gesicht in den Matsch und fesselte mich mit Handschellen.« Stirnrunzelnd stellte er seine Flasche auf das Sims.

»Sie haben Sie verhaftet?«

»Ja.«

»Aber nur, bis die Sache aufgeklärt war.«

Er drehte sich zu ihr um. Seine Augen waren dunkel, die Lippen ironisch verzogen. »Da wurde nichts aufgeklärt. Der Kerl ist noch in der Nacht gestorben. Hatte sich den Schädel aufgeschlagen. Intrakranielle Hämorrhagie nennt man das wohl. Gehirnblutung.« MacGregor seufzte durch die Nase. »Und die Frau ... sie hieß Margot, nicht, dass das wichtig wäre. Margot behauptete, ich hätte sie verprügelt, versucht, sie zu vergewaltigen, und ihr Mann Ned war der Held.«

»Was?«, flüsterte Jillian entsetzt.

»Ja.« Er schüttelte den Kopf. »Die Beweislage war natürlich anders. Die Stiefelspitzen des guten alten Ned verrieten die Wahrheit, aber letztendlich war er tot. Hätte ich mich nicht für Margot eingesetzt, hätte er überleben können. Das Baby zweifellos nicht. Margot hatte eine Fehlgeburt. Aber ich war unmittelbar schuld an Ned Tomkins' Tod. So entschieden zumindest der Gerichtsmediziner und der Richter. Man gestand mir mildernde Umstände zu, und ich verbrachte sechzehn Monate im Gefängnis.«

»Das ist ja furchtbar!«

»Margot gab mir die Schuld dafür, dass sie ihren Mann und ihr Kind verloren hatte.« Er brachte ein freudloses Lächeln zustande. »Das hat man davon, wenn man ein aufrechter Mensch

sein will.« Er deutete mit einer Kopfbewegung auf ihr Bier. »Du hast es immer noch nicht angerührt.«
Sie ging darüber hinweg. »Und dann?«
»Das Ende vom Lied war, dass Margot sich mit einem anderen Loser eingelassen hat, der sie ebenfalls prügelte. Das hörte ich von einem der Wärter, der sie kannte, kurz bevor ich aus dem Gefängnis kam.« Er trat an den Gewehrschrank, öffnete ihn mit einem Schlüssel, den er in seiner Jeanstasche aufbewahrte, nahm ein Gewehr mit langem Lauf heraus und schloss ihn wieder ab.
»Was haben Sie vor?« Mit plötzlicher Beklemmung sah Jillian ihm zu.
»Ich gehe raus.«
»Jetzt?« Was dachte er sich dabei? Zuerst gestand er ihr, dass er einen Menschen getötet hatte, dann griff er zum Gewehr? Wollte er sie um den Verstand bringen?
»Bevor es dunkel wird.« Einer Schublade des Bücherschranks entnahm er ein paar Patronen, ging dann mit der Winchester und dem Munitionspaket zur Eingangstür, nahm seine Jacke vom Haken, schlüpfte hinein und sagte nur: »Ich muss nach den Straßenverhältnissen sehen. Wenn der Sturm sich wirklich legt, kommen wir vielleicht schon bald weg von hier.«
Jillian wagte es nicht, daran zu glauben. Aber es fiel ihr ja auch schwer, so manches andere zu glauben, vielleicht sogar MacGregors letzte Geschichte. Entsprach sie der Wahrheit? Auf jeden Fall hatte sie den Eindruck gehabt. Der schmerzliche Ausdruck auf seinem Gesicht, die Wut in seinen Augen – das alles wirkte ziemlich echt.
Und – er hatte ihr nichts getan. Außerdem sah es so aus, als wollte er sie genauso schnell loswerden, wie sie von hier fortkommen wollte. Und doch … er machte sie trotzdem nervös. Besonders mit einem Gewehr in der Hand.

Vergiss es, Jillian. Wenn er dir etwas antun wollte, hätte er es längst getan.
»Sie machen mich nervös.«
Er schaute auf, sah, dass sie auf das Gewehr starrte, und nickte. Rasch öffnete er die Tür und stellte die Waffe auf der Veranda ab. »Ungünstiger Zeitpunkt.«
»Sehr ungünstig.«
»Mir fiel nur gerade auf, wie dunkel es schon wird. Und in diesem Teil der Wälder gibt es Pumas und Bären. Die greifen zwar selten an, aber sicherheitshalber ...« Er lächelte ihr unschuldsvoll zu und nahm ein Paar Schneeschuhe aus der Halterung über der Tür. Als er sich danach reckte, rutschten seine Jacke und sein Pullover hoch und gewährten ihr, wie schon einmal, einen Blick auf straffe, steinharte Muskeln.
Als er sie bei ihrer Betrachtung ertappte, wandte sie schnell den Blick ab, griff nach dem Bier und trank schließlich doch einen Schluck. Er stellte die Schneeschuhe an der Tür ab und durchquerte die Küche. »Ich sollte dir wohl etwas mehr Holz bereitlegen.«
Pflichtschuldigst holte er Feuerholz herein und legte es auf die Glut. Dann schnallte er sich die Schneeschuhe an die Stiefel, während Harley abenteuerlustig um seine Füße herumtanzte, doch MacGregor wies ihn zurück. »Du bleibst. Ich bin in ein paar Minuten zurück.« Harley begann zu winseln, doch MacGregor schnippte mit den Fingern. »Schluss damit.« Der Hund war still, setzte sich und sah seinen Herrn an. »Braver Junge.« MacGregor zog Skibrille, Mütze und Handschuhe an. »Du hältst die Stellung.« Er warf Jillian einen Blick zu, und ihr stockte der Atem. Groß und bedrohlich, ganz in Schwarz. War er die Person, die sie glaubte gesehen zu haben, als sie im Wagen eingeklemmt war, die bösartige Präsenz, die sie gespürt hatte?

»Ich bin gleich zurück.«
»Und wenn nicht?«
»Du wirst es überleben. Das restliche Bier findest du in der Garage, und die Konserven reichen, um dich und Harley bis zum Tauwetter im Frühling am Leben zu erhalten.«
»Wie tröstlich.«
Er lächelte, ging zur Tür hinaus, die mit einem dumpfen Schlag und einem Klicken zufiel, als das Schloss einschnappte.
»Immerhin lebst du noch und bist fast gesund«, sagte sie laut, und ihre Stimme schien beinahe ein wenig zu hallen. Schon jetzt kam ihr die Hütte stiller, dunkler, einsamer vor. »Nur deine Einbildung«, ermahnte sie sich. Sie trank aus ihrer Flasche, obwohl sie gewöhnlich nicht viel von Bier hielt. »Ein Glas Cabernet ist mir allemal lieber«, sagte sie, und Harley wandte ihr sein zweifarbiges Gesicht zu und neigte den Kopf zur Seite. Immerhin knurrte und fletschte er sie nicht mehr an und führte sich nicht auf, als wolle er sie in der Luft zerreißen. Nein, er hatte seinen Platz bei der Tür eingenommen, starrte darauf und wartete auf ein Zeichen von MacGregors Rückkehr.
»Wir zwei sind jetzt wohl uns selbst überlassen«, sagte Jillian zu ihm, verwundert über ihr Bedürfnis, mit dem Tier zu sprechen. Lag es daran, dass die Hütte so still und einsam wirkte, so abgeschnitten von jeglicher menschlicher Kommunikation?
Sie blickte aus dem Fenster hinaus in die bittere Kälte und fragte sich, wann MacGregor zurückkommen mochte. Oder *ob* er zurückkam. Möglicherweise blieb sie tage- oder wochenlang allein. Sie schauderte, fror plötzlich bis ins Mark. Ob er Freund oder Feind war, wusste sie nicht. Doch sie musste sich eingestehen, dass sie sich besser fühlte, wenn Zane MacGregor in der Nähe war.

13. KAPITEL

Das Team war bereits fast vollständig im Gruppenraum versammelt. Ein Uniformierter saß an einem Schreibtisch in einer Ecke bei den Fenstern und bediente die Telefonanlage. Sogar Pescoli, die immer zu spät kam, hatte sich schon mit dem Sheriff und zwei FBI-Agenten am Tisch niedergelassen. Als Alvarez sich auf den freien Platz neben Pescoli setzte, erschien Cort Brewster, der Undersheriff, gefolgt von Detective Brett Gage, dem stellvertretenden Leiter der Strafverfolgung.
»Gibt es was Neues?«, fragte Alvarez, doch Pescoli schüttelte den Kopf. Ein Hauch von Zigarettengeruch verriet, dass sie wieder rauchte. Was nicht weiter verwunderlich war. Seit Alvarez Regan kannte, wusste sie, dass Pescoli in Stresszeiten immer rückfällig wurde. So lange wie ihre Partnerschaft dauerte, inzwischen beinahe zweieinhalb Jahre, hatte Pescoli vier Mal aufgehört.
»Da das Wochenende bevorsteht und einige von Ihnen offiziell im Dienst sein werden, was immer das hier heißen mag«, sagte Halden, »hielten wir es für angebracht, uns gegenseitig auf den neuesten Stand der Dinge zu bringen. Wie es aussieht, ist Mandy Itos Prius in einer Schlucht etwa vier Meilen westlich der Stadt gefunden worden.« Er ging zur Karte und zeigte auf eine Stelle im Star-Fire-Canyon, etwa drei Meilen entfernt von dem Fundort von Itos Leiche. »Die Polizei hat den Fundort gesichert. Das Fahrzeug sieht aus wie die anderen auch, schrottreif und aufgebrochen, ein zerschossener Reifen, nur dass dieser Wagen unter dreißig Zentimetern Schnee begraben war. In ein paar Minuten fahren wir alle hin.«

»Wer hat das Fahrzeug gefunden?«, fragte Alvarez.
Gage warf ein: »Bob Simms. Wohnt ein Stück weiter die Straße rauf. Auf der Suche nach Feuerholz, als der Sturm sich vorübergehend gelegt hatte.«
»Oder beim Fallenstellen«, bemerkte Pescoli finster. »Simms glaubt, immer noch im achtzehnten Jahrhundert zu leben und tun und lassen zu können, was er will. Geht ohne Erlaubnis auf die Jagd und stellt Fallen. Verkauft Felle auf dem Schwarzen Markt.«
Gage bestätigte es. Der stellvertretende Leiter der Strafverfolgung schnaubte abschätzig. Er war etwa vierzig, schlank und sehnig, hatte eine vorspringende Nase, braunes Haar mit ersten grauen Fäden darin und trug eine Brille. »Er ist ein Anarchist.«
»Mit einer verstorbenen Frau und einem halben Dutzend verwilderter Söhne. Seine Kinder sind alle schon mit dem Gesetz in Konflikt geraten«, steuerte Grayson bei.
»Das ist das Problem – sie halten nichts von der Regierung und der Gesetzgebung. Mich wundert, dass Simms sich überhaupt die Mühe gemacht hat, seine Entdeckung zu melden.«
Pescoli sagte: »Selbst Anarchisten haben ein Gewissen.«
Gage schnaubte erneut. »Zumindest hat er nur das Fahrzeug und nicht eine weitere Leiche gefunden.«
»Noch nicht«, sagte Agent Chandler. Heute trug sie Berufskleidung, ihr blonder Pferdeschwanz war durch die hintere Öffnung in ihrer marineblauen Basecap gezogen, der Reißverschluss ihrer Jacke war offen, und darunter trug sie einen marineblauen Pullover. »Wir suchen immer noch nach Jillian Rivers. Wir müssen unbedingt die Zeitpunkte der jeweiligen Todesfälle in Betracht ziehen. Wegen des gefrorenen Zustands der Leichen ist schwer festzulegen, wann der Tod jeweils eingetreten ist, doch wie es aussieht, bringt der Kerl sie jeweils um den Zwanzigsten eines Monats herum um. Kelper im Septem-

ber, Salvadore im Oktober, Ito im November, und jetzt, im Dezember, ist wohl Rivers vorgesehen. Die Daten weichen ein wenig voneinander ab, und wir gehen vom Zeitpunkt der Vermisstmeldung der Frauen und vom geschätzten Todeszeitpunkt seitens des Gerichtsmediziners aus. Alle wurden etwa zur Monatsmitte vermisst gemeldet, anscheinend ein paar Tage später ermordet und noch später gefunden. Jillian Rivers könnte also bereits tot sein.«

»Wie grauenhaft«, sagte Brewster und warf angewidert seinen Kuli auf den Tisch.

Chandler zögerte keine Sekunde. »Es könnte sein, dass die Sterne über den Köpfen der Opfer und auf den Botschaften etwas mit der Zeiteinteilung zu tun haben. Vielleicht, wo zum Zeitpunkt der Entführung ein bestimmter Stern am Himmel steht.«

»Oder mit dem Zeitpunkt des Todes«, ergänzte Halden.

Chandler nickte. »Vielleicht kennt sich der Killer mit Astronomie oder Astrologie aus.«

Alvarez furchte die Stirn. Natürlich hatte sie auch schon an den Nachthimmel gedacht. Sie hatte auch über Hexerei und Satanismus, über alles, was mit den dunklen Künsten zusammenhängt, nachgedacht. Sterne hatten für verschiedene Menschen eine ganz unterschiedliche Bedeutung.

»Er könnte uns aber auch nur an der Nase herumführen«, gab Brewster zu bedenken. »Vielleicht dienen die Sterne nur zur Dekoration.«

»Sie sind Teil seiner Vorgehensweise«, widersprach Chandler. Sie zeichnete mit dem Finger die Umrisse der Sterne auf den Botschaften nach, die vergrößert neben den Fotos der zugehörigen Opfer lagen. »Er ist zu penibel. Sehen Sie nur, wie perfekt die Initialen geschrieben sind, beinahe wie durchgepaust. Wenn man die Blätter übereinanderlegt, decken die Buchstaben sich perfekt, aber die Position des Sterns verändert sich. Ich möchte wetten, er richtet sich nach irgendeinem astronomischen Kalender.«

»Hey, wechselt nicht immer am Zwanzigsten das Tierkreiszeichen? Um den Zwanzigsten eines Monats herum tritt das nächste Sternzeichen die Herrschaft an«, erklärte Pescoli.

»Die Tierkreiszeichen erinnern mich auf ungute Weise an einen anderen Serientäter«, bemerkte Grayson.

»Mich auch«, pflichtete Brewster ihm bei. »Dieser Serienmörder hat San Francisco terrorisiert, wann war das gleich? In den Sechzigern oder Siebzigern? Ich weiß noch, dass meine Mutter davon gesprochen hat. Ihre Schwester wohnte damals in der Bay Area, und sie ängstigte sich zu Tode.«

»Sie haben einen Film daraus gemacht«, sagte Alvarez. Pescoli nickte. »Er wurde nie gefasst, nicht wahr?«

»Nein. Nie.« Chandlers Gesicht wurde noch angespannter, Wangenknochen und Kinn wirkten kantig. »Aber Zodiac wäre jetzt zu alt, um unser Täter sein zu können, falls er überhaupt noch lebt, was ich bezweifle.«

»Vielleicht ein Trittbrettfahrer. Jemand, der die Originalvorlage kennt. Die Mordumstände sind anders, ja«, sagte Pescoli, »aber Zodiacs Name könnte den Täter inspiriert haben. Und er plant die Morde peinlich genau.«

Alvarez sah vor ihrem inneren Auge einen Mann am Schreibtisch, einen Kuli in der Hand, mit dem er sorgfältig seine Botschaften schrieb, während er den Tod seiner Gefangenen plante, einer Frau, die wahrscheinlich gefesselt und in einem dunklen, stickigen Raum eingesperrt war, eine verängstigte verletzte Frau, die die Schlechtigkeit ihres Entführers gar nicht ermessen konnte.

Ein Mörder, der die Entführung und den Tod seines Opfers bis ins kleinste Detail nach dem Stand der Sterne am Himmel plante.

»Diese Morde sind aber ganz anders als die von Zodiac. Wir sollten uns jetzt Itos Wagen ansehen, es sei denn, es gibt noch Fragen«, sagte Grayson. Chandler und Halden sprachen über die eingegangenen Hinweise, von denen sich keiner als brauchbar erwies, dann wurde die Sitzung geschlossen.

Alvarez fror bis in die Knochen. Allein die Erwähnung des Zodiac-Mörders ließ sie schaudern. Die Bestie hatte regelrecht gewütet, sich seine Opfer gezielt gesucht, manchmal auch Fahrzeuge manipuliert. Eine Frau war nahezu enthauptet, eine andere aus kürzester Entfernung erschossen worden, manchmal hatte er Trophäen genommen, und die Polizei hatte er unablässig an der Nase herumgeführt.

Und er ist nie gefasst worden.

Grayson schob seinen Stuhl zurück und pfiff nach seinem Hund, einem schwarzen Labrador namens Sturgis, der kaum jemals von seiner Seite wich. Sturgis, ein ausgemusterter Polizeihund, war seit ein paar Jahren bei Grayson, seit die Behörde beschlossen hatte, ihn nicht weiter »einzustellen«. Seitdem waren sie unzertrennlich, und Alvarez fragte sich manchmal, ob der Hund eine Art Ersatz für die Frau war, die ihm den Laufpass gegeben hatte. Gewöhnlich blieb der Hund in Graysons Büro, doch heute hatte er ihn in den Gruppenraum begleiten dürfen, und jetzt trottete er glücklich und schwanzwedelnd neben Grayson her. Sie verschwanden in seinem Büro, während Alvarez und Pescoli auf die Seitentür zum Parkplatz zustrebten.

Auf dem Weg stopfte Alvarez ihr Haar unter eine Strumpfmütze. Es wehte ein scharfer Wind, die Dämmerung senkte sich rasch, und es war bitterkalt. Die Frontscheibe von Pescolis Jeep überzog sich bereits mit Eis.

»Nette kleine Konferenz«, sagte Pescoli, schloss die Fahrertür auf und setzte sich hinters Steuer, während Alvarez auf dem Beifahrersitz Platz nahm.

»Ja, hat mich richtig aufgebaut.«
Sie sprachen über den Fall. Pescoli schaltete die Heizung und die Scheibenwischer ein und fuhr aus der Stadt heraus in Richtung Berge. »Fröhliche Weihnachten«, sagte Pescoli leise, griff nach ihren Zigaretten und öffnete das Fenster einen Spalt. »Stört es dich, wenn ich rauche?«
»Ja, aber das hindert dich wohl kaum daran, wie?«
»Doch, natürlich. Eine Weile schon.« Pescoli schob die Zigarette zurück in die fast leere Schachtel, die sie auf der Konsole ablegte. Auf der Fahrt ins Vorgebirge hörten sie sich die Gespräche von Polizisten im statisch knisternden Polizeifunk an. Pescoli zündete sich erst eine Zigarette an, als sie die Gegend im Star-Fire-Canyon erreicht hatten, wo das Fahrzeug gefunden worden war. Sie stellte ihren Wagen in der Nähe ab.
Dieses Mal fand sich kein gesicherter Weg in die Schlucht hinunter. Zwei Deputys und ein Feuerwehrmann seilten sich an der Steilwand zu dem schmalen Bachbett tief unten ab.
»Wie um alles in der Welt hat Bob Simms den Wagen gefunden?«, fragte Alvarez.
»Er patrouilliert in den Wäldern dieser Gegend, ganz gleich, bei welchem Wetter«, erklärte Deputy Watershed.
»Er muss halb Mensch, halb Bergziege sein.« Pescoli zog gierig an ihrer Filterzigarette und warf einen Blick in die Schlucht hinunter. »Himmel, ist das steil.«
»Er benutzt Schneeschuhe oder Langlaufskier.«
»Trotzdem, der Mann ist eine Bergziege.«
Alvarez sah sich um, suchte die Stelle auf der Straße, wo der Schuss den Prius getroffen hatte.
Als hätte er ihre Gedanken gelesen, zeigte Watershed auf den nächsten Bergrücken. »Unserer Meinung nach ist dort von oben auf den Wagen geschossen worden. Das liegt ein bisschen abseits der Straße, falls sie sich auf dem Rückweg nach

Spokane befand, aber bei klarerem Wetter sieht man dort einen Bergkamm längs der Schlucht. Von da aus könnte er mit einem Scharfschützengewehr geschossen haben. Unter günstigen Bedingungen.«

Alvarez blinzelte in die wirbelnden Schneeflocken und die hereinbrechende Dunkelheit und versuchte zu begreifen, wie verrückt ein Mensch sein musste, um sich in der bitteren Kälte hier auf die Lauer zu legen. Sie stellte sich vor, wie die Sekunden verstrichen, bis er zielte und feuerte und den Reifen seines Opfers zerschoss.

Die Telefonregister der Opfer hatten bisher nichts ergeben. Die Freunde hatten Nachrichten auf dem Handy, auf My-Space-Seiten und in anderen Foren hinterlassen, doch die lieferten keinerlei Hinweise. Die drei Opfer hatten nichts gemeinsam außer der Tatsache, dass ihnen aufgelauert wurde, dass sie entführt und dann nackt an einen Baum gefesselt einem einsamen Tod überlassen worden waren.

Alvarez fröstelte in ihrer dicken Jacke. Sie dachte an Jillian Rivers. Ob sie überhaupt noch lebte?

Jillian nutzte MacGregors Abwesenheit, um sich in der Hütte umzusehen. Es war ihre Chance; schließlich wusste sie nichts von ihm. Mit Hilfe ihrer Krücke humpelte sie ungeachtet der Schmerzen durch die Hütte, durchsuchte sorgfältig Schubladen und Schränke, suchte nach Hinweisen auf seine Identität, sein Leben, seine Vergangenheit. Sie hatte das Gefühl, seine Privatsphäre zu verletzen, brauchte aber, um ihr schlechtes Gewissen zu beruhigen, nur daran zu denken, dass er sie schließlich hierhergebracht hatte. Sie war sein Gast, seine Gefangene. Den Büchern im Regal entnahm sie, dass er sich für die Jagd, fürs Angeln, für Astronomie, Rucksackreisen, Überleben in der Wildnis, Erste Hilfe und Medizin interessierte. In Schubla-

den bewahrte er Karten der Bundesstaaten Montana, Idaho, Washington und Wyoming auf. Topografische Karten, Straßenkarten, Forstkarten, sogar Satellitenkarten.
Doch nirgends stieß sie auf eine gerahmte Fotografie, weder auf dem Kaminsims noch an den Wänden oder im Bücherschrank oder an der Wand. Nicht ein einziger Schnappschuss. Es war, als hätte er sämtliche Bilder aus seinem Leben verbannt.
»Wie sonderbar«, sagte sie leise und fragte sich, ob sie sich täuschte. Vielleicht war diese Hütte in den Bergen nur sein Rückzugsort, sein zweites Zuhause.
Sein Schlupfwinkel, stichelte eine innere Stimme, als wollte sie andeuten, dass er der Serienmörder war, von dem sie gehört hatte. Vom Verstand her hatte sie den Verdacht weitgehend ausgeräumt, aber auf irrationaler Ebene, einfach ihrem Bauchgefühl folgend, ermahnte sie sich, Vorsicht walten zu lassen und sich stets vor Augen zu halten, dass sie nichts von ihrem Retter wusste außer dem, was er selbst erzählt hatte.
Und das war womöglich ein Haufen Lügen.
Es kostete sie einige Mühe, doch es gelang ihr, das Feuer zu versorgen und ein paar Tannenscheite nachzulegen, ohne dass ihre Rippen allzu sehr schmerzten. Als die Flammen aufzüngelten und hungrig prasselten, stellte sie den Schirm wieder auf. Auf ihre Krücke gestützt, humpelte sie am Tisch vorbei zur anderen Zimmerseite. Sie hatte das Bücherregal gerade erreicht und wollte sich die Titel ansehen, als sie es spürte – dieses Gefühl, dass jemand sie beobachtete. Sie hielt mitten in der Bewegung inne, drehte sich um und ließ den Blick durch das leere Zimmer schweifen. Da war niemand, und der Hund hatte sich an der Tür zusammengerollt und wartete geduldig mit geschlossenen Augen.
Niemand beobachtet dich.

Sie blickte zur Decke empor und suchte lächerlicherweise nach einer versteckten Kamera.

»Du leidest unter Verfolgungswahn«, sagte sie zu sich selbst, konnte aber nicht verhindern, dass ihr Herz schneller schlug. Sie hinkte zu den Fenstern. Die Nacht zog herauf, die zerklüfteten Berge lagen im Zwielicht, und sie musste blinzeln, um etwas erkennen zu können.

Es schneite, aber mäßig, und sie glaubte schon, dass es bald aufklarte. In ihrem Kopf hatte der Vorsatz, in die zivilisierte Welt zurückzukehren, oberste Priorität. Zuerst musste sie ein Krankenhaus aufsuchen, dann ihre Mutter und ihre Nachbarin Emily wegen der Katze anrufen. Wegen des Autos musste sie mit der Versicherung verhandeln, sie musste ihren Anrufbeantworter abhören, um zu erfahren, ob jemand Arbeit für sie hatte, und … und … Sie verkrampfte sich innerlich bei dem Gedanken, dass sie immer noch Aaron aufspüren musste, falls er tatsächlich am Leben sein sollte.

Und wenn nicht? Wenn du ins Blaue hinein suchst? Wenn dich jemand hierhergelockt hat, um auf deinen Wagen zu schießen und den Unfall herbeizuführen? Wenn Zane MacGregor bei dem »Unfall« die Hände im Spiel hat? Wenn alles, was passiert ist, im Voraus geplant war?

»Ach, hör auf!«, wies sie sich so laut zurecht, dass Harley den Kopf hob und ein erschrockenes »Wuff« ausstieß. Sie kam sich blöd vor. »Entschuldige«, sagte sie, wurde das Gefühl, dass sie beobachtet wurde, aber immer noch nicht los. Aus dem dämmerigen Zwielicht schien ein bösartiges Augenpaar sie voller Hass anzusehen.

Sie rückte vom Fenster ab. Die Person, die auf ihren Wagen geschossen hatte, hatte ein leistungsstarkes Gewehr benutzt, und trotz des tief heruntergezogenen Dachs war Jillian vom sanften, warmen Schimmer des Feuers und dem Licht der La-

ternen von hinten beleuchtet und deshalb gut zu sehen. Wer ein Auto von der Straße zwang, würde auch nicht zögern, ein Fenster zu zerschießen.
Und dann war da noch MacGregor.
Mit seinem Gewehr.
Sie leckte sich über die Lippen und trat aus dem Lichtschein, um sich wenigstens zum Teil im Dunkeln zu verbergen.
Wer bist du? Und was willst du von mir?
Ihre Finger umklammerten die Krücke, als sie daran dachte, was sie überhaupt in diese Gegend geführt hatte.
Ihr erster Mann.
Der angeblich tot war.
Aus der Tiefe der Hütte spähte sie böse aus dem Fenster und versuchte, die Quelle ihrer Angst ausfindig zu machen. *Okay, du mieser Kerl, in welchem Zusammenhang stehst du mit Aaron?*

Pescoli steckte bis über beide Ohren in Akten. Laborberichte, Anmerkungen zu den Verwandten und Freunden der Opfer und Handyabrechnungen. Sie hatte den Hintergrund jedes einzelnen Opfers studiert, bis sie es genauso gut kannte, wie es seine Geschwister gekannt hatten. Sämtliche Opfer wiesen, wie sich herausstellte, Spuren von Valium im Blut auf, und Pescoli dachte sich, dass ihr Mörder sie mit Drogen, wahrscheinlich Beruhigungs- und Schmerzmitteln, ruhiggestellt hatte. Das FBI forschte bereits bei den ortsansässigen Verkaufsstellen nach einem Hinweis darauf, woher der Mörder die Medikamente bezog.
Das Problem war nur, dass jedes Opfer über Rezepte verfügte. Legale Rezepte für Medikamente gegen Angstzustände, Schlaflosigkeit und Schmerzen.
Leichte Rückenschmerzen machten sich bemerkbar; Pescoli war es nicht gewohnt, Stunde um Stunde zu sitzen. Ihr Über-

schuss an Tatendrang zwang sie, immer in Bewegung zu bleiben. Einen Schreibtischjob hätte sie niemals ertragen. Die Zeit, die sie mit Aktenlesen und der Computermaus am Schreibtisch verbringen musste, trieb sie ohnehin schon an den Rand des Wahnsinns.

Sie ging den Flur entlang und sah zum ersten Mal seit Tagen ein bisschen Spätnachmittagslicht durch die Fenster fallen. Sonnenstrahlen brachen durch die Wolken, die sich bereits wieder zusammenballten. Ein paar Sekunden lang war es blendend hell, als das Licht auf die hohen Schneewehen draußen rund um den Parkplatz und den Hof fiel, wo der Fahnenmast stand. Das Sternenbanner bewegte sich schlapp in der Brise, die Flagge von Montana blähte sich ebenfalls leicht, ihr goldener Rand glänzte in der Sonne.

Gott sei gedankt für die winzige Wetterbesserung, auch wenn sie laut Wetterbericht nur von kurzer Dauer sein sollte.

Wenn sie doch auch in ihrem Fall einen Durchbruch verzeichnen könnten.

Sie ging in die Küche, goss sich einen Becher von »Joelles Spezialmischung« ein, wie der Zettel auf dem Tresen verriet, und kehrte zurück an ihren Schreibtisch.

Sie setzte sich, trank einen Schluck und fand, dass der Kaffee genauso schmeckte wie an jedem anderen Tag. »Von wegen Spezialmischung«, sagte sie leise, stellte den Becher ab und überflog die Liste der Freunde und Verwandten der drei Frauen ein letztes Mal. Nichts passte zusammen, genauso wenig wie ihre Heimatorte, die Schulen, die sie besucht hatten ... nichts. Soweit sie es beurteilen konnte, hatten sich die Frauen untereinander nicht gekannt. Doch sie waren alle zur Zielscheibe für einen Mörder geworden, den irgendetwas mit jeder von ihnen verband, dessen war sie sicher.

Ihr Handy klingelte, und sie erkannte die Nummer ihres Soh-

nes auf dem Display. Sie ließ es zweimal klingeln und musste sich zusammenreißen, um sich nicht mit »Wo steckst du?« zu melden. Stattdessen sagte sie in neutralem Ton: »Detective Pescoli.«
»Du hast mich angerufen?«
»Ja, Jeremy, habe ich. Du solltest dieses Wochenende bei deinem Va-, bei Lucky verbringen.«
»Ich hatte keine Lust.«
»Warum nicht?«
»Da ist es langweilig.«
»Und?«, drang sie weiter in ihn und drehte ihren Stuhl, um den Computermonitor und die auf ihrem Tisch ausgebreiteten Aufzeichnungen nicht ansehen zu müssen.
»Er ist nicht mein richtiger Vater.«
»Er hat dich großgezogen.«
»Teilweise, weil er es musste«, schoss Jeremy empört zurück.
»Hör zu, Jeremy, diese Besuche sind Teil unserer Abmachung. Das weißt du, und das weiß ich. Jedes zweite Wochenende verbringst du bei Lucky.«
»Das ist eure Abmachung, nicht meine«, sagte er. »Ich wurde gar nicht gefragt.«
»Ich muss dich wohl daran erinnern, dass du hier das Kind bist.«
»Ich bin fast achtzehn.«
Sie verzog das Gesicht. Hatte sie nicht die gleichen Worte genauso leidenschaftlich ihren Eltern gegenüber geäußert? »Vielleicht überrascht es dich, aber auch, wenn du achtzehn bist, heißt das nicht, dass du alles bekommst, was du willst.«
»Dann bin ich erwachsen!«
»Jeremy, die Regeln ändern sich nicht, nur weil du einen Tag älter wirst. Ich glaube, achtzehn bedeutet nur, dass ich dich legal aus dem Haus werfen kann.«

»Was?« Sein Schock wurde zusammen mit den Schallwellen übertragen. »Mich rauswerfen? Toll, Mom, du hilfst mir wirklich sehr.«

Zu einer solchen Diskussion ließ sie sich nicht hinreißen. »Tja, im Moment bist du noch nicht achtzehn und musst deinen Stiefvater besuchen.«

»Aber ich wollte heute bei Ryan übernachten. Videospiele spielen.«

»Das kannst du mit Lucky klären.«

»Auch eine Art, mir den Schwarzen Peter zuzuschieben, Mom.«

»Ich muss Schluss machen. Falls dein Stiefvater nicht Bescheid sagt, dass du bei ihm bist oder er sich mit dir abgesprochen hat, gibt es Ärger.«

»Mensch, bist du stur!«

»Ja, Jeremy. Hab dich lieb!« Sie legte auf, bevor sie noch mehr Widerworte hinnehmen musste. Tatsache war, dass sie sehr wohl einen Verdächtigen beim Kragen packen, in Handschellen legen und auf den Rücksitz ihres Wagens stoßen, sich alle möglichen Beschimpfungen anhören und sie dem Täter mit gleicher Münze heimzahlen konnte, doch wenn es um ihre Kinder ging, verflixt, dann war sie butterweich. Ein dummes, nachgiebiges Schaf, bereit, für sie zu sterben, und das ärgerte sie. Sie wog das Telefon noch eine Sekunde in der Hand, überlegte, ihren Sohn noch einmal anzurufen und mit kühlem Kopf von vorn zu beginnen. Doch stattdessen biss sie die Zähne zusammen, erinnerte sich, dass sie in solchen Fällen ihren Freundinnen mit deren rebellischen Teenagern geraten hätte aufzulegen.

»Tut mir leid, Jer«, sagte sie, drehte ihren Stuhl um und sah sich Mandy Itos Foto gegenüber. »Was ist dir nur zugestoßen?«, fragte sie das gespenstische Bild. »Wer hat das getan?«

Wer auf ihren Reifen geschossen hatte, musste unheimlich zielsicher sein, ein Mann, der sich verstecken und warten konnte, ein Scharfschützengewehr im Anschlag, um dann zum richtigen Zeitpunkt zu feuern und genau zu treffen. Sie war lange Listen von Ex-Scharfschützen beim Militär, von Mitgliedern des ortsansässigen Schützenvereins und Jagdclubs durchgegangen. Bislang hatte sie noch kein Mitglied mit augenfälligen Verbindungen zu einem der drei Opfer entdeckt.

»Wer bist du?«, flüsterte sie und sehnte sich nach einer Zigarette. Stattdessen begnügte sie sich mit einem Streifen Nikotinkaugummi und sagte sich, dass sie wieder aufhören oder es zumindest reduzieren müsste. Mittlerweile war sie wieder bei einer halben Schachtel pro Tag angekommen, und das konnte schnell eskalieren, wenn sie die Sucht nicht im Keim erstickte. Wieder klingelte ihr Handy, und sie warf einen Blick auf die Nummer des Anrufers. Ihr Herz stolperte albernerweise, und sie dachte an das letzte Mal, als sie ihn gesehen hatte, auf einem Bett in einem Motelzimmer. »Pescoli«, meldete sie sich mit weicher Stimme.

»Fleißig?« Seine Stimme klang rauh und heiser und ließ sie unvermittelt an Sex denken. Lächerlich.

»Was denkst du denn?«

»Ich finde, wenn Regan nur arbeitet und nie ans Vergnügen denkt, ist sie ...«

»Langweilig?«

»Zickig, wollte ich sagen.«

»Zickig? Nein, wie süß«, antwortete sie spöttisch. »Und ich liebe dich auch.«

»Ich weiß«, sagte er, obwohl sie es als Scherz gemeint hatte.

»Bilde dir bloß nichts ein.«

»Ich dachte, wir könnten uns vielleicht treffen.«

»Wenn du so nett zu mir bist, wie kann ich da widerstehen?«

»Okay, ich nehme es zurück. Du bist nie zickig.«
»Lügner«, sagte sie, lächelte jedoch dabei. Er hatte diese Begabung, ihr tief unter die Haut zu gehen. Es war so ärgerlich. Denn er war nicht der Richtige für sie. Das wusste sie, und das wusste er; er hatte es sogar schon ausgesprochen. Doch dass die Chemie zwischen ihnen stimmte, ließ sich nicht leugnen. Sie brachten einander zum Lachen, hatten Spaß zusammen und waren gut im Bett. Neben ihm verblassten sogar Luckys Fähigkeiten als Lover, und so ungern Pescoli es zugab, war Lucky doch ziemlich gut gewesen.
Doch jetzt war er der Zweitbeste. Nach Nate. Dem Frischluftfanatiker.
»Also, treffen wir uns.«
»Ich bin ziemlich ausgelastet.«
»Ich meine doch nur auf einen Drink nach der Arbeit.«
»Nur einen Drink?«, fragte sie und wusste es besser.
»Na ja, ... wir werden sehen.«
Sie ließ sich nicht so leicht übertölpeln, spürte aber doch eine prickelnde Vorfreude. »Es geht nie bloß um einen Drink, oder?«
Sie stellte sich sein träges schiefes Lächeln vor, das Weiß seiner Zähne im Kontrast zu der gebräunten Haut. »Nein, Regan, da hast du recht. Mit dir geht es nie bloß um einen Drink.« Sein Lachen war tief und wissend. »Ruf mich an, wenn du Feierabend machst.«
Sie erwog, eine flapsige Bemerkung über seinen Abschiedsspruch fallen zu lassen, unterließ es jedoch. Kein Grund, grob zu werden, selbst wenn ihre Erwiderung klug gewesen wäre. Er legte auf, und Pescoli versuchte, sich einzureden, sie wäre nicht interessiert, er wäre nicht gut für sie, sie würde ihn nicht anrufen und ihn nicht in einer ihrer Lieblingsbars treffen ... Doch sie wusste, dass sie sich selbst belog.

Sie würde ihn treffen. Sie konnte nicht anders. Es war wie eine Sucht. Eine Sucht, die sie so bald nicht aufgeben würde.

Das Weibsstück gab einfach keine Ruhe.
Nicht mal nach fast einer Stunde.
In der Zwischenzeit war das Wetter wieder umgeschlagen, nach stellenweise klarem Himmel ballten sich jetzt wieder Wolken zusammen, grimmiger denn je. Es war kalt.
Und Jillian Rivers wollte einfach nicht stillstehen.
Sie kam ans Fenster, sah aus wie ein gespenstsischer Schatten, beinahe nahe genug, um durchs Zielfernrohr erkennbar zu sein, doch dann, fast als wüsste sie, dass ihr Gefahr drohte, schlüpfte sie zurück ins Innere der Hütte und erschwerte den Schuss.
Was tun?
Ein Risiko eingehen? Einfach drauflosballern?
Doch dann bestand die Gefahr, sie zu verfehlen, sie zu warnen. Obwohl sie keineswegs getötet werden sollte. Noch nicht. Sie sollte nur ein bisschen schwerer verletzt werden. Außer Gefecht gesetzt.
Aber es war besser zu warten.
Und auf sie zu schießen war nie Teil des Plans gewesen.
Nein ... noch war Zeit.
In diesem Fall war Geduld tatsächlich eine Tugend.

14. KAPITEL

Jillian sah auf die Uhr im Bücherregal. Batteriebetrieben und mit altmodischem Zifferblatt tickte sie die Sekunden ihres Lebens weg. Sie wusste nicht, welchen Tag man schrieb, aber in der Zeit war sie sich ziemlich sicher. MacGregor war seit über einer Stunde fort.

Ihre alte Angst hörte nicht auf, sie zu quälen …

Wenn er nun gar nicht zurückkommt?

Wenn das Teil seines Plans ist?

Sie blickte zur Tür, wo der Hund geduldig wartete. Den alten Harley würde er doch um nichts in der Welt im Stich lassen. Nein, er kam zurück. Es sei denn, er war verletzt. Daran mochte sie gar nicht denken. Immer wieder durchsuchte sie die Hütte, suchte nach Hinweisen auf seine Identität, auf ihren Aufenthaltsort. An den Wänden hingen Landkarten von der Gegend, doch die sagten ihr nicht viel. Forstwirtschaftliche Karten, topografische Karten einer gebirgigen Region.

Sie hinkte zum Gewehrschrank und zog am Türgriff, doch das gute Stück war abgeschlossen. Aus Gewohnheit? Um etwas vor ihr zu verbergen? »Nein, Dummkopf, damit du nicht irgendeine Büchse auf ihn richtest, wenn er zurückkommt.« Sie dachte an ihr Gefühl, dass sich jemand draußen im Dunkeln versteckte, und bekam eine Gänsehaut. Sie konnte mit einem Gewehr umgehen; Grandpa Jim hatte dafür gesorgt, als sie noch ein Teenie war. Er hatte ihr gezeigt, wie ein .22 Kaliber-Gewehr funktioniert, welchen Schaden es anrichten konnte; er hatte ihr auch beigebracht, das Zielfernrohr zu benutzen. Sie war kein Meisterschütze, konnte sich aber durchaus sehen lassen.

Noch einmal betätigte sie den Türgriff des Gewehrschranks. Nichts rührte sich.

»Dann muss ich wohl mit Filetiermessern vorliebnehmen«, sagte sie zu dem Hund, der tatsächlich ein paar Mal mit der Rute über den Boden fegte. Was irgendwie ermutigend war. Das Tier wurde langsam warm mit ihr. Sie stöberte in einem Wandschrank herum, entdeckte noch mehr Jagdzubehör, ein paar Kleidungsstücke und in einem Fach ganz oben unter ein paar Mützen einige Brettspiele, die offenbar schon seit den Siebzigern hier eingelagert waren.

Wenn es richtig schlimm wurde, konnten sie und MacGregor, sofern er zurückkam, ja zusammen Halma spielen.

»Toll.« Sie hatte nichts auch nur annähernd Aufschlussreiches gefunden, nichts, was etwas über den Mann aussagte, der sie gerettet hatte. *Oder gefangen genommen hatte?* Den dummen Gedanken verdrängte sie. Er wollte sie nicht in seiner Hütte haben, das hatte er ihr deutlich genug zu verstehen gegeben. *Aber vielleicht war er ein Lügner.* Na ja, lügen wir nicht alle mal? *Jetzt verteidigst du ihn schon?*

Statt weiterhin derartige Selbstgespräche zu führen und da sie befürchtete, dass sie tatsächlich den Verstand verlor, durchsuchte sie weiter MacGregors Habseligkeiten. Sie sah zum für sie unerreichbaren Dachboden hoch. Was war dort oben? Wenn sie so weit wie möglich zurücktrat, bis sie beim Kamin stand, den Rücken zur Öffnung und zu der Tür zum Zimmer, in dem ihre Pritsche stand, dann konnte sie den oberen Teil des Dachraums sehen, aber nicht, was sich dort befand.

Benutzte er ihn als Boden, als Lagerraum? Als Arbeitsplatz? Gästezimmer? Der Raum lag im Dunkeln, und soweit sie sich erinnerte, war MacGregor nie die Leiter hinaufgestiegen. *Aber sicher bist du dir nicht, oder? Du hast tagelang geschlafen oder im Koma gelegen, nicht wahr? Du hast in dem kleineren Zimmer gelegen und nichts mitbekommen.*

Sie durchsuchte das Bücherregal noch einmal und hob einen Gegenstand hoch, offenbar eine leere Vase, eine grobe Keramiknachbildung eines abgetragenen Cowboystiefels. Sie blickte hinein. Sie war leer – bis auf zwei Fotos. Es gab also doch ein paar Aufnahmen. Gut.

»Wer A sagt, muss auch B sagen«, redete sie sich zu, als sich wieder Skrupel meldeten, weil sie in seinen persönlichen Sachen stöberte. Die in den Stiefel gestopften Fotos waren staubig und augenscheinlich seit Monaten unberührt.

Das erste Foto zeigte ein in eine blaue Decke gewickeltes Baby. Ein Junge. Sein Sohn?

Auf dem zweiten war eine Frau in Jeans abgebildet, das lange blonde Haar zum Pferdeschwanz gebunden, der ihr über eine Schulter hing, ein Kleinkind auf der Hüfte. Es war Sommer, die Bäume waren grün, hinter der Frau mit dem Jungen ragten in der Ferne steile Berge auf, und der Schatten, den der Fotograf warf, ließ einen sommerlichen Spätnachmittag vermuten.

Hatte er nicht gesagt, er wäre nicht verheiratet? Hätte keine Kinder? Konnte es sich um seinen Neffen handeln? Sie betrachtete die Frau und entschied, dass sie nicht seine Schwester sein konnte.

Im Herzen wusste sie, dass sie Zane MacGregors Sohn und seine Freundin oder Frau vor sich sah. Sie biss sich auf die Unterlippe und fühlte sich betrogen.

Also hat er gelogen.

Na und? Hast du wirklich geglaubt, er würde dir sein Herz ausschütten?

Beim Anblick der Frau auf dem Foto empfand sie einen leisen Stich der Eifersucht. Lächerlich! Aber wahr. Etwas in dem selbstbewussten Lächeln der Frau, in der lockeren Art, wie sie

ihr Kind trug, der beinahe koketten Kopfhaltung machte deutlich, dass zwischen dieser Frau und dem Fotografen eine besondere Verbindung bestand, die sie von der restlichen Welt trennte.
Du liebe Zeit, Jillian, du machst ein Drama aus ein paar Fotos! Was geht es dich an?
Ja, was?
Sie kannte den Mann doch kaum. Warum fühlte sie sich dann trotzdem ein kleines bisschen hintergangen? MacGregor interessierte sie doch nicht die Bohne.
Jillian betrachtete den Jungen ein letztes Mal. Er hatte die gleiche Haarfarbe wie die Frau, ähnelte aber auch dem Mann, der sie aus dem Autowrack gezogen hatte.
Das glaubte sie zumindest.
Sie stopfte die Fotos zurück in ihr Versteck und setzte ihre Suche in der Küche und im Bad fort. Doch sie fand nichts Auffälliges mehr. Am Küchenfenster an der Rückseite der Hütte sah sie nur zunehmende Dunkelheit und wirbelnden Schnee.
Bewegte sich etwas unter dem schneebeladenen Ast einer Kiefer neben dem Anbau, der aussah wie ein Holzschuppen? Drückte sich eine dunkle Gestalt an den Baumstamm? Unmöglich. Ihre Fantasie gaukelte ihr etwas vor.
Oder?
Sie schluckte und versuchte, sich im Schatten zu verbergen. Sie hatte absichtlich kein Licht in die Küche mitgenommen, und trotzdem fühlte sie sich, als ob unsichtbare Augen jede ihrer Bewegungen verfolgten.
Du leidest unter Paranoia, sagte ihr der Verstand. Der Wind frischte wieder auf, pfiff durch die Dachsparren und heulte um die Hütte. Sie blickte durch die vereiste Scheibe, doch eine Bewegung war nicht mehr auszumachen. Wahrscheinlich hatte nur ein Ast im Wind geschaukelt. Sonst nichts.
Trotzdem hatte sie furchtbare Angst, und als sie ein Stampfen

vor der Hütte hörte und der Hund zu bellen begann, hätte sie beinahe aufgeschrien.

»Jillian?«, dröhnte MacGregors Stimme durch die Hütte, und Jillian wusste nicht, ob sie Erleichterung oder Angst empfinden sollte.

Reiß dich zusammen, ermahnte sie sich. »Hier bin ich.« Mit Hilfe der Krücke schleppte sie sich durch die Tür und sah, wie er seine Schnürsenkel aufknüpfte. »Und wie war's draußen?«

»Nicht so gut.«

Ihr sank der Mut. »Ihr Sturmradar war also nicht auf dem neuesten Stand.«

Er schnaubte, schlüpfte aus seinen Stiefeln und zog seine Wintersachen aus. »Ich bin immer noch der Ansicht, dass der Sturm sich bald legt, doch an der Straße sind Bäume umgestürzt, sie sind eingeschneit und zu schwer für mich allein.« Er sah flüchtig zu ihr hinüber und erkannte offenbar ihre Enttäuschung. »Ich habe auch gehofft, dass wir bald hier rauskämen, aber ich muss mit dem Schneemobil die blockierten Straßenabschnitte aufsuchen. Dann zersäge ich die Bäume und räume sie Stück für Stück ab.« Sein Blick fand den ihren und hielt ihn fest. »Dazu brauche ich Zeit und gutes Wetter.«

»Wir könnten also auf *Monate* hier festsitzen?«

»Mit etwas Glück nicht *gar* so lange. Ein paar Tage bestimmt. Tja, vielleicht eine Woche. Aber hoffentlich nicht länger.«

»Dann kriege ich den Lagerkoller.«

»Ich auch.«

Harley tanzte um ihn herum, und MacGregor hängte seine Jacke auf und beugte sich herab, um den Hund hinter den Ohren zu kraulen. »Hast du mich vermisst?«, fragte er und hörte nicht auf, den Hund zu kraulen, während er zu Jillian aufblickte.

»Ich?«

Er zuckte die Achseln.

»Es ist einsam hier oben.«
»Das ist keine Antwort auf meine Frage.«
Sie lehnte sich mit der Schulter an den Türpfosten und sagte: »Wahrscheinlich so sehr wie Sie mich.«
Ein Mundwinkel zuckte leicht, und seine Augen glitzerten. »So sehr, hm?«
»Ja. So sehr.« Sie trat weiter ins Zimmer und bemühte sich zu übersehen, wie sein Kinn sich anspannte und seine Augen dunkler wurden und dass sein Haar lang genug war, um sich über Kragen und Ohren zu kräuseln. Sie ließ das Gefühl nicht zu, dass die Hütte mit ihrem knisternden Feuer und den Kerosinlaternen irgendwie kuschelig war. Daran durfte sie nicht einmal denken. Wollte es auch nicht.
Es war blanker Wahnsinn, ihre Lage auch nur andeutungsweise romantisch zu finden. Sie hatte von Frauen gehört, die sich mit einem nahezu Unbekannten eingelassen hatten, den rätselhaften Fremden sogar mit zu sich nach Hause genommen und mit ihm geschlafen hatten. In diese Falle war Jillian nie getappt, war nie neugierig genug gewesen, um sich einem Fremden in die Arme zu werfen, oder so fasziniert von der möglichen Gefahr, dass sie alle Vorsicht in den Wind schlug. Sie war tapferer und mutiger als manche andere Frau, aber nicht tollkühn.
Oder war es bis zu diesem Moment nie gewesen.
Die einzige Erklärung war die, dass das tagelange Alleinsein mit einem Mann ihr Denken benebelt hatte. So war es wohl.
Sie konnte sich doch unmöglich zu Zane MacGregor hingezogen fühlen.
»Also«, sagte sie und ärgerte sich über ihre belegte Stimme. Sie räusperte sich und trat hinter das Sofa, während MacGregor Handschuhe und Skimütze zum Trocknen auf das Kaminsims legte. »Wie wär's mit einer auf Sachkenntnis gestützten Einschätzung? Was glauben Sie, wann kommen wir hier raus?«

»Wenn ich das voraussagen könnte, würde ich mich dem Wetterdienst verkaufen und ein Vermögen machen.«
»Großartig«, sagte sie leise, humpelte zurück zu ihrem Sessel und setzte sich. »Nun ja, wenn Sie schon nicht die Zukunft voraussagen können, erzählen Sie mir vielleicht etwas von Ihrer Vergangenheit.«
»Vielleicht«, sagte er, doch sie sah das Zaudern in seinem Blick, das kaum merkliche Zucken in seinen Augenwinkeln.
»Als Sie draußen waren, haben Sie sich da hinter der Hütte aufgehalten oder ... ich weiß nicht ...« Die Sache war ihr überaus peinlich. »Ich hatte so ein ›Gefühl‹ oder wie immer man es nennen will, als ob jemand von draußen die Hütte beobachtete.«
Seine Züge wurden hart, und Angst griff nach ihrem Herzen.
»Hat der Hund reagiert?«
»Nein ... Ich dachte, Sie wären es vielleicht gewesen. Der da draußen gestanden und zur Hütte herübergesehen hat.«
»Ich sehe nach.«
»Nein, vermutlich war da gar nichts. Ich will nicht, dass Sie ...«
»Dass ich was, Jillian?«
»Ich weiß nicht. Vielleicht leide ich wirklich unter Verfolgungswahn.«
»Tja, das werden wir bald wissen.«
Er zog sein Wetterzeug wieder an und griff nach seinen Stiefeln. »Du hattest einen Autounfall, weil jemand auf deinen Reifen geschossen hat. Das glauben wir zumindest.« Seine Gesichtszüge wirkten plötzlich sehr hart. »Ich gehe raus und sehe nach, was hier los ist.« Er pfiff nach seinem Hund. »Harley, komm.« Dann überlegte er kurz, griff in seine Tasche und warf Jillian einen kleinen Schlüsselring zu. »Kannst du mit einem Gewehr umgehen?«
»Ja.«
»Gut. Munition liegt im Schrank. Schließ die Tür hinter mir ab.« Und schon waren er und der Hund zur Tür hinaus.

Jillian zögerte nicht eine Sekunde. Sie verriegelte das Bolzenschloss, dann ging sie geradewegs zum Gewehrschrank, nahm ein .22-Kaliber heraus, suchte nach der passenden Munition und lud das Gewehr. Dann wartete sie angespannt im Dunkeln, den Gewehrlauf auf die Eingangstür gerichtet.
Sie lauschte angestrengt, rechnete halb damit, einen Schuss zu hören, vernahm jedoch nichts als das allgegenwärtige Rauschen des Windes, das Knacken der Holzbalken und das Ticken der Uhr.

Pescoli deckte auf dem Computermonitor eine Karte über die andere – zuerst lud sie die topografische, dann zog sie die Straßenkarte darüber, auf der die Hütten der ihnen bekannten Winterbewohner markiert waren, dann eine weitere mit den Orten, an denen die Opfer und ihre Fahrzeuge gefunden worden waren. Die so entstandene neue Karte speicherte und druckte sie, in der Hoffnung, neue Einblicke in die Vorgehensweise des Mörders zu gewinnen.
Es half ihr aber nicht weiter, die neue Karte zu studieren. Sie markierte sogar die Wohnungen von Ivor Hicks, Grace Perchant, Bob Simms und den anderen Leuten, die die Schauplätze der Verbrechen gefunden hatten.
Immer noch keine Erleuchtung.
Zeit, für diesen Tag Schluss zu machen. Vielmehr für diesen Abend.
Es war spät, schon fast einundzwanzig Uhr, und sie musste immer noch das Jeremy-Problem behandeln. Und das Nate-Problem. Sie erwog, ihn als Ersten anzurufen, entschied sich aber, sich lieber um ihren Sohn zu kümmern, bevor sie Pläne machte. Mit einer Hand griff sie nach ihrer Handtasche, wählte Jeremys Handynummer mit der anderen, wurde aber natürlich direkt zur Mailbox weitergeleitet, die zufällig leider voll war. Sie konnte also keine Nachricht hinterlassen.

»Sehr schlau, Jeremy«, sagte sie, wohl wissend, dass ihr Sohn die Mailbox irgendwie verstopft hatte, damit seine Mutter ihn nicht erreichte. »Wirklich clever.« Sie lehnte sich auf ihrem Stuhl zurück und sagte leise: »Ach, Jeremy, du weißt nicht, was dir blüht.« Sie schaltete auf SMS-Modus und schrieb ihm eine kurze Nachricht, in der sie ihm befahl, zu Hause auf sie zu warten.

Dann meldete sie sich ab und nahm kaum die Goldbuchstaben auf einer der kahlen grünen Wände wahr. »Fröhliche Weihnachten« stand dort in der Nähe der Tür, und darunter in silbernen Buchstaben: »Frohes neues Jahr«. Die Klebefolie löste sich bereits, und die Buchstaben waren im Begriff, herunterzufallen, doch Pescoli hatte keine Zeit, hier etwas zu reparieren. Außerdem sah es so aus, als handele es sich um Joelle Fishers Versuch, »die alten tristen Räume ein wenig aufzupeppen« oder »ein bisschen Weihnachtsfreude zu verbreiten«, wie sie im vergangenen Monat wohl tausend Mal angeregt hatte. Wieso sie noch immer ungekündigt war, blieb Pescoli ein Rätsel.

Sie trat durch die Tür, ging zum Parkplatz und fand auf ihrem Jeep zehn Zentimeter Neuschnee auf Dach und Kühlerhaube. Und immer noch mehr Schnee bedeckte als frische Schicht den längst verschneiten Boden. Ja, sie lebte im Westen Montanas, aber an einen Winter wie diesen konnte sie sich nicht erinnern. Mit Hilfe ihrer Handschuhe wischte sie die Frontscheibe sauber, dann stieg sie ein.

Es war bitterkalt.

Selbst in ihrer Dienstkleidung, bestehend aus Daunenjacke und Skihose, fror sie bis in die Knochen. Sie startete, der Motor des Jeeps sprang an, und sie drehte die Heizung auf die höchste Stufe. Auf dem Weg vom Parkplatz ignorierte sie ihr plötzliches Verlangen nach einer Zigarette, wohl in erster Linie, weil sie keine Lust hatte, mit Handschuhen an den Händen eine aus der Packung zu fummeln. Das war's nicht wert.

Als sie auf die geräumte Straße einbog, wärmte die Heizung schon, und Pescoli schaltete das Gebläse ein. Die Scheibenwischer kämpften gegen die Schneemassen, und sie fuhr hinauf in die Berge und die ländliche Gegend, in der sich ihr kleines Grundstück befand. Am Briefkasten hielt sie kurz an, um die Post zu holen, dann schaltete sie herunter, und der Jeep quälte sich die Zufahrt hinauf. Das Scheinwerferlicht ließ die Stämme einer dichten Gruppe von Kiefern und Tannen schimmern. Und Jeremys Pick-up stand vor dem Haus. Na, immerhin etwas.

Sie drückte die Taste des Garagentoröffners und fuhr hinein. Knapp eine Minute später schloss das Tor sich ächzend, und Pescoli begab sich ins Haus, wo Cisco schier aus dem Häuschen geriet und der Duft einer Fertigpizza die Küche durchzog. Jeremys Handwerkszeug – Pizzaschneider, Teller, Riesenbecher und der Pizzakarton – lag und stand verstreut auf dem mit Tomatensoßeflecken beschmierten Tresen herum.

»Hey! Jeremy! Komm sofort nach oben!«, rief sie die Treppe hinunter. Cisco verlangte nach Aufmerksamkeit, sprang aufs Sofa und auf den Polsterhocker und jaulte, bis sie den Reißverschluss ihrer Jacke öffnete und den zottigen, zappelnden Hund kraulte. »Jaja, ich hab dich auch lieb.« Ihre Stimme lag eine Oktave höher als normal. Sie schaltete den Fernseher aus und die Beleuchtung des Weihnachtsbaums ein, wobei sie feststellte, dass das zerzauste Ding mehr Wasser brauchte. »Jeremy!«, rief sie noch einmal auf dem Weg in die Küche, wo sie sein Geschirr in die Spüle stellte und einen gläsernen Messbecher mit Wasser füllte. Zweimal musste sie gehen, um den Baumständer zu füllen, und sie ignorierte die Tatsache, dass noch kein einziges Päckchen unter seinen Zweigen lag. An diesem Wochenende hatte sie nach Missoula zum Einkaufen fahren wollen, doch dank des Unwetters und der laufenden Ermittlungen würde sie wohl auf Plan B zurückgreifen müssen, wie immer der auch aussehen mochte.

Da aus dem Untergeschoss nichts zu hören war, stieg sie die Treppe zu Jeremys Zimmer hinunter. Cisco flitzte ihr voraus, und um ein Haar wäre sie über ihn gestolpert. Sie fand ihren Sohn schlafend auf dem Bett vor, die Ohrhörer seines iPod in den Ohren. Trotzdem hörte sie leise Musik. Der Junge war offenbar entschlossen, bis zu seinem dreißigsten Geburtstag stocktaub zu werden. Herrgott, manchmal konnte er sie zur Weißglut bringen. Sie stand an der Tür und betrachtete ihn. Der lange Schlaks lag auf dem Rücken, schnarchte leise und wirkte so friedlich, dass sich ein Kloß in ihrem Hals bildete. Sie dachte daran, wie sie mit ihm aus dem Krankenhaus gekommen war, voller Angst, einen Sohn zu haben, nachdem sie doch in einer Familie mit vier Mädchen aufgewachsen war und ihr Vater sich so in der Minderheit fühlte, dass er sich schließlich aus dem Staub machte. Na ja, das war wahrscheinlich nicht der Grund gewesen, doch er war gegangen, als Regan gerade elf Jahre alt war, und hatte geäußert, er könne »in einem Haus voller Frauen« einfach nicht leben. Da hatte sie verstanden, warum ihre Eltern so viele Kinder hatten: Ihr Dad hatte unbedingt einen Sohn gewollt. Dass Regan, die Jüngste, eine ausgezeichnete Sportlerin war, fiel nicht ins Gewicht. Ihr Vater hatte auch nicht mehr erlebt, wie sie schießen und Basketball spielen konnte oder dass sie aufgrund ihrer jungenhaften Wildheit als lesbisch beschimpft wurde, kaum dass sie die Bedeutung solcher Wörter kannte.

In Anbetracht ihrer bisherigen Männerbekanntschaften, dachte sie jetzt, hätte sie es sich vielleicht wirklich überlegen sollen, ans andere Ufer überzuwechseln. Doch das wäre unmöglich gewesen. Es war nun mal so, dass sie Männer mochte, und besonders die knallharten sexy Kerle. Nicht die Kriminellen. Nein, die waren schlicht und ergreifend Loser. Aber die Auf-

reißertypen ... ja, für die hatte sie eine Schwäche. Nach denen war sie, wie sie sich manchmal eingestand, nahezu süchtig. Zum Beispiel Nate.
Eigentlich war das dumm. Aber trotzdem konnte sie es nicht erwarten, wieder mit ihm zu schlafen.
Aber das Wichtigste zuerst. Sie trat in Jeremys Zimmer – ein Zimmer, in dem es nach Pizza roch und ... wonach noch? O nein, rauchte der Junge etwa Gras? Der Geruch war verhalten, aber sie war sicher, Rauch und die schwere Süße von Marihuana wahrzunehmen.
Sie schimpfte leise vor sich hin. Der Junge brauchte einen Vater. Vielleicht legte sie deshalb so großen Wert darauf, dass Jeremy Lucky akzeptieren lernte – damit er ein männliches Vorbild hatte, etwas, das ihm als Kind fehlte. Pech, dass sie sich einen solchen Loser ausgesucht hatte.
Sie berührte seinen Zeh. »Hey«, sagte sie, und als er nicht reagierte, rüttelte sie so heftig an seinem Fuß, dass er wach wurde. Er blinzelte, und der vorherige friedliche Ausdruck verschwand aus seinem Gesicht.
»Was soll der Sch-?« Er fing sich gerade noch rechtzeitig, richtete sich zum Sitzen auf und zog die Ohrhörer heraus. »Mensch, Mom, hast du mir einen Schrecken eingejagt!«
»Ich finde, wir müssen reden.«
Er verdrehte die Augen. »Du findest *immer*, dass wir reden müssen.«
»Warum willst du nicht zu Lucky?«, fragte sie, und als er zu einer Antwort ansetzte, hob sie die Hand und stoppte ihn. »Nenn mir einen wirklichen Grund.«
Sein Gesicht war finster vor Hilflosigkeit. »Da ist es langweilig.«
»Jaja, und hier ist es auch langweilig. Und übrigens, wenn du dir noch einmal etwas zu essen machst, vergiss nicht, hinterher aufzuräumen.«

»Ja, Mom.«
»Hast du Gras geraucht?«
Er fuhr auf. »Was soll der Quatsch?«
»Ich rieche es, Jeremy. Vergiss nicht, ich bin dafür ausgebildet.«
»Fuck!«
»Wie redest du?!«
»Nein, Mom, kein Gras. Ich schwör, ich habe noch nie Drogen genommen. Nichts.«
Sie sagte nichts dazu, weil sie ihm gern glauben wollte, doch sie arbeitete im Büro des Sheriffs. Sie wusste, wie weitverbreitet der Konsum von allen möglichen Drogen von Ecstasy bis Crystal war. »Du hast nie experimentiert?«
»Ich war schon mal dabei, wenn einer was genommen hat, und frag mich nicht, wer, weil ich es dir sowieso nicht sage, aber ich selbst habe das noch nie getan.«
Gott, wie gern hätte sie ihm geglaubt. »Und dieser Grasgeruch?«
»Ein Freund war hier. Ich hab ihm gesagt, er soll hier nicht rauchen. Da ist er gegangen.« Jeremy sah sie böse aus schmalen Augen an. »Ich verrate ihn nicht.«
»Ich bin Polizistin.«
»Mir egal.«
Regan zögerte kurz, dann sagte sie: »Ruf Lucky an, sag ihm, was los ist. Ich glaube, er will morgen mit dir und deiner Schwester Weihnachtseinkäufe machen.«
Jeremy ließ sich rücklings aufs Bett fallen. »Erspar mir das.«
»Ich weiß, ein Schicksal, schlimmer als der Tod.«
»Warst du schon mal mit Michelle und Bianca im Shoppingcenter?« Er schüttelte nachdrücklich den Kopf. »Es dauert *ewig*. O nein, nicht mit mir.«
»Dann ruf Lucky an und kläre die Sache mit ihm.« Sie hatte keine Lust mehr zu streiten. »Und überleg dir, wie du ein Geschenk für deine Schwester besorgen willst.«

»Nur für Bianca?«
»Und für deine dich liebende Mutter, versteht sich.« Sie warf einen Blick auf das Foto von Joe im Bücherregal. »Und, Jeremy?«
»Ja?« Er tastete bereits nach seinem Handy.
»Nur damit du's weißt: Mir fehlt dein Dad auch.«
»Warum lässt du dich dann ständig auf solche Loser ein?«
Du liebe Zeit. »Ich gehe aus, weil er nicht mehr da ist.«
»Und deshalb hast du auch Lucky geheiratet?«
»Hm ... ja, ich war verliebt in ihn.«
»Er ist nicht wie Dad.«
»Nein, da hast du recht, aber er hat auch gute Eigenschaften.« Sie hob eine Hand, um die Diskussion abzubrechen. »Fangen wir gar nicht erst an, ihn in Grund und Boden zu verdammen, ja? Er ist, wie er ist, er ist Biancas Vater und dein Stiefvater. Hab ein kleines bisschen Achtung vor dem Mann.«
»Ich mag ihn nicht, und du kannst Michelle nicht ausstehen.«
»Sie ist mir viel zu unwichtig, um von Nichtmögen reden zu können. Und außerdem sind wir eine Familie, oder? Vielleicht nicht die übliche Familie wie in »Erwachsen müsste man sein‹, aber trotzdem eine Familie mit allen Ecken und Kanten.«
»Nicht die übliche Familie wie in ... was?«
»Das hast du nie gesehen ... Nicht mal davon gehört? Das ist eine Fernsehkomödie aus den Fünfzigern oder Sechzigern, über eine Familie, die ... Ach, vergiss es ...«
Sein Grinsen sagte alles. »Okay, Schlaukopf, reingelegt«, sagte sie, als sie begriff, dass er sich über sie lustig machte.
»Und du willst Polizistin sein?«
»Die beste in Pinewood County.«
»Armes Pinewood«, sagte er, doch in seinen Augen blitzte es endlich wieder humorvoll auf.
Regan empfand etwas wie elterliche Freude, wenn auch nur

flüchtig. »Ich gehe noch aus. Bist du zu Hause, wenn ich zurückkomme?«
»Ich sagte doch, ich gehe zu Ryan.« Er blickte zu ihr auf. »Er hat Ecstasy besorgt und ...«
»Mach keine Witze darüber!«
»Okay, okay.« Er zuckte die Achseln. Cisco versuchte, ein Plätzchen zwischen seinen langen Beinen zu ergattern. »Wir nehmen keine Drogen. Wir wollen nur Videospiele spielen.«
»Was ist mit Heidi?«, fragte sie und bezog sich auf Jeremys Immer-mal-wieder-Freundin. Eine heikle Situation, denn Heidi war eine von Undersheriff Cort Brewsters Töchtern.
»Ach. Wir haben Schluss gemacht.« Er zuckte die Achseln, als wäre es völlig nebensächlich und hätte zumindest ihm nicht das Herz gebrochen. Dieses Mal.
»Okay, bis später. Ruf Lucky an.«
Er hielt sein Handy in die Höhe und zog vorwurfsvoll die Brauen hoch. »Ich bin dabei, Mom. Hab's kapiert.« Er winkte ihr zu, das Handy in der Hand. »Bis später. Und pass auf dich auf.«
»Was?«
Jeremy grinste breit. Den Schalk im Nacken, erinnerte er plötzlich sehr an seinen Vater. »Hey, ich sage nur, was du mir immer auf den Weg mitgibst, wenn ich ausgehe.«
»Schlingel«, brummte sie, stieg aber in geringfügig besserer Laune die Treppe hinauf. Jeremy hatte seine Probleme, aber wer hatte die nicht?
Sie ließ ihn allein zu Hause zurück, und als sie auf die Landstraße hinausfuhr, griff sie nach ihrem Handy, um Nate anzurufen. Der Abend schien sich doch noch zum Guten zu wenden.
Solange keine weitere Leiche, kein weiteres Autowrack auftauchte.

15. KAPITEL

Jillian hörte Stiefelschritte auf der vorderen Veranda. Angespannt richtete sie den Gewehrlauf auf die Tür.
Ein paar Sekunden später klickte das Schloss. Die Tür öffnete sich, und MacGregor trat ein. Neben ihm hüpfte Harley vor Freude wie ein Gummiball und wieselte um MacGregors lange Beine. Vor dem Kamin blieb der Hund stehen, schüttelte sein langes Fell, und die Tropfen zischten in der Glut.
Jillians Herz machte einen albernen kleinen Satz beim Anblick MacGregors, der die Tür mit dem Bolzenschloss verriegelte.
»Alles in Ordnung?«, fragte er und zog sich die Skimütze vom Kopf. Sein dunkles Haar stand stachelig in die Höhe, doch er schien es nicht zu bemerken.
»Glaub schon.«
»Dann solltest du vielleicht in eine andere Richtung zielen.« Er wies mit dem Handschuhfinger auf die Gewehrmündung, die natürlich immer noch auf die Tür gerichtet war.
»Entschuldigung.« Sie senkte den Lauf und sah zu, wie MacGregor den Reißverschluss seiner Jacke öffnete, sie auszog und an einem Haken neben der Tür aufhängte. Er trug einen dicken, unförmigen Pullover, aber trotzdem bemerkte sie die geschmeidigen Bewegungen seiner Muskeln, als er die Hütte durchschritt. Er war erdverbunden und männlich und ... tabu. Warum fiel ihr so etwas überhaupt auf? Sie hatte von Geiseln gehört, die sich zu ihren Entführern hingezogen fühlten, die sich sogar einbildeten, in den einzigen Menschen, den sie sehen durften, verliebt zu sein, doch eine solche Vorstellung hatte sie für sich immer für völlig abwegig gehalten. Aber hier, von aller

Welt abgeschnitten, im Angesicht drohender Gefahr, erlebte sie selbst ungewollt eine gewisse Faszination für diesen schroffen, wortkargen Mann mit dunkler Vergangenheit.
Sie entzog sich seinem stechenden Blick. »Was haben Sie da draußen gefunden?«
»Ich weiß nicht.« Er zog die dichten Brauen zusammen.
»Was soll das heißen?«
»Ich meine, Veränderungen in der Schneedecke gesehen zu haben. Höchstwahrscheinlich Spuren.« Er fuhr sich mit einer Hand durchs Haar und zerstrubbelte die dunklen Locken noch mehr. »Es sah aus, als hätte jemand versucht, mit einem Kiefernzweig die Spuren zu verwischen. Das klappt vielleicht in Schlamm oder Sand oder Staub. Aber nicht im Schnee. Schon gar nicht in hohem Schnee.« Er stellte sich mit dem Rücken zum Feuer, um seine Beine zu wärmen. »Und es würde nur klappen, wenn der Kerl Schneeschuhe anhätte. In Stiefeln sinkt man zu tief ein.« Vom Feuerschein umrissen, stand er da und überlegte, verzog seitlich den Mund und kratzte sich am Kinn. »Aber ich habe ihn nicht erwischt. Ich schätze, ich kam ja von der Rückseite der Hütte und habe die Spuren erst gefunden, als ich auf demselben Weg zurückging. Und weil es ziemlich heftig geschneit hat, kann ich wirklich nicht sagen, was da draußen los war, aber ein ungutes Gefühl habe ich trotzdem.«
Panik erfasste Jillian. All die Ängste, die sie so mühsam zu verdrängen versucht hatte, waren plötzlich wieder da. »Und was machen wir jetzt?«
»Wir können nur abwarten«, sagte er, als hätte er längst über ihre sehr beschränkten Möglichkeiten nachgedacht. »Wir verriegeln sämtliche Türen und haben die Gewehre immer griffbereit. Sobald das Wetter umschlägt und die Straßen frei sind, hauen wir ab.«

»Das klingt wie eine Szene aus einem schlechten Fünfziger-Jahre-Film, als ob Zombies im Wald auf uns lauern würden.«
MacGregor zeigte nicht mal den Ansatz eines Lächelns. »Was da draußen lauert, ist jedenfalls nicht tot.«
»Sie sind beunruhigt?«
»Vorsichtig.« Er sah sie eindringlich an, aus Augen, die sich im Zwielicht verdunkelten. »Nur ... vorsichtig.«
»Ich bin beunruhigt.« Sie sagte nicht, dass sie sich zu Tode ängstigte; das wusste er wahrscheinlich ohnehin schon längst.
Er nickte und schaute aus dem Fenster hinaus in die sich verdichtende Dunkelheit. »Versuch doch, ein bisschen zu schlafen. Ich halte Wache.«
»Sie halten das für nötig?«
»Vielleicht ist es das nicht. Aber wie gesagt, ich bin vorsichtig. Und du musst möglichst wieder zu Kräften kommen. Wir kommen nur hier raus, wenn du so fit wie eben möglich bist.«
»Ich könnte jetzt nicht schlafen.«
Seine Lippen verzogen sich einseitig zu diesem entwaffnenden Lächeln, das sie so anziehend fand. »Versuch es wenigstens. Du kannst hier schlafen, wenn du willst, oder im Schlafzimmer.«
»Hier wäre mir lieber«, gestand sie widerstrebend und humpelte zum Sofa, um sich in die weichen Polster sinken zu lassen.
Er ließ sich in dem Sessel nieder und drehte die Laternen herunter.
Der Wind heulte, ein Ast schlug gegen die Hauswand. Das Feuer knisterte leise und behaglich, aber Jillians Nerven waren wieder zum Zerreißen gespannt.
Jillian dachte an alles, was sie am Nachmittag über MacGregor in Erfahrung gebracht, an die Bruchstücke aus seinem Leben, die sie ausgegraben hatte, und um ein Haar wäre sie auf die Fotos von dem Jungen zu sprechen gekommen, doch sie konnte sich gerade noch zurückhalten.

Jetzt war nicht der Zeitpunkt, um zuzugeben, dass sie seine Sachen durchsucht hatte. Zwar rechnete er wahrscheinlich damit, und sie brannte darauf, mehr über ihn zu erfahren, doch sie beschloss, zunächst noch den Mund zu halten.
Sie befand sich allein in den Bergen, bewacht von einem Fremden mit einem leistungsstarken Gewehr, und draußen im Dunkeln versteckt lauerte ein perverser Mörder. Und der hieß nicht MacGregor. Hätte er ihr etwas antun wollen, wäre es längst geschehen. Sie musste ihm vertrauen.
Sie hatte keine andere Wahl.

Selena warf für diesen Tag das Handtuch. Oder vielmehr für diesen Abend. Vor einer Weile hatte sie vor Gericht ausgesagt, dann war sie ins Büro des Sheriffs zurückgekehrt und hatte weit über die Zeit hinaus gearbeitet, zu der sie gewöhnlich nach Hause ging. Jetzt herrschte in den Büros und an den Arbeitsplätzen der Detectives Ruhe; die meisten waren schon vor Stunden gegangen.
Die Ruhe vor dem Sturm, dachte sie, schnappte sich ihre Handtasche und schob ihren Stuhl zurück. Das Licht war gedimmt, und ihre Schritte, in den Stiefeln, die sie zum Gericht getragen hatte, hallten laut durchs Treppenhaus. Das ganze Gebäude wirkte verlassen und unheimlich. Gewöhnlich arbeitete Alvarez gern allein im Büro, spät am Abend, wenn keine Telefone klingelten und kein Stimmengesumm und Gelächter, keine Wutausbrüche von Verdächtigen sie störten, aber an diesem Abend war es anders.
Vielleicht lag es an ihrem Auftritt als Zeugin vor Gericht. Sie hatte nur für ein paar Minuten den Zeugenstand eingenommen und erklärt, wie ein fünf Jahre alter Junge bei einem Unfall mit Fahrerflucht, Alkohol am Steuer war auch mit im Spiel, ums Leben gekommen war. Doch das zermarterte, tränennasse Ge-

sicht der Mutter und deren Schuldgefühle, weil sie ihren Sohn nur sekundenlang aus den Augen gelassen hatte, waren ihr an die Nieren gegangen. Auf der anderen Seite des Gerichtssaals saß der Angeklagte, ein Junge von knapp zwanzig Jahren, verängstigt und reuevoll wegen seiner Taten.

So viel zerstörtes Leben.

Selena ging nach draußen und drückte die Taste der Fernbedienung, um ihr Fahrzeug aufzuschließen, einen Dienst-Jeep ähnlich dem von Pescoli, dessen Dach und Kühler von Schnee bedeckt waren.

Mit dem Eiskratzer aus der Innenablage der Fahrertür entfernte sie den Schnee von der Windschutzscheibe und setzte sich hinters Steuer. Ein langer Tag lag hinter ihr. Eine lange Woche. Es waren lange Monate gewesen, seit die Leiche von Theresa Kelper, der alleinstehenden Lehrerin aus Boise, gefunden worden war. Damit hatte es angefangen, damals Ende September. Kelpers Leiche war relativ schnell entdeckt worden; sie hatte kaum Verwesungsspuren und Tierfraß aufgewiesen, als sie entdeckt wurde. Und seitdem rief ihr Bruder Lyle Wilson an und verlangte Antworten.

»Wenn wir nur welche hätten«, sagte Alvarez zu sich selbst, startete ihren Geländewagen und verließ den menschenleeren Parkplatz, auf dem nur noch wenige Fahrzeuge standen. Sie bog in eine Seitenstraße ein, die zur Hauptstraße durch die Berge ins Herz von Old Grizzly führte, dem Teil der Stadt, wo die ersten Siedler sich niedergelassen hatten. Wo das aus Backstein errichtete Gerichtsgebäude von engen Straßen mit hundert Jahre alten Büro- und Geschäftshäusern flankiert wurde. Dieser Stadtteil, etwa einhundertundfünfzig Meter unterhalb vom Büro des Sheriffs und dem Gefängnis gelegen, war am Ufer des Grizzly River an einer günstigen Stelle direkt nach den Wasserfällen erbaut worden. Ursprünglich hatten dort

Bergleute und Holzfäller gelebt. Eine alte Sägemühle flussabwärts legte noch Zeugnis von der Glanzzeit der Stadt Anfang des zwanzigsten Jahrhunderts ab.

Statt geradewegs zu ihrer leeren Wohnung zu fahren, parkte Alvarez in der Nähe von Wild Wills, einem ihrer Lieblingslokale, wo sie auf jeden Fall etwas Anständiges zu essen bekommen würde. Sie stieg aus dem Geländewagen und spürte etwas Kaltes im Nacken, als ob jemand sie beobachtete. Sie drehte sich um und sah einen Mann auf der anderen Seite der schmalen Straße stehen. Er trug einen dicken Parka, sein Gesicht war im Schatten verborgen, er schien ihr einen letzten kurzen Blick zuzuwerfen und schlenderte dann in Richtung Fluss davon.

Dein Radar ist überlastet, sagte sie zu sich, als er um die Ecke verschwand, und sie kam zu dem Schluss, dass kein Grund vorlag, um eine Verfolgung zu rechtfertigen. Ihr Magen knurrte und erinnerte sie daran, dass sie seit dem frugalen Mittagessen, bestehend aus einem Joghurt und einem Apfel, nichts mehr zu sich genommen hatte.

Alvarez legte sich den Riemen ihrer Handtasche über die Schulter und strebte durch die kalte Abendluft dem Lokal zu. Wild Wills war entsprechend seinem achtzehnhundertachtziger Wildwest-Motto mit rohen Bretterwänden, Wagenrädern als Kronleuchtern und ausgestopften Köpfen von Elchen, Hirschen, Wapitis, Hammeln und Antilopen dekoriert, deren glasige Augen auf die Gäste herabstarrten. Ein präparierter Grizzlybär, die Schnauze zu einem ewigen zähnefletschenden Brüllen aufgerissen, nahm die Gäste, auf die Hinterbeine aufgerichtet, am Eingang in Empfang. Die Einwohner hatten ihn »Grizz« getauft, und die Besitzer schmückten ihn immer entsprechend der Jahreszeit. Der riesige zottige Bär hatte am vierten Juli schon einen rot-weiß-blauen Uncle-Sam-Zylinder getragen und eine kleine Flagge in den Klauen gehalten. Halloween hat-

te man ihm eine von diesen verrückten Masken aus den *Scream*-Filmen aufgesetzt und ihn mit einer Kettensäge und einem Hexenkessel ausgerüstet ... zugegeben, eine sonderbare Zusammenstellung, aber schließlich war ja Halloween.
Alvarez persönlich hatte den Bären immer eigenartig gefunden, doch sie behielt ihre Meinung für sich. Als sie an diesem Abend die Glastüren aufstieß, fand sie Grizz über und über geschmückt vor. Glitzernde Engelsflügel klebten an seinem Rücken, dazu passend zierte ein Heiligenschein seinen Kopf, um seinen pelzigen Hals hatte man eine bunte Lichterkette gewunden.
Und dazu glitzerten seine kleinen Knopfaugen voller Wut; er riss die Schnauze auf und bleckte die spitzen Zähne, obwohl er ein Buch mit Weihnachtsliedern in den Tatzen hielt.
Als würde er »Stille Nacht« singen, das Lied auf der aufgeschlagenen Seite des Buchs. Tja, nicht alles schläft in dieser nicht unbedingt stillen und heiligen Nacht, dachte Alvarez auf dem Weg durch das Foyer zum Speiseraum, dessen Dekoration alles andere noch übertraf.
Als sie den großen Raum durchquerte, passierte sie Tische und Nischen, vollbesetzt mit Gästen und bewacht von den hundertjährigen, ausgestopften Pflanzenfressern mit Geweihen voller Lametta und Lichterketten, die sie aus glasigen Augen anzustarren schienen.
Es war geradezu gruselig.
Willkommen in Grizzly Falls, dachte sie, zog ihre Jacke aus und bemerkte, dass einige Gäste sie ansahen, fragende Blicke an die Polizistin, die vergeblich versuchte, einen Wahnsinnigen zu fassen.
Ohne die schrillen Wanddekorationen und die Gäste zu beachten, die sich jetzt wieder ihrem Essen zuwandten, ließ Alvarez sich ziemlich weit hinten in einer Nische nieder. Sie setzte sich so, dass sie den Eingang im Blick hatte, eine alte Polizisten-

Angewohnheit. Sie ertrug es einfach nicht, wenn sie nicht sehen konnte, wer in einem Restaurant kam und ging.

Sandi, die Besitzerin und Kellnerin, kam mit zwei dampfenden Kaffeekannen zu ihr. »Möchten Sie Kaffee? Oder etwas Stärkeres? Der Spezialdrink für heute Abend nennt sich ›Wilde Weihnacht‹.«

»Ich frage höchst ungern, was drin ist.« Der letzte Spezialdrink hatte Wild Will Schluckauf geheißen und aus einer schauderhaften Whiskeymischung bestanden.

»Eierlikör, Crème de Cacao, ein Spritzer Cola und ein Schuss Wild Turkey.« Sandi zog eine Braue bis über den mit Glitzersteinen besetzten Rahmen ihrer Brille hoch. »Wenn Sie möchten, darf es auch eine andere Whiskeymarke sein. Wild Turkey nehmen wir nur wegen des Namens.«

»Ich glaube, ich bleibe lieber bei Kaffee, koffeinfrei«, sagte Alvarez, drehte einen der auf dem Tisch bereitstehenden Becher um und sah zu, wie er sich mit dem warmen braunen Gebräu füllte.

»Haben Sie diesen Psychopathen schon geschnappt?«, fragte Sandi. Sie war eine große Frau mit einem langen hageren Gesicht, mit Augen, die schwarz waren von Eyeliner und die heute, wahrscheinlich zu Ehren des nahenden Weihnachtsfestes, mit grünem Lidschatten betont wurden. Sie war früher mit William Aldridge verheiratet gewesen, nach dem das Lokal benannt war, doch Will und sie hatten sich scheiden lassen, so wurde zumindest gemunkelt. Will war mit seinem Lieblings-Pick-up, dem Wohnmobil, einer Jagdhütte und einer Freundin, zwanzig Jahre jünger als Sandi, aus der Scheidung hervorgegangen, Sandi war alleinige Besitzerin von Wild Wills geworden und hatte die triste Speisekarte mit exotischen Gerichten aus einheimischem Fisch und Wild bereichert. Sie lebte in der Wohnung über dem Restaurant und hielt sich, wie es schien, rund um die Uhr nur in ihrem Lokal auf. Sandi hatte auch ihre Genugtuung nicht verbergen können, als sie hörte, dass Wills junge Freundin ihn fallengelas-

sen hatte »wie eine heiße Kartoffel«. Das hatte sie nahezu jedem Gast anvertraut, der in den vergangenen zwei Jahren in ihren Kunstledernischen und auf den Bistrostühlen gesessen hatte.
»Wir arbeiten daran.«
»Dann beeilen Sie sich, ja? Es macht die ganze Stadt total nervös. Kein Mensch redet von diesem Wetter. Alles dreht sich nur um den Bitterroot-Killer. So hat Manny drüben beim *Reporter* ihn genannt.«
Alvarez hatte den Artikel gelesen, den Manny Douglas vom *Mountain Reporter*, Grizzly Falls' Antwort auf die *L. A. Times*, verfasst hatte. »Wir kriegen ihn«, sagte sie.
»Sie haben mein vollstes Vertrauen.« Doch das war gelogen. Alvarez bemerkte das nervöse Zucken von Sandis glänzend roten Lippen, als sie die Speisekarte auf den Tisch legte. »Angebot des Tages ist Büffelsteak mit Heidelbeerkompott und roten Kartoffeln oder Reispilaw. Dazu gibt es einen Salat nach Art des Hauses mit Spinat, grünem Apfel und Haselnüssen oder eine Brokkolicremesuppe.«
Ein Mann an einem Tisch in der Nähe hob sein leeres Glas, und Sandi huschte hinüber zum Tresen, um ihm einen neuen Drink namens »Wilde Weihnacht« oder eine ähnliche Geschmacksverirrung zu servieren.
Selena sah sich im Lokal um, wo sich normale Bürger, einige mit Einkaufstaschen, an den Tischen und in den Nischen drängten. Zusammen mit der leisen Musik, Country-Western-Balladen, die es schwer hatten, sich gegen das Rumpeln der Heizung und, sobald die Küchentür sich öffnete, das Zischen der Fritteuse durchzusetzen, schnappte sie Gesprächsfetzen auf. Sosehr Sandi sich auch bemühte, ihrem Restaurant eine vornehme Note zu verleihen – die meisten Gäste wollten doch nur Steaks oder Hamburger mit Fritten und Zwiebelringen.
»... was für eine Bestie tut so was? Meine Güte. Unsere Stadt

war doch so schön«, sagte eine Frau mit grauer Perücke und einem großen goldenen Kreuz am Kettchen zu ihrem Mann. Sie hatten ihre Mahlzeit beendet, saßen nun vor ihrem Kaffee und teilten sich ein Stück Kokostorte.

»… wenn du mich fragst, sollten wir einen Suchtrupp aufstellen und die Berge auf eigene Faust durchkämmen.« Der Mann, der auf seinen Drink wartete, hatte bereits ein leicht gerötetes Gesicht und trat so großspurig auf wie ein altgedienter Westerner. »Hier besitzen wir doch alle eine Waffe. Vielleicht ist es an der Zeit, dass wir selbst für Gerechtigkeit sorgen. … Die Polizei … Aaah, danke, meine Liebe«, sagte er zu Sandi, als sie ihm ein frisch gefülltes Glas vorsetzte. Er griff danach und nickte. »Das Zeug ist gut. Echt gut.«

»Ich habe gehört, er foltert sie und bindet sie an Bäume und ritzt irgendein komisches satanisches Symbol in die Rinde.«

Eine andere Frau in einer handgearbeiteten Quiltjacke saß mit verdrießlicher Miene an einem Tisch in Alvarez' Nähe, beugte sich über die Reste ihres Büffelsteaks und flüsterte gut hörbar mit ihrer Freundin.

»Wer hätte das gedacht, hier, in Grizzly Falls?«, entgegnete die Freundin mit einer Begeisterung, die verriet, dass sie stets für jeden Klatsch zu haben war.

Alvarez wandte sich ab.

Ja, wer?

Seit Jahren wünschte sie sich, an den Ermittlungen in einem bedeutenden Fall beteiligt zu sein, einem Fall, der sie zur Hochform auflaufen ließe und ihr Anerkennung einbringen, sie vielleicht sogar überregional bekannt machen würde.

Aber doch nicht so etwas.

Sie bestellte Forelle mit Mandeln, Risotto und Spinatsalat, und sosehr sie sich auch bemühte, sie konnte die Gedanken an den Fall und die Opfer doch nicht abschütteln. Alle arbeiteten na-

hezu rund um die Uhr daran, und doch kamen sie nicht von der Stelle. Die Öffentlichkeit war gewarnt worden, das Büro des Sheriffs forderte die Mitbürger auf, alles zu melden, was ihnen verdächtig erschien. Männer, Hunde, Fahrzeuge mit Allradantrieb und Hubschrauber suchten nach weiteren Opfern, verlassenen Autowracks oder irgendwelchen Spuren. Alles in allem war es überaus frustrierend.
Sie hatten nicht genügend Hinweise, und die Stunden eines Tages reichten eindeutig nicht aus.
Von wegen Ruhm durch einen bedeutenden Fall, dachte sie, als ihr eine dampfende Platte vorgesetzt wurde und ein Country-Weihnachtslied, gesungen von Wynonna Judd, aus den Lautsprechern tönte. Bisher hatten sie nicht die geringste Ahnung, wer diese gewöhnlich so verschlafene Kleinstadt in Montana mit Terror überzog.
Selena griff nach dem Messer und blickte auf ihren Teller. Die Regenbogenforelle, komplett mit Kopf, schien zu ihr hochzusehen. Sie hatte den Eindruck, wo sie ging und stand, beobachtet zu werden. Der Mann im Parka vor dem Restaurant, die übrigen Gäste im Wild Wills, die ausgestopften Tierköpfe an den Wänden und jetzt sogar ihr Essen.
Was soll's? Sie erwiderte den Blick der Forelle und begann, sie zu zerlegen.
Bon appetit.

Es ist an der Zeit, in die nächste Phase einzutreten. Ich weiß es, wenn ich sie ansehe.
Die Verletzungen der Frau heilen gut. Mit ein wenig Hilfe wird sie selbständig laufen können, auch im Schnee. Ich stelle mir vor, wie ich sie am Seil vor mir hertreibe. Natürlich wird sie mich verfluchen und sich selbst auch, aber sie wird nichts tun können, was ich nicht will.

Ich sitze in der Hütte am knisternden warmen Feuer, bin überreizt und will sie loswerden. Je länger ich sie bei mir behalte, umso größer wird das Risiko, dass ich entdeckt werde. Die Polizei hat wie immer keine Ahnung, aber das kann sich ändern. Ich darf sie nicht unterschätzen.

Außerdem ist meine Botschaft fertig. Die Buchstaben sind perfekt, der Stern ist präzise positioniert. Aber das ist im Grunde ja selbstverständlich: Ich habe die Botschaften fertiggestellt, sobald ich wusste, wer die Frauen sind, die ich zu opfern gedenke. Und der Stand der Sterne – der war vorgegeben.

Meine Nerven sind zum Zerreißen gespannt, meine Gedanken eilen der Zeit voraus zu dem Moment, an dem sie erkennen wird, dass ich sie hinters Licht geführt habe, dass ich keineswegs vorhabe, sie wieder freizulassen.

Dieser Moment – wenn ihnen klarwird, dass ich ihr Schicksal ultimativ in der Hand habe, wenn ich nicht nur Angst, sondern auch eine gewisse müde Resignation in ihren Gesichtern sehe –, das ist der herrlichste Moment überhaupt. Beinahe wie ein Orgasmus.

Bald, vertröste ich mich. Nur noch ein paar Stunden. Aber ich bin des Theaters überdrüssig, mag keine Rolle mehr spielen, die mir fremd ist.

Flirten. Lachen. Mich umgänglich und liebenswürdig geben. Es ermüdet mich.

Im Augenblick schläft sie, ahnt nicht, was ihr bevorsteht, also habe ich Zeit. Und wenn sie mir auch nicht restlos vertraut, so hat sie doch akzeptiert, dass ich ihre einzige Rettung bin; sie hat sonst niemanden, der ihr helfen könnte.

Heute Abend habe ich bemerkt, dass sich ihre Einstellung geändert hat. Und jetzt kann ich zum nächsten Schritt übergehen.

Das Schneemobil ist beladen. Startbereit. Und der Himmel ist auf meiner Seite. Stehen die Sterne nicht genau richtig? Lässt das Unwetter etwa nicht nach? Zumindest für eine Weile?

Die Zeit bis zum nächsten arktischen Sturm in diesen Bergen dürfte gerade ausreichen. Nicht nur für eine, sondern für zwei. Ich muss lachen, wenn ich mir vorstelle, wie das die dumme Polizei verblüffen wird. Dann wissen sie nicht, was sie tun sollen. Wie so oft.

Wenn ich sie auf dem Sofa liegen und schlafen sehe und das Feuer ihr Gesicht bescheint, rührt sie mich ein kleines bisschen, aber ich will nicht daran denken. Jedes Gefühl würde alles nur komplizierter machen, und mir könnten Fehler unterlaufen.

Ich könnte sie begehren.

Ich könnte es sogar riskieren, mit ihr zu schlafen ... Sie zieht es bereits in Erwägung; das habe ich heute in ihrem Blick erkannt. Ja, sie hat immer noch Angst, ist aber auch ein wenig aufgeregt und fängt an, sich auf mich zu verlassen.

Das kann ich nicht akzeptieren. Ich gehe hinüber in die Küche, wo es kalt ist. Das Feuer im Herd ist längst erloschen. Ich schenke mir einen Drink ein. Pur.

Am Durchgang zum Wohnzimmer betrachte ich sie und trinke einen Schluck. Der Whiskey rinnt heiß durch meine Kehle und wärmt mein Blut. Ich lasse den Whiskey im Glas kreisen und nehme einen weiteren großen, wärmenden Schluck. Der Drink beruhigt mich und erhöht gleichzeitig meine Vorfreude. Ich betrachte sie, wie sie da so unschuldig liegt.

Wie ein Lamm auf der Schlachtbank.

Ach, ich könnte sie problemlos verführen. Sie auf die Halsbeuge küssen, meine Finger an ihrem Körper herabwandern lassen, sie erforschen, während ich sie vor Erwartung, vermischt mit Angst, rascher atmen höre.

Beinahe bereitwillig würde sie sich von mir ausziehen lassen. Und das werde ich tun, aber sie wird mehr erwarten. Sie wird erwarten, dass ich mit den Fingern ihre Schenkel öffne, dass ich sie scharfmache. Sie wird womöglich sogar hoffen, dass ich den Kopf senke

und sie dort küsse, mit der Zunge liebkose. Ihre Brustwarzen werden sich aufrichten, und sie wird stöhnen vor Verlangen.
Wie die anderen auch.
Am Ende wollen sie es alle.
Wollen spüren, wie es ist, wenn ein Mann sie völlig beherrscht. Klar, wenn sie die Möglichkeit hätten, würden sie es ihren Freunden gegenüber abstreiten, aber in Wahrheit wollte jede von ihnen von mir geliebt werden, erfüllt werden, sie wollten, dass ich ihre Brüste fest umfasse und meinen Penis an ihren Hintern presse. Sie sehnten sich danach, die Männlichkeit meiner Erektion zu spüren, sich unter ihr zu winden. Sie wollten keuchen vor Begehren, unterlegt mit gerade genug Angst, um die Erotik zu erhöhen. Sie alle haben gehofft, dass ich sie streichle und intim berühre, mich an ihre geschmeidigen Rücken dränge, sogar im Nacken knabbere, bis es ein bisschen blutet, und ich in sie eindringe, so dass Hintern und Unterleib sich anspannen und sie heiß und feucht werden. Hohle, seelenlose Weiber.
Als ob ich mich so erniedrigen würde. Das wäre zu einfach.
Und bedeutungslos.
Ich betrachte meinen Drink, lasse die bernsteinfarbene Flüssigkeit kreisen, bevor ich trinke, und weiß, dass endlich die Zeit gekommen ist.
Es ist Zeit, dass diese hier geht.
Eine weitere wartet bereits.
Auf die Morgendämmerung. In der anderen Hütte.
Auch sie wird ihrem Schicksal begegnen. Auch sie fragt sich, ob sie mir trauen darf. Ob ich sie mir zu Willen machen werde.
Ob sie es zulassen will.
Ich lächele vor mich hin, weil ich alles über sie weiß, und trinke noch einen großen Schluck.
Diese dämlichen, törichten Mädchen.

16. KAPITEL

Wo bin ich?
Jillian öffnete abrupt die Augen und war im ersten Moment verwirrt. Sie lag in einem Schlafsack auf einem alten Sofa in irgendeiner kalten Hütte ...
Ihr Kopf wurde klarer, und im nächsten Moment hatte sie wieder in die groteske Wirklichkeit ihrer Zwangslage zurückgefunden. Ihr Nacken schmerzte, weil sie falsch gelegen hatte, und auch die Rippen taten noch ein bisschen weh, doch wenn sie den Knöchel bewegte, fühlte er sich schon besser an.
Das erste Morgenlicht fiel durch die Fenster und hüllte die Einrichtung in weiche, gedämpfte Schatten. Doch MacGregor saß nicht in seinem Sessel.
Sie drehte sich, um über die Rückenlehne des Sofas blicken zu können, und sah ihn an dem großen Fenster neben der Eingangstür stehen. Er blickte hinaus, ein dunkler Umriss, die scharfen Züge seines Gesichts deutlich erkennbar. Wieder fielen Jillian seine ausgeprägten Wangenknochen, das harte Kinn, die tief im Kopf liegenden Augen und die schmalen, streng zusammengepressten Lippen auf.
Er stand ein wenig seitlich zur Scheibe, als wäre er darauf bedacht, von draußen nicht gesehen zu werden, wohl aber selbst einen Ausblick auf die Umgebung zu haben.
»Morgen«, sagte er gedehnt und warf einen Blick in ihre Richtung. Sein Gesicht entspannte sich ein wenig. »Du hast tief und fest geschlafen.«
»Ach ja?«
»Du hast geschnarcht«, behauptete er.

»Tut mir leid.«
»So schlimm war es auch wieder nicht.« Seine Mundwinkel zuckten leicht.
»Wonach halten Sie Ausschau?«
»Nach allem, was es da draußen zu sehen gibt. Der Sturm hat sich in der Nacht gelegt.«
»Haben Sie etwas gehört? Gesehen?«
»Nichts Außergewöhnliches.« Sein Blick ging zurück zum Fenster. »Es hat so weit aufgeklart, dass wir eine Chance haben. Vielleicht kommen wir hier raus.«
»Tatsächlich?« Sie wagte kaum, ihm zu glauben. Als sie sich zum Sitzen aufrichtete, schmerzten ihre Rippen, und sie verzog das Gesicht ein wenig.
»Mal sehen. Wie geht es dir?«
»Im Vergleich wozu?«
Seine Lippen zuckten. »Zum Normalzustand.«
»Na ja.« Sie schüttelte den Kopf. »Den habe ich noch nicht erreicht. Aber ich glaube, ich bin fit genug, um im Schneemobil zu fahren, falls Sie das meinen. Ich bekomme nämlich allmählich ernsthaft den Lagerkoller.« Sie dachte an ihre Mutter, die sich wahrscheinlich ihretwegen zu Tode ängstigte. Sogar ihre Schwester Dusti fragte sich vermutlich, was aus ihr geworden war. Und dann war da noch die Katze, seit Tagen in der Obhut der Nachbarin. Und ihre Arbeit. Allzu schnell stand sie auf, und ein stechender Schmerz schoss durch ihren Knöchel. Durch die Zähne sog sie die Luft ein und hätte beinahe aufgeschrien.
Mit drei raschen Schritten hatte MacGregor das Zimmer durchquert, legte schnell einen kräftigen Arm stützend um ihre Schultern und zog sie haltgebend an seinen starren Körper. »Hey«, sagte er leise, und sein warmer Atem streifte ihren Hinterkopf. »Alles in Ordnung?«

Auf seiner Decke am Feuer hob Harley den Kopf und stieß ein leises, aufgestörtes »Wuff« aus.

»Nein«, fuhr Jillian ihn an, am Ende ihrer Geduld. Sie war wütend auf sich selbst und ihren Körper und darüber, dass sie seine ausgeprägte Männlichkeit wahrnahm. Etwas in ihr erinnerte sie daran, dass sie einem Mann schon lange nicht mehr so nahe gewesen war. »Nein, es ist nicht in Ordnung, dass ich hier mitten im Nirgendwo mit einem verstauchten Knöchel, angeknacksten Rippen und tausend Blutergüssen festsitze. In einer Hütte ohne Strom und Telefon mit einem Fremden, von dem ich nichts, aber auch gar nichts weiß.« Aus den Augenwinkeln sah sie, wie Harley Anstalten machte aufzustehen. »Ganz zu schweigen von einem Hund, der mich hasst.«

»Ich glaube nicht, dass Harley dich …«

Sie drehte sich um und sah ihm fest in die Augen. »Oh, und nicht zu vergessen: Da draußen läuft womöglich ein Wahnsinniger rum, der auf meinen Reifen geschossen und meinen Unfall verursacht hat. Also, nein, nichts ist in Ordnung. Nicht einmal annähernd. Überhaupt nichts ist in Ordnung.«

»Schon gut«, sagte er, und in seinen Augen blitzte es leicht amüsiert auf.

»Machst du dich über mich lustig?«

»Was? Nein.«

»Findest du diese Situation lustig?«

»Nicht mal im Traum.« Jetzt war er wieder todernst, seine Belustigung wie weggewischt.

»Gut. Dann sollten wir uns überlegen, wie wir hier rauskommen.« Sie versuchte, den Abstand zwischen sich und ihm zu vergrößern.

»Ich arbeite daran.«

»Dann arbeite gefälligst schneller!«, verlangte sie und hörte selbst die Schärfe in ihrer Stimme.

»Ich tu, was ich kann.«

»Ach ja.« Jillian versuchte, sich zu beruhigen, doch es gelang ihr einfach nicht. »Entschuldige, dass ich so zickig bin. Mir steht es einfach bis zum Hals, hier herumliegen zu müssen und hier gefangen zu sein und das arme, verletzte Opfer spielen zu müssen. Das passt nicht zu mir, und … Ach«, sagte sie, bemüht, nicht zu bemerken, dass sein Atem ihr Haar streifte und wie nah er ihr gerade war. Wie dämlich war das denn? »Es ist nur … ich muss irgendetwas tun, egal was, um hier rauszukommen!« Nur mit äußerster Mühe konnte sie ignorieren, wie kräftig sein Unterarm war, wie erstaunlich frisch und unterschwellig männlich MacGregor roch. Wütend sah sie zu ihm auf, als wäre es seine Schuld, dass er auf düstere, beinahe beängstigende Art so erotisch auf sie wirkte. »Ich werde verrückt, komplett verrückt. Ich … ich muss hier raus! Heute noch!«

Er verzog den Mund zu diesem sexy schiefen, entwaffnenden Lächeln, dem sie nicht zu trauen wagte.

Und in diesem Moment wurde ihr bewusst, wie schlimm sie aussehen musste. Sie hatte seit Tagen nicht geduscht, ihr Gesicht war immer noch verfärbt von Blutergüssen, wenngleich sie Glück gehabt hatte. Immerhin hatte sie keinen Zahn verloren und auch nicht den Kiefer gebrochen. Na ja, Glück, das war vermutlich relativ, trotzdem war es eine Ironie des Schicksals, dass sie diesen Fremden gerade zu dem Zeitpunkt, da sie nahezu entstellt war, so attraktiv fand. Was schlicht und einfach idiotisch von ihr war.

Wütend auf sich selbst und ihre weiblichen Fantasien – Fantasien, die eindeutig mit ihr durchgingen –, rückte sie von MacGregor ab. Sobald sie sich nicht mehr berührten, verflüchtigte sich auch jegliches Gefühl von Intimität. Jillian balancierte an ihrer Krücke und versuchte, sich zusammenzureißen. Sie musste sich konzentrieren. Das mussten sie beide.

Gähnend kam Harley auf die Füße, reckte sich und trottete zu MacGregor.

»Willst du raus?«, fragte er, tätschelte den Kopf des Hundes und sagte mit einem Blick hinaus in die heller werdende Landschaft: »Dann komm. Durch die Hintertür.« Er nahm seine Jacke vom Haken und ging, gefolgt von dem begeisterten Hund, in die Küche.

Jillian sah ihm nach, als er durch den Bogen verschwand, der die Küche mit dem Wohnbereich verband. Sie rang um Fassung. Offenbar war sie mit dem falschen Fuß aufgestanden. Ihr Unfall war schließlich nicht seine Schuld.

Aber wessen Schuld dann?

Seufzend begab Jillian sich ins Bad. Dort stand ein gefüllter Wassereimer, also konnte sie die Toilette benutzen, obwohl die Pumpe nicht funktionierte. Jeden Abend füllte MacGregor mehrere Eimer mit Schnee und schleppte sie in die Hütte, damit der Schnee schmolz und ihnen Wasser zum Trinken, Kochen und Waschen zur Verfügung stand. Heißes Wasser war eine Kostbarkeit; es wurde im Topf auf dem Herd oder in einem Kessel über der Glut des Kamins erhitzt. Mit diesem Wasser bereitete er alles zu, von Instant-Haferflocken bis zu Fertigsuppen und -eintöpfen. Es war ihm ja sogar gelungen, im Backofen des Herds Maisbrot zu backen.

MacGregor war gut auf ihre Isolation vorbereitet; sie hatten bisher nicht hungern müssen. Dennoch war die Hütte natürlich kein Fünf-Sterne-Hotel, ja kam nicht annähernd an ein Ein-Stern-Hotel heran.

Jillian warf einen sehnsüchtigen Blick auf die Wanne mit Dusche und stellte sich vor, wie es wäre, heißes Wasser über die schmerzenden Muskeln und shampooniertes Haar prasseln zu lassen. Das wäre der Himmel auf Erden. Sie sah sich selbst bei Kerzenlicht bis zum Hals in warmem, duftendem Wasser, ihre

Haut weich von Badeöl. Sie würde die Augen schließen und …
MacGregor würde einen Waschlappen nehmen und sie sanft baden, mit den Fingerspitzen über ihre Haut streichen, ihre Brüste berühren und sie auch weiter unten streicheln, bis ihre Brustwarzen sich aufrichteten und ihr der Atem stockte, während er ihre nasse Haut verwöhnte …
Ihr entschlüpfte ein empörter kleiner Laut. Wohin verstieg sie sich? Der Lagerkoller verwirrte ihren Verstand, ließ sie von Sex mit einem Unbekannten träumen.
Ärgerlich auf sich selbst, hinkte sie zurück in die Küche, holte ein Gefäß und goss ein wenig heißes Wasser aus dem Topf auf dem Herd hinein. Vorsichtig ging sie damit zurück ins Bad, gab etwas kaltes Wasser aus dem Eimer hinzu und wusch sich mit einem Lappen Gesicht, Hände und die Körperteile, die es am nötigsten hatten. Ihr Haar musste noch warten, doch sie feuchtete es immerhin an, massierte ein wenig Seifenschaum hinein und spülte es aus, so gut es ging. Das war keine professionelle Haarwäsche, doch sie fühlte sich immerhin ein wenig sauberer. Mit den Fingern glättete sie die Knoten, dann bürstete sie ihr Haar aus. »Allerbeste Schönheitspflege in den Bitterroots«, sagte sie zu ihrem Spiegelbild, das immer noch Blutergüsse im Gesicht zeigte.
Als sie die Tür öffnete, sah sie MacGregor und den Hund in der Küche stehen. Er war offenbar schon länger zurück, denn er trug Jeans und Pullover. Seine Jacke war nirgends zu sehen.
»Da hat sich jemand gewaschen«, bemerkte er.
»Wurde auch Zeit, oder?«
Er nickte. »Gut siehst du aus.«
Jillian hätte beinahe gelacht. »Im Vergleich zu wem? Quasimodo oder Jabba der Hutte oder Mr. Hyde? Machst du Witze?«
»Nein. Ich meine, im Vergleich zu deinem Aussehen, als ich dich nach dem Unfall in deinem Wagen gefunden habe.«

»Kein sonderlich hohes Niveau, MacGregor.«
»Vielleicht nicht, aber ehrlich, du siehst ... sehr viel besser aus. Und jetzt würde mir ein Kaffee guttun«, sagte er so gelassen, als wären sie ein altes Ehepaar, dem nichts mehr einfiel, außer gemeinsam die Zeitung zu lesen.
»Hört sich himmlisch an.« Bei diesen Worten wand sie sich innerlich. Du liebe Zeit, sie flirtete doch wohl nicht mit ihm? Was um alles in der Welt war in sie gefahren?
»Spar dir dein Urteil lieber auf, bis du ihn probiert hast.« MacGregor öffnete einen Schrank neben dem Herd und entnahm ihm einen Plastikbehälter mit Kaffeepulver. »Vorgeröstet, gemahlen und vakuumverpackt«, erklärte er. »Nichts geht über diese Sorte, ganz gleich, was die Kaffeewerbung dir einreden will.« Er warf einen Blick auf die Kaffeemaschine, die nutzlos auf dem zerkratzten Holztresen stand. »Da wir keinen Strom haben, müssen wir ihn wohl auf die althergebrachte Weise aufbrühen.«
»Klingt gut«, sagte Jillian und fing seinen Blick auf. Der Atem stockte ihr angesichts der Geheimnisse in den Tiefen seiner Augen. *Ich habe ein Problem*, dachte sie, doch sie hatte keine Angst.

Alvarez' Handy klingelte, als sie die Tür ihres Jeeps abschloss und ins Büro gehen wollte. Nach einem Blick auf das Display, das die Nummer ihrer Mutter anzeigte, machte sie sich auf einiges gefasst. Sie erwog, sich gar nicht zu melden, doch dadurch würde sie das Unvermeidliche nur auf die lange Bank schieben.
»Guten Morgen, Mom.« Die Laptoptasche in der Hand, eilte sie durch den schneidenden Wind zum Eingang des Gebäudes.
»Hi, Schätzchen.«
Trotz des Handys an ihrem Ohr eilten Selenas Gedanken voraus zu ihrem bevorstehenden Arbeitstag. Immerhin schneite es

noch nicht, und über Nacht hatten die Räumfahrzeuge erhebliche Fortschritte auf den Straßen gemacht. Vielleicht konnten heute die Hubschrauber starten und die Umgebung absuchen. Vielleicht, vielleicht konnte der Fall heute gelöst werden. Andererseits …

»Du arbeitest heute, nicht wahr?«

Alvarez antwortete nicht.

»*Dios*, Selena. Es ist noch nicht einmal acht Uhr morgens. Sonntag. Der Sonntag vor Weihnachten. Du solltest noch im Bett liegen oder zur Messe gehen.«

»Ich habe keine festen Arbeitszeiten, das weißt du doch.« Sie schob mit der Schulter die Eingangstür auf und nickte dem Angestellten zu, der Nachtschicht am Empfang hatte.

»Du arbeitest zu viel.«

»Das sagst du.«

»Das sagen *alle*. Dein Bruder Estevan, er ist Polizist, sogar mit Auszeichnungen, findet auch, dass du nicht so viel zu arbeiten brauchst.«

In Alvarez' Augen war Estevan faul, doch das würde sie ihrer Mutter gegenüber nicht äußern. »Was gibt's denn, Mom?«, fragte sie und durchschritt den Flur zu ihrem Arbeitsplatz. Dort angekommen, schaltete sie die Schreibtischlampe ein.

»Ich hatte gehofft, du hättest es dir anders überlegt. Dass du zu Weihnachten doch nach Hause kommst.«

Selena sah dieses »Heim« vor ihrem inneren Auge aufblitzen: das eingeschossige Haus in Woodburn, Oregon, vier Blocks vom Highway 99 entfernt, in dem sie mit fünf Brüdern und zwei Schwestern aufgewachsen war. Die drei Mädchen hatten sich ein kleines Zimmer unter der Dachschräge geteilt. Die Jungen belegten drei Zimmer auf der anderen Seite des Flurs, die zwei ältesten hatten eigene Räume im Untergeschoss. Ihre Eltern schliefen im Erdgeschoss. Das Haus war hellhörig und

eng und in den ersten vierzehn Jahren ihres Lebens ein schützender Hafen gewesen.
Später war es die Hölle.
Doch zu Weihnachten war das Haus mit Lichterketten an den Giebeln und Dachrinnen geschmückt, im Vorgarten stand eine handbemalte lebensgroße Krippe, vor dem Wohnzimmerfenster glitzerte ein geschmückter Christbaum, ihre Tante Biatriz spielte Weihnachtslieder auf dem Klavier, während ihre Mutter und Großmutter traditionelle mexikanische Gerichte, einen Truthahn und verschiedenste andere Festspeisen von Kartoffelbrei bis zu Roastbeef und gedünsteten Tamales zubereiteten.
»Tut mir leid«, log Alvarez und setzte sich an ihren Schreibtisch, »ich kann hier nicht weg.«
»Es ist Weihnachten, niña.«
»Ich weiß, Mom, aber hier treibt ein Serienmörder sein Unwesen. Ich dachte, ihr hättet darüber in der Zeitung gelesen.«
»Aber du musst doch einen Tag freibekommen.«
»Nicht in diesem Jahr.«
»Willst du behaupten, dass niemand über die Feiertage verreist? Das glaube ich nicht.«
»Ich kann dieses Jahr einfach nicht kommen. Grüß alle von mir«, sagte Alvarez, nicht bereit, sich von ihrer Mutter Schuldgefühle einreden zu lassen.
»Du hast immer die Piñata für die Kleinen aufgestellt.«
»Dieses Jahr aber nicht. Das kann diesmal Lydia machen.« Bei dem Gedanken an ihre jüngere Schwester empfand Alvarez doch ein leises Bedauern. Lydia würde sie vermissen, und vielleicht Eduardo. Vielleicht. »Ich rufe an und spreche mit euch allen.«
»Von wo? Was machst du denn an Weihnachten?«
Das weiß Gott allein. »Ich bin bei Freunden.« Wieder gelogen. Sie hatte noch keine Pläne. Vermutlich würde sie arbeiten, Fei-

ertagszuschlag kassieren und dann zu Hause im Pyjama mit einem Film und einer Schüssel Popcorn feiern. Allein das erschien ihr schon wie der Himmel auf Erden, selbst wenn sie niemanden hatte, der neben ihr saß.
»Du brauchst deine Familie, Selena«, warnte ihre Mutter.
»Natürlich. Ich hab dich lieb, Mom, aber jetzt muss ich Schluss machen.«
»Gott sei mit dir, mein Kind«, sagte Juanita und flüsterte rasch ein spanisches Gebet, bevor sie auflegte.
»Du und dein schlechtes Gewissen«, schalt Alvarez sich selbst. Sie fuhr den Computer hoch und holte sich wieder die Bilder der toten Frauen und der dazugehörigen Botschaften auf den Bildschirm. Mit Hilfe eines Bildbearbeitungsprogramms legte sie die Botschaften übereinander und speicherte die jeweilige Position der Sterne. Wenn dieser Kerl ihnen nun nicht nur durch die Buchstaben der Botschaft, sondern auch durch die Sterne etwas sagen wollte?
Nachdem sie die Sterne in einem gesonderten Fenster aufgerufen hatte, startete sie ein astronomisches Suchprogramm, um herauszufinden, zu welchem Sternbild diese Konstellation gehören könnte, wenn überhaupt. Leider kamen Dutzende von Sternbildern in Frage.
»Weil wir nicht genug Daten haben«, dachte sie und schüttelte sich innerlich. Je mehr Opfer, desto mehr Hinweise würde der Kerl hinterlassen. Falls die Sterne Teil einer astrologischen Gruppierung waren, würden sie diese irgendwann identifizieren, und sobald die Botschaft genügend Buchstaben enthielt, würden sie erfahren, was der Mörder ihnen sagen wollte.
Aber erst dann, wenn sie genügend Buchstaben und genügend tote Frauen hatten.
Sie rückte auf ihrem Stuhl vom Schreibtisch ab. Es war dermaßen pervers. Zum ersten Mal, seit sie den nahezu menschenlee-

ren Raum betreten hatte, nahm sie die Musik wahr, die aus den Lautsprechern perlte. Die Melodie von »Let it Snow« hüllte sie ein, und sie hätte beinahe über diese absurde Situation gelacht, als Bing Crosby die letzten Worte sang. Selena sah aus dem Fenster hinaus auf den weißen Parkplatz. Ja, das Wetter war wirklich scheußlich, doch zur Weihnachtszeit war es im Büro keineswegs warm und gemütlich.

Jillian lehnte am Küchentresen und sah MacGregor zu, der auf »althergebrachte Weise« Kaffee aufbrühte. Er gab etwas Kaffeepulver in den mit Papier ausgelegten Filter, den er auf die Glaskanne stellte. Dann nahm er einen kleinen Topf, schöpfte heißes Wasser aus dem Topf auf dem Herd und goss es langsam über den Filter. Binnen Sekunden tropfte dunkle Flüssigkeit in die Kanne. »Camping-Kaffee«, sagte Jillian. Kaffeearoma breitete sich in der Küche aus.
Er warf ihr einen Blick über die Schulter hinweg zu. In seinen Augen blitzte es humorvoll. »So koche ich auf meinen Führungen oft Kaffee. Das beeindruckt die Damen aus der Stadt.«
»Aber natürlich«, sagte sie und musste unwillkürlich lächeln. »*Mich* beeindruckt es auch.«
Er lachte leise, und zum ersten Mal entdeckte sie eine neue Seite an diesem ernsten Mann. Als das gesamte Wasser durchgelaufen war, schenkte er zwei Becher ein. »Ich habe auch Zucker und Kaffeeweißer.«
»Ich trinke ihn gerne schwarz. Prost«, sagte sie und stieß mit ihrem angeschlagenen Becher leicht gegen seinen.
»Ich schau dir in die Augen, Kleines.«
Die Anspannung der letzten paar Tage fiel für ein paar Minuten von ihnen ab. Selbst Harley, wachsam wie immer, rollte sich entspannt auf dem Küchenteppich zusammen und schloss die Augen. »Ich glaube, er akzeptiert mich allmählich«, sagte

Jillian mit einem Blick auf den Hund und beugte sich herab, um seinen zottigen Kopf zu kraulen. Harley schlug müde die Augen auf und gähnte, knurrte aber nicht und entzog sich ihr auch nicht.

»Im Grunde ist er herzensgut«, sagte MacGregor. Als wäre ihm erst jetzt aufgefallen, dass sie immer noch an der Krücke balancierte, schlug er vor: »Lass uns ins andere Zimmer gehen. Warte, ich helfe dir den Becher tragen.« Er nahm den Becher und folgte ihr in den Wohnbereich der Hütte.

»Hast du dich draußen noch einmal umgesehen, als du mit dem Hund gegangen bist?«

Er nickte. »Nichts, was darauf hindeutet, dass jemand hier gewesen ist.«

»Ganz sicher?«, fragte sie und blickte flüchtig durch die vereisten Fensterscheiben. Der Sturm hatte nachgelassen, der Schnee lag in hohen Verwehungen bis auf die Veranda.

»Sicher bin ich mir in keiner Hinsicht. Falls jemand gestern Abend hier gewesen ist, hat der Schnee seine Spuren bedeckt. Aber, ja, ich glaube, wir sind allein.«

Was sie nicht unbedingt als Trost empfinden musste, warnte Jillian sich. Sie musste ihm vertrauen. Und sie *wollte* ihm vertrauen, musste aber dennoch vorsichtig sein. Harley kehrte mit seinen auf dem Holzboden klickenden Krallen ins Wohnzimmer und an seinen Platz beim Feuer zurück.

MacGregor reichte Jillian ihren Kaffeebecher. Sie umfasste ihn mit beiden Händen, und die Wärme drang bis tief in ihr Inneres. Sie legte den Fuß auf den Kaffeetisch.

Er wies mit einer Kopfbewegung auf ihren verbundenen Knöchel. »Gebrochen ist er nicht.«

»Das sagtest du bereits.« Sie sahen einander an, und sie dachte an die einseitige Unterhaltung, als sie vorgab zu schlafen.

»Du warst also wach«, bemerkte er.

»Ja.« Sie sah jetzt keinen Grund mehr zu lügen; er kannte ja die Wahrheit.

»Das hatte ich mir schon gedacht.« Er trank einen Schluck, doch sein Blick über den Becherrand hinweg ließ den ihren nicht los. »Aber es wirkte ziemlich echt, wie du dich schlafend gestellt hast.«

»Dank jahrelanger Übung als Teenager.« Sie schämte sich im Inneren, als sie daran dachte, wie oft sie sich schlafend gestellt hatte, um dann später noch aus dem Haus zu schleichen. Sie hatte den Wagen von der Zufahrt geschoben und war mit Freunden durch die Gegend gegondelt. Ihre ältere, verklemmte, brave Schwester Dusti hatte nie aufgehört, ihr unter die Nase zu reiben, wie dumm sie damals gewesen war.

»Eine kleine Rebellin?«

»Oder nur eine Idiotin. Such es dir aus.«

Er grinste, und sie fand ihn immer sympathischer. Vielleicht hatten sie doch etwas gemeinsam, einen rebellischen Zug, der sich nicht ganz bändigen ließ. »Du hast mir die Krücke dagelassen«, sagte sie und fand damit zurück ins Hier und Jetzt, wo das Feuer knisterte, der Hund schnarchte und warmer Kaffeeduft das Zimmer erfüllte.

»Damit du aufstehen konntest, wenn du aufwachtest. Ich wusste, dass du mit dem verletzten Fuß nicht auftreten konntest, und ich halte immer ein Paar Krücken bereit, falls sich jemand bei meinen Führungen verletzt. Nur prophylaktisch, bis ich sie in ein Krankenhaus bringen oder Hilfe rufen kann.«

»Apropos, hast du mal wieder versucht anzurufen?«

MacGregor warf ihr einen empörten Blick zu. »Was denkst denn du?«

Das ist ja das Problem; ich weiß nicht, was ich denken soll.

Als hätte er ihre Gedanken gelesen, ging er zu seiner Jacke und öffnete eine Tasche.

»Hier.« Er nahm ein kleines Handy heraus, drückte die Betriebstaste und warf es ihr zu. Sie fing es mit der freien Hand auf. »Versuch es selbst. Wie gesagt, in dieser Gegend hat man bestenfalls sporadisch Empfang; außerdem ist der Akku fast leer, aber wenn du durchkommst, umso besser.«
Jillian hielt das Handy in der Hand, als wäre es die Eintrittskarte ins Paradies, doch als das kleine Gerät den Betrieb aufnahm und ein Bild von Harley auf dem Display erschien, erkannte sie, dass es keinen Empfang hatte, so viele Tasten sie auch drückte. »Mausetot«, sagte sie und warf ihm das unnütze Ding wieder zu.
»Deine Familie wird bestimmt verrückt vor Sorge.«
Sie nickte bedächtig und dachte an ihre Mutter. Wenn Linnette sich eingestehen musste, dass Jillian verschwunden war, würde sie Himmel und Hölle, die Polizei von Stadt, Bundesland und Staat in Bewegung setzen. Natürlich erst, nachdem sie das FBI eingeschaltet hatte. Aber vermutlich wusste ihre Mutter gar nicht, dass Jillian verschwunden war. Aber das würde sie allerdings lieber für sich behalten. Es gab keinen Grund, MacGregor zu verraten, dass niemand sie vermisste. Sollte er nur denken, sie würde überall gesucht.
»Sobald wir irgendwie in Kontakt treten oder hier rauskommen können, rufen wir sie an.«
»Rufe *ich* sie an.«
»Wie du willst.« Wieder dieses Lächeln, wenn es dieses Mal auch ein bisschen hart wirkte.
Sie dachte an die Fotos, die sie in der Stiefelvase gefunden hatte, die Bilder von dem blonden Jungen. »Also, während du draußen warst, habe ich mich ein bisschen umgesehen.«
Er zog auffordernd eine Braue hoch.
»Du hast überhaupt keine Fotos in deiner Hütte aufgestellt.«
»Mir ist es lieber so.«

»Was ist mit deiner Familie?«
»Ich dachte, ich hätte es dir schon gesagt. Wir haben keinen engen Kontakt.«
»Aber es gibt da einen Jungen, der dir etwas bedeutet«, sagte sie, entschlossen, endlich einigen Fragen auf den Grund zu gehen. »Ich habe da drüben im Bücherregal ein paar Fotos von einem kleinen Jungen gefunden.« Sie deutete auf die Vase.
MacGregor presste die Lippen zusammen, und unter seinem Bartschatten zeigten sich zwei scharfe Falten von der Nase zu den Mundwinkeln.
»Du weißt, wovon ich spreche.«
Er zögerte, dann nickte er knapp. Schierer Schmerz zeigte sich in seinen Zügen, in seiner Wange zuckte ein Muskel. »Er hieß David«, sagte er mit leiser Stimme. »Er war mein Sohn.«
Sie wartete, wünschte sich, das Thema nicht angeschnitten zu haben, denn sie verstand, was die Vergangenheitsform aussagen sollte.
»Er ist tot.«
»Es tut mir leid«, sagte sie.
»Du hast ihn nicht gekannt.«
»Ich wollte sagen, ich verstehe deinen Schmerz. Du hast gesagt, du wärst nicht verheiratet ... du hättest keine ...«
»Ich bin nicht verheiratet, und ich habe keine Kinder. Meine Frau und mein Sohn sind tot. Sie sind bei einem Frontalzusammenstoß ums Leben gekommen, einem Unfall. Niemand weiß genau, was passiert ist, aber aus irgendeinem Grund, vielleicht, weil sie abgelenkt war, geriet Callies Wagen über die Mittellinie und stieß frontal mit einem Schwerlaster zusammen.«
»O Gott.«
»Ich hatte sie an diesem Abend zum Tag der offenen Tür in der Schule fahren sollen, aber ich hatte zu viel zu tun, steckte bis über beide Ohren in Arbeit, und deshalb habe ich sie angerufen

und ihr vorgeschlagen, dass wir uns dort treffen sollten. Es soll wohl ein Trost für mich sein, dass sie auf der Stelle tot waren. Wie auch immer, das ist lange her, und ich mag nicht darüber sprechen und auch nicht daran denken.«
»Deshalb hast du keine Fotos aufgestellt.«
»Ja.« Er griff nach seiner Jacke.
»Und dann bist du zum Einsiedler geworden.«
»Nicht ganz.« Er prüfte seine Taschen und ging zur Tür.
»Tut mir leid.«
»Das sagtest du schon.«
»Ich weiß, aber ...«
»Lass uns lieber darüber reden, was hier und jetzt passiert. Hast du beim Herumschnüffeln auch deine Sachen gefunden?«
»Meine Sachen?«
Er ging an ihr vorbei zu dem großen Bücherschrank, öffnete eine der unteren Schubladen und entnahm ihr eine ihr wohlbekannte Reisetasche.
Wie hatte Jillian sie übersehen können? Sie meinte doch, sämtliche Schränke durchsucht zu haben, allerdings hatte sie sich aber auch noch ein wenig benommen gefühlt. Bis jetzt hatte sie kaum einen Gedanken an die Tasche verschwendet, ein eindeutiger Beweis für ihren angegriffenen Geisteszustand. Ihre Nerven waren bis zum Zerreißen gespannt, sie hatte Schmerzen am ganzen Körper, sah scheußlich aus und fühlte sich auch so. Der Anblick der Tasche, die sie vor Tagen gepackt hatte, ließ sie fast zusammenbrechen. Die Tasche führte ihr überdeutlich vor Augen, dass ihr wahres Leben Lichtjahre entfernt war, und auch, dass sie vielleicht nie wieder in dieses Leben zurückfinden würde.
»Ich dachte, du würdest dich vielleicht gern umziehen«, sagte MacGregor und stellte die Reisetasche neben ihr ab.
Sie räusperte sich. »Ja, sehr gern.«

»Ich weiß nicht, ob du eine Hose über den verletzten Knöchel ziehen kannst.«
»Mal sehen.«
Er zögerte. »Brauchst du Hilfe? Ich könnte ...«
»Nein!« Sie reagierte spontan und lauter, als sie beabsichtigt hatte. »Entschuldigung. Nein, ich komme schon allein zurecht.«
Er kniff leicht die Augen zusammen. »Weißt du, ich glaube, ich sollte meine Diagnose korrigieren. Dafür, dass deine Rippen angeknackst sind, bist du ziemlich beweglich. Mit etwas Glück sind es nur Prellungen. Glaub mir, auch die tun furchtbar weh.«
»Schön.« Ihr war es egal, ob ihre Rippen angeknackst oder gebrochen waren, sie schmerzten auf jeden Fall. »Würde es dir etwas ausmachen, mir die Tasche ins Schlafzimmer zu bringen?«
Er tat ihr den Gefallen, und Jillian stand auf und ging ins Schlafzimmer, wo sie die Tür hinter sich schloss und sich bedeutend mühsamer, als sie es sich vorgestellt hatte, frische Unterwäsche anzog und vorsichtig in einen dicken Pullover schlüpfte. Die Rippen schmerzten bei jeder Bewegung, doch sie war entschlossen, die Quälerei durchzustehen. Die Jeans bereiteten ihr noch mehr Schwierigkeiten, doch sie hatte ein Paar Bootcuts dabei, die ihr ein bisschen zu groß waren, und es gelang ihr, sie über den Knöchelverband zu streifen.
Danach legte sie sogar ein wenig Lippenstift und Wimperntusche auf und betrachtete sich in dem kleinen Spiegel über dem abgenutzten Sekretär. Sie sah schon besser aus, wenngleich ihre Haut noch grünlich und aufgeschürft war und ihre Augen tief in den Höhlen lagen.
Eine halbe Stunde später kehrte sie zurück ins Wohnzimmer, wo das Feuer prasselte und MacGregor Holz stapelte. Der Vorrat war inzwischen fast einen Meter hoch.

Sie wusste, warum.

»Du willst gehen«, sagte sie, denn es lag auf der Hand, dass er sie mit genügend Heizmaterial versorgte, damit sie in seiner Abwesenheit die Hütte warm halten konnte. Ein schwarzer Topf köchelte auf den Kohlen, auf einem Tisch neben dem Kamin stapelten sich Päckchen mit Fertigsuppe und Haferflocken.

»Wenn ich jetzt nicht gehe, habe ich vielleicht nie wieder die Gelegenheit. Ich bin fest entschlossen, einen Ausweg aus dieser Situation zu finden. Falls ich anrufen kann, werde ich das tun. Falls ich ein paar Bäume zersägen muss, um die Straße freizuräumen, wird es etwas länger dauern. Wie auch immer, in ein paar Stunden dürfte ich zurück sein. Spätestens vor Einbruch der Dunkelheit.«

Die Vorstellung, allein in der Hütte zurückzubleiben und wieder nur abwarten zu müssen, war unangenehm. Doch Jillian hatte keine Wahl.

»Ich lasse Harley bei dir, und dort im Schrank steht ja das Gewehr.«

Sie nickte.

MacGregor durchquerte das Wohnzimmer bis dahin, wo sie immer noch auf die Krücke gestützt stand. »Ich bin im Handumdrehen zurück«, sagte er, und dann hauchte er ihr zu ihrer Überraschung einen federzarten Kuss auf die Wange. »Halte die Stellung.«

17. KAPITEL

Hilfe!
Diane kämpfte gegen die Kälte und das Seil, das sie an den Baum fesselte, doch je heftiger sie sich wand und krümmte, desto tiefer schnitten ihr die Fesseln ins Fleisch. Sie versuchte zu schreien, zu brüllen, sich mitzuteilen, doch der Knebel dämpfte ihre Stimme, so dass alles, was sie hörte, nur erstickte Laute, das wilde Klopfen ihres Herzens, das Rauschen des Windes und die Stimme in ihrem Kopf war, die ihr ihre eigene unverzeihliche Dummheit vorwarf.

Wie hatte sie diesem Monster nur vertrauen können, das sie gerade an den Baum mit der rauhen Borke fesselte? Er hatte sie entkleidet, und sie hatte sich nicht gewehrt. Hatte er sie unter Drogen gesetzt? War sie gelähmt gewesen vor Angst? Oder war sie so verzweifelt und allein gewesen, dass sie sich nach seiner Aufmerksamkeit sehnte?

Wie dumm war sie gewesen, als sie zuließ, dass er sie auszog, ihre Haut küsste. Und dann, in dem Moment, als sie zwischen Versuchung und Angst schwankte, legte er ihr die Schlinge um den Hals. Erst da wurde ihr klar, wie tödlich seine Falle war.

Bitte, lieber Gott, hilf mir, betete sie weinend. Der eiskalte Schnee stach mit harten Kristallen in ihren von Gänsehaut überzogenen Körper.

Er würde sie doch sicher nicht hier zurücklassen? Es war bestimmt nur eine Probe.

Diane hörte ihn ächzen, als er das Seil straff zog, und ihr Rücken wurde hart gegen die Rinde der Kiefer gepresst. Vor ihr lag eine schneebedeckte Wiese. Diane versuchte, die Schneeflo-

cken aus ihren Wimpern zu blinzeln, und hoffte inständig, einen Ausweg aus dieser grauenhaften Eiseskälte zu entdecken.
»Lass mich gehen! Tu mir das nicht an! Bitte, bitte!«, weinte sie, doch die Worte klangen dumpf und tonlos, beinahe lallend. Und sie stießen auf taube Ohren.
Er hatte von Anfang an die Absicht gehabt, sie zu töten. Und sie hatte ihm geglaubt, als er sagte, er würde sie in Sicherheit bringen, sobald das Unwetter sich legte, in ein Krankenhaus, oder er würde ein Telefon suchen und den Notruf alarmieren. Oder …
Und du bist darauf reingefallen. Du Idiotin!
Sie fing wieder an zu weinen. Tränen strömten aus ihren Augen, trübten ihren Blick und liefen über ihre eiskalten Wangen. Ihr war so kalt wie noch nie in ihrem Leben. Ihre nackten Brustwarzen schmerzten, alle Wärme war aus ihrem Körper entwichen. Selbst das Blut rann träge und dick durch ihre Adern, ihre Füße wurden bereits taub. Erfrierungen. Unterkühlung. Tod durch Mutter Natur und eigene Dummheit.
Wenn Connor doch da wäre … er würde ihr helfen … *Connor, ach Liebster, … was habe ich getan?* Das Bewusstsein wollte ihr schwinden; sie bemühte sich darum, wach zu bleiben und einen letzten Blick in Connors schönes Gesicht zu werfen, doch ihre Gedanken vernebelten sich. Sie glaubte fast, Connor vor sich stehen zu sehen, der flüsterte, sie bekäme nur das, was sie verdiente … dann war da noch jemand … eine Frau …
»Mom?«, sagte sie zu der Erscheinung, denn ihre Mutter war ja seit drei Jahren tot … aber …
Die Schwärze drohte erneut sie zu verschlingen, und sie nahm verschwommen ein Hämmern wahr. Als ob jemand an die Tür klopfte. »Ich geh schon, Mama«, sagte sie, doch keine Worte kamen über ihre Lippen, und sie hatte einen üblen Geschmack im Mund. »Ich geh schon …«

Pescoli streifte den Papierkram mit einem Blick und gähnte. Was hätte sie jetzt für einen Nikotinschub gegeben, der ihre Sinne schärfte.
Sheriff Grayson kam unflätig fluchend aus seinem Büro gestürmt.
Pescolis Rücken versteifte sich, ihr Magen krampfte sich zusammen. Es war Samstagnachmittag, der Himmel hatte in den letzten paar Stunden aufgeklart, und einige Detectives waren ins Büro gekommen, um Schriftkram nachzuholen oder ihre Aufzeichnungen durchzusehen. Sie warf den Stift auf den Schreibtisch und rückte mit ihrem Stuhl nach hinten. »Lass mich raten«, sagte sie. »Jemand hat eine weitere Leiche im Wald gefunden?«
»Ja«, antwortete Grayson. Sein Gesicht war starr vor mühsam unterdrückter Wut. Er war schon dabei, seine Jacke überzuziehen; im Schulterhalfter steckte seine Waffe. »Wir haben den Killer nicht rechtzeitig geschnappt.«
»Was?« Brewster, der das Gespräch durch die offene Tür zu seinem Büro mit angehört hatte, kam in den Flur, die Jacke in der Hand. »Ist das wahr?«
»Ja, leider«, antwortete Grayson, als der Undersheriff vor ihm stand.
»Na, herzlichen Glückwunsch.« Cort Brewsters sowieso schon rötliches Gesicht wurde vor Wut noch röter. Er zog die Jacke über das Schulterhalfter. »Dieser gottverdammte Perverse!«
Alvarez, deren Arbeitsnische Wand an Wand mit Pescolis lag, stopfte bereits ihr Haar unter die Mütze und eilte den Gang zwischen den Schreibtischen entlang, um die kleine Truppe einzuholen.
Durch die offene Tür von Graysons Büro steckte Sturgis den Kopf in den Flur und bellte nervös.

»Bleib!«, befahl Grayson, als der Hund Anstalten machte, das Büro zu verlassen. Mit sanfterer Stimme fügte er hinzu: »Bin ja bald zurück, alter Junge.« Mit resigniertem Blick drehte der Labrador sich um, schaute ein letztes Mal jammervoll über die Schulter zurück und schlüpfte zurück ins Büro, wo ein mit Zedernspänen ausgepolsterter Hundekorb nahe der Heizung auf ihn wartete.

Pescoli griff nach Jacke, Handtasche und Pistole. »Jillian Rivers?«, fragte sie, als sie dem Sheriff nach draußen folgte.

Grayson nickte knapp. »Sieht so aus. Der gleiche Tathergang.«

»Die arme Frau.« Pescoli konnte sich das Grauen nicht ausmalen, das das Opfer empfand, wenn es gezwungen wurde, nackt durch den Wald zu laufen, und sich hilflos an einen Baum binden lassen musste, den Elementen ausgeliefert. »Wer hat sie gefunden?«

»Ein Wandererpärchen hat angerufen. Sie haben sie auf einer Lichtung beim Cougar-Pass gefunden. Eine Tote, an einen Baum gebunden, genau wie die anderen. Waren außer sich vor Angst.« Graysons Blick war gehetzt, die Falten an seinen Mundwinkeln verrieten Schuldgefühle und Ratlosigkeit. »Wir sind zu spät gekommen, konnten sie nicht retten.«

Niemand äußerte irgendwelche Banalitäten.

Mit hallenden Stiefelschritten stapften sie durch das Gebäude, und Grayson sagte zu Brewster: »Ruf die staatliche Polizei an. Frag, ob sie Hubschrauber einsetzen können, um die Umgebung abzusuchen, Fotos zu machen und so weiter, bevor der nächste Sturm loslegt.«

Pescoli ergänzte: »Und sie sollen sämtliche Hütten mit rauchenden Schornsteinen notieren. In der Gegend dort oben herrscht Stromausfall, und falls der Mörder sich dort aufhält, muss er irgendwie heizen.«

»Vielleicht hat er einen Generator.«

»Dann muss er irgendwo Treibstoff dafür kaufen, Gas oder Diesel, und zwar in rauhen Mengen.«
»Wir haben bereits alle Händler im Umkreis von hundert Meilen abgegrast«, sagte Alvarez.
»Dann sollen sie vom Hubschrauber aus auf Unregelmäßigkeiten im Schnee achten. Ob er um eine der angeblich unbewohnten Hütten herum geschmolzen ist. Generatoren verursachen Abgase, Wärme und Lärm. Vielleicht hat jemand einen laufen gehört, wo man keinen vermuten würde. Und wir sollten Hunde zu Hilfe holen. Vielleicht führen die uns endlich zu dem Mörder.« Grayson stieß die Glastür so heftig auf, dass sie gegen die Wand schlug.
Die Sonne blendete geradezu. Die Schneedecke reflektierte ihre Strahlen, und die Kette am Fahnenmast klapperte im Wind, der das Sternenbanner wehen ließ. Schneeverwehungen zitterten auf den Ästen der Bäume rund um den Parkplatz und rutschten ab und zu herab. Pescoli schloss ihren Jeep auf und setzte sich hinters Steuer; Alvarez nahm den Beifahrersitz ein. Regan hatte mit einem leichten Kater von einer Margarita zu viel und nicht genügend Schlaf zu kämpfen. Da Jeremy bei seinem Freund übernachtete, hatte Pescoli mehrere Stunden mit Nate verbringen können.
Und die hatten sich gelohnt.
Der Mann hatte eine Art, sie völlig umzukrempeln. Natürlich waren sie im Bett gelandet, wie immer. Und wenngleich die Erinnerung ans Liebemachen ein Lächeln auf Pescolis Lippen zauberte, beeinträchtigte doch manchmal ein Kater das Glücksgefühl. An diesem Morgen hatte sie aber keine Zeit, an Nates muskulöse Beine über den ihren zu denken, oder daran, wie er ihr Gesäß packte und ihren Körper an sich zog. Jetzt zumindest nicht. Sie musste sich voll und ganz auf die Mordfälle konzentrieren.

Sie setzte eine Sonnenbrille auf und folgte Graysons Fahrzeug vom Parkplatz und hinauf in die Berge.
»Hast du heute Morgen schon in die Zeitung geschaut?«, fragte Alvarez, als sie am nördlichen Stadtrand an dem Schild mit der Aufschrift »Willkommen in Grizzly Falls« vorbeifuhren.
»Gibt's was Interessantes?«
»Das könnte man sagen, und das ist der Grund, warum Grayson auf hundertachtzig ist.«
»Mehr noch als der Fund von an Bäume gebundenen toten Frauen in seinem Wirkungsbereich?«
»Jemand hat Einzelheiten an die Presse weitergegeben.«
»Was?« Pescoli konnte es nicht fassen. »*Welche* Einzelheiten? Sie haben ja bereits berichtet, dass wahrscheinlich auf die Fahrzeuge geschossen wurde.«
»Jetzt sind sie über die Botschaften informiert. Nicht in allen Details, wohl aber, dass die Opfer an Bäume gebunden wurden, in deren Rinde über ihren Köpfen ein Stern geritzt ist. Vorher wurde das nie erwähnt.«
Pescolis Finger umspannten das Lenkrad; in ihrem Hinterkopf pochten neue Kopfschmerzen. Einer der Vorteile des Büros des Sheriffs bestand darin, dass das Wissen über die Art der Verbrechen und die Einzelheiten der Presse gegenüber strikt zurückgehalten wurde, damit sie den wahren Schuldigen von den Idioten unterscheiden konnten, die ihre Viertelstunde Ruhm einfordern wollten. Denn in dieser abgelegenen Waldgegend liefen zahlreiche Idioten herum, die sich traurige Berühmtheit verschaffen wollten, indem sie die Morde auf ihre Kappe zu nehmen versuchten.
»Wer hat geredet?«
Alvarez schnaubte durch die Nase. »Ist bisher noch nicht bekannt. Doch ich tippe auf Ivor Hicks. Der Kerl kann einfach den Mund nicht halten.«

»Ich weiß, wir kommen an Ivor nicht heran, aber vielleicht schaffen seine Verwandten das.«

»Er hat nur einen Sohn, aber ich glaube, Bill hält den Alten auf Distanz. Würdest du das nicht auch tun?«

»Ich würde von hier wegziehen«, sagte Pescoli.

»Ach, wirklich?« Alvarez schüttelte den Kopf. »Man bleibt doch in der Nähe der Familie, selbst wenn sie nicht so toll ist.«

Pescoli dachte darüber nach. Sie lebte noch in derselben Stadt wie ihr Ex. Vielleicht hatte Alvarez recht. Oder? »Du bist umgezogen.«

»Ja, schon, doch dort, wo ich aufgewachsen bin, war das Stellenangebot sehr begrenzt.«

»Ganz im Gegensatz zu Grizzly Falls.« Pescoli bog von der Hauptstraße auf die ansteigende Bergstraße ab.

Alvarez antwortete nicht, doch das überraschte Pescoli kaum. Ihre Partnerin reagierte immer empfindlich, wenn die Sprache auf ihre Familie kam. Sie hatte nie mit Pescoli über sie gesprochen, doch es lag auf der Hand, dass es böses Blut in der Familie gab. Sehr böses Blut.

»Also, jemand muss verhindern, dass Ivor der Presse gegenüber das Maul aufreißt.«

»Wenn es denn Ivor war.«

»Wer sonst?«, fragte Pescoli.

»Das wäre mal eine interessante Frage«, bemerkte Alvarez.

»Tja, wer sonst? Aber es geht doch darum, dass jemand es getan hat, und Grayson ist ganz und gar nicht erfreut.«

»Darauf möchte ich wetten.« Pescoli behielt den Geländewagen des Sheriffs im Auge und lauschte mit halbem Ohr den Gesprächen im Polizeifunk. Das statische Knistern mischte sich unter das Schnurren des Jeeps, der die steile Bergstraße hinauffuhr. Die Reifen mahlten sich in den sandbestreuten festgefahrenen Schnee. Baumstämme zu beiden Seiten der Straße wurden von Bergen von Eis und Schnee verdeckt, die die schweren Schneepflüge, die in dieser Gegend eingesetzt wurden, an den Seiten aufgeschichtet hatten. Auf dem Weg zum Mordschauplatz beggnete der Konvoi von Polizeifahrzeugen keinem einzigen Wagen.

Pescoli versuchte, sich diesen Teil vom Cougar-Pass, etwa fünfzehn Meilen von der Stadt entfernt, bildlich vorzustellen. Er war nur über eine Straße zugänglich, die ehemals für den Bergbau gebaut worden war. Jetzt war sie unter Schnee begraben, lag aber geschützt, so dass sie die hundert Meter bis zu der Leichenfundstelle zu Fuß bewältigen konnten.

»Heute werden wir Stiefel und Schaufeln brauchen«, sagte sie. »Der Kerl bevorzugt eindeutig abgelegene Plätzchen.«

Alvarez stapfte durch Schneeverwehungen, die ihr bis über die Knie reichten, und dachte an ihre Geschwister, wie sie alle vor Jahren um einen mächtigen Schneesturm gebetet hatten, um nur einen Schneetag. Leider gab es so etwas nicht allzu oft in Woodburn, Oregon.

Die FBI-Agenten trafen ein, als sie sich am Schauplatz des Verbrechens in die Liste eintrug. Pete Watershed, der erste Detective am Tatort, hatte diesen bereits gesichert. In der Gruppe folgten sie der verschneiten Straße und sahen, wie das Wandererpärchen es gemeldet hatte, die an einen Baum gebundene Tote. Die beiden, die den Notruf angerufen hatten, kauerten in ihrem Geländewagen und hatten sich einverstanden erklärt, bis zur Vernehmung durch die Detectives zu warten.

»Dass Gott erbarm«, sagte Alvarez und schlug das Kreuzzeichen über der Brust. Zwar war sie erklärte Naturwissenschaftlerin, aber die religiösen Bräuche ihrer Kindheit kamen in solchen Extremsituationen wieder zutage. Selena Alvarez glaubte an Gott, vielleicht nicht so ausschließlich, wie ihre Großmutter

Rosarita es gewünscht hätte, aber sie glaubte und stand dazu. Gelegentlich handelte sie sich schräge Blicke von Brewster und Watershed ein, doch die ignorierte sie. Pescoli allerdings hatte nie eine Bemerkung fallen lassen oder sich so verhalten, als wäre es etwas Außergewöhnliches.

Als sie jetzt die Leiche betrachtete, brauchte sie ihren Glauben, wenngleich der Trost im Angesicht der bitteren Kälte und der an eine einzelne Kiefer gefesselten toten nackten Frau nur flüchtig sein konnte. Sie war eine zierliche Weiße, doch ihre Haut sah nun bläulich aus. Das kurze blonde Haar hing in gefrorenen Strähnen herab. Ihr schneebedeckter Kopf neigte sich nach vorn. Der Körper wies Blutergüsse auf, die dicken Seile schnitten in ihr Fleisch.

»Heiliger Strohsack«, flüsterte Brett Gage mit finsterer Miene.

»Kein schöner Anblick, wie?« Ernst betrachtete Pescoli die grausige Szene. »Herrgott, ich brenne darauf, den Psychopathen zu schnappen, der das getan hat.«

Stephanie Chandler studierte die Spuren im Schnee. »Wäre schön, wenn wir dieses Mal einen Schritt weiterkämen. Vielleicht nehmen die Hunde Witterung auf.«

»Wollen wir es hoffen«, flüsterte Alvarez. Bisher hatten sich die Such- und Rettungshunde als nutzlos erwiesen, doch an diesem Tag herrschte klareres Wetter, und gut erkennbare Spuren führten von der Lichtung zum Wald und zurück. »Was ist da drüben?«

»Keine Zufahrtsstraße, jedenfalls keine, die benutzt wird, aber früher war da ein Privatweg zu einem Bergwerk, das seit Jahrzehnten stillgelegt ist.« Gage hatte eine Karte hervorgeholt und faltete sie so auf, dass ihr Standort sichtbar war.

»Stehen da noch Gebäude?«, fragte Alvarez.

Gage schüttelte den Kopf. »Weiß nicht.«

»Einer muss nachsehen.«

»Ich gehe«, bot Gage an. Er hielt sorgfältig Abstand zu den Spuren, um kein Beweismaterial zu zerstören, und stapfte in Richtung einer Gruppe Kiefern am anderen Ende der Lichtung, dorthin, von wo aus die Spuren verliefen.

»Der Kerl ist bestimmt nicht so dumm, sich in der Nähe aufzuhalten.« Dessen war Alvarez sicher.

»Meinst du?« Pescoli musterte ihre Partnerin durch die hellbraunen Gläser ihrer Sonnenbrille. »Jeder macht mal einen Fehler. Auch ein Psychopath.«

Stimmt schon, dachte Alvarez.

»Dieser Kerl nicht.« Stephanie Chandler stand ein paar Meter entfernt. Sie hatte das blonde Haar unter eine marineblaue FBI-Kappe gesteckt und tastete den Tatort Zentimeter für Zentimeter mit Blicken ab. »Er ist zu penibel. Er hat sich die Tat tausendfach durch den Kopf gehen lassen. Er macht keine Fehler.«

Pescoli gab nicht nach. »Alle machen Fehler. Darüber stolpern sie dann. Wollen wir hoffen, dass dieser Typ nicht unfehlbar ist, sonst steht uns noch viel Schlimmeres bevor.«

Chandler sagte: »Sie machen nur Fehler, wenn Druck ausgeübt wird. Das ist uns bei diesem Kerl noch nicht gelungen.«

»Noch nicht«, sagte Pescoli. »Aber es wird uns gelingen.«

»Hoffentlich.« Chandler ließ den Blick über die Wälder der Umgebung schweifen.

»Ich glaube, sie ist noch nicht lange tot«, bemerkte Watershed. »Der Körper fühlt sich wärmer an als die anderen, und auf den Spuren liegt kein frischer Schnee. Vielleicht finden die Hunde etwas.« Er blinzelte und blickte Gage und den Spuren im Schnee nach, den Spuren des Mörders. »Er ist auf dem gleichen Weg weggegangen, auf dem er gekommen ist.«

»Wie in den anderen Fällen auch«, bestätigte Alvarez.

Die Kriminaltechniker trafen ein und machten sich an die Ar-

beit, sammelten alles, was als Beweismaterial dienen konnte, von der Leiche und in der Umgebung ein, fotografierten den Tatort und das Opfer von allen Seiten, suchten nach irgendetwas, was der Mörder zurückgelassen haben könnte.
»Das ist nicht Jillian Rivers«, sagte Alvarez abrupt.
Pescoli nickte. »Sie hat keinerlei Ähnlichkeit mit dem Führerscheinfoto. Die Beschreibung passt überhaupt nicht. Rivers ist etwa eins siebzig groß und wiegt etwa achtundfünfzig Kilo, und diese Frau ist knapp eins sechzig und wiegt höchstens fünfzig Kilo.«
Alvarez raffte sich auf und studierte die Leiche eingehend. »Rivers hat hellbraune Augen und langes dunkelbraunes Haar; diese Frau ist blond. Das Haar könnte geschnitten und gefärbt sein, aber das glaube ich nicht. Sieht natürlich aus.« Das Schamhaar des Opfers war von dunklerem Blond, und ihre toten, blicklosen Augen waren strahlend blau. »Auch die Augenfarbe stimmt nicht. Und seht euch die Botschaft an.«

     M ID T   SK   N Z

»Wenn unsere Theorie zutrifft, dann müsste die Botschaft Jillian Rivers' Initialen enthalten. J und R kommen aber nicht vor. Stattdessen haben wir D und Z.« Alvarez schüttelte den Kopf. »Das haut nicht hin, es sei denn, er hat seine Vorgehensweise geändert.«
»Ausgeschlossen.« Chandler schüttelte den Kopf und betrachtete die Szene aus fünf Metern Entfernung. »Er spielt mit uns, klar, versucht aber, uns etwas mitzuteilen. Wir sollen herausfinden, was es ist, damit er seine Klugheit unter Beweis stellen kann.«
Alvarez sah zu, wie Mikhail, der Forensiker, mit einer Pinzette die Botschaft vom Baumstamm löste und sie behutsam in einen

Plastikbeutel schob, um sie ihr dann auszuhändigen. »Wollen Sie sich das näher ansehen?«
»Danke.« Mit spitzen Fingern nahm sie den Beutel entgegen und trat einen Schritt von der gefrorenen Leiche zurück, dankbar für die Gelegenheit, der grausigen Szene den Rücken kehren zu können. Zwar hatte sie gelernt, ihre Gefühle zu verbergen, insbesondere in beruflichen Dingen, doch Selena Alvarez musste sie stets mühsam niederkämpfen, wenn es um Gewalttätigkeit ging. Besonders, wenn es sich um Verbrechen an Frauen handelte. Da hatte sie ihr Kreuz zu tragen, wie Großmutter Rosarita gesagt hätte.
Sie redete sich gern ein, diese Gefühlsaufwallungen würden ein Ansporn für die Überführung eines Psychopathen wie diesen sein, für einen Mann, der Mord als Spiel auffasste.
Und deshalb ging sie auch der Beschäftigung mit der Forensik aus dem Weg. Sosehr sie diese Wissenschaft zu schätzen wusste, konnte ihr Magen deren Ergebnisse doch nicht verkraften. Während die Kriminaltechniker ihrer Arbeit nachgingen, behutsam Plastikbeutel über die gefrorenen Hände des Opfers stülpten, den Körper untersuchten, die Kiefer und ihre nähere Umgebung eingehend in Augenschein nahmen, studierte Alvarez die dazugehörige Botschaft, entschlossen, den Fall von diesem Blickwinkel aus anzugehen. Sie hatte keine Ahnung, was hier ausgetüftelt, übersetzt oder dekodiert werden musste, aber sie würde es herausbekommen, so viel stand fest.

Es war wie die Suche nach einer Nadel im Heuhaufen.
Pescoli ließ stirnrunzelnd den Blick über die zerklüftete Landschaft rund um diesen jüngsten Tatort schweifen. Berge, Schluchten, zugefrorene Bäche, Serpentinen. Sie hatten das gesamte Gebiet nach Jillian Rivers abgesucht, aber ohne Erfolg. Jetzt begann die Suche nach dem Fahrzeug des neuen Opfers.

Wenn das Wetter sich hielt.
Die sprichwörtliche Nadel im Heuhaufen. Sie dachte an die topografischen Karten im Büro. Vielleicht sollte sie mit Hilfe eines Computerprogramms versuchen, potenzielle Tatorte zu bestimmen. In den Bergen hier gab es allerdings viele kleine Wiesen, und es würde eine Ewigkeit dauern, alle zu lokalisieren. Aber hatten sie denn eine Wahl?
»Immerhin wissen wir jetzt eins: Jillian Rivers ist nicht tot, es ist nicht so, dass wir sie nicht gefunden hätten. Die Botschaft enthält kein J und kein R. Sämtliche Initialen passen zu den aufgefundenen Opfern«, fasste Alvarez zusammen.
»Ja, aber das heißt nicht, dass sie außer Gefahr wäre. Vielleicht steht ihre Ermordung kurz bevor«, gab Pescoli zu bedenken.
Alvarez trat näher an die Spuren heran. »Mag sein, aber er war in den letzten paar Stunden hier. Diese Spuren sind frisch, nicht zugeschneit, und das Wetter ist erst seit wenigen Stunden klar.«
»Kein großer Trost. Der Killer könnte sich in diesem Moment mit Jillian Rivers beschäftigen. Was wissen wir schon?«, sagte Pescoli.
Das Geräusch von Hubschrauberrotoren kam näher. Die staatliche Polizei war offenbar bereits gestartet, um die Gegend abzusuchen. Gut, dachte Pescoli, vielleicht können sie aus der Luft etwas entdecken, was wir am Boden nur bei gutem Wetter und mit sehr viel Glück finden würden.
»Was hat diese Botschaft nur zu bedeuten?« Pescoli sah ihrer Partnerin über die Schulter.
»Keine Ahnung, aber sie sieht so aus, als ob hier noch Buchstaben eingesetzt werden müssten.« Brewster betrachtete mit finsterem Blick die Blockbuchstaben und den Stern.
»Auf jeden Fall wird er nicht aufhören, solange sie nicht vollständig ist.« Stephanie Chandler umkreiste den Tatort. »Er kann nicht. Es ist sein Lebensinhalt.« Sie las die Botschaft aus einiger

Entfernung. »Er wird sich höchstens noch steigern. Wir suchen jetzt nach einer Vermissten Anfang zwanzig mit den Initialen DZ oder ZD. Wer hat noch gleich diese Leiche gefunden?« Sie wandte sich Sheriff Grayson zu, der etwa fünf Meter von der Kiefer entfernt stand und mit den Händen in den Taschen und zusammengepressten Lippen die tote Frau betrachtete.

»Eldon und Mischa York, auf einer Wanderung. Sie besitzen hier draußen ein Sommerhäuschen und wollten dort eine Woche Urlaub machen. Sie sagen, wegen des Unwetters saßen sie dort fest, und sie wollten den Wetterumschlag nutzen, um sich ein bisschen Bewegung zu verschaffen. Ein Glück für uns, dass sie, als sie auf die Tote und all die Spuren stießen, gleich zu ihrem Allradfahrzeug gerannt sind und dahin gefahren sind, wo sie Handyempfang hatten und den Notdienst anrufen konnten.« Grayson wandte sich der FBI-Agentin zu. »Die beiden warten in ihrem Wagen, falls Sie mit ihnen sprechen wollen.« Er wies mit der behandschuhten Hand auf die Zufahrtsstraße, wo sämtliche Fahrzeuge vom Büro des Sheriffs und dem Kriminallabor um den Geländewagen der Yorks herumstanden.

»Ja, auf jeden Fall«, sagte Chandler. Hubschrauberlärm zerriss die Stille.

»Anscheinend haben wir dieses Mal Glück gehabt. Von den Stiefelspuren lassen sich gute Abdrücke fertigen. Endlich was Brauchbares«, bemerkte Alvarez.

»Für das Opfer hat das Glück nicht ausgereicht«, brummte Grayson und entfernte sich, die Hände zu Fäusten geballt. »Wer immer sie ist, sie hatte keine Chance.« Er sah nach oben zum Himmel, wo der Hubschrauber über der Waldgrenze auftauchte und sich über einem mit Schnee und Eis bedeckten felsigen Bergrücken in der Luft hielt.

Der Hubschrauber kam näher, ging tiefer, streifte fast die Baumwipfel am Rand der Lichtung. Es war nicht der Such-

und Rettungshubschrauber der Polizei, den sie erwartet hatten. Ein blaues Emblem verriet, dass er einem ortsansässigen Nachrichtensender gehörte, und ein Kameramann, das riesige Objektiv auf die Lichtung gerichtet, lehnte sich heraus, so weit er es wagte.

Pescoli hätte ihn gern verscheucht. »Seht mal, wir haben Gesellschaft.«

»War doch klar«, knurrte Grayson mit zusammengebissenen Zähnen. »Da dachte ich, schlimmer kann's nicht mehr werden, und schon taucht die Presse auf.«

»Früher oder später musste es ja so kommen«, sagte Agentin Chandler und blinzelte zu dem Hubschrauber hinauf. »Vielleicht können wir ihr Bildmaterial nutzen. Mal sehen, was sie sonst noch so entdecken, und wir geben eine Presseerklärung ab. Lasst uns die Presse benutzen, statt uns von ihr benutzen zu lassen.«

Pescoli betrachtete den Hubschrauber hoch oben in der frischen Bergluft. Chandler hatte recht; der Pressehubschrauber konnte ihnen unentgeltlich Unterstützung aus der Luft bieten. »Nichts wie ran!«, wandte Grayson sich an die FBI-Agentin. »KBIT gehört ganz Ihnen.«

Jillian glaubte, den letzten Rest ihres Verstands zu verlieren. Sie blickte hinaus auf die in der Sonne glitzernde Schneefläche. Jetzt war die Gelegenheit da, dieser Einöde zu entkommen.
Aber wohin?
Und wie?
Sie musste auf MacGregor warten. Er war vor Stunden mit einer Kettensäge losgegangen. Sie hatte ihm nachgeschaut, als er mit dem Schneemobil davonfuhr, hatte den starken Motor brüllen gehört, doch seit das Geräusch verklungen war, wartete sie und hoffte, den Lärm der Säge zu vernehmen.

Doch es war nichts zu hören.
Der Hund, der sie offenbar endlich akzeptiert hatte, lag wieder zusammengerollt bei der Tür, das Feuer brannte im Kamin. Jillian hatte versucht, sich auf eines der Bücher zu konzentrieren, die sie gefunden hatte, aber es gelang ihr nicht. Sie war zu aufgedreht. Zu angespannt. Zu begierig darauf, endlich von hier wegzukommen. Die Zeit verging, und wenn sie herausfinden wollte, ob Aaron wirklich noch lebte – oder wenn sie auch nur in ihr normales Leben zurückkehren wollte! –, dann durfte sie sich nicht länger aufhalten lassen.
Und was ist mit MacGregor? Willst du ihn einfach zurücklassen?
»Natürlich«, knirschte sie. Der Mann bedeutete ihr nichts. Ja, sie fand MacGregor recht interessant, doch das führte sie darauf zurück, dass sie allein mit ihm in dieser abgelegenen Schlucht eingepfercht war. Sie hatte schon vom Stockholm-Syndrom gehört, nach dem eine Geisel anfängt, ihrem Entführer zu vertrauen, aber war es das? Die Wurzel ihrer Fantasien?
Jillian dachte daran, wie seine Lippen ihre Wange gestreift hatten. Gut, er hatte sie geküsst. Na und? Gut, er war attraktiv. Wen interessierte das? Und er war geheimnisvoll. Eher ein Grund, schnell von hier wegzulaufen!
Sie legte Holz aufs Feuer, horchte angestrengt und hoffte, das Dröhnen des Schneemobils zu hören, doch kein Geräusch durchbrach die Stille in der Hütte. Sie kramte in ihrer Tasche und machte sich an dem Handy zu schaffen, versuchte es in jedem Winkel der Hütte, doch jedes Mal, wenn sie schon glaubte, ein Signal zu empfangen, leuchtete auf dem Bildschirm »Kein Empfang« auf.
»Toll«, sagte sie zu dem Hund, ging zum Fenster und wünschte sich, MacGregor würde zurückkommen. Noch immer war

weder ein Sägegeräusch noch das Brummen des näher kommenden Schneemobils zu hören.
Während sie aus dem Fenster sah, überlegte sie, wo genau sie sich befinden mochte. Auf dem Tisch lag ein Stapel Landkarten, sie sah sie durch und entschied sich für eine, auf der ihrer Meinung nach die Umgebung verzeichnet sein konnte.
Sie sah Straßen und Flüsse und Städte, einschließlich Grizzly Falls und Spruce Creek, zwei Namen, die ihr bekannt vorkamen. Sie fand Missoula, starrte auf die Buchstaben und dachte an Mason, der sie ihrer Überzeugung nach nach Montana gelockt hatte. Aber ergab das einen Sinn? Warum sollte Mason sie nach Montana locken? Warum sollte er sie umbringen wollen?
Natürlich hatte es einmal eine Lebensversicherung gegeben. Eine Police, die mehrere hunderttausend Dollar wert war, worauf Mason bestanden hatte, aber sie wusste nicht einmal genau, ob sie noch existierte.
Und dann die Stimme am Telefon. War das Mason mit verstellter Stimme? Der flüsterte, damit sie ihn nicht erkannte? Und warum ausgerechnet jetzt?
Soweit sie wusste, war er mit seiner neuen Vorzeigefrau glücklich verheiratet. Warum sollte er dann Aaron wieder hervorkramen? Er galt schon so lange als tot, dass Jillian kaum noch wusste, wie er aussah. Sie sah einen Stapel astrologischer Karten auf dem Tisch durch und stieß auf den Umschlag mit den Fotos, die angeblich ihren verstorbenen Mann zeigten. Sie hielt die Bilder ans Licht der Kerosinlaterne, betrachtete sie eingehend und versuchte, sich zu erinnern.
War es wirklich Aaron?
Vielleicht. Doch da waren der Bart und die Sonnenbrille und die tief in die Stirn gezogene Basecap, die sein Gesicht teilweise verdeckte. Und das Körpergewicht. Aaron war immer schlank und durchtrainiert gewesen.

Und inzwischen waren zehn Jahre vergangen. Ein ganzes Jahrzehnt. Sie hatte wieder geheiratet und sich scheiden lassen. Und falls Aaron noch lebte, würde er in wenigen Monaten vierzig Jahre alt sein.

»Wer bist du?«, flüsterte sie, und beim Klang ihrer Stimme erhob sich der Hund. Die Steuermarke klimperte an seinem Halsband. Er warf ihr einen Blick zu und trottete zur Haustür, kratzte daran und winselte.

»Musst du raus?«, fragte sie mit einem Blick nach draußen. Und wo zum Kuckuck steckte MacGregor?

Er ist weg. Kommt nicht zurück. Vielleicht hat ihn jemand, der Mann, den du draußen bemerkt zu haben glaubtest, überfallen.

Das war lächerlich; sie ließ sich von ihrer Angst hinreißen. Harley winselte noch lauter. »Jaja, ich weiß. Immer langsam mit den jungen Pferden.« Jillian hinkte zum Gewehrschrank und kam sich doch ein wenig ungeschickt vor, als sie mit der freien Hand nach der geladenen Flinte griff. Die Vorstellung, die Waffe gebrauchen zu müssen, behagte ihr nicht, doch sie wusste, dass sie es im Fall einer Bedrohung konnte. Dafür hatte Grandpa Jim gesorgt.

Sie pfiff nach dem Hund. »Komm, Harley, du kennst ja die Prozedur.« An der Krücke humpelte sie zur Hintertür und öffnete sie. Der Hund schoss nach draußen, bevor Jillian es sich anders überlegen und sich fragen konnte, ob es falsch war, ihn herauszulassen. Wenn der Hund nun MacGregor nachlief? Oder sich verirrte.

Er ist doch ein Hund. Er ist hier zu Hause. Er bleibt nicht lange draußen in der Kälte.

Er muss nur kurz raus, sich ein bisschen bewegen, ein paar Mal pinkeln.

»Bitte lauf nicht weg«, flüsterte sie und sah zu, wie der Hund am Stamm eines kleinen Baums hinter der Garage sein Bein

hob. Er trabte durch den brusthohen Schnee; es schien ihm Spaß zu machen, eine Spur durch das eisige Pulver zu ziehen.
Jillian stand an der Tür, spürte die Kälte und fröstelte. Sie wollte gerade zurück in die Hütte gehen, als sie sah, wie Harley mitten auf der Lichtung hinter der Hütte plötzlich stehen blieb und die Ohren spitzte.
Beinahe hätte sie nach ihm gerufen, beschloss jedoch noch rechtzeitig, den Mund zu halten. Etwas in dem eindringlichen Blick des Hundes beunruhigte sie. Ihre Finger spannten sich um den Haltegriff der Krücke. Die Schnauze im Wind, das Nackenfell gesträubt, so blickte Harley angespannt in den Wald hinein. Panik erfasste Jillian. Sie hob das Gewehr an die Schulter.
Lass dir bloß keine Angst einjagen.
Der Hund knurrte tief in der Kehle und senkte den Kopf und die Rute. Kein gutes Zeichen. Sie wusste genug über Hunde, um zu erkennen, wann sie Gefahr witterten. Harley bewegte sich durch den hohen Schnee, zog eine Spur zu einer dichten Kieferngruppe, die er nicht aus den Augen ließ.
Mit wild klopfendem Herzen richtete Jillian das Gewehr auf die Stelle hinter den Kiefern, die der Hund fixierte. Sie blieb in der Nähe der Hütte und pfiff nach dem Hund, wie sie es ein Dutzend Mal von MacGregor gehört hatte.
Die Ohren des Spaniels zuckten nicht mal, während er sich mühselig durch den schultertiefen Schnee bewegte.
»Harley!«, rief sie gebieterisch und beobachtete ihn durchs Zielfernrohr. »Hierher.«
War der Hund verrückt? Er versank nahezu im Schnee.
Immer noch gehorchte der Spaniel nicht. Er schlüpfte unter den ersten tief herabhängenden, schneebeladenen Ast einer Gelbkiefer.
Langsam und vorsichtig entsicherte sie das Gewehr. Der Tag war klar und ruhig. Das Eis reflektierte das Sonnenlicht, dass es

beinahe blendete. Kein Windhauch regte sich. Nicht ein einziger Vogelschrei. Nur das Geräusch ihres eigenen angstvollen Atmens.
Sie blinzelte. Horchte auf das geringste Geräusch. »Komm zurück«, rief sie in der Hoffnung, dass der Hund sie noch hörte. *Dreh jetzt nicht durch. Vielleicht hat der Hund ein Eichhörnchen gesehen. Oder ein Reh. Oder einen Wolf. Erst neulich hast du doch gelesen, dass der Wolf wieder in Montana heimisch ist. Und Wölfe leben in Rudeln. Können einen Haushund in Stücke reißen.*
Ihr Mund war wie ausgedörrt.
Sie hatte sich nie vor wilden Tieren gefürchtet, hatte Menschen immer für gefährlicher gehalten, aber jetzt ... »Harley, komm zurück!«, rief sie, etwas unsicher auf ihrem einen Fuß, der in einem Stiefel steckte. Die Zehen des anderen waren nackt in der Kälte. »Harley! Hierher!« Mit heftig klopfendem Herzen senkte sie das Gewehr, humpelte bis an den Rand der Veranda und betrachtete die Spuren im Schnee, wo der Hund verschwunden war.
»Harley!«, rief sie noch einmal. Die Berge warfen das Echo zurück.
Bamm!
Ein Schuss.
Der Hund jaulte vor Schmerzen.
»Harley!«, schrie Jillian. Ihr Herz setzte einen Schlag aus. Was nun? Sie musste zu dem armen Tier. »Harley!« Vielleicht lebte er noch!
Sie ging die Verandatreppe hinunter, bevor ihr einfiel, dass zwei Stufen mit Schnee überweht waren. Die Gummispitze ihrer Krücke rutschte leicht ab, doch sie fing sich und folgte mühsam dem halben Weg, den der Hund gegraben hatte. Wer hatte auf ihn geschossen?

Ein Jäger, der ihn mit einem Wolf oder Kojoten verwechselt hatte. Oder ... jemand, der auf der Lauer gelegen hatte?
Jemand mit dunklen, bösen Absichten. Jemand, der auch auf den Reifen ihres Wagens geschossen hatte ...
Sie hob das Gewehr an die Schulter, fuhr sich nervös mit der Zunge über die Lippen, ignorierte die Kälte und stapfte weiter. Sie sprach kein Wort, lauschte angestrengt auf ein mögliches Winseln des Hundes, auf Schritte oder Flüsterstimmen – aber nichts durchbrach die Stille. Am Rand der Baumgruppe bückte sie sich unter einem Zweig hindurch, und Schmerz schoss durch ihren Unterleib und den Brustkorb. *Das ist Wahnsinn, Jillian. Kehr um. Was kannst du für das arme Tier tun, falls du es überhaupt findest? Willst du es nach Hause tragen? Und wie?*
Sie biss die Zähne zusammen, ging immer weiter, versuchte, so leise wie möglich zu sein, und folgte mit rasendem Herzen dem Weg. Unter den Bäumen lag der Schnee nicht so hoch. Sie hörte das leise Murmeln eines Baches, wahrscheinlich halb zugefroren, und darüber hinweg fernes Motorengeräusch.
MacGregors Schneemobil?
Mit dem Gewehrlauf schob Jillian tiefhängende Zweige zur Seite, und dann hörte sie den Hund winseln ... Er lebte! Und MacGregor war auf dem Weg. Das Dröhnen des Schneemobils kam näher ... oder? *Los, MacGregor, komm her!* Sie umrundete einen Felsvorsprung und sah den Hund, einen schwarz-weißen Fleck auf dem verschneiten Boden. Und mehr noch. Rotes Blut verklebte sein Fell und floss von seinem Körper in den unberührten Schnee des Waldbodens.
»Ach, Harley«, sagte sie und hob seinen Kopf an. »O nein, es tut mir so ...«
Er sah sie nicht an. Er fixierte über ihre Schulter hinweg einen Punkt hinter ihr.

Sie kam einen Schritt näher. Er fletschte die Zähne und knurrte drohend. Aus den Augenwinkeln sah Jillian eine flüchtige Bewegung.
Sie umklammerte das Gewehr und fuhr herum.
Doch es war zu spät. Der Angreifer war schon über ihr, stieß sie auf den gefrorenen Boden. Jillian wand sich, der widerliche Geruch einer Chemikalie stach in ihrer Nase. Flüchtig sah sie eine schwarz behandschuhte Hand, ein nacktes narbiges Handgelenk fiel ihr auf, dann wurde ihr der feuchte Lappen auf Mund und Nase gepresst.
Ihre Angst wich süßem Vergessen.

18. KAPITEL

Bamm!
Ein Schuss hallte durch die Schluchten. MacGregor drosselte das Tempo seines Schneemobils und ließ den Motor leerlaufen, während er horchte. Kam das Geräusch aus der Richtung seiner Hütte? Jillian? Hatte sie das Gewehr abgefeuert, das er ihr zurückgelassen hatte? Oder jemand anderes? Ein Jäger?
Voller Sorge trat er aufs Gas und schlug den Weg zu seinem Heim in den Bergen ein. Er konnte sich irren. Die Hütte lag Meilen entfernt, und um sie zu erreichen, würde er fast eine halbe Stunde benötigen.
Lass deine Fantasie nicht mit dir durchgehen, ermahnte er sich, wurde aber das Gefühl nicht los, dass etwas faul war. Die Straßen in der Nähe seiner Hütte waren selbst für den stärksten Geländewagen immer noch unbefahrbar, da der Schnee tief in Spalten und Schluchten geweht war, doch etwa anderthalb Meilen den Berg hinunter waren die Fahrwege einigermaßen in Ordnung; festgefahrener Schnee und Sand boten den Reifen halbwegs Halt. Falls er eine Möglichkeit fand, könnte er Jillian auf einem vom Schneemobil gezogenen Schlitten transportieren. Besser noch: Er könnte mit dem Schneemobil in die Stadt fahren und Hilfe holen.
Die Vorstellung war ihm unangenehm. Seit zehn Jahren ging er der Polizei aus dem Weg, doch jetzt hatte er womöglich keine andere Wahl. Die Zeit wurde knapp; vor einem neuerlichen Schneesturm wurde gewarnt.
Er gab Gas, und mit einem Aufbrüllen schoss das Schneemobil

davon. Die Skier glitten mühelos über den Schnee. Er hätte sich selbst ohrfeigen können, dass er Jillian allein gelassen hatte.

Aber was hätte er sonst tun sollen? MacGregor hatte längst überlegt, was er mit ihr anfangen sollte, es passte ihm nicht, dass er sich an ihre Gegenwart gewöhnte, dass er sich zu ihr hingezogen fühlte, was schlicht und ergreifend dumm war. Er hatte schon vor langer Zeit den Frauen abgeschworen; er brauchte keine. Wollte keine.

Dann hatte er sie eingeklemmt in ihrem Wagen gefunden, bewusstlos, halb erfroren, und ihm war nichts anderes übriggeblieben, als sie auf einer behelfsmäßigen Trage an zwei Stangen, die er an sein Fahrzeug anhängte, zur Hütte zu schleppen. Dann war er zurückgefahren, um ihre Sachen zu holen, hatte versucht, die Behörden zu verständigen, und sich dann, weil der Sturm so wütend tobte, mit ihr in seiner Hütte verbarrikadiert.

Und sie zu versorgen, während sie schlief, sie zu waschen und ihre Verletzungen zu verbinden, ihren Körper aufzuwärmen und ihr trockene Kleider anzuziehen, sie nackt zu sehen, das alles war sein Verderben. Es war ja nicht so, dass er nicht auch von Berufs wegen schon Frauen behandelt hatte, aber diese ...

Er lenkte das Schneemobil zwischen den Bäumen hindurch und einen Berg hinab zum gefrorenen Bachbett, das nun unter sechzig Zentimeter Pulverschnee begraben lag. Das war der kürzeste Weg zurück zur Hütte, wenn auch nicht der sicherste, denn das Terrain war abschüssig und felsig. Ein paar Felsbrocken lugten aus der endlosen Schneedecke heraus.

Die Sonne ließ den Schnee glitzern, er blendete trotz der dunklen Skibrille. Die ganze Welt war sepiagetönt und so unberührt, so isoliert, dass er sich fühlte wie in einem unbewohnten Land, wie in einem Science-Fiction-Film.

Die Bäume rasten an ihm vorbei, als er die letzte Kurve nahm. Der Motor brüllte, der Treibriemen brachte das Fahrzeug über einen letzten Bergkamm, die Skier glitten über den vereisten Boden. Weit unterhalb dieses Kamms sah MacGregor die Hütte. Schwarzer Rauch quoll träge aus dem Schornstein, und ihm war schon ein bisschen wohler.
Alles war in Ordnung. Musste in Ordnung sein. Er war nur so aufgewühlt, weil er zum September Creek gefahren war, zu der Stelle, wo ihr schrottreifer Subaru gelegen hatte. Der Wagen war längst fort, seine Überreste lagen unter sechzig Zentimeter Schnee begraben, aber Fetzen von schwarz-gelbem Flatterband hingen hier und da noch an den Bäumen. Die Polizei hatte das Fahrzeug gefunden und suchte jetzt zweifellos nach Jillian.
Es war Zeit, sie in die Stadt zu bringen. So oder so. Und wenn er wieder auf das Tragegeschirr zurückgreifen musste. Zudem machte man sich bestimmt Sorgen, Suchtrupps wurden aufgestellt, die Polizei war alarmiert. Irgendwie würde er eine Möglichkeit finden, sie in die Stadt zu transportieren. Hauptsache, ihr war nichts zugestoßen.
MacGregor trat aufs Gas und raste den Berg hinunter, getrieben von Sorge. Sein sechster Sinn sagte ihm, dass keineswegs alles so war, wie er es zurückgelassen hatte.

»Der Hubschrauberpilot glaubt, den Wagen gefunden zu haben«, sagte Grayson, als er sein Telefongespräch beendet hatte. Dankbar für den Hinweis, stapfte Pescoli zurück zu ihrem Fahrzeug und überließ es den Kriminaltechnikern, die Lichtung Zentimeter für Zentimeter abzusuchen. Pescoli war klar, dass sie nichts finden würden, doch man musste sich an die Vorschriften halten.
Die Hunde hatten keinen Erfolg gehabt; die Spur im Schnee führte wieder zu einer alten Bergwerkszufahrt, die seit dreißig

oder vierzig Jahren nicht mehr benutzt worden war. Doch dieser Typ, der Mörder, kannte offenbar sämtliche Straßen, jeden noch so versteckten Winkel der Umgebung.
Ein Ortsansässiger.
Vielleicht kannte sie ihn sogar? War es jemand, den sie aus dem Wild Wills vom Sehen kannte, wo er oft einen Drink zu sich nahm, oder vielleicht einer von diesen jähzornigen Vätern, die als Fußballtrainer auftraten? Von denen hatte sie mehr als genug kennengelernt, als Bianca Fußball spielte, und sie hatte erlebt, wie bei manchen Vätern und Müttern der Blutdruck in schwindelnde Höhen schoss, wenn ihrer Meinung nach unfair gegen die Mannschaft ihres Kindes gepfiffen wurde. Dann waren da auch immer noch die Kirchenältesten, ausgemachte Tugendbolde, unter deren mildtätigem Auftreten sich etwas unterschwellig Düsteres, Bösartiges verbarg. Oder konnte der Mörder jemand sein, den sie wegen einer Ordnungswidrigkeit oder geringfügigen Straftat verdonnert hatte? Vielleicht jemand, der als gewalttätig bekannt war?
Tief in Gedanken versunken, setzte sich Regan hinters Steuer ihres Jeeps. Sie hatten die Listen der ortsansässigen Männer schon durchgesehen, die in den vergangenen fünf Jahren wegen Gewalttätigkeit, Überfällen, bewaffnetem Raub und dergleichen verhaftet worden waren, ebenso wie ein paar Männer, die zu häuslicher Gewalt neigten, einige Scharfschützen vom Militär und Jagdexperten aus der Umgebung, doch alle, die sie vernommen hatten, waren sauber. Es sei denn, sie hatten etwas übersehen.
Alvarez schloss die Tür auf der Beifahrerseite, und Pescoli wendete den Jeep und folgte nachdenklich dem Allradfahrzeug des Sheriffs.
»Warum finden wir den Kerl nur nicht?«, fragte Alvarez, den Blick starr nach vorn gerichtet, während Pescoli den Enteiser einstellte.

»Wir finden ihn.«

»Ja, aber wann? Wie viele Frauen müssen denn noch erfrieren?« Wütend zückte sie ihr Handy und gab eine Nummer ein. »Ja. Alvarez hier. Seid ihr fündig geworden?« Pause. »Ja, Marcia, ich weiß, dass wir Wochenende haben, aber wir haben schon wieder eine bisher nicht identifizierte Tote.« Wieder eine lange Pause. »Ganz recht. D und Z.« Sie rasselte die Beschreibung der Toten herunter, und Pescolis Magen krampfte sich zusammen. »Ich möchte darauf wetten, dass sie vermisst gemeldet ist. Prüfen Sie es landesweit, und wenn das nichts bringt, auch im Nordwesten. Was? Kanada? Nein, noch nicht. Ja, wir leben nahe an der Grenze, aber bisher waren alle Opfer Bürgerinnen der Vereinigten Staaten. Hm … ja, okay. Rufen Sie mich an, wenn Sie etwas wissen.« Sie legte auf. Inzwischen hatten sie eine Bergstraße erreicht, die sich zur Stadt hinunterschlängelte.

»Sämtliche Opfer und Fahrzeuge wurden in einem Umkreis von zehn Meilen gefunden«, bemerkte Pescoli.

»Nimm das zum Quadrat. Was bekommst du dann? Hundert Quadratmeilen Berge, Schluchten, Klippen und Flüsse. Rauhes Land.«

»Und jemand ganz Bestimmtes kennt es wie seine Westentasche.« Pescoli griff nach ihren Zigaretten und ignorierte den strengen Blick, den ihre Partnerin ihr zuwarf. »Mein Auto«, sagte sie.

»Meine Lunge.«

»Weißt du, du könntest ruhig etwas lockerer sein.«

»Ich halte mich doch nicht fit, ernähre mich gesund und mache Yoga, damit du mein Atmungssystem verpesten kannst.«

»Gib schon Ruhe«, sagte Pescoli, zündete sich jedoch keine Zigarette mehr an. Sie konnte warten, bis sie den Parkplatz beim Büro des Sheriffs erreicht hatten. Außerdem war ihre Sucht nicht so ausgeprägt. Rauchen half ihr lediglich beim Nachdenken …

Ihr Handy klingelte fast im selben Moment, in dem der Sheriff Sirene und Licht einschaltete. Sie meldete sich: »Pescoli.«

»Wir haben noch eine.«

»Was?« Alvarez' Kopf ruckte zu ihr herum, eine unausgesprochene Frage in den Augen.

Grayson erklärte: »Offenbar noch eine an einen Baum gebundene Frau, in der Nähe von Broken-Pine-Lodge. Der KBIT-Hubschrauber hat sie entdeckt. Ich habe Van Droz bereits raufgeschickt, sie ist in der Nähe. Sollte vor uns dort sein und den Tatort sichern.«

»Toll«, sagte Pescoli, besorgter denn je. »Noch ein Opfer?«, fragte Alvarez. »Ja.« Pescoli nickte, führte beide Gespräche, das mit Alvarez und das am Handy, gleichzeitig.

»Eskaliert sich der Killer gerade, oder was passiert hier?«, fragte Alvarez so laut, dass auch Grayson sie hörte. »Sieht so aus«, antwortete er.

»Die Nachrichtenleute mit dem Hubschrauber haben sie gefunden«, erklärte Pescoli und schaltete herunter.

»Sagte ich doch«, antwortete der Sheriff gereizt. »Wird um elf gesendet.«

MacGregor betrat die Hütte. Drinnen war es totenstill, das Feuer war heruntergebrannt, die Hütte wirkte verlassen. »Jillian?«, rief er, schaute in die leeren Räume, und Angstschauer überliefen seinen Rücken.

Sie war fort. Schlicht und ergreifend. Das Gewehr, das er ihr überlassen hatte, ebenfalls, auch die Krücke fehlte. Und der Hund.

»Harley?« Seine Stiefelschritte klangen hohl auf dem alten Holzfußboden, als er durch die Küche zur hinteren Veranda ging. Das ungute Gefühl, das ihn seit dem Schuss vor knapp einer Stunde nicht mehr losgelassen hatte, verstärkte sich. Er ging hinüber zur vorderen Veranda, pfiff und rechnete halb damit, den schwarz-weißen Spaniel durch die Schneewehen springen zu sehen.

Nichts.

Rasch durchquerte er das Haus zur hinteren Veranda, legte die Hände trichterartig um den Mund und rief: »Jillian? Harley?« Die Schluchten warfen seine Stimme als Echo zurück, und er griff nach seinem Gewehr und schritt die Veranda ab. Eine Spur im Schnee führte auf den Wald zu.

Was dachte sie sich dabei? Zu Fuß wegzulaufen, obwohl sie noch längst nicht genesen war?

Vielleicht wurde sie gezwungen. Bei dem Gedanken wurde ihm kalt bis ins Mark, und er ließ den Schuss noch einmal im Kopf Revue passieren.

Doch die Abdrücke im Schnee stammten nur von dem Hund, der Krücke und einem Stiefel. Sonst nichts. Möglicherweise war der Hund ihm nachgelaufen oder einem Waschbären oder Reh. Vielleicht war Jillian ihm nachgegangen.

Das hätte nicht sein müssen, Jillian!, dachte er, folgte dann jedoch im Dauerlauf der Spur und duckte sich unter den herabhängenden Zweigen hindurch, wobei er ein Kaninchen im Unterholz aufscheuchte. »Harley«, rief er und pfiff. Warum hätte der Hund weglaufen sollen?

Ein erbarmungswürdiges Winseln ertönte unter den Kiefern. MacGregor wollte das Blut in den Adern gefrieren. Mit klopfendem Herzen entsicherte er sein Gewehr, hielt es schussbereit, als er einen großen Felsblock umrundete. Da sah er seinen Hund auf der Seite im Schnee liegen, das schwarz-weiße Fell verklebt und rot von Blut. Viel zu viel Blut hatte sich bereits unter ihm angesammelt. Dennoch hob der Spaniel den Kopf und sah zu ihm hin, winselte und wedelte matt mit der Rute. »Halte durch, Freundchen«, sagte MacGregor, zog seine Jacke aus und riss das Futter heraus. Er legte den Hund auf die Jacke und wickelte den Ärmel um sein Hinterbein, in dem eine Schussverletzung klaffte. Sorgenvoll und wütend zugleich kniete er sich neben Harley und sah die Spuren. Nicht nur Jillians, sondern eine weitere, bedeutend größere Fußspur, die nach Osten führte, wo in mehr als zwei Meilen Entfernung eine alte verlassene Sägemühle lag.

Ausgeschlossen, dass Jillian so weit humpeln konnte. Er ließ den Hund äußerst ungern allein, doch ihm blieb nichts anderes übrig. Jillian Rivers' Leben stand auf dem Spiel.

Das Gewehr fest in der Hand, folgte Zane MacGregor ungeachtet der Kälte der Spur. Er lief, so schnell er konnte. Er konnte nur hoffen, dass es nicht schon zu spät war.

»Heiliger Strohsack!« Brewster starrte auf die an den Baum gebundene Frau und sah aus, als müsste er sich übergeben. Pescoli und Alvarez eilten herbei. Die Szene war nahezu identisch mit der vorigen, abgesehen davon, dass die nackte Frau von einer einzelnen Weißen Zypresse auf einer kleinen Bergwiese losgeschnitten worden war. Sie lag nun auf einer Jacke, ihre glasigen Augen blickten leer nach oben. Ihr Körper war von Blutergüssen übersät, ihre Lippen rissig. Deputy Trilby Van Droz hockte im zertretenen Schnee neben dem Baum und untersuchte die Leiche.

Als Van Droz sie kommen hörte, hob sie den Blick und schrie: »Sie lebt! Ich habe schon den Notarzt gerufen.«

»Sie lebt«, wiederholte Pescoli. Über ihnen hing als dunkler Fleck am blauen Himmel der Hubschrauber des Nachrichtensenders. Ein Kameramann lehnte sich weit aus dem Fenster und filmte die Szene.

»Diese verfluchten Idioten«, sagte Grayson und gab ihnen das Zeichen zu verschwinden. »Ruf mal jemand bei KBIT an. Sie sollen den Luftraum frei halten, für den Fall, dass ein Rettungshubschrauber landen muss.« Brewster sprach über sein Walkie-Talkie mit den Polizisten auf dem Revier und gab ihnen Anweisungen.
»Immerhin haben sie sie gefunden«, sagte Alvarez. »Ich übernehme das Tatortprotokoll.« Das Gebiet musste abgesperrt und gesichert werden. Jeder, der hinzukam, musste sich in eine Anwesenheitsliste eintragen.
Grayson kritzelte seinen Namen. »Ist sie bei Bewusstsein?«, brüllte er. »Nein. Aber ich fühle ihren Puls, und sie atmet.« Van Droz versuchte, das Opfer warm zu halten, und dann zerriss das Heulen einer Sirene die stille Bergluft.
Pescoli trug sich ebenfalls ein und hastete, bemüht, keine Spuren zu zerstören, zum Opfer, wo sie sich in den Schnee kniete und zu helfen versuchte. »Ist das Jillian Rivers?«
»Weiß nicht.«
»Nein«, sagte Watershed von rechts hinter ihr. Er trat einen Schritt zurück und begutachtete die Botschaft an der schuppigen Rinde der Zypresse. »Die Buchstaben stimmen nicht.«
Pescoli sah zu dem Zettel mit der merkwürdigen Botschaft hoch. Eindeutig, Jillian Rivers' Initialen enthielt sie wieder nicht. Sie sah weder ein J noch ein R.
Die Botschaft lautete jetzt:

M ID T DE SK N Z

»Was soll das bloß heißen?«, flüsterte Watershed.
Trilby Van Droz kniete immer noch neben dem Opfer, Pescoli neben ihr. Der Sheriff befahl Brett Gage, dem stellvertretenden Leiter der Strafverfolgung, den Spuren im Schnee zu folgen.

Mit einem Hundeführer stapfte er zum östlichen Rand der Lichtung.
»Wie zum Kuckuck kommt so einer hierher?«, fragte Grayson.
Die Sirenen des Rettungswagens heulten lauter.
Pescoli rieb die Handgelenke der Frau. »Hören Sie mich?«, fragte sie. Aus den Augenwinkeln sah sie, wie der Rettungswagen schlitternd auf dem alten, schneebedeckten Parkplatz der verfallenen Hütte anhielt. »Wie heißen Sie? Wer hat Ihnen das angetan?«
»Sie reagiert nicht«, sagte Detective Van Droz. »Ich habe noch kein Wort aus ihr herausbekommen.«
Zwei Sanitäter eilten, beladen mit ihrer Ausrüstung, zu der im Schnee liegenden Frau. Nach kurzer Untersuchung zückte eine kleine Schwarze mit nüchterner Miene ein Funkgerät und forderte einen Hubschrauber an. »Wir müssen sie schleunigst hier wegschaffen«, sagte sie, gab dem Hubschrauber-Team ihren Standort durch und beendete das Gespräch. »Die Fahrt ins Krankenhaus würde zu lange dauern.« Sie heftete ihre dunklen Augen wieder auf das Opfer, während sie mit den Deputys redete. »Der Hubschrauber ist unterwegs. Dürfte in fünf Minuten hier sein. Also treten Sie jetzt alle ein paar Schritte zurück, und lassen Sie uns unsere Arbeit machen!«
Die Detectives und FBI-Agenten wichen zurück, während die Frau und ihr Partner, ein großer Mann in den Zwanzigern, rasch die Vitalparameter der Frau prüften, ihr Sauerstoff gaben, sie zudeckten und versorgten. In der Ferne war das Geräusch von Hubschrauberrotoren zu hören.
»Der Tatort ist hin«, sagte Chandler stirnrunzelnd und ließ den Blick über den zertrampelten Schnee und den einzelnen Baum wandern.
»Er sieht genauso aus wie die anderen«, bemerkte Pescoli.
»Aber unter der Schneedecke könnte Beweismaterial liegen.«

Chandler musterte den zertretenen Schnee und die arme Frau, die reglos auf der Trage lag.

»Darum kümmern sich die Kriminaltechniker«, sagte Pescoli. Der Rettungshubschrauber kam in Sicht, und der Nachrichtenhubschrauber erhob sich höher in die Luft, ohne seinen Aussichtspunkt ganz aufzugeben.

»Irgendetwas mit ›Skandal‹«, sagte Watershed.

»Was?« Pescoli sah ihn verständnislos an.

»Die Botschaft.«

»Die nehmen wir uns später vor«, fuhr sie ihn an. Die dummen Hinweise, die der Täter ihnen hinterlegte, interessierten sie im Augenblick nicht. Jetzt hatten sie ein Opfer, das sie vielleicht noch retten konnten und das ihnen womöglich den Namen des Mörders nennen würde.

»Hat der Helikopter zufällig den Wagen entdeckt?«, fragte Chandler. Ein Korb wurde heruntergelassen. »Uns fehlen noch zwei Fahrzeuge, wenn wir davon ausgehen, dass diese Frau nicht Jillian Rivers ist.«

»Sie ist es nicht«, erklärte Pescoli mit einem Blick auf die kleine Nase und den breiten Mund des Opfers. Das Haar war kurz und blond gesträhnt mit unverkennbarem spitzen Haaransatz, und ihre Augen hatten ein intensives, fast schwarzes Braun. Sie war groß und dünn, wahrscheinlich eins achtundsiebzig, neunundsiebzig, so mager, dass die Rippen hervorstachen, und trug mindestens Schuhgröße neun. Pescoli hatte die Fotos von Jillian Rivers noch im Kopf. Selbst wenn Rivers abgenommen, ihr Haar geschnitten und gefärbt und sich dunkle Kontaktlinsen eingesetzt haben sollte, hätte sie doch keine Ähnlichkeit mit den beiden Frauen gehabt, die sie an diesem Tag gefunden hatten.

»Wo um Himmels willen ist sie dann? Warum haben wir ihren Wagen gefunden und nicht den von dieser Frau oder der Unbekannten vom Cougar-Pass?«, fragte Agentin Chandler und zog ratlos die Brauen zusammen. Ihr Atem stand wie eine Nebelwolke vor ihrem Mund.

»Wir finden sie«, versicherte Halden, ihr Partner. Er war der Besonnenere von den beiden, wenngleich er im Augenblick gereizt wirkte, die Lippen zusammenpresste und mit Blicken die Umgebung absuchte, wo die zerfallenen Mauern einer einstmals einträglichen Jagdhütte teilweise von schneebedeckten Bäumen und Felsen verborgen wurden. Es war einsam hier oben, die gesamte Gegend wirkte heruntergekommen und vergessen.

Das Opfer wurde in den Rettungskorb geschnallt und hochgezogen, und der Hubschrauber setzte zum Heimflug nach Grizzly Falls an, als die Kriminaltechniker eintrafen.

»Wie um alles in der Welt hat er die Opfer an zwei verschiedene Stellen verfrachtet, meilenweit voneinander entfernt?«, knurrte Chandler wütend.

»Eine nach der anderen. Zuerst das Opfer am Cougar-Pass, dann diese Unbekannte«, kommentierte Pescoli trocken. »Und ihre Initialen sind DE oder ED, wenn das Muster das gleiche geblieben ist.«

»Ist es«, sagte Chandler. »Aber er steigert sich offensichtlich.«

»Nicht nur das«, äußerte sich Pescoli. »Bis jetzt verdoppelt er. Er verringert nicht etwa die Zeitabstände zwischen seinen Morden, nein, er bietet uns etwas wie ›zwei zum Preis von einem‹. Zwei Frauen an einem Tag.« Voller Sorge betrachtete sie den Zettel und den Baum, an den das Opfer gebunden worden war. Die Rinde wies Blutspuren auf, rote Tropfen befleckten den Schnee. Wer immer die Frau auch war, sie hatte sich gewehrt und gekämpft.

»Was hat das zu bedeuten?«, fragte Grayson.

»Ich weiß es nicht.« Stephanie Chandler schüttelte den Kopf. »Wir müssen wissen, wer diese Frauen sind.«

»Ich habe die Initialen beider Frauen schon über Funk an die Abteilung für Vermisstenfälle durchgegeben«, meldete Alvarez. Sie stand immer noch am Zugangsweg zum Tatort und achtete streng darauf, dass jeder neu Hinzugekommene sich in die Liste eintrug, als die Forensiker eintrafen.

»Rufen Sie die Zentrale an. Sie sollen alle verfügbaren Detectives mobilisieren«, verlangte Sheriff Grayson. »Und ich möchte keine Klagen hören, weil doch Sonntag und in ein paar Tagen Weihnachten ist oder ein Kind die Grippe hat. Ich möchte jeden einzelnen Detective vorfinden, wenn wir in die Stadt zurückkommen. Überstunden sind kein Problem, und das Budget spielt auch keine Rolle. Haben die Funktürme den Betrieb wieder aufgenommen?«

»Nicht alle, noch nicht«, antwortete Watershed. »Mit dem Strom verhält es sich genauso. Stellenweise ist er immer noch ausgefallen.«

Ein Muskel zuckte in der Wange des Sheriffs, seine Lippen unter dem Schnauzbart waren schmal. Er setzte seinen Hut ab, musterte die Zypresse, den Beinahe-Mordschauplatz, und fuhr sich mit steifen behandschuhten Fingern durchs Haar. »Ich hasse diesen Killer«, knurrte er leise.

Pescoli pflichtete ihm im Stillen bei. Sie betete, dass sie dieses Opfer rechtzeitig genug gefunden haben mochten. Dass DE oder ED, oder wie immer sie hieß, überlebte. Und nicht nur das. Oh, nein. Pescoli hoffte, dass die Frau in der Lage sein würde, ihnen den Namen des Täters zu nennen und vor Gericht gegen den Mörder auszusagen.

Ja, das ist mein größter Wunsch, dachte Pescoli, schirmte mit der Hand die Augen gegen die tiefstehende Sonne ab und blickte dem Hubschrauber nach, bis er hinter einem zerklüfteten Berggipfel verschwand. Das würde dem Schwein recht geschehen.

Detective Gage kam mit den Hunden zurück und mit der schlechten Nachricht, dass die Spur ins Leere führte und an einem tiefer gelegenen Parkplatz der alten Hütte endete, von dem aus Reifenspuren verliefen. Die Kriminaltechniker würden Abdrücke von Reifen- und Fußspuren nehmen, was im Schnee heikel, aber nicht unmöglich war. Mit Hilfe eines mehrfach aufgesprühten Spezialwachses und der Verwendung von Dentalabdrucksmasse konnten deutliche Abdrücke hergestellt werden. Sobald das Material hart war, würden Experten die Abdrücke kopieren, untersuchen und die Marke der Reifen und Stiefel und etwaige Unregelmäßigkeiten bestimmen. Dann mussten sie penibel nachforschen, wer im Umkreis von hundert Meilen diese speziellen Reifen gekauft hatte, und dann Fahrzeug für Fahrzeug die Spur vergleichen.
Das konnte Wochen dauern. Oder noch länger. Vorausgesetzt, sie erhielten überhaupt einen guten, deutlichen Abdruck.
Das Handy des Sheriffs klingelte. »Sieht so aus, als hätten wir hier oben wieder Empfang«, bemerkte er, meldete sich und hörte mit sich verdüsternder Miene zu. »Ja ... in Ordnung ... gut. Schicken sie den Helikopter rauf. Nehmen Sie einen von der Bundespolizei, wenn nötig, aber suchen Sie die Gegend ab. Suchen Sie nach Zeichen von Aktivität. Nach Spuren. Rauch aus einem Schornstein. Lärm oder Abgase von einem Generator. Egal was! Ja ... ja ... Ich weiß. Melden Sie sich wieder.«
Er legte auf und sagte: »Es sieht so aus, als stünden wir kurz vor einem Durchbruch. Jillian Rivers' Handyanbieter hat angerufen. Sie haben ein Signal von ihrem Handy empfangen und es auf einen Funkturm oben am Star Ridge zurückgeführt.«
»Das ist rauhes Terrain da oben«, bemerkte Watershed.
»Ja und? Sonst noch was Neues?« Grayson war bereits wieder auf dem Weg zu seinem Fahrzeug. »Die Kriminaltechniker kommen allein hier zurecht. Fahren wir.«

Pescoli zögerte nicht eine Sekunde. Endlich sahen sie Licht. Sie empfand höchste Befriedigung. *Wir kriegen dich, du Schweinehund.*

Schau sich das einer an!
Am »Tatort« wimmeln die Polizisten durcheinander wie Ameisen. Hasten hierhin und dorthin. Haben keine Ahnung, dass ich hier sitze, am warmen Tresen, guten Whiskey aus Kentucky trinke und unter den anderen Gästen nicht auffalle, hier im unteren Teil der Stadt, in einem hundert Jahre alten Gebäude mit Blick auf den Fluss.
Alle Augen richten sich auf den alten Fernseher über den bunten Flaschen, die im Spiegelregal glitzern. Der Tresen aus glänzend poliertem Holz spiegelt das Lampenlicht und stützt ein halbes Dutzend Ellbogenpaare von Männern, die nach einem harten Arbeitstag hier Zuflucht suchen. Frauen sind auch anwesend, aber die meisten sitzen an Tischen beim Feuer. Echte Holzkloben brennen in einem massiven gemauerten Kamin, der vor mehr als hundert Jahren gebaut wurde, als Bergleute und Holzfäller in Korklatschen über diesen alten Holzfußboden trotteten. Durch die offene Küchentür weht der Duft von gerösteten Zwiebeln und Hamburgern, begleitet vom Zischen der Fritteuse.
Wie alle anderen Gäste auch, schüttle ich den Kopf über das sinnlose Grauen auf dem Bildschirm.
»Nicht zu fassen, dass so etwas hier passiert. Hier in Grizzly Falls«, sagt einer der Arbeiter vom Sägewerk mit Blick auf den flackernden Fernseher. Das Stimmengesumm der Gäste wird von einem leise gespielten Weihnachtslied untermalt. Was ist es? Ach ja. »Kommet, ihr Hirten«.
Der Typ neben mir ist nicht gerade klein. Sein Bauch ist vielmehr so dick, dass er beinahe als unabhängiges Teil von ihm auf

dem Tresen liegt, wie er da so auf dem Barhocker sitzt. Seine Fingernägel sind schwarz von Motoröl, Sägemehl klebt in seinem unordentlich gestutzten Bart.

»Die Welt hat sich verändert«, sage ich stirnrunzelnd, als wäre ich ebenfalls betroffen über das Grauen auf dem Bildschirm. Der Einfaltspinsel glaubt, ich stimme ihm zu.

»Früher konnte man sich hier sicher fühlen.«

»Ach ja?«

»Aber heute wohl nicht mehr. Hey!« Er krümmt einen dicken Finger und winkt Nadine, die Kellnerin, heran.

»Das Übliche, Dell?«, fragt sie, schiebt ihm einen Bierdeckel zu und tut so, als würde es sie nicht stören, dass er sie herumkommandiert. Doch mir blinzelt sie heimlich zu. Wir wissen beide, dass Dell Blight ein Schwein ist.

»Ja. Ein Budweiser.«

Sie hält bereits ein gekühltes Glas unter den Zapfhahn. »Das alles ist so furchtbar. Was für ein Monster ist dieser Mensch, der die Frauen einfach im Wald zurücklässt?«, fragt Nadine mit einem Blick auf mein fast leeres Glas. »Noch einen?« Sie schaut auf, und wir sehen uns sekundenlang an.

Ich nicke, erwidere ihr Lächeln, gebe vor, nicht zu verstehen, was sie mir anbieten will.

»Man sollte meinen, der Sheriff müsste den Mistkerl doch schnappen«, sagt Blight mit dem dicken Bauch mit wissendem Nicken. Er anstelle des Sheriffs hätte den »Mistkerl« längst hinter Schloss und Riegel. »Wozu haben wir ihn eigentlich gewählt?«

»Grayson leistet gute Arbeit. Und vielleicht schnappen sie den Kerl ja auch noch.« Nadine ist offenbar nicht in der Stimmung, sich von Typen wie Dell Blight etwas sagen zu lassen. »Diese Frau« – sie weist mit dem gekrümmten Daumen auf den Fernseher – »ist nicht tot.«

Wie bitte? Jeder einzelne Muskel in meinem Körper spannt sich an. »Ach nein?«, frage ich, als ob es mich brennend interessiert. Nadine hat offenbar etwas falsch verstanden. Donna ist tot. Sie muss tot sein!

»Das sagen sie jedenfalls«, versichert Nadine mir und Dell. »Ich hatte die Lautstärke aufgedreht, aber Farley, ihr kennt ihn ja, will, dass ich den Ton abdrehe, damit er Musik hören kann.« Sie zieht ein säuerliches Gesicht. »Schließlich ist ja bald Weihnachten.«

Ich nicke grinsend, aber tief im Inneren empfinde ich nicht nur Angst, sondern auch Wut. Nadine muss sich täuschen. *Beruhige dich, verlier nicht die Beherrschung.* Ich hebe mein Glas an die Lippen, als wollte ich trinken, doch stattdessen atme ich tief durch, um meine Angst zu vertreiben.

»Ich habe gehört, dass das letzte Opfer überlebt hat. Eben, als ich zur Pause kurz draußen war. Sie haben es überall im Radio gebracht«, beteuert Nadine mit der eifrigen Erwartungshaltung eines Menschen, der frischen Klatsch verbreitet. »Heute haben sie zwei Frauen gefunden. Eine ist tot, aber die, die von den Nachrichtenleuten entdeckt wurde, lebt noch. Liegt zwar im Koma, aber sie lebt.«

»Ob sie es schafft?«, frage ich mit gespielter Sorge um das dumme Miststück, das längst hätte tot sein sollen. Was war denn mit ihr? Ich habe sie den Elementen überlassen, aber Donna ist offenbar stärker, als sie aussieht. *Du überheblicher Idiot. Deine Selbstherrlichkeit hat deinen Verstand übertölpelt.*

»Wer weiß, ob sie überlebt.« Nadine streicht mir über die Hand. Eine zärtliche Geste; ihr Daumen berührt meinen.

»*Zwei* Frauen? Sie haben zwei gefunden? Heiliger Strohsack!« Bierbauch Dell schüttelt seinen fast kahlen Kopf, und mir steigt der Geruch von frischem Sägemehl in die Nase. »Ich verstehe nicht, was diesen Kerl daran anmacht. Es heißt, die Frauen wurden nicht mal vergewaltigt. Überhaupt nicht sexuell belästigt. Der Kerl ist wahrscheinlich schwul.«

Ich lächele zustimmend. Natürlich versteht ein Schwachkopf wie Dell Blight nichts, aber auch gar nichts. Sein Gehirn ist wahrscheinlich nicht größer als eine Walnuss.

Trotzdem bin ich beunruhigt. Ist es überhaupt möglich? Lebt Donna noch? Wenn ja, könnte ich Probleme bekommen.

»Nee«, meldet sich Ole Olson, der rundliche kleine Kerl mit der schmutzigen Baseballkappe neben Dell. »Schwul ist er nicht. Sonst würde er doch Kerle da raufschleppen und an Bäume fesseln und das alles mit ihnen machen. Ich glaube eher, er ist gar kein richtiger Mann.«

»Wie, kein Mann? Eine Frau?«

»Nein, er ist kastriert, er ist ... so ein ... so ein ...« Ole schnippt mit den Fingern. »So ein Öniech.«

»Öniech?«, wiederholt Dell prustend und trinkt einen ordentlichen Schluck. »Was ist das denn?«

»Ich glaube, er meint Eunuch«, sage ich und wünsche mir gleich, bloß den Mund gehalten zu haben. Was wissen denn diese Kretins?

»Was ist das denn, ein Öniech?« Dell verzieht das Gesicht, als wäre ihm der Gestank von Wochen alten toten Fischen in die Nase gestiegen.

»Das ist es ja gerade, die können nicht mehr so, wie sie vielleicht wollen«, sagt Ole.

»Das reicht!« Nadine schüttelt den Kopf, sammelt ein paar leere Gläser ein und taucht sie ins Spülbecken. Flink wie eine Klapperschlange streicht sie mit ihren lackierten Fingernägeln das Trinkgeld auf dem Tresen ein und steckt es in ihre Schürzentasche. Sie sieht zum Bildschirm, auf dem ein Reporter vor einem hiesigen Krankenhaus zu sehen ist.

»Hoffentlich überlebt sie«, flüstert sie. »Wer?« Typisch Ole, er hat den wichtigsten Teil der vorangegangenen Unterhaltung verpasst. »Die Frau, die sie im Wald gefunden haben, die, die noch nicht tot war.« Allmählich wird Nadine sauer.
»Dann hat sie den Psychopathen gesehen«, bemerkt Ole. Jetzt hat er kapiert.
Mir wird kalt, ganz untypisch für mich. Mein Gesicht war immer sichtbar. Sie kann mich wiedererkennen.
»Ja. Vor Gericht wird sie ihn ans Messer liefern.« Nadine nickt, ohne dass ihr von Haarfestiger starres rotblondes Haar sich bewegt.
Dell schnaubt verächtlich durch die Nase, trinkt sein Glas leer, hebt es hoch und schüttelt es, zum Zeichen, dass er ein neues will. »Zuerst einmal müssen sie ihn schnappen, und mein Instinkt sagt mir, dass die taube Nuss von Sheriff das nie im Leben schafft.«
Ich trinke einen Schluck, um ein Grinsen zu verbergen.
»Ach, Grayson wird ihn schon schnappen.« Nadine verteidigt den Sheriff und sieht mich, wie um Bestätigung bittend, an.
Ich zucke gleichmütig mit den Achseln. Das kann bedeuten: *Vielleicht,* aber ich denke: *»Verlass dich lieber nicht darauf.«*
»O doch!« Nadine nimmt ein frisches Geschirrtuch von dem Stapel unter dem Tresen. »Ihr werdet schon sehen.« Energisch wienert sie die Theke.
»Hm. Nicht, wenn er sich auf den verrückten Ivor Hicks und seinesgleichen verlässt. Der Blödmann hat eine Leiche gefunden und behauptet, die Aliens hätten ihm den Weg gezeigt«, sagt Ole.
»Dieser Crypton war's, das ist ein sehr schlauer Feldwebel«, korrigiert Dell ihn.
»Er heißt Crytor, Mann. Und er ist General, also pass auf, was du sagst. Ein orangenes Reptil und dazu noch General.«

Beide brüllen vor Lachen.
»Der alte Mann hat Halluzinationen«, sagt Nadine hastig und sieht mich peinlich berührt an. Die Richtung, die die Unterhaltung jetzt nimmt, gefällt ihr nicht. Der verrückte Alte ist auch Stammgast, wenn er nicht gerade mal trocken ist. »Lasst Ivor in Ruhe, ja? Und vertraut doch einfach mal auf Sheriff Grayson. Er macht seine Arbeit gut.«
Ich leere mein erstes Glas und warte, bis sie mir ein neues gefülltes Glas auf einem frischen Bierdeckel vorsetzt.
»Macht seine Arbeit gut, dass ich nicht lache.« Dell lässt kein gutes Haar an Grayson. »Warum ist dieser Killer dann noch nicht hinter Schloss und Riegel? Kann es denn so schwer sein, im Schnee einen Mörder zu verfolgen? Wozu gibt es denn diese Spürhunde? Weißt du überhaupt, was einer von denen den Steuerzahler kostet?«
»Grayson schnappt den Kerl«, versichert Nadine mit einem Blick zu mir, als teilten wir ein Geheimnis. Als wüssten wir beiden Verschwörer, dass der Dicke ein Ochse ist und wir, mit unserer weit überlegenen Intelligenz, Verstand genug haben, auf Sheriff Dan Grayson zu vertrauen.
»Worauf wartet er denn?« Der dicke Dell starrt auf den Fernsehschirm. Der Kameramann im Hubschrauber zoomt Graysons besorgtes, hartes Gesicht heran.
»Grayson ist ein Schlappschwanz«, bestätigt eine Stimme von meiner anderen Seite her. »Ich bin mit ihm zur Schule gegangen. Er kann nicht mal oben und unten unterscheiden. Hey, Nadine, wie wär's mit noch einem?«
»Whiskey sour, nicht wahr, Ed?«, fragt sie und schenkt ihm ein Lächeln, das Eds schmalem Geldbeutel ein möglichst großes Trinkgeld entlocken soll. Nadine macht ihre Sache gut. Sie ist kokett und frech genug, um das Interesse der Männer stets lebendig zu halten. Ziemlich mager, ständig von Zigarettenge-

ruch eingehüllt, hat sie trotzdem strahlend weiße Zähne. Ihre Lippen glänzen sanft pfirsichfarben. Und ihre Bluse ist immer so weit aufgeknöpft, dass ihre Stammkunden einen Blick auf den Brustansatz erhaschen können. Sie trägt Hüftjeans mit einem silbrigen Gürtel, über dem ein Stückchen Haut und ein Arschgeweih hervorblinken. Türkis- und pinkfarbene geschwungene Linien fächern sich an ihrem Rückgrat entlang auf und verschwinden anzüglich in der Jeans.

Ich höre die Männer spekulieren, was wohl ihre Gesäßbacken zieren mag.

»Ich glaube, es ist ein Schmetterling«, hat ein bärtiger junger Mann mal verlauten lassen. »Ausgeschlossen. Es ist irgendein chinesisches Symbol«, widersprach sein Kumpel. Ein anderer sagte: »Ich weiß aus zuverlässiger Quelle, dass es Kolibris sind, ein ganzer Schwarm, und ein paar lugen zwischen ihren Arschbacken heraus.« Das hatte grölendes Gelächter zur Folge, doch keiner von den Einfaltspinseln hatte die geringste Ahnung von dem komplexen Kunstwerk unter ihrer Kleidung, von dieser sexy wilden Wellenserie, die um ihre Hüften wogt, wenn sie sich langsam auszieht.

Nur wenige hatten je das Privileg wie ich, sie tatsächlich nackt, mit hochgerecktem Hintern und schwenkenden Hüften liegen zu sehen, mit der Aufforderung, sie wie eine Stute zu nehmen, während diese pinkfarbenen Wellen mir ein warmes Meer boten, in das ich eintauchen konnte.

Ich sehe sie an, und sie erwidert meinen Blick. Sagt kein Wort. Aber sie weiß.

Ich trinke einen großen Schluck und zerbeiße einen Eiswürfel, während ich meine Aufmerksamkeit wieder auf die Mattscheibe richte, auf der der Sheriff jetzt sein Handy einsteckt und sich vom Tatort entfernt.

Das ist nicht richtig.

Noch ein Fehler. Du hast noch einen Fehler gemacht.
Ich mag nicht daran denken, aber meine Nerven spannen sich an, als ich sehe, wie die Detectives zu ihren Fahrzeugen hasten. Ich konzentriere mich auf Regan Pescoli, das Miststück. Schön und herb. Eisenhart.
Glaubt sie zumindest.
Mit schmalen Augen betrachte ich sie, während sich vor meinem inneren Auge Fantasiebilder abspulen … *Mach dich drauf gefasst,* denke ich, aber ihre Zeit ist noch nicht gekommen.
Ich habe noch andere … und eine ist noch nicht gefunden.
Oder täusche ich mich? Ist das möglich?
Warum verlassen die Bullen den Tatort so überstürzt, rennen zu ihren Fahrzeugen und rasen mit rot und blau blitzendem Licht vom Parkplatz der alten Hütte? Was soll das?
Mein Herz bleibt beinahe stehen.
Ich zerbeiße einen Eiswürfel, und das laute Knirschen trägt mir einen Seitenblick von Dell ein. »Du liebe Zeit, du hast wohl Kiefer aus Stahl, was?« Ich lache. »Klar doch«, sage ich, bemüht, ruhig zu erscheinen, meine Erregung zu verbergen, während auf dem Bildschirm der Trupp Bullen abfährt und mich tief im Inneren die Angst packt. Ich kann nicht noch einen Fehler begangen haben. Unmöglich.
»Seht ihr?«, sagt Dell, den Bildschirm im Visier. »Grayson bringt's nicht.«
Natürlich nicht.
Ich beruhige mich. Unterdrücke die plötzliche Angst.
Burl Ives' Stimme dringt mit »A Holly, Jolly Christmas« aus den verborgenen Lautsprechern. Mein Blick begegnet Nadines, und wir lächeln uns verschwiegen zu.
Wie ein heimliches Liebespaar.

19. KAPITEL

Jillian war noch nie in ihrem Leben dermaßen kalt gewesen. Mit klappernden Zähnen, wie betäubt vor Angst, versuchte sie, sich dem Seil zu entwinden, das sie an den Baum fesselte. Der eklige Äthergestank stach noch immer in ihrer Nase, und sie hustete und spuckte, während ihr klarer Verstand allmählich wieder einsetzte. Verschwommen erinnerte sie sich daran, wie sie bei dem Versuch, den Hund zu retten, überfallen worden war, wie jemand ihr einen Lappen auf Mund und Nase drückte und sie wild um sich schlug, nach Luft rang, spürte, wie ihr gesundes Bein nachgab, und wie sie sich gegen die Dunkelheit wehrte, die ihr die Sicht nahm und sie bald ganz einhüllte.
Die Gedanken kamen zusammenhanglos und vage. An nichts konnte sie sich deutlich erinnern; was ihr ins Bewusstsein trat, war dumpf, bestand hauptsächlich aus Gefühlen. Jillian spürte, dass jemand sie fortschleppte, dass der Angreifer sich abmühte und schwer atmete. Offenbar hatte er nicht eingeplant, sie tragen zu müssen. Abgesehen davon wusste sie nicht mehr viel.
Zitternd zwang sie sich dazu, die Augen zu öffnen. Das Tageslicht schwand bereits, die Schatten wurden länger, und ihr war so erbärmlich kalt. Gänsehaut überzog ihren ganzen Körper; ihr Fleisch schien zu Eis zu erstarren.
Hilfe!
Der Gedanke setzte sich in ihrem Hirn fest, und sie zwang das Wort über ihre Lippen. »Hilfe, bitte, hilf mir!«, schrie sie, doch ihre Stimme klang heiser und gepresst, kaum lauter als ein Flüstern. Sie blinzelte und spähte angestrengt in den Wald, in die zunehmende Dunkelheit.

So waren die anderen gestorben, davon war sie jetzt überzeugt, obwohl sie sich kaum an Einzelheiten erinnerte. In Seattle hatten diese Todesfälle keine großen Schlagzeilen gemacht. Zu Hause. Das Stadthaus mit der engen Treppe, den kleinen Terrassen und der weichen, warmen, gescheckten Katze. Es schnürte ihr die Kehle zu und trieb ihr Tränen in die Augen. Und sie dachte an Zane MacGregor, den Mann, der sie vor dem Tod durch Erfrieren in ihrem Auto gerettet hatte. All seine Mühe war umsonst. Mit einem Kloß im Hals dachte Jillian an ihn. Und wie hatte sie ihm misstraut! Warum war sie nicht ihrem Instinkt gefolgt und ihm nähergekommen? Warum hatte sie ihn nicht berührt, geküsst? Jetzt erhielt sie diese Chance nie wieder. Jetzt würde sie, abgesehen von dem zarten Streicheln seiner Lippen über ihre Wange, seine Zärtlichkeit nie kennenlernen.

Idiotin! Beinahe hätte sie aufgeschluchzt. Tränen rannen ihr aus den Augen und gefroren auf den Wangen zu Eis.

Um Himmels willen, Jillian, wieso weinst du und gibst dich auf? Erspar dir gefälligst dein Selbstmitleid. Tu was! Rette dich, Schätzchen. Zeig, aus welchem Holz du geschnitzt bist! Grandpa Jims Stimme hallte durch ihren Kopf, obwohl er seit Jahren tot war und sie zu sehr Realistin war, um zu glauben, dass sein Geist durch die verschneiten Wälder dieser Berge streifte.

»Hilfe!«, schrie sie lauter und senkte den Blick auf die Seile, die sie fesselten. Eines lag um ihre Taille und fixierte sie an die Zeder; ihre Hände waren vor ihrem Leib gefesselt. Dann war sie an Schultern und Beinen so fest an den Baumstamm gezurrt worden, dass die rauhen Fasern des Seils tief in ihre Haut schnitten, wodurch jede noch so kleine Bewegung Schmerzen verursachte. Außerdem taten die Rippen immer noch weh, und in dem verflixten Knöchel pochte es.

Aber das wird dich nicht mehr lange stören, wenn dein Körper erst taub wird.

Ihr Verstand klärte sich, der Äther verflog, der Drang, zu husten und zu spucken, ließ nach.

Los, Jillian. Irgendwie musst du dich von diesen Fesseln befreien. Fang mit den Handgelenken an. Sieh zu, dass du die Hände frei bekommst.

Doch ihre Finger reagierten nicht, konnten die verknoteten Seilenden nicht greifen. Mit dem Mund konnte sie sie auch nicht erreichen, da ihre Schultern fest an den Baumstamm gebunden waren. Sie dachte an den Mann, der sie hergebracht hatte, ein starker, entschlossener Typ, versessen darauf, sie zu vernichten. Warum?

Und warum hatte er auf den Hund geschossen?

Jillians Magen rebellierte bei dem Gedanken, dass Harley, der arme unschuldige Hund, sein Leben für sie gelassen hatte. Warum um alles in der Welt wollte jemand MacGregors Hund etwas antun? Wut kochte in ihr, und wenn sie je die Chance bekäme, würde sie diesem Kerl die Seele aus dem Leib prügeln. Dieser perverse, abartige Irre!

Noch wütender, bei immer klarerem Verstand, schüttelte sich Jillian in dem Versuch, die Schulterfesseln tiefer rutschen zu lassen, so dass sie den Kopf beugen konnte, doch sosehr sie sich auch bemühte, sie erreichte nur, dass sie sich ihre ohnehin wunde Haut noch stärker abschürfte.

Es war sinnlos!

Du willst also aufgeben? Dich kampflos dem Erfrierungstod überlassen? Die Stimme ihres Großvaters verhöhnte sie, und sie dachte an den harten alten Mann, der so freundlich und liebevoll gewesen war. Sie vermisste ihn so! Und jetzt, im Angesicht des Todes, vermisste sie auch ihre verrückte wichtigtuerische Mutter und sogar ihre oberflächliche Schwester. Dusti konnte eine solche Nervensäge sein, aber sie blieb doch ihre Schwester.

Und dann war da Mason, ihr Ex-Mann. Hatte er sie in diesen Teil von Montana gelockt, sie mit Informationen über Aaron, mit Fotos von ihrem ersten Mann angefüttert? Fotos, die irgendwie eine dunkle Erinnerung wachriefen? Mason hatte ihr vorgeworfen, sie würde ihren ersten Mann immer noch lieben, sogar noch, nachdem sie schon lange verheiratet waren. Ihre »geistige Untreue«, wie Mason es nannte, hatte den Grundmauern ihrer Ehe einen großen Riss zugefügt, und sie hatte Mason nie davon überzeugen können, dass sie Aaron und die Erinnerung an ihn längst begraben hatte, obwohl seine Leiche nie gefunden worden war.

War es eine Lüge gewesen?

Jillian zitterte vor Kälte. Die Frage nach ihren Gefühlen für ihren angeblich toten Mann konnte sie sich nicht beantworten, doch sie sah auch keinen Grund dafür, dass Mason das alles jetzt wieder aufwärmte. Er hatte wieder geheiratet, behauptete, glücklich zu sein, »sein Leben im Griff zu haben«. Warum sollte er dann jetzt, lange nach der Scheidung, versuchen, sie nach Montana zu locken, auf ihren Reifen schießen und sie hier zum Sterben zurücklassen? Das ergab einfach keinen Sinn.

Aber im Grunde ergab ja überhaupt nichts einen Sinn. Jillian biss die Zähne zusammen, wand und krümmte sich, doch dann hörte sie schwere, eilige Schritte. Sie hob den Blick, rechnete halb damit, dass ihr Peiniger zurückkam. Stattdessen stürmte Zane MacGregor durch den Wald auf sie zu.

Ihr Herz jubelte bei seinem Anblick. Er trug nur Jeans und Pullover. In einer Hand hielt er ein Gewehr und hastete, ohne zu stocken, über die Lichtung zu dem einzelnen Baum, an den sie gefesselt war.

»Jillian!« Im nächsten Moment war er bei ihr.

Ihre Stimme versagte, Tränen strömten aus ihren Augen.

»Was ist passiert?«, fragte er, zückte ein Taschenmesser und säbelte das dicke Seil durch. »Wer hat das getan?«

»Ich weiß es nicht. Ich habe ihn nicht gesehen.«
»So ein perverses Schwein«, knurrte er. Ein Muskel zuckte in seiner Wange. Das Seil, das ihre Schultern fixierte, fiel herab, und Jillian ließ sich gegen MacGregor sinken, während er ihre Handfesseln zerschnitt. »Ist alles in Ordnung?«
»Ja-aa-a.«
Er musterte sie mit einem leidenschaftlich bewegten Blick, der ihr Inneres erbeben ließ. Dann durchtrennte er das Seil, das ihre Hüften an den Baumstamm zwang, zog seinen Pullover aus und streifte ihn ihr über den Kopf. Ihre Arme verschwanden in den Ärmeln, der Saum reichte bis knapp unter ihr Gesäß. »Ich hol dich hier raus.«
Tränen der Erleichterung drängten sich ihr in die Augen, doch sie räusperte sich und verweigerte sich hartnäckig ein Schluchzen. »Wie?«
»Ich trage dich.«
»O nein, du kannst doch nicht …«
»Wart's ab.« Mit einem Arm hob Zane MacGregor sie auf, und sie schnappte nach Luft, als der Schmerz durch ihre Rippen fuhr. »Entschuldige«, sagte er. »Ich wollte dir nicht …«
Sie küsste ihn. Ohne zu zögern. Jillian presste ihre kältestarren Lippen auf seinen Mund und schlang ihm die Arme um den Nacken. Seine Lippen waren warm und hart, seine Arme hielten sie noch fester, während er den Kuss erwiderte.
Es tat so gut, sich gehenzulassen und ihn zu küssen. Trotz ihres geschundenen Körpers, des überstandenen Grauens, des qualvollen Nahtod-Erlebnisses genoss sie seine Berührung, das Gefühl, am Leben zu sein.
Seine Finger waren stark und geschmeidig, ihre Wärme durchdrang den zu großen Pullover, und vor ihrem inneren Auge sah Jillian, wie sie mit ihm schlief. Bald. Sie würde auf seinem Bett liegen, im Kamin würde das Feuer knistern, Verlangen und

Sehnsucht würden ihr Blut in Wallung bringen. Sie stellte sich vor, wie er zu ihr kam, straffe Haut über festen Muskeln, Pupillen in der Dunkelheit geweitet, während er sie mit Händen und Mund beglückte und sie liebte.
Selbst in diesem Augenblick spürte sie es – das Bedürfnis nach Nähe, den Wunsch, sich völlig an diesen Mann zu verlieren, an diesen Fremden, der sie zweimal gerettet hatte.
Sie stöhnte leise, als sich seine Zunge zwischen ihre Zähne schob. Ihre Finger woben sich in sein Haar, während sie sein Gesicht mit den Händen umfasste und zu sich heranzog, den Mund für ihn öffnete und am ganzen Körper mehr vor Verlangen als vor Kälte zitterte. Sie waren allein im Wald, nur die schneebedeckten Kiefern und Tannen standen Wache.
So verrückt es war, so kalt ihr auch war, sosehr sie sich fürchtete, sie wollte ihn. Er rückte leicht von ihr ab und beendete den Kuss. »Ich muss dich in ein Krankenhaus bringen«, sagte er mit heiserer Stimme.
»MacGregor, ich …«
»Schsch.«
Jillian klammerte sich an ihn, barg ihr Gesicht an seinem Hals und glaubte zum ersten Mal, seit sie nackt und an den Baum gefesselt zu sich gekommen war, dass sie vielleicht tatsächlich am Leben bleiben würde.
Und dann fiel es ihr wieder ein. Der Hund!
»Harley!«, flüsterte sie, und es brach ihr fast das Herz, als sie vor ihrem inneren Auge den Spaniel im Schnee liegen sah, das gescheckte Fell von Blut verkrustet. »Er …«
»Ich weiß«, sagte MacGregor rasch, und seine Lippen bildeten eine harte Linie. »Ich habe ihn gefunden.«
Ihr traten Tränen in die Augen. »Ist er …?«
»Er lebt noch. Zumindest vor einer halben Stunde lebte er noch.« Er blickte sich noch einmal nach dem Baum um und

wies mit einer Kopfbewegung auf etwas in die Rinde Geritztes. Es war kleiner als eine Männerhand und befand sich etwa einen Meter achtzig über dem Erdboden. Offenbar war es über ihrem Kopf eingeritzt worden.

»Was ist das?«

»Ich weiß nicht.«

»Ein Stern?« Er zog die Brauen zusammen, Sorge verschattete seine Augen. Irgendwo im Wald stieß eine Eule ihr einsames Heulen aus. Immer noch an MacGregor geklammert, spürte Jillian einen leisen Windhauch im Nacken. »Warum schnitzt jemand einen Stern oder sonst ein Symbol in diesen Baumstamm?«

»Es ist eine Art Visitenkarte. Derjenige, der dich da gefesselt hat, will die Welt wissen lassen, dass es sein Werk war.«

»Grundgütiger«, flüsterte sie, als ihr plötzlich mit aller Deutlichkeit bewusst wurde, dass sie sich in den Händen eines wahnsinnigen Mörders befunden hatte.

»Es ist ganz frisch. Er hat es erst heute hineingeritzt. Nachdem er dich an den Baum gebunden hatte.«

»Ich weiß von nichts. Ich erinnere mich nicht.« Jillian betrachtete das grob hineingeschnittene Symbol, und obwohl es noch taghell war und der Schnee im Sonnenlicht weiß erstrahlte, spürte sie etwas Dunkles hinter den Bäumen, etwas Böses, unsichtbar, aber doch präsent im eisigen Wald.

»Du hast Holzsplitter im Haar.« Er zupfte ein Spänchen aus ihrem Haar, und ihr wäre beinahe schlecht geworden. Die Vorstellung, dass die Bestie sich über ihrem Kopf zu schaffen gemacht hatte, als sie in den Seilen hing, dass er sich die Zeit genommen hatte, ein Symbol zu schnitzen, während sie hilflos, betäubt und nackt gefesselt war, verursachte ihr Brechreiz. Ein Mann, der sich so viel Mühe machte, gab so schnell nicht auf.

MacGregor spürte es offenbar auch – die Gefahr, die im Di-

ckicht um sie herum lauerte. Seine Züge verhärteten sich, sein Blick suchte den Wald ab. »Nichts wie weg hier«, sagte er. Er trug sie zu einem Baumstumpf, wo er sie, nur ihren gesunden Fuß belastend, abstellte und sich umdrehte, so dass er ihr den Rücken zukehrte. »Leg die Beine um meine Taille und halte dich an mir fest.«
»Du kannst mich doch nicht tragen wie …«
Er sah sie so streng an, dass ihr Einwand sich verflüchtigte und sie verstummte. »Ich war im Krieg, Jillian. Ich habe Soldaten geschleppt, die viel schwerer waren als du. In der Wüste, bei vierzig Grad, und ich musste zusätzlich noch meine Ausrüstung tragen. Du … hier … das ist ein Kinderspiel.«
»Ja, gut«, sagte sie und sparte sich weiteren Widerspruch. Sie dachte daran, dass sie von den Hüften abwärts nackt war, und wenn es ihr auch peinlich war, überzeugte sein Blick sie doch, dass sie keine andere Wahl hatten. »Ich sollte versuchen zu laufen.«
»Du solltest dich jetzt auf den Rücken nehmen lassen, damit wir hier rauskommen«, sagte er, »bevor es dem Kerl, der dir das hier angetan hat, einfällt, zurückzukommen.«
»Zurückkommen? Nein«, sagte sie.
»Er erscheint mir ziemlich entschlossen.«
Mit neuer Angst betrachtete sie den Wald. Was, wenn der Irre sie just in diesem Moment durchs Fernglas oder das Zielfernrohr seines Gewehrs beobachtete? Ihr Mund wurde trocken, und Angst, kalt wie die Winterluft, grub sich in ihr Herz. Wer tat ihr das an? Versuchte, sie umzubringen, so langsam wie möglich. Wie in einem Ritual. »Ist das hier … Diese Art, die Opfer an einen Baum zu binden und allein zu lassen, die Vorgehensweise des Serienmörders?«
»Nachdem er die Reifen ihrer Fahrzeuge zerschossen hat. Ich glaube, ja. Zumindest habe ich gelesen, dass genau das einigen

Frauen zugestoßen ist, allerdings bevor der letzte Schneesturm für Telefon- und Stromausfall gesorgt hat.«

»Glaubst du, dass er einen Grund hatte, mich und diese anderen Frauen zu überfallen?«

»Darauf möchte ich wetten.«

Sie musterte den Horizont, hielt Ausschau nach einer dunklen Gestalt, die auf dem Bergkamm lauerte, nach dem Aufblitzen eines Feldstechers oder Zielfernrohrs. Zielte vielleicht in diesem Moment jemand auf ihren Hinterkopf?

»Wir gehen am besten gar nicht erst zurück zur Hütte.« Er dachte laut, während er mit ihr auf dem Rücken die Lichtung hinter sich ließ und in den Wald eindrang.

»Warum nicht?«

»Könnte sein, dass er dort auf uns wartet.«

»Er hält mich für tot.«

»Ach ja?« MacGregor war nicht überzeugt. »Was gibt dir die Sicherheit, dass er uns nicht beobachtet?«

»Der Umstand, dass wir noch am Leben sind. Soviel wir wissen, besitzt er zwei Gewehre, das eine, mit dem er auf Harley geschossen hat, und das, das du bei mir gelassen hattest und das er an sich genommen hat. Wenn er sich noch hier herumtreiben würde, hätte er dich abgeknallt, bevor du mich losbinden konntest.«

»Aber wenn er sich denken kann, dass du nicht tot bist, kommt er zurück«, sagte MacGregor schwer atmend. »Als er dich nicht aus dem Autowrack holen konnte, hat er dich aufgespürt.«

»Wie?«

»Gute Frage, aber wer immer dieser Kerl sein mag, er ist wild entschlossen.« Er warf einen Blick über die Schulter zurück. »Tippst du immer noch auf deinen Ex-Mann?«

»Nicht, wenn der Kerl ein Serienmörder ist.«

Er verlagerte ihr Gewicht, und sie versuchte, nicht an ihre um seine Taille geschlungenen nackten Beine und den Körperkontakt zu denken. Das alles war grotesk, wie eine Szene aus einem sonderbaren, zusammenhanglosen Traum – die eisige Kälte, ihr halbbekleideter Zustand, das Getragenwerden, ein Mörder, der sie womöglich im Visier behielt, nachdem er sie an einen Baum gebunden hatte. »Nicht Mason«, sagte Jillian schließlich. »Das ergibt keinen Sinn.«

»Er ist nicht der Typ, der ein Serienmörder sein könnte?«

»Nein.« Mason Rivers war zwar habgierig und treulos, ein Anwalt, der die Gesetze zu seinen Gunsten auslegte, aber ein kaltblütiger Mörder? Ausgeschlossen.

»Moment.« Er schob sie sich höher auf den Rücken, und sie unterdrückte einen Schmerzensschrei.

Zügig stapfte er durch den kniehohen Schnee und begann trotz der eisigen Temperaturen zu schwitzen. Plötzlich sagte MacGregor: »Pass auf. Ich lass dich in der Nähe der Hütte zurück und schaue nach. Wenn die Luft rein ist, trage ich dich hin, und dann hole ich Harley.«

Ihr Herz krampfte sich bei dem Gedanken an den Hund zusammen. »Es tut mir so leid.«

»Schreib ihn nicht jetzt schon ab. Er ist zäher, als er aussieht.«

Doch das glaubte sie nicht. Der Hund war so schwer angeschossen, dass er sich nicht bewegen konnte, und dann hatte man ihn grausam im Schnee liegen lassen, wo er verbluten und sterben musste. »Dieser perverse Schweinehund«, flüsterte sie und ballte die Hände zu Fäusten.

»Erzähl mir, was passiert ist.« MacGregor atmete schwer, der Schweiß rann ihm in den Nacken, aber er stapfte weiter.

»Ich könnte versuchen zu laufen.«

»Es geht schon.«

»Aber ...«

»Erzähl mir einfach, was passiert ist«, sagte er gepresst. »Wie kam es dazu, dass du ohne einen Faden am Leib an einen Baum gebunden warst?«

»Okay.« Während er sie einen Abhang hinunter und über einen zugefrorenen Bach schleppte, berichtete Jillian zuerst von ihren Ängsten, wie sie in der Hütte auf MacGregor gewartet hatte und die Stunden verstrichen waren, wie sie gefürchtet hatte, er würde nicht zurückkommen, weil ihm etwas zugestoßen wäre, wie sie den Hund rausgelassen hatte, damit er sein Geschäft erledigte, bevor ihr bewusst wurde, dass das ein Fehler war.

»Ich habe ihn beobachtet, und dann rannte Harley davon. Ich bin ihm gefolgt, aber mit dem verletzten Knöchel und der Krücke konnte ich nicht Schritt halten. Er verschwand in einem Dickicht, ich folgte ihm, und dann ... und dann ... ich hörte einen Schuss und dieses entsetzliche, schmerzerfüllte Jaulen. Es war schrecklich«, sagte sie und ließ die grauenhafte Szene noch einmal vor ihrem inneren Auge Revue passieren. »Als ich ihn fand, lag er da im Schnee ... Es war so schrecklich«, flüsterte sie mit klappernden Zähnen.

»Und du hast den Kerl nicht gesehen?«, fragte MacGregor und trottete im Spiel von Sonnenlicht und Schatten weiter in Richtung Hütte, wie sie vermutete.

»Ich erinnere mich an nichts mehr, nachdem ich den Hund gefunden hatte. Ich ... ich weiß auch nicht, was mit meinen Kleidern oder der Krücke oder dem Gewehr passiert ist. Er hat mich von hinten angesprungen und mir einen mit irgendetwas – vermutlich Äther – getränkten Lappen aufs Gesicht gedrückt. Als ich wieder wach wurde, war ich nackt und an einen Baum gebunden.«

»Wohin ist der Kerl gegangen?«

»Ich weiß es nicht«, sagte sie. »Wie gesagt, ich war bewusstlos.« Sie schauderte, und er drückte sie fester an sich. Seine

Körperwärme drang durch sein T-Shirt und den dicken Pullover, den sie trug.
»Könntest du irgendetwas an ihm wiedererkennen?«
»Ich habe ihn nicht gesehen.« Und das war die reine Wahrheit. Er hatte sich von hinten auf sie gestürzt und ...
Ein Geräusch ließ sie aufhorchen.
»Was war das?«, fragte sie und blickte hinauf zu dem vereisten Baldachin aus kahlen Ästen. Im selben Moment erkannte sie das Rattern eines Hubschrauberrotors in der Ferne.
»Vielleicht kommt Hilfe«, sagte er, hob den Kopf und blinzelte zum Himmel hinauf. Er presste leicht die Lippen zusammen, als ein Rettungshubschrauber über den Gipfeln der Berge ringsum auftauchte.
»Ja, du hast recht!« Ihr Herz jubelte, die Kehle wurde ihr eng. Rettung! Endlich!
Zane hielt sie mit einem Arm fest, mit dem anderen winkte er wild, um den Piloten auf sich aufmerksam zu machen. »Was habe ich gesagt?«, bemerkte er deutlich ironisch. »Die Kavallerie ist endlich ausgerückt!«

MacGregor saß auf dem unbequemen Stuhl im Verhörzimmer und blickte, während die zwei Ermittler ihn mit Fragen bombardierten, auf den großen Einwegspiegel, durch den, wie er wusste, der Sheriff, der Bezirksstaatsanwalt und wahrscheinlich eine Schar von Polizisten seine Reaktionen beobachteten. Er konnte sich auf sein Recht auf einen Anwalt berufen; damit rechneten sie, während sie die Vernehmung auf Video aufzeichneten, doch er hatte nichts zu verbergen.
Er suchte sich in dem Raum mit den Betonsteinwänden, in dem der scharfe Ammoniakgeruch den Gestank von Körperschweiß, Erbrochenem und Verzweiflung nicht ganz überdecken konnte, seinen Weg durch das Minenfeld der Fragen und

antwortete ehrlich, aber ohne zusätzliche Informationen zu liefern. Neonröhren spendeten ein summendes, flackerndes Licht. In einer Ecke war eine Kamera angebracht, deren Linse sich auf den kleinen Tisch richtete, wo ein halbvoller Aschenbecher stand und ein dicker Aktendeckel voller gekritzelter Notizen und Papiere dalag wie eine Schlange, still und tödlich, bereit, im Bruchteil einer Sekunde zuzuschlagen.

»... und Sie erwarten, dass wir glauben, Sie wären mitten in einem der schlimmsten Schneestürme des letzten Jahrzehnts rein zufällig auf Jillian Rivers' Fahrzeug gestoßen und hätten sie gerettet?«, fragte die größere Polizistin, Pescoli. Sie hatte skeptisch die Brauen hochgezogen und sah ihn ungläubig an.

»Ich hatte den Schuss gehört«, wiederholte er. »Deswegen habe ich sie gefunden. Und das Unwetter hatte sich vorübergehend ein wenig gelegt.«

Die andere Polizistin, eine stillere, bedächtigere Frau mit glänzend schwarzem, zu einem Nackenknoten geschlungenen Haar und eindringlichen, undurchschaubaren braunen Augen, hörte meist nur zu. Etwas in ihrer Haltung ließ vermuten, dass sein Bericht zumindest so viel Glaubhaftes enthielt, um Zweifel an dem Verdacht gegen ihn aufkommen zu lassen.

Er hatte ihnen die ganze Geschichte erzählt. Nachdem der Hubschrauber Jillian gerettet und auch ihn an Bord genommen hatte, wurde er in Handschellen zum Büro des Sheriffs und Jillian ins Krankenhaus gebracht. Hier, in diesem kahlen, fensterlosen Raum mit den glatten grauen Wänden und dem Zementboden bot man ihm einen Klappstuhl vor einem einfachen Tisch an, und die Handschellen wurden ihm abgenommen, als er seine Aussage machte. Zuerst war er wütend gewesen, hatte seine Freilassung verlangt, darauf bestanden, dass jemand nach seinem Hund suchte, und geflucht, weil ihm offenbar niemand glaubte, dass er Jillian Rivers keinesfalls etwas hatte antun wollen, sondern sie vielmehr gerettet hatte.

Doch diese Frau, Alvarez hieß sie, hatte ihm mitgeteilt, dass sein Hund gefunden worden war und dass er lebte. Immer mehr hatte er auch den Eindruck, dass sie seinem Bericht Glauben schenkte. Seit der Landung des Hubschraubers waren Stunden vergangen, lange Stunden, seit er in diesen Raum gestoßen und verhört worden war.

Es war kalt im Raum, aber man hatte ihm ein Hemd gegeben, das sie aus seiner Hütte mitgebracht hatten, wo die Detectives auf der Suche nach Hinweisen auf seine Beteiligung nicht nur an Jillian Rivers' Entführung, sondern auch am Mord an mehreren Frauen alles auf den Kopf gestellt hatten, wie er wohl wusste.

Vor ihm auf dem Tisch lagen Fotos von Leichen, Fotos von geschundenen toten Frauen, die alle an Bäume gebunden, den Elementen ausgesetzt zum Sterben zurückgelassen worden waren.

»Sie sind keiner dieser Frauen je begegnet?«, wurde er wohl zum zwanzigsten Mal gefragt.

»Nein.«

»Sie kennen sie nicht?«

»Nein.«

Er sah Pescoli fest an. »Ich habe keine von ihnen jemals im Leben gesehen.«

Unmutig entfernte sie sich von ihm und ließ ein bisschen die Schultern kreisen, als wäre auch sie erschöpft von diesem Gespräch, das nirgendwohin führte. »Sie sind vorbestraft«, sagte sie, lehnte sich an die Wand und verschränkte die Arme unter der Brust.

»Stimmt.«

»Und wir reden hier nicht von Strafzetteln für Geschwindigkeitsübertretungen. Sie haben in Denver einen Mann getötet. Waren im Gefängnis.«

MacGregor sagte nichts. Er brauchte nichts zu sagen. Ihnen lag seine Akte vor, sie kannte alle Anklagepunkte.

»Mord ist Ihnen also nicht fremd.«

Es war keine Frage. Er nahm den Köder nicht. Die Anklage hatte auf Totschlag gelautet. Ein großer Unterschied. Das wussten sie beide. Er hätte gern gewusst, wie spät es war, widerstand aber dem Drang, auf seine Uhr zu blicken. Das Verhör dauerte schon so lange; er hatte ihnen nicht nur mitgeteilt, wie er Jillian gefunden hatte, sondern auch, was in den darauffolgenden Tagen vor sich gegangen war. Er schätzte, dass sie in seiner Hütte und bei Jillian alles finden würden, um seine Aussagen zu bestätigen. Er hatte sich schon nach ihr erkundigt und zur Antwort erhalten: »Sie ist im Krankenhaus in ärztlicher Behandlung.« Mehr Informationen gaben sie ihm nicht. Das Gleiche galt für Harley. »Er lebt. Ein Tierarzt untersucht ihn.«

»Sie besitzen Bücher über Astrologie und Astronomie«, bemerkte Alvarez. Wieder eine Feststellung. »Und Sie arbeiten als Guide, Sie kennen die Gegend«, ergänzte Pescoli. »Sie haben Expeditionen zum Cougar-Pass geführt?«

»Ja.«

»Und Sie haben im September Creek geangelt?«

»Natürlich.«

»Kennen Sie Broken-Pine-Lodge?«, fragte sie und lehnte sich über den Tisch, so nahe an ihn heran, dass er einen schwachen, mit Zigarettenrauch unterlegten Parfümduft wahrnahm.

»Ich arbeite als Guide. Ich kenne die Gegend.«

»Einschließlich sämtlicher Stellen, an denen die Leichen und Fahrzeuge gefunden wurden.« Sie zog eine Landkarte aus dem Aktendeckel am Tischrand. Auf der vertrauten topografischen Karte sah er rote Markierungen, vermutlich die Gebiete, in denen die Leichen und Autowracks gefunden worden waren.

»Sie haben all diese Stellen schon einmal aufgesucht, nicht wahr?« Sie zeigte auf die roten Markierungen.
»Irgendwann mal, ja. Aber nicht kürzlich.«
Sie hörten nicht auf. Die Polizistinnen fragten ihn, was er in diesem Winter getan hatte, unter besonderer Beachtung der Daten um den Zwanzigsten eines jeden Monats. Sie fragten ihn, was er ihnen über die Bedeutung der in die Baumstämme geritzten Sterne sagen konnte, und sie zeigten ihm Kopien von Botschaften auf weißem Papier, Botschaften aus Buchstaben, die ihm nichts sagten, außer dass sie Zuwachs bekamen – mit jedem neuen Opfer wurden neue Buchstaben, die Initialen der toten Frauen, eingefügt.
»Wir sollen Ihnen also glauben, dass Sie nicht der Sternmörder sind. So hat die Presse Sie getauft.«
»Fragen Sie Jillian Rivers«, schlug er vor.
»Das haben wir getan. Und wissen Sie was? Sie stärkt Ihnen nicht unbedingt den Rücken.«
MacGregor zuckte nicht mit der Wimper, glaubte dieser kaltschnäuzigen Polizistin mit den zusammengekniffenen Augen nicht. »Sie sagte vielmehr, manchmal wären Sie für Stunden fort gewesen.« Sie kam zurück an den Tisch und zeigte auf die Fotos von den toten Frauen. »Zeit genug, um Ihren Schlupfwinkel aufzusuchen und Ihr Opfer in sein Verderben zu stoßen.«
»Meinen Schlupfwinkel?«, wiederholte er. »Soll das ein Witz sein?«
»Eine Höhle oder vielleicht etwas in der Art der alten verlassenen Hütte, ein Bergwerksschuppen, irgendein Ort, an dem Sie sie gefangen halten.« Sie spekulierte ins Blaue hinein. Sie hatte nichts gegen ihn in der Hand und wusste es, hoffte aber trotzdem, er würde irgendwann so in Wut geraten, dass ihm etwas Entscheidendes herausrutschte, das ausreichte, um ihm die Morde anhängen zu können.

»Wollen Sie mich jetzt verhaften?«, fragte er, des Spielchens herzlich müde. Er war erschöpft, geistig müde, und er hatte alles gesagt, was er zu sagen hatte.
»Wir nehmen Sie fest.«
Er kannte das Gesetz, wusste, dass sie das Recht dazu hatten.
»Okay, aber ich habe genug Fragen beantwortet. Ich habe meine Aussage gemacht, und wenn Sie noch Fragen haben, antworte ich nur in Gegenwart meines Anwalts. Garret Wilkes in Missoula. Rufen Sie ihn an.« Er erhob sich, rechnete halb damit, dass die größere Frau ihm befahl, sich wieder zu setzen, doch sie tat es nicht.
Sie sah genauso müde aus, wie er sich fühlte, und wenn sie als Polizistin überhaupt etwas taugte, dann wusste sie längst, dass er unschuldig war.
»Ich möchte meinen Hund sehen und mit Jillian sprechen.«
Pescoli wollte nichts davon hören. »Das geht leider nicht.«
»Natürlich geht das. Sie müssen nur endlich Ihre ›Böse-Polizistinnen-Rolle‹ ablegen.«
Pescolis Augen blitzten.
»Ich will sehen, was sich machen lässt«, sagte Alvarez und trat dazwischen, bevor ihre Partnerin etwas tat, was sie später bereuen würde. Sie zog die Handschellen aus ihrer Gesäßtasche. »Aber erst einmal, Mr. MacGregor, müssen Sie die Nacht in Untersuchungshaft verbringen. Mit schönen Grüßen von Pinewood County.«

20. KAPITEL

»Was der Arzt sagt, ist mir völlig egal, ich will entlassen werden, und zwar auf der Stelle«, verlangte Jillian. Eine Schwester brachte sie zum Schweigen, indem sie ihr ein Thermometer in den Mund schob. Jillian lag in einem Krankenhausbett am Tropf, würgte an dem Thermometer und plante ihre Flucht. Dazu musste sie sich den Anordnungen des Arztes widersetzen, aber ihr ging es nur darum, endlich rauszukommen.
Untätig herumzusitzen hatte ihr nie gelegen, und in einem Krankenhausbett zu liegen war noch schlimmer. Im Fernseher lief eine Comedyshow, die schon vor drei Jahren hätte abgesetzt werden müssen, und aus dem Flur war jede Menge Lärm zu hören. Das Schwesternzimmer befand sich gleich vor ihrer Tür, und Stimmengesumm, das Rasseln von Rollwagen und Scharren von Schritten drangen durch den Türspalt zu ihr hinein.
Ihr Zimmer war klein, aber privat, und hatte ein großes Fenster mit Blick auf einen fast leeren Parkplatz, auf dem die Räumfahrzeuge den Schnee beseitigt hatten. Sicherheitslämpchen verbreiteten einen rauchblauen Schein, und schon fielen wieder neue Flocken und erinnerten Jillian daran, wie sehr sie gefroren hatte. Sie war beinahe an Unterkühlung gestorben und konnte sich eigentlich glücklich schätzen, in einem warmen hellen Zimmer in einem sauberen Bett zu liegen.
Ohne MacGregor wäre sie jetzt in der eiskalten Nacht erfroren. Sie schauderte innerlich bei dem Gedanken und kam zu dem Schluss, dass ein bisschen Dankbarkeit angebrachter wäre als ihre Zickerei.

Mit einem Ping meldete das Thermometer das Ende des Messvorgangs. Die Schwester, eine grobknochige Frau um die fünfzig, hielt das elektronische Thermometer in der Hand und achtete kaum auf Jillians Klagen. Sie notierte die Temperatur, zog mit der Geschicklichkeit jahrelangen Trainings den Plastikschutz von dem Gerät und warf ihn in den bereitstehenden Abfalleimer. »Siebenunddreißig zwei«, sagte sie gleichgültig. Schwester Claire wirkte überhaupt ein wenig gereizt, so als hätte sie eine Doppelschicht hinter sich. Ihr Lippenstift war verwischt, und falls sie überhaupt Make-up getragen hatte, war es nun abgenutzt und zeigte eine rötliche gereizte Haut.

»Nicht mal achtunddreißig«, betonte Jillian, während Schwester Claire ihr die Manschette des Blutdruckmessgeräts um den Arm legte. »Nicht hoch genug, um mich hierzubehalten.«

»Erst mal sehen, was der Doktor sagt, aber er will Sie über Nacht zur Beobachtung hier haben.« Claires Blick löste sich nicht von der Blutdruckanzeige.

»Ich benötige keine ›Beobachtung‹.« Jillians Brustkorb und Knöchel waren geröntgt worden, und sie hatte Glück; der Knöchel war nur verstaucht. Der Arzt hatte ihn lediglich verbunden, sie benötigte nicht einmal einen Gipsverband. Ihre Rippen waren geprellt. Wie durch ein Wunder hatte sie sich keine Brüche zugezogen, wie schon MacGregor diagnostiziert hatte. Gut. Sie hatte besonders an den Rippen noch starke Schmerzen, doch wenn man ihr ein Schmerzmittel verschrieb, sah sie keinen Grund, noch länger Gefangene in diesem kleinen ländlichen Krankenhaus zu sein.

»Der Blutdruck beträgt hundertzehn zu fünfundsiebzig. Normal«, erklärte die Schwester mit einem Kopfnicken. »Gut.« Auch diesen Wert trug sie in die Krankenkarte ein. »Ich glaube, die Polizei will mit Ihnen sprechen.«

»Ich habe schon mit ihnen gesprochen.«

Schwester Claire fühlte ihr den Puls, war zufrieden und notierte auch diesen Wert. Dann hob sie den Blick, und ihre Miene war bedeutend freundlicher als zuvor. »Ich weiß, aber sie wollen Sie noch einmal vernehmen.«
Als ob Jillian gelogen hätte. Warum glaubten sie ihr nicht? Warum behandelten sie MacGregor wie einen Verbrecher? »Ich habe alles ausgesagt, was ich weiß«, erklärte Jillian und hatte ihren Vorsatz, sich nicht von ihrem Ärger hinreißen zu lassen, rasch wieder vergessen. Die Polizisten hatten sie schon im Hubschrauber vernommen und es nach ihrer Ankunft im Krankenhaus erneut versucht, doch da hatte der Arzt eingegriffen.
»Ja, sicher.« Schwester Claires Blick streifte Jillian. »Ich rede mit Dr. Haas, und dann wollen wir sehen, was ich tun kann, damit Sie entlassen werden. Aber ich glaube nicht, dass er einverstanden sein wird.«
Na prima, dachte Jillian und sah der Schwester nach, die zur Tür ging. Sie nahm die Fernbedienung des Fernsehers von dem Tablett neben ihrem Bett und schaltete einen Werbespot für hausgemachte Pizza stumm. Zu Hause. Wie lange war es her, dass sie, in ihren prall gepolsterten Lieblingssessel gekuschelt, gedankenverloren Marilyn gestreichelt und bei einem alten Schnulzenfilm Popcorn gegessen hatte?
Sie hatte bereits ihre Mutter angerufen, und Linnie hatte am Telefon geweint. »Ich weiß, dass sie dich gefunden haben; sie haben schon angerufen. Aber ... aber, ach, Jillian, ich hatte solche Angst, dass ich dich für immer verloren hätte, dass dieser Verrückte dich entführt hätte und ich dich nie wieder sehen, nie wieder deine Stimme hören würde.« Ihre Mutter hatte zu schluchzen begonnen, und auch Jillian kamen die Tränen.
»Mir geht es gut.«
»Aber was du durchgemacht hast. Mit diesem Verrückten.«

»Aber, Mom, du hast es ganz falsch verstanden. Die meiste Zeit war ich ja in Sicherheit.« Sie brauchte fast eine halbe Stunde, um ihre Mutter davon zu überzeugen, dass Zane MacGregor nicht der Mörder war. Als Linnie nachfragte, wer sie entführt und im Wald zurückgelassen hatte, erklärte Jillian ihrer Mutter dasselbe, was sie auch bei der Vernehmung ausgesagt hatte – dass sie nicht die geringste Ahnung hatte, wer den Mordversuch begangen hatte.

Linnies Schluchzen hörte abrupt auf. »Ich nehme die nächste Maschine nach Missoula und dann einen Mietwagen und …«

»Nein, Mom!«, fiel Jillian ihr ins Wort. »Ich bin in ein oder zwei Tagen zu Hause und rufe dich unter einer neuen Handynummer an.«

»Aber nach allem, was du durchgemacht hast …«

»Mir geht es gut. Ich bin in ärztlicher Behandlung, habe keine Knochenbrüche und kann nach Hause fahren, sobald die Straßen geräumt sind.«

»Du bist verletzt! Ich sollte jetzt bei dir sein.« Da hatte Jillian begriffen. Ihre Mutter wollte ihr nicht nur helfen, sondern vor allem mit ihr zusammen im grotesken Rampenlicht dieses Falles stehen. Schon jetzt hatten Reporter versucht, Jillian in ihrem Zimmer anzurufen.

»Mir geht's gut, Mom, wirklich. Du brauchst nicht zu kommen. Aber ruf Dusti an und sag ihr, dass mir nichts fehlt, und alle anderen, die nach mir fragen.«

»Ja, natürlich!« Linnie war in ihrem Element, wenn sie eine Mission hatte. »Und was ist mit den Fernseh- und Nachrichtenreportern hier? Man hat mich schon angerufen.«

»Tatsächlich?« Jillian war verblüfft. »Woher wissen die denn von mir?«

»Keine Ahnung.«

»Hör mal, Mom. Du wimmelst sie ab. Schaffst du das?«

»Natürlich.«

»Prima, das wäre toll. Und ich muss dich um einen weiteren Gefallen bitten.«

»Sag es schon«, verlangte ihre Mutter eifrig.

»Könntest du Emily Hardy anrufen, ihr alles erklären, meine Katze zu dir holen und sie versorgen, bis ich zurück bin?«

»Aber natürlich, Schätzchen. Keine Frage!« Linnie blühte eben auf, wenn sie gefordert war.

»Danke, Mom. Ich rufe dich bald wieder an, sobald ich ein Handy habe. Dann lasse ich dich wissen, wann ich zurückkomme.«

»Wenn du mich wirklich nicht brauchst ...«

»Ich wäre dir sehr dankbar, wenn du das alles für mich erledigen könntest.« Sie gab ihrer Mutter die Nummer des Krankenhauses. »Ich liege auf Zimmer dreiundzwanzig.«

»Hab's notiert«, antwortete ihre Mutter.

»Danke. Ich melde mich bald.«

»Gott sei Dank, dass du gesund bist! Und mach dir keine Sorgen wegen der Presse. Mit denen werde ich schon fertig. Und noch etwas: Ich wollte deine Schwester zu Weihnachten besuchen«, sagte Linnie. »Komm doch auch! Ich bringe die Katze mit, und wir treffen uns bei Dusti.«

»Lieber nicht. Weihnachten ist doch schon in ... wie? In drei Tagen?« Jillian hatte keine Lust auf einen Besuch bei der Familie ihrer Schwester in San Diego. Sie liebte ihre Nichten – sie hatten beide nicht gerade wenig Temperament und hielten Dusti auf Trab –, aber sie zweifelte keine Sekunde daran, dass ihre Schwester unbedingt ein »perfektes« Weihnachtsfest in Szene setzen wollte und damit allen den Spaß an dem Fest verdarb. Ganz zu schweigen von Drew, diesem Langweiler. Ein großer, gutaussehender Mann, der sechzig Stunden in der Woche arbeitete. In seiner Freizeit spielte er Golf, rauchte »mit den Jungs« Zigarren und schwafelte unablässig über die Börse. Er konnte Jillian auf die Palme bringen. Er bedrängte Dusti, noch einmal schwanger zu werden, weil er unbedingt einen Sohn zeugen wollte. Ja, Weihnachten mit den Bellamys wäre ein ganz besonderer Spaß. Aber Jillian war fest entschlossen, darauf zu verzichten.

»Ja, gut. Ich fahre am vierundzwanzigsten. Ich ... ich überlege mir etwas wegen deiner Katze.«

»Vielleicht kann Emily sie noch eine Weile versorgen.«

»Ich spreche mit ihr«, sagte Linnie erleichtert.

»Gut. Grüße Reece und Carrie von mir. Sag ihnen, dass Tante Jillie sie hoffentlich bald wiedersieht.«

»Klar! Und, wie gesagt, ich regele die Sache mit den Reportern, mach dir keine Sorgen. Wir feiern dann, wenn wir beide wieder zu Hause sind. Nach Neujahr. Ich ... ich gebe dann eine Party.«

»O nein, bitte nicht.« Bei dem Gedanken an Linnies überzogene Gala-Partys schauderte es ihr.

»Wie du willst«, antwortete Linnie leicht gekränkt.

Jillian ließ sich kein schlechtes Gewissen einreden. Ja, sie liebte ihre Mutter, doch es ließ sich nicht leugnen, dass diese Frau überaus anstrengend war. Sie beendete das Gespräch und überlegte weiter, wie sie aus dem Krankenhaus entkommen konnte. Sie hatte keine Zeit herumzugammeln. Jemand schien sich in den Kopf gesetzt zu haben, sie umzubringen, und ihr Retter, Zane MacGregor, saß im Knast. Sie hatten ihm sogar Handschellen angelegt, du liebe Zeit. Ihr Auto war Schrott, ihr Handy konfisziert, und jemand versuchte, ihr einzureden, dass ihr erster Mann noch lebte.

Sie kratzte sich am Handgelenk, wo das Pflaster zu jucken begann, das die Tropfbraunüle hielt, und dachte über ihre Zukunft nach, was sie nach ihrer Entlassung tun würde. In den vergangenen zehn Tagen hatte sich ihr Leben unwiderruflich verändert. Sie wusste zwar immer noch nicht, ob Aaron lebte oder nicht, sie hatte keine Ahnung, wer sie umbringen wollte, und dann war da auch noch Zane MacGregor, in den sie sich, so albern es war, offenbar verliebt hatte.

Verliebt? Aber du kennst den Mann kaum. Die Polizei verdächtigt ihn, an deiner Entführung beteiligt zu sein. Zehn Tage Eingesperrtsein in einer Hütte macht noch keine Liebesgeschichte. Das ist doch Wahnsinn. Wahrscheinlich liegt es am Vicodin.

Sie rückte an die Bettkante heran und spähte in den Flur hinaus. Die Tür zu ihrem Zimmer stand offen, und über das Scharren von Schritten und Klingeln eines Aufzugs hinweg hörte sie Gesprächsfetzen.

Eine schrille Stimme sorgte sich um einen Patienten im Zimmer 314, fürchtete, dass die Antibiotika seine Lungenentzündung nicht zum Stillstand brachten. Sie fragte sich, wo der Doktor stecken mochte.

Eine andere Stimme, männlich, gab jemandem per Telefon Anweisungen hinsichtlich der Dosierung von Medikamenten.

Eine dritte gab Klatsch und Tratsch zum Besten, und Jillian biss die Zähne zusammen, als sie hörte, dass sie das Gesprächsthema war.

»... anscheinend genau wie die andern. Kein Faden am Leib, an einen Baum gebunden. Ist das zu fassen?«

Die Antwort konnte Jillian nicht hören.

»Ich weiß, es ist mehr als gruselig, sich vorzustellen, dass sich ein Serienmörder hier in Grizzly Falls herumtreibt. Warum ausgerechnet hier? Ich sage immer wieder zu Jason, hier leben wir doch am Ende der Welt, wie kommt solch ein Psychopath dann hierher? ... Was? Ach, das glaube ich nicht. Jemand, den wir kennen? Das wäre ja unheimlich. Wirklich, Dorftrottel haben wir reichlich. Oh, das war nicht politisch korrekt. Ich wollte sagen, wir haben hier reichlich Lokalkolorit, denk nur an Ivor Hicks, der glaubt, er wäre von Aliens entführt worden.«

»Entführt, und er kriegt immer noch Befehle von denen«, sagte die andere Frau, und Jillian erkannte Schwester Claires nasale Stimme. »Und nicht zu vergessen Grace Perchant, die eines der Autos entdeckt hat. Das ist die, die Gespenster sieht.«

»Geister. Sie steht in direkter Verbindung mit der Geisterwelt.«

»Ja, klar. Wenn du mich fragst, lebt Grace selbst längst in einer anderen Welt.« Sie kicherten zusammen. Dann klingelte ein Telefon und unterbrach ihr Gespräch.

Toll, dachte Jillian und sehnte mehr denn je ihre Entlassung aus dem Krankenhaus herbei. Sie hielt sich erst seit ein paar Stunden in ihrem Zimmer auf, und schon fiel ihr die Decke auf den Kopf. Und das Letzte, was sie jetzt gebrauchen konnte, war eine weitere Vernehmung durch die Polizei. Sie hatte ihre Aussage gemacht und war nicht nur von zwei Polizistinnen, sondern auch von einem Team von FBI-Agenten verhört worden, die sie sämtlich für ein Opfer und Zane MacGregor für den Perversen hielten, der diese Gegend in den Bitterroot Mountains mit Schrecken überzog.

Jillian wusste es jetzt besser.

Seit MacGregor sie von dieser einsamen Zeder losgeschnitten und auf seinem Rücken in Sicherheit gebracht hatte, vertraute sie ihm völlig. Zane MacGregor wollte ihr nichts Böses, und jetzt saß er, soviel sie wusste, im Gefängnis und versuchte, seine Unschuld zu beweisen.

Ihre Gespräche mit der Polizei waren zäh und spannungsreich gewesen. Zuerst war sie von den beiden Polizistinnen vom Büro des Sheriffs von Pinewood County, Regan Pescoli und ihre Partnerin, die ruhigere Selena Alvarez, verhört worden.

Darauf folgte dann das lustige Frage-und-Antwort-Spiel mit dem FBI.

Wie es aussah, wollten alle, die irgendwie mit der Polizei zu tun hatten, MacGregor für die Mordserie der letzten Zeit hängen sehen. Sie wollten natürlich Antworten – eine Lösung –, und sie waren ganz erpicht darauf, jemandem die Sache anzulasten, jemandem wie MacGregor.

Jillian hatte klar zu verstehen gegeben, dass sie ihre Theorien gegen den Mann, der sie ihrer festen Überzeugung nach gerettet hatte, nicht unterschrieb. Die Polizisten waren verärgert, weil sie sich so besorgt um MacGregors Schicksal und das Wohlergehen seines Hundes zeigte, statt ihn als Serienmörder ans Messer zu liefern.

»Das ist lächerlich«, hatte sie gesagt und konnte ihren Ärger nicht verbergen, während Alvarez sich Notizen machte und das Gespräch mit einem Diktiergerät aufzeichnete. Sie war zierlich, mit scharfen Zügen und schwarzem, im Neonlicht blau schimmerndem Haar, und offenbar die Ernstere, weniger Aufbrausende von den beiden.

Die größere Polizistin, Pescoli, hatte bei der Tür gestanden, so als wollte sie ein wenig Abstand zwischen sich und Jillian legen. Sie war, jetzt mitten im Winter, braungebrannt und sommersprossig; anscheinend verbrachte sie viel Zeit im Freien. Doch unter dem Neonlicht des Krankenhauses wirkte Pescoli todmüde, man sah dunkle Ringe unter den Augen. Lockiges rotbraunes Haar umrahmte ein kantiges, unnachgiebiges Gesicht. Sie war sehr engagiert. Getrieben. Fast wütend.

»MacGregor hat mir nichts getan«, versicherte Jillian. »Meine Güte, er hat mich gerettet. Sie haben doch gesehen, wie er mich von dem Baum forttrug, an dem ich ... an dem ich gefesselt zurückgelassen worden war. Ohne Zane MacGregor wäre ich jetzt tot!«

Die Cops zeigten sich unbeeindruckt. »Aber woher wollen Sie wissen, dass er es nicht war, wenn Sie den Angreifer doch gar nicht gesehen haben?« Pescoli verschränkte die Arme vor der Brust, beinahe so, als wollte sie Jillian dazu bringen, sie anzulügen.
»Ich weiß es eben«, beteuerte sie. »Ich habe das Gefühl, dass derjenige, der sich von hinten auf mich gestürzt hat, nicht so groß und so schwer war wie MacGregor.«
Alvarez griff ein. »Aber Sie haben wirklich nicht mal einen flüchtigen Blick in sein Gesicht erhascht oder irgendwelche unveränderlichen Kennzeichen gesehen?«
»Nein.«
»Haben Sie seine Hände sehen können?«
»Nein. Nur … schwarze Handschuhe. Und ich habe sein Gewicht gespürt, als er mich zu Boden rang. Er hat mir einen Lappen aufs Gesicht gedrückt, ich habe mich gewehrt, konnte ihn aber nicht abschütteln. Dann wurde ich bewusstlos.«
Pescoli nickte. »Aber es stimmt, dass MacGregor seit Stunden außer Haus war, oder? Sie wussten nicht, wo er steckte.«
»Er hatte mir ein Gewehr dagelassen. Eine Geste, mit der ich nicht rechnen würde, wenn er mich hätte umbringen wollen.«
Sie reagierten nicht darauf.
Jillian fügte hinzu: »Er würde doch niemals seinen eigenen Hund erschießen!«
Pescoli bemerkte ruhig: »Er hat wegen Mordes eingesessen.«
»Totschlag«, berichtigte Jillian wütend. Das war doch Wahnsinn! »Er hat mir davon erzählt.«
»Tatsächlich?« Pescoli gab sich keine Mühe, ihre Skepsis zu verbergen. Sie kam näher und blieb neben Jillians erhöhtem Bett stehen. »Sie haben lediglich seine Version gehört. Übrigens befindet er sich jetzt in Untersuchungshaft.«
»Weswegen? Aber habe ich es Ihnen nicht gerade gesagt? Der Mann hat mir das Leben gerettet!« Jillian hatte begriffen, war-

um sie MacGregor als Verdächtigen einstufen, aber dies aus dem Mund der Polizistinnen zu hören, ließ es umso realer erscheinen.

Die sanftere Polizistin, Alvarez, schlug vor: »Erzählen Sie uns doch einfach von Anfang an, was sich zugetragen hat. Warum sind Sie überhaupt nach Montana gekommen? Sie stammen aus Seattle, nicht wahr?«

Also berichtete Jillian alles, woran sie sich erinnerte, von der Zeit in Seattle, als sie die anonymen Anrufe wegen Aaron erhielt, bis zu der Zusendung der Fotos von ihrem toten Gatten. Sie erklärte, was ihr von dem Autounfall und ihrer Rettung in Erinnerung geblieben und wie sie in Zane MacGregors Hütte wieder aufgewacht war. Sie verschwieg nichts. Sie war überzeugt davon, dass MacGregor ihr das Leben gerettet hatte. Sie glaubte zudem, am Tag des Unfalls eine weitere Person im Schatten der Bäume gesehen zu haben, und später hatte MacGregor Beweise dafür gefunden, dass jemand die Hütte beobachtete. MacGregor hatte ihr nicht nur ein geladenes Gewehr angeboten, sondern zu ihrem Schutz auch seinen Hund bei ihr zurückgelassen.

Pescoli und Alvarez unterbrachen sie ein paar Mal, hörten jedoch größtenteils zu, als sie berichtete, dass MacGregor genauso verzweifelt wie sie auf eine Möglichkeit hoffte, in die Stadt zu gelangen. Er war in Sorge um sie gewesen, er wollte sie zu einem Arzt bringen.

Jillian glaubte MacGregor zu helfen, wenn sie nichts als die reine Wahrheit sagte. Doch da hatte sie sich getäuscht.

Nach der Vernehmung wurde ihr klar, dass Pescoli und Alvarez ihr umso weniger glaubten, je vehementer sie sie von Zane MacGregors Unschuld zu überzeugen versuchte.

Was Jillian zur Weißglut trieb. Das einzig Gute, wenn überhaupt, war, dass man ihr ihre Sachen gebracht hatte. Den Kof-

fer mit ihrer Kleidung wie auch die Handtasche mit Brieftasche, Ausweis und Kreditkarten. Ihre Taschen wurden noch »bearbeitet«, was immer das heißen mochte. Nur ihr Handy fehlte noch, das man, wie Alvarez erklärt hatte, noch »einen Tag oder so« behalten wollte. Es ärgerte Jillian maßlos, ihr Handy nicht zur Verfügung zu haben. Darin waren nämlich sämtliche Telefonnummern ihrer Freunde, Verwandten und Geschäftsverbindungen und diverse SMS und Voicemails gespeichert.
Nach der Versicherung, dass sie das Handy »so bald wie möglich« freigäben, stellten sie noch ein paar Fragen und dankten ihr dann. Alvarez schaltete das Diktiergerät aus, und Pescoli stand bereits an der Tür.
»Moment noch«, rief Jillian, und beide Frauen hielten inne. »Ich möchte noch einmal betonen, dass Zane MacGregor nie etwas getan hat, was vermuten lassen könnte, dass er mich tot sehen wollte, und er hatte jede Gelegenheit dazu. Ich war bewusstlos, konnte nicht ohne Hilfe laufen, war dank meiner Rippenprellungen nahezu bewegungsunfähig. Wenn er mich hätte umbringen wollen, glauben Sie mir, dann wäre ich jetzt tot.«
Die Cops sagten kein Wort, und unwillkürlich fügte Jillian hinzu: »Ich weiß, dieser Serienmörder ist ein ernstes Problem für Sie. Sie müssen ihn finden. Aber suchen Sie lieber weiter. Sie haben den Falschen.«
Alvarez sah sie an. »Wir überprüfen sämtliche Möglichkeiten, Ms. Rivers. MacGregor ist nur einer von vielen.«
»Aber ich sagte doch ...«, setzte sie an, las dann aber etwas in den Augen der zierlichen Frau, was ihr nicht gefiel. Zwar hatte Detective Selena Alvarez, die Polizistin, der Jillian vertraute, versucht, es zu verbergen, doch sie hatte ihr die Geschichte nicht ganz geglaubt.

»Vielleicht haben wir später noch ein paar Fragen an Sie«, sagte Alvarez und kam zurück an Jillians Bett. »Falls Ihnen noch etwas einfällt oder Sie selbst Fragen haben, rufen Sie uns bitte an.« Sie legte ihre Karte auf das Tischchen neben Jillians Wasserglas. »Hier«, sagte sie und tippte mit einem schlanken Finger darauf, »haben Sie meine Durchwahl im Büro des Sheriffs und meine Handynummer. Noch einmal vielen Dank.«

Jillian schob die Karte in ihre Brieftasche. Sie hatte geglaubt, die Vernehmung wäre jetzt abgeschlossen, doch das war ein Irrtum. Im Verlauf der nächsten Stunde schickte das FBI Halden und Chandler zu einem weiteren Vernehmungsgespräch zu Jillian. Als ob ihr inzwischen etwas Neues eingefallen wäre.

Sie gingen die gleichen Informationen noch einmal durch, doch die Agenten waren reservierter und konnten ihre Empfindungen besser verbergen als die ortsansässigen Polizistinnen.

Was nicht hieß, dass sie Jillian lieber waren.

Stephanie Chandler, groß, blond und sportlich, ohne die Spur eines Lächelns in den blauen Augen, leitete die Vernehmung, während ihr Partner mit seinem leichten Südstaatenakzent und dem bereitwilligen Lächeln ein paar Fragen einflocht. Craig Halden wirkte entschieden entspannter und zugänglicher. Doch Jillian vermutete, dass sein Charme nur eine Masche war, und sie hatte die ewigen Fragen sehr satt.

»Okay«, sagte sie schließlich und fixierte Chandler. »Ich habe den Detectives Pescoli und Alvarez bereits alles gesagt, was ich weiß. Wenden Sie sich an die beiden. Sie haben alles aufgezeichnet.« Sie wechselte ihre Lage im Bett. Die Tropfbraunüle an ihrem Handgelenk zwickte, das Bettzeug begann zu knittern.

Halden nickte gedankenvoll, wie zustimmend. Er bedachte sie mit einem »Ach komm schon«-Lächeln, das sie beruhigen sollte. Sein Bauernjungengrinsen erzielte jedoch die gegenteilige Wirkung und verstärkte noch ihre Sorge. »Ja«, sagte er. »Wir wissen Bescheid. Das hier ist nur Routine.«

»Ich hätte nicht gedacht, dass Ermittlungen in einer Mordserie Routine sein können«, konterte Jillian und sah, wie seine Partnerin die Brauen hochzog. Zusätzlich zu ihrer kühlen Fassade war Stephanie Chandler eine hochintelligente Frau, der nichts entging. Was nicht weiter überraschte. Immerhin war die Frau FBI-Agentin.

Jillian fühlte sich entsprechend unterlegen und verunsichert. Sie hatte die Polizei nie als Feind betrachtet. Klar, sie hatte Angst vor Strafzetteln wegen Geschwindigkeitsüberschreitung, wenn ein Streifenwagen ihr folgte, doch ihr Onkel war Polizist in Oregon gewesen, und einer ihrer Cousins arbeitete in der Polizeibehörde von Reno in Nevada. Abgesehen von ein paar Alkoholexperimenten vor ihrem einundzwanzigsten Lebensjahr, zweimaligem Haschischkonsum, versehentlichem Überfahren einer roten Ampel oder Zu-schnell-Fahren auf der Autobahn hatte Jillian niemals ein Gesetz übertreten.

Das einzige Mal, dass der Verdacht in ihr aufkam, die Behörden könnten nicht ihr Wohl im Auge haben, war damals in Surinam gewesen, als Aaron verschwunden war. Vielleicht lag es an der Sprachbarriere oder einem von den Nachrichten, Filmen und eigenen Vorurteilen geprägten Misstrauen der ausländischen Polizei gegenüber. Wie auch immer, Jillian hatte nicht das Gefühl gehabt, dass die in diesem Urwaldgebiet Zuständigen wirklich ihr Bestes taten.

»Die Sache ist die«, erklärte Jillian den Agenten, »der Grund für meine Fahrt nach Montana bestand in erster Linie in den Fotos, die ich per Post bekam, und den Anrufen, die andeuteten, dass Aaron Caruso, mein erster Mann, noch lebt.«

»Caruso wie Robinson Crusoe?«

»Anders geschrieben«, sagte Chandler.
Das hatten sie also schon überprüft. »Sie haben sich bereits informiert«, sagte Jillian.
Chandler nickte. »Als Ihr Fahrzeug aufgefunden wurde, haben wir nach Ihnen suchen lassen.«
»Und in meinem Privatleben herumgeschnüffelt.«
Chandler hatte kein Lächeln für sie übrig. »Wir wollten Sie finden.« Halden sagte: »Wir haben die Fotos erst heute in der Hütte gefunden. Wir werden sie analysieren.«
»Bekomme ich sie zurück?«
»Irgendwann sicher.«
»Ich brauche sie.«
Wieder nickte Chandler. »Wir auch. Bitte sagen Sie uns: Was glauben Sie, wer Sie angerufen hat?«
»Ich weiß es nicht.«
»Sie haben die Stimme nicht erkannt?«
»Nein, es war nur ein Flüstern, und die Nummer war unterdrückt.« Sie blickte von einem zum anderen. »Und ich weiß auch nicht, wer mir die Fotos geschickt hat. Der Poststempel zeigte Missoula an, deshalb wollte ich meinen Ex-Mann zur Rede stellen. Er lebt dort.«
»Mason Rivers?«
»Ja, er ist Anwalt, vielmehr Partner in der Anwaltskanzlei Olsen, Nye und Rivers«, sagte sie, allerdings mit dem Gefühl, dass sie auch das schon längst wussten. »Wir haben uns vor zwei Jahren scheiden lassen.«
»Wann haben Sie ihn zuletzt gesehen?«, fragte Halden.
»Ein paar Tage nach dem Scheidungsspruch. Wir haben noch ein paar Sachen übergeben, die einer vom anderen hatte. Alles verlief überaus ... höflich.«
»Und seither?«
»Nichts. Ich war nicht zu seiner Hochzeit eingeladen.« Jillian

spürte ein schiefes Lächeln auf ihren Lippen. »Sherice, Masons neue Frau, ist nicht unbedingt ein Fan.«
»Von Ihnen?«
»Von jeder Frau, an der Mason auch nur entfernt Interesse zeigt. Das gilt besonders für Ex-Frauen.«
Halden lachte leise, doch Chandler zeigte keine Reaktion. Sie stellten noch ein paar Fragen, schlossen dann, für den Augenblick befriedigt, die Vernehmung ab und verabschiedeten sich.
Jillian blieb allein zurück, an einen Tropf angeschlossen, den sie ihrer Meinung nach nicht brauchte, von immer wieder wechselnden Schwestern auf ihre Vitalparameter untersucht.
Nachdem die FBI-Agenten gegangen waren, fühlte sie sich unbehaglich. Sie vermutete, dass die Detectives und Agenten versuchten, ihr ein Bein zu stellen, damit sie MacGregor beschuldigte. Und das war einfach nicht in Ordnung.
Und dann kreisten ihre Gedanken um ihre eigene Lage. Warum hatte sie jemand nach Montana gelockt, um sie zu ermorden? Nach dem zweiten Anschlag auf ihr Leben glaubte sie, genau wie die Polizei, dass sie die Zielscheibe eines Serienmörders war. Doch welche Erklärung gab es dafür? Wer mochte sie dermaßen hassen? Wer hasste die anderen Frauen so? Sie blickte zum stumm geschalteten Fernseher hin und sah, dass gerade die Lokalnachrichten liefen. Der Bildschirm zeigte ihr eigenes Gesicht, ihr Führerscheinfoto.
»O nein«, flüsterte sie und schaltete schnell den Ton ein. Eine Reporterin in einem blauen Parka stand im Schneegestöber vor der Notaufnahme des Krankenhauses. Brünett und ernst, mit im Wind flatternder Kapuze, schilderte sie Jillians Entführung. Das Foto auf dem Bildschirm machte bald einer Luftaufnahme von einer schneebedeckten Lichtung inmitten bewaldeter Berge Platz. Am Rand des verschneiten Platzes stand eine einsame Zeder.

Jillian begann unwillkürlich zu zittern, als sie die Gegend erkannte. Der Schnee um den Baum herum war zertrampelt und matschig, auf dem Boden lagen Seile wie zusammengerollte Schlangen.
Ihr Magen rebellierte beim Anblick der Nylonstricke, die ihr ins Fleisch geschnitten hatten.
Deputys vom Büro des Sheriffs untersuchten den mit Flatterband abgesperrten Tatort; von einem Hubschrauber aus wurde die Szene mit einer Kamera aufgenommen. Jillian gab sich selbst den Rat, den Fernseher auszuschalten, doch die Bilder vom Schauplatz ihres Beinahe-Todes übten eine makabre Faszination auf sie aus. Trotz des warmen Krankenhausbetts fröstelte sie. Sie erinnerte sich, mit dem Gefühl der rauhen Rinde am Rücken aufgewacht zu sein, es war so kalt, dass ihre Haut brannte, und die Nylonseile gruben sich schmerzhaft in ihr Fleisch.
Sie erinnerte sich an die behandschuhten Hände, die ihr den mit einer Chemikalie getränkten Lappen aufs Gesicht drückten. Und an eine Narbe am Handgelenk. Oder war es ihr eigenes Handgelenk? Sie sah nach, suchte nach einer halbmondförmigen Narbe. Da war nichts. War es eine Erinnerung? Oder Teil eines Alptraums?
Denk nach, Jillian, denk nach, ermahnte sie sich, während der Nachrichtensprecher ins Bild kam, der zu ihrem Entsetzen die Namen und Fotos der Frauen präsentierte, die den Überfall des Wahnsinnigen nicht überlebt hatten – Fotos von lebendigen, lächelnden Frauen. Jillian musste beinahe würgen, als die Stimme aus dem Off fortfuhr und ein weiteres Bild eines lächelnden Opfers den Bildschirm ausfüllte.
»... und neuesten Meldungen zufolge wurde das andere überlebende Opfer des Mörders, bisher noch nicht identifiziert, in kritischem Zustand in ein Krankenhaus in Missoula eingelie-

fert. Wie wir hörten, ist das Opfer noch nicht wieder bei Bewusstsein ...«

Noch eine Frau hatte überlebt?

Gespannt verfolgte Jillian den Rest der Nachrichtensendung, die sehr ausführlich über den »Sternmörder« und seine Opfer berichtete. Sie erfuhr Näheres über die Opfer, wie sie das gleiche Schicksal wie sie erleiden mussten, nackt an einen Baum gefesselt, in den über ihren Köpfen ein Stern geritzt worden war. Sie schaltete den Fernseher aus und sah noch einmal aus dem Fenster hinaus in die Nacht. Es schneite heftig, Millionen winzig kleiner Flocken tanzten im Licht der Überwachungskameras.

Möglicherweise stand in diesem Moment der Mörder draußen. Und wartete.

Leise Musik drang vom Flur herein, eine Instrumentalversion von »Stille Nacht«. Jillian war erschöpft und tief im Inneren verängstigt. Ja, sie hatte überlebt, aber wer sagte, dass der Mörder es nicht noch einmal versuchte? Sie dachte an Zane MacGregor, der hinter Gittern saß, und Harley, der zwar noch lebte, aber Schmerzen litt ... Alles wegen eines Verrückten, der sie umbringen wollte.

Warum?

Wer?

Wen hatte sie sich unbekannterweise zum Feind gemacht? Zu einem Feind, der entschlossen war, sie umzubringen?

Wieder die gleichen alten Fragen.

Sie dachte an Aaron und ihre Ehe, wie angespannt und geistesabwesend er manchmal gewesen war. Manchmal hatte er sich so verhalten, als sei sie gar nicht mit ihm im selben Raum. Jillian gähnte, wehrte sich gegen die Müdigkeit. Aaron hatte nicht gern in Seattle gelebt. Mit seinem unsteten Herzen sehnte er sich fort aus der Trübsal der Stadt, irgendwohin, wo er den

Wechsel der Jahreszeiten deutlicher spürte. Immer wieder sprach er davon, nach Osten zu ziehen, jenseits der Berge ...
Ihr taten sämtliche Knochen weh, und ihr wurde bewusst, wie ausgebrannt sie tatsächlich war. Sie konnte kaum die Augen offen halten und vermutete, dass das Krankenhauspersonal ihr irgendein Beruhigungsmittel in den Tropf gegeben hatte.
Doch für diese Nacht wollte sie aufhören, sich Gedanken über die Gefahr zu machen, die draußen vor den Fenstern lauerte. Vielleicht konnte sie vergessen, dass etwas Todbringendes auf sie wartete. Diese Nacht würde sie warm und beschützt im Krankenhaus verbringen. Doch gleich am nächsten Morgen wollte sie raus.
Während sie in Schlummer sank, gingen ihr die Worte des Weihnachtslieds durch den Kopf. »Stille Nacht, heilige Nacht.« Mit einem Gefühl des Unbehagens schlief sie ein.

21. KAPITEL

»MacGregor ist nicht der Gesuchte«, knurrte Pescoli und stellte ihr Fahrzeug vor Shorty's ab, einem rund um die Uhr geöffneten Imbiss nicht weit vom Büro des Sheriffs an der Hauptstraße. Shorty, vor der Wende zum zwanzigsten Jahrhundert Koch in einer Bergbaugesellschaft, hatte das einfache Restaurant im vergangenen Jahrhundert eröffnet, und obwohl er schon lange tot war, war sein Name in flackerndem Neonlicht auf einem riesigen Schild am Straßenrand immer noch unauslöschlich in die Landschaft geprägt.
»Ich dachte, du wärst von seiner Schuld überzeugt.«
Pescoli spuckte ihren geschmacksneutralen Kaugummi in das Stanniolpapier und warf es in den Aschenbecher. Statt sich Alvarez' Nörgelei wegen des Rauchens anzuhören, hatte sie ein Päckchen Nikotinkaugummi aus ihrer Tasche gekramt und sich einen Streifen in den Mund geschoben. Darauf kaute sie seit etwa einer Stunde herum, als hinge ihr Leben davon ab.
»Ich hatte es gehofft.« Sie schaltete den Motor aus und öffnete so schwungvoll die Tür ihres Jeeps, dass sie beinahe gegen einen schief eingeparkten King Cab geschlagen wäre. »Ich habe mir gewünscht, dass er der Schuldige wäre.« Sie verriegelte die Tür und stapfte durch den Schnee, der unaufhörlich vom Himmel fiel. Würde das Wetter irgendwann einmal lange genug umschlagen, dass sie Luft schnappen konnten?
»Ich auch«, gestand Alvarez.
Shorty's befand sich in einem langgestreckten, niedrigen Gebäude mit spitzem Dach, auf dem sich derzeit der Schnee türmte. Eiszapfen hingen von der Dachrinne, und der Jahreszeit

entsprechend, hockte ein grinsender, zwinkernder Weihnachtsmann neben dem ursprünglichen Schornstein. Nicht wirklich liebenswürdig, dieser Weihnachtsmann. In Pescolis Augen erschien er wie ein Perverser mit falschem Bart in rotem Anzug, ein gruseliger alter Knacker, dessen Abbild auf eine Sperrholzplatte gemalt worden war.

Sie stieß die gläserne Doppeltür auf und betrat den Speiseraum des Restaurants. Heiße, nach Gebratenem riechende Luft schlug ihr ins Gesicht. Der weite Raum mit den abgenutzten Bodendielen war weitgehend leer. Fürs Abendessen war es zu spät, und die wenigen Gäste hatten sich in die Sportbar zurückgezogen, die durch einen kurzen Flur zu erreichen war. Darin hielt ein alter Zigarettenautomat von circa 1960 unter Weltraum-Hängelampen Wache.

Bei Shorty kehrte Pescoli regelmäßig ein, und gleich neben der Tür nahm sie eine in Plastik eingeschweißte Speisekarte an sich, bevor sie zum Speisebereich durchging. Sie zog Jacke, Handschuhe und Mütze aus, warf alles auf eine Kunstlederbank in einer Nische und setzte sich. Auch Alvarez legte ihre Wintersachen ab, ließ sich jedoch Zeit genug, um Handschuhe und Mütze in die Taschen ihrer Jacke zu stopfen und diese an einem seitlich an der Nische angebrachten Pflock aufzuhängen. Sie saßen einander gegenüber, Alvarez wie immer so, dass sie den Eingang im Auge behalten konnte.

Sie waren beide schlechter Laune, weil sie in ihrem Fall wieder am Ausgangspunkt angelangt waren, und Pescoli brauchte Trostfutter. Aufs Trinken würde sie an diesem Abend verzichten, weil sie, obwohl sie offiziell dienstfrei hatte, noch an dem Fall arbeitete. Das taten alle. Es bedeutete jedoch nicht, dass sie nicht in rauhen Mengen Fett und Kalorien zu sich nehmen konnte.

In MacGregors Hütte hatten sie keinerlei Hinweise gefunden, dass irgendwelche Opfer dort gefangen gehalten wurden. Ab-

gesehen davon, dass er Jillian Rivers »gerettet« und sie während der Schneestürme bei sich behalten hatte, sprach nichts weiter gegen ihn als die Tatsache – und die war nicht viel wert –, dass er ein paar Karten der Umgebung sowie eine Sammlung von Astrologiebüchern besaß. Es sah einfach nicht so aus, als hätte er Jillian Rivers etwas antun wollen, vielmehr hatte er sie nicht nur einmal, sondern zweimal vor Schaden bewahrt.
Was ihnen die Arbeit erschwerte.
Mit knurrendem Magen überflog Pescoli die Speisekarte, die sie seit der Eröffnung des Restaurants wöchentlich las, und entschied sich für ein Reuben Sandwich, klassisch belegt mit Corned Beef, Emmentaler und Sauerkraut. An diesem Abend benötigte sie Futter für die Seele, deshalb nahm sie statt der üblichen Salatbeilage Pommes und statt der Standard-Cola-light einen »Shorty's famous« schwarzweißen Milchshake, eine dekadente Zusammenstellung aus heißem Fondant, Schokosirup, Vanilleeis und Keksbröseln. Wie die Kellnerin Lillian zu sagen pflegte: »Auf den Schwarzweißen passt nur eine Beschreibung: eine tödliche Sünde.« Was angesichts der Mengen von Zucker, Fett und jeder erdenklichen anderen essbaren Sünde, die darin zusammengemixt waren, wahrscheinlich der Wahrheit entsprach. An diesem Abend war es Regan egal.
Lillian kam ohne Notizblock an den Tisch. Sie war in den Siebzigern, noch genauso fix wie vor fünfzig Jahren, schrieb nie eine Bestellung auf und irrte sich nie.
»Ihr zwei seid spät dran«, bemerkte sie.
Regan verzog das Gesicht. »War ein langer Tag.«
»Ja. Ständig wurde im Fernsehen darüber berichtet, und wir hatten ein paar Nachrichtenleute von außerhalb hier. Großer Lieferwagen mit Satellitenschüssel, stand drüben beim Bull and Bear an der Hauptstraße.«

»Ich weiß, wo das ist«, sagte Pescoli. Sie kannte Rod Larimer, den Wirt von der Frühstückspension Bull and Bear. Rod sah aus, als schmecke ihm sein Frühstück einfach zu gut, er war versessen auf alle Werbung, die er kriegen konnte, und befürwortete rege Bautätigkeit in Grizzly Falls.

»Was für ein Tag!«, sagte Lillian, dann fragte sie lauernd: »Seid ihr seiner Verhaftung denn schon einen Schritt näher gekommen?«

»Wir sind ganz nah dran«, antwortete Pescoli hochfahrend, und Alvarez hätte beinahe gelächelt.

»Drei Frauen an einem Tag! Das jagt mir eine Heidenangst ein, das könnt ihr mir glauben. Und nicht nur mir. Ich höre die Gäste reden, und alle sind ziemlich entsetzt. Wir zählen auf euch, dass ihr den Killer umlegt oder einsperrt und ihn ein für alle Male unschädlich macht.« Lillian nahm kein Blatt vor den Mund.

»Ich dachte, Kastration sei seit ein paar Jahren verboten«, bemerkte Alvarez trocken.

»Ein großer Fehler, wenn ihr mich fragt. Das ist ja das Problem, nicht wahr? Keiner fragt mich. Also, was darf ich euch bringen?«

Alvarez bestellte eine Linsensuppe, einen Salat mit Edelpilzkäse-Dressing und einen Eistee mit doppelt Zitrone.

Machte sie Witze? Nach einem Tag wie diesem? Pescoli verstand es nicht, doch Alvarez schien jedem Druck standzuhalten. Sie rauchte nicht, trank keinen Alkohol, hielt sich weitgehend von Männern fern und folgte beinahe zwanghaft ihrem Diät- und Trainingsplan.

Nun, Pescoli schämte sich nicht. Sie bestellte üppig, und Lillian entfernte sich grinsend.

»Schlimm genug, dass MacGregor nicht der Täter ist«, sagte Alvarez, als die Getränke serviert worden waren und Lillian hinter der Schwingtür in die Küche verschwand. Bis auf einen einzelnen Mann, der drüben in der gegenüberliegenden Ecke die Zeitung las, und ein paar hibbelige Teenies, die Limo tranken, Pommes aßen und sich gegenseitig mit den Strohhalmhüllen beschossen, waren sie allein im Restaurant. Zum Glück liefen ausnahmsweise mal keine Weihnachtslieder als Hintergrundmusik. Stattdessen mischte sich die Melodie von »Hotel California« mit dem Fauchen der Heizung und Geschirrklappern aus der Küche.

Alvarez rührte mit einem langstieligen Löffel ihren Tee um und sah zu, wie die Zitronenspalten um die Eiswürfel in ihrem Getränk herumtanzten. »Ich spreche es höchst ungern aus, aber ich fürchte, wir haben es mit einem Trittbrettfahrer zu tun.«

Pescoli war zwar selbst schon zu diesem ärgerlichen Schluss gekommen, hatte aber versucht, es sich auszureden. Sie wollte es nicht glauben. »Ich höre. Wieso?«

»Zunächst einmal gab es keine Botschaft an dem Tatort, wo Jillian Rivers gefunden wurde. Ich dachte erst, MacGregor könnte sich den Mord an ihr noch mal anders überlegt und den Zettel irgendwie vernichtet haben, als er zurückkam, um sie zu holen, aber das ergibt einfach keinen Sinn.« Alvarez kostete ihr Getränk mit Hilfe eines Plastikstrohhalms. »Auch der in den Baum geritzte Stern sah anders aus. Hatte sechs Zacken statt fünf.«

Pescoli beschloss, den Advocatus Diaboli zu spielen. Sie fischte die Kirsche aus ihrem Milchshake. »Vielleicht wurde er gestört und hatte keine Zeit mehr, die Botschaft anzubringen.«

»Auch das ist noch keine Erklärung für den Stern. Hm, hm. Da ist was im Busch.«

»Kann sein, dass er sich weiterentwickelt. Das kommt vor.« Sie schob sich die rote Maraschinokirsche in den Mund.

Alvarez zuckte mit der Schulter. »Er steigert sich gerade. So viel ist klar. Aber weiterentwickeln?« Sie schüttelte den Kopf.
»Hm, dann ist er vielleicht in Panik geraten. Deshalb serviert er die Mädchen so rasch ab. Er hat Angst.«
»Warum?«
»Vielleicht sind wir näher an ihm dran, als wir denken.« Pescoli trank einen langen Zug von ihrem süßen Milchshake.
Alvarez schnaubte durch die Nase. »Nahe sind wir absolut nicht. Wir haben nichts. Nada. Zero.«
»Kann sein, dass er das nicht weiß.«
»Trotzdem ... drei an einem Tag, und das nach einem Muster von einer Toten pro Monat?« Sie kräuselte ratlos ihre Lippen.
Alvarez schüttelte den Kopf und trank einen Schluck von ihrem Tee. »Nein, das glaube ich nicht. Was glaubt er, wie viel wir wissen? Was könnte ihm Angst einjagen? Wie sollten wir näher an ihn herangekommen sein?«
Pescoli ächzte. »Hat der Kerl einen Harem oder was? Drei Frauen, na ja, vielleicht zwei, falls Jillian Rivers herausfällt, und von beiden vermuten wir, dass er sie eine Zeitlang gefangen gehalten hat, bevor er sie im Wald aussetzte. Wie viele hat er wohl noch auf Vorrat?«
Alvarez blickte entsetzt zu ihr auf. »... du glaubst, er hat noch weitere in seiner Gewalt?«
»Hoffentlich nicht.«
Lillian fegte aus der Küchentür. In dem Moment schraubte einer der Teenager den Deckel des Salzstreuers auf seinem Tisch auf. »Hey, du da! Lass das!« Der Junge, ein pickelgesichtiges Kerlchen mit tief in die Augen gezogener Mütze, hielt in der Bewegung inne. »Das ist mein Ernst.« Lillian schürzte verärgert die schmalen Lippen, und ihre Augen hinter den Brillengläsern mit Tigerstreifengestell sprühten Feuer. Der Junge errötete, dass seine Akne noch röter wurde als zuvor, und ließ

den Salzstreuer fallen, der umkippte und seinen Inhalt über den Tisch ergoss.

»Entschuldigung«, murmelte er mit einem Blick auf seine Freunde. Sie kletterten aus ihrer Nische und liefen hinaus in die Nacht.

»Die kleinen frechen Jungs.« Lillian stellte Regans und Selenas Gerichte vor ihnen ab. »Wer braucht die? Ich mache sauber und bin gleich zurück, falls ihr noch etwas benötigt. Diese Gören haben vermutlich nicht mal Trinkgeld dagelassen!«

Der Mann mit der Zeitung hob seine Tasse an, zum Zeichen, dass er mehr Kaffee wollte, aber Lillian in ihrem Zorn stürmte an ihm vorbei. »Bin gleich bei Ihnen«, sagte sie, darauf bedacht, zunächst das verschüttete Salz aufzufegen.

Alvarez goss vorsichtig ein bisschen Dressing auf ihren Salat. »Ich schätze, wir wissen mehr, wenn die Opfer identifiziert sind.« Pescoli knabberte an einem knusprigen dicken Pommesstäbchen. Himmlisch. »Die Vermisstenabteilung arbeitet daran.«

»Ja, zusammen mit dem FBI und den Behörden der angrenzenden Bundesstaaten.«

»Man möchte meinen, wir würden die Fahrzeuge finden.« Pescoli schnappte sich die Ketchupflasche vom Tisch und spritzte einen großen Klecks auf ihren Tellerrand.

»Vielleicht wurden sie auf andere Weise entführt.«

»Das bezweifle ich.« Pescoli trank ausgiebig von ihrem Milchshake. »Immerhin haben wir jetzt zwei Zeuginnen, auch wenn Jillian sich nicht an sein Aussehen erinnert. Vielleicht kann DE oder ED ihn identifizieren, wenn sie aufwacht.«

»*Falls* sie aufwacht.«

»Ach, sie muss. Sie ist unsere einzige Zeugin. Bisher, da Ms. Rivers denkt, Zane MacGregor ist ihr Held in strahlender Rüstung ...«

»Sieh den Tatsachen ins Gesicht, Pescoli, es könnte doch sein. Nicht alle Männer sind Loser«, sagte Alvarez und blies in ihre dampfende Suppe. Der Duft von warmen Gewürzen wehte über den Tisch.

Zwar hatte Alvarez sich nicht eindeutig auf Regans Liebesleben bezogen, doch die Bemerkung traf. Alvarez hielt keineswegs hinterm Berg mit ihrer Meinung, dass Pescoli in Bezug auf Männer nicht wählerisch genug wäre. Tja, und wahrscheinlich hatte sie recht. Trotzdem ging es sie einfach nichts an.

»MacGregor könnte sie gerettet haben«, sagte Alvarez.

»Aber vor wem?«

»Das ist die Millionen-Dollar-Frage.«

»Nur ein Teil der Frage.« Als sie ihr überbackenes Sandwich in die Hand nahm, fiel ein bisschen Sauerkraut auf ihren Teller, auf den bereits die Soße tropfte. Es störte sie nicht. »Der andere Teil ist die Frage: Wer ist der ursprüngliche Mörder, der Kerl, der all die anderen Frauen auf dem Gewissen hat?« Sie nahm einen herzhaften Bissen und schmeckte kaum die Mischung aus Corned Beef, Schweizer Käse, Sauerkraut und Soße, womit auch immer der Koch das Roggenbrot belegt hatte. Stattdessen flammte Regans alter Zorn wieder auf, die Wut, die sie sonst zu unterdrücken suchte, um kühlen Kopf zu bewahren. An diesem Abend war es ihr in Anbetracht der steigenden Anzahl terrorisierter und ermordeter Frauen nicht möglich. Ihr Gehirn arbeitete überstürzt, und sie hatte eine Heidenangst, dass das bei der verlassenen Hütte gefundene überlebende Opfer starb, bevor es den Angreifer identifiziert hatte.

Pescoli verzehrte das halbe Sandwich, dann wandte sie sich der dazu servierten Gewürzgurke zu. Dieser Fall wies einfach zu viele Unstimmigkeiten auf. Zum einen waren es die falschen Seile. Alle anderen hatten bisher aus gedrehten Sisalfasern bestanden – doch das Seil, mit dem Jillian gefesselt wurde, war aus geflochtenem Nylon. »Du hast recht, wir haben es mit einem waschechten Trittbrettfahrer zu tun, es sei denn, dem Kerl ist der Sisal ausgegangen oder er will uns an der Nase herumführen.« Sekundenlang fixierte sie ein Aluminiumbäumchen, das sich unter einem pinkfarbenen Strahler drehte, in entgegengesetzter Richtung zu dem sich ebenfalls drehenden Schaukasten für gekühlte Torten auf dem Tresen. »Und wieso Jillian Rivers? Einfach nur Pech? Ihr Fahrzeug war das erstbeste, das vorbeikam, und er wollte die Gelegenheit wahrnehmen?«

»Oder hat der Trittbrettfahrer sie nach irgendwelchen Kriterien ausgesucht?«

»Viele Fragen und keine Antworten.«

Alvarez seufzte und sagte: »Ich gebe es nicht gern zu, aber in diesem Fall sehe ich die Sache genauso wie Chandler. Ich schätze den ersten Mörder als jemanden ein, der sein Spielchen mit uns treibt, uns zeigen will, dass er viel schlauer ist als wir. Er bleibt bei der gleichen Methode, damit wir wissen, dass *er* es war. Jillian Rivers ist eine Abweichung. Nicht nur das Seil spricht dafür, dass sie eine andere Art von Opfer ist. Keines der vorigen wurde mit Äther betäubt, oder? Oder zum Tatort getragen?« Sie rührte in ihrer Suppe. »Nein. Sie wurden nackt zu der Stelle getrieben, an der sie umgebracht wurden, mit einem Messer bedrängt oder einer anderen Waffe, scharf genug, um rasiermesserähnliche Schnitte in der Haut zu hinterlassen. Und die Fußabdrücke im Schnee zeigen nur eine Spur, die dort, wo wir Jillian Rivers gefunden haben, hinführt und wieder fort. Ihre Fußabdrücke waren nicht vorhanden.«

»Sie sagt ja, dass sie getragen wurde. Und MacGregors Spuren waren da.«

»Außer seinen. Die anderen Spuren waren kleiner als seine von Größe zwölf. Sie waren eher Größe acht oder neun, also kein sonderlich großer Mann.«

»Einer, der auf Jillian Rivers steht.«

»Genau. Wieder so eine Frau ohne Feinde.«

»Oh, sie hat Feinde, mindestens einen, vielleicht zwei.«

»Wer?«, fragte Alvarez und zog interessiert die Brauen hoch.

»Sie ist geschieden, nicht wahr? Glaub mir. Sie hat Feinde.«

»Manche Scheidungen erfolgen einvernehmlich.«

Pescoli schnaubte verächtlich und biss in ihr Sandwich. »So spricht eine Frau, die nie verheiratet war. Und jetzt kommt's. Ich kann ihren Ex nicht leiden. Ich habe mit Mason Rivers gesprochen. Er ist ein bisschen zu aalglatt für meinen Geschmack.« Sie machte sich über den Rest ihres Sandwichs her, und Alvarez löffelte ihre Suppe. Beide schwiegen.

Pescoli musste immer wieder an die Frau denken, die in einem Krankenhaus in Missoula im Koma lag. Dieses Opfer mit den Initialen D und E war die Schlüsselperson in dem Fall, von so großer Bedeutung, dass sie rund um die Uhr unter Polizeischutz stand. Für Jillian Rivers war ebenfalls Bewachung abgestellt, obwohl Pescoli widerwillig Alvarez' Theorie unterstützte, dass Ms. Rivers das Opfer eines wild entschlossenen Trittbrettfahrers war. Ein Verrückter? Oder einer, der auf diese widerwärtige Art Ruhm suchte oder etwas anderes, etwas Persönlicheres austrug?

Alvarez schob den erst halb geleerten Salatteller von sich und fasste ihre eigenen Sorgen in Worte. »Für die Frau, die wir bei Broken Pine gefunden haben, sieht es nicht gut aus. Die Ärzte haben nicht viel Hoffnung.«

»Ich weiß«, sagte Pescoli. Sie ließ ein Viertel ihres Sandwichs auf dem Teller zurück, trank aber ihren Milchshake aus. Ein Paar mittleren Alters betrat das Lokal und suchte sich eine ruhige Nische. Sie sahen aus, als wären sie seit zwanzig Jahren verheiratet und immer noch verliebt. Schwer zu glauben. Regan warf ihre Serviette auf den Teller und rückte das leere Milchshakeglas an den Tischrand.

»Von der Toten vom Cougar-Pass erfahren wir wohl nichts Neues«, sagte Pescoli. »Ich möchte wetten, die Informationen sind die gleichen wie die der anderen Opfer: keine Hautfasern vom Mörder, nichts unter den Fingernägeln des Opfers, kein Hinweis auf sexuelle Übergriffe, kein Sperma.«

»Sei nicht zu optimistisch.«

»Wahrscheinlich hat sie aufgrund des ›Autounfalls‹« – Pescoli zeichnete Gänsefüßchen in die Luft – »ein paar Knochenbrüche.« Sie zückte ihre Brieftasche. »Außerdem auf den Unfall zurückzuführende Prellungen und Hautabschürfungen, dazu Hinweise auf Messerstiche und Schürfwunden von dem Seil, mit dem sie gefesselt war.«

Lillian kam an den Tisch. »Darf es noch etwas sein? Wir haben heute Abend eine mörderische Kokoskremtorte, nur noch ein paar Stücke. Uups. Was sage ich da? *Mörder*-Torte? Das sollte kein Wortspiel sein.«

»Ich verzichte«, sagte Pescoli, und Alvarez schüttelte ihrem Wesen und dem Diätplan gemäß den Kopf. Nur ein einziges Mal würde Regan ihre Partnerin gern schwach werden sehen. Einen Long-Island-Tee trinken oder dem Appetit auf einen von Joelle im Pausenraum des Reviers vergessenen Donut oder Brownie nachgeben. Oder, noch besser, sich mit einem Mann verabreden.

Jede bezahlte ihren Anteil am Essen und gab Lillian ein anständiges Trinkgeld, bevor sie zum Klang einer alten Gordon-Lightfoot-Melodie Jacken, Mützen und Handschuhe anzogen und das Lokal verließen.

Draußen war es kalt und dunkel; es hatte nicht aufgehört zu schneien, und der Schnee lag bereits einen Zentimeter hoch auf

dem Jeep. Pescoli verlangte es nach einer Zigarette, doch sie verdrängte die Sucht, zwängte sich auf ihrer Seite des Jeeps zur Tür und bemerkte, dass der King Cab noch immer dastand. Den Teenagern gehörte er also nicht. Auch nicht dem Paar, das noch gekommen war. Vielleicht dem Kerl in der Ecke mit der Zeitung? Wer war er überhaupt? Sie hatte ihn noch nie dort gesehen. Sie schlüpfte hinters Steuer und blickte in den Rückspiegel. Ja, der Typ, der gelesen und Kaffee getrunken hatte, saß noch an seinem Tisch, doch er hatte hochgeschaut, sah aus dem Fenster, und für den Bruchteil einer Sekunde glaubte Pescoli, er hätte sie angesehen.
Lächerlich!
Ihr innerer Radar arbeitete auf Hochtouren. »Wie fandest du den Single-Typen im Lokal?«
»Warum? Bist du auf Männerjagd?« Selena legte den Sicherheitsgurt an, und Regan startete den Motor.
»Sehr witzig. Mal ehrlich, was hältst du von dem?«
»Junggeselle. Wartet wahrscheinlich auf jemanden. Er hat immer zur Tür gesehen.«
»Hat er uns irgendwie beachtet?« Pescoli schaltete die Scheibenwischer ein, die den Schnee von der Frontscheibe zu kratzen begannen.
»Ein bisschen. Nicht wirklich.«
»Ganz sicher?« Sie drehte das Gebläse auf und betätigte die Enteisertaste.
»Ja. Warum?«, fragte Alvarez und warf einen Blick über die Schulter zurück auf das Restaurant. Der Kerl hatte sich wieder in seine Zeitung vertieft. Lillian kam mit einer Glaskanne Kaffee an seinen Tisch, und Pescoli überkam plötzlich ein gewisses Unbehagen, obwohl die paar Worte, die gewechselt wurden, während Lillian Kaffee einschenkte, reine Routine zu sein schienen. Völlig unschuldig.

Trotzdem … »Ich weiß nicht. Irgendwas an ihm stört mich. Prüf mal die Kennzeichen der Fahrzeuge auf dem Parkplatz, ja?«

»Klar.« Das war kein Problem, da in Pescolis Fahrzeug der Computer angeschlossen war. »Aber ich glaube, dieser Fall kostet dich zu viele Nerven.«

»Er kostet uns alle Nerven.« Pescoli manövrierte aus der engen Parklücke und legte den Vorwärtsgang ein. Der Platz war vergleichsweise leer, der Verkehr spärlich, und der Schnee fiel und fiel und bedeckte all die Parkplätze und Straßen, wo noch Reifenspuren zu erkennen waren.

Alvarez gab die Kennzeichen ein und sagte nach ein paar Minuten: »Keines der Fahrzeuge ist gestohlen; die Kennzeichen passen alle. Der Buick gehört Lillian Marsden, der King Cab einem Thomas Cohen, der Toyota Ernesto Hernandez und der Taurus …«

»Schon gut, schon gut, ich habe kapiert. Ich leide unter Verfolgungswahn«, beschuldigte sich Regan. Alvarez zuckte die Achseln. »Hör zu, ich rufe Chandler an, auch wenn es schon spät ist. Die Frau schläft sowieso nie. Wir werden MacGregor entlassen müssen. Morgen früh melde ich mich bei Grayson.«

»Na schön«, knirschte Pescoli. Sie war wütend, weil sie wahrscheinlich ihre Zeit verschwendet hatten. Es sei denn, die Kriminaltechniker fanden in MacGregors Hütte noch irgendetwas von Interesse, was bisher aber nicht der Fall gewesen war.

Sie waren fast beim Revier angekommen, wo Alvarez ihren Wagen abgestellt hatte, als Regans Handy klingelte. Mit einem Blick sah sie, dass der Anruf aus dem Büro des Sheriffs von Pinewood County kam. »Wir haben wohl doch noch nicht frei.«

»Vielleicht hat sich in unserem Fall etwas getan.«

Sie meldete sich: »Pescoli.«

»Pescoli, hier spricht Rule.«
Kyan Rule war ein Streifenpolizist, ein großer Schwarzer mit der Statur eines Basketballspielers und einem schiefen weißzahnigen Lächeln, das das Herz so mancher Frau höherschlagen ließ. Pescoli selbst war auch nicht immun gegen den ernsten Charme des Mannes. »Was gibt's?«, fragte sie, während sie einen Schneepflug aus der Gegenrichtung passierten.
»Schlechte Nachrichten.« Jetzt erst fiel ihr der nüchterne Tonfall seiner tiefen Stimme auf.
»Ach, was ist denn jetzt schon wieder? Sagen Sie nicht, wir haben ein weiteres Opfer zu verzeichnen.« Aus den Augenwinkeln bemerkte sie, dass Alvarez sich zu ihr umwandte.
»Nein. Es geht um Ihren Sohn.«

Das Krankenhaus ragte schmucklos auf in der Nacht, erhob sich über die Gebäude der Poliklinik rundum und die miteinander verbundenen Parkplätze für die Ärzteschaft von Grizzly Falls. Pinewood General Hospital war klein im Vergleich zu den Gebäudekomplexen in größeren Städten, aber dennoch einer der größten in dieser Stadt. Von seinem Standort auf dem Felsvorsprung aus überragte es den älteren Teil der Stadt, man hatte von dort einen freien Blick auf den Fluss weit unten. Das Büro des Sheriffs befand sich knapp drei Meilen entfernt.
Der unablässige Schneefall dieser Nacht dämpfte die Lichter des Krankenhauses, sie waren aber in der Dunkelheit noch sichtbar. Zwischen den leeren Buchten des verschneiten Parkplatzes bewegte sich ein Streifenwagen des Büros des Sheriffs von Pinewood County, ein Anzeichen dafür, dass hier immer noch eine Patientin bewacht wurde.
Dieses Weib starb einfach nicht!
Und die Zeit lief ihm davon.
Ihr Zimmer befand sich im zweiten Stock.

Der Wachtposten, nicht eben einer der Hellsten, schlenderte manchmal hinunter zur Cafeteria, um sich frischen Kaffee oder einen Imbiss zu holen. Gelegentlich suchte er die öffentlichen Waschräume auf. Dann wieder flirtete er mit den jungen Krankenschwestern. Aber er war trotzdem da.
Also konnte in dieser Nacht kein Kontakt hergestellt werden.
Doch gleich am Morgen, in ein paar Stunden, wenn im Krankenhaus Schichtwechsel war und der elende Wachmann abgelöst wurde, bekam er seine Chance.
Wenn nicht zum Töten, dann doch, um sie wieder von hier fortzulocken.
Zu einem neuen Mordschauplatz.

22. KAPITEL

Um meinen Sohn?«, wiederholte Pescoli. Ihr Herz setzte einen Schlag aus. Mit plötzlich zitternden Händen lenkte sie den Jeep in die Seitenstraße, die zu den Behördengebäuden führte, unter denen hoch oben auf Boxer Bluff auch das Büro des Sheriffs war.
»Jeremy?«, flüsterte sie, und vor ihrem Auge blitzten Bilder auf, die ihr das Blut in den Adern gefrieren ließen, Bilder von ihrem Sohn in einem schrottreifen Auto, das von einer vereisten Böschung gerutscht war, oder im Krankenhaus, an ein Beatmungsgerät angeschlossen, um sein Leben ringend. Lieber Gott, was sollte sie tun, wenn sie ihn verlor?
»Er ist wohlauf«, beruhigte Rule sie. Im Gespräch war kaum eine Pause eingetreten, doch einen Herzschlag lang hatte Pescoli ihrer schlimmsten Angst ins Auge gesehen – der Angst, dass sie, wenn sie zu einem Unfall gerufen wurde, eines ihrer Kinder in dem Wrack eingeklemmt vorfinden würde, blutüberströmt, die Haut grau wie die eines Toten. »Aber er wurde verhaftet.«
»Verhaftet?«, wiederholte sie und atmete auf. Gott sei Dank, er lebte. War unverletzt. »Weswegen?«
»Minderjährig im Besitz von Alkohol«, erklärte Rule. »Er ist ziemlich hinüber. Wir haben ihn in den Jugendvollzug gesteckt, aber er brüllt herum und verlangt, dass Sie ihn rausholen.«
Augenblicklich verwandelten sich ihre tiefsten Ängste in Wut.
»Er hat getrunken?«
»Er und drei andere. Eine von denen ist Brewsters Tochter.«
Mit mühsam beherrschter Wut und nur geringfügig schlittern-

den Reifen bog sie auf den Parkplatz ein. »Doch nicht etwa Heidi.« Brewsters Jüngste. Die verwöhnte Prinzessin. Obwohl er nicht damit hinterm Berg gehalten hatte, dass er einen Sohn zeugen würde, bevor seine Frau mit den letzten beiden Töchtern schwanger wurde, war Heidi, die Jüngste, inzwischen sein Augapfel.
»Genau die.«
Regan fluchte leise. »Sie ist erst fünfzehn.«
»Genau das sagt Brewster auch.«
Regan hörte geradezu, wie der Undersheriff über ihren unnützen, missratenen Sohn herzog. »Und er sagt vermutlich noch viel mehr.«
»Hm ... ja ...«
Das wurde ja immer schöner. Sie parkte den Jeep ein. »Bin gleich da. Ich bin schon hier, auf dem Parkplatz.«
»Gut.«
Sie legte auf, hieb mit der Faust aufs Lenkrad und fluchte wie ein Bierkutscher. »Ärger?«, fragte Alvarez sanft. Pescoli schaltete den Motor aus. »Riesenärger. Aber immerhin ist mein Sohn nicht tot. Noch nicht. Erst wenn ich ihm persönlich den Hals umgedreht habe!« Wo vorher Angst geherrscht hatte, war nur noch Wut. Sie versuchte, sich zu erinnern, wie sie sich fühlen würde, wenn man ihr mitgeteilt hätte, ihr Sohn läge im Leichenschauhaus. Schlimmer noch, was wäre, wenn nicht nur Jeremy, sondern auch Heidi und seine übrigen Begleiter und womöglich ein ahnungsloser Fahrer auf der Gegenspur ums Leben gekommen wären? »Wie konnte er nur so dumm sein?«
»Er ist ein Teenager.«
»Er ist ein Idiot. Schließlich weiß er, worum es geht. Ich habe ihm immer wieder gesagt ... habe ihm Predigten gehalten über Alkohol am Steuer und ... ganz gleich, was ich sage, es geht zum einen Ohr rein und zum anderen wieder raus.«

»Jeremy ist ein guter Junge.«
»Der ständig in Schwierigkeiten gerät.« Sie schüttelte den Kopf. Innerlich zitterte sie. Sogar ihr selbst fiel es schwer, ihre Reaktion zu begreifen. Schließlich war sie Polizistin. Aber wenn es um ihre Kinder ging, war sie wie eine Bärenmutter, die alles tut, um ihre Jungen zu beschützen. »Herrgott, Jeremy«, sagte sie, als wäre ihr Sohn bei ihr im Jeep.
»Hol mal tief Luft«, riet Alvarez. Pescoli stieß die Tür auf, und ein eiskalter Schwall fuhr ins Wageninnere. Aber Pescoli ließ sich nicht beirren. Ungeachtet des Schneegestöbers um sie herum, stapfte sie entschlossen zum Büro des Sheriffs.

Todmüde folgte Alvarez ihrer Partnerin. Sie ließ Pescoli gehen und begab sich zum Gruppenraum, wo ein weiblicher Deputy, eine junge Polizistin namens Zoller, die eingehenden Anrufe bearbeitete. »Wie geht's?«, fragte Alvarez.
Die Frau zuckte die Achseln. »Eben noch war ordentlich was los, nach der Nachrichtensendung über die derzeitigen Opfer, aber jetzt läuft kaum noch was.« Sie erhob sich von ihrem Stuhl und reckte sich, immer noch den Kopfhörer im Ohr. Zoller war nur knapp über eins sechzig groß, aber fit und gepflegt, eine Dreißigjährige, die Marathon lief, Kinder mit Schulschwierigkeiten betreute und sich für ihre Abteilung ein Bein ausriss. »Vor einer Stunde kam ein Anruf von einem besorgten Vater. Offenbar hatte sein Kind sich weggeschlichen, um bei Timer Junction Schlitten zu fahren, und rate mal, worauf sie bei einer ihrer Abfahrten gestoßen sind.«
»O Gott, noch eine Leiche«, vermutete Alvarez, die gleich das Schlimmste annahm. Zoller schüttelte den Kopf, krause Locken hüpften um ihr kleines Koboldgesicht. »Nein, Gott sei Dank nicht. Ein Autowrack. Ein vier Jahre alter Ford Explorer. Beck O'Day war bereits am Tatort und hat ihn gesichert.

Wartet auf die Kriminaltechniker, die rauffahren und nach Spuren suchen wollen. Weil es dermaßen heftig schneit, können sie nicht bis morgen früh warten, wenn es hell wird.«
»Keine Leiche?«
»Nein.«
»Die gleiche Vorgehensweise wie in den vorangegangenen Fällen?«
»O'Day hat sich noch nicht wieder gemeldet, aber sie wollte die Reifen auf einen Einschuss untersuchen. Eines weiß ich aber: Sie hat die Kennzeichen überprüft, und der Geländewagen ist auf C. Randall Jones aus Billings, Montana, zugelassen. Das C steht für Coolidge, wie der Präsident.«
Alvarez schnaubte. »Kein Wunder, dass er ein Initial benutzt.«
»Immer noch besser als Polk, wie der elfte Präsident der USA.«
»Warum drängt sich mir der Gedanke auf, dass er nicht am Steuer saß?« Sie dachte an die zwei noch nicht identifizierten Frauen, die sie heute gefunden hatten. Von denen eine tot war. Und das Leben der anderen hing an einem seidenen Faden. Beide Opfer. »Jones ... keine der Botschaften enthält ein J. Wenn unsere Theorie zutrifft, handelte es sich bei der Fahrerin nicht um seine Frau oder Tochter oder Mutter.«
»Er ist ledig. Hat keine Kinder. Ich warte auf einen Rückruf. Jemand von der Polizei des Bundesstaats Montana will ihn aufsuchen.«
»Gut.« Wären die Verbrechen nicht so abscheulich gewesen, hätte die Polizei bis zum Morgen gewartet, bevor sie ihn kontaktierten. So aber drängte die Zeit, und C. Randall Jones würde aus dem Bett steigen müssen, um die Tür zu öffnen. »Sonst noch was?«
»Eine Liste von Vermisstenfällen mit den Initialen, die in den Botschaften vorkommen. Es handelt sich um Frauen mit weißer Hautfarbe innerhalb der betreffenden Altersgruppe, die in

den vergangenen zwei Monaten in einem Umkreis von tausend Meilen innerhalb der Vereinigten Staaten verschwunden sind.«
»Erstaunlich, was Computer so leisten«, bemerkte Alvarez, als Zoller ihr den nicht sehr umfangreichen Ausdruck reichte. Er wies nur wenige Namen auf: Donata Estavez, Elle Darren und Donna Estes für die Frauen mit den Initialen DE oder ED, und Zarah Dickens, Zoe Delaney, Diane Zander, Deborah Zachary und Dana Zymkowiak für die andere Kombination. Zwei von den Frauen, Donata Estavez und Zarah Dickens, waren durchgestrichen. »Warum kommen diese zwei nicht in Frage?«, fragte Alvarez.
»Dickens' Führerscheinfoto zeigt überhaupt keine Übereinstimmung mit unserem Opfer, und Estavez ist heute am frühen Abend zu Hause aufgetaucht. Die Familie hat die staatliche Polizei in Boise angerufen, aber ihr Name ist noch nicht aus dem Computer gelöscht worden.«
»Wurde ihre Rückkehr verifiziert?«
»Ja, ein Polizist aus Idaho hat vor einer halben Stunde angerufen.«
»Wo sind die anderen Fotos?«
»Auf die warte ich noch. Sie sollen mir per Mail geschickt werden. Aufgrund der Feiertage reagieren die Leute ein wenig träge, doch es dürfte nicht mehr lange dauern.«
Alvarez knöpfte ihre Jacke auf und studierte die Liste, während Zoller sich wieder an ihren Schreibtisch setzte, auf dem ein Laptop, ein Telefon, ein Notizblock und eine Dose Pepsi warteten.
»Diane Zander«, sagte Alvarez laut. »Hier steht, sie kommt aus Billings in Montana?«
»Richtig.«
»Aber die Adresse stimmt nicht mit der überein, auf die der Geländewagen zugelassen ist, also lebt sie wohl nicht mit dem Besitzer des Explorer zusammen.«

»Sie kann sich den Wagen ja geliehen haben.«
»Eben«, dachte Alvarez laut mit und blickte aus dem Fenster hinaus in die verschneite Nacht. »Falls sie durch die Berge fahren wollte und selbst keinen Wagen mit Allradantrieb besaß, hat sie sich vielleicht einen von einem Freund geliehen.«
»Wir werden es bald wissen«, sagte Zoller und lehnte sich im Stuhl zurück. Sie griff nach ihrer Pepsi, während Alvarez vor die Landkarten an der Wand trat, das Terrain studierte und registrierte, wo neue Pins hinzugekommen waren. Sämtliche Fundstellen der Opfer und Autowracks lagen innerhalb eines Radius von zehn Meilen. Auch Jillian Rivers und ihr Wagen waren innerhalb dieses imaginären Kreises gefunden worden. Und was befand sich in der Mitte?
Sie betrachtete die Karte und fand die Mitte, eine Stelle in der Nähe von den Überresten von Broken-Pine-Lodge, wo sie das überlebende Opfer entdeckt hatten, und nur eine Meile vom Star-Five-Canyon entfernt, wo Mandy Itos Toyota Prius mit seinem Wunschkennzeichen verunglückt war. Doch dieses Gebiet war weitgehend unbewohnt. Mesa Ridge, ein Tafelberg, war in den Sommermonaten für Wanderer und im Winter für Schneeschuhwanderer und Skilangläufer die größte Attraktion in der Gegend.
Selena konzentrierte sich auf diesen Tafelberg und fragte sich, warum er sie beunruhigte. Sie hörte, wie Zoller an ihrem Computer arbeitete. »Hey«, sagte sie, »wie es aussieht, kommt das erste Foto rein. Die junge Unbekannte im Krankenhaus? Sie heißt Donna Estes und wohnt in Butte. Hier habe ich die Adresse.«
»Gut. Ich rufe im Krankenhaus an, und Sie machen sich auf die Suche nach Freunden und Verwandten und versuchen, in Erfahrung zu bringen, was sie mitten im Schneesturm in den Bitterroots wollte.«

»Das ist vielleicht der Durchbruch, den wir so bitter nötig haben«, sagte Zoller, den Hörer bereits am Ohr. »Ja«, erwiderte Alvarez ohne spürbare Begeisterung. Die Karte der Wildnis von Montana hing vor ihren Augen an der Wand, ein entmutigendes Abbild von unwegsamem Gelände, in dem sich ein hochintelligenter Mörder versteckte. »Wollen wir's hoffen.«

Pescoli schob die Tür zum Büro des Sheriffs mit der Schulter auf und winkte dem Wachhabenden zu. In den miteinander verbundenen Räumen war es verhältnismäßig ruhig, nur wenige Polizisten arbeiteten Nachtschicht, ein Telefonist bediente die Fernsprecher im Gruppenraum. Ein schmuddeliger Mann mit Handschellen und klirrenden Fußfesseln schleppte sich zu einem Stuhl beim Schreibtisch des Deputy. Aschfahl im Gesicht, mit fettigem Haar, Blutflecken auf den Jeans, schien der Kerl unter Drogen zu stehen. Als Pescoli vorüberging, versuchte er gerade mühsam, sich hinzusetzen, und hätte um ein Haar den Stuhl verfehlt.
Fröhliche Weihnachten, dachte sie und knöpfte ihre Jacke auf. An ihrem Arbeitsplatz hatte Deputy Kyan Rule es sich bequem gemacht. Er wartete auf sie, hatte ein Bein über die Ecke des Schreibtischs gelegt und die großen Hände ums Knie gefaltet.
»Ich gehe nicht los und hole Jeremy aus dem Knast«, sagte sie.
»Mit dieser Einstellung habe ich gerechnet.«
»Das ist keine ›Einstellung‹, es ist einfach Tatsache.«
»Hey! Ihr könnt mich nicht verhaften!« Dem Drogentypen schien allmählich zu dämmern, dass er in der Patsche steckte. Komisch, als man ihm Handschellen und Fußfesseln anlegte, hatte er es offenbar nicht begriffen.
Rule warf einen Blick zu ihm hinüber und sagte zu Pescoli: »Gehen wir irgendwohin, wo wir mehr Ruhe haben.« Er erhob

sich von ihrem Schreibtisch, und sie gingen den kurzen Flur zum hinteren Teil des Gebäudes entlang.

Zum Glück hielt sich niemand in der Küche auf. Pescoli warf Jacke und Mütze auf einen Tisch und wischte sich das Haar aus den Augen. »Und damit Sie eins wissen: Ich rufe meinen Sohn auch nicht an. Heute Nacht nicht.«

»Bestimmt nicht?« Rule kaufte ihr diese neuerliche toughe Vorstellung anscheinend nicht ab.

»Verlass dich drauf. Er soll nicht glauben, dass er Privilegien hat, bloß weil er der Sohn einer Polizistin ist. Wenn überhaupt, muss er sich noch mehr anstrengen, auf dem Pfad der Tugend zu bleiben.«

»Sie haben als Teenie nie Mist gebaut?«

»Nie.«

»Quatsch.«

»Okay, in Ordnung«, gab sie schulterzuckend zu. »Aber das ist jetzt nicht der richtige Zeitpunkt, meinem Sohn meine Fehltritte anzuvertrauen. Das kommt später.« Sie ging zu einem Tresen im Nebenraum, dem einzigen mit einem Fenster. Durch die winzige Scheibe konnte sie über den Hof hinweg die Jugendstrafanstalt sehen. Die meisten staatlichen Behörden, abgesehen vom Gerichtsgebäude, hatten ihren Sitz hier oben auf dem Boxer Bluff, und die Jugendstrafanstalt machte keine Ausnahme. Es war ein langgestrecktes, niedriges, sandfarbenes Backsteingebäude mit großen Rasenflächen, die jetzt weiß von überfrorenem Schnee waren. Von drinnen leuchtete warmes Licht in die eisige Nacht hinaus.

Das Herz tat ihr weh, und ihr erster Impuls war, so schnell sie konnte über den überfrorenen Parkplatz und den verschneiten Rasen zu laufen, durch die Tür zu stürmen, Jeremy rauszuholen und die ganze Sache als nie geschehen zu betrachten. Dankbar, dass er lebte und, soviel sie wusste, unverletzt war, hätte sie am liebsten beide Augen zugedrückt und den Vorfall ignoriert.

Ach Joe, dachte sie und beschwor das Bild ihres ersten Mannes, Jeremys Vater, vor ihrem inneren Auge herauf. Wenn du doch jetzt bei mir wärst …

Pescoli fing sich wieder. Bemerkte, dass sie die Tresenkante so fest umklammerte, dass ihre Fingerknöchel weiß durch die Haut schimmerten.

»Alles in Ordnung?« Rules Bariton riss sie aus ihren Gedanken. Er war ein guter Mann. Freundlich, aber hart. Weichherzig, aber stark wie ein Bär. Er musterte sie mit seinen dunklen Augen, und einen Herzschlag lang wollte sie es sich wieder anders überlegen. Ihr instinktiver Wunsch, Jeremy aus dem Knast zu holen, mit dem Polizisten zu sprechen, der ihn eingebuchtet hatte, in irgendeiner Weise ihren Status und ihren Einfluss einzusetzen, um seinen Gesetzesbruch ungeschehen zu machen, brach sich Bahn.

Sie biss die Zähne zusammen.

Sie musste ihn im eigenen Saft schmoren lassen. Er benötigte Zeit, um über seinen Fehler nachzudenken, sich einen anderen Weg zu suchen, wie er mit seinen Problemen umging. Er war zu alt, um sich auf seine Mutter als Sicherungssystem zu verlassen, darauf, dass sie ihn aus irgendwelchen Schwierigkeiten herausboxte. Besonders, wenn es um Gesetzesbrüche ging. Und angesichts der Statistiken über Teenager und Alkohol, Drogen und Autofahren …

Nein, er musste den Unterschied zwischen Recht und Unrecht erkennen lernen und auf eigenen Füßen stehen. Doch als sie in den Speiseraum hinüberschlenderte und aus dem Fenster blickte, sah sie zwei Personen aus dem niedrigen Jugendgefängnis kommen. Ein hochgewachsener Mann schritt energisch aus. An seiner Seite, mit genügendem Abstand, so dass er sie nicht

berühren konnte, lief eine zierliche Frau, die beinahe rennen musste, um mit ihm Schritt zu halten. Sie trug das blonde Haar offen, es schimmerte im Licht der Sicherheitsbeleuchtung. Der Schal, den sie um den Hals trug, wehte hinter ihr her, sie schlang die Arme um ihren Oberkörper in der dunklen Jacke und rannte. Nein, keine Frau. Vielmehr ein Mädchen.
Heidi Brewster.
Pescolis Magen krampfte sich zusammen, als sie den Undersheriff erkannte, der jetzt seinen Wagen aufschloss. Brewster hatte offenbar keine Skrupel, seinen Einfluss geltend zu machen, um seine Kleine aus dem Knast zu holen.
»Sind Sie sicher, dass Sie nicht rübergehen, Jeremy rausholen und ihm gehörig die Meinung geigen wollen?«, fragte Rule aus dem Nebenraum. Sie sah, wie er die Kaffeekanne von der Wärmeplatte nahm. Auf dem Boden der Glaskaraffe befand sich nur noch ein spärlicher Rest. »Und dann könnten Sie ihn zu Hausarrest verdonnern, für … ach, ich weiß nicht, sechs oder sieben Jahre?«
Er versuchte, die Stimmung aufzulockern. Aber Pescoli gestattete sich kein Lachen. »Ich glaube, es kann Jeremy nicht schaden, zu sich zu kommen und über das, was er getan hat, nachzudenken.« Rule ging mit der schmutzigen Kaffeekanne zur Spüle und spritzte einen Strahl Spülmittel hinein. Er ließ es in der Kanne kreisen und drehte den Wasserhahn auf. »Meinst du nicht auch?« Pescoli kehrte zurück zur Küche und blieb unter dem Türbogen stehen, der die beiden Bereiche trennte.
Rule zuckte die muskulösen Schultern. »Jeremy hat es nicht leicht im Leben. Vater tot. Mom arbeitet rund um die Uhr im Morddezernat. Stiefvater abgehauen und hat eine neue Frau.« Seifenwasser sprudelte aus der Kanne. Er drehte den Hahn zu und ließ die Kanne zum Einweichen in der Spüle stehen. »Das ist kein Zuckerschlecken, Regan«, sagte er und nannte sie beim Vor-

namen, als wären sie eng befreundet. »Ich kenne das. Habe es selbst erlebt. Mein Alter war Polizist. Meine Mom ist bei meiner Geburt gestorben. Ich hatte drei Stiefmütter, und keine von ihnen hat sich einen Dreck um mich und meine ältere Schwester gekümmert. Also, ich will nur sagen, dein Junge hat's nicht leicht.« Seufzend schüttelte sie den Kopf. Ein paar Haarsträhnen fielen ihr über die Augen. Die Uhr über der Spüle tickte die Sekunden ihres Lebens fort. »Niemand hat's leicht, Rule.« Sie brauchte jetzt erst einmal eine Dusche und mindestens vierundzwanzig Stunden Schlaf. Wenn nicht achtundvierzig. Oder gar zweiundsiebzig. Sie war erschöpft bis in die Knochen. »Ich fahre nach Hause. Soll er seinen Rausch ausschlafen. Außerdem habe ich einen Hund im Haus, der vermutlich einen Unfall hatte, und eine Tochter, die womöglich schon von ihrem Bruder gehört hat.«
»Sie ist bei Lucky?«
»Ja.«
»Vielleicht brauchen Sie mal ein bisschen Zeit für sich selbst«, vermutete er, und ihr war klar, dass er auf Nate anspielte.
Anscheinend war die gesamte Abteilung über ihre Beziehung mit Nate Santana informiert. Warum waren alle so scharf auf ihn? Manche bezeichneten ihn als Herumtreiber, weil er nicht sein ganzes Leben in Pinewood County verbracht hatte. Und sie vermutete, dass viele Leute Nate nicht mochten, weil er für Brady Long, den reichsten Mann von Pinewood County, arbeitete. Brady war eine Art Lokalmatador, wenngleich er als das schwarze Schaf der Longs angesehen wurde, einer Familie, die durch Kupferminen zu Reichtum gelangt war.
Im Augenblick wäre eine Nummer mit Nate der perfekte Stresskiller gewesen. Aber nicht heute Nacht. Nicht, solange die Übergriffe eines Serienmörders häufiger wurden, ihr Sohn im Knast saß und sie zu müde war, um klar zu denken.

Er rückte etwas näher an sie heran, legte stützend den Arm um ihre Schultern und drückte sie kurz an sich. »Wissen Sie, Pescoli«, sagte er mit tiefer, vertrauter Stimme. »Sie müssen nicht immer so hart sein.«
»Nicht?«, fragte sie mit einer gezwungenen Leichtigkeit. »Und wer würde sich dann um deine Probleme kümmern, hmm? Dann müsstet ihr Schwächlinge hier im Dezernat womöglich anfangen, für euch selbst einzustehen.«
Er lachte, drückte sie noch einmal und ließ dann den Arm sinken. Der alte Kühlschrank in der Ecke erwachte summend zum Leben. »Okay, ich habe gesagt, was ich sagen wollte. Jetzt fahre ich noch mal raus. Und schnapp mir ein paar Raser.«
»Danke, Rule.«
»Lass es langsam gehen, Pescoli.« Er drehte sich um und verließ die Küche. Pescolis Blick schweifte wieder zu dem Fenster im Nebenraum. Rules Schritte hallten über den Flur. Regan ging zurück in den kleinen Raum und presste die Stirn an die Fensterscheibe. Durch das kugelsichere Glas sah sie Cort Brewsters Pick-up vom Parkplatz der Jugendstrafanstalt fahren. Im Wageninneren saß Heidi, immer noch um einen möglichst großen Abstand zu ihrem Vater bemüht, an die Beifahrertür gelehnt.
Schön. Sollte Brewster Jeremy die Schuld an allem geben, solange er wollte, und es stimmte ja, Jeremy war der Ältere, er hätte es besser wissen müssen, er musste den Vorwurf einstecken, das jüngere, arglosere Mädchen auf Abwege gebracht zu haben, doch Heidi Brewster, Augapfel ihres Vaters, war auch nicht völlig unschuldig. Ob sie nun erst fünfzehn war oder nicht, in Pescolis Augen war Heidi Brewster kein Engel.

Alvarez war im Begriff, das Gebäude zu verlassen.
Die Uhr an der Wand zeigte bereits nach ein Uhr morgens, und Selena war todmüde. Sie hatte die letzte Stunde mit dem Lesen des Buchstabenrätsels verbracht, hatte mittels Computerprogrammen versucht herauszufinden, ob und wie die Buchstaben der Botschaften einen Sinn ergaben.

        M ID T DE SK   N Z

Sie versuchte, die Leerstellen aufzufüllen, fand aber nichts, was einen Sinn ergeben hätte. Vielleicht war das alles nur Humbug. Was für ein Alptraum.
Als das Telefon ging, meldete Zoller sich schon beim zweiten Klingeln. Alvarez sah zu, wie sie in den Hörer sprach, Notizen machte und gleichzeitig auf ihrer Computertastatur tippte. Zollers Augen leuchteten auf, sie hob den Blick und gab Alvarez ein Zeichen.
»Okay, verstanden. ... Ja, wiederholen Sie bitte die Adresse ... Gut. Vielen Dank.« Zoller legte auf. »Diane Zander ist unsere Unbekannte im Leichenschauhaus. Dieser C. Randall ist Anwalt und lebt in Bozeman, und Diane ist seine Verlobte, eine Graduierte an der Montana State University. Der Kollege sagt, der Typ war völlig fertig, als er die Nachricht erhielt, hatte immer noch gehofft, sie wäre nicht unter den entführten Frauen. Sie war auf dem Weg zu einem Weihnachtsbesuch bei ihrer Familie in Bend in Oregon. Als sie nicht ankam, haben sie sie auch dort als vermisst gemeldet, genauso wie C. Randall es hier in Bozeman getan hat. Bestimmt liegen uns beide Anzeigen vor, wir haben sie nur noch nicht alle durchgesehen. Zu Anfang haben sich die Eltern keine großen Sorgen gemacht, und da sie und ihr Verlobter ziemlich großen Krach hatten, hatte sie ihren Eltern mitgeteilt, dass sie vielleicht einen Umweg über den

Pfannenstiel von Idaho nehmen würde, um Zeit zum Nachdenken zu haben.«
»Seit wann gilt sie als vermisst?«
»Ihr Verlobter hat sie vergangenen Dienstag zuletzt gesehen. Von einem anderen Mann weiß ich nichts.« Zollers gewöhnlich so lebhaftes Gesicht war ernst, und Alvarez empfand die altgewohnte Verzweiflung, die sie beim Tod eines jungen Menschen und angesichts des Kummers der Familie immer überkam. »Die Polizei von Oregon hat schon jemanden zur Wohnung der Eltern in Bend geschickt.«
»Ich informiere Grayson und Pescoli«, sagte Alvarez. »Geben Sie den FBI-Agenten Bescheid?«
»Mach ich.«
Alvarez verließ den Gruppenraum, begab sich jedoch nicht auf die Suche nach ihrer Partnerin. Es war spät; die Neuigkeiten konnten bis morgen warten.

23. KAPITEL

MacGregor wollte fast aus der Haut fahren.
In einer Gefängniszelle zu sitzen, das erinnerte ihn unangenehm an seine Haftzeit nach diesem Schlamassel in Denver. Es roch entsetzlich, nach dieser speziellen Mischung aus Urin, Körperschweiß und Verzweiflung. Er hatte sich geschworen, nie wieder durch die Hölle des Eingesperrtseins zu gehen.
Doch hier saß er nun im Gefängnis von Pinewood County und musste abwarten, ob man ihm irgendein Verbrechen zur Last legte. Versuchter Mord? Entführung? Widerstand gegen die Staatsgewalt? Ach, wer wusste das schon? Die wichtigere Frage lautete: Warum?
Warum saß er hier hinter Gittern, einer Reihe von Zellen mit Betrunkenen, Kleinkriminellen und Drogenhändlern gegenüber? Weil er wieder einmal das getan hatte, was er zur Rettung einer Frau für richtig hielt. Und der Schuss war nach hinten losgegangen. Und wie. Die Bullen hielten ihn tatsächlich für den Verrückten, der diese Gegend der Bitterroot Mountains terrorisierte.
»Ich will meinen Anwalt«, sagte er zu dem Wärter, der die Tür am anderen Ende des Zellenblocks öffnete, wo die Böden trotz des unter dem Wachs festgetretenen Drecks wie frisch gebohnert blitzten und die einstmals blendend weißen Wände schmuddelig geworden waren.
»Es ist halb sechs Uhr morgens.« Der Kerl, ein großer Klotz, dessen Namensschild ihn als »A. Schwartz« auswies, war offensichtlich nicht in der Laune, ihm zu helfen. Schwartz, mit rasiertem Schädel, großen Ohren und dem Stiernacken des

vormaligen Footballspielers, war ein Mann, der sich stets Ärger vom Leib hielt.
Andere Gefangene, die bisher Ruhe gehalten hatten, regten sich nun, traten ans Gitter und steckten die Nasen durch die Stäbe. Wie Hunde im Zwinger.
MacGregor gab nicht nach. »Ist mir egal, wie spät es ist. Ich war die ganze Nacht hier und will jetzt meinen Anwalt sprechen, sonst, glaub mir, kostet es dich deinen Job.«
»Ja, klar.«
»Garret Wilkes. In Missoula. Hat eine eigene Kanzlei.«
»Und was geht mich das an?«, fragte der Wärter. »Ach ja, richtig, du meinst, ich müsste mir Sorgen um meinen Job machen.«
»Wilkes ist ein persönlicher Freund des Sheriffs.«
»*Jetzt* kriege ich wirklich Angst.«
»Hol ihn. Seine Nummer ist in meinem Handy gespeichert, das irgendwer hier konfisziert hat. Das erspart dir die Suche im Telefonbuch.«
»Weißt du, auch Anwälte haben Geschäftszeiten. Also regt euch wieder ab.« Er ließ den Blick über MacGregor und die restlichen Gefangenen schweifen.
»Entweder besorgst du mir meinen Anwalt, gibst mir ein Telefon, damit ich das selbst tun kann, oder du sagst mir auf der Stelle, wie die Anklage gegen mich lautet.«
»Jaja.« Der grobe Kerl lächelte nachsichtig, aber auch ein bisschen verschlagen. Als machte es ihm Spaß, andere zu tyrannisieren. Als hätte er geradezu auf die Gelegenheit gewartet.
MacGregor hatte seine Schuldigkeit getan. Er hatte zuerst sämtliche Fragen beantwortet, sich dann an die Regeln gehalten und sogar ein bisschen Schlaf gefunden, während er doch ständig die an den Baum gefesselte Jillian und seinen im Schnee verblutenden Hund vor sich sah. Irgendein Schwein hatte es darauf abgesehen, denen, die er liebte, etwas anzutun, und es reichte ihm.

Die er liebte? Aber er liebte Jillian Rivers doch nicht. Im Grunde ging sie ihm auf die Nerven. Aber es passte ihm nicht, dass jemand sie in der Kälte dem Tod durch Erfrieren überlassen und zudem ihn als Sündenbock benutzen wollte. Schlimmer noch, das Schwein hatte auf seinen Hund geschossen.

Er biss die Zähne zusammen. Er hatte es satt, geduldig auf seine Entlassung zu warten. Schluss damit. Er wollte wissen, wie es Jillian und Harley ging, und er ließ sich nicht von einem dahergelaufenen dickleibigen Wärter mit Glatze und verschlagenem Grinsen herumstoßen.

»Ich an deiner Stelle würde mich nicht so aufregen«, riet Schwartz. »Aber ich an deiner Stelle säße auch gar nicht erst hinter Gittern. Das ist der Unterschied zwischen uns, MacGregor. Ich bin draußen, und du sitzt im Knast.«

»Hey, ich brauch dich auch mal!«, rief eine dünne, näselnde Stimme aus einer Zelle in der Nähe des Eingangs.

»Heute Morgen, Ivor.«

»Jetzt ist heute Morgen«, entgegnete die Stimme.

»Es ist noch nicht mal hell draußen. Ich meine: später heute Morgen.« Zu MacGregor gewandt, verdrehte Schwartz die Augen, als wären sie plötzlich Kumpel.

»Dann ist es zu spät.«

Schwartz lachte leise und schüttelte den Kopf. Seine Glatze glänzte im hellen Licht der Deckenlampen. »Wieso das, Ivor? Plant Krypton eine Invasion oder so?«

Durch die Gitter erhaschte MacGregor einen Blick auf einen kleinen drahtigen Mann mit einer dichten weißen Haarmähne in einer Zelle auf der anderen Seite des Gangs. Er hatte einen langen dürren Hals, und hinter der Brille wirkten seine Augen eulenhaft und zu groß für sein Gesicht.

»Er heißt nicht Krypton. Sei lieber vorsichtig.« Ivor steckte den knochigen Zeigefinger durchs Gitter. »Er wird stinksauer,

wenn man ihn falsch anredet. Er heißt General Crytor, von der Reptilienarmee.«
»Du bist verrückt, Hicks. Weißt du das?«
Wieder schepperten die Türschlösser, und Detective Alvarez tauchte im Gang auf.
Unverzüglich unterließ Schwartz seine kindischen Späße. »Hey«, sagte er, und seine feindselige Haltung wich einem gewissen Interesse, da die zierliche Polizistin es wagte, seinen Herrschaftsbereich zu betreten.
»Wir entlassen MacGregor«, sagte sie ohne Umschweife.
»Was?« Diese Wendung der Ereignisse gefiel Schwartz eindeutig nicht. »Wann?«
»Jetzt.« Sie ging zu MacGregors Zelle, und falls sie bemerkte, dass Schwartz' Blicke und die der anderen Insassen ihr folgten und ihre Figur taxierten, zeigte sie es nicht. »Schließen Sie auf.«
»Weiß der Sheriff davon?«
Sie bedachte den Wärter mit einem missbilligenden Blick. »Und der Bezirksstaatsanwalt. Und alle, die es wissen müssen.« Als MacGregor sie durch die Gitter ansah, war ihm klar, dass ihr seine Entlassung genauso wenig passte wie Schwartz. »Wir haben Ihren Anwalt angerufen, und Sie bekommen an der Pforte gegen Unterschrift Ihre Sachen wieder.«
»Und Pescoli?«, fragte Schwartz. »Ich sag's Ihnen, das wird ihr nicht gefallen.« Aber er hantierte bereits mit seinen Schlüsseln. »Ach, stimmt ja, die hat ihre eigenen Probleme, wie? Ihr dämlicher Junge hat sich schnappen lassen.«
Der Blick, den Alvarez dem Wärter dieses Mal zuwarf, war vernichtend.
Der Trottel kapierte nicht. »Dieser Junge ist ein echter Knaller, wenn Sie mich fragen.«
»Niemand hat Sie gefragt«, sagte sie gepresst. Doch er preschte noch weiter vor. »Wenn der Undersheriff nicht gut auf seine

Tochter aufpasst, könnte es passieren, dass Brewster sich bald Großvater nennen darf.«
»Halten Sie die Klappe, Schwartz, und schließen Sie auf.«
»Uuh. Okay. Wie Sie meinen, Detective.«
Ihre Lippen waren schmal, das Haar straff zurückgekämmt und glänzend im grellen Licht, ihre dunklen Augen blitzten wütend. Wenn Blicke töten könnten, wäre A. Schwartz schon mehr als einmal tot. Doch sie prallten an dem großen Kerl ab, der sich viel Zeit mit den Schlüsseln ließ, bis er endlich die Zellentür aufschloss und öffnete. »Dann bist du wohl jetzt ein freier Mann, MacGregor«, sagte Schwartz mit breitem Lächeln. MacGregor antwortete nicht, sondern strebte dem Ausgang zu.
»Und ich?«, rief es aus einer der Zellen.
»Will deine Frau dich nicht rausholen, Dobbs?«
»Sie hat mich verlassen. Kannst du dir das vorstellen?«, fragte er schleppend, und MacGregor erkannte den Mann, der Kettensägen- und Metall-Kunsthandwerk schuf und am Highway verkaufte. Bäume, Stümpfe, Mülltonnen, Radkappen, Limodosen, für Gordon Dobbs war alles Material für seine Werke. »Gleich nach Thanksgiving!« Er war ein regelrechter Schrank, schien sich aber an den Gitterstäben festhalten zu müssen, um nicht zu fallen. »Zwölf Jahre verheiratet, und dann verlässt Wilma mich …«
»Denk mal drüber nach«, sagte Schwartz, dann flüsterte er Alvarez zu: »Muss wohl Weihnachten sein, denn wir kriegen hier jede Menge Irre rein. Fehlt nur noch Grace Perchant, die Verrückte, die Gespenster sieht, und Alma Shepherd mit ihrer Wünschelrute, dann gibt's hier eine interessante Party.«
»Brauchen Sie eine Fahrgelegenheit?«, fragte Alvarez, als sie mit MacGregor zur Pforte ging.
»Nein.«

MacGregor holte die wenigen Dinge ab, die er bei seiner Verhaftung bei sich gehabt hatte, und verließ das Gebäude. Das Krankenhaus, in dem Jillian behandelt wurde, lag zwei Meilen zu Fuß entfernt, aber das würde er schon schaffen. Von dort aus würde er einen Freund anrufen, der ihm noch einen Riesengefallen schuldete. Er schlug seinen Jackenkragen hoch und beschloss, seine lange überfälligen Schulden einzutreiben.

»So sieht's aus, Jeremy«, sagte Pescoli, während ihr Sohn, blass wie der Tod auf Socken, sie mit Schweigen strafte. »Du stehst unter Hausarrest, bis ich es widerrufe, und in der Zeit gehst du zur Schule und besorgst dir den Job, von dem du gesprochen hast. Die Footballsaison ist zu Ende. Anderen Sport treibst du nicht, und diese Herumhängerei bekommt dir nicht.«
Jeremy starrte durchs Beifahrerfenster ihres Jeeps und malte unentwegt Kringel auf die beschlagene Scheibe. So zeigte er ihr unübersehbar die kalte Schulter, während der Jeep die Meilen fraß.
Es hatte irgendwann am frühen Morgen aufgehört zu schneien, und im Osten färbte der Sonnenaufgang den Horizont rosig und violett. Da sich ihr Sohn hinter passiv-aggressivem Verhalten verschanzte, schaltete Regan das Radio ein. Ein Nachrichtensprecher berichtete über die Mordserie in der Gegend.
Jeremy schnaubte, und sie schaltete das Radio wieder aus.
»Weißt du, ich finde, wir sollten über diese Sache reden«, sagte sie. Die Finger um das Lenkrad gekrampft, steuerte sie das Vorgebirge in Richtung ihrer Wohnung an.
Er zuckte die Achseln.
»Ich kann das nicht einfach ignorieren, Jeremy. Alkohol, obwohl du minderjährig bist? Was hast du dir dabei gedacht?«
Schweigen. Er war wütend, weil sie ihn im Jugendknast hatte schmoren lassen, während seine Freunde abgeholt worden waren.

»Ich war der Meinung, du solltest erst mal wieder zu Verstand kommen«, fügte sie hinzu, ließ jedoch nichts darüber verlauten, dass auch sie eine schreckliche Nacht hinter sich hatte, beinahe schlaflos, nachdem sie Cisco gefüttert und rausgelassen hatte, um ihn dann in ihr Bett zu nehmen. Um sechs Uhr hatte sie geduscht, sich angezogen und war losgefahren, um ihren Jungen abzuholen. Alles in allem hatte Jeremy etwa sechs Stunden im Jugendknast verbracht. Lange genug, um ihren Standpunkt klarzumachen, aber nicht so lange, dass es ihm nachhaltig hätte schaden können.

»Alle anderen Eltern sind gekommen«, klagte er sie schließlich an, als sie von der Hauptstraße abbog und vor der Brücke über den kleinen Bach an ihrer Grundstücksgrenze abbremste.

»Ich bin auch gekommen.«

Er schnaubte verächtlich. »Die anderen sind schon in der Nacht gekommen.«

»Ich musste arbeiten.«

»Heidis Dad ist der Undersheriff. Ein ziemlich wichtiger Job. Wichtiger als deiner. Er war sofort zur Stelle.« Jeremys Augen, die Joes so ähnlich waren, funkelten sie an, und es brach ihr fast das Herz, als sie die Kränkung, die Wut und hinter der Abneigung etwas wie Hass darin sah.

»Ich kann ihm nicht vorschreiben, wie er seine Kinder zu erziehen hat, aber dir kann ich sagen, dass man dir vermutlich die Schuld an diesem Vorfall geben wird. Selbst wenn Heidi zugibt, mitgemacht zu haben, bist du doch älter, ein Junge, und Cort Brewster wird in dir den Schuldigen sehen.«

»Vielleicht war es ja meine Schuld.«

»Ja, vielleicht. Woher hattet ihr den Alkohol?«

Jeremy presste die Lippen aufeinander und verfiel wieder in eisiges Schweigen. Sie bog in die Zufahrt ein und sah ihn an.

»Wir reden später darüber. Wenn ich nach Hause komme.

Aber es ist mein Ernst. Du bemühst dich um einen Job, du bleibst zu Hause und kümmerst dich um deinen Hund, du bringst deine Schulnoten wieder auf den richtigen Stand, und dann überlegen wir uns, wie lange dein Hausarrest dauern soll.«

»Ich bin bald achtzehn ...«

»Willst du ausziehen?«, fiel sie ihm ins Wort. »Dir eine eigene Wohnung nehmen? Vielleicht mit ein paar Kumpels zusammen? Glaubst du, du kannst dir Miete, Strom, Heizung und Kabelfernseher leisten?« Pescoli gab sich große Mühe, ihre Wut im Zaum zu halten. Sie ließ das Garagentor geschlossen und stellte den Jeep vor dem kleinen Haus ab. Hier hatte sie ihrem Sohn beigebracht, seine Schnürsenkel zu knüpfen, die Pfadfindersatzung auswendig zu lernen und was sonst noch alles. Sie hatten im Garten im Bach geangelt, hier war er mit sechs in ein Wespennest getreten und hatte am ganzen Körper rote Schwellungen bekommen. Sein Kinn hatte gezittert, doch er hatte nicht geweint. In mancher Hinsicht hatte er recht; dieser kleine Junge war er nicht mehr. Schon lange nicht mehr.

»Du kannst das Abendessen zubereiten«, sagte sie. »Such dir was aus dem Kühlschrank zusammen. Wir haben noch Hühnchenteile – Flügel und Schenkel, glaube ich.«

Jeremy starrte sie an, als käme sie aus einem anderen Universum und wäre gerade mit ihrem Raumschiff gelandet.

»Tja, wenn du in ein paar Monaten ausziehen willst, solltest du besser kochen lernen. Immer auswärts zu essen, das wird auf die Dauer teuer.«

»Ich werde nicht kochen!«

»Aber sicher. Grandmas Rezeptkarten stehen in einem Kasten im Schrank neben dem Herd, du weißt schon, wo. Such dir ein Rezept aus; du magst doch das Huhn mit Reis und kondensierter Suppe. Ich glaube, wir haben alle Zutaten vorrätig, und für einen Salat dürfte es auch noch reichen. Mach genug für drei Personen. Bianca ist zum Essen zurück.«

»Hast du den Verstand verloren? Ich koche ganz bestimmt keine …«

»Und vergiss nicht, hinterher die Küche aufzuräumen.«

»Aber ich bin doch nicht dein Sklave!«, sagte er und sprang aus dem Wagen.

»Im ersten Moment dachte ich, du würdest ›deine Ehefrau‹ sagen.«

»Ach, Mom, du bist ja krank im Kopf!« Er knallte die Tür zu.

»Mag sein«, sagte Regan leise und fuhr rückwärts in die Zufahrt hinein. Sie blickte Jeremy nach, der die Tür aufschloss und ins Haus stapfte. Dann legte sie den Vorwärtsgang ein und schüttelte die Schuldgefühle ab, die ihr einreden wollten, dass sie vor ihm weglief, dass ihr Platz jetzt eigentlich zu Hause war, dass sie versuchen sollte, über den Vorfall zu reden. Aber Tatsache war, dass sie beide Zeit brauchten, um sich zu beruhigen. Wenn sie zu Hause bliebe, würde Jeremy sich nur in seinem Zimmer verbarrikadieren und sich weigern, mit ihr zu sprechen. Wenn ihr Job nicht ihre Rückkehr ins Büro verlangte, würde sie dann, aufgebracht, wie sie war, wie eine Verrückte kochen und putzen, mit Töpfen und Geschirr klappern und herumpoltern, damit er wusste, dass auch sie wütend und sauer war.

»Der Gipfel menschlicher Reife«, sagte sie und griff nach ihren Zigaretten. Am Ende der Nebenstraße zündete sie sich eine an und beschloss, das Rauchen so bald wie möglich wieder aufzugeben. Wenn dieser Fall gelöst war, würde sie ihre letzte Zigarette rauchen, und dann würde sie niemals wieder anfangen.

Das hoffte sie zumindest.

MacGregor hatte vom ersten Münzfernsprecher, den er fand, drei Gespräche geführt. Eines mit dem Krankenhaus, wo man ihm versicherte, dass Jillian Rivers' Zustand stabil sei, weitere Informationen jedoch verweigerte. Der zweite Anruf galt Jordan Eagles, der Tierärztin der Klinik an der Fourth Street. Jordan, die er schon seit Jahren kannte, hatte sich persönlich gemeldet und ihn beruhigt, dass Harley am Leben bleiben, vielleicht aber sein rechtes Hinterbein verlieren würde. »Er hat viel Blut verloren und einen erheblichen Gewebeschaden sowie einen Sehnenriss davongetragen, aber er hat Glück gehabt, dass die Kugel nicht die Wirbelsäule getroffen oder das andere Bein durchschlagen hat.« MacGregor hatte stumm zugehört, den Hörer fest umklammert, den Rücken dem kalten Wind zugekehrt. Er hatte es kaum wahrgenommen, so sehr konzentrierte er sich auf das Gespräch. »Schlimmstenfalls muss ich amputieren. Bestenfalls erholt er sich, wenigstens zum Teil. Ich will dir nichts vormachen, Zane, er wird nicht mehr derselbe sein, aber ich glaube, er kann trotzdem ein schönes erfülltes Leben haben. Viele Hunde kommen prima mit drei Beinen zurecht.«

MacGregors Magen revoltierte, es stieg ihm sauer in die Kehle bei dem Gedanken an den Schweinehund, der seine Büchse in böser Absicht auf den Hund abgedrückt hatte. Es war kein Unfall. Zu Jordan hatte er gesagt: »Tu dein Bestes. Ich bin auf dem Weg.«

»Er wird leben, Zane. Aber lass dir Zeit mit deinem Besuch. Er ist noch betäubt.«

»Danke.« Damit hatte er aufgelegt und denjenigen unflätig verflucht, der seinen Hund töten wollte und Jillian zum Erfrieren im Wald zurückgelassen hatte. Zumindest war Jordan für Harley keine Unbekannte, da sie eine alte Freundin von MacGregor war, eine Frau, mit der er früher einmal zusammen gewesen war und die kurzzeitig sein Bett geteilt hatte. Hatte er sie geliebt? Nein. Sie ihn auch nicht. Sie waren einfach Freunde gewesen, vereint in ihrer Einsamkeit. Dann hatten sie beide eingesehen, dass es ein Fehler war, und die Affäre in aller Freundschaft beendet. Sex veränderte oft alles, doch in ihrem Fall hatte sich die Freundschaft noch vertieft.

Das war ihm jedoch nur ein einziges Mal im Leben passiert. Er dachte an Jillian und wusste tief im Inneren, dass sein Leben sich unwiderruflich ändern würde, wenn er mit ihr schlief. Sie ging ihm auf eine Art unter die Haut, die ihn beunruhigte, auf eine komplizierte Art, der er lieber aus dem Weg ging.

Mehr noch als Callie, die Frau, die er einmal geliebt und geheiratet hatte. Mit schmerzlichem Bedauern dachte er an seine Frau und sein Kind, die schon so lange tot waren, doch er konnte nicht in der Vergangenheit verweilen. Es konnte ihn nur daran erinnern, dass Liebe eventuell Schmerz mit sich brachte.

Was nicht heißen sollte, dass er in Jillian Rivers verliebt war. Er war weit davon entfernt. Aber sie hatte ihn zweifellos beeindruckt.

Diese Frau ging ihm gewaltig unter die Haut.

Der dritte Anruf galt seinem Jugendfreund Chilcoate, und sie hatten vereinbart, sich in dem Lokal an der Straße zu treffen. Zane hatte die drei Häuserblocks zu Fuß zurückgelegt, zwei Kaffee zum Mitnehmen bestellt und war dann mit den dampfenden Bechern hinaus auf den Parkplatz gegangen, wo ein paar Frühaufsteher ihre Fahrzeuge abgestellt hatten.

Minuten später traf Chilcoate in einem alten Militärjeep ein, und sie fuhren dann zur Hütte, einem roh gezimmerten Blockhaus mit fließendem Wasser, Strom und dem geheimen Zimmer im Kellergeschoss, von dem die wenigsten wussten.

Während der Fahrt die Serpentinen hinauf berichtete MacGregor so viel von der Geschichte, wie er für ratsam hielt, einschließlich der Umstände, unter denen er Jillian in ihrem Auto-

wrack unten in der Schlucht gefunden hatte, und wie sie dann nach ihrer Genesung entführt und im Wald zurückgelassen worden war, nachdem jemand seinen Hund angeschossen hatte.
Chilcoate hatte allem zugehört, nur wenige Fragen gestellt und ging voran in seine Drei-Zimmer-Hütte. MacGregor erklärte ihm, was er wollte. Es dauerte eine Weile, doch Chilcoate hörte ihm zu, rauchte unentwegt und blickte aus dem Fenster. Das Fenster war nur einen kleinen Spalt geöffnet, wodurch kalte Luft hereinströmte, die mit der Hitze des gasbetriebenen Kamins konkurrierte. Der Wohnbereich war mit ein paar Sesseln aus zweiter Hand, einem Zweiersofa und einem verschlissenen Leder-Lehnsessel ausgestattet, ein riesiger Fernsehbildschirm hing an der gegenüberliegenden Wand.
Das größere Schlafzimmer diente ihm als Büro, eingerichtet mit einem topmodernen Computer vom Feinsten, Radio und Fernseher. Im kleineren Schlafzimmer stand ein Doppelbett mit einer ausgebleichten Decke in Tarnfarben und eine Kommode, an der noch die Aufkleber aus seiner Kindheit hafteten. Im Untergeschoss, hinter Regalen, in denen er von Wein über alte Akten bis zu nicht mehr getragenen Kleidungsstücken alles lagerte, befand sich ein Geheimzimmer, von dem nur eine Handvoll Leute wusste. Die falsche Wand teilte einen langgestreckten, schmalen Raum ab, angefüllt mit den ausgeklügeltsten elektronischen Gerätschaften, die man sich denken konnte. Chilcoate war ein Hacker. Und zwar ein ausgezeichneter. Er hatte den besten Lehrmeister gehabt: die Regierung.
Das überraschte MacGregor nicht. Der Bengel war von Kindesbeinen an ein Elektronikgenie gewesen, was dem MIT und einigen anderen nicht entgangen war. Leider war Chilcoate zu der Zeit ein Nichtsnutz, hatte sein Stipendium für Stanford vergeigt und war hinausgeworfen worden.
Deshalb ging er zum Militär, und der Rest war Geschichte.

MacGregors und Chilcoates Kinderfreundschaft hatte sich bis ins Erwachsenenalter fortgesetzt. Sie kannten die Geheimnisse des jeweils anderen, und MacGregor hatte Chilcoate im Lauf der Jahre von einer Klemme aus der nächsten gerettet, angefangen damit, dass er ihm durch eine Strafe wegen Fahrens unter Alkoholeinfluss half und zu den Anonymen Alkoholikern brachte, bis zur Aufnahme in seinem Haus nach einer gescheiterten Ehe und schlimmen Scheidung. Chilcoate war ihm also was schuldig.

Und MacGregor wollte sich das spezielle Wissen seines Freundes zunutze machen – ein Wissen, das er in zwölf Jahren beim Militär bei der Arbeit mit elektronischen Überwachungssystemen erworben hatte, bevor er seinen Hut nahm. Ein paar Jahre hatte er dann beim FBI verbracht, um schließlich die Arbeit für die Regierung aufzugeben und sich selbständig zu machen. Beim FBI hatte ihn die Verwaltungsbürokratie gestört. Zu viele Konferenzen. Zu viel Reglementierung für einen wilden Jungen aus Montana, der seinen angeborenen Querkopf einfach nicht bezähmen konnte.

Jetzt lebte er im Vorgebirge der Bitterroots, nicht weit entfernt von dem Ort, in dem er und MacGregor eine idyllische Kindheit mit Angeln, Wandern und Nächten unter freiem Himmel verbracht hatten, ohne zu ahnen, welche verschlungenen Wege das Leben sie noch führen sollte.

Mit vollem Namen hieß er Tydeus Melville Chilcoate. Seine alleinerziehende Mutter, Mitglied im Mensa-Verein, hatte eine Vorliebe für alles Griechische, für Captain Ahab und Herman Melvilles Bücher, daher der gewichtige Name. Unbeeindruckt davon ließ sich Chilcoate bei seinem Nachnamen rufen. Es war einfacher so.

»Mehr willst du nicht?«, fragte er MacGregor, ging zur Spüle in der Küche, drehte den Wasserhahn auf und löschte seine Zigarette. Ein kurzes Zischen, dann warf er den nassen Stummel

in den Abfalleimer neben der Schwebetür. »Einen Lieferwagen, ein Handy, und dass ich mich in das Privatkonto einer Person im Internet hacke?«
»Für den Anfang. Und ich möchte, dass du dich um Harley kümmerst.«
Chilcoate grunzte zustimmend. »Gehen wir nach unten«, sagte er und stieg ihm voran die schmale Treppe hinunter.
Im verstaubten Untergeschoss mussten sie sich unter alten Leitungen hindurchducken und unter versteckten Kameras, die hinter den Spinnweben an den Deckenbalken hingen, und zwischen kaputten Möbeln und einem verrosteten Grill durchzwängen. An der hinteren Wand angelangt, trat Chilcoate in eine offenbar für Feuerholz angelegte Nische und betätigte einen Schalter. Die Wand schwang auf wie eine Tür und gab den Blick auf eine Ansammlung von Rechnern, Bildschirmen, Fotoausrüstungen, Radios und Kameras frei.
»Also dann«, sagte Chilcoate lächelnd und setzte sich in den Schreibtischsessel, mit dem er an dem sechs Meter langen Tisch entlangrollen konnte. »Machen wir uns an die Arbeit.«

Jillian spürte die Hitze des Feuers.
Draußen blies der Wind Schnee gegen die Scheiben, und Eiszapfen hingen glitzernd vom Dach. Doch in der Hütte war es warm. Heiß. Das Blut rauschte in ihren Adern, als sie in die Augen eines Fremden blickte.
»MacGregor«, flüsterte sie, während seine Hände über ihren Körper fuhren, Fingerkuppen ihre nackte Haut berührten, über ihre Rippen und die Kurve ihrer Taille strichen, während sie einander zugewandt auf dem breiten Sofa lagen.
Herrgott, wie sie ihn begehrte. Sich nach ihm sehnte. Und doch wusste sie, dass es falsch war. Ganz und gar falsch.
Hier drohte Gefahr. Etwas Böses.

In den dunklen Ecken des Raums lauerte etwas, beobachteten unsichtbare Augen sie mit der gleichen Gier, der gleichen Leidenschaft, wie sie im Augenblick in ihren eigenen Adern pulste. Sie erhaschte einen Blick auf etwas, ein Stückchen Glas, das den Raum spiegelte, doch das Bild war verzerrt, war in körnigem Schwarzweiß gehalten, ein Foto von einem Bus und einem Mann ... nein, nicht von irgendeinem Mann. Aaron. Ihr Mann. Und warum war sie hier, bei diesem Fremden?

Aaron lief, um den Bus nicht zu verpassen; seine Beine bewegten sich schneller und schneller.

Er läuft vor dir davon, Jillian. Er ist ... er ist ...

Während er rannte und dem Busfahrer winkte, wurden ihm die Kleider vom Leib gerissen, und sein bloßer Körper schrumpfte ein, das Fleisch verweste.

Sie rang nach Luft, und er drehte sich um, blickte über die Schulter zurück und lächelte breit, wobei sein Gesicht sich in eine Totenfratze verwandelte und im Seitenspiegel des Busses Ziffern und Buchstaben aufblitzten, die sie nicht erkennen konnte.

Aaron ist tot. Dein Mann ist in Südamerika ums Leben gekommen. Nein, nicht Aaron. Mason. Mason ist mein Mann. Oder war?

Der Totenschädel grinste in bösartiger Freude, dann sprang die Gestalt vor den Bus. Sie fuhr zusammen. Wich vor dem Bild zurück. Schrie in stummem Entsetzen.

Sekundenschnell verschwand das Bild, und sie war wieder in der Hütte, lag nackt bei einem Mann und spürte die Hitze seines Körpers. Er zog sie an sich und küsste ihre Halsbeuge. Unverzüglich verwandelte sich ihr Blut in flüssiges Feuer, und ihre Angst wich einem hemmungslosen Verlangen.

Sie blickte in die Augen des Mannes, der sie in den Armen hielt, dieses sexy Fremden, der sie liebkoste, sie an sich drückte, seine Hüften an die ihren drängte. Sie spürte seine Erektion, die an ihrem Leib rieb und schamlose Bedürfnisse weckte. Ach,

ihn in sich zu spüren, die Ekstase seiner Stöße zu erfahren, wenn er ihre Schenkel öffnete und tief in sie eindrang.
Aber es war falsch. Sie kannte ihn nicht. Konnte nicht einfach so dumm sein, mit ihm zu schlafen. Dennoch zitterte sie vor Verlangen, schwitzte vor Sehnsucht. »MacGregor ... Ich ... ich weiß nicht ...«
»Schsch.« Seine Lippen streiften sanft ihren Mund, und sie stöhnte. »Denk jetzt an gar nichts.« Seine Stimme war so verführerisch, und seine Hände, lieber Gott, seine Hände. Sie streiften ihre Brustwarzen, fuhren schmetterlingszart über ihren Leib, streichelten sie sanft, erforschten sie eifrig, ertasteten sie. Sie rang nach Luft, als er sie liebkoste, und ihr Körper reagierte, sie wurde feucht.
»Das ist nicht richtig«, brachte sie mühsam hervor. Aber es war nur ein Flüstern; ihre Lippen bewegten sich kaum.
Da küsste er sie. Heftig. Drängend.
Sie spürte, wie er sämtliche Muskeln anspannte, um sie über sich zu ziehen, und unwillkürlich schlang sie die Arme um seinen Nacken und erwiderte seinen Kuss voller Glut. Mit geschlossenen Augen spürte sie seine Brust, das köstliche Kitzeln von Haaren an ihrer Haut, die Glut seiner Haut.
Ihr Herz klopfte wie wild, das Blut rauschte in ihren Ohren, ihre Haut glühte.
Tu's nicht, warnte eine Stimme in ihrem Kopf. Du kennst ihn doch nicht einmal.
Aber das war verrückt. Natürlich kannte sie ihn. Sie verstand ihn. Es war, als hätten sie einander jahrelang gesucht.
Tu's nicht, Jillian.
Ach, sei still, dachte sie und ergab sich dem Genuss seiner Berührungen, dem Geruch seiner Haut, dem Gefühl seiner Bartstoppeln an ihrem Gesicht, dem salzigen Geschmack seiner Lippen an ihrem Mund, während er sein Gewicht verlagerte,

sie unter sich bettete, ihren Körper mit seinem in die Polster drängte und schwer und rasch atmete. Seine Zunge strich über ihre Lippen, schob sich zwischen sie und glitt über ihre Zähne. Aufstöhnend öffnete sie sich ihm. Seine Hände suchten ihre Brüste, so dass ihre Brustwarzen sich aufrichteten und sie innerlich dahinschmolz, und sie verschloss ihr Bewusstsein vor allen Gedanken außer dem an ihn.

Was konnte es denn schaden, dieses einzige Mal? Sie liebte ihn doch, oder? Hatte sie es ihm nicht vom Augenblick ihres Aufwachens in seiner Hütte an gezeigt? Und seine Zärtlichkeit! Sie wollte es, diese Vereinigung ihrer Körper, das Einswerden ihrer Seelen.

Feuchte Wärme sammelte sich, und Jillian hielt den Atem an, als er zu ihr kam, den festen Körper schweißbedeckt, so dass seine Haut im Feuerschein glänzte. Zwei kräftige Hände umfassten ihr Gesäß, zogen sie näher, und die Finger gruben sich in ihre Haut.

Sie zitterte. Verlangen tobte in ihrem Körper.

»Jillian«, sagte MacGregor und sah ihr voller Begehren in die Augen. »Jillian.«

Sie versuchte zu antworten, konnte es aber nicht.

Diese sonderbare Mischung aus Liebe und Lust und Angst raubte ihr den Atem und die Stimme. Er atmete jetzt rascher, schwerer ... oder war dieses Keuchen ihr eigener Atem?

Sie schluckte und dachte plötzlich, das Geräusch könne auch aus einer anderen Quelle stammen. Ein kalter Schauer lief ihr über den Rücken, als ihr bewusst wurde, etwas Dunkles, Verborgenes, sie Beobachtendes könnte die Ursache sein. Etwas Blindwütiges, Erregtes.

»Jillian!«

Was?

Diese Stimme ... war es MacGregors? Oder hallte sie aus den

dunklen Winkeln des Zimmers herüber? Ihr Herz drohte stehenzubleiben. Irgendwo in der Ferne bellte ein Hund.
»Harley?«
Plötzlich befand sie sich draußen in knietiefen Schneeverwehungen. Sie glaubte, einen Hund unbeschwert durch den Schnee springen zu sehen, als folgte er einem schon ausgetretenen Pfad. Sie wollte ihn rufen, ihm nachlaufen, aber ihre Beine waren schwer wie Blei, und er rannte so schnell, ein schwarzweißer Blitz mit wehender Rute. Die Ohren waren nach vorn gerichtet, als er über eine letzte Schneewehe sprang und in einem eisigen Dickicht aus Tannen und Fichten verschwand.
Nein!
Sie spürte die Gefahr. Versuchte zu rufen. Ein Gewehrschuss peitschte auf. Der Hund jaulte vor Schmerz. »Harley!«, keuchte sie, doch wieder versagte ihre Stimme, und Zane MacGregor, eben noch bei ihr, war fort. Ihr war bitterkalt. Sie blickte zum Feuer, wo der Hund lag, die Zähne gebleckt, die Augen rotglühend im Feuerschein, das Fell blutverklebt.
»Jillian!«
Jemand zerrte an ihrer Hand. Der Dämon in der Ecke? Das Ungeheuer, das zugesehen hatte, wie sie mit MacGregor schlief? Der Psychopath, der auf den Hund geschossen hatte? Entsetzen packte sie. Sie versuchte zu schreien. Aber wo war MacGregor?
»Jillian, um Himmels willen, wach auf!«
Unvermittelt öffnete sie die Augen und atmete tief ein. In Sekundenschnelle wurde ihr bewusst, dass sie geträumt hatte, das Bild der Hütte verflüchtigte sich. Sie war immer noch im Krankenhaus, lag in zerwühltem Bettzeug, und ihr Herz raste vor Angst. Draußen bellte ein Hund, er jaulte nicht vor Schmerzen, und hier, in ihrem Zimmer, neben dem Bett, die Hand auf ihre gelegt, mit besorgter Miene, stand Zane MacGregor.
Der Mann, mit dem sie gerade im Traum geschlafen hatte.

24. KAPITEL

»Alles in Ordnung?«, fragte Zane, und Jillian schüttelte den Kopf, um die Spinnweben wie auch die Fantasien in ihrem Bewusstsein loszuwerden. Ihr Traum fiel ihr wieder ein, in dem sie mit ihm geschlafen hatte, und sie wurde rot.

Es musste an den Medikamenten liegen. Was auch immer sie an Antibiotika und Schmerz- und Schlafmitteln in sie hineinpumpten, es hatte sie augenscheinlich der Wirklichkeit entfremdet.

»Alles klar … na ja, einigermaßen.« Jillian richtete sich im Bett zum Sitzen auf und bemühte sich, nicht an seine blaugrauen Augen oder das Gefühl seiner Hände auf ihrem Körper zu denken. Sie würde ihn so gerne noch einmal küssen, und sie träumte bereits davon, ihm die Kleider vom Leib zu reißen und mit ihm vorm Kaminfeuer zu schlafen.

Doch der Traum hatte sich verändert, war zum Alptraum geworden.

»Harley«, sagte sie. »Geht's ihm gut?«

»Er erholt sich. Ich war vor ein paar Minuten bei ihm. Es besteht zwar immer noch die Gefahr, dass er ein Bein verliert, aber er wird leben.«

»Ein Glück. Es tut mir so leid.«

»Es war nicht deine Schuld.«

»Ich hätte ihn nicht rauslassen dürfen.«

»Und dann? Hätte er in der Hütte sein Geschäft verrichten sollen? Schon gut, Jillian. Ihr lebt beide. Das allein ist wichtig.« Jetzt erst bemerkte sie, dass er immer noch ihre Hand hielt.

Als ob auch er sich erst jetzt der Berührung bewusst wurde, ließ er ihre Hand langsam los und trat einen Schritt zurück.
»Du siehst scheußlich aus«, sagte sie leise.
»Das bringt eine Nacht im Gefängnis von Pinewood County wohl so mit sich.«
»Bist du ausgebrochen?«
Er hätte beinahe gelacht. Sie erkannte es in seinem müden Blick. »Nein. Sie mussten mich rauslassen, wegen Mangel an Beweisen. Und sie waren stinksauer deswegen, genauso stinksauer, wie der Wachmann vor deiner Tür auf mich ist. Er wollte mich nicht reinlassen, aber ich habe eine der Schwestern beschwatzt, die ihm empfahl, mich in Ruhe zu lassen.«
»Und da hat er dich in Ruhe gelassen?«
»Einigermaßen.«
Sie blickte an MacGregor vorbei zur offenen Tür, von wo ein Polizist von kleiner Statur böse ins Zimmer sah, aber nicht hereinkam. Er wollte zwar über die Schwelle treten, doch Jillian schüttelte den Kopf, erwiderte seine bösen Blicke und ließ ihn stumm, aber unmissverständlich wissen, dass er sich fernzuhalten hatte.
»Ich muss hier raus«, sagte sie leise zu MacGregor.
Er zog einen Mundwinkel hoch. »Lagerkoller?«
»Krankenhauskoller, ja.«
»Und was hast du vor? Willst du nach Hause?«, fragte er und kniff ganz leicht die Augen zusammen.
Sie schüttelte den Kopf. »Ich habe noch was zu erledigen.« Sie fand die Bedientasten für das Bett und richtete das Kopfende so ein, dass sie sitzen konnte.
»Was hast du vor?«
»Ich werde Aaron finden, falls er noch lebt.«
»Glaubst du, dass er noch lebt?«
»Ich weiß nicht, was ich glauben soll. Vielleicht war es nur eine ausgeklügelte Masche, um mich hierherzulocken; ich weiß es

nicht. Ich möchte nur zu gern glauben, dass ich ein Irrtum war, dass dieser wahnsinnige Mörder, der sich hier in der Gegend herumtreibt, auf das falsche Auto geschossen hat. Aber seit dem Überfall, dem ich den Krankenhausaufenthalt verdanke, musste ich meine Meinung ändern. Der Kerl, wer er auch sein mag, will mich tot sehen.«

»Dann solltest du die Sache der Polizei überlassen.«

Sie sah ihn an. Sehr eindringlich. »Würdest du das tun?« Als er nicht antwortete, lächelte sie leicht. »Okay, ich kenne die Antwort auch so. Und die Polizei verlangt wahrscheinlich, dass ich mich irgendwo in Sicherheit bringe und mich verstecke.«

»Wahrscheinlich.«

Sie schüttelte den Kopf. »Wie würdest du dich fühlen, wenn jemand zweimal versucht hätte, dich umzubringen? Dich überfallen, ausgezogen und an einen Baum gebunden hätte?« Wieder wurde ihr heiß vor Wut, Adrenalin schoss durch ihre Adern. »Ich kann schießen. Ich habe Kurse in Selbstverteidigung absolviert. Ich bin keine Zimperliese ...«

»Und im Moment bist du wütend und selbstgerecht«, sagte er. »Aber du hast recht, mir würde es genauso gehen. Trotz all deiner Qualifikationen ist der Kerl dir aber in einer Hinsicht überlegen.«

»Und zwar?«

»Er ist verrückt, Jillian. Ein ausgemachter, waschechter Psychopath. Du kannst dir die Schlechtigkeit seiner schwarzen Seele nicht einmal annähernd vorstellen, also überlass die Ermittlungen lieber der Polizei. Lass sie ihre Arbeit tun.«

»Weil sie bisher so Großartiges geleistet haben? Wie viele Frauen sind inzwischen tot? Vier? Fünf?«

»Vier sind tot, zwei im Krankenhaus, dich inbegriffen.«

»Sechs Opfer.« Sie begann, an der Tropfbraunüle zu nesteln, zog das Heftpflaster ab. »Und weißt du was? Ich habe das Ge-

fühl, dieser Kerl ist noch nicht fertig. Deshalb habe ich keine Lust, hier als Lockvogel im Krankenhaus zu liegen, okay? Ich will mich nicht auf Schwester Claire und diesen Miet-Wachmann im Flur als Lebensretter verlassen. Jedermann weiß, dass ich hier bin; ich habe es in den Nachrichten gesehen. Und ich möchte wetten, der Grund dafür, dass ich noch keinen Besuch von Reportern bekommen habe, liegt darin, dass die Klinikverwaltung sie abblockt und die Polizei sie überprüft. Soll die Polizei behaupten, ich wäre noch hier; es kann mir nur recht sein. Aber ich mag nicht hier herumliegen und hoffen, dass mich irgendwelche Wachleute beschützen.«
»Ich könnte bei dir ...«
»Willst du etwa behaupten, du wärst nicht hinter dem Kerl her? Du hättest nicht die Absicht, diesen Typen aufzuspüren, der dich ins Messer hat laufen lassen?«
MacGregor furchte die Stirn. »Ich will dich nicht anlügen, Jillian. Der Schweinehund wird bezahlen. Aber so lange, bis er geschnappt ist, musst du in Sicherheit bleiben.«
Jillian verzog das Gesicht, als sie die Beine über die Bettkante schwang. Unter dem kurzen, wenig attraktiven Kliniknachthemd war ihr verbundener Knöchel zu sehen. Sie erwog, ihm die Wahrheit über Aaron zu erzählen, wie der Blutsauger seinen Klienten Geld gestohlen hatte, Menschen, die ihm vertrauten, und es ihr überließ, sich mit den Opfern seiner Betrügereien herumzuschlagen. Ob er nun tatsächlich in Surinam ums Leben gekommen war oder seinen Tod nur vorgetäuscht hatte, auf jeden Fall hatte er sie damals gewaltig zu Fall gebracht. In der Auseinandersetzung mit der Polizei, der Presse und den Opfern eines Schneeballsystems, von dem sie nichts gewusst hatte, hatte er es ihr allein überlassen, die Konsequenzen zu tragen und ihr in Scherben gegangenes Leben neu zu sortieren. Sie hatte Jahre gebraucht, um ihren Ruf zu bereinigen, und sie

konnte nicht leugnen, dass ihre zweite Heirat und der Namenswechsel sie gereizt hatten, was Mason ihr oft genug vorgeworfen hatte. Falls Aaron Caruso es wagte, noch am Leben zu sein, dann wollte sie ihn ganz sicher wiedersehen.
Auge in Auge.
Aber natürlich vertraute sie sich Zane MacGregor nicht an, zumindest jetzt noch nicht. Es war nicht so einfach einzugestehen, dass sie sich zur Närrin ersten Grades hatte machen lassen – ein verliebtes Dummchen.
MacGregor sagte noch mal eindringlich: »Du kannst nicht fortgehen, Jillian. Es ist zu gefährlich.«
»Das glaube ich nicht«, sagte sie und lächelte gezwungen. »Außerdem habe ich ja dich zu meinem Schutz.«
»Du hast den Verstand verloren.« Doch er grinste, und es war ein umwerfendes Lächeln, eines, das ihr Herz zum Schmelzen brachte.
»Noch nicht. Aber ich werde vollends verrückt, wenn ich noch eine Sekunde länger hier bleibe. Also widersprich mir nicht, MacGregor, okay? Es hätte keinen Sinn.«

Auf dem Weg ins Büro hielt Pescoli vor einem Safeway an, um sich einen Kaffee zu holen, und im Laden griff sie nach einer Lokalzeitung und entnahm einem Drehgestell ein paar bunte Geschenktüten und Geschenkgutscheine für Läden, Restaurants und sogar Fluggesellschaften: einen für Biancas Lieblingskaufhaus und einen für einen Elektronik-Supermarkt für Jeremy. Ein paar Gutscheine für Fast-Food-Restaurants und einen Tankstellengutschein für Jeremy legte sie noch obendrauf. In Einkaufslaune erstand sie folienverpackte Süßigkeiten in Weihnachtstüten und ein paar Romane in der Buchabteilung. Binnen zwanzig Minuten war ein Großteil ihrer Weihnachtseinkäufe abgehakt. Nicht allzu einfallsreich, aber

die Kids würden schon zufrieden sein. Und es war das Beste, was sie leisten konnte.
Sie warf einen Blick auf die Zigaretten, erwog, ein Päckchen zu kaufen und weiterhin zu rauchen, bis der Fall des Sternmörders gelöst war, sagte sich dann jedoch, dass sie bis dahin neunzig sein und längst auf der Lungenkrebsstation liegen könnte. Sie konnte ihre Halbwüchsigen auch ohne Nikotin groß kriegen. Das versuchte sie sich zumindest einzureden. An der Kasse wollte Regan mit Kreditkarte bezahlen, doch das Gerät akzeptierte ihre Karte nicht. »Was …?«, knurrte sie und versuchte es erneut, doch die Karte wurde abgelehnt.
Inzwischen standen zwei weitere Kunden hinter ihr in der Schlange für »unter fünfzehn Produkten«. Auch ein dritter Versuch war erfolglos. Die Kassiererin, ein ungefähr neunzehnjähriges Mädchen mit violett gesträhntem Haar, in dem mit einer Nadel ein Weihnachtsmann befestigt war, fragte: »Möchten Sie Ihr Kreditinstitut anrufen?«
»Nein … Moment.« Pescoli kramte gereizt und peinlich berührt in ihrer Brieftasche, während der Kerl hinter ihr, unrasiert und mit starker Brille, sich kaum Mühe gab, seinen Unmut zu verbergen. Sie fand ihre Kundenkarte und zog sie durch. Damit war ein Großteil des für den Rest des Monats vorgesehenen Geldes verloren.
Eine Minute später war die Transaktion abgeschlossen und sie um mehr als zweihundert Dollar ärmer, aber immerhin war sie nun im Besitz von ein paar lumpigen Geschenken. »Weihnachten wird in diesem Jahr ein eher spirituelles Fest«, knurrte sie leise, stieg in ihren Jeep, warf den Motor an und fuhr vom Parkplatz. Es war noch früh, der Verkehr nur spärlich, und sie hatte schon beinahe den Gipfel von Boxer Bluff erreicht und das Gefängnis passiert, als ihr Handy klingelte.
Sie meldete sich, als sie gerade auf den Parkplatz bog, der wäh-

rend der letzten paar Stunden vom Schnee geräumt worden war. »Pescoli«, sagte sie, ohne einen Blick aufs Display.
»Hey, Regan.« Luckys Stimme klang tief und heiser dank zu ausgiebigen Zigarettenkonsums und nicht genügend Schlaf, falls sie richtig vermutete. »Eben hat Jeremy angerufen.«
Pescoli zog die Handbremse. »Ach? Und was hatte er zu seiner Entschuldigung zu sagen?«
»Er hat mir die Geschichte erzählt, wie er und ein paar Freunde ein paar Bier getrunken hatten und erwischt wurden, das volle Programm.« Er gähnte, und Pescoli sah ihn vor sich in Boxershorts und einem T-Shirt, das an den Schultern spannte – Lucky Pescolis Vorstellung von einem Pyjama. Sicherlich mit zerzaustem Haar, starkem Bartschatten und verschlafenen braunen Augen.
Dies hatte sie früher einmal angemacht. Aber jetzt schon lange nicht mehr.
»Hat er dir auch erzählt, dass ich ihn die ganze Nacht im Jugendknast hab sitzen lassen?«
»O ja.«
»Und warum hat er dich angerufen?«
Zunächst folgte eine Pause, dann kam er gleich zur Sache. »Jeremy will bei mir und Michelle wohnen.«
»Mach keine Witze.«
»Das sagt er aber.«
»Und du glaubst ihm?« Sie sah rot, umklammerte das Handy, als hinge ihr Leben davon ab. »Er mag dich doch nicht mal am Wochenende besuchen, Lucky! Und jetzt will er einen Dauerzustand herstellen?« Was hatte es dann mit Jeremys Sprüchen vor ein paar Tagen, dass Lucky nicht sein richtiger Vater war, auf sich?
»Das sagt er.«
»Weil er sauer ist. Das legt sich.« Ein Atemzug, und ihr Herz begann zu flattern. »Moment mal. Du *willst* es so?« Die Welt drehte sich plötzlich falsch herum.

»Michelle und ich haben darüber geredet.«
»Halte deine Frau aus dieser Sache raus. Sie ist *nicht* die Mutter der Kinder.«
»Aber ich bin ihr Vater. Bianca ist meine Tochter, und in Jeremys Leben war ich der bedeutendste männliche Einfluss.«
»Tja, das erklärt seinen plötzlichen Anfall von Wahnsinn!«, sagte sie hitzig.
»Regan, sieh den Tatsachen ins Gesicht. Du arbeitest doch ständig.«
»Und wenn du nicht arbeitest, bist du unterwegs.«
»Michelle kann in meiner Abwesenheit für die Kinder da sein.«
»Michelle ist selbst noch ein Kind! Du liebe Zeit, Lucky, das kann doch nicht dein Ernst sein!« Sie bemerkte im Rückspiegel eine Bewegung, und ihr wurde ein bisschen flau im Magen, als sie Cort Brewsters Pick-up erkannte, den der Undersheriff in die ihm zugewiesene Parkbucht steuerte.
»Vielleicht ist es Zeit für eine Veränderung, Regan«, sagte Lucky so ruhig, dass sie ihn am liebsten geschüttelt hätte, bis er zur Vernunft kam. »Ich bin verheiratet, nicht so labil wie du. Jeremy weiß von den Männern …«
»Männern?«, wiederholte sie wie vor den Kopf geschlagen. Ja, sie hatte ein paar Mal einen Freund gehabt, aber keiner von ihnen hatte je bei ihnen gewohnt oder sich auch nur in ihrem Haus blicken lassen. Nein, sie war keine Jungfrau, doch sie war länger abstinent gewesen, als ihr lieb war.
Vor ihrem inneren Auge tauchte Nates Bild auf, mit seinem sexy schiefen Lächeln und dem durchtrainierten Körper. Er war ein Naturbursche, konnte gut mit Tieren umgehen und ach, so gut mit ihr. Ja, sie stand auf ihn. Ja, der Sex war phänomenal. Nein, es störte die Beziehung zu ihren Kindern nicht. Nate kam nie an erster Stelle. Stets die Kinder.
Aber ihr Beruf – nun ja, ihr Beruf forderte ihr eine Menge ab.

»Jeremy weiß, dass du was mit irgendeinem Herumtreiber hast.«

»Mein Privatleben, auch das nicht vorhandene, ist nicht das Thema. Ich kümmere mich um die Kinder, Lucky, und du weißt das auch.«

»Du arbeitest ständig.«

»Außer wenn ich mit irgendeinem Herumtreiber vögle, nicht wahr? Hör mir mal gut zu, Lucky. Ich war dir seit unserer ersten Begegnung treu. Du dagegen wusstest offenbar nicht mal, wie das Wort ›Ehebruch‹ buchstabiert wird, also steig von deinem hohen Ross und halte mein Privatleben da heraus. Ich habe mir Mühe gegeben, mit dir klarzukommen, weil du Biancas Vater bist, aber wenn alle Stricke reißen, nehme ich dir die Kinder weg.«

»Michelle und ich führen ein geregelteres Leben, wir sind finanziell abgesichert.«

»Und warum? Weil du mir rückwirkend mehr als siebentausend Dollar Unterhalt und Arztkosten schuldest? Weißt du, das Geld könnte ich gut brauchen. Ich habe dich einzig und allein deswegen noch nicht vor Gericht gezerrt, weil ich nicht will, dass die Kinder unsere Streitereien mitbekommen. Ich dachte, du würdest deinen Anteil sowieso noch leisten, und es wiedergutmachen, wenn sie aufs College kommen. Also steck dir dein geregeltes Leben und deine finanzielle Sicherheit sonst wohin. Und sag Jeremy und Bianca auch gleich, dass die Antwort ›nein‹ lautet. Jetzt muss ich arbeiten …«

»Wie immer. Du musst immerzu arbeiten.«

»Jemand muss schließlich die Rechnungen bezahlen«, sagte sie, »und das tut der Vater der Kinder mit seinem geregelten Leben und der finanziellen Sicherheit bestimmt nicht, oder?« Im Rückspiegel sah sie Cort Brewster über den Platz zu einem Hintereingang gehen. Er warf nicht mal einen Blick in ihre

Richtung, ein schlechtes Zeichen. Sonst winkten sie einander zur Begrüßung zu. Ihr Magen zog sich zusammen.

Lucky nahm ihre Angriffe nicht einfach hin. »Weißt du, Regan, Bianca hat recht. Du kannst wahrhaftig ein Miststück sein.«

»Das ist nichts Neues.« Doch er hatte sie gekränkt. Indem er ihre Tochter in den Streit hineinzog, sie dort traf, wo es am meisten schmerzte. Doch sie gab nicht nach. »Sorge dafür, dass die Kinder heute Abend beide zu Hause sind. Jeremy hat Pflichten zu erfüllen, und dabei könntest du mir eigentlich den Rücken stärken. Er ist letzte Nacht verhaftet worden. Er war im Unrecht. Und wenn du Bianca zu Hause absetzt, hinterlasse mir einen Scheck. Mindestens tausend. Nein ... sagen wir, zweitausend, und fang endlich an, deine Schulden abzutragen, oder, verlass dich drauf, ich zerre dich vor Gericht. Fröhliche Weihnachten!« Sie drückte das Gespräch weg und spürte, dass sie innerlich zitterte. Kein Mensch auf der Welt brachte sie so aus der Fassung wie Lucky Pescoli. Nicht mal sein niedliches Frauchen konnte sie so reizen. Vor die Wahl gestellt, würde sie wahrscheinlich lieber einen Abend mit dem Dummerchen verbringen als mit Lucky.

Sie stieg aus dem Wagen und kochte noch immer vor Wut, als sie durch die Winterkälte zum Hintereingang des Gebäudes marschierte.

Alvarez hatte ihre Hausaufgaben gemacht. Und irgendetwas war faul. Absolut faul, dachte sie, als sie auf den Parkplatz des Reviers fuhr und eine Gruppe von Nachrichtenreportern zusammengedrängt vorm Haupteingang stehen sah. Die Lieferwagen hatten sie auf dem Besucherparkplatz abgestellt. Der Fall hatte frischen Wind bekommen, und die Presse war informiert. Sie wussten, dass MacGregor als »Hauptverdächtiger« verhaftet und dann am frühen Morgen wieder freigelassen worden war.

Sie parkte auf dem Angestelltenplatz und ging zum Hintereingang, um den Reportern vor dem Haus nicht begegnen zu müssen. Kopfschmerzen drohten, ihre Nase begann zu laufen, doch um nichts in der Welt wollte sie sich jetzt einen Erkältungsvirus einfangen, nur wenige Tage vor Weihnachten, mitten in einem ungelösten Fall.

Und die Feiertage würden es in sich haben.

Trotz des Friedens und guten Willens der Weihnachtszeit kam es immer zu Familienstreitigkeiten, Selbstmorden und Urlaub unter den Kollegen, die mit ihren Lieben feiern wollten. Sie konnte es sich nicht leisten, weniger als hundert Prozent fit zu sein. Nicht jetzt. Sie hatte viel zu viel zu tun.

Im Büro des Sheriffs ging es zu wie im Irrenhaus. Alles, was Beine hatte, war im Dienst. Telefone klingelten, Stiefel scharrten über den Boden. Irgendwo spie ein Kopierer summend Papier aus, und über allem schwebten kaum wahrnehmbar eingespielte Orchesterversionen von Weihnachtsklassikern.

Selena zog ihre Jacke aus, begab sich an ihren Arbeitsplatz, rief E-Mail und Nachrichten ab und suchte dann, immer noch schniefend, den Pausenraum auf, wo sie sich einen heißen Tee zubereitete. Ihre Großmutter schwor auf heißen Tee mit Zitrone und Honig; ihr Großvater reicherte das Hausmittelchen immer noch mit ein, zwei Schuss Whiskey oder Tequila an, je nachdem, was gerade griffbereit war und Grandma Rosaritas wachsamem Auge entging. Sie tunkte den Teebeutel ins heiße Wasser und ging zu Pescolis Schreibtisch.

Regan blätterte in einem dicken Stapel Labor- und Autopsieberichten, Zeugenaussagen und Notizen. »Ich kann es nicht glauben, dass MacGregor nicht der Mörder ist«, knurrte sie. »Jetzt stehen wir wieder ganz am Anfang.«

»Das kommt vor«, sagte Alvarez, genauso enttäuscht wie ihre Partnerin.

Pescoli rollte auf ihrem Stuhl zurück und schüttelte den Kopf. »Ich hasse es, immer zwei Schritte hinter diesem Kerl herzuhinken.« Sie rieb sich den Nacken.
»Wie ist es dir mit Jeremy ergangen?«, fragte Alvarez und warf den Teebeutel in den Plastikmülleimer an der Ecke von Pescolis Schreibtisch.
Pescolis Schultern spannten sich an. »Er spricht nicht mit mir. Aber ich werde es überleben.« Mit einem Blick auf das Büro des Undersheriffs fügte sie hinzu: »Bis jetzt habe ich noch nicht mit Cort gesprochen. Er will Jeremy vermutlich mit Schimpf und Schande aus der Stadt jagen.«
»Er ist fast noch ein Kind.«
»Ein dummes Kind.« Sie hob eine Hand. »Für eine Intelligenzbestie wie ihn ist er manchmal sehr dumm.«
»So sind sie alle. Als Heranwachsende haben wir alle den einen oder anderen großen Fehler gemacht.«
Pescoli blinzelte zu ihr auf, als überlegte sie, was wohl in ihrer Partnerin vorging. »Ich habe das Auto meines Dads geklaut und zu Schrott gefahren. Drei Mädchen saßen mit drin. Wir hatten Glück, niemand wurde verletzt. Alkohol oder Drogen waren jedoch nicht im Spiel. Und du?«
Alvarez gefiel die Richtung nicht, die ihre Unterhaltung nahm. Zu persönlich. »Das Übliche. Schuleschwänzen, Rauchen hinter der Turnhalle, heimliches Abhauen. Ich war wohl nicht so schlimm, weil ich ziemlich eingespannt war. Aber ich glaube, das alles ist normal.« Sie sagte ihr nicht, dass sie den falschen Leuten vertraut hatte, dass insbesondere einer ihr Vertrauen missbraucht hatte, wonach ihr Leben nie wieder so war wie vorher.
»Es ist etwas anderes, wenn es sich um die eigenen Kinder handelt, weißt du? Du wärst jederzeit bereit, für sie zu sterben, und in der nächsten Sekunde willst du ihnen den Hals umdrehen. Ich werde bei Brewster vorfühlen müssen, aber jetzt noch

nicht.« Den Blick auf Brewsters Büro gerichtet, hob sie einen Stapel abgegriffener Papiere auf.

Alvarez trank vorsichtig einen Schluck Tee. »Hast du die Informationen zu den Opfern, die Zoller eingeholt hat?«

»Ja.«

»Ich wollte dich gestern Abend anrufen«, setzte Alvarez an, doch Pescoli winkte ab. »Es war eine verrückte Nacht«, sagte Regan wegwerfend. »Aber sieh dir das hier an. Ich habe ein bisschen über Jillian Rivers recherchiert, das Opfer, das sich von den anderen unterscheidet. Ich habe ihre Geschichte überprüft, du weißt schon, die Sache mit dem Ex-Mann und den Fotos.« Sie deutete auf einen Packen Fotos, Kopien von den Originalen, die sie bei Jillian Rivers' Sachen in MacGregors Hütte gefunden hatten.

Alvarez griff nach den Aufnahmen von einem Mann auf der Straße. Das Foto war grobkörnig, und der Mann mochte durchaus der tote Gatte sein, vermutete sie nach dem Vergleich mit Aaron Carusos Führerscheinfoto, das über zehn Jahre alt war. Eine Ähnlichkeit war gegeben, aber ihres Erachtens nichts Eindeutiges, keine verräterischen unveränderlichen Kennzeichen wie eine Tätowierung oder eine Narbe oder auch nur ein Muttermal.

»Ich habe Jillian Rivers alias Jillian Caruso und auch den ersten Mann gegoogelt und Zeitungsartikel aus ihren Wohnorten gefunden.«

»Du warst fleißig.«

»War schon früh hier«, erklärte Pescoli und sah wieder zu Cort Brewsters Tür hinüber.

»Wie auch immer, dieser Ehemann, von dem sie uns erzählt hat, der erste, Aaron Caruso, der ist nicht einfach verschwunden. Er hat einen Haufen Geld von anderen Leuten mitgenommen.«

»Geld von anderen Leuten?« Alvarez, die die Fotos zurücklegen wollte, hielt mitten in der Bewegung inne. »Ein Betrüger?«

»Bingo. Du hast es kapiert. Schau dir das an.« Sie reichte Alvarez mehrere Ausdrucke von Zeitungsartikeln sowie Berichte über eine frühere Ermittlung unter Beteiligung des SEC.
Selena stellte ihre Tasse auf Pescolis Schreibtisch ab und überflog die Artikel. »Also hat Caruso seine Frau mit einem gehörigen Päckchen zurückgelassen.«
»Einem Päckchen, das leer war. Soweit man weiß. Damals gab es keinerlei Hinweise darauf, dass sie Geld hatte. Und er hatte eine halbe Million Dollar an sich gebracht, damals vor zehn Jahren.«
Alvarez betrachtete die Fotos noch einmal. Dieser Typ mit der alten Kappe? Der sollte mit fünfhunderttausend Riesen durchgebrannt sein? »Keines der anderen Opfer hat in seiner Vergangenheit etwas Vergleichbares aufzuweisen.«
»Noch eine Abweichung.« Pescoli lehnte sich auf ihrem Stuhl zurück und tippte mit dem Daumen auf den rechten Ringfinger. »Jillian Rivers ist das Opfer, das aus der üblichen Vorgehensweise herausfällt. Die kleine Lichtung im Wald und der einzelne Baum dort, an den sie nackt gefesselt war – das stimmte mit den anderen überein. Aber das ist auch schon so ziemlich alles. Die Botschaft fehlte, der Stern über ihrem Kopf sah anders aus, ebenso das Seil, mit dem sie gefesselt war. Der Täter hatte eine kleinere Schuhgröße, ein weiterer Unterschied besteht darin, dass er sie getragen hat, statt sie barfuß durch den Wald zu treiben. Hier handelt es sich nicht um eine Weiterentwicklung der Vorgehensweise. Es ist eine völlig andere Tat.«
Sie sah Alvarez an und kniff leicht die Augen zusammen, während sie nachdachte. »Ich möchte wetten, derjenige, der Jillian Rivers tot sehen will, hat versucht, uns auf eine falsche Spur zu locken. Er ist der Trittbrettfahrer.«
»Also brauchen wir ein Motiv«, dachte Alvarez laut.
»Genau. Wir sollten herausfinden, wer erbt, falls Ms. Rivers ein vorzeitiges Ende findet. Wahrscheinlich hat sie Vermögens-

werte. Eine Lebensversicherung. Bankkonten. Rentenversicherung. Grundbesitz. Was auch immer. Mal sehen, ob sie ein Testament gemacht hat. Kinder hat sie nicht, oder?«
»Nur eine Mutter und eine Schwester mit ein paar Kindern.«
»Und einen Ex, der Anwalt ist, in diesem Bundesstaat lebt und vielleicht ihr Testament abgefasst hat, als sie noch verheiratet waren. Falls sie es nicht geändert hat, könnte er der Erbe sein. Vielleicht hat er irgendwie Wind davon bekommen, dass sie es ändern wollte?«
»Ein gewaltiger Gedankensprung«, bemerkte Alvarez. »Nur weil er ihr Ex ist …«
»Je nun, meines Erachtens ist nur ein toter Ex-Mann ein guter Ex-Mann.«
»Und die anderen Opfer?«
Pescoli furchte die Stirn. »Das ist ja das Problem. Nina Salvadore hatte eine kleine Lebensversicherung; Begünstigter war ihr Kind. Theresa Kelper und Mandy Ito hatten keine Versicherung, und ihr Grundbesitz ist, soviel wir wissen, nicht viel wert. Beide hatten kein eigenes Haus, ihre Fahrzeuge sind Schrott. Theresa Kelpers Ford Eclipse ist nicht mehr viel wert, und Mandy Ito hatte noch eine Menge an ihrem Prius abzuzahlen, also wird die Bank das Darlehen mit Hilfe der Versicherungssumme ablösen. Beide Frauen hatten kein Testament gemacht, also erbt Kelpers Mann alles, was sie hatte, und Mandy Itos Vermögen, sofern vorhanden, geht an ihre Eltern.«
»Ein Fahrzeug fehlt uns immer noch.«
Pescoli nickte. »Aber ich möchte wetten, wenn wir es finden, ist es vollständig ausgeräumt. Wie die anderen.«
»Und sämtliche Erben sind gramgebeugt?«
»Ganz recht. Wenn ich noch einen Anruf von Lyle Wilson bekomme, schreie ich.«
»Wilson? Theresa Kelpers Bruder?«

»Er glaubt offenbar, je öfter er anruft, desto schneller fassen wir den Mörder. Als ob wir auf der faulen Haut lägen, wenn er uns nicht antreiben würde.«
»Er fühlt sich hilflos und weiß nicht, was er tun soll.«
»Tja, er soll sich zurückhalten, zumindest das kann er tun.«
»Hast du ihm das gesagt?« Alvarez trank einen großen Schluck Tee. Die heiße Flüssigkeit linderte die Halsschmerzen.
»Nicht wörtlich, nein. Aber er hat kapiert.«
»Darauf möchte ich wetten.« Alvarez hustete und hätte beinahe den Tee überschwappen lassen.
»Hey, bist du etwa krank?«
»Nein. Vielleicht kündigt sich eine Erkältung an.«
»Die musst du im Keim ersticken.« Sie öffnete eine Schublade mit einer Sammlung von rezeptfreien Medikamenten. »Ich habe alles, was du brauchst … Nimm etwas von dem Zeug, das nicht müde macht.« Sie suchte eine Packung Hustentabletten und ein Röhrchen Ibuprofen heraus.
»Das ist ja wie in einer Apotheke«, sagte Alvarez.
»Ja, ich weiß, aber ich kann es mir einfach nicht leisten, krank zu werden.« Sie warf Alvarez die Medikamente zu, die sie auffing, ohne ihren Tee zu verschütten. »Und du auch nicht.« Sie sah auf ihre Uhr. »Mach dich bereit, in einer halben Stunde haben wir eine Konferenz. Die Telefonleitungen im Gruppenraum laufen heiß, das FBI geht eigene Wege, und Grayson muss eine Presseerklärung abgeben.«
»Na dann viel Spaß«, brummte Alvarez, entnahm der Tablettenpackung eine Blisterfolie und drückte eine Pille heraus. Gewöhnlich hielt sie nicht viel von rezeptfreien Medikamenten, aber heute war sie bereit, sich auf alles einzulassen.
»Spaß?« Pescoli streifte ihre Partnerin mit einem Blick. »Du solltest wirklich öfter mal ausgehen.«

25. KAPITEL

Jillian benötigte fast zwei Stunden, um ihre Entlassung aus dem Krankenhaus durchzusetzen.

Dr. Haas, groß, spindeldürr, mit kurzem silbrigen Haar und tiefen Krähenfüßen in den Augenwinkeln, versuchte, sie davon zu überzeugen, dass ihr Organismus mehr Zeit zur Erholung brauchte, doch sie wollte nichts davon hören.

»Gut.« Der Arzt gab schließlich mit verkniffenen Lippen und geblähten Nasenflügeln nach, wenn auch widerwillig, während MacGregor gleichmütig wartete, die jeansbekleidete Hüfte an die Kante des Waschtischunterschranks gelehnt. »Ich kann Sie nicht aufhalten.« Haas gab ihr ein Rezept und unterschrieb ihre Entlassungspapiere. Mit einem letzten missbilligenden Blick fegte er aus dem Raum, und Jillian humpelte ins Bad und zog unter einigen Mühen die Kleidungsstücke an, die die Leute vom Büro des Sheriffs ihr dagelassen hatten. Mit der Auswahl der Schuhe gab es ein Problem, da kein einziger über den verbundenen Knöchel passte, aber ihre Bootcut-Jeans waren ein Gottesgeschenk.

»Ich weiß nicht, wie du es anstellen willst, auf Krücken deinen toten Mann zu finden und vor einem Mörder zu fliehen«, bemerkte MacGregor.

»Auf einer Krücke«, berichtigte sie ihn, »und vergiss nicht, ich habe doch dich, oder?«

Er neigte den Kopf. »Ich fürchte, ich bin genauso interessiert an dieser Sache wie du. Das Büro des Sheriffs und das FBI haben mich freigelassen, doch das bedeutet nicht, dass sie in mir nicht immer noch einen Verdächtigen sehen.«

»Und du hast auch keine Lust, tatenlos herumzusitzen und zu warten, bis sie den Kerl schnappen.«

»Nein.« Seine Miene war finster. »Ganz gleich, wer er ist, er hat auch mich in die Falle gelockt. Hat auf meinen Hund geschossen. Dich zum Sterben im Wald zurückgelassen. Die Polizei auf meine Spur gesetzt. Nein, Jillian, ich verlasse mich nicht auf die Polizei. Die hätte mir diese Geschichte nur zu gern in die Schuhe geschoben, und ich wäre nicht der Erste gewesen, der unschuldig eingebuchtet wird.«

Sie wusste, dass er an seine Haftzeit in Colorado dachte. »Schön, dann nichts wie raus hier. Ich finde, wir sollten in Missoula anfangen, weil die Umschläge, die man mir geschickt hat, dort abgestempelt sind. Dahin wollte ich sowieso.«

»Hast du ein bestimmtes Ziel?«

»Tja, ich wollte mit Mason, meinem Ex-Mann, anfangen. Er ist der einzige Mensch dort, den ich kenne, ich meine, der einzige, der vielleicht ein Hühnchen mit mir zu rupfen hätte.«

Jillian hielt inne. Irgendetwas war faul an dieser Missoula-Idee. Sie konnte es nicht benennen, aber irgendetwas, was sie nicht recht greifen konnte, regte sich in ihrem Unterbewusstsein, ein Gefühl, dass Missoula in Montana das falsche Ziel war. Eine Falle sogar.

Doch das Gefühl verflüchtigte sich gleich wieder, ein vager Gedanke, der ihr entschlüpfte.

MacGregor schien es zu spüren. »Was?«

»Nichts, nur ... Ich weiß nicht. Missoula erscheint mir irgendwie nicht richtig. Als ob derjenige, der mir die Fotos geschickt hat, *wollte,* dass ich dorthin fuhr. Ich wusste es schon, bevor ich aus Seattle aufbrach, aber ich konnte nicht anders. Ich habe das Gefühl, dass wir ihm in die Hände spielen, wenn wir nach Missoula fahren.«

Stirnrunzelnd ging MacGregor zum Fenster und blickte nach

draußen, wo der Schnee teilweise in der Sonne zu schmelzen begann. »Hast du noch andere Ideen?«
Sie schüttelte den Kopf. »Eigentlich nicht.«
»Dann lass uns erst einmal irgendwohin gehen, wo wir unter uns sind. Unsere nächsten Schritte planen, ohne dass jemand mithört. Irgendwo außerhalb der Stadt.«
»Und Harley?«
»Wir fahren zuerst zur Tierklinik. Ich habe Jordan bereits angerufen.«
»Jordan?«
»Die Tierärztin.« Er griff nach Jillians Reisekoffer. »Sie ist eine Freundin.«
»Eine gute Freundin?«, fragte sie, mehr als nur neugierig. Etwas in seiner Stimme weckte einen gewissen Neid in ihr.
Er sah sie über die Schulter hinweg an, als er ihr die Tür offen hielt. »Eine sehr gute«, antwortete er, und sie hinkte an ihrer Krücke an ihm vorbei. »Muss ich eifersüchtig sein?«
Ein Lächeln erschien auf seinem Gesicht. »Sehr.«

Zum ersten Mal seit der Begegnung mit den beiden FBI-Agenten begriff Alvarez Craig Haldens Rolle in seiner Partnerschaft mit Stephanie Chandler. Gewöhnlich war er es zufrieden, seiner Partnerin das Reden zu überlassen, hielt sich im Hintergrund, ließ ein paar Bemerkungen fallen, blieb weitgehend in der Rolle des unbeteiligten Zuschauers. Ein prima Kerl, ein Junge vom Lande, der seinen Beruf leichtnahm. Aber weit gefehlt.
Heute stand Halden im Rampenlicht, und seine liebenswürdige Art machte einem neuen, kaltschnäuzigen Agenten Platz, der die Ermittlungen beschleunigte. Nicht, dass Stephanie Chandler in den Hintergrund trat; das war nicht ihr Stil. Doch an diesem Tag, als unter den Nachrichtenmenschen und in der Öffentlichkeit die Hölle losbrach und sich der Verdacht gegen

Zane MacGregor, den einzigen ernstzunehmenden Verdächtigen, zerschlagen hatte, blühte Halden auf.
Er stand am Kopf des Tisches im Gruppenraum und brachte alle auf Trab. Das FBI war ebenfalls überzeugt davon, dass MacGregor nicht der Gesuchte war, dass Jillian Rivers' Entführung einen persönlichen Angriff gegen sie darstellte, dass irgendwer den Sternmörder als Tarnung benutzte. Der Psychopath, den sie suchten, war ein durchorganisierter systematischer Serienmörder. Die Fehler, die am Schauplatz des beabsichtigten Mords an Jillian aufgetreten waren, wären ihm nicht unterlaufen.
Demnach hatten sie es jetzt mit zwei Mördern und zwei Fällen zu tun, und im Augenblick mussten sie sich auf Jillian Rivers konzentrieren.
Halden und Chandler hatten sich mit der Theorie beschäftigt, ob Aaron Caruso, ein Betrüger erster Klasse, der Investoren um ihre Ersparnisse gebracht hatte, womöglich noch lebte, doch auch dafür lagen keinerlei Beweise vor. Die Fotos, E-Mails und Nachrichten in der Mailbox des Handys hatten unter Umständen nur dazu gedient, Jillian Rivers nach Montana zu locken.
Das Problem war nur, dass Ms. Rivers, abgesehen von ihrem Ex-Mann Mason Rivers, offenbar keine Feinde hatte.
»Vielleicht jemand, der sauer ist, weil er seinen Notgroschen verloren hat«, schlug Watershed vor. Chandler furchte die Stirn. »Zehn Jahre einen Groll zu hegen, das ist eine lange Zeit.«
»Nicht, wenn einer das Geld braucht«, wandte Pescoli ein. Sie saß am Tisch zwischen Watershed und Alvarez, während die Agenten vor den Landkarten und Fotos der Opfer auf und ab gingen.
»Aber Mord?«, fragte Chandler. »Ein ausgeklügelter Mord?«
»Mag sein, dass der Kerl auf eine günstige Gelegenheit gewartet hat, und dann tritt plötzlich dieser Sternmörder in Erschei-

nung, und er denkt, jetzt wäre seine Stunde gekommen.« Watershed sah Grayson wie um Unterstützung bittend an.
Grayson verzog das Gesicht und rieb sich das Kinn. »Wir sollten die Opfer von Carusos Betrug überprüfen, sehen, ob jemand hier in der Gegend oder im Umkreis von hundert Meilen lebt.«
»Das übernehme ich«, bot Zoller an. Ausnahmsweise hatte sie keinen Telefondienst und saß nun an einem Ende des langen Tisches.
»Gut.«
»Aber das ist nur die eine Seite der Gleichung.« Halden tippte mit dem Finger auf die Karte der Umgebung, auf die Stelle in der Nähe von MacGregors Hütte, wo Jillian Rivers gefunden worden war. »Falls unser Trittbrettfahrer es aus einem bestimmten Grund auf Ms. Rivers abgesehen hat, wird er sonst niemanden mehr ermorden.«
»Nein, er wird wieder hinter ihr her sein«, sagte Alvarez. »Zweimal ist es schiefgegangen. Er wird nicht aufgeben.«
Halden nickte. »Aber der andere Kerl, der gibt auch nicht auf, und er wird sich neue Opfer suchen, falls er nicht schon welche auf Vorrat hält. Haben wir überprüft, ob in der näheren Umgebung jemand vermisst wird?«
Alvarez antwortete: »In einem Umkreis von hundert Meilen. Da er Rassenschranken überschreitet, habe ich die Suche lediglich auf Frauen zwischen zwanzig und vierzig Jahren eingeschränkt, die im letzten Monat vermisst gemeldet wurden.« Sie ging zu der Karte an der Wand. »Die Schüsse erfolgten jeweils in einem Abstand von zehn Meilen voneinander, deshalb habe ich versucht, die Suche weiterhin auf Frauen zu beschränken, von denen bekannt ist oder deren Familien zumindest annahmen, dass sie durch diese Gegend fuhren.« Sie legte die fünf Berichte einschließlich der Führerscheinfotos auf den Tisch. »Jede Einzelne, alle oder keine könnte unser nächstes Opfer sein.«

»Oh, das ist scheußlich«, sagte Pescoli mit einem Blick auf die Bilder, und Alvarez pflichtete ihr bei. Die Vorstellung, dass eine oder mehrere von diesen Frauen bereits im Unterschlupf des Mörders gefangen gehalten, gefesselt und womöglich gequält wurden, bestürzte sie zutiefst.

»Wir müssen den Kerl identifizieren«, sagte Chandler und schritt an den Bildern entlang. Ihr Gesicht war hart und entschlossen, und so dünn, wie sie ohnehin schon war, sah sie doch aus, als hätte sie seit ihrer Ankunft in Grizzly Falls noch mehr abgenommen. »Hat jemand schon mit der Unbekannten im Krankenhaus sprechen können?«

»Nein«, antwortete Zoller. »Sie ist immer noch bewusstlos, aber wir haben sie als Donna Estes identifiziert. Neunundzwanzig, Sekretärin in einer Versicherungsgesellschaft, geschieden, keine Kinder. Wohnte mit einer Zimmergefährtin in Butte. Ein Chevrolet Impala, ebenfalls vermisst, ist auf Donnas Namen registriert.«

Cort Brewster fügte hinzu: »Und sie ist das einzige überlebende Opfer, die einzige Person, die dieses Schwein identifizieren könnte.«

Der Sheriff nickte. »Jemand muss nach Missoula fahren und zur Stelle sein, wenn sie aufwacht.«

»Falls sie aufwacht.« Brewster erhob sich, schob die Hände in die Taschen und schüttelte den Kopf. Pescolis Blick wich er unübersehbar aus, und sie schien ihn ebenfalls zu ignorieren. Alvarez konnte es ihr nicht verübeln; sie hatten Wichtigeres zu bedenken. Die Bilder der vermissten Frauen, sämtlich potenzielle Opfer dieses Verrückten, gingen ihr unter die Haut. Hockten einige von ihnen in diesem Moment in einer fensterlosen Höhle, als Sklavinnen missbraucht oder …?

Aber nicht als Sex-Sklavinnen. Keine der Leichen wies Spuren von Vaginaltrauma oder Geschlechtsverkehr auf. Was für ein Spiel trieb dieser Wahnsinnige?

»Das hier ist alles, was wir haben«, sagte Halden. »Ich habe daran gearbeitet.« Er legte Seite um Seite mit den an den Tatorten hinterlassenen Sternen vor, sämtlich auf hauchdünnem Seidenpapier. »Wenn Sie genau hinschauen, stimmen sie damit überein ...« Er zog ein weiteres, dickeres Blatt Papier aus seiner Aktentasche, strich es glatt und legte den Stapel der Stern-Zeichnungen darüber. Alle Sterne bis auf einen passten perfekt aufeinander. »Das hier ist der Stern, den wir bei Jillian Rivers gefunden haben. Er hat nicht nur eine abweichende Form, sondern passt auch nicht in die Konstellation.«
»Welche Konstellation?«, fragte Pescoli.
»Orion.« Alvarez erkannte den vertrauten Umriss. »Der Jäger.« Sie sah, wie Pescoli sich versteifte. »Er hält sich für einen Jäger? Schießt Reifen entzwei und behält seine Opfer bei sich, bis er sie im Wald aussetzt?«
»Vielleicht ...?« Alvarez sah Halden an. »Wenn es hier um Jagen und Töten geht, warum erschießt er sie nicht einfach, wenn sich die Gelegenheit ergibt?«
»Wenn wir die Buchstaben umsortieren, sagen sie dann etwas über Jagen oder Orion aus?«, regte Alvarez an. Halden legte eine Kopie der Botschaft auf den Tisch. Die großen Blockbuchstaben waren für alle erkennbar.

M ID T DE SK   N Z

»Noch nicht«, sagte er. »Das Büro arbeitet noch daran.«
Halden referierte noch eine Weile über die Sterne und die Buchstaben, und die FBI-Agenten erklärten sich bereit, nach Missoula zu fahren und mit Donna Estes' Ärzten und Verwandten zu reden. Alle hofften darauf, dass sie aufwachte und die Identifizierung des Mörders erleichtere. Als die Konferenz beendet war, verließ Alvarez den Raum mit dem Gefühl, dass sie der Ver-

haftung des Mörders seit dem Fund von Theresa Kelpers Leiche vor Monaten wieder keinen Schritt näher gekommen waren.
Joelle kam ihr mit einem Teller zuckergussverzierter Plätzchen entgegen: fröhliche Weihnachtsmanngesichter, Schneemänner mit Rosinenaugen, Stechpalmenkränze mit glänzend grünem Guss und kleinen roten Herzchen, die aussahen wie Beeren.
»Ich dachte, wir alle könnten eine kleine Aufheiterung brauchen«, sagte sie.
»Danke«, antwortete Alvarez und nahm sich ein Rentier mit roter Herzchennase, die viel zu groß war für seinen kleinen Kopf. Der arme Rudolph sah aus, als benötige er dringend eine plastische Nasenoperation. Schlimmer noch, das Plätzchen zerbröselte einfach zwischen den Fingern.
Joelle bemerkte es nicht. Sie bot den Polizisten, die aus dem Raum kamen, den Teller an, dann schritt sie wichtigtuerisch den Flur entlang, ging mit klickenden Absätzen und schaukelnden Ohrringen in die Küche, wo sie Kaffee aufbrühte und den Teller mit den selbstgebackenen Plätzchen auf dem Tisch zurückließ.
»Fröhliche Weihnachten«, wünschte sie allen, bevor sie zur Eingangstür hinauseilte und sich durch die Schar der Reporter auf der Treppe drängte. Joelle gehörte nicht zum Team der Ermittler, daher erwartete man auch nicht von ihr, dass sie an ihren freien Tagen arbeitete.
»Was für eine Marke«, flüsterte Pescoli und biss einem Weihnachtsmann die Mütze ab.
»Sie will einfach nur für gute Laune sorgen.«
»Während der Ermittlungen in einem Serienmordfall?« Pescoli schüttelte den Kopf und ging zurück an ihren Schreibtisch.
»Sie meint es gut«, bemerkte Alvarez.
»Hast du dich mal gefragt, warum man das sagt? Sie *meint* es gut? Es impliziert, dass die betreffende Person unhöflich, ich-

bezogen oder schlicht und ergreifend ahnungslos ist, was vor sich geht, und ich bin nicht einmal sicher, ob unsere Joelle es gut meint. Ich glaube, es ist nur Theater, und tief im Inneren ist sie eine ganz gemeine Zicke.«

Alvarez zog die Brauen hoch. »Du bist wohl mit dem falschen Fuß ... Ach ja, entschuldige.« Natürlich war Pescoli gereizt. Sie hatte eine schreckliche Nacht wegen ihres Jungen hinter sich.

»Ich schätze, ich habe jetzt einen schicksalsschweren Termin«, sagte Pescoli, und Alvarez sah zu, wie ihre Partnerin ihr Plätzchen aufaß, sichtlich die Schultern straffte und entschlossen Cort Brewsters Büro zustrebte.

Der Sturm hatte ein wenig nachgelassen. MacGregor saß am Steuer eines von einem Freund ausgeliehenen Pick-ups, Jillian auf dem Beifahrersitz. Die Straßen waren geräumt, der Pick-up kam dank des spärlichen Verkehrs gut voran.

Ausnahmsweise drangen Sonnenstrahlen durch die verbleibenden Wolken, und Jillian fühlte sich so gut wie seit Tagen nicht mehr. Es war weit über eine Woche vergangen, seit sie in MacGregors Hütte aufgewacht war, und seitdem war sie ständig außer Gefecht gesetzt gewesen und hatte der Pflege bedurft.

Heute jedoch, dachte sie, während die breiten Reifen des Pick-ups übers nasse Pflaster surrten, heute hatte sie das Gefühl, ihr Schicksal endlich wieder selbst bestimmen zu können.

Nun ja ... gewissermaßen. Sie plagte sich immer noch mit Rippenprellungen und einem verstauchten Knöchel herum, und die Schmerztabletten, die sie nahm, linderten nicht nur die Schmerzen, sondern wirkten auch leicht betäubend.

Aber das war ihr gleich. Endlich war sie frei.

Bei voll aufgedrehter Heizung und einem Country-Western-Sender im Radio, der Weihnachtsklassiker aus der Versenkung holte, war MacGregor direkt vom Klinikeingang aus, wo ein paar Reporter ihm eine Stellungnahme entlocken wollten, zur Tierklinik ein paar Meilen entfernt gefahren. Er parkte in einer Gasse neben einem zerbeulten Müllcontainer, der mehr als nur eine Konfrontation mit einem Auto überlebt hatte.

Zum Glück waren sie kein so großer Fisch für die Presse, dass sie sie hätten jagen müssen. Mit MacGregors Hilfe und ihrer Krücke humpelte sie den schneebedeckten Pflasterweg entlang einer Reihe starrer Lebensbäume bis zur Hintertür, wo MacGregor kräftig anklopfte. »Sie tut mir damit einen Gefallen«, erklärte er. »Die Tierklinik ist offiziell geschlossen.«

»Einen Gefallen?«

»Mhm.« Die Tür wurde geöffnet, und eine zierliche Frau, die wohl kaum mehr als fünfzig Kilo wog, bat sie ins Haus, wo ein schwacher Geruch nach Tieren und Urin in der Luft hing, überdeckt von Antiseptika und Reiniger mit Fichtennadelduft. Neonlampen beleuchteten Zimmer und Flure, weiß gestrichen und mit weißen Böden. MacGregor stellte die Frauen einander vor, und Jordan Eagle schüttelte Jillian kräftig die Hand. »Sie sind die Frau, die die Attacke überlebt hat«, sagte sie mit abschätzendem Blick. Auch ohne Make-up war sie sehr schön, mit glatter, kupferfarbener Haut, dicht und schwarz bewimperten Augen und perfekten Augenbrauen. Sie hatte hohe Wangenknochen, die Nase war schmal und gerade. Zwischen vollen Lippen zeigten sich weiße Zähne, ein klein wenig unregelmäßig, was ihr Gesicht noch interessanter machte. »Sie haben Glück gehabt«, bemerkte sie.

»Dank MacGregor.«

Jordans Blick wanderte zu Zane. »Ich habe davon gehört. Und jetzt bist du ein Held?« Er schnaubte verächtlich und bedachte Jillian mit einem Blick, der ihr Schweigen gebot. »Wohl kaum.« Sie nahm den Wink mit dem Zaunpfahl nicht an. »Er hat mir das Leben gerettet«, sagte Jillian mit tonloser Stimme. »Zwei-

mal.« Sie wollte, dass ganz Pinewood County und Umgebung die Tatsachen erfuhren, nicht die verzerrte Wahrheit, die wahrscheinlich Futter für den Klatsch der Ortsansässigen war. Nicht die verdrehten Fakten, mit denen das Büro des Sheriffs einen Fall gegen MacGregor aufbauen wollte.
Jordan zog eine Braue hoch. »Na, so was, MacGregor. Ich wusste schon immer, was in dir steckt.« Er trat verlegen von einem Fuß auf den anderen. »Wie geht es Harley?«
»Etwas benommen, aber sonst gut. Ich habe sein Bein retten können, aber vermutlich wird er es kaum benutzen. Höchstens, um das Gleichgewicht zu halten. Aber wenn er läuft, zieht er es wahrscheinlich hoch und galoppiert auf drei Beinen.« Sie warf MacGregor einen Blick zu. »Er wird gesund. Keine Sorge. Den Kaninchen wird er noch genauso zusetzen wie vorher.«
»Was auch nicht der Rede wert war«, sagte MacGregor. »Er ist ein guter Jäger, wüsste aber nicht, was er mit einem Kaninchen anfangen sollte, wenn er mal eins erwischte.«
Sie lachte, und in den Augenwinkeln bildeten sich feine Fältchen. Sie war gebräunt, schlank und trug das schwarze Haar zu einem Pferdeschwanz gebunden, der ihr bis auf den halben Rücken reichte. Wie sie einen achtzig Pfund schweren Deutschen Schäferhund oder eine verängstigte Stute beim Fohlen bezwingen konnte, war Jillian ein Rätsel. Trotzdem machte die Tierärztin Jordan Eagle einen überaus tüchtigen Eindruck.
»Hier ist er.« Sie führte sie einen gut beleuchteten Flur entlang zu einem Untersuchungsraum, dann öffnete sie eine Tür zu einem geräumigeren Bereich, wo Harley in einem großen Käfig lag. Mit trüben Augen blickte er durch die Gitterstäbe, doch Jillian hörte, dass er ein paar Mal mit dem Schwanz über den Boden fuhr.
»Hey, Freundchen«, sagte MacGregor und öffnete die Käfigtür, um seinen Hund zu streicheln. Harley hechelte mit hän-

gender Zunge und wedelte kurz noch energischer mit dem Schwanz. »Kümmert sich die Frau Doktor gut um dich?«
Jillian war sehr gerührt. Wenngleich sie und der Spaniel einander zunächst mit Misstrauen begegnet waren, war ihr dieser Hund inzwischen doch ans Herz gewachsen, und es tat ihr furchtbar leid, dass er ihretwegen angeschossen worden war.
»Wie gesagt, er wird gesund. Er ist ein verflixt zäher Bursche«, sagte Jordan, als Jillian sich herabbeugte, um dem Hund den Kopf zu kraulen. Harley schaffte es sogar, für sie mit dem Schwanz zu wedeln, was sie ihre Schuldgefühle noch deutlicher empfinden ließ.
»Du gibst also auf ihn acht?«, fragte MacGregor.
»Ganz bestimmt.«
Jillian verspürte leise Eifersucht angesichts der Vertrautheit der beiden. Es war lächerlich, aber sie konnte sich nicht dagegen wehren.
»Ich rufe an und sehe wieder nach ihm.«
»Wohin willst du?«, fragte Jordan und warf Jillian einen Blick zu, als würde ihr plötzlich bewusst, dass zwischen dieser Frau mit der Krücke und MacGregor womöglich mehr als Freundschaft bestünde.
»Bin noch nicht sicher, aber ich melde mich.«
»Das höre ich nicht zum ersten Mal.«
»Im Ernst, ich melde mich.«
Jordan blieb unter der Tür stehen. »Das will ich dir raten, sonst behalte ich Harley als Geisel.« MacGregor lächelte und half Jillian in den Pick-up. »Ja, klar. Als ob du ihn haben wolltest«, sagte er und ging zur Fahrerseite. »Danke, Jordan.«
»Gern geschehen.« Sie lächelte ihn versonnen an.
»Sie ist in dich verliebt«, sagte Jillian, als MacGregor den Rückwärtsgang einlegte und die Tierärztin in der Klinik verschwand.

»Glaube ich nicht.«
»Quatsch. Du weißt es so gut wie ich.«
»Sie ist verheiratet.«
»Darum geht es nicht. Hast du eine Affäre mit ihr?«
»Nein.« Er steuerte den Pick-up auf die Straße hinaus, wo sich das Sonnenlicht auf dem nassen Pflaster spiegelte.
»Aber du hattest eine.«
»Vor langer Zeit.« Er blinzelte gegen die grelle Sonne. »Schau ins Handschuhfach. Sieh nach, ob du dort eine Sonnenbrille findest.«
»Und was ist passiert?« Sie kramte in losen Papieren und alten Lappen und dem Handbuch für den Pick-up. »Nichts.« MacGregor griff hinter die Sonnenblende und fand die Brille. »Kannst du sie bitte putzen?«
»Klar.« Sie rieb die verstaubten Gläser mit dem Saum ihres Pullovers. »Also, was ist passiert? Mit der Tierarztlady?«
»Tierarztlady. Das würde ihr gefallen. Es nahm seinen Lauf. Sie wollte mehr, als ich zu geben bereit war, und dann hat sie einen anderen gefunden.«
»So einfach.«
Ein Grübchen erschien in seiner Wange, als er ironisch und ein wenig bedauernd lächelte. »Tja, so einfach ist das nicht, aber ich schätze, das weißt du selbst. Schließlich warst du schon zweimal verheiratet.«
Jillian hätte gern noch mehr Fragen gestellt, doch er wehrte sie erfolgreich ab. Er zog sie auf und verlangte gleichzeitig, dass sie das Thema ruhen ließ. Seine Vergangenheit gehörte ihm. Hatte nichts mit ihr zu tun. Und doch ... Sie setzte sich bequemer auf der Sitzbank zurecht und blickte aus der Frontscheibe, die anscheinend seit der Jahrtausendwende nicht gereinigt worden war. Das Glas war fleckig, staubig, hatte Streifen von den Scheibenwischern und einen Riss am unteren Rand.

»Wohin fahren wir?«, fragte sie.
»Ich dachte an Spruce Creek.« Er fuhr aus der Stadt heraus. Die niedrigen Gebäude von Mini-Märkten flogen vorbei. »Dort hast du dir Kaffee geholt, nicht wahr? In einem Lokal namens Chocolate Moose Café?«
Sie nickte. »Ich kann mich kaum noch daran erinnern, aber ich glaube, ja. Woher weißt du das?«
»Weil die Detectives mich gefragt haben, ob ich dort war und das Café kenne. Ob ich dort Kaffee getrunken habe, Stammkunde war. Warum, das haben sie mir nicht erklärt, aber es musste mit dir zusammenhängen, und da der Ort an der Strecke von Seattle nach September Creek liegt, wo dein Auto gefunden wurde, dachte ich mir, dass du dort gewesen sein musst.«
»Und du meinst, der Mörder war womöglich auch dort?«, fragte sie, während er einen langsam fahrenden Schwertransporter überholte, der Autowracks transportierte.
»Es bietet sich doch an, dort anzufangen, meinst du nicht?«
Ehrlich gesagt, ich weiß nicht, was ich denken soll. Ich bin kein Detective und kein Ermittler, aber ich sehe auch keinen Grund, untätig hier herumzusitzen.«
»Ganz meine Meinung.«
»Okay«, sagte sie. Er beschleunigte, und die Stadtstraße ging in eine kurvenreiche, von verschneiten Bäumen gesäumte Bergstraße über. Sie hatte nie ein Abenteuer gescheut, hatte sich immer gern jeder Prüfung gestellt, doch ohne einen vernünftigen Plan zu einem unbekannten Ziel aufzubrechen, mit einem Mann, den sie mal fürchtete, mal aufregend fand, erschien ihr ein bisschen verrückt. Nein, ziemlich verrückt.
Leider war sie auf dem besten Wege, sich in diesen Mann zu verlieben. Und das war, wie sie wohl wusste, ein Problem.

26. KAPITEL

»Nun, was gibt's, Detective?«
Cort Brewster saß an seinem Schreibtisch, vor sich einen Stapel Papiere, in der Hand einen Kuli. Er sah auf, als Pescoli eintrat, und seine Miene versteinerte sich.
»Ich finde, wir sollten über gestern Abend reden. Über die Kinder.«
Er lehnte sich auf seinem Schreibtischstuhl zurück, so weit, dass er knarrte. Mit unvermindert finsterem Gesicht sagte er: »Bevor Sie alle möglichen Gründe, Erklärungen, Entschuldigungen oder was auch immer vom Stapel lassen, wollen wir eins klarstellen. Sie und ich, wir müssen zusammenarbeiten. Ganz gleich, was zwischen Ihrem Sohn und meiner Tochter passiert.«
Sie war schon ein wenig erleichtert, bis er anfing, seinen Kuli klicken zu lassen.
»Aber auch das entschuldigt nicht, was letzte Nacht geschehen ist, und Sie sollen auch wissen, dass ich Ihren Sohn für das alles verantwortlich mache.«
Na also.
»Er ist der Ältere, sollte es besser wissen und hat kein Recht, mein Mädchen auf so eine alkoholisierte Spritztour mitzunehmen.« Brewsters Ruhe verließ ihn jetzt vollständig, Röte stieg ihm ins Gesicht. »Sie ist erst fünfzehn, verflixt noch mal, und was mich betrifft, bringt Ihr Junge es zu nichts, gerät nur in Schwierigkeiten und auf die schiefe Bahn.«
»Sie geben Jeremy die alleinige Schuld«, sagte sie kalt.
»Ja, ich gebe ihm die Schuld. Die Kids hätten ums Leben kommen oder bleibende Schäden davontragen können. Sie und ich,

wir sehen doch jeden Tag, was passiert, wenn Alkohol, Kids und Autos zusammenkommen. Sogar Erwachsene! Sie haben Glück, dass gestern Nacht nicht mehr passiert ist, Pescoli.« Ruckartig erhob er sich und stand groß und wütend hinter dem Schreibtisch, einer knapp einen halben Meter breiten Barriere zwischen ihm und ihr. »Sie sagen Ihrem Bengel, dass ich das nicht dulde. Kapiert? Wenn meiner Kleinen etwas passiert, ziehe ich Ihren Sohn persönlich zur Verantwortung. Ich habe es ihr gesagt und sage es jetzt auch Ihnen, ich will, dass er sich von ihr fernhält.«
Pescoli sagte zunächst gar nichts. Natürlich hatte sie gewusst, dass Brewster sauer sein würde, auch, dass er Jeremy die Schuld geben würde, aber der Hass in seinem Blick ließ vermuten, dass er emotional zu aufgewühlt war, um vernünftig mit ihm reden zu können. Schließlich sagte sie: »Meinen Sie nicht, wir sollten das alles mit den Kindern zusammen besprechen?«
»Sind Sie verrückt? Nein. Ich habe ein Machtwort gesprochen und erwarte, dass Sie das ebenfalls tun.« Er presste die Lippen zusammen und beugte sich über den Schreibtisch hinweg zu ihr hin. »Sie und ich, wir sind verschieden. Wir erziehen unsere Kinder unterschiedlich. Ich bin Diakon in der Kirchengemeinde und seit zweiundzwanzig Jahren mit derselben Frau verheiratet. Ich halte mich an die Gesetze Gottes und der Regierung.«
»Ich auch«, sagte sie, doch das Glitzern in seinen Augen verriet ihr, dass er ihr nicht glaubte. »Hören Sie, Brewster, ich bin vielleicht keine Plätzchen backende Fußballer-Mama, aber ich bringe meinen Kindern bei, wie sie ihr Leben gestalten müssen.«
»Wie Ihres?«, fiel er ihr ins Wort.
Sie straffte sich, verstand, dass er auf ihr Liebesleben anspielte. »Das geht Sie nichts an, Cort, und wenn Sie sich einmischen, reiche ich eine Beschwerde ein. Ich bin in der Hoffnung hergekom-

men, vernünftig über ein gemeinsames Problem zu sprechen. Sicher ist Jeremy nicht schuldlos, ich möchte aber darauf hinweisen, dass niemand Heidi mit vorgehaltener Waffe ins Auto gezwungen und sie dann zum Trinken von Bier genötigt hat.«
»Ach, Sie haben den Verstand verloren, wenn Sie denken, dass ...«
»Dass was? Dass Ihr« – sie zeichnete Gänsefüßchen in die Luft – »›kleines Mädchen‹ eine Teilschuld trägt? Wie viele Kinder haben Sie, Cort? Vier, nicht wahr? Lauter perfekte Engelchen?«
Er sah aus, als wollte er aus der Haut fahren vor Wut. An seiner Schläfe pochte eine Ader, und Pescoli rechnete halb damit, dass ihn jeden Augenblick der Schlag treffen könnte, hier an seinem Schreibtisch. »Ihr Junge ist ein schwarzes Schaf, Pescoli. Das wissen wir beide. Er hat keine anständige Vaterfigur in seinem Leben, und so wie Sie ...«
»So wie ich was, Brewster?« Er klappte den Mund zu, und sie ballte die Hände zu Fäusten. »Ich dachte, wir könnten über den Vorfall reden. Verstehen Sie, einen Plan entwickeln, um alles wieder zurechtzurücken, die Kids anzuleiten, aber augenscheinlich ist das nicht möglich. Und Sie und ich, wir haben ein Problem, was uns beiden auch nicht guttut, da wir zusammenarbeiten.«
»Sie fallen so aus dem Rahmen.«
»Aus dem Rahmen«, wiederholte sie gedehnt und spürte, wie es ihr heiß in den Nacken stieg. Sie funkelten einander an, und schließlich sagte Pescoli gepresst: »Wir haben es hier in Pinewood County mit einem Geisteskranken zu tun, der, wie wir beide wissen, nicht aufhört zu morden, bis wir ihn gestellt haben. Deshalb sollten wir unseren persönlichen Groll lieber begraben und uns an die Arbeit machen. Sie kümmern sich um Ihre Tochter, ich um meinen Sohn.«

»Amen.«

Pescoli machte auf dem Absatz kehrt. Seine Andeutungen wurmten sie. Du Scheinheiliger, dachte sie. Wer weiß, welche Leichen Cort Brewster im Keller hat.

Die Frau muss sterben. Ich dachte, sie hätte nicht die geringste Chance gehabt zu überleben, aber sie lebt immer noch, auch wenn ihr Leben an einem seidenen Faden hängt. Das reicht, um mich zu beunruhigen.
Die Polizei und das FBI geben nicht auf, nicht, dass ich es erwartet hätte, aber ich darf nicht zulassen, dass dieser eine Fehler alles ruiniert. Ich habe noch so viel zu erledigen!
Also gehe ich ein Risiko ein. Adrenalin schießt mir ins Blut, während ich zum Restaurant fahre, die Hände, wie es sich gehört, am Steuer. Der Plan ist einfach. Dort angekommen, ziehe ich den Arztkittel an, lege gefärbte Kontaktlinsen ein, setze ein Toupet auf, stopfe meine Wangen aus und stecke Polster unter meine Kleidung. Ich habe ein falsches Gebiss, das man einfach über die eigenen Zähne schiebt. Ich besitze es schon seit Jahren – habe es vor langer Zeit in Kalifornien von einem Mann gekauft, der Kostüme für die Filmindustrie herstellte, bevor er seiner Drogensucht zum Opfer fiel. Er ist lange tot, aber seine Kostüme, einschließlich der zu großen Schuhe, die ich trage, sind immer noch Teil meines Verkleidungsarsenals.
Der Plan ist einfach: ins Krankenhaus schlüpfen, auf Estes' Station einen Notfall verursachen, und wenn dann ein Tumult entsteht, in ihr Zimmer schleichen und die lebenserhaltenden Apparate abstellen. Sie ist zu schwach für Wiederbelebungsversuche. Das habe ich zwischen den Zeilen in den Zeitungsartikeln gelesen. Ich darf das Risiko nicht eingehen, dass sie überlebt.
Ich muss sicherstellen, dass der Bulle, der sie bewachen soll, abgelenkt ist.

Falls er seinen Posten nicht verlässt, muss ich mich seiner entledigen, was ich lieber vermeiden möchte. Sein Tod ist nicht vorgesehen, er ist kein Auserwählter. Doch wenn alle Stricke reißen, tja, dann soll es sein.

Ich fahre zu einem Restaurant und ziehe mich in einer Toilettenkabine um. Das fällt niemandem bei Denny's auf, denn ich habe ein großzügiges Trinkgeld für mein Stück Weihnachtskirschkuchen und die Tasse Kaffee hinterlassen. Bis ich zur Tür hinaus bin, ist mein Tisch längst abgeräumt, und ein paar siebzigjährige Männer haben die Nische besetzt.

Gut.

Ich fahre bis auf zwei Häuserblocks an das Krankenhaus heran und gehe dann schnell hinein. Vor dem Eingang lungern ein paar Reporter herum, ein Kameramann raucht unter dem Vordach, aber ich komme unbemerkt an ihnen vorbei, und die Sicherheitsmaßnahmen scheinen trotz des Presserummels um diesen Fall erstaunlich lasch zu sein.

Zweifellos eine Entscheidung der Klinikverwaltung, um normale Zustände vorzutäuschen, die anderen Patienten nicht zu beunruhigen, besorgte Freunde und Verwandte zu beschwichtigen. Ich weiß bereits, auf welcher Station sie liegt; das habe ich beim Kaffeetrinken und Mittagessen in der Cafeteria aufgeschnappt. Dort trete ich jedes Mal sehr bekümmert auf, ein besorgter Gatte oder Freund. Ganz sicher hat die Überwachungskamera mein Bild aufgezeichnet, aber dank meines drogensüchtigen Kostümbildners bleibt meine Identität verborgen. Ich weiß auch, wo sich die Kameras befinden, und kann mein Gesicht vor der neugierigen Linse verbergen.

Heute suche ich den ersten Stock auf, den Westflügel. Jetzt wird es interessant. Ja, vor der Tür der Frau steht ein Wachtposten, und das Zimmer selbst ist außerdem mit dem Schwesternzimmer verbunden. Schwieriger, als ich es mir vorgestellt habe. Aber trotzdem noch einfach genug.

Ich schlendere in ein Zimmer in einem der Flure und entdecke eine alte Frau, an ein Beatmungsgerät angeschlossen, nach Luft schnappend. Ich trete näher, und während sie mich mit neugierigen, besorgten Augen anstarrt – diese Frau, unter Medikamenteneinfluss und nicht bei vollem Bewusstsein –, trenne ich sie von dem Gerät.

Bevor die Monitore reagieren können, haste ich den Flur entlang und stolpere beinahe über einen Pfleger, der einen Mann im Rollstuhl schiebt. »Entschuldigung«, knurre ich.

»Hey ...«, sagt der Pfleger, als ich um die Ecke biege, und dort im Flur stoße ich auf meine Rettung. Ohne zu zögern, löse ich den Brandalarm aus.

Einen Herzschlag später schrillen Sirenen und Feueralarm wie verrückt.

»Notfall!«

»Zimmer 212! Mrs. Bancroft!«

Ich höre die Panik und lächele, als alle losrennen. Ich schlüpfe in eine Putzkammer, ziehe den Kittel aus, lege die Perücke ab und stürze mich wieder ins Getümmel. Im jetzt folgenden Chaos arbeite ich rasch, schlüpfe in das plötzlich unbewachte Zimmer und sehe die Frau, die fast eine Woche lang meine Gefangene gewesen war. Dieser Teil meiner Mission ist nicht das, wofür ich lebe. Das eigentliche Töten hat nur wenig Bedeutung. Ihr Vertrauen zu gewinnen, Liebe zu wecken, zu wissen, dass sie sich mir hingeben wollen und ich das Angebot aber nicht annehmen würde – das reizt mich. Der ultimative Kick ist der Anblick der Verzweiflung und Angst in ihren Augen, wenn ihnen bewusst wird, dass ich kein potenzieller Liebhaber, sondern ihr endgültiges Verhängnis bin.

Das bloße Durchtrennen der Strippe hat also keinen Reiz für

mich. Aufregend ist es, andere in Panikstimmung zu versetzen, einen Tumult zu provozieren – das ist eine süße, saftige Droge, die ich mag.
Aber ich darf mich nicht lange damit aufhalten.
Ich werfe noch einen Blick auf die schwache, bewusstlos daliegende Frau und wünsche mir eine Sekunde lang, sie würde die Augen aufschlagen und mich sehen, wie ich ihr so ohne jeden Umstand das Leben nehme. Wenn ich dieses blitzartige Begreifen, dieses erste Einsetzen wahrer brutaler Angst doch noch erleben könnte. Aber es soll nicht sein. Und die Zeit läuft mir davon.
»Tut mir leid, Donna«, sage ich ohne Überzeugung, während das Beatmungsgerät Luft in ihre Lungen zwingt. »Träume süß.«
Mit einem raschen, harten Ruck ziehe ich den Stecker.
Und dann ist es vorbei.

Pescolis Miene konnte Alvarez entnehmen, dass das Gespräch ihrer Partnerin mit dem Undersheriff nicht gut gelaufen war. Regan hatte sich für den Rest des Vormittags hinter ihren Schreibtisch verkrochen, und erst Stunden später machte sie auf dem Rückweg von der Toilette vor Alvarez' Schreibtisch halt. »Glaubst du an diesen Quatsch von wegen Orion und Jäger?«, fragte Pescoli im Zugang zu Alvarez' Nische.
»Was Besseres haben wir nicht.«
»Und was ist mit den Buchstaben? Warum schreibt er nicht einfach ›Orion‹ oder ›Jäger‹? Wozu dieses Rätsel?«
»Weil es dem Kerl genau darum geht«, sagte Alvarez. Sie hatte ein paar Stunden Telefondienst geleistet, all ihre Notizen zu jedem Tatort und die Autopsieberichte durchgearbeitet und mit mehreren Familienmitgliedern der Opfer gesprochen, die in der Hoffnung, dass der Fall gelöst wäre, angerufen hatten und die Polizei drängten, das Monster, das die Gegend terrori-

sierte und ihre Tochter oder Schwester oder Nichte umgebracht hatte, endlich zu verhaften.

»Lass uns was essen gehen«, sagte Pescoli mit einem Seitenblick auf Brewsters Büro. Seit der Vormittagskonferenz war im Revier Ruhe eingekehrt, und während die Streifenpolizisten patrouillierten, waren einige von den Detectives lieber nach Hause gegangen, statt sich zu noch mehr Überstunden heranziehen zu lassen. Die Agenten Chandler und Halden hatten vor einer Stunde das Haus verlassen, doch der Sheriff und sein Hund hockten noch in seinem Büro, und auch Brewster verzichtete auf Kirchenpflichten und Familienleben, um am Puls der Ermittlungen zu bleiben.

»Gute Idee.«

Alvarez schnappte sich Jacke und Waffe und folgte ihrer Partnerin nach draußen. Wortlos stieg sie auf der Beifahrerseite des Jeeps ein. Pescoli startete den Motor und hatte schon den Gang eingelegt, bevor Alvarez die Tür schließen konnte.

»Bist du in Eile?«, fragte Selena.

»Da drinnen herrscht dicke Luft.« Pescoli warf im Rückspiegel einen Blick auf das Gebäude.

»Dicke Luft ist doch immer.«

»Tja.«

»Ich schätze, dein Gespräch mit Brewster war nicht angenehm.«

»Kommt drauf an. Ob du ziemlich übel meinst oder ganz übel. Such es dir aus. Zu Wild Wills?«

Alvarez brummte zustimmend.

Pescoli fuhr zu dem Restaurant, stellte den Wagen am Straßenrand ab, und gemeinsam betraten sie das Lokal, vorbei an Grizz, dem toten Bären, in seiner Engelsverkleidung, mit gefletschten Zähnen und ausgestreckten Krallen trotz Flügelchen und Heiligenschein. »Ist das zu fassen?«, fragte Pescoli, ging

jedoch weiter zum Speisebereich, wo die Kirchgänger sich nach dem Gottesdienst versammelt hatten. Sie fanden einen Tisch ziemlich weit hinten, zogen ihre Jacken aus, und Alvarez setzte sich so, dass sie den Eingang im Auge hatte. Aus den Lautsprechern trällerte eine Frauenstimme »Silver Bells«.
»Ist das Dolly Parton?«, fragte Pescoli.
»Nein.«
»Whitney Houston?«
»Nein«, versicherte Alvarez ihrer Partnerin, während die Melodie im Rasseln eines Geschirrwagens unterging.
»Bist du sicher?«
»Absolut.«
»Ist auch egal. Ich habe für dieses Jahr genug von Glöckchenklang, frohe Weihnachten und Engelsbotschaften.«
»Ach Quatsch«, sagte Alvarez. Kaffeeduft mischte sich mit Zimtaroma und dem würzigen Geruch von gebratenem Speck. Alvarez' Magen knurrte, und ihr wurde bewusst, wie hungrig sie war.
»Weißt du, ein Bier würde mir jetzt guttun. Oder vielleicht ein Schuss Jack Daniels auf Eis.« Pescoli sah müde aus. Ihre Augen waren rot und dunkel gerändert, ein Zeichen von zu vielen schlaflosen Nächten.
Alvarez winkte, doch als Sandi kam, hatte Pescoli es sich anders überlegt und bestellte eine Cola light, einen Hamburger und Fritten. »Leb doch mal ein bisschen«, riet sie Alvarez.
»Ich möchte lieber ein bisschen *länger* leben«, antwortete Alvarez und bestellte sich einen Salat aus Spinat, Apfel und Haselnüssen mit Brathähnchen anstelle von Speck und heißen Tee mit Zitrone anstelle von Alkohol.
»Kämpfst du immer noch mit deiner Erkältung?«, fragte Pescoli.
»Das wird schon.«

»Whiskey könnte helfen.«

»Kann nicht schaden.« Doch Selena blieb bei Tee und gab noch zusätzliche Zitronenspalten hinein, als Sandi die Getränke servierte.

Pescoli seufzte. »Weißt du, da wirst du schwanger und kommst mit einem Baby nach Hause, mit diesem kostbaren, unschuldigen bisschen Leben, dessen Zukunft in deinen Händen liegt, und du denkst: ›Ich will alles richtig machen mit diesem Kind. Ich werde die beste Mutter aller Zeiten sein, und sein Leben soll sich perfekt gestalten. Dafür werde ich sorgen.‹ Er ist klein und süß und wissbegierig und verrückt nach dir und …« Sie schüttelte bekümmert den Kopf. »Und dann bricht das Leben über den Kleinen herein. Kleine Dinge wie aufgeschürfte Knie und Splitter und vergessene Hausaufgaben. Dann größere Dinge wie Prügeleien auf dem Spielplatz und Hänseleien, weil seine Mutter bei der Polizei ist, und dann die wirklich großen Dinge wie der Verlust des Vaters und die plötzliche Konfrontation mit einem Stiefvater und einer Schwester, eine Scheidung und … Plötzlich, und es kommt dir wirklich so vor«, sagte sie und schnippte mit den Fingern, »… ist er siebzehn und hat Probleme. Große Probleme.« Sie lehnte sich zurück und trank einen großen Schluck Cola.

»Aber du bereust es doch nicht, Kinder zu haben.«

»Nicht eine Sekunde lang.«

»Und du würdest es wieder tun.«

»Ohne zu überlegen.« Pescoli nickte. »Und was ist mit dir? Warum hast du keine Kinder?«

»Es hat sich einfach nie ergeben«, log Alvarez, fügte dann aber wahrheitsgemäß hinzu: »Ich habe nie den richtigen Kerl gefunden.« Das stimmte offenkundig. Die Jungen, die sie in der Schule kannte, hatten sie nicht beeindruckt, und dann war da der »Vorfall« gewesen, wie ihre Mutter es nannte, obwohl sie es bei-

de besser wussten. Daran wollte Alvarez jetzt nicht denken, an das, was ihr mit siebzehn Jahren, in Jeremys Alter, passiert war, aber es verfolgte sie unablässig, ein Geist, der sie mit kalten Fingern im Nacken packte, eine leise Stimme in ihrem Ohr.
Du hast einen Sohn. Irgendwo. Einen Jungen, den du zuletzt gesehen hast, als er ein paar Minuten alt war ...
»Suchst du denn noch?«
»Was?«
»Einen Mann. Du bist erst zweiunddreißig.«
»Drei. Ich bin dreiunddreißig.«
»Nicht eben uralt.«
»Hm, ja, aber ich habe nun mal diesen Beruf«, sagte Alvarez in dem Versuch, dem Gespräch eine leichtere Note zu verleihen. »Er ist sehr zeitaufwendig.«
»Das ist er. Und glaub mir, manchmal werden Ehemänner immens überschätzt.«
Sandi kam mit ihren Bestellungen, und sie verfielen in Schweigen, ließen das Stimmengesumm und die leise Musik die Stille überbrücken, während sie aßen.
Alvarez hatte ihren Salat fast zur Hälfte verspeist, obwohl ihr Appetit sich bei dem Gespräch über Kinder einigermaßen verflüchtigt hatte, ihre Kopfschmerzen sich zurückmeldeten und ihre Nase ständig lief. Ein Luftzug ließ sie aufblicken. Grace Perchant, in einem mittelalterlich aussehenden Kasack und langem Samtmantel, schritt langsam vom Eingang her zum Speisebereich. Sie folgte Sandi zu einem Fenstertisch, blieb dann aber unvermittelt stehen.
»Oha«, sagte Alvarez. Grace, die Frau, die Gespenster sah, mit den Toten kommunizierte und beim Spaziergang mit ihrem Wolfshund Jillian Rivers' Subaru entdeckt hatte, stand da wie vom Donner gerührt.
Pescoli sah sich über die Schulter hinweg um. »Allmächtiger.«

Grace' Kopf fuhr herum, und ihre blassgrünen Augen fixierten Pescoli.
»Toll«, flüsterte Regan. »Die hat uns gerade noch gefehlt.«
Grace näherte sich zielstrebig ihrem Tisch.
Grace' gewöhnlich ruhige Miene wies keine Spur von Heiterkeit auf, als sie Pescoli ihre langfingrige Hand auf die Schulter legte, bevor die Polizistin sich ihr entziehen konnte. Ein Pärchen mit zwei Kindern am Nachbartisch hörte auf zu essen und starrte zu ihnen herüber.
»Er weiß von dir«, flüsterte Grace, den Blick ihrer seltsamen Augen auf einen Punkt in einiger Entfernung gerichtet, den nur sie allein sehen konnte, dessen war Alvarez sicher.
»Wer?«, fragte Pescoli.
»Das Raubtier. Er weiß von dir.« Grace murmelte die Worte, sie waren aber doch laut genug, dass sich Alvarez' Nackenhaare sträubten.
»Welches Raubtier?« Aber sie wusste es. Alvarez las es in ihrem Blick. Sie wussten es beide.
»Derjenige, den ihr sucht.«
»Wir suchen eine Menge Raubtiere.«
»Dieser ist anders. Dieser ist schlecht ...«
»Ja, sie sind alle schlecht, Grace, aber ich vermute, du redest von dem Geisteskranken, der Frauen im eisigen Schneesturm erfrieren lässt. Meinst du den?«, wollte Pescoli wissen, doch ihr Gesicht war kreideweiß geworden, statt sich vor Zorn zu röten. »Ja, ich hoffe sogar, er weiß von mir, denn ich werde ihn kriegen.«
»Hör nicht hin, Schätzchen«, ermahnte die Frau am Nachbartisch ihren etwa zehnjährigen Sohn. Grace war unbeeindruckt.
»Er hat keine Angst.«
Pescoli sah sie eindringlich an. »Als wir uns das letzte Mal gesehen haben, da hast du, glaub ich, zu Alvarez gesagt: ›Du findest ihn.‹ Was ist daraus geworden?«

Grace' wässrig grüner Blick wanderte von Alvarez zu Pescoli zurück. »Jetzt spreche ich mit dir.« Wieder berührte sie mit den Fingerspitzen Pescolis Schulter, und wieder entzog sich Regan.
»Du, Detective, bist in höchster Gefahr.«
»Das bringt der Job so mit sich, Grace«, tat Pescoli die Warnung der Frau ab. Sie hatte schon wieder etwas mehr Farbe im Gesicht.
»Sei vorsichtig.«
»Ja, Madam.«
»Sei übervorsichtig. Er ist unerbittlich. Ein Jäger.«
Alvarez horchte auf. Jäger? Im nächsten Moment war sie aufgesprungen. »Komm, Grace, lass uns nach draußen gehen und reden.« Sie ergriff den Arm der merkwürdigen Frau und geleitete sie in den Vorraum, während alle Gäste sie anstarrten. Sie gingen an dem finster blickenden Grizzly in seinem Weihnachtsschmuck vorbei, hinein in den leeren, dunklen Festsaal. Pescoli folgte ihnen.
Außer Sichtweite der interessierten Gäste ließ Selena Grace los und sagte: »Wenn du diesen Kerl so gut kennst, dann erspar uns doch die ganze Arbeit und sag, wer er ist.«
Grace furchte die Stirn. Rieb sich den Arm, als wäre sie verletzt. »Es liegt kein Grund vor, gewalttätig zu werden. Ich wollte euch nur warnen. Dich.«
»Was hat es damit auf sich, dass er ein Jäger sein soll?«, fragte Alvarez.
»Er jagt seine Beute.« Grace zog ein gekränktes Gesicht und rieb sich immer noch den Arm, als könnte sie nicht fassen, dass die Polizistin so grob zu ihr war, nur weil sie sie ihrer Weisheit hatte teilhaftig werden lassen.
Alvarez gab nicht auf, ließ sich von diesem Blick eines waidwunden Rehs nicht beeindrucken. »Warum warnst du Pescoli, nur sie allein?«

»Als ich vor ein paar Minuten in den Speiseraum kam, hörte ich eine Stimme in meinem Kopf.«

»Und was hat die Stimme gesagt?«, fragte Alvarez mit Engelsgeduld.

»Regan Elizabeth Pescoli.«

Alvarez sah Pescoli an, die nickte und krampfhaft schlucken musste. »Du kennst meinen zweiten Vornamen?«, fragte sie.

»Erst seit wenigen Minuten.«

»Der wird allgemein bekannt sein«, hörte Alvarez sich sagen, doch Pescoli schüttelte den Kopf. »Ich benutze meinen Mädchennamen als Mittelnamen. Regan C. Pescoli. C für Connors. Nicht E für Elizabeth. Das habe ich schon in der Grundschule abgeschafft.«

Alvarez wurde kalt bis ins Herz. Hier stimmte etwas ganz und gar nicht.

Pescoli rückte näher an die alte Geisterbeschwörerin heran. »Woher kennst du meinen zweiten Namen, Grace? Hast du meine Geburtsurkunde gesehen?«

»Er ist mir eingefallen. Ich kann das nicht näher erklären. Ich weiß nur, dass du in Gefahr bist, und statt mich so grob anzufassen, solltest du mir dankbar sein.«

»Gibt's Probleme?« Sandi trat in den dunklen Festsaal, und ihr verkniffener Mund sprach Bände. »Mein Lokal ist voller Gäste, die nach der Kirche zu Mittag essen wollen, und da kommt ihr her und macht eine Szene.« Sie zog die Brauen hoch und dehnte die grünen Augenlider. »Das Lokal mag ja Wild Wills heißen, aber es ist eine Art Familienrestaurant. Verhaftungen und Polizei-Allüren haben hier nichts zu suchen.«

»Schon gut, Sandi«, sagte Grace mit ihrer gewohnten Ruhe. »Ich wollte die Detectives nur warnen.«

»Warnen?«

»Wir haben alles unter Kontrolle«, versicherte Alvarez, verließ vor Sandi den Festsaal und ging zur Kasse. »Was sind wir schuldig?«
»Augenblick. Ich mache die Rechnung fertig!« Flink wie eine Katze suchte Sandi die Bons zusammen, addierte die Posten und nannte Alvarez die Summe.
»Ich darf doch jetzt gehen?«, fragte Grace, an Pescoli gewandt.
»Wohin du willst«, sagte Pescoli. Grace bedachte sie mit einem sonderbaren Blick und ging zurück in den Speisebereich. Falls sie die interessierten Blicke bemerkte, die ihr folgten, zeigte sie es nicht. Auf dem Weg zu ihrem Tisch stockte ihr Schritt nicht ein einziges Mal.
Alvarez holte ihre Jacken und kehrte zurück zu Pescoli. »Du schuldest mir einen Zehner«, sagte sie, während sie in ihre Daunenjacke schlüpfte.
»Ich zahle das nächste Mal.«
»Verlass dich drauf.«
Gemeinsam gingen sie nach draußen. Der Wind fegte über die Straße und brachte den Geruch des Flusses mit. Alvarez zog ihre Handschuhe an. Sie sah, dass bereits wieder Wolken aufzogen. Ihr fröstelte, genauso wegen der Szene mit Grace Perchant wie wegen des Windes, der Haarsträhnen aus ihrem Nackenknoten löste.
Wie auf Kommando überquerten sie und Pescoli gleichzeitig verkehrswidrig die Straße zum Jeep. Die Temperaturen sanken offenbar schon wieder.
»Gut, dass du Grace nicht deinen Tee über das Kleid geschüttet hast«, sagte Pescoli, als wollte sie die Spannung auflockern.
»*Das* wäre erst eine Szene gewesen!« Sie entriegelte den Jeep und stieg ein.
»Sandi hätte einen Herzinfarkt gekriegt.« Alvarez nahm wieder auf dem Beifahrersitz Platz und rieb sich die Hände, um

sie ein wenig aufzuwärmen. »Was hältst du von ihrem Gefasel?«
Nach einem Blick in den Seitenspiegel ließ Pescoli den Motor an. »Über den Jäger? Ja, wer weiß?«
»Nein, über dich.« Alvarez schnallte sich an, als der Jeep sich zwischen zwei Fahrzeugen blitzschnell in den Verkehr einfädelte. »Ihre Warnung.«
»Grace ist verrückt.«
»Ja, ich weiß, aber ...«
»Nichts aber, und halte mir jetzt keine Standpauke wegen des Rauchens, okay? Das ist meine letzte.« Sie entnahm ihrer Schachtel die letzte Zigarette, und Alvarez verbiss sich ausnahmsweise mal eine spöttische Bemerkung, als Pescoli sich Feuer gab, das Fenster einen Spalt öffnete und die Zigarette an die Öffnung hielt, damit der Rauch abzog. Ob Regan Elizabeth Pescoli es nun zugab oder nicht, sie war schwer getroffen. Grace' Weissagungen trafen nicht immer ins Schwarze, doch ihre Erfolgsbilanz würde jeden in Sorge versetzen.
»Falls der Irre hinter mir her sein sollte, ich bin bereit.« Sie schnaubte. »Er müsste schön dumm sein, sich eine Polizistin als Zielscheibe auszusuchen.«
»Vielleicht will er damit etwas sagen. Uns immer wieder zeigen, wie schlau er ist.«
Regan zog heftig an ihrer Zigarette und blies den Rauchstrom aus dem Mundwinkel. »Weißt du, wenn sich irgendwer an mir rächen oder mir eins auswischen will, dann ist es mein Ex. Lucky schwafelt davon, die Kinder zu sich zu nehmen.«
»Tatsächlich?«
Wieder schnaubte sie. »Ich sollte sie ihm überlassen. Es würde nicht einmal einen Monat gutgehen.« Sie wechselte die Spur, und der Jeep reihte sich in den Verkehrsfluss ein, der bergauf nach Boxer Bluff strebte. Alvarez gefiel ganz und gar nicht,

was sie in dem Restaurant erlebt hatten. Sie machte sich Sorgen um Regan. Als sie aus dem Fenster blickte, schneite es wieder heftig, und während der Jeep bergauf fuhr, kamen die Fälle in Sicht. Wildes schäumendes Wasser, das über einen Felsvorsprung stürzte, hatte die Siedler vor fast zweihundert Jahren gezwungen, sich an den tiefer gelegenen Ufern niederzulassen.
»Im Moment ist Lucky der beliebtere Elternteil«, fuhr Pescoli fort. »Ich bin die Autoritäre.« Sie warf einen Blick in Alvarez' Richtung. »Ich stehe auf der Verliererseite.«
Ein Handy klingelte. »Das ist meines«, sagte Alvarez.
»Grayson hier«, meldete sich der Sheriff, als sie das Gespräch annahm. »Jillian Rivers hat sich aus dem Krankenhaus entlassen. Sie war mit Zane MacGregor zusammen.«
Alvarez seufzte auf. »Hat sie den Verstand verloren?«
»Wir können nichts tun. Sie will keinen Polizeischutz. Wir glauben nicht, dass sie die Zielscheibe des Serienmörders ist, und ich vermute, dass sie unseren Zuständigkeitsbereich verlässt. Das FBI ist nicht beteiligt, weil es keine Entführung ist und auch nichts mit den Ermittlungen in der Mordserie zu tun hat.«
»Na toll.«
»Und es kommt noch besser«, versicherte Grayson. »Chandler hat gerade aus Missoula angerufen. Donna Estes ist heute Nachmittag verstorben. Jemand hat das Beatmungsgerät abgestellt, bevor die Agenten eingetroffen waren.«

27. KAPITEL

Das Problem mit der Rückkehr nach Spruce Creek bestand darin, dass das Städtchen nordwestlich von Grizzly Falls lag. Wenn sie dorthin fuhren, würden sie sich von Missoula wegbewegen, wo Jillian alle Antworten auf ihre Fragen vermutete. Oder?

Immer noch hatte sie das Gefühl, dass sie etwas übersah, dass irgendeine wichtige Information direkt vor ihrer Nase oder verschüttet in ihrem Unterbewusstsein lag. Doch sie hatte sich auf diesen Plan eingelassen, in der Hoffnung, in Spruce Creek, ihrem letzten Zwischenstopp vor dem Schuss auf ihren Subaru, mehr herauszufinden.

In der Kleinstadt angekommen, hatten sie kein Problem, den Coffeeshop mit Feinkostladen und Imbiss zu finden, in dem sie eingekehrt war. MacGregor parkte den Wagen und stieg an Jillians Seite, die immer noch an der lästigen Krücke ging, die wenigen Stufen zu der alten gläsernen Eingangstür hinauf.

Das Chocolate Moose Café war nichts Besonderes. Der vormalige Gemischtwarenladen mit Poststelle war zu einem Café mit Imbiss umgebaut worden und sah aus, als würde es gerade wieder einer Grundrenovierung unterzogen. Die Wände waren teils düsterblau, teils senfgelb gestrichen, der Rest bestand aus rotem Backstein, und Jillian war nicht sicher, ob es sich um Komplementärfarben handeln sollte oder ob dem Besitzer schlicht das Material ausgegangen war, so dass er auf irgendwelche Restbestände in der Garage zurückgreifen musste.

Was dem Chocolate Moose Café an Ambiente fehlte, machte es durch seine Dekorationswut wett, denn überall waren Elch-

nachbildungen zu bewundern – beherrscht von einem riesigen ausgestopften Elchkopf über einem offenbar ausrangierten dickbäuchigen Ofen. Die Salz- und Pfefferstreuer, die Serviettenhalter, Servietten, Topflappen waren mit Elchmotiven verziert, die karierten Tischdecken wiesen Elchumrisse auf, die Wände ebenfalls in der jeweiligen Komplementärfarbe. Auf die Rückenlehnen der Stühle waren Elchköpfe gemalt, und für Sammler standen Elchandenken zur Auswahl.
Eindeutig des Guten zu viel.
Sie bestellten Sandwichs und Kaffee und setzten sich an einen Tisch zwischen dem Treppenhaus und einer Reihe von Fenstern mit Blick auf eine rustikale Veranda. Draußen warteten mit Erde gefüllte Kübel darauf, bepflanzt zu werden, sobald das Wetter umschlug.
»Ich kann mich erinnern, hier gewesen zu sein«, sagte Jillian mit einem Blick auf die Reihe von Barhockern vor dem Tresen, der das Bar- und Küchenpersonal vom Gastraum abtrennte.
An diesem Tag hockten ein paar Gäste vor ihrem Kaffee und lasen die Zeitung, hörten Musik oder arbeiteten an ihren Laptops.
»Erkennst du hier irgendwen?«
Sie schüttelte den Kopf. »Ich war in so großer Eile, ich habe nur rasch die Toilette benutzt und mir einen Kaffee zum Mitnehmen geholt. Damals waren nur wenige Leute hier, etwa so wie heute, und ich stand hinter einer Frau mit einem etwa fünfjährigen Mädchen. Sie trugen dicke Schneeanzüge, und das Kind konnte sich nicht entscheiden, welchen Muffin es zu seiner heißen Schokolade wollte. Das war schon alles. Ich habe meinen Kaffee bestellt, bezahlt und ein paar Bemerkungen über das Wetter gemacht.«
»Niemand ist dir gefolgt?«
»Nicht, dass ich etwas bemerkt hätte.«

Sie unterhielten sich und aßen und sprachen sogar mit dem Mädchen, das Jillian seinerzeit bedient hatte. Die junge Frau wischte den Ausgießer des Milchaufschäumers ab und erklärte, dass sie die gleichen Fragen vor einiger Zeit bereits der Polizei beantwortet habe und sich an nichts Bemerkenswertes an jenem Tag erinnern könne.

»Dieses war der erste Streich«, sagte MacGregor, als er Jillian beim Einsteigen half. Dieses Mal lenkte er den geliehenen Pick-up in Richtung Süden, in der Absicht, Jillians geplante Fahrt nach Missoula zu verwirklichen. Jillian rief mit dem Handy, das Zane ihr gegeben hatte, ihre Mutter an und hinterließ die Nachricht, dass sie aus dem Krankenhaus entlassen sei. Dann zückte sie die Karte, die Detective Alvarez ihr im Krankenhaus gegeben hatte, und tippte deren Handynummer ein.

Alvarez meldete sich beim zweiten Klingeln, und als Jillian erklärte, wo sie war und was sie vorhatte, hörte die Polizistin zu, dann brachte sie Jillian auf den neusten Stand und ersparte ihr die fast erwarteten Anweisungen, was sie zu tun und zu lassen hätte. Zane saß mit finsterer Miene hinterm Steuer. Er traute der Polizei grundsätzlich nicht, aber wer wollte ihm das verübeln? Doch Jillian war froh, den Anruf getätigt zu haben. MacGregor fuhr stetig weiter in Richtung Missoula.

Als das Gespräch beendet war, wog Jillian das Gerät in der Hand und sagte nachdenklich: »Sie glauben nicht, dass ich ein Opfer des Sternmörders bin.«

Zane warf ihr einen Blick zu. »Was soll das heißen?«

»Sie glauben, dass mich ein Trittbrettfahrer hierhergelockt hat, der genauso vorgegangen ist wie der Serientäter, um alle auf eine falsche Spur zu führen.«

»Wie kommen sie darauf?«

»Ich weiß es nicht.« Sie berichtete ihm, was sie von Alvarez erfahren hatte, dann sagte sie: »Offenbar sagen sie mir nicht alles, aber zumindest bin ich nicht die Zielscheibe eines Wahnsinnigen.«

»Nicht? Du bist aber für irgendjemand anderes die Zielscheibe. Mag sein, dass es besser ist, wenn du es mit deinem ganz persönlichen Spinner zu tun hast. Dann liegt vielleicht wenigstens ein Motiv vor, das einen Sinn ergibt und uns zu ihm führt, anders als bei einem Geistesgestörten, der sich seine Opfer in einer bestimmten Gruppe von Frauen sucht.«

»Das klingt nicht so, als ob es besser wäre. Ich muss ihn unbedingt finden, Zane. Es wäre zwecklos, nach Hause zu fahren. Er würde mich dort stellen.«

MacGregors Kiefermuskeln spannten sich an. »Das ist ja der Zweck unseres Ausflugs: Wir jagen den Jäger.«

»Und du bist mein persönlicher Leibwächter?« Jillian lächelte schwach.

»Etwas in der Art.« Vor einer Straßenbiegung bremste Zane ab. »Dies alles begann ja mit den E-Mails, Anrufen und den Fotos von deinem ersten Mann. Also hat es mit ihm zu tun, mit jemandem, der ihn kennt.«

»Das bietet sich an, oder?«

»Aber du glaubst nicht, dass es dein Ex ist? Dieser Rivers?«

»Der einzige Grund, warum ich glaube, Mason könnte etwas wissen, ist der Poststempel, ansonsten: Nein, ich wüsste nicht, wieso er dahinterstecken sollte. Zu Anfang war ich so wild entschlossen zu erfahren, was passiert ist, dass ich nach Missoula aufbrach, um mit Mason zu sprechen.«

»Aber jetzt?«

»Jetzt sehe ich keinen Grund mehr, warum er in die Sache verwickelt sein sollte. Ich hatte inzwischen wohl einige Zeit zum Nachdenken, und er hat wirklich keinen Grund, mir den Tod zu wünschen.«

»Und seine Frau?«

»Tja, sie hasst mich. So viel steht fest. Aber ich glaube nicht, dass sie irgendetwas tun würde, was mich zu ihm führen könnte. Ich glaube, Sherice wäre selig, wenn ich nach Anchorage, Tokio oder Istanbul ziehen würde. Je weiter weg, desto besser.«
»Hat sie Angst, dass Mason noch etwas für dich empfindet?«
»Ich weiß nicht, was sie denkt. Sie hat … Probleme. Aber warum sollte sie jetzt versuchen, mich umzubringen? Warum sollte sie mich mit diesen Aaron-Geschichten zu sich locken? Das ergibt keinen Sinn.«
»Aber wer sonst in Missoula?«
»Mir fällt niemand ein.«
Ihre Worte blieben ein paar Meilen lang unbeantwortet. Als sie wieder in Grizzly Falls angelangt waren, hielt MacGregor, nachdem er den Tank gefüllt und die Frontscheibe gesäubert hatte, neben dem zur Tankstelle gehörenden Mini-Markt und schaltete den Motor aus. »Vielleicht hat derjenige, der es auf dich abgesehen hat, dir eine Falle gestellt und versucht, dich nach Missoula zu locken. Auf deinem Weg hierher hat er dich erwischt, also hat er damit gerechnet, dass du kamst. Da du jetzt aus dem Krankenhaus entlassen bist, rechnet er mit zweierlei Möglichkeiten: Entweder kehrst du nach Seattle zurück, oder du fährst weiter nach Missoula. Wenn er dich kennt, wovon ich ausgehe, weiß er, dass du nicht aufgibst. Habe ich recht?«
Sie zuckte die Achseln. Etwas kam ihr in den Sinn, derselbe Gedanke, der sie nach ihrem Traum im Krankenhaus nicht ganz erreicht und sich dann endgültig verflüchtigt hatte.
»Was?«
»Ich … ich finde auch … irgendwas stimmt hier nicht ganz. Na ja, eine ganze Menge sogar. Aber ich habe auch das Gefühl, dass mein Verstand noch nicht wieder voll funktionsfähig ist,

dass ich etwas Wichtiges übersehe.« Sie blickte durch die Frontscheibe und dachte angestrengt nach. »Etwas direkt vor meiner Nase, schon die ganze Zeit.«

Er wartete ein paar Sekunden, und sie lauschte dem vorüberrauschenden Verkehr, dem Ticken des abkühlenden Motors, dem Zischen von Luft, als jemand seinen Reifendruck regulierte.

Was war es nur? Und warum hatte sie das Gefühl, dass Missoula, das einzige Ziel, das auch nur annähernd Sinn ergab, das falsche war?

Weil derjenige, der dich umbringen will, nicht so unvorsichtig wäre. Ausgeschlossen. Missoula ist nur der Köder. Aber was dann? Wenn du der naheliegenden Spur nicht folgst, wohin willst du dann? Du kannst nicht nach Hause, du kannst dich nicht als Lockvogel anbieten. Ihr Magen krampfte sich zusammen bei dem Gedanken, wieder allein in der Kälte, ohne einen Faden am Leib zurückgelassen zu werden. ... Ein Trittbrettfahrer? Jemand hatte den verdrehten Plan eines anderen benutzt, um sich an ihr zu rächen. Deshalb geschah das alles erst jetzt, weil ihr persönlicher Irrer sich das geisteskranke Vorhaben eines Serienmörders zunutze machte.

Und jetzt würde ihn nichts daran hindern, die Sache zu Ende zu bringen. Das wusste sie. Spürte sie.

MacGregor berührte sie an der Schulter, und sie zuckte heftig zusammen. »Er wird niemals aufgeben«, sagte Jillian voller Angst und Wut. »Derjenige, der mich umbringen will, macht keinen Rückzieher.«

»Du hast recht. Er ist ein Opportunist«, sagte MacGregor, und sie nickte. Im Seitenspiegel sah sie einen Lieferwagen an eine Zapfsäule heranfahren. Ein Mann Anfang zwanzig mit ungepflegtem Bart und Basecap tankte auf, während seine hochschwangere, etwa gleichaltrige Frau den Laden aufsuchte. Der Mann sah zu ihrem Pick-up herüber, und Jillian erstarrte.

Musste er wirklich tanken? Oder hatte dieses Pärchen sie verfolgt? Der Lieferwagen hatte keine Seitenfenster ... Und was war mit dem Pick-up mit Wohnwagen in der entgegengesetzten Fahrtrichtung? Auch dieser Kerl, ein kräftiger Mann mit säuerlichem Gesichtsausdruck, hatte zu ihnen herübergesehen. Ihr fröstelte.
»Ist dir kalt?«
»Angst, glaube ich. Nein ... eher noch Verfolgungswahn.« Sie behielt den Spiegel im Auge und sah, wie der Mann den Einfüllstutzen zurückhängte.
»Nicht doch.«
Der Mann ging zum Laden und kam wenige Sekunden später mit seiner schwangeren Frau und einer übervollen Tüte Pommes frites zurück. Im nächsten Moment saßen sie im Lieferwagen, fuhren davon und wirkten nicht mehr bedrohlich.
Jillian schüttelte den Kopf. »Ich sehe überall Gespenster, und das ärgert mich, aber erst seit dem Überfall. Ich war nie eine Zimperliese, die mit Pfefferspray herumläuft oder dreifache Riegel vor den Türen hat oder sich auf Alarmsysteme und große Hunde verlässt. Im Grunde habe ich nie richtig Angst gehabt.« Sie sah ihn an. »Bis jetzt.«
»Du verkriechst dich auch jetzt nicht gerade in einem Bunker oder verlangst Polizeischutz.«
»Nein, aber ... es beunruhigt mich.«
»Gelinde gesagt. Aber vielleicht packen wir die Sache ganz falsch an. Was jetzt passiert, scheint seinen Ursprung in früherer Zeit zu haben. Bei deinem ersten Mann.«
»Du glaubst, es geht tatsächlich um ihn?«
»Er war der Grund dafür, dass du alles stehen und liegen gelassen und dich auf den Weg hierher gemacht hast.« Er sprach es nicht aus, aber die Frage hing unausgesprochen zwischen ihnen in der Luft: Liebst du ihn noch, diesen Mann, der dich

verlassen hat? Diesen Betrüger, der womöglich seinen eigenen Tod vorgetäuscht hat?

Die Antwort war ein hartes, unwiderrufliches *Nein*. Aaron Caruso war ein Betrüger und ein Blutsauger, ein Mann, den sie vor Jahren zu lieben geglaubt, im Grunde aber gar nicht wirklich gekannt hatte.

Doch falls er noch lebte, falls er sie absichtlich in der Tinte hatte sitzenlassen, dann hätte sie gern fünf Minuten unter vier Augen mit ihm.

Auch, wenn er versucht haben sollte, dich umzubringen?

Ihr wurde flau im Magen. Warum sollte er? Irgendeine alte Lebensversicherung? Unmöglich. Dann müsste er ja eingestehen, dass er lebte. Auch hier war kein Grund zu finden.

»Erzähl mir von Aaron«, sagte MacGregor und drehte den Zündschlüssel um. Der alte Motor erwachte grollend zum Leben. »Einiges hast du ja schon erwähnt, aber lass uns das Leben des Mannes mal zerpflücken. Ich spendiere dir ein Bier, und du schüttest mir dein Herz über deinen ersten Mann aus.« Er wies mit einer Kopfbewegung auf eine Kneipe auf der anderen Straßenseite. Es war ein langgestrecktes, niedriges Gebäude, irgendwann im zwanzigsten Jahrhundert im Westernstil erbaut und nannte sich »Elbow Room«. Die Fenster waren mit einer Familie glücklicher Schneemänner auf Schlitten, mit Zylindern und rot-weißen Schals, umgeben von Mistelgrün, besprüht. Hinter den Schneemännern lockten Neonreklamen für Bier in Blau, Pink und Gelb.

»Du kannst ein Mädchen weiß Gott verwöhnen«, sagte sie, als er die Tankstelle umrundete und die zwei Fahrspuren überquerte, um einen Parkplatz in der Nähe des Eingangs zu suchen.

»Für dich nur das Beste.«

»Ach, du Charmeur«, sagte sie leise, und ihr wurde warm ums Herz. Was war nur los mit ihr? Immer ließ sie sich mit den

falschen Männern ein. Aaron Caruso und Mason Rivers waren der schlagende Beweis.
Sie beschloss, die Krücke mal im Wagen zu lassen.
Auf MacGregor gestützt, gelangte sie besser als erwartet durch die zerkratzte rote Tür in die Kneipe, deren Zementboden mit Erdnussschalen übersät war. Es wurde Darts gespielt, im Fernseher über der Bar lief ein Baseballspiel. An diesem Tag hielten sich nur wenige Gäste im Elbow Room auf, daher war sogleich eine Kellnerin zur Stelle, um ihre Bestellung aufzunehmen und Bierdeckel wie Frisbees auf den Tisch zu werfen, bevor Jillian noch richtig Platz genommen hatte.
Sie dachte an die Schmerzmittel, die sie einnahm, und beschloss, auf Nummer sicher zu gehen und einen klaren Kopf zu bewahren, so gern sie auch ein Bier getrunken hätte.
»Eine Cola light, bitte«, sagte sie zu der Frau.
»Leichtgewicht«, zog MacGregor sie auf.
»Recht hat er. Geben Sie eine Limonenspalte hinein.«
»Jetzt wirst du übermütig.«
Die Kellnerin, eine Frau mittleren Alters mit starker Dauerwelle und abgeklärtem Gesichtsausdruck, verdrehte zwar die Augen, doch binnen zwei Minuten standen ihre Getränke und ein Schälchen mit Knabberzeug auf dem glänzenden Tisch mit falscher Marmorplatte.
»Erzähl mir von deinem ersten Mann«, forderte MacGregor Jillian auf.
Sie lachte und tunkte die Limonenspalte mit einem dünnen schwarzen Strohhalm unter. »Ich war schwer verknallt in Aaron«, gestand sie. »Zu heftig und viel zu schnell. Es war wie eine Turbo-Romanze, zumindest am Anfang.«
Sie erzählte MacGregor alles, was ihr über ihren ersten Mann in Erinnerung geblieben war. Wie sie geglaubt hatte, ihn wie verrückt zu lieben. Wie sie an exotischen Orten gewandert wa-

ren, gezeltet hatten. Wie sie unter freiem Himmel zu Hause waren, die Wanderlust zu ihrem Lebensstil machten. Aaron war Bergsteiger, Extrem-Skifahrer, begeisterter Bootsfahrer und überhaupt ein Abenteurer. Er betrachtete die Welt als seine Heimat und wollte jeden Zentimeter des Planeten sehen. So gelangten sie dann nach Südamerika.

Jillian und Aaron hatten die Reise zusammen unternehmen wollen und sich einer Gruppe angeschlossen, doch vor dem Abflug war sie krank geworden, und Aaron war widerwillig allein aufgebrochen, verspätete sich aber und verlor so den Anschluss an die Gruppe. In Surinam angekommen, war er allein losgezogen und schließlich verschwunden.

Jillian war am Boden zerstört gewesen und hatte sich noch über ein Jahr lang an die Hoffnung auf seine Rückkehr geklammert – selbst, als sie schon wusste, dass er eine halbe Million Dollar von Investoren unterschlagen hatte. Sie war die Hauptleidtragende, musste den Zorn der Investoren, die prüfenden Blicke der Versicherungsgesellschaften, der Presse und der Opfer über sich ergehen lassen. Alle hielten Jillian für Aarons Komplizin und Erbin eines Vermögens aus Lebensversicherungen, was absolut nicht zutraf. Mit der Zeit musste sie sich eingestehen, dass der Mann, den sie geliebt hatte, ein Gauner war, und sein Betrug schmerzte sie noch immer.

»Weißt du, wie das ist, wenn alle glauben, du wärst an etwas so Hässlichem beteiligt?«, fragte sie und wünschte sogleich, die Worte ungesagt zu machen, als sie den Zorn in seinen Augen aufblitzen sah und sich an seine eigene Geschichte erinnerte. »Entschuldige. Natürlich weißt du das.«

»Weiter«, verlangte er mit gepresster Stimme.

»Viel mehr gibt es nicht zu berichten. Ich bin nach Surinam gereist, um ihn zu suchen. Ich habe mich sogar mit den dortigen Behörden angelegt, was pure Dummheit war. Inzwischen glau-

be ich, dass ich großes Glück hatte, nicht verhaftet zu werden. Aber es war mir alles gleich. Nach drei Monaten ohne Erfolg flog ich zurück in die Staaten, und etwa zwei Jahre, nachdem ich mich mit meinem Witwendasein abgefunden hatte, fanden ein paar deutsche Wanderer seinen Rucksack in der Wildnis hoch oben in den Bergen. Man vermutete, dass er in eine von hohen Bäumen bewachsene Schlucht gestürzt war, wo seine Leiche aufgrund der steilen Felswände und des dichten Gestrüpps nicht zu finden war. Ein Suchtrupp wurde ausgeschickt, doch man fand ihn nicht.« Jillian leerte ihr Glas, ließ nur das Eis und den Limonenrest übrig. »Irgendwann musste ich akzeptieren, dass er dort oben im Gebirge gestorben war, und, weißt du, ich fühlte mich schuldig, weil ich nicht bei ihm gewesen war.« Sie stieß höhnisch den Atem aus. »Sogar die Versicherung hat letztendlich gezahlt, und mit dem Geld habe ich die Investoren entschädigt, mehr schlecht als recht, aber es war immerhin etwas. Blieben noch die Anwälte.« Sie lächelte schief. »Sagen wir's mal so: Ich bin dadurch nicht reich geworden.«
»Und ein paar Jahre später hast du Mason Rivers geheiratet.«
Sie verdrehte die Augen zur Decke. »Noch so eine tolle Idee.«
»Und der lebt in Missoula.«
»Genau.«
MacGregor streckte die Hand aus und zog das Handy, das er ihr gegeben hatte, aus ihrer Jackentasche. »Was meinst du? Wollen wir ihn anrufen?«

An ihrem Arbeitsplatz vergraben, eine Flasche Wasser neben einer Tasse mit erkaltendem Tee auf dem Tisch, blickte Alvarez auf ihren Monitor. Ihr Hals war kratzig und trocken, ihre Nase lief, doch die Symptome der Grippe, oder was immer sie sich da eingefangen hatte, waren vergessen, als sie den Satz zusammengesetzt hatte:

Aber das Z? Wahrscheinlich lag sie ganz falsch, doch sie spürte dieses Prickeln in den Adern, dieses Bauchgefühl, das ihr sagte, dass sie da auf etwas gestoßen sein musste.

Aus den Augenwinkeln sah sie Pescoli ihre Jacke anziehen und dem Ausgang zustreben. »Hey, sieh dir das an«, rief Alvarez und zupfte ein Papiertuch aus der Schachtel auf ihrem Schreibtisch. Sie putzte sich kräftig die Nase und warf das Taschentuch in den bereits überquellenden Papierkorb. Ihre Partnerin kam zurück.

»Was?« Pescoli blieb im Zugang zu Alvarez' ordentlicher Nische stehen, zupfte ihre Jacke zurecht und starrte auf den Bildschirm. »Meidet den Skorpion?«, las sie fragend vom Monitor ab. »Was soll das denn heißen?«

Also hatte ihre Partnerin es auch gesehen. »Alle Buchstaben, die wir an den Tatorten gefunden haben, sind in dieser Botschaft enthalten. Aber das Z ist noch übrig.« Alvarez zeigte auf die auf ihrem Schreibtisch ausgebreiteten Kopien der Botschaften, die der Täter zurückgelassen hatte. Die letzte Botschaft lag ganz vorn:

M ID T DE SK   N Z.

»Mir sind die Zwischenräume zwischen den Buchstaben aufgefallen, wie in einem Lückenrätsel. Ich habe einfach die fehlenden Buchstaben eingesetzt: MeIDeT DEn SKorpioN.«

»Und du glaubst, das ist die Botschaft?«, fragte Pescoli verhalten. »Gut, alle Buchstaben sind da, aber das Z ist noch übrig. Geschickt gemacht, aber was besagt das? Dass er sich Skorpion nennt?«

»Er will uns etwas damit sagen«, erklärte Alvarez. »Falls die Sterne auf den Botschaften, die er am Tatort hinterlassen hat, und die in den Baumstamm geritzten Sterne sämtlich der Konstellation Orion zuzuordnen sind und die Initialen der Opfer Teil dieser komplizierten Botschaft sein sollen, dann …«

»Dann haben wir viele Opfer noch nicht gefunden, oder viele Frauen sollen noch entführt werden.« Pescoli hörte sich genauso müde an, wie Alvarez sich fühlte.

»Und Jillian Rivers ist kein Opfer, wie wir bereits vermutet haben. Nur noch eine weitere Bestätigung, dass ihr hauseigener Irrer es auf sie abgesehen hat.«

»Der immer noch frei herumläuft. Ich wollte, Jillian Rivers wäre geblieben, wo sie war.«

»Ja, genau.« Auch Alvarez passte es nicht, dass Jillian das Krankenhaus verlassen hatte, und wenn sie auch angerufen und sich gemeldet hatte und nun wusste, dass sie nicht als Opfer des Sternmörders angesehen wurde, schwebte sie doch immer noch in Gefahr. Das hatte Alvarez ihr auch gesagt. Doch die Polizei konnte sie nicht daran hindern, den Bundesstaat zu verlassen.

Pescoli schüttelte den Kopf. »Vielleicht hat deine Interpretation der Botschaft gar nichts zu sagen. Sie könnte falsch sein. Folge zu vieler rezeptfreier Medikamente und eines grippeumnebelten Hirns.«

»Es liegt nicht an der Grippe.«

»Schön. Aber trotzdem.«

»Ich weiß, dass es nichts Konkretes ist. Und vermutlich könnten auch noch weitere Buchstaben eingeschoben, andere Sätze konstruiert werden. Außerdem ist da noch das überschüssige Z. Aber ich habe so ein Gefühl, dass genau dies die Botschaft ist.«

»Okay.« Pescoli verschränkte die Arme. »Wenn deine Theorie also stimmt, dann heißt das, dass er noch weitere Opfer ins Auge gefasst hat, nicht wahr? Dann müsste er Frauen entführen, deren Initialen den Buchstaben entsprechen, die in der Botschaft noch fehlen.«

»Stimmt. Aber deshalb können wir nicht alle möglichen Frauen im Umkreis von zehn Meilen warnen. Wir können nun wirklich nicht sagen: ›Falls Ihr Name mit E oder R beginnt, halten Sie sich bitte nicht hier in dieser Gegend auf.‹«

»Aber wir könnten in der Vermisstenliste nachsehen, ob dort Personen verzeichnet sind, deren Namen die Initialen …«, Pescoli blickte auf Alvarez' Kritzeleien, »E, O, N, P, I oder R enthalten.« Sie schrieb die Buchstaben an den Rand und grinste. »Eonpir. Klingt nach einem von den Aliens, die Ivor Hicks entführt haben.«

»Keine schlechte Idee, die Initialen der vermissten Frauen mit diesen Buchstaben abzugleichen«, sagte Alvarez. Dadurch konnte vielleicht festgestellt werden, ob ihre Interpretation der Botschaft die richtige war.

»Hey, Moment noch.« Regans Grinsen schwand, als sie die niedergeschriebenen Buchstaben betrachtete. »Ist dir aufgefallen, dass ein R und ein P dabei sind?«

»Nein.«

Pescoli knurrte: »Kein S und kein A, also kannst du dich wohl sicher fühlen.«

»Es ist ja nur eine Theorie«, sagte Alvarez.

»Und das, nachdem die verrückte Grace Perchant Gespenster um meinen Kopf tanzen sah.« Pescoli fuhr sich seufzend durch ihre wirren Locken. »Kann dieser Tag noch schlimmer werden? Ich muss raus hier.« Alvarez griff ernüchtert nach ihrer Teetasse, musste jedoch feststellen, dass der Orange Pekoe ganz kalt geworden war. Sie stellte ihn zurück auf den Schreibtisch und versuchte, sich nicht entmutigen zu lassen. »Es ist ja nicht viel«, gestand sie, griff hastig nach einem Kleenex und nieste hinein, »aber doch immerhin etwas.« Sie tupfte sich die Nase ab.

»Trotzdem sagt er uns damit so gut wie gar nichts.« Regan schloss den Reißverschluss ihrer Jacke. »Selbst wenn dein Lückenrätsel stimmen sollte, bleibt die Preisfrage offen. Wer ist der Skorpion?«

»Wodka Tonic«, sage ich zur Kellnerin, die mich in der Hoffnung auf ein Trinkgeld anlächelt. »Mit Eis.« Ich bin kribbelig, warte auf meinen Drink, behalte den Bildschirm im Auge, auf dem über Jillian Rivers berichtet wird, die Blenderin, die ins Krankenhaus eingeliefert wurde. Die Bilder sind ein paar Tage alt, sind aber mit anderen Aufnahmen zusammengeschnitten worden, mit Bildern von anderen »Mordschauplätzen« und von den Opfern, die mit Namen genannt werden: Theresa Kelper, Nina Salvadore, Mandy Ito, Diane Zander, Donna Estes und Jillian Rivers.
Aber da irren sie sich. Wieder einmal. Die Idioten!
Wer ist dieser Hochstapler? Er kann nicht wissen, wie ich vorgehe, kann meine sorgfältig ausgearbeiteten Pläne nicht kopieren. Die Polizei wird den Unterschied doch sicherlich erkennen. Oder? Enthalten sie das der Presse vor, oder sind sie wirklich so dumm?
Mein Drink wird serviert, und ich trinke einen langen Schluck zur Beruhigung, spüre, wie der Wodka mir durch die Kehle rinnt und meinen Magen wärmt ... wohltuend. Bald wird er mir ins Blut gehen, zum Glück.
Ich ärgere mich dermaßen über diesen Hochstapler! Welcher Idiot bringt meinen Plan durcheinander? Wer ist er? Und warum lässt sich die Polizei hinters Licht führen?
Nach all der Zeit des Wartens, nachdem ich jedes Detail ausgearbeitet habe, mischt sich irgendein Dummkopf ein und vermasselt mir alles. Ich spüre, dass Kopfschmerzen drohen, und trinke noch einen Schluck, lasse einen kleinen Eiswürfel zwi-

schen meine Lippen schlüpfen und knacke ihn mit den Zähnen.
»Noch einen?«, fragt Taffy, die Kellnerin, erstaunt, dass ich das Glas so schnell geleert habe, während ich gewöhnlich nur daran nippe. Sie ist neu im Lokal, arbeitet erst seit ein paar Monaten hier, aber sie kennt mich bereits. Ich nicke, ohne den Blick vom Bildschirm zu lösen.
Jillian Rivers ist aus dem Krankenhaus entlassen worden, gibt aber keine Stellungnahme ab. Stattdessen folgen Bilder von einer älteren Frau … von ihrer Mutter! Sie sieht aus, als käme sie direkt aus einem Schönheitssalon. Sie flennt herum, wie glücklich sie ist, dass ihre Tochter in Sicherheit ist, dass sie sich so gesorgt hätte und blah, blah, blah.
Begreifen die denn nicht? Jillian Rivers ist Etikettenschwindel. Und die Person, die sie im Wald zurückgelassen hat, ist ein Betrüger.
Meine Hände ballen sich zu Fäusten, und die Kellnerin, ein zierliches rehäugiges Mädchen mit einem kleinen … zu kleinen Mund, passend zu ihren Brüsten, und mit Haar, das zu einem unordentlichen Knoten gedreht ist, beäugt mich misstrauisch.
Ganz ruhig. Niemand darf Verdacht schöpfen.
»Stimmt etwas nicht mit Ihrem Drink?«, fragt Taffy, dann bemerkt sie, dass die laufende Fernsehsendung mich total fasziniert.
»Der ist in Ordnung. Perfekt.« Meine Finger entspannen sich, ich ringe mir ein Lächeln ab.
»Oh. Verstehe.«
Wetten, dass nicht? Du Spatzenhirn. Du verstehst überhaupt nichts. Nicht einmal den Unterschied zwischen einem Wodka Tonic und einem Wodka Collins.
»Sie sind entsetzt über diesen Mörder.«
»Es ist besorgniserregend.«

»Das kann man wohl sagen. Ich und Tony, das ist mein Freund, wir gehen kein Risiko ein. Wir haben eine abgesägte Schrotflinte mit Stolperdraht so eingerichtet, dass sie losgeht, sobald jemand die Haustür auch nur berührt.«

Tony und Taffy. Wie süß. »Und die Hintertür?«

»Ferdinand, unser Hund – halb Dobermann, halb Deutscher Schäferhund –, der passt schon auf.«

»Haben Sie keine Angst, dass ein Freund oder Verwandter verletzt werden könnte?«

Taffy, gerade mal einundzwanzig, schüttelt den Kopf, und ihr Knoten wackelt ein bisschen. »Alle wissen Bescheid, dass sie uns anrufen müssen, bevor sie zu uns kommen. Tun sie es nicht ... dann ist es ihr eigenes Risiko.«

»Tja, dann kann ich nur hoffen, dass Granny es nicht vergisst und sich in den Kopf setzt, mit ein paar Weihnachtsplätzchen zu Besuch zu kommen«, sage ich, bevor ich mich bremsen kann. Der Wodka macht mich gesprächig, und die Kellnerin sieht mich komisch an. »Nur ein Scherz«, füge ich mit einem Lachen hinzu. »Wir sind alle ein bisschen nervös. Hey, ich habe sogar einen Spion in allen Türen angebracht und meine Fenster vernagelt.«

»Nie im Leben!«

»So wahr ich hier sitze!« Ich hebe lächelnd die rechte Hand, während ich die Zicke viel lieber über den Tresen hinweg geohrfeigt hätte. »Und«, füge ich noch hinzu, »ich schlafe mit einer Vierundvierziger unterm Kopfkissen. Einer Magnum.«

»Geladen?«

»Aber sicher. Wäre doch sinnlos, wenn nicht.« Ich nippe noch einmal an meinem Glas. »Das ist kein Bluff.«

»Wirklich? Verstehe.«

Nein, wieder nicht. Du verstehst nichts, du dumme Kuh, und wirst auch nie verstehen.

Sie sammelt ein paar halbleere Gläser auf dem Tresen ein, und ich lasse mir mit dem zweiten Drink ein bisschen mehr Zeit. Ich muss vorsichtig sein. Ich will kein Misstrauen wecken. Jeder in dieser Gegend wird beargwöhnt. Selbst unter Freunden, unter Liebespaaren. Unter Mutter und Sohn.
Weil sie nicht begreifen. Und nie begreifen werden.
Alle sind so unglaublich dumm, genau wie Taffy.
Aber das ist kein Problem. Es könnte sich für mich sogar vorteilhaft auswirken. Es ist an der Zeit, ein Statement abzugeben. Ein bedeutungsvolles. Die Aufmerksamkeit der Polizei zu wecken. Ich blicke wieder auf den Bildschirm, und dieses Mal läuft Filmmaterial über die Leute vom Büro des Sheriffs an einem der Tatorte, aus der Ferne aufgenommen. Die meisten sind gut zu erkennen: Sheriff Grayson, Pete Watershed … und die beiden Detectives.
Ich knacke noch etwas Eis mit den Zähnen und genieße es, wie sich das kalte Wasser mit der Wärme des Wodkas vermischt.
Auf dem Bildschirm betrachtet die Ruhige, Dunkelhaarige – Alvarez – einen verschneiten Todesschauplatz, den oben bei der verlassenen Hütte. Sie hat hispanisches Blut in den Adern, das verraten mir nicht nur ihr Name und ihre warme kupferfarbene Haut, sondern auch das Blitzen in ihren dunklen Augen, das mir sagt, dass sie kompliziert ist und niemanden wissen lässt, was wirklich hinter diesen dunklen Latino-Augen in ihr vorgeht. Wahrscheinlich eine ganze Menge. Sie ist zierlich, feurig und hat vermutlich gute Gründe, niemanden an sich heranzulassen.
Alvarez ist klug, wie ihre Titel beweisen. Außerdem ist sie gerissen und tief im Inneren skrupellos, dafür möchte ich wetten. Ihr energisches Kinn weist darauf hin, die straffe wunderschöne Haut über ihren scharfen Wangenknochen.
Eine würdige Gegnerin.

Und dann die andere. Regan Pescoli. Ich mustere sie eingehend. Sie ist eine interessante Frau, beinahe das Gegenstück zu ihrer Partnerin. Pescoli nimmt nie ein Blatt vor den Mund. Sie legt ihre Karten offen auf den Tisch und tippt mit langem, entschlossenem Finger darauf, lässt jeden wissen, wo sie steht. Sportlich, größer als Alvarez, mit einer Familie, die langsam zerbricht.
Die Arme.
Natürlich zerbricht sie, du Workaholic von Weib. Was für eine Mutter bist du denn? Was für eine Ehefrau warst du? Du bist eine Versagerin, Pescoli, und wirst nie etwas anderes sein.
Aber eine schöne Versagerin. Stark, klug und ach, so berechenbar. Regan Pescoli ist eine Frau, die so schnell nicht aufgibt ...
Doch jeder Mensch gelangt an den Punkt, wo er zerbricht.
Ich knacke weiter Eiswürfel und betrachte Pescoli, bis ein Reporter ihren Platz auf dem Bildschirm einnimmt.
Detective Pescoli, halte dich bereit.
Dein Glück neigt sich dem Ende zu.

28. KAPITEL

Mason Rivers war von der Bildfläche verschwunden. Er war nicht in seinem Büro, versteht sich. Schließlich war Sonntag. Nicht per Handy zu erreichen.
Und nicht zu Hause. Sherice auch nicht. Oder, falls sie zu Hause waren, meldeten sie sich nicht. Vielleicht beantwortete er auch einfach keine Anrufe mit unterdrückter Handynummer.
»Ich geb's auf«, gestand Jillian und schob das Handy zurück in ihre Jackentasche. »Jedes Mal die gleiche Abwesenheitsmeldung in seiner Voicemail.«
MacGregor betrachtete den Rest in seinem Glas, ein dunkles Gebräu, das in Jillians Augen eher nach kaltem Kaffee mit ein bisschen Schaum aussah als nach Bier. »Und trotzdem scheint er in der Geschichte drinzustecken, ob vorsätzlich oder auch nicht. Derjenige, der dich angegriffen hat, wusste, dass du auf Anhieb an eine Beteiligung seinerseits denken und nach Missoula aufbrechen würdest.«
Sie furchte die Stirn. Die Kellnerin brachte Nachschub, warf einen Blick auf die unberührte Schale mit Salzgebäck und zog sich wieder hinter den Tresen zurück.
»Schön, dass ich so gut dressiert bin.« Sie lehnte sich zurück und suchte eine bequemere Haltung. Ihre Rippen heilten, schmerzten aber manchmal noch. Immerhin konnte sie inzwischen ohne Beschwerden lachen und atmen. Husten jedoch war noch nicht möglich.
»Was besagt die Abwesenheitsmeldung?«
»Tut mir leid, ich bin nicht zu Hause. Hinterlassen Sie eine Nachricht. Ich rufe Sie an.« Sie zögerte. »Außer im Büro. Da

heißt es: ›Ich bin für ein paar Tage geschäftlich unterwegs. Hinterlassen Sie in dringenden Fällen eine Nachricht bei meiner Sekretärin ...‹« Sie dachte an die Zeit ihrer Ehe. Wie oft hatte sie damals Masons Standardspruch gehört. Er hatte sich nicht verändert – nicht einmal im Tonfall. In diesem Augenblick kam ihr blitzartig etwas in den Sinn.
»Was ist?«
»Mason und ich, wir hatten ein Haus in Spokane – ein Haus, das er bei der Scheidung zugesprochen bekam. Und ... das ist die gleiche Meldung, die er immer dann hinterließ, wenn wir wegfuhren, und sie erinnert mich daran, wie er in Spokane Zuflucht suchte.«
»Was genau meinst du?«
»Mason hat auch eine Zulassung als Anwalt in Washington. Vielleicht hat er das Haus in Spokane behalten.«
»Und ...?«
Halbgare Ideen, Erinnerungsfetzen, die sie lange gequält hatten, fügten sich zusammen. »Und wahrscheinlich hat es nichts zu bedeuten, aber auch Aaron war immer fasziniert von Spokane ... na ja, es gab viele Orte, die ihn faszinierten, aber ich meine, mich zu erinnern, dass Spokane für ihn einer der Orte war, an dem er sich niederlassen würde, wenn es ihm je in den Sinn käme, sesshaft zu werden. Spokane oder Bend in Oregon, oder Colorado Springs ... irgendwo in der Nähe von Tahoe. Spokane war auf jeden Fall einer dieser bevorzugten Orte. Ich schätze, da haben er und Mason etwas gemeinsam.«
MacGregor sah sie an, ließ sie ihre Gedanken verarbeiten. »Du meinst, Spokane könnte eine Art Schlüssel sein?«
Plötzlich kam ihr noch etwas in den Sinn, und sie fragte: »Hast du die Fotos von Aaron bei dir, die ich in Seattle zugeschickt bekam und mit denen diese ganze aussichtslose Verfolgungsjagd angefangen hat?«

»Kopien«, erinnerte er sie. »Die Originale liegen noch bei der Polizei. Sie sind im Auto. Ich hole sie.« Bevor sie noch ein Wort sagen konnte, stand er auf und schritt an den Bierreklamen vorbei, die sich im Sprühschnee an den Fenstern spiegelten.

Nachdem sie nun zu dem Schluss gekommen war, dass Spokane, nicht Missoula, ihr Ziel sein musste, war Jillian kribbelig und konnte kaum die zwei Minuten abwarten, bis Zane zurückkam und die Bilder auf den Tisch legte.

Sie studierte die körnigen Fotos und schüttelte den Kopf. »Ich … ich weiß nicht. Hier ist es zu dunkel.«

»Das können wir ändern. Sofort.« Er winkte der Kellnerin zu, warf ein paar Scheine auf den Tisch und half Jillian nach draußen. Ein paar Gäste sahen kurz von ihren Drinks auf – eine Frau in der Nähe der Tür und ein Typ am Tresen, der sich über sein Getränk beugte, wenn er nicht gerade auf den Bildschirm starrte.

Jillian spürte seinen Blick, und als sie sich über die Schulter hinweg umsah, wandte er sich rasch wieder seinem Drink zu, als wäre es ihm peinlich, dabei erwischt zu werden, wie er sie beäugte. Oder war es mehr?

Sie wollte es gar nicht wissen und ging, so schnell sie konnte, zurück zum Pick-up. In der Fahrerkabine suchte MacGregor eine Taschenlampe und eine Lupe.

»Wer bewahrt denn eine Lupe in seinem Handschuhfach auf?«, wunderte sie sich.

MacGregor hauchte auf die Linse und säuberte sie mit seinem Ärmel. »Mein Freund, der mir diesen Pick-up geliehen hat. Er ist ein bisschen …«

»Sonderbar? Paranoid?«

»Das, ja, und auch neugierig.« Er reichte ihr die Lupe, und sie suchte auf den Fotos nach Hinweisen auf irgendetwas, was ihr verriet, wo Aaron oder der Mann, der aussah wie er, sich zum

Zeitpunkt der Aufnahme aufgehalten haben könnte. Doch kein Straßenschild war zu erkennen, und die Schaufenster der Läden sahen nicht anders aus als tausend andere im Land. »Das hier kann überall in den USA aufgenommen worden sein«, sagte sie. »Ob die Polizei das auch schon überprüft hat?«
»Ja. Und vielleicht wissen sie etwas, was sie uns bisher noch nicht gesagt haben. Aber wenn sie Mason Rivers nicht sehr gründlich überprüft haben, wissen sie womöglich gar nichts von Spokane.«
»Ich glaube, er hat dort nur als Rechtsberater gearbeitet, nicht als niedergelassener Anwalt. Aber genau weiß ich es nicht.«
»Ich meine, deine Entführung liegt noch nicht so lange zurück, und die Polizei muss noch ein paar weitere Opfer überprüfen, also wird die Polizei auch darauf kommen. Sehr bald sogar, wenn es nicht schon längst geschehen ist.«
»Meinst du, wir sollten sie anrufen?«
MacGregors Kinn straffte sich. »Ja, auf jeden Fall. Aber du weißt, was ich von denen halte. Lass uns einfach nachsehen, ob dein Ex sich dort aufhält. Wir brauchen mehr, etwas Beweiskräftiges.«
Jillian studierte die Fotos Zentimeter für Zentimeter, doch auch die Lupe brachte sie nicht weiter. »Es ist sinnlos«, sagte sie. »Ich erkenne nichts. Derjenige, der diese Aufnahmen gemacht hat, war überaus umsichtig.«
»Jeder macht mal einen Fehler.«
»Das möchte man meinen«, sagte sie, und dann fiel ihr etwas auf den Fotos auf, etwas Unbeabsichtigtes. »Da ist etwas … im Rückspiegel des Busses. Es ist ziemlich verwischt, aber es könnte sich um Buchstaben handeln … ein Wegweiser oder so? Wenn ich es doch nur erkennen könnte …«
MacGregor leuchtete mit der Taschenlampe und griff zur Lupe.

Die Zeichen wurden nicht deutlicher. »Wahrscheinlich hat es gar nichts zu sagen«, bemerkte er, doch er zückte sein Handy, gab eine Nummer ein und sagte: »Hast du dir Foto Nummer zwei genau angesehen, die Aufnahme, auf der der Kerl die Straße überquert? Ja … Mhm. Nein, wir auch nicht, aber Jillian meint, im Spiegel des Busses könnte etwas zu sehen sein. Vergrößere es, sieh nach, was es ist, und ruf mich an. Ja, das versteht sich von selbst. Wir sind quitt.« Er legte auf und drehte den Zündschlüssel.

»Chilcoate?«, fragte Jillian. MacGregor hatte ihr von dem Sandkastenfreund erzählt, der ihm einen großen Gefallen schuldig war.

»Ja, und er zahlt seine Schulden rapide ab.« MacGregor fuhr vom Parkplatz und in Richtung Interstate. Zwar war Spokane nur knapp einhundertundfünfzig Meilen entfernt, aber wegen des Wetters würde die Fahrt eine Weile dauern. »Im Handschuhfach liegt ein Schlüssel. Findest du ihn?«

Erneut öffnete sie das Handschuhfach, kramte darin herum und fand den Schüssel. »Öffne das Fach dort an der Beifahrertür«, wies er sie an.

»Was?«

»Da, gleich neben deinen Füßen.«

»Was soll das?«, fragte sie, fing aber an, mit dem Schlüssel zu hantieren. Ein Fach öffnete sich, und darin lag eine kleine Waffensammlung. Zwei Pistolen und ein Jagdmesser. »Das sieht … illegal aus.«

MacGregor lächelte.

»Du meinst, wir würden sie brauchen?«

Er warf ihr einen Blick zu, und allzu schnell kam die Erinnerung zurück, wie sie der bitteren Kälte ausgesetzt worden war. Nackt. An einen Baum gebunden. Mit dem Wissen, dass sie sterben musste.

»Okay, schon kapiert.«
»Dort findest du auch Munition. Lade die Waffe deiner Wahl, steck das Messer ein, lade auch die zweite und gib sie mir.«
»Brauchen wir denn keinen Waffenschein ... oder so? Okay, vergiss die Frage«, sagte sie und nahm die Pistolen aus dem Fach.
»Ich schätze, du spielst mit?«
Mit einem Schnauben lud sie die erste Pistole, eine Glock, die schwerer war, als sie aussah. »Falls es in Spokane irgendwas gibt, lass es uns finden.«
»Braves Mädchen.« Er gab Gas, und Jillian lud auch die zweite Waffe.
Braves Mädchen? Ach was.
Was wusste er schon.

Pescoli gönnte sich ein verspätetes Mittagessen und wanderte durch die wenigen Läden in der alten Flagstone Mall, die etwas zu bieten hatten, was ihren Kindern gefallen würde. Es schneite wieder. Nicht sehr. Kein Schneesturm. Doch wer wusste schon, wie der nächste Sturm in diesem Winter ausfallen würde, und wenn Missoula auch nicht weit von ihrem Zuhause entfernt war, wollte sie sich doch nicht allzu lange dort aufhalten.
Oder den Fall aus den Augen verlieren. Seit Donna Estes das Zeitliche gesegnet hatte, wobei den FBI-Berichten zufolge offenbar ein wenig nachgeholfen wurde, befanden sie sich in einer Art Warteschleife, warteten darauf, dass etwas geschah, dass eine neue Spur auftauchte. Bisher hatten sie nichts als Theorien.
Sie betrat eine Drogeriefiliale, die alles führte, von Strumpfhosen bis zu Mitteln gegen Sodbrennen, von Haushaltsreinigern bis zu Hausschuhen. Die unvermeidliche Weihnachtsmusik

schallte durch den Laden, und auf der Suche nach den perfekten Geschenken mischte sich Pescoli unter die anderen Kunden. In ihrer Verzweiflung entschied sich Regan für ein neues Spielzeug in Gestalt eines Weihnachtskobolds für Cisco zum Zerfetzen, einen Schminkkoffer und eine Haarkur für Bianca, dazu Nagellack in hässlichen Farben, die laut der etwa sechzehnjährigen Verkäuferin angesagt waren, und ein paar DVDs und einen CD-Ordner für Jeremy, obwohl er wahrscheinlich beides abscheulich finden würde. Sie wollte je einen Zwanzig-Dollar-Schein in den Schminkkoffer und in den CD-Ordner stecken. Zuletzt kaufte sie noch ein Brettspiel »für die ganze Familie«. Viel war es nicht, aber es musste reichen.

Froh, dass Weihnachten nicht in einer Katastrophe enden musste, stockte Regan noch ihre Vorräte an Lebensmitteln auf und fuhr nach Hause, um mit Jeremy zu reden. Sofern er in der Stimmung war. Tja, auch, wenn er nicht wollte. Sie war noch nicht durch mit der Arbeit für diesen Tag, nicht offiziell, und musste noch auf ein paar Stunden zurück in die Stadt, um dann mit etwas Glück kurz nach sieben zum Abendessen zu Hause sein zu können. Bis dahin wäre auch Bianca zurück, und sie würden tatsächlich mal Zeit füreinander haben. Pescoli sah auf ihre Uhr. Es war bereits weit nach fünfzehn Uhr, also würde sich das Abendessen wohl eher auf zwanzig Uhr verschieben.

Heute Abend würden sie zusammen essen, ohne Ablenkung durch Fernsehen, iPods oder Computer. Alle zusammen an einem Tisch, zum ersten Mal seit ... ach, sie konnte sich nicht erinnern, wann. Bestimmt nicht im *letzten* Jahr zu Weihnachten.

Sie ließ die verspannten Schultern kreisen, fuhr aus Missoula heraus und durch die verschneiten Berge nach Hause. Das Wetter schlug wieder um, der Schnee blieb auf der Straße liegen, die Scheibenwischer hatten ordentlich zu tun. In Wintern wie diesem konnte sie die Menschen verstehen, die lieber Sandplätze statt Rasen hatten und zu Weihnachten Palmen mit bunten Lichterketten schmückten.

Jeremys Pick-up stand an der üblichen Stelle, und sie fühlte sich gleich ein wenig besser. Im Herzen hatte sie befürchtet, dass er abhauen würde, denken würde: »Mom, du hast mir nichts mehr zu sagen«, und mit unbekanntem Ziel wegfuhr, daher sah sie mit Erleichterung, wie Kühlerhaube und Dach seines alten Pick-ups langsam zuschneiten.

Sie fuhr den Jeep in die Garage und drückte die Taste, um das Tor zu schließen, als sie plötzlich spürte, dass etwas nicht stimmte. Es war so ruhig. *Zu* ruhig.

Warum hörte sie nicht den Hund an der Tür kratzen und winseln? Sie atmete tief durch.

Sie zog ihre Pistole aus dem Schulterhalfter und entsicherte sie. Natürlich war sie nicht so dumm, auf ihre eigenen Kinder zu schießen, selbst wenn sie sie erschrecken sollten, aber sie hatte so ein Gefühl … Langsam öffnete sie die Tür; Dunkelheit nahm sie kalt in Empfang. Die Lichterketten am Weihnachtsbaum waren aus, keine Kerzen brannten, kein Laut war zu hören.

Sie fröstelte, und vor ihrem inneren Auge sah sie die Opfer des Sternmörders, steif und blaugefroren an Bäume gebunden, die blicklosen Augen offen, in ihrem Entsetzen erstarrt.

Sie dachte an Bianca, warf einen Blick auf ein gerahmtes Foto von ihr im Bücherregal. Darauf war sie sieben, lächelte breit, und ihre Schneidezähne waren zu groß für ihr Gesicht und wiesen Lücken auf.

Ihnen darf nichts geschehen sein, o bitte nicht.

Und Jeremy. Was würde der brutale Mörder ihrem Sohn antun?

Aber sie durfte nicht so denken. Jeden Augenblick mussten ihre Kinder doch auftauchen, um ihr einen Heidenschrecken

einzujagen. Vorsichtig ging sie von Zimmer zu Zimmer ... aber selbst, wenn es den Kindern gelang, mucksmäuschenstill zu bleiben, was war mit Cisco? Der Hund konnte das nicht.
Sie hörte ein Klopfen, erkannte aber gleich, dass es das Pochen ihres eigenen Herzens war. Sie stieß die Tür zu Biancas Zimmer auf. Dort sah es aus, als wäre ihre Tochter noch gar nicht zu Hause gewesen, im Badezimmer ebenfalls ... Aber der Hund? Und Jeremy? War er bei einem Freund? Im Flur des Obergeschosses blieb sie stehen, wählte die Nummer ihres Sohnes und rechnete halb damit, von irgendwoher Jeremys sonderbaren Klingelton, einen Rap, den er liebte, zu hören.
Nichts. Sie versuchte es mit Biancas Nummer.
Wieder meldete sich niemand, und im Haus war kein Klingeln zu hören. Ihr wurde flau im Magen. Ihren geliebten Kindern war etwas zugestoßen,.
Nicht. So darfst du nicht denken! Lass dich nicht durch deinen Beruf in den Verfolgungswahn treiben. Wenn sie nicht hier sind, dann sind sie bei Freunden oder bei ihrem Vater ...
Sie lief die Treppe hinunter, die Stufen ächzten unter ihrem Gewicht. »Jeremy?«, rief sie. »Bianca?«
Nichts. Nur das Knacken von altem Holz, das leise Summen der Heizung und das Rauschen des Windes.
»Cisco! Komm, alter Junge!«
Die Tür zu Jeremys Zimmer stand halb offen, an den Wänden spielten seltsame türkisfarbene Schatten. Sie hielt den Atem an, stieß die Tür weiter auf und spähte ins Zimmer. Seine Lavalampe glühte, die schwimmenden Ölkügelchen warfen farbige Umrisse an die Wände.
Niemand war da. Auch nicht der Hund. Sie sah das Foto von Jeremys Vater an seinem gewohnten Platz und dachte: *Es tut mir so leid, Joe, aber warum musstest du sterben?*

Sie verließ das Zimmer, stieg die Treppe hinauf und ging in die Küche. Da klingelte ihr Handy.
Die Kinder! Das Display zeigte Luckys Nummer an.
Ihr Mut sank, und noch bevor sie sich meldete, wusste sie, dass sie jetzt etwas Unangenehmes hören würde. »Hi, Lucky. Sag jetzt nicht, die Kinder sind bei dir.«
»Ja.«
»Du hast sie abgeholt?«
»Du warst nicht zu Hause.«
»Ich habe gearbeitet! Wir haben darüber gesprochen.«
»Jeremy hat mich angerufen. Ich habe ihn abgeholt.« Eine lange, unheilschwangere Pause folgte, und Pescoli lehnte sich Halt suchend an den Rahmen des Durchgangs zur Küche, denn tief im Inneren wusste sie, dass schlechte Nachrichten bevorstanden. Sie irrte sich nicht.
»Die Kinder, Michelle und ich haben uns unterhalten …«
Kann das denn wahr sein!
»… und wir alle sind uns einig, dass Jeremy und Bianca bei uns wohnen sollten.«
Ihre Knie drohten nachzugeben, ihre dunkelsten Ängste hüllten sie ein. Regan suchte Halt an einer Wand in der Küche.
»Wir sind uns nicht alle einig. Ich habe ein Wörtchen mitzureden. Ich bin ihre Mutter.«
»Aber …«
»Und der Bundesstaat Montana. Das Rechtssystem, schon vergessen? Ich habe das Sorgerecht.«
»Dinge verändern sich. Damals, ja, da war ich vielleicht nicht das beste Vorbild, aber nachdem Michelle und ich jetzt verheiratet sind …«
»Hey!«, fiel sie ihm ins Wort. Wut kochte hoch, verdrängte ihre Verzweiflung. »Berufe dich jetzt bloß nicht auf deine glückliche Ehe mit der Barbiepuppe, ja? Denn das kaufe ich dir

nicht ab. Sie ist zu jung, um den Kindern eine Mutter sein zu können.«

»Ich dachte nur, du solltest wissen, dass es ihnen gutgeht«, sagte er mit sprödem, beinahe strafendem Tonfall, als machte es ihm Spaß, sie in den Wahnsinn zu treiben. War es ihm nicht schon während ihrer Ehe immer wieder gelungen? Er konnte sprühen vor Charme, um im nächsten Moment wie eine Schlange zuzuschlagen.

»Du bringst nicht mal den Unterhalt für die Kinder auf und willst sie jetzt großziehen? Bleib auf dem Teppich.«

»Apropos. Das muss sich jetzt umkehren. Du wirst Unterhalt an mich zahlen.«

Sämtliche Hoffnungen auf eine höfliche Beziehung zu ihm verflüchtigten sich in diesem Moment. Darum ging es ihm also. Um Geld. Nicht, dass er die Kinder nicht auf seine typische Lucky-Art gernhatte, aber Geld war das eigentliche Motiv. Er hatte schon immer gemault, sie hätte bei der Scheidung den Reibach gemacht, wenngleich es nicht zutraf. Sie hatte das Haus bekommen, weil sie ihn ausgezahlt hatte, und sie hatte die Kinder bekommen, weil sie eine feste Arbeit hatte, aber damals hatte er die Wahrheit nicht sehen wollen. Jetzt führte er diese Arbeit gegen sie ins Feld. So ein gemeiner Kerl.

»Ich will die Kinder noch heute Abend wieder zu Hause haben.«

»Daraus wird nichts.«

»Und was ist mit Cisco? Hast du meinen Hund auch mitgenommen?«

»Lass uns eines mal klarstellen. Ich habe meine Kinder nicht ›mitgenommen‹. Sie sind bei mir, weil ihre Mutter keine Zeit für sie hat und weil sie Beständigkeit in ihrem Leben wollen.«

»Mit dir?«, fragte sie entgeistert.

»Und was Cisco betrifft, der Hund gehört Jeremy. Ja, er ist auch hier.«
Sie warf einen Blick auf die leeren Fress- und Wassernäpfe in der Küche und empfand eine merkwürdige Traurigkeit, ganz anders als der Schmerz der Erkenntnis, dass ihre Kinder sich gegen sie und für ihren Vater und ihre Stiefmutter entschieden hatten. Tränen brannten in ihren Augen, doch sie ließ sie nicht zu. »Die Kinder sollen ihre Sachen packen, Lucky«, sagte sie gepresst, nahezu ohne die Lippen zu bewegen. »Denn ich komme und hole sie ab. Einschließlich Cisco. Ich will meinen Sohn. Ich will meine Tochter. Ich will meinen Hund. Und ich komme, um sie zu holen.«

»Ist das Masons Wagen?«, fragte MacGregor, als er vor der Wohnanlage vorfuhr, die Jillians Ex-Mann in Spokane besaß. Es war ein dreistöckiges Backsteinhaus, unterteilt in Zwei- und Drei-Zimmer-Wohnungen, sämtlich mit eigenem Zugang und elektronischer Schließanlage. Unter dem Gebäude befand sich die Parkgarage, und Jillian und Zane blickten jetzt durch das verschlossene Tor der Garage, die ebenerdig so viel Platz einnahm, wie Läden und Boutiquen übrig ließen.
Durch die Gitter hindurch musterte Jillian die Parkbucht, die Mason gewöhnlich belegte und auf die MacGregor gewiesen hatte. Ein neuer weißer Mercedes stand dort. »Das ist sein Parkplatz, aber ich weiß nicht, was für einen Wagen er fährt. Ich schätze, dieser da ist seiner.«
»Dann wollen wir ihm mal einen Besuch abstatten.«
»Man braucht einen Schlüssel. Das Haus ist elektronisch ...«
»Ich weiß. Vermutlich brauchen wir nur ein paar Minuten zu warten.«
Und er hatte recht. Sie holten sich in einem Geschäft in der Nähe Kaffee und warteten. Innerhalb von Minuten öffnete

sich das Tor, um einen überlangen Cadillac hinauszulassen. MacGregor half Jillian in die Garage, bevor sich das Eisengitter wieder scheppernd schloss. Die Tür zum Aufzug war immer offen; sie stiegen ein, und Jillian drückte die Taste für den dritten Stock, wie sie es vor Jahren getan hatte, als sie noch mit Mason zusammen war.

Langsam fuhr der Aufzug nach oben, ohne anzuhalten, und die Türen öffneten sich im dritten Stock, wo Sofas, Lampen und Kübelpflanzen in den Fensternischen arrangiert waren. Auf MacGregor gestützt, hinkte sie den teppichbelegten Flur entlang bis zu der schmalen Lücke, die als Eingang zur Privatwohnung diente.

Jillian fühlte sich eigenartig und fehl am Platze, als wäre sie ein Eindringling, obwohl sie diese Wohnung noch vor wenigen Jahren oft genug mit Lebensmitteln oder Wäsche aus der Reinigung oder einer Flasche Wein beladen ganz selbstverständlich betreten hatte.

Wie seltsam es ihr jetzt erschien.

»Jetzt oder nie.«

»Dann lieber jetzt«, sagte sie und klingelte.

Zunächst hörte sie nichts. Nichts rührte sich in der Wohnung. Sie glaubte schon, er wäre nicht zu Hause. Trotzdem versuchte sie es noch einmal, drückte den Klingelknopf und lauschte dem vertrauten Klang der elektronischen Glocke.

»Komme!« Masons Stimme eilte ihm voraus.

Jillian straffte sich, als die Tür sich öffnete und sie ihrem Ex-Mann gegenüberstand.

»Jillian!«, sagte er verblüfft. »Du liebe Zeit, wie kommst du hierher? Ich habe mich schon gefragt, wo du wohl stecken magst. Ich wollte dich anrufen, dachte aber, du brauchst vielleicht noch Zeit zur Genesung.« Dann fiel sein Blick auf MacGregor, und sein Redefluss stoppte. »Was … was ist hier los?«

Mit einem Wimpernschlag verwandelte er sich vom übertriebenen und widerlich besorgten Ex-Mann in den ruhigen, misstrauischen Anwalt.

»Mason? Wer ist da?«, fragte eine Frauenstimme, dann tauchte Sherice auf, in einem roten Bikini und einem winzigen, durchsichtigen Überwurf. Und das ein paar Tage vor Weihnachten, bei Temperaturen um den Gefrierpunkt. »Oh.« Sherice' eifrige, heitere Miene bewölkte sich, als sie Jillian erkannte, dann setzte sie ein perfektes Lächeln auf, wie man es von jungen Mädchen in Paillettenkleidern auf Schönheitswettbewerben kennt.

»Hi, Sherice«, sagte Jillian, rückte näher an MacGregor heran und sagte zu Mason: »Das ist Zane MacGregor, der Mann, der mir das Leben gerettet hat, als irgendein Psychopath mich umbringen wollte.«

»Aber dir fehlt nichts?«, fragte Mason.

»Kann man so sagen.« Sie fixierte den Mann, mit dem sie einmal verheiratet gewesen war, mit hartem Blick. »Wir glauben, der Kerl, der das getan hat, könnte aus Spokane stammen, und da du dich hier aufhältst, würde ich gern mit dir darüber reden.«

»Warum?«, fragte er, und Sherice, die neben ihm stand, wurde sichtlich blass.

»Weil du sehr oft hier bist.«

»Und du glaubst – was? Dass ich …? Dass ich etwas damit zu tun habe?« Er hob beide Hände. »Das ist Wahnsinn, Jillian. Ich habe keinen Grund, dir etwas zu tun. Du kannst doch unmöglich annehmen, dass ich … Also hör mal!«

»Nicht du, aber vielleicht jemand, den du kennst.«

Er schüttelte den Kopf. »Ich weiß nicht, was du mit deinem Besuch bei mir erreichen willst, aber das ist doch verrückt.«

»Hören Sie uns an«, sagte MacGregor. Sein Handy klingelte, und er schaute aufs Display nach der Nummer. »Ja?«

»Jillian«, sagte Mason mit gesenkter Stimme. »Was geht hier vor?«

»Ich brauche einfach deine Hilfe«, gab sie zu.

Hinter Masons Rücken verdrehte Sherice die Augen. »Ist dieser Verrückte nicht hinter dir her?«, fragte sie Jillian und wandte sich dann ihrem Mann zu. »Wir wollen keinen Ärger. Der Kerl, dieser Sternmörder, ich habe über ihn gelesen, und er ist wohl geisteskrank. Sieh mal, es tut mir leid, dass er dich im Wald ausgesetzt hat, aber wir ... Mason kann dir nicht helfen.«

»Was willst du?«, fragte Mason nicht eben glücklich, aber auch nicht zu förmlich.

MacGregor sagte: »Ja, gut ... Kapiert. Ich rufe zurück.« Er beendete das Gespräch, und Jillian wusste, dass er mit Chilcoate gesprochen hatte. Sonst hatte niemand MacGregors Handynummer. Sie sah zu ihm auf, und er nickte. »Wir sind sicher, dass die Informationen, die Jillian zugeschickt wurden, die Fotos, die sie hierhergelockt haben, aus Spokane stammen, und deshalb, Rivers, will ich Sie für die nächste Stunde oder so als Anwalt engagieren, als meinen und Jillians Anwalt. So dass alles, was wir sagen, der Schweigepflicht unterliegt.«

»Moment mal«, unterbrach Sherice ihn. »Das geht nicht.«

Doch Mason nickte. »Gut. Sherice, geh doch nach unten in den Whirlpool und warte dort auf mich ... oder zieh dich an und geh unten in dem Schuhgeschäft shoppen, das dir so gut gefällt.«

»Machst du Witze? Willst du mich loswerden?«

»Es ist geschäftlich, Sherice«, sagte er und fing Jillians Blick ein.

»Ausgeschlossen. Ich lasse nicht zu, dass deine Ex-Frau ihre Beziehungen zu dir ausnutzt und ...«

»Sherice!«, donnerte er. »Mach keine Szene. Ich brauche ein wenig Zeit für meine Klienten.«

Sie fuhr zurück, als hätte er sie geschlagen, verzog den Mund und schien ihre Möglichkeiten abzuwägen. »Schön«, sagte sie schließlich. »Ich ziehe mich um und hole meine Handtasche.«
Die Worte: *Das wird dich eine Menge kosten,* hingen unausgesprochen im Raum. Mason bat Jillian und MacGregor in die Wohnung. Sie setzten sich an einen großen runden Tisch mit glänzender Lackierung und einem riesigen Tischschmuck aus Fichte, Hortensien, roten Kerzen und Mistelzweigen in der Mitte, und Mason bot Wein an.
Wenige Minuten später kam Sherice in Jeans, High Heels und einer kurzen weißen Jacke aus Kaninchenimitat zurück. »Ich bin dann unten im Schuhgeschäft. Ruf mich an, wenn du fertig bist.«
»Mach ich«, versprach Mason, und wütend stapfte sie aus der Wohnung.
»Also«, sagte Mason, als die Tür ins Schloss knallte. »Sagt mir einfach, was ich tun soll, und fasst euch kurz. Mein Stundensatz reicht bei weitem nicht aus, um den Schaden auszugleichen, den meine Kreditkarte binnen einer Viertelstunde nehmen wird.«

Sie ist so berechenbar.
Regan Pescoli, die hartgesottene Polizistin aus dem Büro des Sheriffs von Pinewood County, hat eine unübersehbare Achillesferse: ihre Kinder.
Welch ein Glück für mich, dass ich von der Entführung ihrer Kinder weiß oder ... sollte ich sagen, davon, dass sie sich von ihr abgewendet haben?
Sie nimmt das natürlich nicht tatenlos hin. Und die kürzeste Strecke zur Wohnung ihres Ex-Manns führt durch die Berge ... Perfekt.
Als wollte Gott mich für all den Ärger wegen dieser Jillian Rivers entschädigen. Also warte ich. Warm angezogen, trotz des Schnees freie Sicht auf mein Ziel, und ich weiß genau, wo der

Jeep am verletzlichsten ist. Sie wird den Berg hinauffahren und die Kurve zu nehmen versuchen wie schon hundert Mal zuvor. Aber sie ist abgelenkt, rechnet nicht mit Eis. Hört sich vielleicht den Polizeifunk an. Auf jeden Fall aber kocht sie vor Wut.
Ich habe meine Hausaufgaben gemacht. Die Straße ist glatt. Ich habe auf dem Bergkamm meinen Posten bezogen. Die Schusslinie ist frei. Und ich höre das dumpfe Grollen eines Motors. Kein Kleinwagenmotor, nein, sondern der eines Pick-ups oder Geländewagens. Ich fühle mich ein bisschen beschwipst. Das hier ... das hier ist wichtig.
Was nicht heißt, dass sie nicht alle wichtig wären, aber Regan Pescoli – oh, Verzeihung, Detective Pescoli – ihre Beteiligung hat Schlüsselfunktion, und dass sie Teil des Plans ist, ist Ironie des Schicksals, eine süße Befriedigung. Vielleicht ist sie diejenige, welche. Vielleicht gestatte ich mir, mich mit ihr zu vergnügen. Natürlich erst, wenn ich sie unter Kontrolle habe. Erst, wenn sie geistig so gebrochen ist, dass sie ihren Retter in mir sieht. Dann vielleicht, wenn sie nackt auf der Matratze liegt, wenn ihre Verletzungen heilen, wenn sie mich anfleht ...
Aber ich eile der Zeit voraus.
Scheinwerfer kommen in Sicht, obwohl es noch nicht ganz dunkel ist, und grollend arbeitet sich der Jeep den Berg hinauf. Die Vorfreude jagt mir einen Schauer über den Rücken; ich lecke mir die Lippen, spüre, wie kalt sie sind. Mir ist schön warm in meiner weißen Winterkleidung, aber ich liebe es, den Winter auf unbedeckten Körperpartien zu spüren. Das erhöht den Kick des Augenblicks ... ach, dieser Augenblick!
Er ist so nahe, ich kann ihn fast schon schmecken.
Meine Hand ist sicher, mein Finger im Handschuh krümmt sich um den Abzug, mein Auge liegt am Zielfernrohr, ich habe mein Ziel im Fadenkreuz.
Komm zu Daddy.

29. KAPITEL

Wie hieß es noch gleich in dem Film *Die unglaubliche Reise in einem verrückten Flugzeug?* Diese Woche ist nicht dazu geeignet, das Rauchen aufzugeben? Oder das Trinken? Oder Klebstoff-Schnüffeln? Nun, für Pescoli war diese Woche nicht die richtige, um mit dem Rauchen aufzuhören. Sie tastete nach ihrem »Notfallpäckchen« und stellte fest, dass es leer war. Wütend zerknüllte sie es in der Faust und warf es zu Boden.
Regan war sauer. Und, ja, ein bisschen gekränkt. Sie hatte das Gefühl, dass ihre Kinder nach allem, was sie für sie getan hatte, nach all ihren Opfern, um ihnen geben zu können, was sie sich wünschten, sie zu beschützen, ihnen ein Zuhause zu erhalten, als der erste Vater starb und der zweite sich aus dem Staub machte, dass diese kostbaren kleinen Menschen, die sie von ganzem Herzen liebte, zu Verrätern an ihr geworden waren. Irgendwie verstand sie es sogar. Der Jeep quälte sich den Gebirgszug hinauf, der ihren Wohnort von Luckys trennte. Wie oft hatte sie gedacht, wenn die Berge doch wachsen und zu einer wahren Barriere würden, unüberwindliche Gipfel, die ihn für immer von den Kindern fernhielten! In der Vergangenheit hatte sie diesen Traum mehrmals geträumt, zum Beispiel, wenn er Biancas Geburtstag vergessen hatte und sie auf einen Einkaufsbummel warten ließ, der nie stattfinden würde, oder wenn er Jeremy Tickets für ein Footballspiel oder einen Ausflug nach Denver versprochen hatte, der natürlich auch nie Wirklichkeit wurde. Oder als er Bianca Ohrringe schenkte, die er »extra für meine süße Kleine« ausgesucht hatte, um sich dann zu verplappern und Bianca wissen zu lassen, dass er sie

ursprünglich für Michelle gekauft hatte, der der Schmuck allerdings nicht gefiel.

Ja, er ist schon ein Märchenprinz, unser Lucky, dachte sie und biss die Zähne zusammen, als der Jeep unerwartet leicht ins Schleudern geriet. Der Schnee fiel in dicken Flocken und deckte diesen selten befahrenen Straßenabschnitt zu, doch ihr Fahrzeug hatte Allradantrieb und ihr bisher nie Probleme bereitet.

Sie umklammerte das Steuer, und als die Reifen einmal nicht griffen, blieb sie ruhig und lenkte gegen. Sie war solche Verkehrsbedingungen seit Jahren gewohnt. Als die Reifen wieder Halt fanden und die Straße eine Weile geradeaus verlief, rief sie Alvarez an, die sich jedoch nicht meldete.

»Ich bin's. Ich habe etwas Privates zu regeln, wegen Lucky und der Kinder. Das könnte eine Weile dauern, also spring bitte für mich ein, ja?« Sie schaltete das Handy aus und verließ sich darauf, dass Alvarez, der Fels in der Brandung, ohne die Wechselfälle von Ex-Männern und aufmüpfigen Kindern, sie decken würde. Außerdem hätte Pescoli jederzeit das Gleiche für sie getan. Das verstand sich von selbst.

Statt das Radio einzuschalten, das in diesen Bergen und Schluchten ohnehin nur schlechten Empfang hatte, und weil sie die schmalzige Weihnachtsmusik nicht mehr hören konnte, legte sie die erstbeste CD ein. Als die Melodie eines Songs von Tim McGraw aus den Lautsprechern perlte, fühlte sie sich von neuem hereingelegt. Es war eine von Luckys CDs, die er bei der Trennung vergessen hatte. Sie nahm sie aus dem Player und warf sie zu den leeren zerknüllten Zigarettenschachteln vor dem Beifahrersitz auf den Boden.

Gab es denn nichts anderes?

Oje, der Wagen geriet schon wieder ins Schleudern. Was war hier los? Sie hatte die Bergkuppe fast erreicht, vor ihr lagen nur noch ein paar Meter Steigung, eine Kurve, und dann ging es bergab, doch immer wieder verloren die Reifen den Halt.

»Du kannst es nicht mehr«, schalt sie sich selbst.

Krach!

Beim Knall der Büchse duckte Pescoli sich spontan und griff nach ihrer Waffe. Sie spürte, wie die Kugel in den Reifen drang, hörte sogar den Aufprall auf Metall. Sie straffte sich hinter dem Steuer, als ihr bewusst wurde, was geschah. *Der Mörder? Hat auf mich … geschossen?*

Der Wagen drehte sich wild, immer und immer wieder. Der Abgrund kam näher. *O nein!* Der Jeep wurde immer schneller und geriet völlig außer Kontrolle. Die Schlucht kam näher. Pescoli tastete nach ihrem Handy, bekam es in dem Moment zu fassen, als der erste Reifen über den Steilhang rutschte und dann der zweite folgte.

In der nächsten Sekunde drehte sich die Welt um sie, während der Geländewagen den Berg hinunterstürzte. Pescoli entglitt das Handy, doch ihre Finger krallten sich um die Waffe.

Voller Schrecken, in dem Wissen, dass sie wohl sterben, ihre Kinder nie wiedersehen würde, umklammerte sie die Pistole. Falls sie diesen Unfall irgendwie überleben sollte, dachte sie in großer Angst, während ihr Herz zum Zerspringen klopfte, dann würde sie den Kerl erschießen.

Ihn mit einem Schuss in sein schwarzes Herz niederstrecken.

»Ich kann euch nur sagen, was ich weiß, und ich weiß nichts«, sagte Mason Rivers, und MacGregor glaubte ihm. Er zweifelte nicht eine Sekunde daran, dass der flotte Anwalt problemlos lügen konnte, dass er schlüpfrig war wie ein Aal, doch im Augenblick sprach Mason Rivers, der Jillian fest ansah, die Wahrheit. Und was ihn am meisten störte, war die Tatsache, dass Jillians Ex-Mann sie immer noch liebte. Er versuchte natürlich, es zu verbergen, doch es war einfach nicht zu übersehen, so wie er sie mit leicht geneigtem Kopf voller Interesse musterte, wie er immer versucht schien, ihre Hand zu berühren, als sie neben ihm saß. Und wenn er meinte, Jillian würde es nicht bemerken, dann betrachtete er sie und seufzte.

Ganz gleich, welche Probleme Mason und Jillian in der kurzen Zeit ihrer Ehe gehabt hatten, MacGregor hatte den Verdacht, dass sie nichts waren im Vergleich zu dem, was er nun mit der mürrischen, jungen, eifersüchtigen Sherice erlebte. Die landläufige Warnung »Sei vorsichtig bei dem, was du dir wünschst« ging MacGregor durch den Kopf.

Er hatte nichts gegen jüngere Frauen. Er hatte sogar zwei Freunde, deren Frauen fünfzehn Jahre jünger waren als sie, doch in beiden Fällen waren sie ihren Partnern in Intellekt und Persönlichkeit ebenbürtig. Die Ehen funktionierten. Aber er hatte noch nie erlebt, dass eine Beziehung standhielt, wenn die junge Frau nie dem Wunsch entwachsen war, ständig im Mittelpunkt zu stehen, und aus dieser Phase wollte Sherice sich offenbar nie lösen.

»Ich höre mich um«, versprach Mason, an Jillian gewandt. MacGregor sah er kaum an. Doch er fuhr seinen Computer hoch, ging ins Internet und googelte alles, was er über Aaron Caruso im Zusammenhang mit Spokane, Missoula und Washington, Idaho und Montana finden konnte. Das hatten MacGregor und Chilcoate natürlich auch schon getan, doch MacGregor wollte Mason Rivers in die Karten sehen. Noch hatte er ihn nicht völlig von seiner Verdächtigenliste gestrichen, und die Waffe in seiner Jackentasche war Beweis genug dafür, wie wenig er irgendjemandem traute, der womöglich in diese Betrügerei und den Mordversuch verwickelt war.

Doch nachdem er Rivers kennengelernt und das versonnene Funkeln in den Augen des Anwalts gesehen hatte, war Mac-

Gregor zu dem Schluss gekommen, dass Mason Rivers nicht der Gesuchte sein konnte.
Und Chilcoate hatte höchst interessante Informationen durchgegeben.
Wenige Minuten später verabschiedeten sich Jillian und MacGregor. Jillians Ex begleitete sie nach draußen und ließ sie auf dem verschneiten Gehweg zurück, um Sherice' Lieblingsgeschäft aufzusuchen, in dessen Fenster Handtaschen und Schuhe ausgestellt waren, mit einem Schild, das »feinstes italienisches Leder« versprach. Die Fenster waren mit goldenen und silbernen Kugeln geschmückt, zwischen den Handtaschen hing Lametta und glitzerte auf dem weißen Kunstschnee.
»Weihnachten, wie schön«, sagte Jillian, sichtlich erleichtert, das Gespräch mit ihrem Ex-Mann überstanden zu haben. »Und jetzt?«
»Suchen wir uns ein Hotel?«
»Ein Hotel?«
»Mhm, mit heißem Wasser für eine anständige Dusche und Zimmerservice für ein überteuertes Essen und kabelloser Netzverbindung.«
»Netzverbindung? Wozu brauchen wir denn einen Internetzugang?«
»Um mehr über deinen ersten Mann zu erfahren.«
»Einfach so?«, fragte sie, schnippte mit den Fingern und zog eine Braue hoch.
»Na ja ... so rasch geht das vielleicht nicht.« Aber im Grunde ging es darum, dass er möglichst anonym bleiben wollte. Falls Jillians Angreifer damit gerechnet hatte, dass sie ihn bis nach Spokane verfolgten, dann lag es auf der Hand, dass Masons Wohnung und seine Arbeitsstelle überwacht wurden. Und er wollte ihr mitteilen, was er durch Chilcoates Anruf erfahren hatte. Denn hier in Spokane war weiß Gott nicht alles so, wie es sein sollte.

Zane schlug seinen Jackenkragen hoch und half Jillian in den Pick-up. Sie konnte schon etwas besser laufen, den Knöchel ein wenig belasten, doch sein Beschützerinstinkt war immer noch wach, und vielleicht fühlte er sich auch ein bisschen verantwortlich für sie. Und so ungern Zane es sich eingestand, mehr als einmal war seine Fantasie in Bezug auf Jillian mit ihm durchgegangen. Er erwog, sie zu küssen und abzuwarten, wohin das führte. Er stellte sich ihre Finger auf seiner nackten Haut vor, ihren Atem an seiner Halsbeuge, ihre Brustwarzen, die sich unter seinen Berührungen aufrichteten. Er hatte sogar daran gedacht, wie es wäre, in ihre Wärme einzudringen, sich dann aber zu anderen Gedanken gezwungen, zu düstereren Gedanken, die ihn daran erinnerten, dass sie in Gefahr schwebten. Und es wäre bedeutend klüger, seine Träume zu vergessen und sie nie in die Tat umzusetzen.

Ja klar, als wäre ihm nie der Gedanke gekommen, dass es in der kommenden Nacht so weit sein könnte. Warum belügst du dich selbst, MacGregor? Du willst sie haben und die ganze Nacht lang mit ihr schlafen, schon seit dem Augenblick, als sie in deiner Hütte die Augen aufschlug und dich musterte.

Du weißt, dass sie vielleicht darauf abfahren würde.

Andererseits weißt du aber, dass es womöglich kein Zurück mehr gibt, wenn du diese Grenze überschritten hast.

»Komm«, sagte er, sah sich über die Schulter hinweg um und vergewisserte sich, dass niemand sie beobachtete. Die Dämmerung warf lange Schatten über die Stadt, Schneeflocken tanzten im Schein der Straßenlaternen. Es störte ihn, dass er sich hier in der Stadt angreifbarer fühlte als in seiner Hütte in der Wildnis.

Und wie sicher warst du dort? Ist Jillian nicht in der Nähe der Hütte überfallen worden? Ist Harley nicht knapp dreißig Meter von der Hintertür entfernt angeschossen worden?

Dennoch, Zane war von Natur aus ein Einzelgänger und brauchte sich nur zu erinnern, was in Denver passiert war, um dieser Stadt mit Misstrauen zu begegnen, so ruhig und beinahe heiter sie im Abendlicht auch wirken mochte. Bunte Lichter lenkten seinen Blick auf einen Park, und wenn er es zugelassen hätte, wäre ihm vielleicht sogar weihnachtlich zumute geworden.
Doch das wäre idiotisch. Die blinkenden Lichterketten mochten Täuschung sein. MacGregor tastete nach der Pistole, die schwer in seiner Tasche ruhte, und war dankbar für das bisschen Sicherheitsgefühl, das sie ihm vermittelte.
Wer wusste schon, was in der zunehmenden Dunkelheit dieser fremden Stadt lauerte?

»Pescoli ist nicht wieder aufgetaucht?« Sheriff Grayson war, Sturgis bei Fuß, auf dem Weg zum Ausgang. Der schwarze Labrador blickte zu Alvarez auf, und sie kraulte seinen Kopf und dachte daran, sich ebenfalls ein Haustier zuzulegen. Etwas Lebendiges, Atmendes, das sie hätscheln konnte.
»Nein«, antwortete Alvarez. »Sie hat angerufen und mir eine Nachricht hinterlassen. Ihr ist etwas dazwischengekommen. Familienangelegenheiten.«
Grayson sah müde aus. Erledigt. Er nickte. »Tja, sie hat wohl auch genug Überstunden abgeleistet«, sagte er und stülpte sich den Hut auf den Kopf. »In diesem Fall brauchen wir alle mal eine Verschnaufpause.«
»Ich fürchte, wir sind dazu gezwungen«, sagte sie.
»Schlechte Nachrichten, was diese Estes betrifft«, bestätigte er und rieb sich das Kinn. Sein abendlicher Stoppelbart knisterte unter seinen Fingern. »Unseres Wissens war sie die einzige Person, die den Killer hätte identifizieren können.«
»Ich weiß.«
»Das FBI hat Sie informiert?«

Alvarez nickte. »Chandler rief an. Ich habe den Anruf angenommen. Sie ist morgen früh zurück.«
»Wir alle«, sagte Grayson und tippte ihr leicht auf die Schulter. »Gehen Sie nach Hause, Selena.« Er lächelte andeutungsweise. »Morgen schnappen wir uns den Kerl.«
Sie lächelte ebenfalls. »Einfach so.«
»Es ist mein Ernst.«
»Schon kapiert.«
Er sah sie an, als glaubte er ihr kein Wort, dann pfiff er nach seinem Hund und ging in Richtung Ausgang weiter. Selena machte sich Gedanken über ihn, den kürzlich geschiedenen, zum Sheriff gewählten Mann. Manchmal fragte sie sich, warum gerade er gewählt worden war. Zwar war er liebenswürdig und klug, aber auch eine Art Eigenbrötler, der höchst ungern an politischen Veranstaltungen teilnahm. Das überließ er den höheren Rängen und seinem Undersheriff. Cort Brewster liebte das Rampenlicht, das für Grayson eher eine lästige Pflicht als ein Privileg darstellte.
Rund um das Gebäude lagerten noch immer Presseleute auf der Suche nach Neuigkeiten. Sie rauchten, tranken Kaffee, ließen sich von Joelle verwöhnen, sobald sie auftauchte. In Alvarez' Augen war es eine Monstrositätenschau, und wenn diese Rezeptionistin, dieser Gutmensch, nicht bald aufhörte, die gesamte Presseschar zu verköstigen, würden sie überhaupt nicht mehr gehen. Nicht, dass sie alle schlecht waren. Der Nachrichten-Hubschrauber hatte geholfen, eines der Opfer zu lokalisieren, und der Sheriff hatte die Presse eingespannt, um die Öffentlichkeit um Mithilfe bei der Identifizierung des Täters zu bitten. Aber bisher ohne Ergebnis.
Auf dem Weg zu seinem Fahrzeug konnte Grayson dem einen oder anderen Reporter nicht aus dem Weg gehen. Doch damit wurde er Alvarez' Meinung nach fertig. Sie warf einen Blick zur Tür, als er mit seinem Hund hinausging.

Ja, er war ein interessanter Mann, fand sie und lächelte sogar leicht. *Tabu.*
Aber waren sie das nicht alle? Sie lehnte sich auf ihrem Stuhl zurück und massierte ihren verspannten Nacken. Das Dezernat brauchte dringend einen Durchbruch in diesem Fall. Wenn sie den Kerl nicht bald gefasst hatten, war mit weiteren Opfern zu rechnen. Das wusste sie. Der Druck im Magen erinnerte sie ständig daran.
Ohne den Kopfschmerz hinter ihrer Stirn und die ständig laufende Nase zu beachten, ging sie ein letztes Mal die Botschaften und alles, was einen Sinn ergeben sollte, durch: Orions Gürtel, MEIDET DEN SKORPION, der Jäger. Alles wirbelte in ihrem Kopf durcheinander, während sie zum zigsten Mal die Fotos der Opfer ansah. Schöne Frauen, die einen beinahe tödlichen Unfall erlitten hatten, entführt und am Leben erhalten worden waren. Wozu? Sexuelle Befriedigung steckte nicht dahinter. Vielleicht wollte ihr Mörder Macht ausüben, ihren Willen dem seinen unterwerfen, um sie dann irgendwann, wenn der richtige Zeitpunkt gekommen war, gewöhnlich um den Zwanzigsten des Monats herum, im eisigen Wald zum Sterben auszusetzen.
Jetzt hatte sie richtige Halsschmerzen. Heiße Zitrone und Lutschtabletten halfen nicht mehr, ganz gleich, was im Fernseher behauptet wurde. Es war Zeit, Feierabend zu machen; allzu bald wurde es schon wieder Morgen.
Ihre Muskeln schmerzten, aber nicht vom Training, und sie bedauerte es ein wenig, dass sie nicht eine Stunde auf dem Ellipsentrainer oder dem Laufband verbringen, dann in die Sauna gehen und diese Ablagerungen in ihrer Lunge ausschwitzen konnte.
An diesem Abend musste sie sich mit einer kochend heißen Dusche in ihrer eigenen Wohnung, Tee und heißer Zitrone und einem Grippemittel für die Nacht begnügen, das sie bis zum Morgen ins Koma sinken ließ.

Es war still im Dezernat, nur wenige Leute, einschließlich Zoller, waren geblieben. Zoller betreute pflichtbewusst die Telefone des Einsatzkommandos, bis in ein paar Stunden ihre Ablösung kam. Himmel, sie mussten diesen Kerl schnappen, bevor er erneut zuschlug.

Alvarez griff nach ihrer Handtasche, wickelte sich einen Schal um den Hals und schlüpfte in ihre Jacke. Sie war ein wenig in Sorge wegen Pescoli, denn sie hatte eigentlich mit deren Kommen gerechnet. Aber sie hatte ja Probleme mit Lucky Pescoli, diesem Versager, und ihren Kindern.

Wer wollte ihr ihr Fernbleiben verübeln? Alvarez erwog, ihr eine Nachricht zu hinterlassen, entschied sich jedoch dagegen. Etwas Neues gab es ohnehin nicht zu berichten. Am kommenden Morgen würden sie sich sprechen.

Von Halsschmerzen geplagt, verließ Alvarez das Büro des Sheriffs und sah die glänzende Buchstabenkette, die Joelle in Türnähe aufgehängt hatte: Frohe Weihnachten und ein glückliches neues Jahr.

Tja, vielleicht für den einen oder anderen, dachte sie. Sie musste husten, als sie den Parkplatz überquerte. Ihre Lungen schmerzten. Es schneite wieder einmal. Sie sah große Schuhabdrücke und eine Spur von Pfoten im frischen Schnee und dachte an Grayson und Sturgis, die der Presse entkommen waren und die einzigen frischen Spuren im Neuschnee auf dem Parkplatz hinterlassen hatten.

Unwillkürlich fragte sie sich, ob Grayson wohl heimfuhr zu dem Haus, in dem er einmal mit seiner Frau gelebt hatte. Oder kehrte er in irgendeinem Lokal am Ort zum Abendessen ein? Nein. Niemals würde er seinen Hund im Auto lassen, nicht bei diesem Wetter. Er war bestimmt auf dem Weg zu seiner rustikalen Hütte im Vorgebirge.

Als sie die Fahrzeugtür aufschloss, dachte sie an ihre kahle

Wohnung; in diesem Jahr hatte sie sogar auf einen kleinen Weihnachtsbaum verzichtet. Leer und kalt würde es sein.
Sie setzte sich hinters Steuer und beschloss, sich tatsächlich ein Haustier zuzulegen.

»Ein Vier-Sterne-Hotel«, bemerkte Jillian und betrachtete die prachtvolle Fassade. »Willst du bei mir Eindruck schinden?«
»Man lebt nur einmal«, sagte MacGregor und reichte einem Hoteldiener die Wagenschlüssel.
Der Marmorboden und die Kristalllüster im Rezeptionsbereich sahen aus, als wären sie über hundert Jahre alt. MacGregor hatte keine Kleider zum Wechseln bei sich, nur den Laptop, den er sich von seinem Freund Chilcoate ausgeliehen hatte. Zwar reiste MacGregor mit leichtem Gepäck, doch Jillian hatte einen kleinen Koffer mitgenommen, und beide trugen eine Waffe in der Jackentasche. Es war ein sonderbares Gefühl, dieses stattliche alte Hotel mit einer Waffe zu betreten – noch dazu eine illegale verborgene Waffe. Doch anscheinend bemerkte niemand die großen Ausbuchtungen in ihren Taschen und auch nicht die Spuren von Blutergüssen in Jillians Gesicht.
Ihr Zimmer befand sich im vierzehnten Stock und war elegant ausgestattet, mit Himmelbetten, Gaskamin, hohen Decken und Blick auf den Spokane River, der, Hochwasser führend, unten dunkel vorbeirauschte.
Hochfloriger Teppich bedeckte den Boden einschließlich einer Nische beim Kamin, die mit einem Schreibtisch, einem kleinen Tisch und zwei Sesseln als gemütlicher Wohnraum eingerichtet war. Die beiden Himmelbetten standen vor einem Schrank, der aussah wie aus dem neunzehnten Jahrhundert, aber einen Fernseher und ein komplettes Spielsystem beherbergte. Hinter Fenstertüren befand sich das Bad mit glänzendem Marmor, einem Whirlpool und einer Duschkabine mit Glastür.

»Ich dachte, wir hätten mal eine Pause nötig«, sagte MacGregor und schaute sich im Zimmer um. »Außerdem sind wir hier in Sicherheit. Es gibt einen Sicherheitsdienst und Überwachungskameras.«
»Du glaubst, jemand verfolgt uns?«, fragte Jillian nervös.
»Ich meine, wir müssen an deine Sicherheit denken. Chilcoate meint das ebenfalls. Wie es aussieht, könnte Spokane dir gefährlich werden.« Er ging zu ihr, legte einen Arm um ihre Schultern und lehnte die Stirn an ihre, so dass sich ihre Nasen fast berührten.
So nah. So vertraut. So männlich.
»Muss ich Angst haben?«, fragte sie.
»Ich bin nur auf der Hut.«
»Und gibst ein Vermögen aus.«
Seine Lippen, so nah, dass er Jillian hätte küssen können, verzogen sich zu einem breiten Lächeln. »Ich konnte dich doch nicht in einer Absteige unterbringen, oder?«
»Nein, nicht nach dieser Spitzenbar, in die du mich heute Nachmittag ausgeführt hast. Wie hieß sie noch gleich?«
»Elbow Room, und zufällig gehört sie zu meinen Lieblingslokalen, wenn ich mal ein Bier trinken will.« Er sah ihr in die Augen, und einen Moment lang glaubte sie, er würde sie einfach küssen, seine Lippen würden wenigstens für eine Sekunde die ihren berühren. Er zögerte, wich dann zurück, durchquerte das Zimmer und schloss die Tür ab. »Bestell den Zimmerservice. Ich möchte ein großes Steak und eine gebackene Kartoffel mit allem Drum und Dran.«
»Möchte wetten, hier gibt es auch was Schickeres, Fasan oder Kalb oder …«
»Ein Steak, medium gebraten.« Zane war auf dem Weg ins Bad. »Ich bin in der Dusche.« Einladend zog er eine Braue hoch. »Du könntest mitkommen …«

Vor ihrem inneren Auge sah sie sich und ihn zusammen, nasse, nackte Körper, glitschig von Seife, auf die heißes Wasser prasselte.
»Ich, hm, ich bestelle lieber das Abendessen.«
»Dein Pech.«
Jillian spürte ein leises Flattern im Magen, als sie daran dachte, was hätte sein können.
»Ach«, rief er durch die offene Tür, »und könntest du das hier bitte zur Reinigung geben?« MacGregor warf ihr seinen Pullover, die Jeans und die Boxershorts zu, und sie wusste, dass sie ihn hinter der Tür durch die Glasscheibe hindurch wahrscheinlich nackt sehen könnte, wenn sie wollte.
Sie räusperte sich. Fuhr sich über die plötzlich trockenen Lippen. »Wenn ich recht verstehe, spielt Geld wohl keine Rolle.«
»Heute nicht, Liebling«, rief er mit lockendem Tonfall durch die offene Tür. »Ich finde, heute Abend dürfen wir uns mal gehenlassen. Das sind wir uns schuldig.«
»Das sind wir uns schuldig?«
»Das hat mein Dad immer gesagt. Rufst du bitte das Zimmermädchen?«
»Dein Wunsch ist mir Befehl«, spottete sie.
Da lachte er, und lächelnd wandte sie sich dem Telefon auf dem Schreibtisch zu. Sie warf nicht einmal einen flüchtigen Blick durch die Tür, die er offen gelassen hatte, auch nicht, als er ein bisschen falsch mit tiefer Baritonstimme zu singen begann.
Du verliebst dich in ihn, warnte sie ihr Verstand nicht zum ersten Mal. An diesem Abend war es ihr gleichgültig. Sie betrachtete die getrennten Betten, ein Hinweis darauf, dass sie kein Liebespaar waren.
Noch nicht.
Mit zitternder Hand hob sie den Hörer ab.
Die Nacht war noch jung.

Es schneite.

Große weiße Flocken wirbelten und tanzten im bläulichen Schein der Straßenlaternen. In der Ferne sangen Kinder Weihnachtslieder, untermalt vom Summen des Verkehrs in den Straßen der Stadt.

Das Hotel, fünf Stockwerke hoch und voller Würde des neunzehnten Jahrhunderts, ein Wahrzeichen von Spokane, ragte hoch in den Himmel auf. Schnee sammelte sich auf Giebeln und Erkern, deckte die Dachrinnen zu. Lampen badeten die Backsteinwände in warmem Licht, und Millionen von kleinen Glühbirnchen glitzerten an Lichterketten in den kahlen Ästen der Bäume und über dem Bogeneingang des prächtigen alten Gebäudes.

Der Spokane River rauschte dunkel vorüber, der Wind blies eiskalt über das reißende Hochwasser. Am dunklen Himmel war kein Stern zu sehen, kein Mond verstrahlte sein silbriges Licht.

Sie war in dem Hotel.

Jillian Rivers ... nein, Jillian Colleen White Caruso Rivers.

Wie lange schon war mir der Name ein Dorn im Auge, ein Gift, das alles erstickt, mich unablässig heimsucht, reizt und verhöhnt? Ach, Jillian, du hättest schon längst sterben müssen ... schon vor langer Zeit. Aber jetzt wirst du sterben.

Ich stand vor dem Hotel und starrte auf das historische Gebäude. Zwar war es eine steinerne Festung, aber es gab Wege, die hineinführten, Schlüssel zu sämtlichen verschlossenen Türen. Schlüssel, die ich in der Vergangenheit oft genug benutzt habe, von denen ich vorausschauend Kopien angefertigt habe, Schlüssel, die wie die kalten, klaren Weihnachtsglocken in meiner Tasche klimpern.

Wie gut, dass dieses Hotel sich den »Charme des alten Westens« bewahrt hat, einschließlich der Metallschlüssel und -schlösser und der Generalschlüssel, die die Belegschaft benutzt. Keine modernen elektronischen Kartenschlösser. Hier nicht.

Jillian war keineswegs in Sicherheit.
Ich sah ihr Gesicht vor mir und redete wieder einmal mit ihr: »Du wirst einen ruhigen Tod haben, Jillian. Eine intime Angelegenheit. Nicht durch einen lauten Schuss. Nein, das wäre zu auffällig, würde alles ruinieren. Ein Messer. Ja, ein Messer! Mit rasiermesserscharfer, perfekt gekrümmter Klinge: Rasch über deinen Hals gezogen, erfüllt ein Messer seinen Zweck, erzeugt einen schmalen Blutstreifen, der heiß und rot zu sprudeln beginnt, wenn du nach Luft ringst.«
Der Gedanke weckte leise Vorfreude. Ich habe so lange auf diesen Augenblick gewartet, es so oft geplant, die Welt von ihr zu befreien, und durch den Sternmörder hatte ich endlich meine Chance bekommen.
Aber jetzt kann ich nicht vergessen, dass sie mir wieder einmal entkommen ist.
Du hättest sie gleich im Wald umbringen sollen. Dich vergewissern sollen, dass sie tot war. Mach nicht noch einmal den gleichen Fehler. Dieses Mal muss sie tot sein, und dann bist du endlich frei.
»Ich werde nicht versagen«, gelobte ich mir und zitterte unwillkürlich vor freudiger Erwartung. Fühlte den Kuss der Schneeflocken auf meinen Wangen. Bald sollte meine Qual ein Ende haben.
Ich biss mich auf die Unterlippe, tastete nach meiner Waffe und lächelte in die Dunkelheit hinein, während ich Jillian, meiner Feindin, im Flüsterton ein Versprechen gab. »Der Schnitt wird tief sein. Dein Blut wird in einem dicken, dunklen Schwall herausquellen.
Dein Blut soll die frischen Laken beflecken, an die hundert Jahre alten Wände spritzen, sich auf dem weichen, frisch gesaugten Teppich unter deinem Kopf zu einer Lache sammeln. Dann bist du still. Endlich wirst du mich nicht mehr quälen.«

30. KAPITEL

Jillian hatte ganz vergessen, wie himmlisch die Zivilisation sein konnte.

Zum ersten Mal seit ihrer Abfahrt aus Seattle speiste sie Gerichte, die nicht in einer Hütte über dem offenen Feuer zubereitet, kein geschmacksneutrales Krankenhausessen und kein rascher Imbiss in einer Kneipe waren. Sie aßen Steak, Salat und Kartoffeln, tranken trotz der Warnung auf dem Beipackzettel ihrer Schmerztabletten sogar Wein.

Und sie nahm Zane MacGregor wahr.

Ach, und wie sie ihn wahrnahm mit seinem dunklen nassen Haar, das sich auf dem Kragen des weißen Hotelbademantels kräuselte. Mehr hatte er nicht an. Die Aufschläge klafften über seiner Brust ein wenig auseinander und gaben den Blick auf schwarzes Brusthaar und gebräunte Haut frei.

Und er roch so gut.

Nach Seife und irgendeinem Parfüm und diesem frischen, sauberen Duft nach Mann, den sie schon beinahe vergessen hatte.

Zum Essen tranken sie eine Flasche rauchigen Cabernet Sauvignon. Jillian nahm ihr Weinglas mit ins Bad, ließ sich ein Schaumbad ein und entspannte sich. Sie löste das Pflaster von ihrem Knöchel, der nicht mehr annähernd so geschwollen war wie noch vor ein paar Tagen, und tauchte in das duftende warme Wasser ein.

Sie shampoonierte ihr Haar, spülte es, so gut es ging, unterm Wasserhahn aus und glaubte, aus den Augenwinkeln sekundenlang Zane am Schreibtisch oder vielmehr sein blasses Spiegelbild in der Glasscheibe gesehen zu haben. Ob er sie ebenfalls als gespenstisches Abbild in der eleganten alten Glastür sehen konnte?

Und wenn ja, wen störte es? Ihre eigenen Blicke schweiften ja auch nur zu gern zu seinen muskulösen Beinen und bloßen Füßen.

Später trank Jillian, ebenfalls in einen Bademantel gehüllt, während ihr Haar in ungebändigten Locken trocknete, den Rest des Weins mit MacGregor, der sie dann aufforderte, sich an den Schreibtisch zu setzen.

»Schau dir das mal an«, sagte er geschäftsmäßig. Sein Duft hüllte sie ein. Auf dem Bildschirm des Laptops erschienen Vergrößerungen der Fotos, die sie erhalten hatte. Chilcoate hatte sie angefertigt und per E-Mail an MacGregor geschickt.

»Ich hatte die Fotos selbst schon mit Photoshop bearbeitet«, sagte Jillian, »konnte aber nichts entdecken.«

»Du bist nicht Chilcoate«, sagte er und fügte rasch hinzu: »Gott sei Dank. Ich will dich nicht mit den Einzelheiten langweilen. Im Endeffekt ist es ihm gelungen, diese Parkuhr da mit dem Stempel des Verkehrsamts von Spokane zu vergrößern. Also ist das Foto in Spokane aufgenommen. Außerdem kann man die Buchstaben SEAU in diesem Schaufenster gespiegelt erkennen.«

Sie nickte. »Der Rest fehlt, aber offenbar ist es ein Ladenschild.«

»Genau. Was bedeutet, dass dieser Mann sich in Spokane aufhält oder zumindest aufgehalten hat, als die Fotos aufgenommen wurden.«

In Jillian erwachte ein Fünkchen Hoffnung. War es möglich? Würden sie denjenigen tatsächlich identifizieren, der sie betäubt und zum Sterben in die Eiseskälte des Waldes verschleppt hatte?

Sie betrachtete das Foto genauer, den Mann mit der Kappe.

War es Aaron? Oder jemand anderer? Kam sie dem Mann auf die Spur, der die Fonds seiner Investoren gestohlen und sie selbst jahrelang im Ungewissen gelassen hatte? Oder geriet sie nur noch tiefer in den Sog eines unfassbaren Schwindels, der ihren Tod zum Ziel hatte?

Wut stieg in ihr auf. Nicht nur auf den Mann, der sie verlassen hatte, sondern auch auf die Person, die sie vernichten, umbringen und ihren Tod einem anderen perversen Sadisten in die Schuhe schieben wollte.

Als ob er spürte, was sie empfand, legte MacGregor seine Hand auf ihre Schulter. Ihre Wärme drang durch den flauschigen Frotteestoff bis in ihre Haut. Jillian versuchte, nicht zu sehr an ihn zu denken, nicht, wenn sie ihrem Ziel so nahe waren. »Sag nicht«, begann sie und wunderte sich selbst über die Emotionen, die aus ihrem Tonfall herauszuhören waren, »dass Chilcoate den Laden, diese Straßenecke in Spokane bereits gefunden hat.«

»Selbst *er* hat seine Grenzen.«

»Mach keine Witze.«

»Er hat es uns für morgen früh versprochen. Wenn wir seine Ortsangabe haben, suchen wir diese Straße sofort auf.«

»Und dann kennen wir die Stelle, an der Aaron oder jemand, der aussieht wie er, die Straße überquert hat. Das heißt nicht unbedingt, dass wir ihn finden.«

»Die Antwort auf alle Fragen ist es noch nicht, Jillian, aber immerhin ein Anfang.« Er drehte sie im Schreibtischstuhl zu sich herum. Sie sah ihm ins Gesicht, verlor sich sekundenlang in seinem Blick und stellte sich vor, sie würden über etwas völlig anderes reden. »Immerhin etwas, nicht wahr?«

»Genau.«

»Sind wir der Wahrheit näher gekommen?«, fragte er.

»Der Wahrheit?«, wiederholte Jillian mit etwas heiserer Stim-

me, denn im Grunde hatte sie das Gefühl, dass er gar nicht mehr über den Fall sprach. »Ja.« Sie nickte auf die unausgesprochene Frage in seinen Augen.
Zane zog wie in stummer Einladung eine Braue hoch.
Jillian lächelte schwach.
»Meinst du?«, fragte er, als wollte er völlig sichergehen.
»Ich weiß es, MacGregor.«
»Tja, ich mag unterwürfige Frauen.«
»Und ich schwache Männer.« Ihr Lächeln wurde strahlender, und sie sah das Begehren in seinem Blick. Sie begab sich auf gefährliches Terrain, aber es war schließlich nicht das erste Mal. Bei ihm fühlte sie sich sicher. Sie vertraute ihm und begehrte ihn. Seit sie ihn zum ersten Mal gesehen hatte, als er das Feuer schürte und sein Hemd hochrutschte und einen Streifen Haut freilegte, begehrte sie ihn. Da war sie vorsichtig gewesen. Mit Recht.
Aber nicht jetzt.
Jetzt war sie sicher, dass er auf ihrer Seite stand, ihr wahrscheinlich ein besserer Partner war als die Männer, die sie dummerweise geheiratet hatte.
»Ich habe getrennte Betten verlangt«, erinnerte er sie.
»Ich habe mich schon gewundert.«
Er warf ihr einen Seitenblick zu, eine erotische Einladung. »Du solltest nicht denken, ich würde deine Zwangslage ausnutzen.«
Das Zimmer schien um sie herum zu schrumpfen, die Atmosphäre wurde intimer.
»Könntest du das? Ich beherrsche Taekwondo und alle möglichen Kampfsportarten«, warnte sie ihn.
»Und du hast Rippenprellungen und einen verstauchten Knöchel. Außerdem bin ich fast fünfzig Kilo schwerer als du.« Sein Blick wanderte an ihr auf und ab. »Vielleicht sogar mehr.«
»Du glaubst also, du könntest mich einfach so nehmen?«, for-

derte sie ihn heraus. Er lachte so leise, dass es das Knistern des Feuers kaum übertönte. »Halt dich zurück, Weib.«
»Warum?«
»Weil es vielleicht ratsam ist.«
Sie stand auf, kaum noch unsicher auf den Beinen, hob das Kinn ein wenig und sah ihm fest ins Gesicht. »Lass uns mal zusammenfassen, ja? Vor gar nicht langer Zeit glaubte ich, sterben zu müssen«, begann sie ernst. »Dann bist du gekommen und hast mich gerettet, und seitdem versuche ich, mir über meine Gefühle klarzuwerden. Aber die Sache ist die: Das Leben ist kurz.«
Sein Lächeln verblich ein wenig, und sie bemerkte Farbsprenkel in seinen Augen und seinen Bartschatten. »Du machst es mir viel zu schwer, mich zu …«
»Ach, bitte!« Sie lachte, warf den Kopf in den Nacken, und das nasse Haar fiel ihr über die Schultern. »MacGregor, ich fürchte, ich muss mich dir an den Hals werfen.«
Und das tat sie dann auch.
Sie schlang die Arme um seinen Nacken und küsste ihn mit all den aufgestauten Emotionen, die sie seit Tagen quälten. Das Zimmer schwankte leicht, und er hielt sie fest und legte seine Arme um ihre Taille. Der Bademantel glitt ihr von den Schultern.
Sie wollte ihn mit Leib und Seele. Und das Morgen oder die Folgen waren ihr gleichgültig.
Vielleicht lag es am Wein. Oder an den Schmerztabletten. Doch diesen Moment, diese eine besondere Minute, wollte sie sich nicht entgleiten lassen. Sie hörte ihn aufstöhnen. Er drückte sie fester an sich, spreizte die Finger auf ihrem Rücken.
»Kriegst du immer deinen Willen?«, fragte er an ihrem geöffneten Mund.
»Na, das will ich hoffen.«

Er lachte, trug sie zu einem der Betten und ließ sie auf die Matratze gleiten, um sich neben sie zu legen und sie noch einmal zu küssen. Dieses Mal drängte sich seine Zunge an ihre Lippen, bis sie bereitwillig den Mund öffnete.
Es stieg ihr heiß in den Nacken, Verlangen baute sich auf, pulste durch ihre Adern, rauschte in ihren Ohren. So lange schon hatte kein Mann sie mehr berührt, und noch nie war sie so ungeduldig, körperlich so erregt gewesen.
»Langsam«, brummte MacGregor, als sie am Bindegürtel seines Bademantels zu zerren begann. »Wir haben die ganze Nacht Zeit.« Und dann zeigte er ihr genau, wie er es meinte, ließ seine Hände über ihren Körper gleiten, öffnete bedachtsam ihren Gürtel, schälte sie, behutsam ihre schmerzenden Rippen meidend, aus dem Bademantel und hörte dabei nicht auf, sie zu küssen. Er schlug den Frotteestoff zur Seite, ließ seine Lippen an ihrem Körper herabwandern, und plötzlich lag sie nackt neben ihm. Er berührte ihre Brüste, umfasste sie, neigte sich herab, um eine Brustwarze in den Mund zu nehmen, so dass ihr das Blut in den Ohren rauschte. Er saugte gründlich, streichelte ihren Rücken, fuhr an ihrer Wirbelsäule herab bis zu ihrem Gesäß und zog ihren Körper fest an sich. Einmal hielt er inne, um nach ihrem verstauchten Knöchel zu sehen, doch sie zwang seinen Blick zurück in ihren, versicherte ihm, dass sie keine Schmerzen hatte, nur Lust empfand. Da glitten seine Hände tiefer an ihrem Unterleib herab, seine Finger forschten und bereiteten den Weg für seinen heißen, wunderbaren Mund.
Jillian stöhnte und schloss die Augen und hatte das Gefühl, jeden Bezug zur Realität zu verlieren. Sie streichelte MacGregor ihrerseits, knabberte an seiner Schulter, liebkoste seinen Brustkorb, spielte mit seinen Brustwarzen, bis er nach Luft rang.
Seine Erektion drängte sich auf intime Weise an ihren Körper.

Sie wollte ihn über sich ziehen, doch er unterbrach seine Zärtlichkeiten und sah sie an. Eine Hand legte er über ihre, mit der anderen wischte er ihr das Haar aus dem Gesicht. »Meinst du, das ist eine gute Idee?«
»Nein.«
»Ich auch nicht.«
Eine Sekunde verstrich, dann flüsterte sie: »Ach, warum denn nicht.« Er zog sie an sich und küsste sie so drängend, wie sie es noch nie erlebt hatte. Sein Mund bedeckte den ihren, sein Körper streckte sich, passte sich perfekt ihr an, mit langen Beinen, harten Muskeln, seine Haut an ihrer Haut.
Sie konnte nicht denken, kaum atmen. Sie war ganz auf ihn konzentriert, auf das Einssein mit ihm. Er wälzte sich auf den Rücken und zog sie über sich, bemüht, ihre Rippen zu schonen. Blick in Blick mit ihr wiegte er sich in den Hüften, rieb sich an ihr, so dass sie nichts mehr empfand außer Verlangen.
»MacGregor«, flüsterte sie und öffnete die Schenkel. Er zog ihren Körper an sich und stieß in sie hinein. Sie keuchte.
Und seufzte, als er sich zurückzog, mit den Händen ihre Hüften führte und einen Rhythmus vorgab, der sie in den Wahnsinn trieb. Ihr Blut kochte in den Adern. Begehren ballte sich tief in ihrem Inneren zusammen. Zane MacGregor lag unter ihr, hielt ihren Blick fest und liebte sie, als wollte er nie wieder aufhören.
Ihr brach der Schweiß aus, sie atmete stockend, bewegte sich schneller und schneller, hechelte nahezu. Auch sein Atem ging schnell, seine Haut war feucht, seine Augen waren glasig, seine Lippen halb geöffnet.
»Jillian«, flüsterte er heiser. »Jillian …«
Er bäumte sich auf und stieß einen rauhen, wilden Schrei aus.
Ein Schaudern ging durch ihren Körper, schien sich von innen nach außen fortzusetzen.
Das Zimmer schien sich aufzulösen, in Millionen Stücke zu

zersplittern. Er kam, und sie ließ sich auf ihn sinken. Ihre Rippen schmerzten ein wenig, ihre Lungen rangen nach Luft. Ihre Welt, dessen war sie sicher, würde nie wieder dieselbe sein.
Sie wollte ihm sagen, dass sie ihn liebte, doch das erschien ihr übereilt. Es war zu früh, obwohl es ihr so vorkam, als ob sie ihn längst kannte, ihr Leben lang auf ihn gewartet hatte.
Sie blieben beide stumm. MacGregor hielt sie die ganze restliche Nacht hindurch fest im Arm. Das zweite Bett blieb unbenutzt. Er atmete in ihr Haar; sie schmiegte sich an ihn und hatte sich nie in ihrem Leben so beschützt gefühlt.

Jillian schlug blinzelnd die Augen auf und fand sich allein im zerwühlten Bett wieder. *Wo zum Kuckuck war MacGregor?* Erinnerungen an die vergangene Nacht schossen ihr durch den Kopf, und sie reckte sich träge und errötete ein wenig, als sie auf die Uhr sah. Acht Uhr am Morgen, und er war fort. Aus dem Bad nebenan war kein Geräusch zu hören.
Klopf! Klopf! Klopf!
Wieder rief eine Frauenstimme: »Zimmerservice!« Dieses Mal klang es schon ein wenig ungeduldig.
»Wir haben nichts bestellt ...« Ach ja. Natürlich! Vor sich hinlächelnd wälzte Jillian sich aus dem Bett, und ihre geprellten Rippen, der schmerzende Knöchel und ein neues Wundsein zwischen den Beinen erinnerte sie an den Grund für ihre Müdigkeit. MacGregor war vermutlich kurz nach unten gegangen, vielleicht, um sich nach seinen Kleidern zu erkundigen, überlegte sie. Dann sah sie seinen Bademantel über der Lehne des Schreibtischstuhls neben dem Kamin, in dem immer noch ein kleines Feuer brannte.
Wie seltsam.
»Hallo? Ist da jemand? Zimmerservice.«
»Jaja, komme schon«, rief Jillian. »Einen Moment noch.« Sie

schlüpfte rasch in den Bademantel. Ihr Magen knurrte bei dem Gedanken an Orangensaft, Kaffee und Toast oder Pfannkuchen oder Eier mit Speck. Egal, was. Was immer MacGregor bestellt haben mochte, ihr sollte es recht sein. Mit plötzlichem Heißhunger zurrte sie den Gürtel ihres Bademantels fest und ging, kaum noch behindert durch den verletzten Knöchel, zur Tür. Beinahe hätte sie geöffnet, bevor ihr Zweifel kamen.

Jemand hatte kürzlich versucht, sie umzubringen. Sie spähte durch den Türspion und sah eine große Frau mit vor der Brust verschränkten Armen, augenscheinlich stinksauer. Sie trug einen schwarzen Rock, eine schwarze Weste und eine weiße Bluse, und ja, die Kellnerin schob einen Wagen, dessen Ecke durch den Spion zu erkennen war. An der Weste steckte ein Namensschildchen, das sie als Falda auswies, offenbar von der gleichen Art wie die der anderen Angestellten. Die Frau sah auf ihre Uhr und wollte anscheinend noch einmal klopfen.

Jillian dachte an die Waffe in ihrer Jackentasche, entschied jedoch, dass sie überängstlich reagierte, und öffnete die Tür einen Spalt. »Wer hat das bestellt?«

»Sie.«

»Nein, ich nicht.« Jillian lehnte sich an den Türrahmen und lugte durch die schmale Öffnung.

»Nicht?« Stirnrunzelnd sagte die Kellnerin: »Wollen doch mal sehen.« Sie wirkte ein wenig ratlos, als sie ein längliches, ledernes Quittungsbuch mit dem eingestanzten Logo des Hotels konsultierte. »Hm, nein, Sie waren es nicht. Sie heißen nicht Zane, oder?«

»Nein, aber ...« Die Kellnerin zückte ihr Handy. »Ich kläre das.« Sie warf einen Blick auf die Zimmernummer an der Tür. »Manchmal gerät in der Küche etwas durcheinander. Aber hier steht tatsächlich Zane MacGregor, und die Zimmernummer stimmt auch ...« Sie lächelte. Sie war eine große, sportliche

Frau mit lockigem braunem Haar, ein paar Sommersprossen und Sorgenfalten auf der Stirn und in den Augenwinkeln.
Der Servierwagen neben ihr war mit einem Leinentuch bedeckt. Darauf standen zwei Gedecke, Platten mit silbernen Hauben, eine große Kanne Kaffee und eine kleine Vase mit einer roten Rose. Das Parfüm der Kellnerin war süß, beinahe widerlich, doch der Duft von Kaffee und gebratenem Frühstücksspeck ließ Jillian schwach werden.
»Treten Sie ein«, sagte sie, öffnete die Tür weiter und ließ Falda den Servierwagen ins Zimmer schieben. »Entschuldigen Sie meine Reaktion«, fuhr Jillian fort. Die Tür fiel hinter der Frau ins Schloss. »MacGregor hat mir nicht gesagt, dass er Frühstück bestellt hatte …« In dem Moment, als sie die Worte ausgesprochen und MacGregors Namen erwähnt hatte, wusste sie, dass ihr ein schwerer Fehler unterlaufen war. MacGregor hätte bei einer Bestellung nie seinen Vornamen angegeben. Sie fuhr herum. »Moment mal«, sagte sie, doch es war schon zu spät.
Als Falda nach irgendetwas auf dem Tablett griff, stach Jillian eine Narbe an der Innenseite ihres Unterarms ins Auge. Ein kleiner rötlicher Halbmond knapp oberhalb des Handgelenks.
»Allmächtiger.«
Ihr Herz erstarrte vor Angst. Es war diese Frau gewesen, die sie im Wald hatte erfrieren lassen wollen!
Sie schnappte sich ein Tafelmesser und wollte um Hilfe schreien. Doch Falda riss das Leinentuch an sich, stürzte sich auf Jillian und verhinderte den Ruf. Der Geruch ließ Jillian würgen, sie versuchte, den Kopf abzuwenden.
Der Servierwagen stürzte um. Heißer schwarzer Kaffee spritzte zu Boden und verbrühte Jillians Arme. Sie versuchte zurückzuweichen, doch ihr Knöchel knickte ein. Schmerz schoss ihre Wade hinauf, und sie schrie.
Falda war flink. Sie presste das feuchte Tuch auf Jillians Ge-

sicht, dann setzte sie sich rittlings auf ihr Opfer. Ihr Rock riss ein, geplatzte Nähte legten kräftige, muskulöse Beine frei.
Nein! Jillian umklammerte das Tafelmesser und schlug wild um sich. Sie hieb nach Faldas Arm, wand sich unter ihr und versuchte, sich aus dem Griff der Wahnsinnigen zu befreien. Süßer, Übelkeit erregender Äthergeruch drang ihr in Kehle und Lunge. Sie hustete. Ihre Augen brannten. Das Hotel schien zu schwanken. Lieber Gott, lass es nicht zu, bitte!
Falda, rot im Gesicht, dem Wahnsinn nahe, presste das Tuch noch fester auf Jillians Nase. »Du elendes Miststück. Warum konnte er dich nicht vergessen? Warum zur Hölle musstest du in seinem Kopf rumspuken? Mich quälen?«
Wovon redete diese Irre?
Jillian versuchte zu schreien, doch nur dumpfe Laute durchbrachen das Tuch. Mit einer Hand schwang sie das Messer gegen die Angreiferin, mit der anderen Faust schlug sie wahllos um sich. Zwar traf sie Falda immer wieder, doch ihre Hiebe waren schwach und streiften sie nur. Richteten nichts aus.
Das Zimmer begann sich um sie zu drehen. Verschwamm. Alles wirkte so unwirklich. Mit ihrem Körpergewicht drückte die Amazone Jillian zu Boden.
»Er braucht nicht mehr an dich zu denken, kann dich nicht mehr begehren«, fauchte sie, und in ihren Augen brannte eine heiße, brodelnde Wut, die Jillian nicht verstand.
Wovon redete die Frau? Das Bett wogte vor ihren Augen, die Krücke geriet in ihr Blickfeld. Jillian dachte an MacGregor und fragte sich, ob sie ihn je wiedersehen würde. *Ich liebe dich*, dachte sie und hätte beinahe dem übermächtigen Wunsch nachgegeben, die Augen zu schließen, sich fallen zu lassen.
Sie schlug weiter um sich und empfand eine vage Befriedigung, wenn Falda das Gesicht verzog oder aufschrie.
»Er hat nie aufgehört, dich zu lieben, wollte dich immer wieder

anrufen, um dir alles zu erklären«, zischte sie, und Jillian konnte ihr kaum noch folgen. Wovon faselte diese Irre?
»Tja, das ist jetzt vorbei. Carl wird nie wieder von dir träumen.«
Carl? Wer war Carl?
Als hätte sie ihre Gedanken gelesen, fauchte Falda: »Carl ist mein Mann. Hast du gehört? *Mein* Mann! Und er kommt niemals zu dir zurück. Kapiert? Niemals!«
Carl? Grundgütiger, diese Frau hatte den Verstand verloren. Der einzige Carl, den Jillian kannte, war der Zeitungsbote in Seattle ... ein Mann in den Vierzigern mit einem alten Toyota-Pick-up, der ihre Katze verschreckte. Ach, sie wollte nur noch schlafen ...
»Ach ja, ganz recht. Du kennst ihn nicht unter dem Namen Carl, wie?« Es klang schrecklich selbstzufrieden. »Wenn du könntest, würdest du ihn immer noch Aaron nennen.«
Aaron?
In diesem lichten Moment verließ Jillian aller Mut. Tausend gestochen scharfe Bilder ihres ersten Mannes schossen ihr durch den Kopf und schnitten schmerzhaft in ihr Bewusstsein. Wütend sah sie ihre Angreiferin an. »Aaron lebt.«
Faldas Lächeln war der Inbegriff des Bösen. »Jetzt hast du begriffen, wie?«
Ja, sie hatte begriffen. Während sie sich wehrte und kämpfte, der Äther ihr die Kraft raubte, ihr Verstand sich immer mehr trübte, begriff sie, dass diese Psychopathin sie nach Montana gelockt hatte, diese Frau, die Aaron liebte, und dass der Schweinehund, der vor vielen Jahren verschollen war, tatsächlich noch lebte.
»Ich bin seine Frau«, sagte Falda siegesbewusst, als hätte sie eine begehrte Trophäe eingeheimst. Aaron lebte also nicht nur, sondern hatte noch einmal geheiratet.

»Und das wird sich nie ändern«, triumphierte Falda. »Er kommt nicht zu dir zurück, wird dich nicht um Verzeihung anflehen.«

Als ob Jillian den verlogenen, betrügerischen Kerl zurückhaben wollte, den sie einmal zu lieben glaubte …

Du musst kämpfen, Jillian!

Sie riss den Arm hoch, doch Falda wehrte den Schlag ab, und mit einem dumpfen Geräusch landete das Tafelmesser auf dem Teppich.

Falda drückte noch immer das Tuch auf Jillians Gesicht und legte jetzt ein Knie auf ihre Kehle, nahm ihr den Atem, zerdrückte fast ihren Kehlkopf, gönnte ihr nicht einmal mehr die äthergeschwängerte Luft, die sie betäuben sollte.

Jillian bäumte sich auf und wand sich nach Luft ringend, doch die kräftigere Frau hielt sie fest, drückte sie zu Boden.

Jillian verließen die Kräfte, ihre Hiebe trafen ihr Ziel nicht mehr, ihre Gegenwehr erlahmte, je länger der stechende Äther durch ihre Nase in die Lunge drang. Die Welt verschwamm.

Jillian blickte tief in die Augen einer Frau, von deren Existenz sie bisher nichts gewusst hatte.

»Es ist vorbei, Jillian«, versicherte Falda, rittlings auf ihrem geschwächten Körper hockend. »Dieses Mal wirst du *wirklich* sterben, verlass dich drauf.«

31. KAPITEL

MacGregor wusste, dass er es war.
Der Mann, der um fünf vor acht in dem Sportgeschäft auftauchte, musste Carl Rousseau sein. Chilcoate hatte ihm eine Personenbeschreibung gegeben, und außerdem trug der Mann eine Basecap und genau die gleiche Jacke wie an dem Tag, als das verhängnisvolle Foto aufgenommen wurde, das Foto, das jemand von Missoula aus an Jillian geschickt hatte.
Inzwischen war es hell, und kleine, zarte Flocken rieselten vom Himmel, als Rousseau, einen Pappbecher Kaffee in der Hand, die Straße entlangkam. Auf dem Weg zum Laden wich er einer Frau mit einem Windhund aus und hielt den Blick vor sich auf den Gehsteig gesenkt, um vereiste Stellen zu vermeiden.
Aus der Fahrerkabine des Pick-ups, wo MacGregor darauf gewartet hatte, dass Rousseaus Laden öffnete, sah er reglos zu, die Sonnenblende heruntergeklappt, um das Wageninnere zu verdunkeln, damit er nicht entdeckt wurde.
Mit der freien Hand griff Rousseau in seine Tasche und kramte vermutlich nach dem Schlüssel. MacGregor juckte es in den Fingern, das Schwein zu erwürgen, das Jillian in dem Glauben zurückgelassen hatte, dass er tot wäre. Und jetzt führte er dreist ein anscheinend ganz normales Leben hier in Spokane.
MacGregor biss die Backenzähne aufeinander. Am liebsten hätte er den Kerl in der Luft zerfetzt. Er hatte es nicht besser verdient.
Doch zu viele Fragen blieben noch offen. Wer hatte Jillian die Fotos geschickt? Dieser Mann? Ein Typ, der offenbar seiner täglichen Arbeit nachging, als ginge ihn alles andere nichts an?

Und wenn, warum? Und wer hatte die Fotos aufgenommen? Ein Stativ mit Selbstauslöser?

Ausgeschlossen. Hier stimmte etwas nicht, und in MacGregors Magengegend regte sich Angst.

Er wartete, bis ein Sportwagen passiert war, aus dem dumpfe Bässe dröhnten, dann stieg er aus. Schnee, Matsch und Kies knirschten unter seinen Stiefelsohlen. Der kalte Winter hatte die Stadt fest im Griff.

Caruso/Rousseau wirkte völlig arglos, als MacGregor auf ihn zukam, eine behandschuhte Hand an der Pistole in seiner Tasche. »Carl?«, rief MacGregor und lächelte so gezwungen, dass seine Wangenmuskeln schmerzten. Rousseau hob den Blick. Seine Miene war ausdruckslos, Schnee sammelte sich auf den Schultern seiner Jacke. »Ja?«

»Carl Rousseau?«

»Ja.« Jetzt wirkte er leicht gereizt, aber nicht aggressiv. Den Kaffeebecher in der einen Hand, versuchte er mit der anderen, den Schlüssel ins Schloss zu schieben. »Kann ich etwas für Sie tun?« Ein Lieferwagen rumpelte vorbei, stieß blauen Rauch aus und nahm die Kurve zu eng, so dass ein Reifen auf den Gehsteig geriet und die Stoßstange nur knapp ein Straßenschild verfehlte.

»O ja«, sagte MacGregor und nickte. »Ich möchte Sie mit jemandem bekannt machen.«

»Mit wem? Nein, Moment mal.« Der Schlüssel glitt ins Schloss, und der Mann presste seine Schulter gegen die Glastür und öffnete sie. »Kenne ich Sie?«

»Noch nicht.«

Caruso versteifte sich sichtlich. »Wer sind Sie?«

MacGregors Lippen umspielte ein zynisches Lächeln. »Glauben Sie mir, Caruso, das wollen Sie gar nicht wissen.«

»Caruso?« Etwas Kaffee schwappte aus Carusos Becher auf

den Gehsteig, der unter dem Schutz der Markise nass war. Verblüfft flüsterte er: »Was sagen Sie da?«
»Das ist Ihr wirklicher Name. Der, den Ihre Eltern Ihnen mitgegeben haben. Aaron Caruso. Schon vergessen?«
»Was? Nein, nein. Ich bin Carl Rousseau ...«, setzte er an, doch er erbleichte, und sein Blick huschte hastig von einer Seite zur anderen, als säße er in der Falle und suchte nach einem Fluchtweg.
»*Jetzt* lautet Ihr Name Rousseau«, berichtigte MacGregor ihn. Sein Blut geriet in Wallung. »Aber das ist nicht der richtige, und das wissen wir beide, also versuchen Sie gar nicht erst zu widersprechen. Ich weiß zwar nicht, wie Sie das hingekriegt haben, aber Ihr richtiger Name ist Aaron Caruso. Sie sind vierzig Jahre alt. Sie waren mit Jillian White verheiratet, dann unternahmen Sie eine Wandertour in Surinam und kamen nicht zurück. Sie haben Ihren eigenen Tod vorgetäuscht und sich mit dem Geld anderer Leute aus dem Staub gemacht. Haben Jillian in der Tinte sitzenlassen. Mit den Schulden.« Seine Finger legten sich um den Griff der Pistole. »Was für ein Feigling sind Sie eigentlich?«
»Ich bin nicht ...«
»Ach was«, fuhr MacGregor ihn an. Er stieß Caruso in den Laden, in dem es nach Textilien und geöltem Holz roch.
Eine Glocke über dem Querbalken klingelte, und der verdutzte Ladenbesitzer stolperte über eine männliche Schaufensterpuppe in Anglerausrüstung auf einem nachgestellten Campingplatz. Der Angelkasten der Puppe fiel klappernd herunter auf den Holzboden, und bunte Fliegen und Köder landeten vor MacGregors Füßen. Ein Glas mit Lachseiern rollte in Richtung Tresen. Sekundenlang ließ Caruso die Muskeln spielen. In seinen Augen glommen Angst und Hass. Er ballte die Hände zu Fäusten.

Schön! Nichts hätte MacGregor lieber getan, als den Kerl zusammenzuschlagen. Er ballte eine Faust, die andere hielt die Pistole in seiner Tasche. Ganz kurz kam ihm der Kampf in Denver in den Sinn, Ned Tomkins' blutiges Gesicht und seine eigene Verhaftung. Trotzdem hätte er Aaron liebend gern verprügelt. Zum Teufel mit den Folgen!
»Es geht um Jillian«, flüsterte Caruso leicht benommen, als es ihm allmählich dämmerte: Er sackte mitten in seinem Laden, umgeben von Zelten und Rucksäcken und Stiefeln, förmlich in sich zusammen. Gerade, als MacGregor so richtig loslegen wollte, erschlaffte Caruso, der Feigling, und seine Fäuste öffneten sich. Er hob eine Hand an sein Gesicht. »Ich weiß nicht, was ich sagen soll.«
»Sagen Sie, dass Sie ihr aufgelauert haben.«
»Was? Ich hätte Jillian aufgelauert?« Caruso schüttelte verwirrt den Kopf. Er wischte sich mit zitternden Fingern über die Stirn. »Nein, warum sollte ich …?«
»Sie streiten es ab?«
»Ich habe Jillian seit … Großer Gott.« Innerhalb einer Sekunde schien er um fünfzehn Jahre zu altern. Statt zu widersprechen oder sich zu wehren, nickte er bloß und ließ die Schultern hängen, als trüge er das Gewicht der Welt – ein überschätzter, überforderter Atlas. Er ließ sich auf einem Hocker beim nachgestellten Lagerfeuer sinken. »Das würde ich niemals tun.«
»Na klar.« MacGregor glaubte ihm nicht, aber irgendetwas war faul. Caruso reagierte anders, als er es erwartet hatte. Er war ein Mann, der Jillian hatte umbringen wollen, und MacGregor hatte mit einem Kampf gerechnet. Warum benahm er sich jetzt wie ein geprügelter Hund? Immerhin hatte er, MacGregor, jetzt die Oberhand. Nur um sicherzugehen, dass Caruso ihn nicht übers Ohr haute, und damit er verstand, dass es MacGregor bitterernst war, zerrte er das erbärmliche Häuf-

chen Elend auf die Füße, zückte seine Pistole und drückte sie Caruso knapp unterhalb der Rippen unter die Jacke. »Ich dachte mir, Sie würden Ihre Frau vielleicht gern wiedersehen. Gehen wir.« Mit Hilfe der Pistole schob er Caruso in Richtung Tür. »Und bevor wir am Ziel sind, sollten Sie sich vielleicht überlegen, wer Sie wirklich sind.«

Jillian trat um sich. Mit aller Kraft. Ihre Gedanken verwirrten sich, um sie herum wurde es schwarz, doch voller Wut stieß sie das Bein in die Höhe. Gleichzeitig fuhr ihre Hand in Faldas Gesicht, zerkratzte ihre Wange und griff in das dichte Haar. Mit aller Macht riss sie daran, und die Frau, die sie zu Boden drückte, verbiss sich einen Schrei. Durch den Schmerz abgelenkt, glitt ihre Hand ab, und das Tuch rutschte kurz von Jillians Mund und Nase, gerade genug, damit sie wieder Luft schöpfen konnte.
Jillian zerrte an Faldas Haar, bäumte sich auf und versuchte, eine Stellung einzunehmen, in der sie ihre Kampfsportkünste einsetzen konnte.
Falda war überrumpelt.
Jillian rollte zur Seite. Ihre Bewegungen waren immer noch schwerfällig. Wenn sie nur die richtige Stellung fand und ihr Kopf klarer wurde, dann könnte sie diese Verrückte besiegen.
»Du Miststück«, fauchte Falda und versuchte, mit einer Hand Jillians Finger aus ihrem Haar zu lösen. »Wusste ich doch, dass du nichts als Ärger machst.«
Jillian warf den Kopf zur Seite, und der Ätherlappen glitt ganz von ihrem Gesicht. Sie wollte um Hilfe schreien, doch ihr verletzter Kehlkopf gab nur ein schmerzhaftes Flüstern her. Niemand würde sie hören, doch der Kampf oder Faldas Schreie, falls Jillian sie verletzen konnte, müssten doch sicher Aufmerksamkeit erregen.

Sie musste ihre Beine frei bekommen! Mit pochendem Knöchel und Schmerzen am ganzen Körper versuchte sie, so viel Lärm wie nur irgend möglich zu machen, damit irgendwer sie hörte. Eine Sekunde lang dachte sie an MacGregor. Wo war er? Einen entsetzlichen Moment lang stellte sie sich vor, Falda wäre zuerst auf MacGregor gestoßen und hätte ihn umgebracht. Aber nein! Das konnte sie nicht glauben. *Wollte* sie nicht glauben. Er musste in Sicherheit sein.

Sie wand und krümmte sich, eine Hand noch immer im strohigen Haar der Frau, und mit der anderen, freien Hand prügelte sie auf ihre schwergewichtige Angreiferin ein. Adrenalin schoss ihr ins Blut, als ihre Faust die Nase der Frau traf.

Falda brüllte vor Schmerzen.

Jillian entzog sich, versuchte, einen Vorteil zu erringen, indem sie Faldas Kopf in den Nacken riss und ihre Kehle bloßlegte. Ein Schlag auf diese weiche Stelle und …

Falda warf den Kopf herum und kreischte vor Wut, als ein Büschel Haare sich löste.

Das war Jillians Chance.

Sie trat nach oben aus, ohne auf den Schmerz zu achten, und stieß damit Falda nach vorn. Dann packte sie ihre Arme, um mit Hilfe eines Jiu-Jitsu-Griffs die Oberhand zu gewinnen.

Sie schleuderte Falda über sich hinweg, und dann war Jillian auf ihr. Wenn sie jetzt nur noch …

Aber Falda bewegte sich plötzlich, und Jillian, durch den Äther noch immer etwas träge und unkontrolliert, reagierte nicht schnell genug.

Flink rollte Falda sich ab und kam auf die Füße. »Warum stirbst du nicht einfach?«, schrie sie und zog ein Messer aus einer Tasche ihres eingerissenen Rocks. Ihr Haar war wirr und stand nach allen Seiten ab. Ihre untere Gesichtshälfte, Bluse und Weste waren blutverschmiert.

Mit kaltem Blick und gefletschten Zähnen stapfte Falda zwischen Jillian und der Tür auf und ab wie ein Raubtier um seine verstümmelte Beute.
Jillian dachte an die Pistole in ihrer Jackentasche, doch sie war außer Reichweite. Auch das Telefon befand sich neben dem Bett auf der anderen Seite des Zimmers, und selbst, wenn sie die Notrufnummer hätte wählen können, wäre es ihr doch unmöglich gewesen zu sprechen. Jillian brachte kein Wort heraus.
Falda, wutschäumend in ihrer kranken Besessenheit, Jillian umzubringen, stand zwischen Jillian und dem Weg in die Freiheit. Jillian war unendlich kalt. Und jeder Muskel im Leibe schmerzte sie. Doch sie würde nicht aufgeben.
Mit einem grausamen, entschlossenen Lächeln trat Falda vor. Ihre Augen brannten im Wahn, auf ihrem Gesicht zeichnete sich erwartungsvolle Spannung ab. Das Jagdmesser mit dem gekrümmten Heft und der Wellenschliffklinge hielt sie fest in ihrer kräftigen Hand. »Es ist vorbei, Jillian«, zischte sie. »Und längst überfällig.«

MacGregor trat aufs Gas. Der Pick-up raste mit dröhnendem Motor durch die Stadt. MacGregor steuerte mit links, mit der rechten Hand richtete er die Waffe auf den Mann, mit dem Jillian einmal verheiratet gewesen war.
»Das ist nicht nötig«, sagte Caruso mit einem Blick auf die Pistole. Er wirkte niedergeschlagen und müde, seine Haut war teigig und fahl.
MacGregor ließ sich nicht darauf ein. Wusste er denn, ob dieser Betrüger nicht nur vorgab, sich geschlagen zu geben, während er auf eine Gelegenheit wartete, die Waffe an sich zu bringen und den Spieß umzudrehen? Kam nicht in Frage. MacGregor zielte auf das Herz des Mannes und fuhr mit überhöhter Geschwindigkeit durch die Straßen, in denen es von Menschen

auf dem Weg zur Arbeit wimmelte. Es herrschte dichter Verkehr, Rücklichter schimmerten rot auf dem nassen Pflaster. Der unaufhörlich fallende Schnee gefror dort, wo die Wärme von Motoren und Abgasen ihn nicht geschmolzen hatten.
Falls Caruso eine falsche Bewegung machte, konnte es ihrer beider Tod bedeuten, doch MacGregor wusste, dass er im Vorteil war. Falls der Kerl versuchen sollte, aus dem Pick-up zu springen, würde MacGregor ihm auf dem Fuß folgen. Aaron Caruso sollte nicht entkommen. Nicht noch einmal.
Zum Glück war der Weg bis zum Hotel nicht weit.
Er hatte die örtliche Polizei bereits informiert, aber nicht auf ihr Eintreffen gewartet. Stattdessen hatte er der Telefonistin erklärt, er würde die Polizisten im Hotel treffen. Es passte ihm nicht, die Behörden einschalten zu müssen, aber um Jillians Sicherheit willen musste es sein, selbst wenn sie sich bemüßigt fühlen sollten, ihn wegen all der Gesetze, die er im Augenblick übertrat und von denen Geschwindigkeitsübertretung noch das geringste Vergehen war, verhaften zu müssen.
Er wollte die Sache nur noch zu Ende bringen, alles andere war ihm egal. Und es sollte jetzt ein Ende haben.
Der Pick-up schleuderte um eine Kurve, und MacGregor trat aufs Gas und missachtete eine gelbe Ampel. Er überholte einen VW-Käfer, wich Fußgängern, Radfahrern und anderen Fahrzeugen aus, während die Scheibenwischer hektisch den Schnee von den Scheiben fegten.
»Sie sind MacGregor, stimmt's?«, fragte Caruso, als könnte er sich endlich einen Reim auf die Vorgänge machen. »Ich habe über Sie gelesen. Sie haben Jillian vor dem Psychopathen gerettet, den sie den Sternmörder nennen, dem abartigen Kerl, der seine Opfer im Wald erfrieren lässt.«
Der Typ versuchte wohl, sich herauszuwinden, wollte abstreiten, dass er es gewesen war, der Jillian an den Baum gebunden

hatte, um sie dort sterben zu lassen. Caruso wollte von sich ablenken. Und doch ...

»Erzählen Sie mir doch nicht, sie wäre vom Sternmörder entführt worden. Wir wissen beide, dass das nur eine Tarnung ist. Sie haben Jillian in den Wald geschleppt. *Sie* sind derjenige, der sie dorthin gelockt hat und sich hinter besagtem Mörder verstecken will. *Sie* haben versucht, die anderen Verbrechen zu kopieren, aber es ist Ihnen nicht gelungen, Caruso.«

»Was? Nein!« Aaron wirkte bestürzt.

»Lassen Sie das Theater. Wir wissen beide, was Sie getan haben. Im Hotel können Sie es der Polizei erklären. Versuchen Sie nur, ihnen Ihren Bären aufzubinden. Mal sehen, ob sie Ihnen die Geschichte abkaufen. Allerdings werden Sie eine ganze Menge erklären müssen, nicht nur Jillians Entführung und den versuchten Mord, sondern auch die Schäden, die Sie im Leben der Menschen angerichtet haben, die Sie bestohlen haben. Sie werden so viele Investoren und Versicherungsgesellschaften am Hals haben, dass Sie keine Luft mehr kriegen!«

Aus den Augenwinkeln sah MacGregor, dass alle Farbe aus Carusos Gesicht wich. »Nein.«

»Doch, doch.«

»Im Ernst. Sie müssen mir glauben. Ich war hier, im Laden. Das können Sie überprüfen. Ich habe nichts zu tun mit ...« Als ob er den ungeheuerlichen Umfang seiner Verbrechen plötzlich begreifen würde, stieß er lang anhaltend den Atem aus und starrte auf die Frontscheibe. Doch er sah nicht etwa auf die Heckleuchten des Pick-ups vor ihnen. Nein. Caruso erforschte seine Seele und entdeckte etwas, was ihm eine Heidenangst einjagte. »O nein ... nein, nein, nein«, sagte er so leise, dass es über das Grollen des Motors und den Verkehrslärm auf der Straße hinweg kaum zu hören war.

»Sie können es nicht leugnen.«

»Nein, ich ... Hören Sie. Ja. Sie haben recht. Ich habe das Geld gestohlen und bin untergetaucht«, haspelte Caruso hektisch hervor, als müsste er seine schlimmsten Sünden seinem Pfarrer beichten. »Aber Jillian habe ich nie etwas angetan. Ich würde niemals ...«

»Ach, schweigen Sie doch!« MacGregor hätte den Kerl am liebsten geohrfeigt. Er überschritt das Tempolimit um einiges, bis eine Ampel vor ihm auf Gelb umschaltete und er hinter einem Möbeltransporter anhalten musste. »Sie haben ihr nie etwas angetan? Haben Sie sie etwa nicht im Stich gelassen? Sie im Glauben gelassen, Sie wären tot? Alleingelassen, konfrontiert mit den Investoren, die Sie bestohlen hatten? Mit der Beweislast der Polizei gegenüber, dass sie nicht in Ihren Betrug verwickelt war?«

»Aber ...«

»Jahre später hat sich dann bei Ihnen offenbar die Angst festgesetzt, dass sie Sie finden könnte, und deshalb haben Sie sie nach Montana gelockt, um sie umzubringen. So einfach ist das.« Doch noch während MacGregor redete, erkannte er die Unstimmigkeit in seinem Gedankengang. Ihm wurde innerlich kalt.

Falls Caruso Carl Rousseau bleiben wollte, warum hatte er Jillian dann die Fotos geschickt? Warum hatte er Jillian angestachelt, Seattle zu verlassen, um ihn zu suchen?

MacGregors Hand spannte sich um das Lenkrad.

Er sah Carusos entsetzten, verstörten Gesichtsausdruck und wusste sofort, dass Aaron ihm etwas verschwieg. »Moment mal«, sagte er, und sein Herz raste vor neuerlicher Angst. »Ich täusche mich, was den Absender der Fotos betrifft, nicht wahr?«

Caruso schloss die Augen und nagte an seiner Unterlippe.

MacGregor konnte sich lebhaft vorstellen, wie die Rädchen in seinem Hirn arbeiteten.

Caruso schüttelte wie in Zeitlupe den Kopf, als wollte er sich gegen seine eigenen dunklen Gedanken wehren. »Ich habe nicht geglaubt, dass sie so weit gehen würde.«
»Wie bitte? Wer?«, wollte MacGregor wissen. Der Laster vor ihnen setzte sich endlich wieder in Bewegung.
»Falda war's«, sagte Caruso gepresst.
»Was?«
»Falda. Meine Frau. Meine *zweite* Frau. Sie ist … sie war eine Zeitlang weg, ist aber jetzt wieder in Spokane.« Ein Muskel zuckte in seiner Wange. »Geben Sie Gas, MacGregor«, riet er ihm. »Wenn Falda sich etwas in den Kopf gesetzt hat, kann sich ihr nichts in den Weg stellen, und ich bin mir sicher, dass sie Jillians Tod will.«
MacGregor trat das Gaspedal durch. Mit klopfendem Herzen überholte er den Laster, verfehlte nur knapp einen geparkten Wagen und handelte sich ein lautes, wütendes Hupen von einem Lieferwagen ein. Caruso hatte eine eifersüchtige Frau, so eifersüchtig auf seine erste Frau, dass sie imstande war, sie umzubringen?
Herrgott, das war krank!
»Wo steckt Falda jetzt?«
»Ich weiß es nicht.« Caruso schüttelte den Kopf, kaute auf seiner Lippe und starrte aus dem Fenster. Plötzlich zweifelte MacGregor nicht mehr daran, dass Aaron Caruso oder Carl Rousseau die Wahrheit sprach, und das ängstigte ihn zu Tode.
»Kannst du sie anrufen? Hat sie ein Handy?«
»Ja … aber sie wird sich nicht melden.«
»Versuch's.«
Rousseau kramte sein Handy aus seiner Jackentasche. MacGregor zielte mit der Waffe immer noch auf sein Herz. Sie waren nur noch knapp eine Meile vom Hotel entfernt, mussten nur noch einen kleinen Hügel hinter sich bringen. Ein Auge

auf die Straße, das andere auf seinen Beifahrer gerichtet, schlängelte MacGregor sich durch den Verkehr. Als er plötzlich vor einer Kurve abbremste, hätte Caruso beinahe das Handy fallen gelassen.

»Komm schon, melde dich«, drängte er, doch sie wussten beide, dass es sinnlos war.

»Wohin fahren wir? Zu welchem Hotel?«, wollte Rousseau wissen.

»Zum Courtland. Wieso?«

»Natürlich«, sagte er. Er wusste, dass das Courtland das beste Hotel in der Stadt war. »Sie ist dort.«

»Was?«

»Falda. Sie ist in dem Hotel.«

»Woher weißt du das?«

»Ich weiß es eben. Ein Bauchgefühl. Wenn Jillian dort ist, wird Falda sie finden.«

MacGregors Magen zog sich vor Angst zusammen, und er sagte sich, dass Caruso womöglich bluffte, versuchte, ihn auf eine falsche Fährte zu locken, doch auf dem Gesicht des Mannes zeichnete sich ein solcher Ernst, eine solch entsetzte Überzeugung ab, dass MacGregor annehmen musste, der Betrüger könnte ausnahmsweise mal die Wahrheit sagen.

»Es ist ganz plausibel«, überlegte Caruso. »Ich habe Falda vor Jahren kennengelernt, als ich noch mit Jillian verheiratet war. Wir hatten eine Affäre und fassten zusammen den Entschluss, dass ich mit dem Geld untertauchen sollte. Tja, das Geld ist schon lange verbraucht. Einen Großteil habe ich dafür ausgegeben, um meine Identität zu wechseln, hinzu kamen Fehlinvestitionen, und Falda ... ach, sie ist schon so lange eifersüchtig auf meine erste Frau. Von Anfang an. Obwohl sie und ich mein Verschwinden geplant und durchgezogen haben, obwohl ich Jillian verlassen hatte, glaubt Falda, ich hätte nie aufgehört, Jil-

lian zu lieben.« Er zögerte, dann fügte er hinzu: »Vielleicht hat sie sogar recht.«
MacGregor sah rot. Er biss die Zähne so fest zusammen, dass es weh tat. Nachdem er an einem langsam fahrenden Minivan vorbeigeschossen war, erhob sich vor seinen Augen in zwei Blocks Entfernung endlich die massive Backsteinfassade des Hotels.
»Ich habe keine Zeit für diesen Quatsch«, knurrte MacGregor. Jillian schwebte in Lebensgefahr.
Doch Caruso, mittlerweile restlos überzeugt, schüttelte den Kopf. »Erst vor einem halben Jahr hat Falda mal den Laden aufgeräumt und fand in einem Umschlag auf meinem Schreibtisch Fotos von Jillian. Fotos, von denen ich mich nicht trennen konnte. Ich habe sie seit unserer Hochzeit.«
MacGregor sah den Mann finster an und hätte ihm von Herzen gern auf der Stelle die Seele aus dem Leib geprügelt. Seinetwegen war Jillians Leben in Gefahr. Wegen ein paar dämlicher Fotos? »Und dann?«
»Falda rastete total aus. Verlor den Verstand. Ich habe ihr geschworen, einfach nur vergessen zu haben, dass es diese Fotos noch gab, aber sie schnitt sie vor meinen Augen in kleine Stücke, die sie mir ins Gesicht warf. Sie war ... außer sich.«
»Du Idiot.«
»Ich hatte die Fotos als Erinnerung an bessere Zeiten behalten. Es ist nun mal so, dass ich bald sterben werde. Krebs. Unheilbar. In letzter Zeit denke ich oft, es wäre an der Zeit, mein Haus zu bestellen.«
MacGregor traute ihm nicht. Das alles konnte ebenso gut nur Theater sein. Doch der Kerl wirkte tatsächlich leicht gelbsüchtig. »Dein Haus zu bestellen? Wie denn? Indem du dich stellst? Beichtest?«
Caruso antwortete nicht, doch MacGregor erriet die Wahrheit. »Du wolltest Kontakt zu Jillian aufnehmen, stimmt's?«

Wieder nur Schweigen. Nur das Motorengeräusch und das Klatschen der Scheibenwischer. Caruso schluckte.
»Und dann was? Wolltest du sie um Verzeihung bitten, damit du reinen Gewissens hinscheiden kannst?«
»So was in der Art.«
»Hast du Falda davon erzählt?«
Caruso sackte noch mehr in sich zusammen, doch er nickte knapp. »Ja.«
Er hätte genauso gut Jillians Todesurteil unterschreiben können, und das wusste er auch: »Das war ein Fehler.« Mit einer Kopfbewegung deutete Caruso auf das Hotel. »Falda hat früher hier gearbeitet. Im Courtland«, sagte er. »Sie hat ihre Dienstkleidung noch. Das Namensschildchen. Und einen Universalschlüssel.«
MacGregors Herz drohte stehenzubleiben. Er raste am Hoteleingang, an zwei hohen, mit bunten Lichterketten geschmückten Steinsäulen vorbei. Das Heck des Pick-ups brach aus, als er die Kurve zu schnell nahm und nur mit knapper Not ein Taxi am Ende der Zufahrt verfehlte. Der Fahrer sprang aus dem Wagen, ballte die Fäuste und schrie ihm irgendwas hinterher.
MacGregor nahm es kaum wahr. Sein Herz hämmerte, er war nahezu blind vor Angst. »Sie kann die Zimmernummer nicht kennen, kann nicht hinein«, sagte er.
»Machen Sie sich nichts vor. Freunde von ihr arbeiten hier. Eine Cousine, die labert wie ein Wasserfall. Sie kennen Falda nicht, MacGregor. Wenn sie in das Zimmer will, kommt sie rein, und wenn sie die Tür eigenhändig einschlagen muss.«
»Und dann ist alles deine Schuld, Caruso.« Sie schossen auf einen Säulenvorbau zu, unter dem Hoteldiener standen und dem Pick-up entgegenstarrten. MacGregor stieg auf die Bremse. »Wenn Jillian etwas passiert, geht es auf deine Kappe.«

»Du kriegst ihn nicht«, versicherte Falda, bewegte sich langsam auf Jillian zu und hob das Messer.
»Du wirst es nicht glauben«, versuchte Jillian zu schreien, doch ihre Stimme war immer noch ein kaum hörbares Flüstern. Wenn sie doch bloß an die Pistole herankäme! »Aber ich will ihn doch gar nicht!«
»Ja klar.« Falda nahm es ihr nicht ab, und sie blockierte immer noch die Tür. Falls Jillian versuchte, sich an ihr vorbeizudrängen, war sie geliefert. Wenn sie zum Fenster stürzte, würde Falda angreifen. Aber irgendetwas musste sie tun.
»Ich habe Fotos gefunden«, sagte Falda. »Von dir. Auf zweien davon warst du halbnackt.«
Wie bitte? Lass dich nicht ablenken, Jillian. Greif dir die Pistole. Hol sie dir!
»Ich weiß nicht, wovon du redest.« Vielleicht konnte sie den Schreibtischstuhl packen und gegen die Wand schleudern. Oder gegen den umgestürzten Servierwagen treten, damit irgendjemand kam, um nachzusehen.
»Sie sind vom Tag eurer Hochzeit. Weißt du, er hat dich zwar fotografiert, aber damals schon hat er dich betrogen, und zwar mit mir.«
Doch Jillian erinnerte sich nicht. Zu viele Jahre waren vergangen, die Schnappschüsse von ihrer Hochzeit mit einem Mann, den zu vergessen sie sich solche Mühe gegeben hatte, waren aus ihrer Erinnerung gelöscht.
»Trotzdem hat er die Aufnahmen aufbewahrt. Hat sie angesehen, wenn ich nicht da war.«
Jillian empfand nichts dabei, aber Falda war noch nicht fertig mit ihrer Tirade. »Er hat es nie verwunden, dich verlassen zu haben, das ist sein Problem. Fühlte sich schuldig. Warum? Und als das Geld aufgebraucht war, packte ihn das schlechte Gewissen erst recht. Da fing er an, Blödsinn zu reden. ›Das hätte ich

Jillian nicht antun dürfen, das hat sie nicht verdient.‹ Und ich musste mir das anhören, damit leben. Und als er dann krank wurde und wusste, dass er sterben würde, glaubte er, er müsste dich noch einmal sehen.«

Aaron würde sterben? Jillian empfand nichts dabei. Für sie war er schon lange tot.

»Wenn er das tat«, sagte Falda und kam immer näher, »wenn er versuchte, ich zitiere: ›alles wiedergutzumachen‹, dann würde er sich besser fühlen, Frieden finden, bevor er sterben musste. Aber was war mit mir? Die Polizei würde mir Carls Veruntreuungen anhängen. Ich würde in den Knast gehen. Während Carl sich bei dir lieb Kind macht. Dir will er beichten, von dir erwartet er Vergebung.«

»Niemals«, flüsterte Jillian hitzig. Ihre Gedanken überschlugen sich, suchten nach einer Möglichkeit, diese Wahnsinnige aufzuhalten.

Falda zog einen Mundwinkel hoch; in ihren Augen glomm der pure Hass. »Da hast du völlig recht. Wenn du nicht mehr lebst, hat er nicht mehr diesen Drang, dich wiederzusehen, nicht wahr? Dann kann er in Frieden sterben.«

»Du bist widerlich.«

»Ach ja? Tja, und du bist tot.« Flink wie eine Katze stürzte Falda sich auf sie.

Jillian wollte ausweichen, doch ihr Knöchel gab nach, und Falda war mit erhobenem Messer wieder über ihr. Beide stürzten und wälzten sich am Boden. Jillian kämpfte, doch Falda war stärker und rammte ihr das Messer in die Schulter. Schmerz schoss durch Jillians Arm; sie schrie auf, doch aus ihrer Kehle kam nur ein erbärmliches Wimmern. Aber sie glaubte, das Heulen einer Sirene zu hören.

Schritte hallten durch den Flur. Rufe. Stimmen brüllten ihre Zimmernummer.
Sie wälzte sich in Richtung Bett. Blut quoll hervor, als Falda das Messer aus der Wunde riss und erneut zustieß. Dieses Mal konnte Jillian ausweichen, sich wegdrehen, so dass die Klinge nicht sie, sondern nur den Ärmel ihres Bademantels traf.
»Es ist vorbei«, zischte Falda, das blutverschmierte Gesicht zu einer triumphierenden Fratze verzogen. Wieder holte sie mit dem Messer aus. Die Gummispitze ihrer Krücke neben dem Bett stach Jillian ins Auge. Sie überlegte nicht lange, sie packte die Krücke, und ihre Finger umspannten das Metall. Falda hob den Arm, um noch einmal zuzustechen. Die Messerklinge blinkte golden im Feuerschein.
Jillian zögerte nicht. Mit aller Macht schwang sie die Krücke. Knack!
Der Stahl traf Falda mit großer Wucht seitlich am Kopf. Das blutige Messer fiel zu Boden. Falda taumelte und brach über Jillian zusammen, die unter dem Gewicht zu ersticken drohte. Jillian schüttelte sich vor Ekel und wand sich unter dem Körper der Frau hervor. Sie nahm kaum noch wahr, dass der Tumult im Flur immer lauter wurde und das Sirenengeheul näher kam.
Sie schlang die Arme um ihren Oberkörper und musterte ihre Angreiferin, die am Boden lag. Ihre glasigen Augen verrieten ihr, dass es vorbei war. Aarons zweite Frau war tot.
Jillian kam mühsam auf die Füße und humpelte zur Tür. Im selben Augenblick rasselte der Schlüssel im Schloss, und die Tür wurde aufgestoßen.
MacGregor, leichenblass, stürzte mit gezogener Waffe ins Zimmer. »Jillian!« Seine Stimme brach, und er riss sie in seine Arme. Sie ließ sich gegen ihn fallen, brach an seiner warmen, starken Brust zusammen. Sie blutete, war am ganzen Körper zerschun-

den, war im Begriff, das Bewusstsein zu verlieren, doch hier, in MacGregors Armen, war sie in Sicherheit.
Endlich.
Voller Erleichterung klammerte sie sich an ihn. »MacGregor.«
»Du blutest. Lass mal sehen.«
»Falda!«, rief eine Männerstimme, schwach, gebrochen.
Jillian erschrak. Über MacGregors Schulter hinweg sah sie Aaron Caruso in die Knie sinken. Dieser gebrochene Mann war derjenige, dem sie ihre Liebe geschenkt hatte, der sie verlassen und seinen Tod vorgetäuscht hatte. Krank und blass sah er aus, als er jetzt den blutverschmierten Kopf seiner zweiten Frau in den Schoß nahm.
»O Falda«, flüsterte er. »Was hast du getan?« Er drückte ihren Körper an sich, ihr Blut befleckte seine Jacke. »Ach Falda, warum?« Er wiegte die Tote in seinen Armen. Aus einiger Entfernung kam Sirenengeheul.
Im Flur sammelten sich Zuschauer. Ein paar Hotelgäste und Angestellte kamen durch die offene Tür ins Zimmer. Ein bewaffneter Wachmann drängte sich durch die Menge, trat ins Zimmer und drehte sich um, um die Gaffer zurückzudrängen.
»Zurück! Bitte zurücktreten!« Mit einem Blick schätzte er die Lage ein und sagte zu MacGregor: »Die Polizei ist schon unterwegs.«
»Gut.«
Aaron, der auf dem Boden saß und seine tote Frau in den Armen wiegte, blickte auf.
Zum ersten Mal seit vielen Jahren sah Jillian ihm in die Augen – dem Mann, der ihre erste Liebe gewesen war. »Es tut mir leid«, sagte er, und es klang aufrichtig. Tränen traten ihm in die Augen, und er versuchte, sie wegzublinzeln. »Ach, Jilly, es tut mir so leid.«
Sie antwortete nicht. Wollte nicht lügen. Ihr tat nicht leid, was

sie so lange gemeinsam gehabt hatten … und ihr tat es nicht leid, dass Falda tot war. Sie spürte, wie MacGregor sie fester in die Arme nahm.

»Dass es so weit kommt, habe ich nie gewollt«, sagte Aaron. Sie biss die Zähne zusammen.

»Ich werde sterben. Und Falda ist tot. Sie wird dir nie wieder etwas tun … und außerdem ist Weihnachten.« Er wirkte so gebrochen, dass ihr das Herz tatsächlich ein bisschen weh tat, genauso wie es für jeden anderen geschmerzt hätte, der seinem Tod ins Auge sah. Sie würden ihn verhaften, für alle Verbrechen vor Gericht stellen, die noch nicht verjährt waren, aber er würde, wie sie vermutete, vorher sterben. Er war erbarmungswürdig, und was ihm bevorstand, würde sie nicht einmal ihrem schlimmsten Feind wünschen. »Ich fühle mich scheußlich«, sagte Aaron zerknirscht. »Ob du mir je verzeihen kannst?«

»Dir verzeihen?« Sie dachte an all den Kummer, den sie seinetwegen erlitten hatte, daran, dass er sie alleingelassen hatte, damit sie seine Altlasten übernahm, die Konfrontation mit der Presse, mit den betrogenen Investoren. Während er einfach die Frau heiratete, mit der er sie betrogen hatte. Er war ein Parasit, hatte vom Geld anderer Leute gelebt, ohne daran zu denken, wie viel Unheil er anrichtete. Und noch während der Zeit, als sie sein Verschwinden betrauerte, hatte er eine zweite Frau genommen, sofern man Falda als seine Frau bezeichnen konnte. Schließlich hatte Aaron sich der Bigamie schuldig gemacht. Er hatte sich an eine Psychopathin gebunden, die Jillian betäubt und im Wald dem Tod durch Erfrieren ausgesetzt hatte. Und als das schiefgegangen war, hatte Falda alles auf eine Karte gesetzt, um sie doch noch zu töten, und beinahe wäre es ihr auch gelungen.

»Dir verzeihen?«, wiederholte sie und schüttelte den Kopf. »Heute nicht«, sagte sie, »aber das könnte sich ändern. Irgendwann vielleicht. Kurz bevor die Hölle einfriert.«

EPILOG

Soso, sie haben den Prätendenten also gestellt. Schön. Draußen frischt der Wind wieder auf und fegt gewaltig durch die Bäume. Ich sitze nackt in meiner Hütte, meine Haut glänzt nach meinem eben absolvierten Workout vor Schweiß. Ich schaue auf den Bildschirm und nippe an meinem Drink. Die Eiswürfel klimpern leise in meinem Glas, während ich zusehe, wie die Polizei einen Mann namens Carl Rousseau in Handschellen aus einem eleganten Hotel zerrt – dem Courtland in Spokane, Washington. Sie stoßen ihn in den Fond eines Streifenwagens, sorgsam darauf bedacht, dass er sich nicht den Kopf stößt.

Die Polizisten sind stolz auf sich. Sie haben einen von den Bösen geschnappt. Die Kamera schwenkt herum und zeigt den Lieferwagen des Gerichtsmediziners am Schauplatz. Ein halbes Dutzend Polizeiautos parkt fächerförmig auf der Straße. Ihre Lichter tasten den verschneiten Rasen des Hotels ab. Eine Frau ist tot; man nimmt an, dass diese Frau die Idiotin ist, die versucht hat, meine Arbeit zu kopieren.

Eine Frau! Sie hat die Bullen an der Nase herumgeführt. Tja, das dürfte gar nicht so schwer sein, wie? Polizisten sind nun mal Schwachköpfe.

Es dreht mir immer noch den Magen um, wenn ich daran denke, dass jemand versucht hat, die Lorbeeren für meine Arbeit einzuheimsen. Dass die Polizei auch nur eine Sekunde lang annehmen konnte, ein Hochstapler könnte nachahmen, was ich in jahrelanger Arbeit entwickelt habe. Meine Finger spannen sich um das Glas, und ich zwinge mich dazu, ruhig zu bleiben.

Immerhin ist der Betrug aufgedeckt worden. Wütend schalte ich den Fernseher aus und gehe zu dem Tisch, an dem ich mit der Vorbereitung der nächsten Tat begonnen habe. Perfekt geschrieben, penibel ausgearbeitet, bereit, um für die Polizei an einen Baum genagelt zu werden. Um sie wissen zu lassen, dass ich noch immer eifrig bei der Arbeit bin.

Neben den sauber gestapelten Botschaften liegen die Fotos der Frauen, denen ich die Gnade erwies, sie zu erwählen, Fotos, die ich in dem Moment aufgenommen habe, als sie erkannten, was ihr Schicksal sein würde. Sie schauen zu mir auf, und ich erinnere mich an sie alle, die glaubten, ich würde sie beschützen, sie retten … die sich mir anboten und bettelten wie die Huren, die sie nun mal sind.

Sie sind erst der Anfang.

So viele mehr müssen noch geopfert werden, und das Büro des Sheriffs muss daran erinnert werden, dass es noch nicht vorbei ist. Die Polizei wird merken, dass ich weiterarbeite, und ich weiß, wie ich mich ihrer Aufmerksamkeit, sogar ihres Respekts versichern kann. Dieser Trittbrettfahrer wird schließlich nicht noch einmal zuschlagen.

Ich höre ein Geräusch aus dem Zimmer ein Stück den Flur hinunter. Sie regt sich … weint vielleicht sogar.

Ich trinke mein Glas leer und weiß, dass es an der Zeit ist, meine Rolle zu spielen, mich anzukleiden und ein mitfühlendes Lächeln aufzusetzen, ihr zu versichern, dass alles gut wird, sobald der Sturm vorüber ist.

Dass ich ihr Retter bin.

Sie ahnt ja nicht, dass sie schon längst auserwählt ist: Um zu sterben.

LESEPROBE

LISA JACKSON

DER ZORN DES SKORPIONS

1. KAPITEL

Gestern

Regan Pescoli war heiß.
Allerdings nicht in erotischem Sinne.
Sie platzte fast vor Wut. Sie kochte vor Zorn. Stinksauer war sie.
Sie umfasste das Steuer ihres Jeeps so krampfhaft, dass ihre Knöchel weiß wurden, biss die Zähne fest zusammen und sah starr auf die Straße, als könnte ihr zornfunkelnder Blick das Bild des herzlosen Schweinehunds heraufbeschwören, der sie in diesen Zustand namenloser Wut versetzt hatte.
»Mistkerl«, zischte sie. Die Reifen ihres Dienstwagens gerieten auf dem vereisten Abhang leicht ins Rutschen. Ihr Herz raste, ihre Wangen waren trotz der Minustemperaturen draußen gerötet.
Kein Mensch auf der Welt außer ihrem Ex-Mann, Luke »Lucky« Pescoli, brachte sie dazu, dermaßen rotzusehen. So wie an jenem Tag. Da hatte er schließlich die unsichtbare Grenze überschritten, die Regan gezogen und er bisher respektiert hatte. Er war doch wirklich einfach nur ein Versager. In all den Jahren ihrer Ehe hatte er ihr nichts als Unglück gebracht.
Und jetzt hatte er es sich aus heiterem Himmel in den Kopf gesetzt, ihr die Kinder wegzunehmen.
Die altbewährte CD läuft im Hintergrund, während Regan wie eine Verrückte durch die steilen, schneebedeckten Berge und Schluchten in dieser Gegend der Bitterroot-Bergkette raste. Der Jeep reagierte optimal. Die Fenster beschlugen vor Kälte,

der Motor überwand grollend den Pass, die Reifen fraßen sich über die verschneite Landstraße durch diese Bergkette, über den Bergrücken, der ihr Haus von der Gegend trennte, in der Luke mit seiner neuen Frau lebte, einer Barbiepuppe mit Namen Michelle.

Gewöhnlich war Regan glücklich über diese Barriere. Doch heute ging sie ihr aufgrund der schlechter werdenden Wetterbedingungen gehörig auf die Nerven.

Ihr letztes Telefongespräch mit Luke spulte sich wie die schlechte Bandaufnahme einer Warteschleife immer wieder in ihrem Kopf ab. Er hatte angerufen und bestätigt, dass *ihre* Kinder, der Sohn und die Tochter, die sie weitestgehend allein erzogen hatte, bei ihm waren. Lucky hatte in seiner herablassenden Art gesagt: »Die Kinder, Michelle und ich haben geredet, und wir stimmen alle überein, dass Jeremy und Bianca bei uns wohnen sollten.«

An diesem Punkt war das Gespräch eskaliert, und Regans Abschiedsworte an ihren Ex-Mann, bevor sie den Hörer aufknallte, waren: »Pack die Sachen der Kinder, Luke, denn ich komme und hole sie ab. Und Cisco ebenfalls. Ich will meinen Sohn. Ich will meine Tochter, und ich will meinen Hund. Und ich komme, um sie zu holen.«

Sie hatte das Haus verschlossen und war sofort losgefahren, entschlossen, die Fronten zu klären und ihre Kinder zurückzubekommen. Oder Lucky umzubringen. Oder beides.

Der Motor des Jeeps heulte empört auf, als sie auf dem verschneiten Terrain zu einem entnervenden Schneckentempo heruntergeschaltete. Sie suchte im Handschuhfach nach ihrem Reserve-Zigarettenpäckchen, das sie »für den äußersten Notfall« dort versteckte, nur um feststellen zu müssen, dass es leer war. »Toll.« Sie zerknüllte die nutzlose Schachtel und warf sie auf den Boden vor dem Beifahrersitz. Sie hatte das Rauchen aufgeben wollen ..., ganz und gar, schon seit geraumer Zeit. Wie es aussah, war es heute so weit.

Im Radio trällerte irgendeine Countrysängerin etwas von scheußlichem Wetter, und Pescoli schaltete es aus.

»Du hast ja recht«, brummte sie grimmig und beschleunigte in einer Kurve. Die Reifen schlitterten leicht, fanden dann wieder Bodenhaftung.

Sie nahm es kaum wahr.

Ebenso wenig nahm sie die hohen Fichten, Tannen und Kiefern wahr, die sich mit von Schnee und Eis beschwerten Zweigen wie majestätische Wachtposten in die frische, kalte Luft reckten. Schnee fiel aus unsichtbaren Wolken. Die Scheibenwischer fegten die Flocken weg, die Heizung lief auf Hochtouren. Trotz des Gebläses konnte die warme Luft nichts dagegen ausrichten, dass die Fenster immer mehr beschlugen.

Pescoli kniff die Augen zusammen und sehnte sich nach einem einzigen tiefen Zug aus einer Zigarette, während sie sich für die bevorstehende Konfrontation wappnete, die abenteuerlich zu werden versprach. Von wegen »Fröhliche Weihnachten« und »Friede den Menschen, die guten Willens sind«. Das galt nicht für Lucky. Hatte noch nie gegolten. All diese Plattitüden, doch um der Kinder willen Frieden zu halten und die Gefühle zu beherrschen, waren vergessen.

Er durfte ihr nicht die Kinder wegnehmen, niemals.

Sicher, sie machte häufig Überstunden im Büro des Sheriffs von Pinewood County, und in letzter Zeit war die Abteilung dank des Winterwetters mit großflächigen Stromausfällen, Straßensperrungen und Glatteis im gesamten Bezirk völlig überlastet gewesen. Außerdem befand sich der »Mörder mit dem Unglück bringenden Stern« oder kurz der »Unglücksstern-Mörder« genannt, der erste Serienmörder, der in diesem Teil von Montana sein Unwesen trieb, immer noch auf freiem Fuß.

Der Kerl war einer von der übelsten Sorte. Ein organisierter, geschickter Mörder mit langem Atem, der die Reifen seiner ahnungslosen Opfer beschoss und damit Unfälle provozierte. Die verletzten Frauen »rettete« er dann, nur um sie in irgendeinen geheimen Unterschlupf zu verschleppen, wo er sie gesund pflegte, sie vollkommen von sich abhängig machte und ihr Vertrauen erschlich. Schließlich trieb er sie nackt hinaus in die winterkalte Wildnis, fesselte sie an einen Baum und überließ sie dem eisigen, erbarmungslosen Wind und einem langsamen, qualvollen Tod.

Wie sie darauf brannte, ihn zu schnappen!

Bisher hatte der grausame Kerl fünf Frauen umgebracht. Die letzte, Donna Estes, war noch lebendig gefunden und per Rettungshubschrauber ins Krankenhaus gebracht worden, wo sie dann doch gestorben war, ohne wieder zu Bewusstsein gekommen zu sein – ohne das perverse Schwein identifizieren zu können. Natürlich wurden an den Tatorten auch Hinweise gefunden, die Autowracks der Opfer wurden weit entfernt von den Mordschauplätzen entdeckt, an denen der Täter über den Köpfen der Toten an den Baum genagelte Botschaften hinterließ. Doch bislang führte nicht das kleinste Beweisstück auf die Spur eines Verdächtigen. Was nicht hieß, dass sie überhaupt einen im Visier hatten. Bis zu diesem Zeitpunkt hatten sie keinerlei Gemeinsamkeiten bei den Opfern feststellen können, und kein potenzieller Täter war ihnen bisher ins Blickfeld geraten.

Noch nicht.

Das würde sich ändern. Musste sich ändern.

Und während Pescoli und das ganze Morddezernat Überstunden schoben, um den Perversen zu schnappen, hatte Lucky die Unverfrorenheit, die unbeschreibliche Frechheit besessen, ihre Kinder zu entführen und ihr mitzuteilen, dass er das alleinige Sorgerecht beantragen würde.

Vor knapp einer halben Stunde hatte sie das Telefongespräch mit ihm beendet und ihre Partnerin gebeten, für sie einzuspringen. In etwa einer Viertelstunde würde sie vor seiner Wohnung stehen. Sie legte eine Tim-McGraw-CD ein, erinnerte sich, dass sie Lucky gehörte, betätigte die Auswurftaste und feuerte die CD zu ihrer leeren, zerknüllten Zigarettenschachtel auf den Boden vor dem Beifahrersitz. Flüchtig dachte sie an Nate Santana, den Mann, mit dem sie eine Affäre hatte. Er konnte ihr gehörig den Kopf verdrehen, doch sie wusste, dass er nicht gut für sie war. Überhaupt nicht gut. Ein gutaussehender Cowboy, der Typ, dem sie besser aus dem Weg ging. Und an den sie jetzt nicht denken durfte. Nicht, wenn sie an bedeutend Wichtigeres zu denken hatte.

Der Jeep geriet leicht ins Schleudern, und sie lenkte behutsam dagegen. Seit Jahren fuhr sie in Schneestürmen durch diese Berge, doch sie war sehr wütend und ihr Fahrstil vielleicht ein bisschen zu aggressiv.

Pech! Empörung steuerte ihr Handeln. Ihr Gerechtigkeitssinn trieb sie an. Regan nahm eine Kurve ein wenig zu schnell und schlitterte aus der Spur, doch sie hatte den Jeep wieder in der Gewalt, bevor er über die Böschung in den Abgrund des Cougar-Canyon schießen konnte.

Sie schaltete herunter. Wieder drehten die Räder durch, als wäre die Straße hier kurz vor der letzten Bergkuppe spiegelglatt. Noch ein paar Meter, und es ging bergab …

Noch einmal schleuderte das Fahrzeug.

»Du lässt nach«, schalt Pescoli sich und lenkte in eine Kurve.

Krack!

Ein Schuss aus einem leistungsstarken Gewehr hallte durch den Wald. Instinktiv duckte Pescoli sich, nahm eine Hand vom Steuer und griff nach ihrer Waffe. Der Jeep rüttelte, und sie begriff, was mit ihr geschah. Mitten im heftigen Schneesturm schoss jemand auf ihr Fahrzeug.

Nicht irgendjemand. Der Unglücksstern-Mörder! Auf diese Weise bringt er seine Opfer in seine Gewalt!
Angst ergriff ihr Herz.
Der Jeep drehte sich, die Reifen rutschten, der Sicherheitsgurt rastete ein, alles Gegenlenken war sinnlos.
Immer schneller drehte sich der Jeep und glitt über den Rand der Felsenschlucht. Verzweifelt griff Regan nach ihrem Handy, doch es rutschte ihr aus der Hand, als der Jeep zwischen Bäumen hindurchschleuderte und über Felsbrocken hinwegschoss. Metall krachte und kreischte, Glassplitter und kalte Luft brachen ins Wageninnere ein, der Airbag prallte gegen Regans Oberkörper.
Bamm! Der Jeep fiel auf die Seite. Metall knirschte, spitze Steine und Geröll bohrten sich durch die Tür. Heftiger Schmerz fuhr durch Regans Nacken und Schulter, und sie wusste sofort, dass sie verletzt war.
Warmes Blut quoll aus einer seitlichen Kopfwunde. Wie auf Schienen raste der Jeep durchs Unterholz, dann überschlug er sich.
Mit der einen Hand klammerte sie sich ans Steuer, mit der anderen hielt sie immer noch ihre Pistole umfasst. Die Welt drehte sich um sie, ihre Zähne schlugen aufeinander. Vor ihrem geistigen Auge sah sie die Opfer des Mörders. Momentaufnahmen in schneller Abfolge, von nackten Frauen, tot, mit bläulicher Haut, Eis und Schnee im Haar, so fest an Baumstämme gebunden, dass die Haut verfärbt und aufgesprungen und Blut geflossen war, bevor es gefror.
Bamm!
Der Kühler barst beim Aufprall, der Ruck ging Pescoli durch sämtliche Knochen. Ihre Schulter brannte wie Feuer, der Airbag zwängte sie ein, aufgewirbelter Staub geriet ihr in die Augen.

Unter dem Geräusch von reißendem Metall prallte der Jeep von einem Baum ab und raste den Abhang hinunter. Das Kühlerblech zerknautschte, ein Reifen platzte, immer schneller ging es bergab.

Pescoli konnte in Todesangst kaum einen klaren Gedanken fassen und kämpfte gegen die drohende Bewusstlosigkeit. Sie hielt ihre Pistole fest, tastete am Armaturenbrett nach dem Schalter, der das Magnetschloss ihrer Gewehrhalterung entriegelte, für den Fall, dass sie die Waffe überhaupt zu fassen bekam.

Aber sie musste. Denn wenn sie den Absturz überlebte und irgendein Kerl mit einer Waffe zu ihrer Rettung kam, würde sie ihn drankriegen. Ohne lange zu fragen. Flüchtig dachte sie an ihr verpfuschtes Leben: an ihre Kinder und ihren verstorbenen ersten Mann, an ihren zweiten Mann, Lucky, und schließlich an Nate Santana, den sexy Herumtreiber, mit dem sie sich nie hätte einlassen dürfen.

Es gab so vieles, was sie bereute.

So darfst du nicht denken. Bleib wach. Bleib am Leben. Halte dich bereit für diesen Wahnsinnigen und schieß ihm den Schädel weg.

Sie biss die Zähne zusammen und drückte die Taste des Magnetschlosses, doch nichts rührte sich. Das Gewehr löste sich nicht. Verzweiflung stieg auf, aber noch hatte sie ja ihre Pistole. Sie schloss die Finger um die Waffe und spürte sie tröstlich in ihrer Hand liegen.

Nicht lange fragen, gleich schießen.

Noch einmal hörte sie Knirschen und Ächzen von Metall, als das Dach unter den Überrollbügeln einbrach und auf sie zukam.

Grell blitzte die Erkenntnis auf, jetzt sah sie ganz klar. Sie wusste nun, dass sie jetzt sterben würde.

Perfekt!
Befriedigt sehe ich zu, wie der Jeep sich überschlägt und über den Rand des Abgrunds in die Schlucht stürzt. Bäume wanken, der Schnee fällt in großen Haufen von den Zweigen, und die Geräusche von reißendem Metall und splitterndem Glas werden vom Sturm gedämpft.
Aber ich darf mich nicht auf meinen Lorbeeren ausruhen oder mir auf die Schulter klopfen, denn dort wartet Arbeit auf mich. Und diese hier, Regan Elizabeth Pescoli ... nein, besser: *Detective* Pescoli ist anders als die anderen.
Womöglich erkennt sie mich.
Sofern sie lebt.
Sofern sie bei Bewusstsein ist.
Ich muss auf der Hut sein.
Rasch rolle ich die Plastikplane zusammen, die ich dort ausgebreitet hatte, von wo ich einen so perfekten, präzisen Schuss auf die Straße abfeuern konnte. Ich schnalle sie auf meinen Rucksack und vergewissere mich, dass die Skibrille meine Augen verdeckt und mein Gesicht von Skimütze, Kappe und Kapuze verdeckt wird. In der Gewissheit, meine Identität damit geheim halten zu können, schultere ich mein Gewehr und stapfe durch den hohen Schnee, froh darüber, dass die Verwehungen meine Spuren bald verdeckt haben werden.
Mein Fahrzeug habe ich in einem verlassenen Holzfällerlager abgestellt, zwei Meilen von der Stelle entfernt, wo der Jeep aufgeschlagen ist. Zwei Meilen durch steiles, unwegsames Gelände, das zu durchqueren mich Stunden kosten wird. Pescoli ist keine zierliche Frau, und womöglich wehrt sie sich.
Doch auf all das bin ich vorbereitet.
Ich wandere an der Rückseite des Berges hinab, der die Straße überblickt, an der Straße dann krieche ich durch ein Kanalrohr, um meine Spur zu verwischen. Es ist eng und dunkel, kein

Wasser plätschert, und es dauert bedeutend länger, doch die zusätzliche halbe Meile ist der Mühe wert. Nicht nur, damit ich den schwachsinnigen Cops die Spurensuche erschwere, sondern auch, weil Detective Pescoli so noch länger der eisigen Luft ausgesetzt ist, die ihr tief in die Knochen kriecht. So wird sie eher bereit sein, Hilfe anzunehmen, gleichgültig, von wem. Auch wenn sie wachsam sein wird.

Ich glaube nicht daran, dass sie den Unfall überlebt und aus dem Wagen entkommen oder gar geflüchtet ist, nicht, nachdem ich gesehen und gehört habe, wie schwer der Jeep bei seinem Sturz vom Felsen beschädigt wurde. Doch selbst wenn ein Wunder geschieht und ihre Verletzungen es zulassen sollten, dass sie sich befreien und aus dem Wrack kriechen konnte, bin ich vorbereitet.

Bei dem Gedanken spüre ich den Adrenalinstoß in meinem Blut. Ich jage seit jeher gern, pirsche mich an meine Beute heran, teste mein Geschick an den würdigsten Gegnern.

Ich lächele unter meiner Neopren-Skimütze und bin mir bewusst, dass Regan Pescoli ganz sicher eine würdige Gegnerin ist.

Lauf doch, denke ich, und die Finger meiner rechten behandschuhten Hand spannen sich um mein Gewehr. *Lauf nur wie der Teufel, Regan Pescoli! Du wirst mir nicht entkommen.*

Pescoli bekam kaum Luft. Ihre Lunge war wie zugeschnürt, so furchtbar eng. Und die Schmerzen …

Sie hatte das Gefühl, als würde das gesamte Gewicht des zerbeulten Jeeps auf ihrem Körper lasten, ihre Muskeln quetschen, ihr die Luft aus den Lungen, das Leben aus dem Körper drücken.

Werde jetzt nur nicht theatralisch, Regan! Raus hier! Auf der Stelle! Rette dich!

Du weißt, was hier vorgeht, und das bedeutet nichts Gutes. Nein, es sieht äußerst böse für dich aus.
Verzweifelt versuchte sie, den Sicherheitsgurt zu lösen und den verflixten Airbag von ihrem Gesicht zu schieben. Schmerz schnitt durch ihre Schulter, und sie schrie gequält auf.
Während ihr Körper sonst auf jeden Befehl prompt reagiert hatte, war sie nun völlig hilflos.
Los, los! Dir bleibt nicht viel Zeit!
Sie wusste, dass er in diesem Moment dort draußen war. Sie konnte seine Nähe förmlich spüren.
Begriff, dass er in unerschütterlicher tödlicher Absicht näher kam.
Grundgütiger, beweg dich, Pescoli, nichts wie raus hier!
Sie hielt den Atem an, biss gegen den Schmerz die Zähne zusammen, zwängte die Finger in den Zwischenraum zwischen den Sitzen und drückte mit aller Kraft auf die Taste, die den Gurt löste.
Klick.
Endlich! Wenn sie jetzt irgendwie die eingedrückte Tür aufstoßen oder durch die Frontscheibe kriechen könnte ... Doch nichts geschah, der Gurt ließ sich nicht öffnen.
Wie bitte? Nein!
Sie versuchte es noch einmal.
Wieder hörte sie das metallische Klicken der Verriegelung, aber das Ding klemmte. Genauso wie das Schloss ihres Gewehrhalters.
In panischer Angst versuchte sie es immer und immer wieder, verzog vor Schmerzen das Gesicht, fürchtete, dass der Mörder jeden Augenblick auftauchte, was das Ende vom Lied wäre. Ihr Ende.
Nicht aufgeben! Noch ist Zeit!
Das Blut, das aus einer Schnittwunde an ihrer Schläfe rann, gefror auf ihrer Haut, und sie zitterte, ihre Zähne klapperten. Wind

und Schnee stürmten durch die zersplitterte Frontscheibe, und trotzdem lief ihr vor Angst der Schweiß über den Rücken.
Regan rechnete jetzt jede Sekunde damit, dass der Perverse auftauchte.
Nein, du bist kein wehrloses Opfer! Nichts wie raus aus diesem Fahrzeug!
Wenn sie doch bloß den Polizeifunk einschalten oder ihr Handy greifen könnte oder …
Noch einmal versuchte sie, den Sicherheitsgurt zu lösen, und musste einsehen, dass es sinnlos war, die verdammte Schnalle klemmte. Zum Teufel! Sie musste den Gurt durchschneiden … aber womit? Sie tastete die Konsole ab, versuchte, den Deckel zu öffnen, doch auch der klemmte. »Ach nein«, fauchte sie leise und zwängte einen Finger in die Öffnung … In der linken Hand hielt sie immer noch die Waffe. In ihrer Hosentasche steckte ein Taschenmesser mit gezahnter Klinge. Wenn sie es nur irgendwie greifen könnte … oder das Funkgerät … oder ihr Handy … oder ihr Notrufgerät. Doch sie war nicht im Dienst, und deshalb lag das kleine Funkgerät, das sie manchmal an der Schulter trug, irgendwo auf dem Rücksitz. Sie hatte nicht gedacht, dass sie es bei ihrer Konfrontation mit Luke brauchen würde.
Verbissen versuchte sie, ihre Finger in ihre Hosentasche zu zwängen, um das Messer herauszuziehen, das den Sicherheitsgurt durchsägen könnte.
Mühsam schob sie die Hand hinein und kämpfte vergeblich gegen ihre Panik, gegen das Gefühl, dass sie jeden Moment unter Schock geraten und dann völlig hilflos sein würde.
So darfst du nicht einmal denken. Arbeite einfach weiter. Du schaffst das schon, du schaffst das.
Sie schluckte ihre Angst herunter, ertastete das Messer mit den Fingerspitzen. *Mach schon, mach schon.* Noch weiter zwängte sie die Hand in die Tasche und lauschte die ganze Zeit über das

Klopfen ihres Herzens und das Rauschen des Winterwinds hinweg auf Schritte, das Knacken von Zweigen oder irgendein Geräusch, das nicht in diese winterliche Wildnis passte, auf Geräusche, die sie vor dem sich anschleichenden menschlichen Raubtier warnten.

Ihre Kollegen würden sie finden, das wusste sie. Irgendwann. Wenn ihr genug Zeit blieb, würde das Büro des Sheriffs ihr Fahrzeug entdecken. Immerhin hatte man es doch mit Signalgeräten ausgestattet. Der Jeep würde gefunden werden. Von den Guten.

Aber angesichts der Überlastung im Dezernat und ihrem eigenen Wunsch nach Zeit für sich allein würde sie wohl entweder gefangen genommen oder erfrieren, bevor man überhaupt daran dachte, sie zu suchen.

Angst und Wut erfassten sie. Sie spannte die Finger um das Messer.

Endlich!

Mit äußerster Konzentration zog sie die kleine Waffe an ihrem Bein hinauf aus der Tasche, fort von den Schmerzen. Ihre Hände zitterten, als sie das Messer schließlich frei bekam. Sorgfältig klappte sie die Klinge heraus, dann stach sie wie verrückt auf den Airbag ein, der zischend langsam in sich zusammenfiel. Sie schob ihn von sich und begann, den Gurt durchzusägen. Ihre Wangen waren taub, ihre Finger begannen, vor Kälte starr und gefühllos zu werden.

Wäre sie unverletzt gewesen, hätte sie den Gurt problemlos durchschneiden können. So aber musste sie alle Kraft aufbieten. Sie begann zu sägen und *fühlte* eher, statt es zu sehen, dass sie nicht allein war.

Aber wo war er?

Sie erstarrte. Mit der Linken umklammerte sie ihre halbautomatische Glock. Verkrampft, wie sie war, brauchte sie die handliche Pistole. Sobald sie sich aus dem Wrack befreit hatte, konnte sie das Gewehr wieder in Betracht ziehen und versuchen, das Halterungsschloss zu öffnen.

Sie hörte nichts außer dem Heulen des Windes und ihrem eigenen angsterfüllten Herzschlag. Sie sah nur Weiß auf Weiß, Millionen von rasenden Schneeflocken, die vom Himmel fielen, und ihre eigene Fantasie gaukelte ihr Bilder vor. Ihr Herz raste. *Ich weiß, dass du da bist. Zeig dich!*

Nichts. Sie fuhr mit der Zunge über ihre rissigen Lippen und sagte sich, dass sie sich lediglich Dinge einbildete. Gewöhnlich gab sie nicht viel auf »Bauchgefühl« und »weibliche Intuition« oder »Polizisteninstinkt«. Doch jetzt, in dieser einsamen vereisten Schlucht …

Hatte sich da etwas bewegt? Im Dickicht dort, nur drei Meter vom Jeep entfernt? Mit hämmerndem Herzen spähte sie hinaus. Eiskristalle rieselten auf ihr Gesicht herab.

Nichts.

Aber doch, da bewegte sich eindeutig etwas … Sie ließ das Messer fallen, fasste die Pistole mit beiden Händen und zielte durch die zersplitterte Frontscheibe. Wieder ein Schatten.

Sie drückte ab, als der Schatten vorsprang.

Bamm!

Die Kugel traf den Stamm einer schneebedeckten Kiefer. Borke, Eissplitter und Schnee spritzten auf.

Ein großer Rehbock sprang zwischen den Bäumen hervor, stob den Berg hinauf und verschwand im Schneegestöber.

»Ach«, flüsterte sie und fühlte sich wie in einem Adrenalinrausch. *Ein Reh. Nur ein verängstigtes Reh.*

Langsam stieß sie den Atem aus, fing wieder an zu sägen und hatte sich gerade selbst überzeugt, dass sie überreagierte, als sie in den Resten ihres Rückspiegels eine Bewegung sah. Sie schaute noch einmal hin; da war nichts mehr.

Nun reiß dich zusammen.
Ein letzter Schnitt mit dem Messer, und der Sicherheitsgurt gab sie frei. Im selben Moment spürte sie ein heißes Brennen im Nacken.
Was jetzt?
Sie schlug mit der flachen Hand auf ihren Nacken und fühlte etwas Kaltes, Metallisches, ein kleines Geschoss in der Nähe ihrer Halswirbelsäule. Eine eisige Faust legte sich um ihr Herz, als sie einen Pfeil herausriss.
Sie zitterte panisch. Beinahe hätte sie das verflixte Ding fallen gelassen. Jemand hatte auf sie geschossen, aber womit? In dem schlanken silbernen Behältnis mit der kurzen Nadel und dem verborgenen Mechanismus, der die unbekannte Substanz in ihren Körper katapultierte, konnte sich Gott weiß was an Drogen oder Gift befinden. Ihr war speiübel.
Nicht! Verlier jetzt nicht den Durchblick! Das Schwein ist ganz in der Nähe ...
Wieder bemerkte sie eine Bewegung in den Resten des Rückspiegels – ein vages Huschen.
Sie blinzelte verzweifelt, hob die Pistole und wandte sich dem Fenster zu, doch es war zu spät. Schon gehorchten ihre Finger nicht mehr den Befehlen ihres Gehirns, die Bilder in ihrem Kopf wurden wirr, ein Prickeln überlief ihren gesamten Körper.
Das Mittel ...
Wieder etwas Bewegtes in den Spiegelscherben.
Das Gewehr. Sie brauchte das Ge...wehr ...
Sie versuchte zu agieren, nach dem Angreifer Ausschau zu halten, doch sie spürte nichts mehr, war taub an Körper und Geist. Ihr Kopf sank auf die Seite, die Pistole entglitt ihren Fingern, und die Welt begann, sich in gespenstischer Zeitlupe zu drehen. Alles um sie herum verwandelte sich in trübe, verschwommene Schemen.

»Nein!«, sagte sie. Ihre Zunge fühlte sich zu groß an. Vergeblich tastete sie nach ihrer Pistole.
Und dann sah sie ihn, seine vom zersplitterten Spiegel verzerrten Züge, seine große Gestalt in Weiß, das Gesicht von einer Skimütze verdeckt, die Augen hinter einer großen dunklen Skibrille verborgen.
Ihr Bewusstsein begann zu schwinden, sie glitt in eine Ohnmacht, als er sagte: »Detective Pescoli.« Seine warme Stimme ließ darauf schließen, dass er sie kannte. Er war nur noch ein paar Schritte entfernt ... Wenn sie doch nur ihre Waffe auf ihn hätte richten können ... »Anscheinend hatten Sie einen Unfall.«
Unter Aufbietung all ihrer Kräfte sah sie ihm ins Gesicht und fauchte: »Geh zum Teufel.«
»Da bin ich bereits, Detective, aber immerhin bin ich nicht mehr allein dort. Sie werden mir jetzt Gesellschaft leisten.«
Nie im Leben, dachte sie plötzlich wieder ganz klar. Sie tastete nach der Pistole, hob sie mit schlaffen Händen und drückte ab. Ein paar Schüsse hallten durch die Schlucht. Aber sie verfehlten ihr Ziel. So nahe er ihr auch war, sie hatte ihn verfehlt, hatte nur Felsen und wer weiß was getroffen.
Er seufzte und schnalzte mit der Zunge. »Das wirst du bereuen.«
Sie wollte noch einmal feuern, doch ihre Finger gehorchten ihr nicht mehr, und alles, was sie tun konnte, als er näher rückte, war, nach ihm zu schlagen. Ihre Fingernägel verhakten sich in seiner Skimütze und ritzten seine Haut. Überrumpelt schrie er auf.
»Miststück!«
Ganz recht geschieht es dir, und jetzt habe ich Gewebe und DNA unter den Fingernägeln. Falls ich je gefunden werde, bist du so gut wie tot.

Sie sah, wie Blut aus den Kratzern quoll und er in eine Art Päckchen griff und ihm etwas entnahm ... eine Schürze? Gott, sie konnte nicht klar sehen ... alles war so verzerrt ... Doch sie erkannte das Kleidungsstück in seiner Hand ...

Eine Zwangsjacke?

Eiskalte Angst erfasste sie. Ihr war bewusst, dass er sie nicht einfach oder schnell sterben lassen würde. Er würde sie am Leben erhalten, sie quälen, gesund pflegen und sie dann gnadenlos töten, genauso wie die anderen.

Aber eine Zwangsjacke? Gefesselt und völlig hilflos zu sein ... Es war, als würde er ihre schlimmsten, abgründigsten Ängste kennen.

Schneegestöber wirbelte vor ihren Augen herum, sein Anblick und der der Zwangsjacke verschwammen inmitten der tanzenden eisigen Flocken. Als sie das Bewusstsein verlor, empfand sie keine Angst, nur eine wilde Entschlossenheit, diesen Mistkerl, sollte sie je wieder zu sich kommen, restlos fertigzumachen. Endgültig. Ihn dahin zu schicken, wo er das Licht der Sonne niemals wiedersehen würde.

Sie konnte nur hoffen, dass sie eines Tages die Chance dazu bekam.

DANKSAGUNG

Unzählige Menschen haben mich bei der Arbeit an diesem Buch, beim Schreiben und bei der Recherche unterstützt. Ich bin mir sicher, dass es so viele waren, dass ich mich nicht an alle erinnern werde, aber den folgenden Personen möchte ich für die investierte Zeit, Mühe, Hilfe und, wie immer, für ihren Sinn für Humor, der der Autorin zeitweise abhandenkam, danken:
Ken Bush, Nancy Bush, Matthew Crose, Michael Crose, Kelly Foster, Marilyn Katcher, Ken Melum, Roz Noonan, Gayle Nachtigal, Fred Nachtigal, Mike Seidel, Larry Sparks, Niki Wilkins und vermutlich Millionen andere, die hier ungenannt bleiben.